호모 아토포스의 탐색

호모 아토포스 라이브러리 01

호모 아토포스의 탐색

고지혜 · 소영현
유승환 · 이은우
이형대 · 장영은
정창권 · 조현설
최기숙 · 최빛나라
최은혜 · 허윤

보고사
BOGOSA

호모 아토포스 라이브러리 발간사

　고려대학교 민족문화연구원은 2022년 한국연구재단의 인문사회 연구소지원사업에 선정되어 〈호모 아토포스의 인문학: 한국 문학/문화의 '이름 없는 자들'과 비정형 네트워크〉의 1단계 사업을 시작했습니다. '호모 아토포스'란 어떤 장소에도 고정될 수 없거나 정체를 헤아릴 수 없는 비장소성의 존재 및 상태를 의미합니다. 포스트 팬데믹, 기후 위기, 국가 분쟁 등 현재 우리가 당면한 문제들은 더 이상 국지적인 차원에 한정되지 않습니다. 이러한 재난에 의해 '자리를 잃은 자'는 누구이며 이들이 어떻게 생겨나고 어떤 방식으로 살아가는가에 관한 고찰은 시대적 요청에 응답하는 일인 동시에 사회적 공통 의제를 제시하는 인문학 본연의 책무를 다하는 것이기도 합니다. 이에 본 연구팀은 '호모 아토포스'라는 개념을 창안하고, 이를 하나의 인식틀로 삼아 한국 문학/문화 연구의 패러다임 전환을 시도하고자 합니다.

　무엇보다 1단계의 핵심 과제는 '호모 아토포스'의 개념화에 초점을 맞추되 인간/비인간, 젠더/섹슈얼리티, 장애/질병 등의 세부 주제와 연결하여 각종 경계를 넘나들며 변신과 변위를 거듭하는 존재들의 사례 분석에 집중하는 것입니다. 한국 문학/문화 속에 잠재되어 있는 호모 아토포스의 존재 양상을 포착하고, 시공간/국적/인종/종교/지역/성별 등 무수한 경계의 안팎을 성찰하게 하는 호모 아토포스의 중층적 수행성에 주목하여, 이들을 우리 사회의 빛과 그늘을 드러내는 역동적인 존재로 가시화하는 작업을 수행할 것입니다. 이러한 연구 성과물들은 학술서·번역서·인문 교양서 등으로 구성된 총서 〈호모 아토포스 라이브러리〉로 간행하여 학계와 사회에 널리 공유하고자 합니다. 이 총서를 접하는 많은 이들이 '호모 아토포스의 인문학'을 통해 우리 사회 속 '이름 없는 자들'의 자리와 몫에 대해 다시금 성찰해 볼 수 있길 희망합니다.

2024년 3월

연구책임자 이형대

'아토포스(Atopos)'란 장소를 뜻하는 희랍어 '토포스(Topos)'에 결여 또는 부정을 나타내는 접두사 '아(a)'가 결합한 말로서, 어떤 장소에도 고정될 수 없거나 정체를 헤아릴 수 없는 상태 및 존재를 의미한다. '호모 아토포스의 인문학'은 어디에도 고정될 수 없는 비장소성의 존재를 '호모 아토포스'라 명명하고, 한국 문학/문화 속 소수자/타자의 존재 양상을 새롭게 논의해 보고자 한다. 그러한 작업의 일환으로 이번 책에 실린 12편의 글은 다양한 연구영역에서 호모 아토포스의 개념과 범위를 탐구한다.

먼저 1부에서는 한국 문학/문화에서 유이민, 디아스포라, 서발턴 등이 어떻게 연구되어 왔는지 검토하면서 연구 방법론으로서 '호모 아토포스'의 쟁점과 가능성에 대해 논의한다. 이형대는 「조선시대 시가의 유민 형성과 호모 아토포스적 면모」에서 조선시대 국문시가와 한시에 나타난 유민의 삶을 호모 아토포스의 관점에서 해석한다. '일정한 거처 없이 이리저리 떠돌아다니는 백성'을 뜻하는 유민(流民)은 생체권력의 죽음정치로 인해 산포된 존재들이기에 그들의 (비)장소는 전국에 걸쳐 있다. 조선시대 서사한시나 현실비판가사가 보여 주는 유민들의 '공감의 연대'는 삶을 갈망하고 권력에 맞서는 이들의 존재론적 연대, 즉 '공감의 비정형적 네트워크'를 이룬다. 또한 19세기 민란의 과정에서 가사와 민요 같은 노래를 창작함으로써 결집과 투쟁의 지를 고취했던 유민들의 연대는 '저항의 비정형적 네트워크'라고 지칭할 수 있을 것이다. 이렇듯 조선시대 시가에서 유민은 연대의 확장성을 지닌 능동적 주체로 형상화되었으며, 그런 점에서 그들의 비장소가 새로운 희망의 원리이기도 했음을 시사한다.

조현설은 「구술 서사와 소수자의 정의(正義)」에서 그동안 설화를 비롯하여 서사무가·서사민요·판소리·민속극·속담·수수께끼 등의 구술 서사에 나타나는 '정의(正義)'의 문제를 심도 있게 따져본 적이 없었다는 문제의식을 바탕으로, 구술 서사를 신화적 서사와 비신화적 서사로 나누고 각각의 서사에서 소수자의 정의가 어떻게 실현되고 있는지 검토한다. 구술 서사에서 소수자의 정의는 관습적으로 인식하고 있는 서사 갈래에 따라 실현되는 것이 아니라 초현실계 혹은 비현실계와의 관계 속에서 실현된다. 구술 서사는 '결여'를 지닌 존재라 할 수 있는 소수자들에게 지혜와 용기와 비현실계의 도움, 그리고 초현실계의 도래가 '있다'고 이야기한다. 즉, 구술 서사는 소수화된 존재들에게 '있는' 것들이 이들 존재에게 닥친 불행을 수정할 수 있다고 말함으로써 정의란 상대적인 것이고 사회적 관계들 사이에서 발생하는 효과임을 보여 준다.

고지혜는 「디아스포라 문학 연구의 궤적: 2000년 이후 한국현대문학연구를 중심으로」에서 지난 20여 년간 한국현대문학연구에서 이루어진 디아스포라 문학 연구의 흐름을 조망하고 그 쟁점들을 재검토함으로써 이동/이주/이산에 관한 문학 연구의 향후 방향을 가늠해 보고자 한다. 2000년대 이후 한국현대문학연구에 등장한 '디아스포라'라는 용어 및 인식틀은 한국문학의 속지주의(屬地主義)와 속문주의(屬文

主義)를 비판하고, '한국문학 대 세계문학'이라는 위상학에 의문을 제기하며 민족주의와 국민국가를 넘어서는 새로운 상상력을 펼쳐 보인 문학 현상이자 담론이었다. 그동안 '디아스포라'를 둘러싼 개념, 관점, 방법론은 한국문학의 영역을 확장하고, 민족과 국가를 이루고 있는 내외부의 경계들을 섬세하게 사유할 수 있게 해 주었을 뿐 아니라 복합적인 학제적 대화를 가능케 했다는 점에서 의의를 지닌다. 그러나 디아스포라 문학 연구의 다수가 민족주의의 자장을 벗어나지 못했고 디아스포라로 명명될 수 있는 존재를 발굴하는 데 집중하면서 이들을 쉽게 고정화하고 역사화하기도 했다. 따라서 경계를 오가는 비결정적이고 불확실한 존재를 고정화하거나 추상화하지 않는 동시에 수난의 서사나 피해자 담론에 가두지 않으면서 이들이 지닌 저항과 해방의 가능성에 대해 논의할 수 있는 분석틀과 방법론이 요청된다.

　유승환은 「한국현대문학연구의 하위주체론」에서 2000년대 초반 한국현대문학 연구에서 사용되기 시작한 '서발턴(subaltern)' 개념 및 관련 이론의 수용사를 정치하게 되짚으며 한국현대문학연구의 하위주체론이 지니는 문화적·정치적 기획의 의미를 재고찰한다. 한국현대문학연구는 '하위주체'라는 개념을 통해 그동안 주목받지 못했던 문학적 주체 혹은 문학적 형상을 새로이 문제 삼을 수 있는 동력을 얻게 되었으며, 하위주체의 양식과 미학 등에 대한 고민은 한국현대문학을 구성하는 다양한 코드 및 독법을 발견하는 데 일조했다. 또한 여성하위주체에 대한 관심을 바탕으로 한국현대문학사의 내러티브에 대한 비판적 탈구축 작업이 이루어졌으며 문학의 경계가 확장되는 동시에 새로운 연구대상의 아카이브가 축적되고 있는 것은 한국현대문학연구의 하위주체론의 가장 중요한 성과로 꼽을 수 있다. 앞으로 한

국현대문학연구의 하위주체론이 발전적으로 전개되기 위해서는 하위
주체성의 재현과 재현가능성에 대한 이론적 관점들의 논쟁적 심화,
하위주체라는 개념 자체에 내재해 있는 종속성의 문제에 관한 이해,
하위주체를 문학사의 '구성적 외부'로 전제하는 새로운 문학사 서술
의 가능성에 대한 논의가 필요할 것이다.

  제2부에 실린 글들은 신분 간/국가 간/인종 간의 경계를 넘나드는
존재의 변신과 변위의 양상 및 그로부터 생성되는 다층적 관계성에
대해 고찰한다. 소영현은 「비장소의 쓰기-기록: 해외입양인의 자전적
에세이를 중심으로」에서 성인이 된 해외입양인이 친생부모와 자신의
존재적 기원을 찾기 위해 한국으로 귀환한 경험을 담고 있는 글들을
'비장소의 쓰기-기록'이라는 관점에서 검토한다. 이는 해외입양인의
귀환 기록이 문화적 굴절이라는 변형을 거친 기록임을 인식하는 동시
에 굴절 과정에서 기입된 폭력과 삭제된 감정들이나 침묵으로 삼켜진
목소리들을 복원할 수 있는가를 묻는 작업이다. 또한 입양인의 귀환
은, 인종주의와 권력관계가 복합적으로 가로지르는 자신의 몸과 정신
에 구조적 배제의 일부를 새겨 넣는 일이라는 점에서, 그 몸은 돌아왔
지만 돌아오지 않은, 비장소를 배회할 수밖에 없는 것이라 할 수 있다.
이 글은 이러한 해외입양인의 귀환 서사들 가운데 같은 이야기는 거
의 없으며, 정치적 입장도 각기 다르다는 것에 주목한다. 해외입양인
서사에 대표성이 없다는 것은 소수자/타자 연구에 있어 개별자가 아
닌 덩어리로서 인식되는 소수자의 얼굴을 제대로 마주하고 그 고통에
대해 논의하는 더 나은 방법은 무엇인지 성찰하게 한다.
  장영은의 「양모(養母)와 생모(生母): 제인 정 트렌카의 자기서사와

모녀 관계의 재구성」은 제인 정 트렌카가 『피의 언어』에서 한국인 생모와 미국인 양모를 서사의 주체로 등장시켰다는 점에 주목하여 어머니 찾기와 여성되기(becoming-woman)의 과정으로 제인 정 트렌카의 자기서사를 분석한다. 제인 정 트렌카가 2003년 미국에서 출간한 『피의 언어』는 국가 간 인종 간 입양인의 삶을 직접 이야기한 책이다. 그는 자신의 성장 과정을 회고하는 글을 쓰면서 자신을 낳은 어머니와 자신을 입양해 키운 어머니를 새롭게 발견하고, 특히 한국 사회에서 자기 목소리를 가지지 못했던 생모를 위해 어머니의 삶을 글로 쓰며 그의 죽음을 애도한다. 이후 제인 정 트렌카는 한국 사회에서 버림받은 혹은 한국 사회가 유기하고 판매한 해외입양인들의 삶을 공론화하는 작업에 뛰어들었고, 이러한 그의 자전적 글쓰기는 점차 사회적이고 실천적인 글쓰기로 확장되어 갔다. 해외입양인의 자기서사가 한국인의 집단적 경험의 일부로 읽혀질 때 한국문학에는 어떤 변화가 일어나며, 우리는 무엇을 한국문학이라 규정해야 하는 것일까. 제인 정 트렌카의 자전적 글쓰기는 한국문학의 조건 혹은 경계를 다시금 고민해 보도록 이끈다.

최빛나라는 「여신(女神)이 된 '환향녀(還鄕女)': 의순(義順)과 후이옌 쩐(Huyền Trân, 玄珍)의 비교를 중심으로」에서 의순과 후이옌 쩐으로 대표되는 한국과 베트남의 '환향녀'가 지난날 내부 사회에서 은폐되었던 역사를 지나 오늘날 민간에서 '여신'으로 거듭나게 된 과정을 살피고 그 의미를 규명한다. 고향 땅으로 돌아와 유폐된 것이나 다름없는 삶을 살았던 의순, 군주의 명으로 사찰에 입적해 속세를 벗어나 살아야 했던 후이옌 쩐은 국가와 집안에 의해 정체성을 잃고 생명력을 빼앗긴 채 음지에 머물러야만 했다. 다수의 환향녀들이 타국과 고

국 어느 곳에도 속하지 못한 채 쉽게 잊히는 존재가 되었던 것과는
달리, 이들은 오늘날 민중의 공경을 받으며 여신으로 좌정하고 그들
의 서사는 의례, 공연, 문학 등 다양한 매체를 통해 환기되고 재생산되
었다. 그동안의 치욕과 수치를 탈각하고 마땅히 돌려받아야 할 환대
를 누리는 이들의 사례는 이제야 우리가 환향녀의 존재와 삶을 바로
볼 수 있게 되었음을 시사한다.

　제3부에 실린 글들은 호모 아토포스로 명명할 수 있는 존재들의
신체와 그를 둘러싼 다양한 연결망 및 공동체성에 대한 사유를 보여
준다. 최기숙은 「『쇄미록』을 통해 본 조선시대 노-주의 연결망과 공
동체성, '아카이브 신체'」에서 오희문(1539~1613)의 일기 『쇄미록』(1591.
11.27~1601.2.27)에 서술된 노비 관련 기록을 중심으로 일상적 삶에서
노비와 노주 양반의 관계가 단지 신분적 위계를 유지하는 명령-수행
의 수직적 관계, 지배-복종의 종속적 관계에 한정되지 않았음을 논증
한다. 신분 간 연결성과 접점에 주목하여 신분이나 젠더 중심의 위계
적이고 분절적인 관점으로는 보이지 않던 다양한 활동, 관계, 정서를
읽어 내며 양반과 노비의 연결성과 공동체성을 '삶(살아감/일상)의 차
원'에서 살피는 작업은 조선시대의 노-주 관계가 복합적 관계망을 형
성하는 동시에 물리적·환경적·정서적·영적 차원에서 공동체적 연결
성을 지니고 있음을 문학해석학적으로 해명하는 것이라 할 수 있다.
이는 신분이나 사상, 정치 등의 관점에서 조선시대를 바라볼 때는 포
착될 수 없었던 삶의 관계와 정서를 고찰하는 것으로 조선시대의 노-
주 관계 및 신분제 사회에 대한 확장적 인식과 심화적인 이해를 이끌
어 낸다.

이은우는 「'가족-조상'으로의 소통과 연결: 서울굿 말명 신격을 중심으로」에서 서울굿에 두루 등장하는 신격인 말명에 주목하여 말명이 여성과 연관성이 있다는 점, 공간과 관련된 신격을 모시는 거리에 등장한다는 점, 추상적 속성이 구체성을 획득할 때 기능하는 신격이라는 점을 규명하였다. 말명은 하위 신격이자 망자의 넋으로 그 경계가 모호하지만, '가족-조상'이라는 인간의 근본적인 관계망을 활용하여 망자가 된 가족들을 촌수의 위계와 무관하게 신격으로 포섭한다. 특히 말명이 아우르는 '가족-조상'의 범주는 혈연과 혼인의 경계를 넘어 선대 만신, 악사, 시봉자, 학자, 단골 등 무업을 매개로 인연을 맺은 주변부의 인물 전반을 아우른다는 점에서 의의를 지닌다. 비천한 직업으로 천대받았던 무업 종사자를 신격으로 드러내고, 이들을 '가족-조상'이라는 가장 끈끈하고 강렬한 공동체의 형태로 연대하는 말명 신격의 면모는 무속신앙이 갖는 정체성이자 본질이며, 타자에 대한 배제가 만연한 오늘날을 돌아볼 수 있는 유효한 가치이다.

정창권은 「실학자의 장애의식」에서 조선 후기를 대표하는 사상이라고 할 수 있는 실학과 실학자들이 선진적인 장애의식을 바탕으로 장애에 대한 편견 없이 일상을 공유하고, 장애인들과 폭넓은 교류를 통해 장애/비장애를 초월한 통합사회를 추구하였음을 논의하였다. 현대 사회에서 장애인은 신체적·정신적 결함이 있어 타인의 배려와 돌봄을 요하는 사회적 약자로 인식되면서 비장애인에 비해 결여된 존재로 인식되곤 한다. 이러한 시선은 장애인의 삶을 비장애인의 삶과 분리하여 장애인의 공간을 집과 수용시설 등으로 한정한다는 문제를 갖는다. 이 글은 그간 고전문학의 장에서 이루어진 장애사 관련 선행 연구 역시 장애를 정상/비정상의 틀로 바라보는 근대 우생학의 시선으로부터 자유롭지 못했음을 비판한다. 그리고 조선 후기 실학자들이 구현했던 장애인과의 개방적이고 포용적인 교유관계에 새롭게 주목한다. 이를 통해 오늘날 경제적 지원에 한정된 장애 복지를 반성하고, 장애에 대한 비장애인의 인식 개선을 요청하며, 궁극적으로는 장애인과 비장애인이 자연스럽게 함께 사는 세상을 만들어야 함을 역설한다.

최은혜는 「'아픈 몸'과 계급: 식민지기 프롤레타리아 소설의 질병과 장애 재현」에서 식민지 시기 프롤레타리아 소설에서 재현되는 '아픈 몸'은 질병과 장애를 계급과 교차함으로써 그것을 사회적인 것으로 사유할 수 있게 한다는 점에 주목한다. 프로문학에서 나타나는 질병과 장애의 재현은 억압과 착취가 새겨지는 '아픈 몸'에 대한 인식을 드러냄과 동시에 이를 통해 존재와 연대를 이끌어 낸다. 즉, 질병과 장애는 은유를 넘어 고통받는 현실 그 자체이자 사회구조적 차별과 억압으로 존재하는 것이다. 이 글은 '아픈 몸'을 통해 '건강한 몸'으로 발현되는 제국주의와 자본주의라는 질서가 빚어낸 '정상성'의 폭력을 고발하고 그것에 균열을 가한다. 요컨대 프로문학이 드러내는 질병과 장애는 아픈 존재가 놓인 사회적 조건을 가시화할 뿐만 아니라 고통을 통해 주변적 존재들을 연결할 수 있다는 점에서 정치적 의미를 갖는다.

허윤은 「거부와 기피 사이, 비(非)군인의 장소: 1970년대 송영 소설을 중심으로」에서 군인 되기를 둘러싸고 벌어지는 잡음과 불온한 자로 형상화된 '비군인'의 위치를 조망한다. 강력한 군사주의를 바탕으로 국민개병제를 실시하는 대한민국에서 병역기피와 탈영은 매국 행위이자 남자답지 못한 일이었고, 범죄 행위였던 동시에 일상적인 일이기도 했다. 그 자신도 탈영하여 도주의 삶을 살았던 바 있는 송영은 군인 되기를 둘러싸고 벌어지는 잡음과 불온한 자로 형상화된 '비군인'의 위치를 소설에서 형상화한다. 군 교도소에 탈영병이자 수감자로 등장하는 '비군인'들을 통해 전쟁과 폭력의 의미를 재진단하며, 군인 되기가 곧 군인 되지 않기를 포함하고 있음을 보여 준 것이다. 이를 통해 우리는 한국의 헤게모니적 남성성의 구성적 외부인 병역기피자의 형상을 검토하고 병역거부와 기피 사이의 공간을 확인해 볼 수 있다.

　이렇듯 한국 문학/문화 속에 잠재되어 있는 '호모 아토포스'의 존재 양상을 포착하여 이들을 우리 사회의 다양한 경계를 드러내고 사유하게 하는 존재로 가시화하는 작업은 한국문학/문화 연구의 외연을 넓히고 소수자/타자의 존재를 사회의 구성 원리로 이론화·논리화하는 데에 기여하는 바가 있을 것이다. 이 책이 한국 문학/문화의 경계 및 소수자/타자 연구의 방법론에 대해 고민하는 연구자들에게 유의미한 시사점을 제공할 수 있길 바란다.

2024년 3월

저자 일동

차례

제1부

유이민, 디아스포라, 서발턴

제2부

국경, 네이션, 위치성

제3부

신체, 연결망, 공동체성

유이민
디아스포라
서발턴

조선시대 시가의 유민 형상과 호모 아토포스적 면모

이형대

1. 문제의 소재

본고는 조선시대의 국문시가와 한시에 나타난 유민들의 삶의 면모를 호모 아토포스의 관점에서 해석해보는 것을 목적으로 한다. 주지하다시피, 호모 아토포스에서 '아토포스(Atopos)'란 장소를 뜻하는 희랍어 '토포스(Topos)'에 결여 혹은 부정의 접두사 '아(a)'가 결합한 말로서 어떤 장소에도 고정될 수 없거나 정체를 헤아릴 수 없는 존재 및 상태를 의미한다.[1] 그렇다면 유민과 호모 아토포스는 어떤 상관성이 있는가.

---

[1] 롤랑 바르트, 김희영 옮김, 『사랑의 단상』, 동문선, 2023, 66쪽 1번 역주 참조. 롤랑 바르트는 아토포스란 소크라테스의 대화자들이 소크라테스에게 부여한 명칭이었는데, 사랑하는 사람들이 사랑의 대상을 바로 아토포스로 인지한다고 하며, 그 의미는 '예측할 수 없는, 끊임없는 독창성으로 인해 분류될 수 없다는 뜻'이라고 설명하였다.

유민(流民)은 '일정한 거처 없이 이리저리 떠돌아다니는 백성'을 뜻하는 용어이다. 유의어로는 유맹(流氓), 유호(流戶), 유랑민(流浪民) 등이 있다.[2] 생업 기반을 완전히 상실하여 걸인의 처지로 전락한 유개(流丐)나 유걸(流乞)도 유민의 하위유형에 포함할 수 있을 것이다. 이 용어들의 조어(造語) 형식을 본다면 공통적으로 '흘러다닌다'는 의미의 수식어 '유(流)'와 결합되어 있는데, 이는 행위 주체의 삶이 장소적 긴박(緊縛)으로부터 벗어나 있다는 뜻이다. 그런 점에서 유민이야말로 장소상실의 존재로서 호모 아토포스의 전형이라고 할 것이다.

그렇다면 유민의 삶을 호모 아토포스의 관점에서 해석한다는 것은 무슨 의미인가? 호모 아토포스가 무장소적 존재, 혹은 비장소적 존재라는 점에서 우리는 '인간의 삶과 실천 행위가 누적되며 특정한 의미가 부여된 곳으로서의 위상'을 지니는 장소 또는 공간과 연관지어 유민의 삶을 해명해 보겠다는 의도이다. 장소와 관련지어 문학작품을 해석한 사례는 최근의 문학 연구, 나아가 고전시가 연구 분야에서도 드물지 않게 제출되고 있다. 이는 공간이나 장소에 대한 최근의 담론이 문학 연구의 분석적 틀로서도 꽤 유용하다는 점을 시사하고 있다.

실제로 근대성과 전지구화의 영향으로 지난 수십 년 동안 장소 개념을 둘러싼 학문적 담론은 상당한 변화와 진전을 가져왔다고 평가되고 있다. 본고와 관련한 주요 논의들의 핵심만 간추려보면 다음과 같다.[3] 근래에 와서 장소의 개념은 단순히 물리적·지리적 위치에 관한

---

2 국립국어연구원 편, 『표준국어대사전』 중, 두산동아, 1999, 4772쪽.
3 정헌목, 『마르크 오제, 비장소』, 커뮤니케이션북스, 2016. 이 책의 18~24쪽에 장소와 공간에 대한 논의가 요령있게 정리되어 있어 이를 발췌한다.

문제를 넘어서 인간의 실천이라는 요소를 포괄하는 범위에서 규정되어야 한다는 것이 학자들 사이의 공통된 문제의식이다. 인문지리학자 에드워드 렐프(Edward Relph)는 인간이 세계를 경험하는 심오하고도 복잡한 측면에서 이해되어야 하는 것이 바로 장소라고 본다. 그는 장소를 '인간의 질서와 자연의 질서가 융합된 것이자, 우리가 세계를 직접적으로 경험하는 의미 깊은 중심'이라고 규정한다. 지리학자 이푸 투안(Yi-Fu Tuan) 역시 '대상 또는 장소에 대한 인간의 경험이 총체적 생활 속에서 모든 감각을 통해 이루어질 때, 대상과 장소가 구체적 현실성을 획득하게 된다'고 보고 있다. 렐프와 투안의 공통점은 장소를 추상이나 개념이 아니라 '생활 세계가 직접 경험되는 현상'의 측면에서 이해해야 한다는 데서 찾을 수 있다. 이처럼 장소가 인간의 경험 또는 생활 세계와 연관되어 의미화되고 있기에 문학 연구자들 사이에서도 관심의 대상으로 떠오른 것이다. 호모 아토포스와 관련하여 우리가 좀더 관심을 갖고자 하는 개념은 렐프의 장소상실(Placelessness)이다. 장소상실은 다양한 경관과 의미 있는 장소들이 개성을 박탈당하거나 동질적이고 규격화된 경관으로 바뀌어 결국은 고유한 장소감을 상실하는 것을 의미한다. 이러한 현상은 근대 산업사회로의 전환 과정에서 상업적 개발로 인해 전통적인 장소를 파괴하고 해체할 때 흔히 나타난다.[4]

공간은 장소와 어떻게 다를까? 투안에 따르면 공간은 장소보다도 객관적이고 추상적 성격을 지닌다. 별 특징이 없는 공간이라도 사람

---

4 에드워드 렐프, 김덕현·김현주·심승희 옮김, 『장소와 장소상실』, 논형, 2005, 177~245쪽.

들이 그곳을 더 잘 알게 되고 그곳에 가치를 부여한다면 그 공간은 장소가 된다. 대체로 공간이 주로 개방성과 자유, 위협, 움직임이 허용되는 곳으로 인지된다면 장소는 안정과 안전, 정지가 일어나는 곳으로 이해된다.[5] 미셸 드 세르토(Michel De Certeau)의 경우 이와는 접근 방향에서 다소 차이를 보인다. 그는 장소라는 물리적 지점에 사람들의 실천이 더해지면서 다양한 의미가 부여되고 경합되는 존재가 바로 공간이라고 본다.[6] 달리 말하자면, 공간을 둘러싼 지배층과 피지배층 사이의 경합을 통해 공간은 사회적 생산물로서 구성된다고 간주하는 것이다.

마지막으로 살펴볼 마르크 오제(Marc Augé)의 비장소(Non-Places)도 위에서 살펴본 바, 유동적이고 실천된 장소로서의 공간이라는 개념에서 출발한다. 오제의 비장소는 사람들의 실천적 행위가 풍부하게 발생하고 개개인의 경험에 의해 매개되는 인류학적 장소와는 달리 정체성과 관계성, 역사성 등의 요소가 사라져 버린, 초근대성이 발현되는 시대의 특정한 장소들을 지칭한다. 말하자면 오늘날의 대형쇼핑몰이나 국제선 공항 같은 곳인데 텍스트나 이미지와 같은 비인간적 매개물에 의해 개별적으로 결합 되는 곳, 그리하여 고립과 익명성, 현재성이 지배하는 공간을 말한다.[7] 이 비장소는 물론 근래에 출현한 장소들

---

5 이-푸 투안, 윤영호·김미선 옮김, 『공간과 장소』, 사이, 2020, 19쪽.

6 이처럼 세르토는 공간은 실천된 장소라고 주장하는데 사례를 들어보면 도시계획에 의해 정의된 거리(장소)는 보행자들(실천)에 의해 공간으로 변형되고, 독서는 기호들의 시스템이 구축하는 장소의 실천에 의해 생산된 공간인 것이다. 미셸 드 세르토, 신지은 옮김, 『일상의 발명―실행의 기예』, 문학동네, 2023, 227쪽.

7 마르크 오제, 이상길·이윤영 옮김, 『비장소―초근대성의 인류학 입문』, 아카넷, 2017, 97~108쪽.

이지만, 전통시대 유민들은 예외상태에 놓여있어서 종래의 정체성과 관계성을 상실한 존재이자, 국토라는 공간도 이들이 끊임없이 이동해야 하는 일종의 교통 공간이 되어버린 상황이라는 점에서 비장소적 존재로 유비추리될 수 있다.

　서구의 문화적 상황과 지적 전통을 배경으로 수립된 이러한 이론체계를 문화적 전통과 삶의 맥락이 달랐던 곳에서 생성된 한국 고전시가의 분석에 적용하는 일은 무척이나 조심스러울 수밖에 없다. 더군다나 렐프의 장소상실은 근대 자본주의 산업사회로의 전환과정에서, 오제의 비장소는 초근대성이 발현되는 시대를 배경으로 탄생한 공간들을 지칭하는 개념들이라는 점에서 더욱 곤혹스럽다. 그러나 미셸 푸코의 헤테로토피아[8] 논의에서 짐작할 수 있듯이 특정 공간들의 기원은 역사적 시대구분의 틀을 넘어서 얼마든지 거슬러 올라갈 수 있으며, 오제의 비장소라는 개념도 '정치적 폭력과 경제적 양극화가 시스템 바깥으로 내몬 인구의 임시 거처들까지 포함한다'[9]는 점을 고려한다면 조선시대 유민들의 삶의 장소가 지니는 공간적 의미를 드러내는데 유효한 시사점이 될 수 있으리라 생각한다. 그렇다 하더라도 본고에서 사용하고자 하는 장소상실이나 비장소의 개념은 렐프나 오제와는 불가피하게 차이를 지니지 않을 수 없다는 점을 미리 밝힌다.

8　푸코의 헤테로토피아는 현실에 존재하는 유토피아인데, 지금의 구성된 현실에는 조화롭지 않은 공간, 즉 정상성을 벗어나는 공간배치를 의미하는 것으로 다락방, 매음굴, 기숙학교, 묘지, 감옥 등을 뜻한다. 미셸 푸코, 이상길 옮김, 『헤테로토피아』, 문학과지성사, 2023, 11~26쪽.

9　이상길, 「옮긴이 해제」, 마르크 오제, 앞의 책, 190쪽.

2. 유민의 길과 장소상실 또는 비장소

조선시대의 유민 발생의 원인은 가뭄·홍수·냉해와 같은 기후 이
변이나, 수취체제의 모순과 같은 사회구조적 요인, 그리고 전쟁이나
변란과 같은 인위적 재난 상황으로 인한 기근 등으로 다양하며, 대개
는 이 가운데 어느 하나라는 단일한 요인보다는 복합적 요인들이 중
층적으로 작동한 경우가 대부분이다. 농업을 근간으로 하는 조선 사
회에서 농민이 고향과 토지를 떠나 이동하는 일은 매우 드물었기 때
문에 유민의 발생은 농민 자신의 생존이나 국가의 존립에도 상당한
위협이 되는 심각한 상황이다. 농민이 세상에 태어나서 평생토록 삶
의 터전이 되었던 자신의 고향, 그리고 피땀 흘려 일구었던 농토, 그리
고 자신의 정체성의 토대이자 존재의 거주 장소였던 집[10]으로부터 이
탈하는 일은 위에서 언급한 것처럼 더 이상 존재 상황을 유지할 수
없는 불가피한 사정 때문인데, 조선시대의 양심적 지식인들은 이와
같은 처절한 상황을 시적 공간에 담아냈다.

기후 재난과 관련하여 유민이 발생한 상황에 대해서는 조선시대에
창작된 서사한시들에서 두루 다루고 있지만 1731년부터 1733년까지
장흥지역에서 발생한 대기근(大饑饉)과 민(民)에 대한 폭압적 수탈상
을 핍진하게 묘사한 현실비판가사 〈임계탄(壬癸歎)〉이 보다 생생하다.

　　祝融이 南來ᄒ야 火龍을 채질ᄒᄂᆡ

---

10 에드워드 렐프는 집이란 인간실존의 근원적 중심이며 그 무엇으로도 대체될 수
　　없는 의미의 중심이라고 보았다. 에드워드 렐프, 앞의 책, 96~100쪽.

旱魃이 肆惡ᄒ니 乾坤이 紅爐로다
山原의 불리 나니 田野 다 타거다
赤地 千里ᄒ니 惶怵이 절로 난다
時雨을 못 어드니 移秧을 어이 ᄒ리
不違農時 이 말ᄉ 人力으로 못 ᄒ리다
六月望 오ᄂ 비ᄂ 嗚呼晩矣 그러나마
제판의 ᄲᅦ게 된 모 옴겨 두고 試驗ᄒᆞᆯ새
南村 北村 사ᄅ 時刻을 爭先ᄒᆞᆫ다
슬프다 農民드라 이 畢役 못 ᄒ야셔
獰惡코 凶ᄒᆫ 風波 被害도 慘酷ᄒ다
곳곳지 남은 田地 낫낫치 션ᄂ 禾谷
이 後나 무病ᄒᆞ면 生道을 보라더니
놀납다 滅吳虫이 四野의 니단 말가
엇그제 푸른 들이 白地 純色 되거고나

－작자미상, 〈임계탄〉

　위의 인용 부분은 1731년에 닥쳐온 자연재해에 대한 묘사이다.
1-2행은 당나라 시인 왕곡(王轂)의 〈고열행(苦熱行)〉 전반부를 차용하
여 변개하였는데, 믿기 어려운 초유의 재난 상황을 묘사하기 위해서
는 신화적 상상력이 불가피했을 것으로 보인다.[11] 축융(祝融)은 적제
(赤帝)라고도 하는데 중국 신화에서 불의 신(神)이다. 이 신이 남쪽으로
내려와서 역시 전설상의 상상적 동물인 화룡(火龍), 즉 온몸에 불을
휘감은 신룡(神龍)에게 채찍질을 가한다면 결과는 불을 보듯 뻔하다.

11　王轂, 〈苦熱行〉, 『고문진보 전집』卷11. 行類. '祝融南來鞭火龍, 火旗焰焰燒天紅.
　　日輪當午凝不去, 萬國如在洪爐中(후략)'.

화룡이 미친 듯 날뛰면 세상이 순식간에 불바다로 변할 터이기 때문
이다. 이처럼 불을 담당한 신들의 저주와도 비견될 수 있는 기후 재앙
으로 인해 하늘과 땅은 불이 이글이글 타오르는 화로처럼 변해버렸다.
3-4행이 바로 화자가 살고 있는 고향 산천의 모습인바, 불타버린 듯
한 산과 들이 붉은빛으로 황량하게 천 리에 뻗쳐 있다. 그야말로 폐허
가 되어버린 삶의 터전 앞에서 두려움에 떠는 농민의 모습이 눈에 밟
히는 듯하다. 다행스럽게도 음력 6월 보름경에야 뒤늦게나마 비가 왔
다. 이앙의 시기를 놓쳤기에 모판에서 모가 패어 이삭이 나올 지경이
었지만 농민들은 시각을 다투어 모를 옮겨 심었다. 그러나 채 이앙을
마치기도 전에 이번에는 흉악한 풍파, 즉 태풍이 들이닥쳐서 참혹한
피해가 발생했다. 실제로 중앙정부에는 이때 '장흥민 230여 호가 떠내
려가거나 매몰당하였다는 보고가 올라왔다'고 한다.[12] 극심한 한해가
잠깐 사이에 끔찍한 수해로 돌변했다. 그러나 이것이 끝이 아니었다.
그나마 살아남은 벼포기에 이번에는 사방에서 벼멸구가 발생하여 푸
른 들판이 백색으로 변하고 만 것이다. 병충해의 피해가 종지부를 찍
었다고 할 수 있다. 이로써 한 해의 농사에서 아무것도 수확할 수 없을
정도의 극심한 흉년이 되어버렸다. 이 정도라면 농촌지역에서 겪을
만한 끔찍한 자연재해는 다 겪었다고 할 만하지만, 대기근의 재앙은
아직 남아 있었다.

　이듬해인 1732년, 생존의 한계상황에 처해 있으면서도 장흥의 농
민들은 삶의 의지를 꺾지 않았다. 그럼에도 불구하고 시련은 계속된

12　김덕진, 『한글가사 〈임계탄〉을 통해 본 '신임계 대기근'」, 『역사학연구』 84, 호남사
　　학회, 2021, 236쪽.

다. 해가 바뀌어 보리농사를 기대하였지만 익기도 전에 보리가 누렇게 시들어가는 황모병이 두루 퍼져 맥흉(麥凶)의 재앙을 맞게 된다. 그들은 또다시 오배채(五培債)·십배리(十培利)의 고리대금을 얻어 자생의 방도를 마련하고, 종자를 구해서 논을 일구고 이앙까지 마쳤다. 그런데 여름에 이르러 작년에 일었던 벼멸구가 다시 일어 순식간에 올벼[早稻]와 중올벼[中稻]를 갉아 먹어 벼가 하얗게 말라 죽어 버렸다. 이어서 태풍이 몰려왔다.

> 殺年이 되랴홀 제 風波들 업슬넌가
> 七月 七夕 風波 不意예 大作ㅎ니
> 上年 流豆 風波 오늘날 代을 ㅎ여
> 海澤을 둘너 보니 海溢浦落 ᄀ이 업다
> 大灾을 ᄀ초올서 惡水들 업슨넌가
> 田形이 업서거니 成川이 거의로다
> 禾谷이 업서거니 伏沙가 거의로다
> 이 被灾 免혼 農形 긔 얼마나 남어는고
> 四方을 周覽ㅎ니 焦原의 余草로다
>
> ―작자미상, 〈임계탄〉

작년의 유월 유두 풍파를 이어 금년 칠월 칠석날에도 불의의 태풍이 불어와서 풍해와 수해를 입혔다. 장흥의 경우 바다와 인접한 해읍(海邑)이기에 해일의 피해를 피할 수가 없었다. 간척지의 제방을 넘어선 바닷물은 순식간에 논을 바다로 만들어버렸다. 『승정원일기』에 따르면 임자·계축의 두 해에는 해일로 인한 염수 피해가 장흥뿐만 아니라 전국에 분포하였다고 하니 태풍의 규모가 어느 정도였는지를 짐작할 수 있다. 바다와 멀리 떨어진 농토라고 해서 재난을 피해 갈 수 있었을까? 폭우와 하천의 범람으로 인해서 밭이 강을 이루고, 벼 논 위에는 그득히 모래가 쌓여 논이 모래톱으로 변해버렸다. 농촌이라고 는 믿기 어려울 정도로 생경하고 기이한 경관이 순식간에 만들어진 것이다.

농사를 생업으로 하는 전통사회의 농민들에게 산과 들은 삶을 유지 하는 생산의 터전이기 때문에 각별한 애착을 갖는 장소이다. 벼는 농 부의 발자국 소리를 들으며 자란다는 말이 있듯이 농부는 한 포기의 벼를 살리기 위해 시도 때도 없이 물꼬를 돌보며 하루에도 몇 번씩 삽을 들고 좁다란 논둑길을 걷는다. 싱그러운 논둑길의 풀 내음과 더 불어 그가 논에 뿌린 똥거름의 냄새도 그의 코에는 구수하게 스며든 다. 에드워드 렐프는 특정한 장소의 정체성은 물리적인 환경과 이를 배경으로 한 인간의 활동, 그리고 여기에 부여된 의미가 상호 관련되 어 형성된다고 본다.[13] 따라서 외부자가 보기에는 형편없는 두메의 다 랑논이라고 할지라도 이를 경작하는 농부는 그곳에 대한 심오하고도 무의식적인 정체성을 갖기 마련이다. 거꾸로 그 두메의 다랑논이라는 장소 또한 농부의 정체성을 구성하는 주요 요소로 기능한다.

그러나 위에서 살펴보았듯이 조선후기에 발생한 대규모의 자연재 해는 농민의 일상 가운데 중요한 부분을 차지하는 일터, 즉 경작지를 일순간에 불모의 땅으로 변형시키며, 실존 공간으로써의 기능을 중지 시킨다. 경관의 차원에서 단순한 색채 이미지만 살펴보더라도 〈임계 탄〉에 묘사된 기후 재난 상황하의 농촌 공간은 지속 가능한 삶이 보장 되는 평화롭고 안정적인 장소는 아니다. 봄철부터 여름까지 농번기를

---

13 에드워드 렐프, 앞의 책, 114쪽.

맞아 녹음이 짙어가야 할 전가(田家)라는 장소가 가뭄으로 인해 천지가 붉게 메마른 공간으로, 폭우나 해일로 인한 황톳빛 호수와 푸른 바닷물이 넘실거리는 공간으로, 또다시 충해(蟲害)로 생명력을 상실한 벼들이 시체처럼 널브러진 하얀 벌판으로, 마치 슬라이드 영상이나 변검의 가면처럼 순식간에 변환된다. 이 가변성과 더불어 장소가 지닌 역사성과 축적된 의미망도 함께 무너지는 것이다.

그러나 무장소의 상황은 기후 재앙, 그 하나만의 요인으로 창출되는 것은 아니다. 농민들은 이 거대한 재앙에 맞서 농사를 유지하고자 하는 인간적 실천으로 분투하지만, 인재(人災)라고 할 수 있는 폭압적 수탈정책이 더해지면서 결국은 장소상실과 유민화로 이어지게 된다.[14]

인류의 역사를 좀더 거시적인 관점으로 볼 때 수렵채집인이던 인류가 농사와 목축을 시작하는 약 1만 년 전에 시작된 농업혁명이 진행됨에 따라 자연재해로부터의 취약성은 매우 가중되었던 것으로 이해되고 있다. 농경사회의 주민들은 그들이 경작하는 단 몇 종의 주요 작물에 먹거리를 의존하다 보니 가뭄이나 홍수, 병충해 등이 발생하면 곧

---

14 앞서도 살펴보았듯이 렐프는 장소상실이란 자본주의 산업화가 전통 공간을 해체하면서 문화적이고 지리적인 획일화를 초래하는 데서 유발된다고 보았다. 그는 노베르그-슐츠가 만들어낸 평범하고 평균적인 경험의 가능성만 제공하는 밋밋한 경관, C.W.무어가 언급한 단조롭고 혼란스러운 건물들의 의미 없는 패턴, 쿨렌 고든의 겉으로만 그럴듯하게 도금된 혼돈의 세계라는 등의 평가는 다양한 경관과 의미 있는 장소가 결핍된, 일종의 무장소의 지리가 나타날 가능성이 있으며 이에 따라 장소감이 상실된다고 설명했다.(에드워드 렐프, 앞의 책, 177쪽). 본고에서 쓰고자 하는 장소상실의 개념은 조효주, 「신경림의 『가난한 사랑노래』에 나타나는 장소와 장소상실 연구」, 『현대문학이론연구』 76, 2019, 249쪽의 선행연구를 차용하여 '인간의 일상생활이 이루어지는 실존공간으로서의 거주지의 상실을 의미하며, 또한 장소가 개인의 정체성과 공동체의 정체감의 원천이 되어주지 못하는 데서 오는 진정한 장소감의 상실을 의미'하는 것으로 활용하고자 한다.

바로 대규모의 아사(餓死)로 이어지기 십상이었다.[15] 식량의 총량은 늘었지만 인구 폭발이 늘 이를 압도했고, 농사를 짓지 않는 엘리트 계급이 출현하여 소득을 나누어야 했다. 그리하여 식량 확보를 위한 인류의 폭력은 더욱 증가하게 되었기에 유발 하라리는 농업혁명이 인류에게는 일종의 덫이었다고 규정하였다.

그러나 국가가 형성되고 통치체계가 확립되면서 농업사회에서도 재난 상황에 대비하는 일종의 사회안전망과 같은 시스템이 갖추어졌으니 바로 진휼제도이다. 문제는 이 진휼제도가 정상적으로 작동하지 않은 데 있다.

다시 1731년의 장흥으로 돌아가 보자. 참담한 재난 상황에서 끼니조차 잇기 어려운데 또다시 세금 납부의 시기가 다가오자, 장흥의 농부들은 '男負女戴ᄒ고 가로다 定處업시' 유랑의 길을 떠나게 되었다. 이처럼 주민들이 '自然이 離散ᄒ니 村落이 ᄀ이 업'게 되어 유서 깊은 시골 마을이 무장소적 상황을 맞이하게 된다. 이렇듯 대규모의 유망이 발생했지만, 작품에는 진휼의 흔적이 거의 보이지 않는다. 1732년에도 맥흉(麥凶)·충해(蟲害)·해일(海溢), 태풍과 폭우의 피해를 연달아 입어 '百谷을 혜여보니 萬無一實'인 상황, 즉 어느 마을도 성한 데가 없어 한 톨의 곡식조차 거둘 수 없는 한계상황에 도달했다. 그러나 진휼은커녕 부정부패로 인한 농민수탈이 더욱더 폭력적으로 자행되고 있었다. 먼저 지방정부 차원의 대응을 살펴보자. 진휼을 위해 비축된 진휼청의 곡식들은 실무자들인 감관(監官)과 색리(色吏)가 쥐새끼처럼 모두 빼내어 사적 재산으로 전용하고 곳간은 텅 비어버렸으니

---

15 유발 하라리, 조현욱 옮김, 『사피엔스』, 김영사, 2015, 120~129쪽.

'飢民아 네 죽거라'하는 수밖에 없었다. 또한 장흥 수령은 재해 등급과 관련하여 전세 감면을 위한 공문을 전라감영에 보냈으나 겨우 지차읍 (之次邑), 즉 2등급을 받았다. 인근의 보성과 강진, 해남 등 전라도 지역 7개 읍이 1등급인 우심읍(尤甚邑)을 받았고, 이 해의 전세 면제 결 수 가 조선후기 최고치에 달했던 점을 감안하면 무능한 행정의 결과였다 고 할 수 있다. 이와 같은 관리들의 부패 및 농간과 행정의 무능은 고스란히 인민들의 기아(飢餓)와 세금 압박으로 이어졌다.[16]

중앙정부 또한 진휼에 있어서 무능하기는 마찬가지였으며, 오히려 폭력적 수탈을 강화하였다. 당시 장흥에는 흉년으로 대규모의 유망이 이루어지고 있음에도 불구하고 중앙정부에서는 대동미를 포함한 여 덟 가지의 세금을 온 고을에 일시에 부과하고, 공권력을 총동원하여 독봉(督捧)에 매진하였다. 그 결과 '咆哮ᄒᆞᄂᆞᆫ 號令 소리 閭閻이 振動' 하고, 미납자의 집안은 곧바로 결단이 났다. 오죽했으면 〈임계탄〉의 작자는 '內庭의 作亂ᄒᆞ니 壬辰倭亂 이럿턴가'라고 하여 국가 폭력을 동반한 세금 징수가 전쟁보다도 더 참혹했음을 고발하였겠는가.

연이은 자연재해로 생존의 극한에 처한 인민을 구휼하기는커녕 공 권력을 동원하여 살생까지도 서슴지 않는 주권권력의 모습을 현실비 판가사나 서사한시에서는 생생하게 보여 준다. 다시 말해 살인기계로 돌변해버린 국가장치에 의해 가난한 납세자들의 집은 법적인 보호에 서 제외되고, 규칙과 예외, 합법과 불법이 구분되지 않으며, 바람직한 질서가 정지되는 예외상태,[17] 즉 무법적, 탈법적인 공간으로 변모한다.

---

16 김덕진, 앞의 논문, 240쪽.
17 조르조 아감벤은 예외 상태란 질서의 정지에서 비롯되는 상황, 실정법의 효력을

선행연구에서 이미 살펴보았듯이 〈거창가〉에서는 한 달 만에 5~6명
의 백성이 장살(杖殺)을 당한 사실이 폭로되고, 납세 면제자인 양반
김일광 집의 독봉 과정에서 임장들이 패륜을 저지르자 그의 처가 손
목을 끊어 자살한 사건을 고발한다.[18] 〈갑민가〉의 갑민은 족징에 걸려
돈피 사냥에 발가락을 모두 잃고, 무도한 독봉으로 인하여 아내는 옥
중에서 목을 매어 죽고 그 충격으로 노부모는 혼절한 사연을 대화 과
정에서 읊어 내었다.

　어디 이뿐이랴! 정민교의 서사한시 〈군정의 탄식(軍丁歎)〉에서는 평
안도 숙천 땅에서 통곡하던 아낙의 입을 통해 유복자로 갓 태어난 사
내아이가 군정으로 충원되어 군포 납부를 독촉당하다가 눈보라치는
날 관아의 점호를 받던 길에 어미의 등에서 아기가 사망하는, 끔찍한
참상을 소개하고 있다. 황구첨정의 핍진한 사례이다. 이 한시가 더욱
더 비극적인 정서를 고양시키는 이유는 통곡하는 아낙의 얘기를 듣고
난 작자의 화답에 있다. 작품의 결말부를 이루는 대목에서 작자는 이
렇게 답한다. "이보오, 부인이여! 하늘을 불러 통곡하지 마오. / 하늘
보고 아무리 울부짖어도 예로부터 하늘은 아랑곳 않습니다. / 아무래
도 하루빨리 황천길로 떠나가서 / 다시 그대의 낭군을 만나 행복을
누리느니만 못하리."[19] 이 진술은 천재(天災)와 인재(人災)가 복합되어

　　정지시키는 형태로 실정법을 초월하는 상태를 지칭하는 것으로 설명했다. 조르조
　　아감벤, 박진우 옮김, 『호모 사케르-주권 권력과 벌거벗은 생명』, 새물결, 2008,
　　59~61쪽.
18　이형대, 「조선후기 현실비판가사와 '벌거벗은 생명'의 형상들」, 『한국언어문화』
　　61, 한국언어문화학회, 2016, 78~83쪽에서는 생체권력의 차원에서 이러한 사례를
　　분석하였다.
19　정민교, 〈軍丁歎〉, 『한천유고』, 卷1. '爾婦且莫呼天哭 呼天從來天不識 不如早從黃

발생하는 동일한 고통 속에서 팔도의 백성이 절반씩이나 죽어 나가는
데 조정에서는 아무런 대책 없이 팔짱만 끼고 있는 죽음의 정치 상황
에서 양심적 지식인이 터득한 냉철한 현실인식이자 절망과 체념의 자
기 고백인 것이다.

　유민은 자기 정체성의 터전이자 존재론적 근거가 되는 집이라는
장소가 해체되어 사라질 때 발생한다. 물론 이 시에서의 작중인물인
외딴 마을의 아낙은 아직은 정주자이지만 파탄의 가족사로 미루어 볼
때 장소상실의 잠재적 유민이라고 할 수 있다. 중세적 의미에서 집이
란 곧 가족의 은유인데, 가족의 상실은 곧 집의 소멸을 의미한다. 렐프
는 집이라는 장소는 '어쩌다 우연히 살게 된 가옥이 아니'며, 교환할
수도 없고 '무엇으로도 대체될 수 없는 의미의 중심인 것'이라고 정의
했다.[20] 이러한 집이 지상에서 소멸될 때, 그리고 복원의 희망이 전혀
보이지 않을 때, 그것은 사후의 세계에서나 다시 꿈꿀 수 있는 아득한
공간, 상상의 공간으로만 존재할 수 있는 것이다.

　이제 살펴볼 권헌(權攇)의 〈관북 백성(關北民)〉은 유민에게 있어서
가족이 해체되고 집이라는 실존공간을 상실하는 과정이 얼마나 큰 고
통과 절망감을 안겨주는지를 곡진하게 보여 준다.

　　　작년 여름엔 서리가 내리더니　　　　　　　　　　昨年夏賈霜
　　　금년에는 유난히도 가뭄이 심했다오.　　　　　　今年旱亦殊
　　　콩밭이 말라서 먼지만 풀석풀석　　　　　　　　　豆枯霧霏霏

　泉去 更與爾夫爲行樂' 임형택, 『이조시대 서사시 1』, 창비, 2013, 209쪽.
20 에드워드 렐프, 앞의 책, 114쪽.

넓은 들판 황량하게 묵정밭이 되었지요.	大野委平蕪
다섯 해에 단 한 해도 거두지 못했으니	五載一不食
백성들 살아나기 더할 수 없이 어렵지요.	衆庶日益瘠
지난번 이내 몸이 정든 집을 떠날 적에	向我去家時
마을에서 구실 독촉 성화를 대는 터라	鄕里督稅租
늙은 아낙 할 수 있소 어린 자식 팔 수밖에	老婦鬻小兒
그걸로 포백 바꿔 구실을 채웠지요.	轉充布帛輸
자식놈은 떠나던 날 아비 목을 끌어안고	兒啼抱我頸
발버둥치던 그 정경 차마 볼 수 없었다오.	轉輾不得扶
	… (중략) …
헤어진 나의 아내 나이 이미 늙었는데	我妻年已耄
정처없이 어디 가서 입에 풀칠이나 하는지……	流離安所糊
새삼스레 생각나오. 이별하던 그날 아침	更憶別離日
얼굴을 치켜들고 긴 한숨만 내쉬더니	仰面增長吁
아내는 겨라도 끓여 마지막 한술 나누려고	取糠備晨飧
눈물을 닦으며 부엌으로 나갑디다.	惻惻向中廚
때마침 북풍이 차갑게 몰아치고	是時北風寒
샛별 총총하여 찬 길 비추는데	星月滿寒衢
갈림길 다다라서 나 홀로 통곡하니	臨歧吾痛哭
눈물조차 말랐는지 수염을 피로 적시었소.[21]	淚盡血霑鬚

－권헌, 〈관북 백성(關北民)〉, 임형택 옮김

　　어느 날 시인이 길을 걷다가 서울로 향하는, 굶주려 비쩍 여윈 관북
의 유민을 만났는데, 그가 길에서 무릎을 꿇고 종놈으로 삼아 달라고
애걸하면서 들려준 이야기가 이 서사한시의 본사를 이루고 있다. 그

---

21   權攇, 『震溟集』 卷1, 임형택, 앞의 책, 243~245쪽.

가 외롭고 고단한 유민으로 전락하기까지의 내력이 작품의 주 내용인
데 회상의 형식인 이 이야기에서 두 가지의 사건이 단연 서사의 중핵
을 이룬다. 하나는 연이은 자연재해로 극도의 빈궁 상황에서 독촉하
는 군포를 내기 위해 자식을 노비로 팔았던 사건이다. 성리학을 국가
의 근본이념으로 삼아 개국하였으며 그 인민들에게 삼강오륜의 실천
을 강조했던 조선이란 국가가 이제는 폭력의 정치를 통해 그 이념의
토대인 가족 공간을 해체시키는 아이러니한 상황이 나타나고 있는 것
이다.[22] 팔려 가던 날, '아비 목을 끌어안고 발버둥치던' 아이와의 처절
한 이별을 경험해본 이 유민에게 '부자유친(父子有親)'의 윤리규범은
무슨 의미가 있을까. 다른 하나는 생계를 지탱하지 못해 아내와 헤어
진 사건이다. 이제 각자 유망의 길을 나선다면 부부간 인연의 단절은
물론 생사존망조차도 장담할 수 없는 불확실성의 공간, 불안정하고
유동적인 비장소의 공간으로 내몰리는 것이다. 이 부부는 이것이 집
으로부터의 추방이자 존재론적 추락이라는 것을 직감적으로 알고 있
다. 때문에 아내는 마지막으로 겨로 쑨 죽 한술이라도 나누고자 눈물
을 훔치며 부엌으로 향했으며, 북풍 몰아치는 갈림길에서 관북의 사

---

22 앙리 르페브르는 우리가 '이념이라고 부르는 것은 사회적 공간과 그 공간의 생산에
　개입할 경우에만 존재감을 부여받으며 [物]化될 수 있다'고 보았다. 그리고 가족은
　사회적 실천의 유일한 중심(단 하나의 온상)으로서의 기능을 갖는다고 하였다.
　이 견해에 따르면 가족윤리와 그 확산인 오륜의 이념은 가족의 해체와 더불어
　존립의 토대를 상실하는 것이다. 앙리 르페브르, 양영란 옮김, 『공간의 생산』, 에코
　르브르, 2011, 82쪽·95쪽. 한편으로 유교사상의 기본 세계관은 가족적 질서로 구
　축되어 있고, 유교 사회의 기초 단위는 가정이란 사실을 강조한 논의로는 김종만·
　김은기, 「한국인의 가치관과 문화적 정체성」, 김형찬 외, 『한국문화의 정체성』, 고
　려대학교 출판문화원, 2021, 121~123쪽 참조.

내는 피눈물을 흘렸던 것이다.

이와 같은 유민의 사태에 대하여 서사한시는 주로 개체적 인간이나 가족의 단위에서, 현실비판가사는 읍·현 수준의 지역단위에서 그 참상을 보고하고 있다. 그렇다면 유민의 전국적 규모는 얼마나 될까? 관련 사료를 검토한 사학계의 성과에 의하면, 15세기 무렵의 유민 현상이 '특정 지역에서 국지적으로 발견되는 것이 보통'이었다면, 17세기 후반 18세기 초에 이르러서는 "팔로의 피해가 대체로 같다"고 할 정도로 전국적인 문제로 비화했다고 한다. 그리고 호구기록상의 인구감소율로 추정해볼 때, 경신대기근(1670~1671) 때는 호구감소가 9~12%, 을병대기근(1695~1699) 때는 16~19%였을 것으로 추정되고 있다.[23] 물론 역사상 유래 없는 대기근을 대상으로 한 통계이지만 그 규모가 예상보다도 크다. 기록에서 누락된 호구를 감안하면 실제로는 두 배 정도라고 하니 전국적으로는 열 집에서 서너 집 정도가 〈관북 백성〉의 집처럼 사라져 버린 것이다. 정든 집과 고향을 떠난 이들은 어디로 갔을까.

> 家莊器物 롯干 거슬 그리져리 蕩盡ᄒ고
> 가는 流乞 오는 流乞 져 아니 避亂인가
> 他道 各官 長程外의 니고 지고 흘넛고야
> 東西南北 岐路間의 依地 업슨 져 流乞아
> 風雪조차 무름슈고 어듸로 向ᄒ는다
> 殘風向陽 어덕미츨 져 집ᄀ치 반기는고

---

23 김미성, 「조선 현종~숙종 연간 기후 재난의 여파와 유민 대책의 변화」, 『역사와 현실』 118, 한국역사연구회, 2020, 106쪽.

쉬는ᄃ시 안자다가 ᄌ오ᄃ시 죽어지ᄂᆡ
물의 밧진 져 사룸은 屈原의 忠節인가
ᄆᆡ혜 죽은 져 살룸은 夷齊의 忠節인가
路傍 溝壑 사힌 주검 無主孤魂 흘일 업다

— 작자미상, 〈임계탄〉

약간 남은 가장기물이라도 부세 수취과정에서 늑탈 당하거나 존명을 위한 양식 마련으로 탕진한 다음 이들은 집을 떠나 타도 타관으로 흘러 다닌다. 이렇게 집을 나서는 순간 이들은 유민이 되며, 그가 끊임없이 걷는 길은 비장소가 된다. 비장소란 정체성과 관계되지도 않고, 관계적이지도 않으며, 역사적으로도 정의될 수 없는 공간을 말한다.[24] 이 길은 그 유민의 정체성을 형성하는 그의 출생지도 아니며, 또한 이 길에는 농한기에 이웃들과 정담을 나누던 사랑방도 없으며, 조상의 신주를 모시던 사당(祠堂)도 존재하지 않는다. 이 길은 비장소의 주요 특성인 그저 통과의 지점이자 일시적인 점유의 공간일 뿐이다. 가족이나 마을 사람들과 관계의 네트워크가 모두 단절된 이 장소는 '고독한 개인성, 일시성, 임시성, 찰나성'이 지배하는 곳이다.

농민들이 이 비장소에 내몰린 상황을 '東西南北 岐路間의 依地 업슨 져 流乞아'라는 표현이 정확히 반영하고 있다. 유걸이란 조선반도 사방천지의 갈림길 사이에 있는 존재들이며, 의지(依地)할, 즉 '기댈만한 땅'이 없는 존재들이다. 인간은 수렵채집의 시대에서조차 하루의 사냥이 끝나면 집으로 돌아와 무리들과 식사를 하고 지친 몸을 눕혔다. 설령 그곳이 유목민의 게르처럼 유동적인 곳이라 할지라도 가족

---

24 마르크 오제, 앞의 책, 97쪽.

과 동료들이 존재하고 안식을 취할 수 있는 곳이라면 안정적인 장소임에는 틀림없다. 그러나 유민들에게는 자신의 존재를 기입할 땅도 없고 유의미한 실천을 이룰만한 집도 없다. 그가 기나긴 표랑 끝에 정주하는 공간은 바로 죽음의 장소이다. 위의 인용 작품에서 언급한 대로 양지바른 언덕 밑, 혹은 강물이나 호수, 또는 이름 모를 야산이 그곳인데, 그들이 최후를 맞은 장소에 따라 굴원과 같은 존재, 백이·숙제와 같은 유형적인 존재로 호명된다. 그야말로 개인의 정체성이 사라진 '무주고혼(無主孤魂)'일 뿐이다.

이처럼 대다수의 유민들이 표랑 끝에 아사(餓死)했다는 사실은 통계적 수치로도 확인할 수 있다. 사학계의 성과에 따르면 '경신대기근 때의 사망자와 사망률은 140만 명 내외와 11~14% 내외로, 을병대기근 때의 사망자와 사망률은 400여만 명과 25~33%였을 것'으로 추정된다.[25] 이 통계는 앞서 살펴본 호구감소로 인한 유민발생률을 상회하는데, 집에 머무르면서 굶어 죽은 사람들도 포함되었기 때문일 것이다. 그렇다면 살아남은 유민의 행방은 어떠한가?

조선왕조는 국가재정을 주로 농민의 노동력과 부세에 의존했기에, 유민의 발생은 곧 수취체제의 동요를 의미하는 것이다. 따라서 국가의 유민 대책은 유민을 통제하고 정착시켜 부세 수취체제 내로 재편입을 도모하기 위한 유민통제책, 유민을 본적지로 되돌리기 위한 유민환송책, 유민을 구호하고 정착을 지원하는 유민안집책 등으로 집약된다. 그러나 이 정책들은 그다지 실효를 거두지 못했다. 유민에게 약간의 양식을 주고 본적지로 되돌려보내는 유민 환송의 경우를 보더라도,

---

25 김미성, 앞의 논문, 106쪽.

숙종 29년의 도성 유민 가운데 환송에 응한 수가 10분의 1에 불과하며 그마저도 대부분 도중에 도망갔을 것으로 추정되고 있다, 정조 14년 서울의 환송 유민수도 평균 30%를 넘지 않으며, 같은 해 각도에 머물렀던 서북유민의 환송실태를 보더라도 평균 50%에 미치지 못한다.[26]

죽지도 못하고, 고향으로 돌아가지도 못한 유민들은 비장소에 머물면서 다양한 형식의 존재 전환을 시도하는 바, 이를 정체성의 문제와 관련하여 다음 장에서 살펴보기로 한다.

3. 유민의 비정체성, 다중정체성

정처 없이 떠돌던 유민들이 가장 많이 몰려드는 곳은 조선후기 상업적 도시로 성장하고 있던 서울이었다. 물산이 풍부하고 임노동의 수요가 있었으며, 국정의 최고 책임자인 왕이 머무는, 행정의 중심지였기 때문에 최소한의 구휼에 대한 기대감도 있었을 터이다. 19세기에 활동했던 홍직필이 남긴 〈속유민조〉에서 이러한 정황을 살펴볼 수 있다.

가련도 하구나 유민들이여	哀哉流民
떠도는 桃梗처럼 향할 곳 없고	流梗靡所向
바람에 날리는 쑥대처럼 의지할 곳 없구나	飄蓬無依因
창생들이 모두 살 곳을 잃으니	蒼生皆失所

---

26 변주승, 「조선후기 유민정책 연구」, 『민족문화연구』 34, 고려대학교 민족문화연구원, 2001, 51~71쪽.

좋지 못한 시운을 어이하랴	時命奈不辰

가련도 하구나 유민들이여	哀哉流民
부모의 나라를 찾아와서	行尋父母國
손잡고 도성 안으로 들어갔네	提携入城闉
경사에서는 진휼하지 아니하여	京師不擧賑
시신이 구렁을 메우고 있다오	溝壑盡埋堙[27]

　　　　　　　　　　　－홍직필, 〈속유민조(續流民操)〉, 성백효 옮김

　　인용시의 상단에서 목적지가 없이 표류하는 유민들의 무정향적(無
定向的) 존재 상황을 시인은 도경(桃梗)이라는 벽사(辟邪) 의식에 쓰이
는 복숭아나무 인형에 비유했다. 이 복숭아나무 인형은 범람한 강물
에 떠밀려 어디로 흘러갈지 모르는, 표류하는 존재의 시적 상관물이
다. 유민에 대한 또 하나의 비유는 '바람에 날리는 쑥대'이다. 여름날
무성하던 쑥대도 늦가을의 찬바람을 맞으면 생명력을 상실하여 마른
꽃잎이며 이파리들이 쑥대의 본줄기에서 분리되어 바람 따라 흩날린
다. 4행에서 서술되듯이 유민은 '살 곳을 잃'어버린 창생, 곧 삶의 터전
을 상실한 존재들이라는 점에서 도경과 쑥대의 직설적인 비유가 성립
한다.

　　존재론적 위기 상황에서 유민들이 찾는 곳은 하단의 인용 시에서
보이듯이 부모의 나라, 곧 임금과 신하들이 상존하는 도읍지 서울이
다. 부모가 가까이 있는 고을이라면 굶주림에 허덕이는 자식 같은 백

27　홍직필, 〈續流民操〉, 『梅山先生文集』 卷2, 한국고전번역원 옮김, 한국고전종합DB.
　　https://db.itkc.or.kr/dir/item?itemId=BT#/dir/node?dataId=ITKC_BT_0609
　　A_0020_010_1670

성이 찾아왔는데 차마 외면할 수 있을까. 고향을 잃고 이역을 떠도는 유민들은 언제라도 자신들이 제거될지 모른다는 심리적 공포, 즉 낯선 두려움(unhomely)을 항상 지니고 있다.[28] '손잡고 도성 안으로 들어갔'던 이 유민들은 과연 부모의 고을에서 낯선 두려움을 어느 정도 해소하고 삶의 안정감을 찾을 수 있었을까. 하단 시의 끄트머리에서 유민들의 이러한 소망은 한낱 착각이었으며, 물거품으로 사라진 정황을 여실하게 보여 준다. 생체권력의 배제(제거)를 통한 죽음의 정치가 이미 조선의 방방곡곡에서 자행되고 있는 상황에서 서울이라고 예외일 수 있겠는가. 기대했던 진휼은 서울에서도 없었으며, 구렁을 메워가는 시신들만 즐비하다고 시인은 진술한다.

한국사학계의 성과를 빌어 서울에 도착한 유민 대책을 잠깐 살펴보기로 한다.[29] 『승정원일기』에 의거한 숙종 23년의 사례이다. 서울에서는 일단 죽소(粥所)를 운영하여 유민들에게 죽을 제공하고, 며칠분의 양식을 주어 고향으로 돌아가게 했다. 그러나 앞서도 얘기한 바, 이러한 유민환송책은 실효를 거두지 못했고 유민들은 서울에 남아

---

28 나병철 교수가 1920년 문학에 투영된 유민화된 민중의 형상을 검토하면서 주요한 분석개념으로 '낯선 두려움'을 활용하였는데, 이는 그가 주목한 식민지 자본주의와 총독부 국가기구의 통치하의 유민뿐만 아니라 조선시대 유민들에게도 확장하여 적용할 수 있을 것으로 보인다. 그 형식과 강도에 있어서는 다소 다르지만 생체권력과 죽음의 정치라는 측면에서는 두 시대 간의 유사점이 있기 때문이다. 그의 설명에 따르면 낯선 두려움(unhomely)이란 어머니의 품속 같은 고향(home)을 상실한 상태에서 합리적 세계인 제2의 고향(상징계)에서 모순적인 비합리성이 나타남으로써 거세공포에 시달리는 심리를 말한다고 한다. 이 용어의 원 출전은 지그문트 프로이트, 정장진 옮김, 「두려운 낯설음」, 『창조적인 작가와 몽상』, 열린책들, 1996, 137~138쪽이다. 나병철, 「유민화된 민중과 디세미네이션의 미학 −1920년대 문학을 중심으로」, 『현대문학이론연구』 60, 현대문학이론학회, 2015, 256쪽.
29 이하의 기술은 변주승, 앞의 논문, 56~58쪽에서 발췌한 것이다.

구걸하거나 심지어 도적질을 일삼기도 하고 전염병을 퍼뜨리기도 했다. 그리하여 결국은 강화도나 교동도, 영종도 등 서해의 섬으로 유민들을 보내기로 하고 그 중간 집합소를 한강 가운데 있는 밤섬으로 정했다. 서해의 섬으로 떠날 때는 각 섬에 주둔한 변장(邊將)이나 방어사의 관리하에 두었으며 이들을 고공(雇工)으로 수용하는 섬 주민들에게는 정부가 나서서 고공공명첩(雇工空名帖)을 발부해 주기도 하였다고 한다. 그러나 불과 몇 달 만에 이 정책은 중지되었다. 보리 수확기가 다가오고 유민들도 나가기를 원하여 밤섬에 수용된 유민들을 모두 풀어주었다. 그러나 이들은 여전히 서울에 남아 유리걸식하다가 태반이 굶어 죽었다고 한다.

이상의 사실과 견주어보면 이 시기로부터 100여 년이 지난 홍직필의 시대에도 서울에 도착한 유민들의 태반은 유리걸식하다가 죽음으로 삶을 마감했다. 100년이 흘렀는데도 유민 대책은 진전이 없었던 것이다. 다산 정약용이 유민 대책의 일환으로 운영된 죽소(粥所)의 풍경을 포착하여 서술한 글이 있기에 참고삼아 인용해 보기로 한다.

客館 앞에 그 깊이는 한 자〔尺〕가 넘고 둘레는 몇 발〔丈〕이 되게 구덩이 하나를 파고 새끼로 서까래 몇 개를 묶은 다음 풀로 한 겹을 덮으니, 위에는 눈이 내리고 옆으로는 바람이 쳐서 살을 에는 듯한 추위를 견딜 수 없다. 물과 같이 묽은 죽은 겨와 흙이 반이나 섞였고, 삽살개 꼬리같이 해진 옷은 그 몸을 가리지 못하고, 헝클어진 머리털에 쭈그러진 얼굴 꼴이 까막 귀신과 같다. 나팔소리 한번 나면 돼지처럼 모여들어 죽을 먹고, 흩어져서 구걸하면 밥 한 숟가락 얻어먹지 못한다. 저녁이 되면 객관 앞 한 우리에 들어가 몸을 구부리고 꿈틀거리는 것이 마치 똥구더기 같다. 서로 짓밟아서 약한 자는 치어 죽고, 병이 서로 전염하여 疫疾이

성행한다. 監賑하는 자는 이를 미워하여 죽는 것을 다행으로 여겨, 구렁
에 내다 버리기를 날마다 수십 명씩 하니, 까마귀와 솔개가 창자를 쪼아
먹고 여우와 살쾡이가 피를 빨아 먹으니, 천하에 슬프고 원통하고 불쌍함
이 이보다 더할 수 없다.[30]
  −정약용,『목민심서』진황(賑荒) 6조, 제4조 설시(設施), 이정섭 옮김

  여기에서 인용된 죽소는 서울의 죽소가 아니라 지방 관아에서 운영
하는 죽소이다. 추운 겨울날 객관 앞의 공터에 임시로 세운 움막은
눈·바람조차 제대로 막아 내지 못해 추위가 파고들 정도여서 외양간
이나 돼지우리만 못하다. 여기에 거주하는 유민들은 헐벗고 굶주려
누추한 꼴이 까막 귀신 같으며, 나팔 소리에 돼지처럼 모여 겨와 흙이
반이나 섞인 묽은 죽을 먹는다. 저녁이면 우리에 모여 똥구더기처럼
꿈틀거리며 서로 치어 죽기도 하고 전염병을 퍼뜨리기도 한다. 그러
다 죽으면 구렁에 버려지는 존재, 이들이 바로 죽소라는 임시 거처에
기거하고 있는 유민들이다. 이 죽소는 한시적으로 운영되며, 다른 사
람들과의 유대를 창출하지도 못하고, 또한 개인의 정체성의 준거가
되지 못한다는 점에서 인류학적 장소와는 다른 비장소일 뿐이다. 사
실 예외상태에 놓여있는 유민들에게는 팔도의 공간 전체가 비장소이
지만, 이 죽소라는 곳은 한정된 공간으로 제한되어 있으며 음식물 공
급을 통한 기민 구휼이라는 분명한 목적을 지니고 있다는 점에서 특
이성을 지닌 비장소라고 할 수 있다. 이곳은 임시 거처라서 정착할

---

30 정약용,『목민심서』진황(賑荒) 6조, 제4조 설시(設施), 한국고전번역원 옮김, 한국
고전종합DB. https://db.itkc.or.kr/dir/item?itemId=BT#/dir/node?dataId=ITKC_
BT_1288A_0120_050_0070

수 없으며, 사람들이 서로를 소외시키는 익명성의 공간이기도 하다.

우리가 정체성을 '존재의 본질 또는 이를 규명하는 성질'로 정의하며, 이 단어를 상기할 때 '변화하는 현상 이면에 존재하는 어떤 불변의 특성'이나[31] 아니면 어느 정도 지속가능한 특성들을 연상한다면, 이 임시적인 익명성의 공간에서 잠시 거주하는 유민들은 정체성이 확보되지 않은 비정체성의 존재라고 할 수 있다. 위에서 인용된 정약용의 서술에서도 그들의 양태나 행위에 따라 까막 귀신, 돼지, 똥구더기에 類比되는 존재, 가변적인 상황에 따라 변화무쌍한 존재(기민-걸인-싸움꾼-전염병자-주검)라는 점에서도 충분히 간취할 수 있다.

유민은 다른 존재들과의 관계에서 공유할 만한 특성이 없는 비정체성의 소유자이기에 예외상태에서 자행되는 국가적 폭력에 더욱 취약하다. 유민이 도둑으로 오인되어 억울하게 옥살이하는 상황을 포착한 이학규의 〈기경기사(己庚紀事): 북풍(北風)〉의 현실 고발이 핍진하다. 이 작품은 작자가 신유옥사에 연루되어 오랜 귀양살이를 하던 중에 정약용의 〈전간기사〉에 감발을 받아 그의 유배지인 경상도 김해 땅에서 이문목도(耳聞目睹)한 민막(民瘼)의 사례를 시적 공간에 담은 시들 가운데 하나이다. 그 내용은 작품의 서문에서 소개하듯이 도적들이 밤에 읍내 서촌에다 불을 질러 소란해진 틈을 타서 촌민들의 재물을 훔쳐갔는데, 오비이락(烏飛梨落)격으로 근처에 있던 호남의 유민 10여 명이 그 도둑들로 오인되어 혹독하게 심문을 당하고 옥살이를 하게 된 과정을 그려낸 것이다.

---

31 김형찬, 「한국 문화의 정체성을 다시 논함」, 김형찬 외, 앞의 책, 7쪽.

거들먹거리는 군교놈들	訇休府中校
늑대처럼 흘끔흘끔 싸다니다가	顧眄如雄貙
유민들 붙잡아 팔을 끌고	投索絏其肢
방망이로 두들겨 패며	持梏敲其膚
"이것들 큰 도둑놈	言此大賊虜
종적이 매우 수상하다."	踪跡極睢盱
황혼에 관부가 떠들썩	黃昏府中譁
몰아쳐 읍내에 이르렀다.	驅迫及閭閻
아내는 관비가 되겠다고 애걸하고.	妻亦乞爲婢
자식은 종놈이 되겠다고 애걸하네.	兒亦乞爲奴
비옵나니 너그러이 용서해주십사라고	所願略寬恕
애잔한 목숨 조석간이나마 이어보려고	喘息延朝晡[32]

－이학규, 〈기경기사(己庚紀事): 북풍(北風)〉,
임형택 옮김(필자 부분수정)

인용 부분은 작품의 핵심을 이루는 민막(民瘼)의 정황을 클로즈업한 대목이다. 정탐을 나왔던 군교들이 별다른 근거 없이 유민들을 '큰 도둑놈'으로 지목한 일은 너무나도 어처구니없어서 독자들을 아연실색하게 한다. 통상 유민들이란 지닌 것은 쪽박밖에 없는 빈털터리인데, 훔친 물건이나 도둑질에 필요한 도구, 흉기의 보유 여부, 또는 목격자의 진술 등 최소한의 혐의점도 확보하지 않은 채, 단지 '종적이 매우 수상하다'는 이유만으로 이들은 체포, 구금되었다. 무척이나 억울한 일이다. 그러나 다시금 생각해보면, 붙잡힌 유민들은 이 지역공동체의 외부자였으며, 스스로의 존재 증명이 어려운 비정체성의 행위

---

32 李學逵, 〈己庚紀事: 北風〉, 『洛下生集』, 冊八. 임형택, 앞의 책, 391쪽.

자들이라서 도둑으로 오인될 수 있는 내적 자질을 갖추고 있었음도 부인하기 어렵다. 이처럼 실정법을 초월하는 생체권력은 유민들의 생명을 처분 가능한 상태에 두고, 필요에 따라 자의적으로 처결하면서 배제, 제거하는 특성을 지니는데[33] 이 작품이 그러한 권력의 작동방식을 선명하게 보여 준다. 이러한 불법적인 공간에서 유민들이 지닌 낯선 두려움이라는 공포의 심리기제가 얼마나 증폭되었을지는 충분히 짐작할 만하다. 관비나 관노가 될 터이니 구금된 지아비나 아비를 풀어달라는 가족들의 읍소가 독자들의 눈시울을 적시게 한다.

한편으로 유민들은 비정체성을 지녔기에 누구보다도 존재 전환이 용이한 사람들이라는 점은 여러 작품에서 확인된다. 그러나 이 존재 전환은 극단의 존재론적 위기 상황에서 연명을 위한 마지못한 선택이었다는 점에서 비장한 정서를 자아낸다.

> 늘근 놈은 거亽되고 졀믄 놈은 중이 되고
> 그도 져도 못된 놈은 헌 누덕이 딜머지고
> 계집 주식 압셰우고 뉘리亽방 개걸타가
> 늘근이와 어린 거슨 구학송댱 졀노 되고
> 댱졍덜은 亽라나셔 목슘 도모 ᄒ랴ᄒ고
> 당 져그면 셔졀구투 당 마ᄂ면 명화적의
> 져 일들이 뉘 타시랴 제 죄 쑨도 아니로다
>
> —작자미상, 〈향산별곡〉

---

33 강력한 유민통제책 가운데 하나인 五家作統法의 오가통사목중에는 統牌에 실리지 않은 자는 죽여도 처벌받지 않는다는 조항이 있었으며, 이 극단적인 조항을 악용하여 숙종 4년 영암의 私奴 말생이 호적에 빠진 채 떠도는 居士 세남을 대낮에 살해하기도 하였다는 사례가 보고된 바 있다. 변주승, 「조선후기 유민의 생활상」, 『전주사학』 8, 전주대 역사문화연구소, 2001, 128쪽.

혹은 죽어 진구렁 메우고　　　　　　　　　或死溝壑中
혹은 장돌뱅이로 떠돌고　　　　　　　　　或托場市商
혹은 절간에 몸을 던지고　　　　　　　　　或於山寺投
혹은 도적떼에 숨어 든다　　　　　　　　　或於寇盜藏
수백의 무뢰배들이　　　　　　　　　　　　無賴數百群
떼 지어 노략질을 하여　　　　　　　　　　相聚逞剽攘
대낮에 사람을 살상하고　　　　　　　　　　白日殺越人
야밤에는 횃불 들고 날뛴다.　　　　　　　　昏夜明火光[34]

　　　　　　　　　　-윤현, 〈영남탄(嶺南歎)〉, 임형택 옮김

　위에서 인용한 〈향산별곡〉과 〈영남탄〉에 공통적으로 등장하는, 유민에서 존재 전환된 행위자는 중과 도적떼이다. 굶주린 유민이 절집에 투탁하거나 식량이나 옷가지를 훔치는 좀도둑으로, 나아가 상당한 규모의 무장력과 조직력을 갖추면서 지역 간의 연계망을 확보하고 토호지주층이나 관아까지를 공격하는 명화적 집단으로 발전한 사례는 적잖은 사료에서 발견되고 있다. 인용 작품에서 또 거론되고 있는 것은 거사와 장돌뱅이이다.

　유민의 생활사 연구를 참조해 보면[35] 서울지역으로 들어온 유민의 경우 당시 발달한 수공업체제하에서 다양한 부류의 임노동자로 전환되거나 청계천 준설과 같은 관급 공사에 동원된 사례를 확인할 수 있다. 서사한시에서도 한강 연안에서 하역을 하거나 광흥창에서 잡부 노릇을 하는 유민 출신 인물의 고단한 삶을 포착하기도 하였다. 다음

34　尹鉉, 〈嶺南歎〉, 『菊磵集』 卷中. 임형택, 앞의 책, 104~105쪽.
35　인용된 사례는 변주승, 「18세기 유민의 실태와 그 성격」, 『전주사학』 3, 전주대 역사문화연구소, 1995, 10~14쪽에서 간추렸다.

으로는 조선후기 광산업의 발전에 따라 고용 광부로 전환되는 경우도
많았는데, 가사 〈동점별곡(銅店別曲)〉에서 이들의 생활상을 생생하게
드러내었다. 셋째, 장시가 발달하여 상업중심지로 발전해가는 현상에
편승하여 상인으로 전환한 유민들도 있었다. 당시 서울의 난전상인,
잠상(潛商), 사상(私商)들의 일부는 농촌을 떠난 유민들이었다고 한다.
넷째는 농민의 정체성을 유지하면서 수탈이 없거나 덜한 산간 지역이
나 국경 지역으로 이동하여 화전민으로 전환되는 유민의 사례도 발견
되는데 이건창의 서사한시 〈협촌기사(峽村記事)〉에서 그 고단한 삶의
현실을 절절하게 묘사하고 있다. 그 밖에 유민들이 다양한 형태의 유
랑예인으로 전환된 사실은 이미 널려 알려져 있다.

    이처럼 유민들의 정체성이 변동되는 상황을 시가 작품을 통해 분석
한 연구로는 진재교 교수의 선행 성과가 있어 불필요하게 중복할 필
요는 없을 듯하다.[36] 다만 서사한시 가운데는 신체적 변환까지 동반하
여 인간과 동물의 경계 영역으로까지 정체성을 이동시킨 유민의 특이
한 사례를 포착한 작품이 있어 이를 간략하게 살펴보기로 한다. 신광
하의 서사한시 〈모녀편(毛女篇)〉이 바로 그 작품이다. 시인은 1784년
에 56세의 나이로 백두산을 올랐는데, 이 산을 가는 길에 지역 주민들
에게서 들은 이야기를 시적 화폭에 옮겨 놓은 것이다. 수십 년 동안
그 고장 사람들에게 구비전승으로 전해온 이야기라서 설화적 성격이
강한데, 이인담(異人譚)이나 신선담(神仙譚)처럼 변신 모티프가 신비
롭고도 낭만적으로 주조되어 있어 비상한 흥미를 끌고 있다. 작품은

---

36 진재교, 「이조후기 유민에 관한 시적 형상」, 『한국한문학연구』 16, 한국한문학회,
    1993, 325~385쪽.

백두산에 나무 끝을 날아다니는 모녀(毛女) 둘이 살았는데 어느 사냥
꾼이 그중 하나를 잡고 보니 몸에 온통 검은 털이 돋친 기이한 모습이
었다는 이야기에서 시작된다. 이렇게 독자들의 관심을 집중시킨 다음
에는 붙잡힌 여자의 얘기를 현재적 시점에서 들려주고 있어 절묘한
구성을 취했다고 할 만하다. 여자의 말에 따르면 자신은 본래 경원
사람인데 큰 흉년을 만나 일가족이 유랑하다가 낙원이 존재한다는 말
을 듣고 백두산 상류까지 들어갔다고 한다. 그러나 하룻밤 새 내린
큰 눈으로 고립되어 양식까지 탕진하고 아래의 상황을 맞게 된다.

어둡고 음산한데 추위와 주림에 몰려	幽陰迫凍餒
토굴 속에 늘비하게 쓰러졌는데	枕籍委土窟
오직 두 여자 살아남아	獨有兩女子
황량한 산에 돌올하게 섰다오.	空山立突兀
봄가을 바뀌는 줄도 모르고	不知春與秋
샘물 마시고 열매 따 먹고 살아가니	飮水食木實
몸은 노래지고 털이 돋아	毛成體輕擧
옷 입을 필요조차 없게 됩디다	無復懷被褐
노루·사슴과 한 무리 이루니	自入麋鹿群
곰과 새의 재주인들 어찌 없으리오	豈有熊鳥術
이 여자 제 고향으로 돌려보내니	遣女還故鄕
고향은 벌써 옛날의 고향 아니라	故鄕非昔日
이웃 사람들 놀라 쫓아내고	鄰里驚逐之
모두 문을 닫거니	各自閉其室
모녀는 겁에 질려 울면서	毛女大恐啼
밖에 나다니지도 못하고	獨居不敢出
"나를 산속으로 돌려보내다오"	願還兒山中

울부짖는 그 소리 쇳소리 같더라오　　　　　　　慟哭聲如鐵

익힌 밥 먹으면서 배고픔과 추위를 알게 되고　　復食知饑寒

몸에 털이 빠지자 이내 죽고 말았더라네.[37]　　毛落而立絶

　　　　　　　－신광하, 〈모녀편(毛女篇)〉, 임형택 옮김

　인용 대목의 전반부는 살아남은 두 여자가 백두산이라는 야생의
공간에서 동물들과 생활하다 보니 '몸은 노래지고 털이 돋'는 신체적
변환이 이루어지고, '곰과 새의 재주'를 터득하게 되었다는 내용이다.
그대로 믿기에는 황당한 이야기이지만, 인간의 신체란 환경과의 상호
작용 과정에서 어느 정도 변형된다는 것은 사실이다. 수렵채집의 시
대에서 농업사회로 이행되었을 때 인간의 척추와 무릎, 목과 발바닥
의 장심은 농업노동으로 심한 압박을 받아 꾸부정하게 되었으며, 디
스크 탈출증이나 관절염 같은 새로운 질병이 생겨난 사실이 고대 유
골 조사에서 밝혀지기도 했다.[38] 이 털복숭이 여자들은 야생의 동물들
과의 새로운 접속, 배치 속에서 일종의 '동물-되기'가 이루어진 것이
며,[39] 부단한 장소적 실천에 따라 정체성의 변화를 초래하게 된 것이
다. 그녀들이 새롭게 장소화 한, 이 야생의 세계는 인간의 제도나 질서
와는 전혀 다른 이질적인 공간이다. 따라서 인용 시의 하단부에서 보
이듯이 이 털복숭이 여자에게는 이미 무장소화 되어버린 고향으로의
귀환은 실패할 수밖에 없는 것이다. "나를 산속으로 돌려보내다오"하

37　申光河, 〈毛女篇〉, 『震澤集』卷6 白頭錄, 임형택, 앞의 책, 301~302쪽.

38　유발하라리, 앞의 책, 126쪽.

39　동물-되기에 대해서는 질 들뢰즈·펠릭스 가타리, 김재인 옮김, 『천개의 고원』,
　　새물결, 2001, 460~461쪽 참조.

는 여자의 절규와 '털이 빠지자 이내 죽'어버린 여자의 종말은 장소와 인간이 맺는 관계의 긴밀함을 여실하게 보여 준다.

한편으로 유민들은 다중정체성의 소유자들이기도 하다. 이들의 불안정한 삶과 유동적인 배치, 타자들과 맺는 관계의 가변성이 불가피하게 다중정체성을 생성시키는 것이다. 사당패의 생활을 묘사한 이학규의 〈걸사행〉에서 이러한 면모를 확인해 보기로 한다.

동당 동당 동당	鼕鏜鼕鐺鼕鐺
노래하는 입 북 치는 손 잘도 어울린다	歌口鼓手相應當
나긋나긋한 영암의 패랭이	霝巖嫩竹細平凉
칡으로 엮은 모자 비뚜름히	葛繩帽子踈結匡
삼남의 포리 원산 장사치들	三南逋吏元山商
머릿기름 냄새에 눈 깜짝이고 침 흘리며	額瞬齒唾油鬂香
돈 물 쓰듯 하여 빈털터리 되는구나	使錢如水乾沒囊
동가숙 어느 봉놋방	東家宿一客房
서가식 한 됫박 양식	西家乞一升粻
주막으로 장터로 바람 부나 눈이 오나	店炕墟市風雪霜
삼한 천지에 집도 절도 없는 신세라네	三韓世界無家郞
나무아미타불 나무아미타불	阿彌陀佛念不忘
사람 보면 손 내미는 거렁뱅이 꼴이로세.	逢人卽拜乞士裝(중략)
아무 데고 인산인해 이룬 곳에	箇處人海人山傍
엉큼하게 손 집어넣어 치맛속 더듬는다	暗地入手探帬裳
너는 一錢에 몸을 허락하는 계집이요	汝是一錢首肯之女娘
나는 팔도에 거친 데 없는 한량이란다.	我又八路不闖之閑良
아침엔 김서방 저녁엔 박서방	朝金郞暮朴郞

물결치는 대로 바람 부는 대로	逐波而傀隨風狂
일반 보시 술 한 잔 국 한 그릇.	一般布施茶酒湯(중략)
동당 동당 동당	鼕鐺鼕鐺鼕鐺
시주댁전에 양식을 구걸하니	施主宅前乞米糧
긴 행랑 중문 옆에	一角中門長行廊
조그만 종년이 예쁘장히 단장하고	小首婢子鸚鵡粧
쪽물 치마 끌며 나오는데 찬찬도 하지.	頓藍帬拖禮安詳
통영 반자에 서 말 곡식 담고	統營盤子三斗粱
가운데 대전 열 닢을 얹었으니	當中大錢十文强
상평통보 네 글자 뚜렷하다.[40]	常平通寶字煌煌

　　　　　　　　　　　　　　　-이학규, 〈걸사행(乞士行)〉, 임형택 옮김

　　사당패는 주로 거사(居士)라고 불리는 남사당과 사당(社堂)이라고 불리는 여사당으로 구성된 10명 남짓으로 구성된 집단인데, 남사당과 여사당의 관계는 부부인 경우가 많다. 이 집단의 성격은 역사적으로 변모되어 왔다. 조선 전반기까지만 하더라도 이들은 반승반속인(半僧半俗人)으로 불사(佛事)를 행해 왔다. 그러다가 조전 중기에 이르면 시주를 목적으로 한 예능집단으로 변모했다가 19세기에 이르러서는 '걸식하며 생존을 위해 공연을 하고, 심지어는 매춘까지 하는 유랑집단으로 변화'한다.[41] '京外의 남녀들이 요역을 피하기 위하여 社長이라 칭하기도 하고 居士라고 칭하기도 하면서 사방을 두루 돌아다'닌다는

40　李學逵, 〈乞士行〉, 임형택, 『이조시대 서사시 2』, 창비, 2013, 483~485쪽.
41　장휘주, 「사당패의 집단성격과 공연내용에 대한 史的 考察」, 『한국음악연구』 35, 한국국악학회, 2004, 225~235쪽.

『선조실록』의 기사에서도 확인할 수 있듯이 이들은 기본적으로 유민 집단이다.

인용 시의 첫 부분은 이들이 놀이판을 열고 공연하는 장면이다. 북을 치며 노래하는 것으로 미루어 보면 아마도 이들의 단골 레퍼토리인 〈선소리 산타령〉을 공연하고 있으리라 추정된다. 패랭이 쓴 영암 아전이나 삼남의 포리, 원산의 장사치들이 주요 관객이라면 아마도 서울 한강 주변의 어느 포구가 공연 장소일 듯도 싶다. 여사당의 매혹적 자태에 침 흘리며 물 쓰듯 돈을 내는 세태 포착이 인상적인데, 이 첫 부분에서 사당패는 공연자로서의 정체성이 뚜렷하다.

두 번째 부분을 유랑민으로서의 생활상을 묘사하고 있다. 동가(東家)의 객방에서 잠을 청하고, 서가에 들러 한 됫박의 양식을 구걸하는 비렁뱅이의 삶이다. 유랑예인인 사당패의 공연이란 날씨도 맑아야 하고 장이 열리거나 배들이 도착하는 등 사람이 모일 수 있는 조건이 성립해야 가능하다. 그러나 이런 날은 한정되어 있기 때문에 바람 부나 눈이 오나 삼한 천지를 떠돌며 구걸해야 연명하는 걸인의 신세인 것이다.

세 번째 부분은 매춘부로서의 여사당의 모습을 그려내고 있다. 사당패의 공연이 절정에 오를 때 여사당들은 둘러선 관객들에게 치마를 벌려 돈을 받는데, 그 가운데 엉큼한 사내들은 시인이 포착한 것처럼 몸을 더듬기도 한다. 이능화의 증언에 의하면 관객 중에 '혹 동전을 입에 물고 "돈! 돈!" 소리를 내면 여사당이 가서 입으로 돈을 받으며 입 맞추'기도 하는데 이것이 동기가 되어 매춘으로 이어진다. 위 시에 표현되어 있듯이 '너는 一錢에 몸을 허락하는 계집'이고 '아침엔 김서방 저녁엔 박서방'으로 밤마다 서방이 바뀌는 매춘부로 정체성이 규정된다. 아침의 김서방은 사당패를 구성하는 거사 가운데 하나로 본래의 남편일 것이고 저녁의 박서방은 화대(花代)를 내고 여사당의 성을 구매하는 자일 것이다.

마지막 부분은 화주승(化主僧)처럼 시주를 걷는 장면을 포착하고 있다. 실제로 사당과 거사들은 사찰과 유기적인 관계를 맺으면서 법당 중수나 범종 주조, 불경 간행 등을 위한 시주에 참여한 사실은 여러 기록에서 발견된다. 작품에 묘사된 시주댁은 긴 행랑에 중문이 있는 집에다가 예쁘게 단장한 여종이 있으며, 시주 또한 넉넉한 것으로 미루어 보면 상당한 부호가임에 틀림없다.

위의 인용 시에는 언급되지 않았지만 한국사학계의 보고에 의하면 18세기 무렵부터 거사들이 급증하고 18세기 중엽부터는 이들이 단순 절도는 물론 변란이나 역모에까지 가담한 사실이 드러나고 있다. 고종 15년에 충청도 일대에서 활약한 명화적의 중심은 꼭두각시패라는 유랑예인집단이었다고 한다.[42] 이 사건으로 체포된 명화적 안봉길은 청주 출신으로 서울 신사(新寺)의 승려 → 황해도의 거사패 → 파주의 신발장수 → 명화적이라는 정체성의 변동을 거쳐온 인물로 파악되고 있다.

인간의 실천 여부에 따라 장소가 탄생되고, 그 장소가 행위자의 정체성을 부여한다는 사실을 상기해볼 때, 유민들의 다중정체성은 그 특유의 장소적 유동성과 더불어 타자들과의 다양한 배치 관계에서 형성된 것이다. 이학규의 〈걸사행〉에 등장하는 여사당의 경우를 보더라

---

42 변주승, 「조선후기 유민 생존방식의 일면 ―승려·居士·明火賊 집단을 중심으로」,
    『전주사학』 9, 전주대 역사문화연구소, 2004, 208쪽.

도 '놀이판에서 관객과 접속할 때는 공연자이지만 부호가에서 시주자와 접속할 때는 화주승과 같은 존재, 비밀스러운 장소에서 성 구매자를 접속할 때는 매춘부가 되는 것이다. 그러나 이러한 장소 역시 임시적이며, 형성된 관계 또한 가변적이라서 그 정체성 또한 불안정할 수밖에 없다.

4. 결론을 대신하여: 공감과 저항의 비정형적 네트워크

자기 땅에서 스스로 축출된 하위계층의 유민들은 하위주체, 소수자, 서발턴이라는 이름으로도 불릴 수 있을 것이다. 그럼에도 불구하고 이들을 호모 아토포스로 호명하는 이유는 행위자와 그 행위의 터전이 되는 장소를 연관지어 살펴볼 때 그 모습이 좀더 선명하게 드러나기 때문이다. 앞서 살펴보았듯이 유민은 비장소적 존재이다. 오제가 말한바 '정치적 폭력과 경제적 양극화가 시스템 바깥으로 내몬 인구의 임시 거처들'이라는 점에서 그러하다. 그러나 오제는 요즘의 임시 난민 수용소 같은 국지적 공간을 비장소로 지칭하고 있지만, 유민의 경우 생체권력의 죽음 정치로 인해 전국적으로 산포된 존재들이기 때문에 그들의 비장소는 전국에 걸쳐 있다. 따라서 유민들은 '고통받는 얼굴'을 지닌 존재들이며 '낯선 두려움'이라는 공포의 심리적 기제를 내면에 간직하고 있다.

이진경 교수는 가야트리 스피박이 서발턴을 '말할 수 없는 존재'로 표상하는 주장에 대해 반박한다. 원래 이 세상에서 말할 수 없는 자는 없으며, 말해도 들리지 않는 것이며, 말할 자격을 박탈해서 말할 수 없게 만들었기 때문이라는 것이다. 따라서 더욱 중요한 것은 말할 수 없게 만드는 권력에 대항하고, 말할 자격을 박탈하는 권력의 배치를 전복하거나 바꿔버리는 것이다.[43] 앞에서 우리가 살펴본 일련의 서사 한시나 현실비판가사는 이진경 교수의 이러한 주장에 힘을 실어준다. 이들 작품의 창작자인 양심적 지식인들은 유민들의 고통을 대면하고, 그들의 이야기를 들어 시적 공간에 펼쳐내면서, 백성을 하늘로 간주하고, 백성들의 승인에 의해서 탄생된 왕조[천명론(天命論)]이기에 애민정치의 당위성을 강조했던 조선 정부가 직면한 정치시스템의 오작동을 고발하고 있기 때문이다. 홍양호는 〈유민의 원성(流民怨)〉을 통해 충청도 내포 출신의 어느 유민이 들려준 이야기, 즉 정치적 폭력과 이로 인한 가족의 유망과 고통스러운 유민 생활, 이와 대비되는 조정과 귀족들의 호사한 향락을 서사적 편폭에 담아 내었다. 그리고 작품의 말미에서 작자는 '이야기를 미처 다 듣기도 전에 / 측은해서 내 마음 쓰라려 / 집에 와서도 밥맛을 잃고 / 마치 내 몸에 중병이 든 듯'하다고 하였다. 왜 그랬을까? 이 유민이 겪은 박탈감과 고통에 연민을 느끼고 그가 꿈꾼 평등한 사회, 즉 그의 입을 통해 진술된 '하늘이 만물을 기를 적에 / 후하고 박하고 불공평하게 하실까? / 아무리 우러러보아도 마침내 막막하니 / 쓰라린 고통 누굴 향해 하소하리오?'라는 발언에 깊이 공감하기 때문이다.[44] 그리고 이러한 공감의 연대는 개별작가에 그치는 것이 아니라, 앞서 살펴본 대로 정약용의 〈전간기

43 이진경, 『역사의 공간 ─소수성, 타자성, 외부성의 사건적 사유』, 휴머니스트, 2010, 75~76쪽.

44 洪良浩, 〈流民怨〉, 『耳溪集』 卷3, '昊天子萬物 厚薄一何偏 頫仰終漠漠 疾痛向誰愬 聞語未及已 惻然使我疚 歸來食不甘 若己有癙瘵' 임형택, 앞의 책, 284쪽.

사〉에 감발을 받아 이학규가 〈기경기사〉를 창작했듯이 접속되고 확산
되어 일종의 네트워크를 이룬다. 이 네트워크는 물론 정형화되어 있
지 않으며 눈에 보이지도 않지만, 땅속의 고구마 줄기처럼 확장되면
서 정상적인 삶을 갈망하고 부패한 권력에 맞서는 사람들의 존재론적
연대를 이룬다. 우리는 이를 공감의 비정형적 네트워크라고 부를 수
있을 것이다.

그러나 국문시가의 일부 작품에는 이와는 다소 다른 양상이 나타난
다. 이 작품들의 작자는 식자층이지만 그 몰락의 정도에 있어서는 기
민(飢民) 또는 유민과 다름없을 정도이다. 〈임계탄〉의 작자도 '내 역시
키여 먹고 누엇노라 올늘붓터'라고 풀뿌리를 캐어 먹으며 연명하다가
기진하여 누워 있는, 존재론적 한계상황에 봉착한 사정을 진술하고
있다. 이 작품들은 기민이나 유민들과의 체험적 동질성이 더욱 높으
며, 직접적인 연대에 기반하고 있다. 〈거창가〉, 〈민탄가〉, 〈향산별곡〉,
〈갑민가〉 등에서 폐정과 민막에 대한 민중들의 합법적인 저항 투쟁이
었던 소지(所志)·정소(呈訴)·등장(等狀)이 폭력적인 국가권력에 의해
부조리하게 저지되며, 오히려 민원인들을 살해하는 참상을 고발하고
있다. 선행연구에서 〈거창가〉의 내용이 순상(巡相)에게 거창의 민폐를
적어 올린 소장(訴狀)인 〈거창부폐상초(居昌府弊狀抄)〉와 정확히 일치
한다는 사실이 밝혀졌는데,[45] 이는 이 작품이 국가폭력에 대한 저항의
일환으로 창작되었으며, 작자 또한 이 저항운동과 연관된 인물로 추
정된다. 따라서 이 작품들의 어조나 정감은 '눈의는 피가 나고 가슴은
불이 난다'(〈임계탄〉)처럼 극도로 고양되어 있으며, '害民之賊 그 뉘런

---

45 조규익, 『봉건시대 민중의 저항과 고발문학』, 월인, 2000, 14쪽.

고 勢道方伯 守令奸吏로다'(〈민탄가〉)와 같이 폐정의 유발자가 표적처럼 제시되어 있다. 우리가 좀더 시야를 넓혀 『추안급국안』 같은 사료를 검토해 볼 때, 반역으로 체포되어 형장의 이슬로 사라진 인물 중에는 유민 출신들도 보인다. 이들은 『정감록』과 같은 예언서에 기대어 체제 전복과 새로운 세상을 꿈꾸며, 조직을 구축하고 민란을 성취하기 위해 보이지 않게 움직인, 잠행자(潛行者)로서의 면모를 여실하게 보여 준다. 최미정 교수는 19세기 민란의 과정에서 가사와 민요 같은 노래가 창작되어 결집과 투쟁의지를 고취한 사실을 보고한 바 있다. 실전된 이 작품들의 내용에 관한 관변측의 기록에는 "차마 입에 올리기 두렵다"고 표현되어 있으니 그 강렬도를 충분히 짐작할 만하다.[46] 우리는 이러한 일련의 행위와 연계된 연대를 저항의 비정형적 네트워크라고 지칭해 볼 수도 있으리라 본다.

이상의 사실로 미루어 보면, 그간 유민을 바라보던 일반적인 시선과 인식이 다소 편벽되었음을 느끼게 한다. 유민은 보통 구휼이 필요한, 고통이나 결여에 의해 정의되는 존재였다. 그리고 국가 전역에 산포된 개별자로서의 이미지가 강한 것도 사실이다. 그래서 유민들의 비장소는 존재론적 극한상황에 직면한 파멸과 절망의 공간으로 인식된다. 그러나 유토피아의 상상력은 현실적인 억압과 기아(飢餓)라는 고통스러운 상황에서 피어나듯이, 평등하고 자유로운 더 나은 세계에 대한 열망 또한 이 비장소에서 생성되었다. 이 공감과 저항의 비정형적 네트워크에서 확인할 수 있듯이 유민들 가운데 일부는 고립자도

---

46 최미정, 「1800년대의 民亂과 국문시가」, 『성곡논총』 24, 성곡언론문화재단, 1993, 1691쪽.

아니었고 연대의 확장성을 지닌 능동적 주체이기도 하였다. 그런 점
에서 그들의 비장소는 절망의 표상인 동시에 새로운 희망의 원리였다
고도 할 수 있을 것이다.

구술 서사와 소수자의 정의(正義)

조현설

1. 구술 서사와 정의의 접점

구술 서사, 곧 설화를 비롯하여 서사무가·서사민요·판소리·민속극·속담·수수께끼 등에 표현되어 있는 '정의'에 대해 그간 심중하게 따진 적이 있었던 것으로 보이지 않는다. 그 이유는 두 가지다. 하나는 우리의 구술 서사가 정의가 무엇인가 직설적으로 묻고 있지 않기 때문이다. 다른 하나는 구술 서사의 가장 흔한 주제인 권선징악(勸善懲惡)이나 복선화음(福善禍淫)의 문제가 실은 정의와 관련되어 있음에도 불구하고 이를 정의라는 시각으로 호명하지 않았기 때문이다.

구술 서사의 배면에 깔려 있는 정의의 무늬를 가늠하기 위해서는 먼저 정의의 개념에 대해 물어야 한다. '정(正)'과 '의(義)'라는 한자의 자의에 따르면 정의란 '기준이나 원칙에 따라 옳은 길로 나아가는 것'[1]

1　이승모, 「공자의 정의관에 대한 일고찰-'의'와 '정명'을 중심으로」, 『동양철학연구』

이다. 맹자 또한 '정의는 사람이 가야할 바른 길'[2]이라고 했다. 외연이 상당히 넓은 정의에 대한 정의인 셈인데 그만큼 원칙이나 바른 길이 무엇인가를 묻는 과정에서 백인백설이 생성될 가능성이 커진다. 서양 철학사의 경우도 사정이 다르지 않은 것으로 보인다. 균등주의 정의, 결과적 정의, 배분적 정의, 절차적 정의, 자유주의 정의 등으로 서양철학사의 정의에 대한 이론을 정리한 카렌 레바크 또한 정의론을 '장님들의 코끼리 만지기'[3]와 같다고 비유적으로 이야기한 바 있기 때문이다.

정의의 개념을 둘러싼 논란이 이러하다는 것은 역으로 보면 정의가 고정적이지 않다는 뜻이다. 따라서 정의라는 가시덤불을 뚫고 구술 서사와의 접점을 모색하기 위해서는 정의에 대한 나름의 입론이 필요하다는 생각이 든다. 이와 관련하여 옳음(義)과 좋음(好), 그리고 구술 서사의 삼자관계를 따져보고자 한다. 이 삼자관계에는 옳음과 그름(是非), 좋음과 나쁨(好惡), 구술 서사와 기술 서사라는 세 개의 짝이 있다. 구술 서사를 기술 서사와 짝으로 묶은 것은 역사적으로 기록이 주로 지배 권력의 표현 수단이었기 때문에 말 외에 다른 언어적 수단을 소유하지 못했던 소수적 집단들의 서사인 구술 서사와 견주기 위해서이다.

이런 삼자관계 속에서 텍스트를 분석할 때, 예컨대〈효불효교(孝不孝橋)〉전설을 두고 정의의 위상을 여러 시각으로 심문할 수 있다. 관찬 지리지인 『동국여지승람』(1481)에 기록된 경주 지역 전설은 어머

84, 동양철학연구회, 2015, 78쪽.
2 "義, 人之正路也."(『孟子·告子』)
3 카렌 레바크, 이유선 옮김, 『정의에 관한 6가지 이론』, 크레파스, 2000, 24쪽.

니의 야행(夜行)이 옳은가를 힐문한다. 그것이 그른 행위였기 때문에 아들들의 효행을 계기로 어머니가 그른 행실을 고쳤다고 기술한다. 나아가 아들들의 행위가 옳은지도 묻는다. 아들들이 어머니를 만류하지 않고 오히려 다리를 놓아준 것은 불효, 곧 그릇된 행위였다고 지적한다. 그래서 '효불효교'라는 이름으로 불렸다는 것이다. 기술된 전설은 어머니의 마음을 고려하지 않고 행위의 시비와 호오를 고착시키려고 한다. 그러나 구술 서사는 어머니의 행동이 그르다고 규정하지도 않고, 아들들의 행위가 불효라고 말하지도 않는다.[4] 구술 텍스트 내에서 야행의 시비와 호오는 콘텍스트에 따라서 유동적이다.

이런 맥락에서 보면 정의란 선험적으로 이미 존재하는 것이 아니며, '본원적 정의에 대한 보편적인 집단적 믿음'[5]이 구비문학의 밑바탕에 고정적으로 자리 잡고 있는 것도 아니다. 정의란 이미 존재하는 고정된 어떤 상태가 아니라 관계들 사이에서 시비와 호오를 두고 다툼이 일어날 때 그 다툼을 해결하는 과정에서 발생하는 일시적인 효과일 수 있다고 생각한다. 이 효과에 의해 우리는 정의에 대한 어떤 보편적인 믿음이 있을 수 있다고 가정하는 것일 뿐 그것이 실재하는 것은 아니다.

이런 시각에서 구술 서사를 다루되 이 글에서는 주로 기존 갈래 개념으로 무속신화, 전설, 민담으로 부르던 서사 유형들을 신화적 서

---

4 관련 자료와 논의는 신호림, 「〈孝不孝橋〉설화에 내재된 희생제의 전통과 孝의 의미」, 『실천민속학연구』 29, 실천민속학회, 2017 참조.

5 2018년 전국고전문학자대회 첫날(11월 2일) 발표된 본 논문에 대해 토론자로 나선 신동흔 교수가 반론으로 제기한 시각이다. 자세한 것은 『2018 전국고전문학자대회 발표 및 토론문 별책』, 53~55쪽 참조.

사와 비신화적 서사로 나누어 정의와 만나게 하려고 한다. 고정된 갈래 체계의 간섭을 배제하는 것이 구술 서사에 나타난 소수자의 정의를 다루는 데 더 유용하다고 보기 때문이다.

2. 신화적 서사는 정의에 대해 말하는가?

1) 세상은 '불의(不義)한 곳'이라는 것이 한국 창세신화의 세계인식이다. 김쌍돌이 본 〈창세가〉[6]에 따르면 세계를 창조하는 과정에서 미륵님과 석가님이 다툰다. 더 엄밀하게 말하면 미륵님이 창조한 세계에 석가님이 갑자기 나타나서 인간 세상의 치리권을 두고 경쟁한다. 이 창세신들의 투쟁 과정에서, 승자가 되는 쪽은 주지하듯이 나쁜 석가님이다. 석가님은 저 유명한 '꽃 피우기 내기'에서 미륵님의 무릎에 핀 꽃을 훔쳐 제 것이라고 우기는 수법으로 내기에서 이긴다. 의롭지 않은 신이 세상을 다스리기 때문에 세상에는 불의가 만연하다는 것이 〈창세가〉의 메시지다. 창세신화는 불의의 원인을 창세신들의 내기에서 찾는다.

그런데 창세신화는 불의를 탓하거나 교정하려고 하지 않는다. 그것은 창세신화의 소임이 아니다. 대신 창세신화는 이승의 저쪽에 저승을 창안하는 방식으로 불의를 전복하려고 한다. 미륵님은 부당한 내기에서 졌음에도 불구하고 석가님을 고소하지도 징치하지도 않고 이승을 떠나 저승으로 간다. 미륵님에 대응되는 제주도 신화 〈천지왕본

---

6 孫晉泰, 『朝鮮神歌遺篇』, 東京:鄕土硏究社, 1930, 9~15쪽.

풀이〉의 대별왕의 발언에 따르면 저승은 '맑고 청량한 법'이 있는 곳
이다. 반대로 석가님(소별왕)이 다스리는 이승은 '더럽고 축축한 곳',
'역적과 도둑이 많은 곳'이다.[7] 이승의 거울상이라고 할 수 있는 저승
의 역설을 통해 창세신화는 이승의 불의를 심문한다. 석가님이 다스
리는 한 이승에 정의는 없다고 말한다. 이승의 불의는 저승을 통해서
만 바로잡을 수 있다는 것이 창세신화의 세계관이다.

그러나 아직 끝난 것이 아니다. '이승/불의−저승/정의'이라는 이
원론적 세계관은, 〈창세가〉의 경우 한 번 더 창조적으로 변형된다. 일
월을 감추고 저승으로 떠난 미륵님 때문에 이승은 암흑세계로 변한다.
이를 해결하기 위해 무리 삼천을 거느리고 석가님이 저승으로 가는
길에 사건이 발생한다. 석가님이 산속에서 사슴을 잡아 구어 먹을 때
두 명의 중이 그 고기를 버리고 성인(聖人)이 되겠다며 일어났던 것이
다. 이 특이한 소수자들은 석가님이 떠난 뒤 그 자리에서 바위와 소나
무로 변신한다.[8] 두 중은 누구인가? 이들을 다름 아닌 이승에 나타난
저승의 미륵님이다. 이들은 이승에 존재하는, 한반도 전역에 존재하
는 미륵바위이고, 미래에 도래할 미륵님의 현현이기 때문이다.[9]

---

7 "설운 사시 소별왕아 이승법(此世法)이랑 ᄎ지헤여 들어사라마는 인간의 살인(殺
   人) 역적(逆賊) 만ᄒ리라. 고픈도독 만리라. (⋯) 법지법(法之法)을 마련헤야 '나는
   저승법(此世法)을 마련ᄒ마, 저승법은 묽고 청낭(晴朗)ᄒ 법이로다.' 저승법을 ᄎ지
   헤야 들어산다." 현용준, 『개정판 제주도무속자료사전』, 도서출판 각, 2007, 45쪽.
8 "그리든 三日만에, 三千 중에 一千居士 나와서, 彌勒님이 그적에 逃亡하야, 석가님
   이 중이랑 다리고 차자 ᄯ나서와, 山中에 드러가니 노루 사슴이 잇소아, 그 노루를
   잡아내여, 그 고기를 三十곳을 ᄭ워서, 此山中老木을 ᄭ거내여, 그 고기를 구어
   먹어리, 三千 중에 둘이 이러나며, 고기를 ᄯ에 써러트리고, 나는 聖人 되겟다고,
   그 고기를 먹지 안이하니, 그 중 둘이 죽어 山마다 바우 되고, 山마다 솔나무 되고."
   孫晉泰, 앞의 책, 20~21쪽. 띄어쓰기는 필자.

왜 그런가? 창세 과정을 들여다보면 의문이 풀린다. 미륵님이 세계를 창조한 뒤 이승의 치리자를 정하는 과정에서 갑자기 석가님이 출현했듯이 석가님에 다스리는 불의한 세계 내에 갑자기 성인이 되겠다는 두 중이 출현한 것이다. 이렇게 되면 석가님이 다스리는 이승은 '더럽고 축축한' 곳이지만 그것을 거부하는 소수적 존재가 있기 때문에, 달리 말하면 미래를 현재화하는 존재들이 이승에 있기 때문에 이승이 존속된다는 세계관이 만들어진다. 달리 말하면 이승의 불의는 저승을 통해서 바로잡을 수 있지만 저승이 저승에만 있는 것이 아니라 이승 안에도 소수적으로 존재할 수 있기 때문에 이승이 불의가 지배하는 곳만은 아니라는 세계관이 설립되는 것이다. 이승 안에 있는 저승, 이것을 두고 창세신화가 말하는 '소수자의 존재성'이라고 말해도 좋지 않을까 생각한다.

2) 이런 창세신화의 시각에서 다른 무속신화가 정의를 다루는 장면을 들여다볼 필요가 있겠다. 먼저 장자풀이 계 무속신화다.[10] 이 신화에는 정의의 관점에서 흥미로운 대목이 있다. 장자풀이는 저승차사를 통해 저승과 이승의 관계를 문제로 삼고 있는데 서사의 초점은 '연명(延命)'이다. 함흥의 〈혼쉬굿〉(강춘옥 본)이나 〈황천혼시〉(김쌍돌이 본)는 제주도 〈맹감본풀이〉와 마찬가지로 아무도 돌보지 않은 백골을 잘 모신 뒤 백골로부터 연명의 방법을 획득하는 이야기다. 말하자면 저승

---

9   이 문제에 대한 자세한 논의는 조현설, 「미륵과 석가의 맞섬과 어울림의 의미」, 『석가와 미륵의 경쟁담』, 씨아이알, 2013 참조.
10 서대석의 「장자풀이 연구」(『한국 신화의 연구』, 집문당, 2001)에서 장자풀이 계 무속신화의 변이양상과 의미를 자세히 다루고 있어 참조가 된다.

차사가 삼형제의 목숨을 회수하러 온다는 저승의 비밀을 백골이 누설하는 셈이다. 〈창세가〉의 관점에서 보면 백골(백년해골)은 두 중과 같은 위치에 있다. 이승 내부에 존재하는 저승이다. 그렇기 때문에 저승의 비밀을 이승에 풀어놓을 수 있는 것이다.

문제는 삼형제의 대접을 잘 받은 백골이 저승의 비밀을 누설함으로써 삼형제한테는 보은을 한 셈이지만 그 과정에서 누군가가 대신 '희생'되어야 한다는 데 있다. 정의가 희생의 문제와 결부되는 지점이다. 대접을 잘 받은 〈황천혼시〉의 저승차사는 삼형제의 목숨을 연장해주는 대신 황소·유삼·놋동이를 각각의 대체물로 데려간다. 유삼과 놋동이는 무정물이지만 황소는 좀 억울할 수 있다. 더 문제가 되는 것은 강춘옥 본 〈혼쉬굿〉의 설정이다. 한 상 잘 받아먹은 저승의 귀졸들이 삼형제 대신 '경상도'로 가서 나이도 이름도 같은 세 사람을 잡아간다. 무녀 강춘옥은 이들이 누구인지 말하지 않는다. 왜 경상도인지도 말하지 않는다. 세 경상도 사람은 자신들이 사만이 삼형제를 대신해 선택된 제물인지도 모르고 희생된다. 황소나 세 경상도 사람은 익명의 희생자다. 제주도 〈맹감본풀이〉의 소사만이 대신 잡혀간 오사만이도 마찬가지다. 이름은 있으나 텍스트 내에서는 말하지 못하는 희생자들이다. 이들을 대신해서 우리는 '대체 저승에 정의가 있는가'라고 물을 수 있다.

이 질문을 더 심화시킨 텍스트가 호남지역의 장자풀이다. 염라대왕이 악행을 저지르는 사마장자를 목숨을 회수하기 위해 파견한 저승차사들은 사마장자의 사자상(使者床)을 잘 받아먹은 뒤 이웃의 우마장자를 대신 잡아가려고 한다. 그러나 함경도나 제주도의 장자풀이에서와 달리 뜻대로 되지 않는다.[11] 잡아갔다가 선한 인물로 밝혀져 다시 이승으로 돌려보내지거나(전주 최문순 본), 선한 우마장자 집의 성주신이 염라에게 등장(等狀)을 가겠다고 막아섰기(줄포 김씨본) 때문이다. 그래서 사람 대신 말을 잡아가나 말이 항의하자 말씻김굿을 베풀어 말을 환생시켜 주거나(줄포 김씨본), 말은 환생하나 사마장자 자신은 말이 되는(전주 최문순본) 형식으로 사건을 마무리한다.

호남지역 장자풀이에는 이웃 사람, 그것도 악한 쪽보다 선한 쪽을 대신 잡아가는 저승차사의 행위가 정의롭지 못하다는 최소한의 반문이 드러나 있다. 그 반문이 잡혀간 우마장자를 이승으로 돌려보내게 만든다. 반문은 동물에게도 미쳐 말이 말하게 하고, 억울하게 희생당한 말을 환생시키는 데 이른다. 그리고 마침내는 악한 사마장자를 징치(懲治)하여 말로 환생케 하는 데까지 서사를 전개시키기도 한다. 따라서 텍스트에 따라 형식적으로는 정의로운 결말에 이르는 것으로 보인다.

하지만 정의와 관련하여 더 심중한 대목은 이승에 있는 저승이라고 할 수 있는 백골, 이승을 방문한 저승인 차사가 왜 저승의 비밀을 누설하거나 저승의 법을 정당하게 집행하지 않는지 묻지 않는다는 데 있다. 버려진 백골의 원한을 이해할 수 있고, 그 원한을 풀어준 이에 대한 보은도 납득할 수 있지만 그것이 왜 다른 존재의 희생을 불러와야 하는가? 마치 뇌물을 먹은 관리가 무고한 사람을 치죄하는 것처럼 사자상을 받아먹은 저승차사들이 공적 임무를 망각하는 것이 옳은가?

---

11 두 계열의 서사적 근원이 달라서 그런 것으로 보인다. 함경도와 제주도의 경우는 백골 모티프가 핵심이고, 호남지역의 경우는 '장자못 전설'과 마찬가지로 악한 부자 징치 모티프가 골간이다. 서사적 근원은 다르지만 무속신화화되면서 굿의 존재와 효과를 정당화하는 서사로 변형되었다.

청량하고 맑은 것이 저승의 법이라는데 그 정의가 왜 이승에서는 왜곡되는가? 〈창세가〉가 두 중의 발언을 통해 이승의 정의에 대해 묻고 있음에도 불구하고 무속신화들은 이런 질문을 직설적으로 우리에게 던지지 않는다.

16세기 후반 임제는 〈원생몽유록(元生夢遊錄)〉에서 매월거사의 입을 통해 천도(天道)에 대해 심각하게 반문했다.[12] 매월거사는 왜 임금이 어질고 신하가 착한데도 그토록 참혹한 결과에 이르렀는가를 묻는다. 천도가 있다면 그럴 수 없는데 천도가 없다고도 할 수 없고, 천도가 복선화음(福善禍淫)이 아니라 복음화선(福淫禍善)이라고 할 수도 없으므로 막막하다는 것이다. 사실 천도의 옳고 그름을 문제 삼을 것이 아니라 천도 자체가 없다고 하면, 천도는 자아와 세계의 관계에서 발생하는 효과라고 한다면 매월거사의 막막함은 해결될 수도 있을 터인데 그는 천도를 부정할 수 없는 세계관 안에 있었으므로 그것을 기대할 수는 없다. 무속신화는 매월거사처럼 심각한 물음을 직접 던지지 않았지만 비슷한 질문을 '말 없는 존재들'을 통해 던지고 있는 것으로 보인다. 이승의 불의는 저승을 통해서만 교정할 수 있다는 것이 창세신화의 교의(敎義)인데 저승이 이승에 개입하는 과정에서 불의를 자행한다면 어떻게 해야 하는가?

---

12 "이런 어진 임금과 착한 신하로서도 나라가 이같이 참혹한 처지에 이르렀으니 아아 슬프도다. 대세가 그렇게 만들었는가? 시운이 그렇게 시켰는가? 아니면 하늘의 이치라고 보겠는가? 또는 하늘의 이치가 아니라고 보겠는가? 만약 하늘의 이치라고 보면 악한 놈에게는 벌을 주고 착한 사람에게는 복을 줄 것이 아닌가? 만약 하늘에도 돌릴 수 없다고 한다면 이 이치는 알 수가 없는 것이다. 우주는 막막한데 한갓 뜻있는 선비의 슬픔과 원한을 자아낼 뿐이로다." 「원생몽유록(元生夢遊錄)」, 박충록 엮음, 『임제 작품집』, 뜻이있는길, 1994, 74~75쪽.

3) 희생과 정의의 관계라는 맥락에서 심각한 물음을 던지는 구술
서사가 아기장수 전설이다. 아기장수 전설이 던지는 문제적 상황은
'집안(공동체)의 위기를 초래할 장수가 태어났다'는 것이다. 태어난 지
한 달도 되지 않아 말을 하고 어머니가 댓가지로 만들어 준 활과 화살
로 물레 위의 파리를 쏘는 족족 명중시킨[13] 주몽이야말로 대표적인
아기장수이다. 그래서 동부여의 대소를 비롯한 이복형제들은 그를 제
거하려고 했던 것이다. 하지만 주몽은 전설의 주인공이 아니다. 그는
동부여의 외부에 새로운 공동체를 세운 건국 영웅, 곧 신화의 주인공
이었기 때문에 아기장수를 넘어선다.

그러나 전설의 서사는 외부를 사유하지 않는 갇힌 담론이기 때문에
아기장수는 역적의 틀을 넘어서지 못한다. "그래서 옛날에는 미천한
집에서 이런 장수가 나오면은 나라에서 죽여 버린데요. 나라에 역모
를 두고 역모를 꾸밀 마음을 지니고, 왕을 죽여 버리고 지가 왕 될까
싶어서 나라에서 어릴 때 미리 죽여 버린데요. 만약에 미리 부모가
안 죽이면은 그 부모까지 처형을 당"[14]한다는 집단적 공포 때문에 왕
이 제거하기 전에 부모에 의해 살해된다. 말하자면 부모가 두려움 때
문에 미리 공동체의 제단에 아기장수를 희생물로 바쳐버리는 셈이다.

공동체의 입장에서 보면 아기장수 희생양 만들기는 '옳은' 선택일
수 있다. '옛날부터 그렇게 전해 내려왔다'는 것이 공동체의 불문율이
고, 공동체가 나서기 전에 가족(부모)이 먼저 내면화된 불문율에 따라

---

13 이규보, 조현설 역해, 『동명왕편』, 아카넷, 2019, 109쪽.
14 〈작동(鵲洞)의 아기장수와 청룡등(靑龍嶝)〉(경남 울산시 북정동 김석보 제보,
    1984.01.10.), 『한국구비문학대계(https://gubi.aks.ac.kr/)』 음성자료(G002+AKS-
    UR20_Q_2633_2_05A).

정당하게 아이를 처리한다. "구연자와 청자에게 있어서 〈아기장수〉설화는 아기장수에 대한 안타까움과 반성보다는 〈아기장수〉설화에서 일어나는 사건들에 대해 약자에게 책임을 전가하고, 아기장수를 죽음에 이르게 할 수 밖에 없었던 자신의 입장을 합리화하는 피해자서사로서 기능"[15]하기 때문에 가해자는 스스로의 행위를 합리화하는 것이다.

사실 희생물이 된 아기장수의 말은 이 전설에 잘 드러나지 않는다. 아기장수는 부모에게 자신을 땅에 묻고 무덤에 콩을 뿌려 달라거나 누가 자신을 찾으면 절대로 가르쳐주지 말라는 요청을 하지만 그건 희생물이 되기 전이다. 제단에 올라간 아기장수는 살해당할 뿐이다. 아기장수의 처지에서 보면 '천도가 있는가' 또는 '정의가 있는가'라고 울부짖을 일이지만 구술 텍스트는 그런 반문을 크게 드러내지 않는다. 그런 가운데 다른 목소리를 들려주는 제주도 아기장수 전설의 하나인 부대각 이야기가 이목을 끈다.

부대각 이야기는 제주에서 전설로 전승되지만 동시에 부씨 집안의 조상신본풀이로도 전승되고 있으므로 말하자면 '신화적 전설'이다. 부대각 서사에는 두 번의 살해와 죽음이 있다. 첫 번째 살해는 아기장수 전설의 일반적 유형을 따라간다. 힘이 장사일 뿐만 아니라 겨드랑이에 날개가 달린 삼형제를 아버지는 살해하려고 한다. 날개가 지져진 형들은 죽거나 집을 나가 버리고 막내만 집에 남는다. 제주 아기장수 서사의 특징은 이 첫 번째 살해 시도가 완벽하게 이뤄지지 않는다는 데 있다. 이는 두 번째 살해 서사를 전개하기 위한 서사 전략이면서

---

15 김신정, 「〈아기장수〉설화 속 부모의 피해자서사 연구」, 『한국문학이론과 비평』 76, 한국문학이론과 비평학회, 2017, 192~193쪽.

동시에 아기장수 죽이기가 옳은 일인가 반문하는 것일 수 있다고 생각한다. 구술 과정에서 그런 반문이 구체적으로 드러나지는 않지만 반문은 이야기 사이에 감춰져 있을 것이다. 반문이 없다면 부대각을 살려둘 필요가 없었을 것이기 때문이다.

두 번째 살해는 아기장수 부대각이 성장하여 국가적 영웅이 된 이후에 발생한다. '국마의 난동'이라는 국가적 위기를 해결한 뒤 부대각은 왕에게 대국(大國)을 치겠다면서 군사 삼천, 배 삼천을 요청한다. 왕과 아기장수(역적)의 대립이라는 양자 관계가 국왕-부대각-대국이라는 삼자 관계로 변형되는 장면이다. 그러나 형식적으로는 삼자관계지만 대국과 국왕은 은유적 관계로 보이므로 결국은 양자 관계로 수렴된다. 그렇기 때문에 전형적인 아기장수 전승을 벗어나는 것처럼 보이지만 결국은 아기장수 전승으로 귀결된다. 부대각은 대군을 거느리고 대국으로 가지 않고 조상 참배를 명목으로 제주도 평대리로 귀환하는데 그 과정에서 두려움을 느낀 제주의 부집[夫家]이 집안의 보존을 위해 선산의 장군바위를 파괴함으로써 부대각의 눈을 멀게 하기 때문이다.

"부대각 하르방이 눈이 어두와부런. 야 오늘은 이렇게 안개가 꼈으니까, 눈이 안 보이는건 생각하지 않고 안개가 꼈다고 하는 거지 사흘도 있고 그 석달 이상아니 배에서만 살고 살아가니까, 군사들 물도 다 떨어져가고 경핸 하루는 가만히 하늘을 쳐다보고 내가 안개 찐게 아니라 눈이 어둡구나, 그제사 깨달아가지고 배를 돌려가지고 제주도 들어가. 나는 못 간다 해가지고 배를 돌려두고, 그 하르방이 꿇어앉아가지고 하느님에 비었어. 머를 소원을 했으나 하면, 무쇠방석, 무쇠로 만든 방석 깔고 앉는 방석을 하나 내려주세요, 하니 하늘에서 방석이 떡 내려가지고 그 무쇠방석 우에 부대각 하르방이 앉안. 하르방 앉아가지고 그래서 이제는 그 지휘봉인가, 그 말처럼 한번 때리니까, 물드레 쑥 들어갔는데, 아르방도 쑥 드렁가부런. 들어가가지고 거기서 죽었어."[16]

부대각은 안개가 낀 것이 아니라 자신의 눈이 먼 것을 깨닫고 대국 정벌의 뜻을 버린다. 그러나 뜻을 버리고 제주에 주저앉은 것이 아니다. 그는 하늘에 무쇠방석을 빌어 그 위에 올라앉아 자신을 수장한다. 말하자면 일반적 아기장수들처럼 가족들에 의해 일방적으로 살해당하는 것이 아니라 스스로 선택하여 희생제물이 된다. 무쇠방석인데도 가라앉지 않자 부대각이 무쇠방석을 때려 가라앉게 하는 데서 그 자발성을 감지할 수 있다.

그런데 우리가 주목해야 할 대목은 그가 스스로를 수장한 이유이다. 그는 하느님한테 등장하러[17] 입수했고 아직 나오지 않고 있는 것이다. 부씨 집안에서 자신들이 살해한 부대각 할아버지의 헛묘를 써 놓고 제사를 지내고, 심방이 일월조상으로 모시면서 굿을 하는 것은 집안을 위해 희생한 조상을 기리는 것이면서 동시에 등장 간 영웅을 기(다)리는 것일 수 있다고 생각한다. 이야기에는 구체적으로 표현되어

---

16 김규래, 「아기장수형 부대각 설화 연구」, 서울대학교 석사학위논문, 2014, 73~74쪽.
17 영 허여, 아이고 이 군사덜은 믄(모두) 굶어죽게 뒈난, '나부떠 죽어부러야 이 군사 덜이 살아날 거니, 죽어보자.' 허여, 죽젠 허연 옥황(玉皇)에 등소(等訴) 등장(等狀)을 드는 게, "무쉐설캅을 내리와 줍서." 방석을 떡 내리우난(내리니), 물 우에 무쉐방석이 둥들둥글 뜨난, 그 부대각 하르방은 펏짝허니 그 무쉐방석드레 떡 앉아, 그래도 물 알르레(아래로) 내려가질 아녀니(아니 하니), "나를 누군 줄 아느야. 어서 물 알러레(아래로) 인도(引導)허라." 영 허여 서르르 하게 이제는 물 알러레 굴라앉아(가라앉아)[김헌선·현용준·강정식, 『제주도 조상신본풀이 연구』, 보고사, 2006, 330~331쪽].

있지 않은 등장의 내용은 무엇이었을까? 억울한 죽음을 따지는 것,
천도와 정의가 어디에 있는가를 묻는 것이 아니었을까?

이런 질문을 더 강렬하게 던지는 작품이 탐라 양씨 명월파 집안
일월조상의 기원을 이야기하는 〈양이목사본풀이〉이다. 필자는 이전
에 이 본풀이의 주인공 양이목사를 '말하는 영웅'으로 호명한 바 있는
데[18] 〈부대각본풀이〉와 마찬가지로 그 말의 내용을 주목해야 한다.

> 흔고향(還故鄕) 들어가건, 영평(永平) 팔년(八年) 을축(乙丑) 삼월(三
> 月) 열사을(十三日) ᄌ시생(子時生)은 고의왕(高爲王) 축시생(丑時生)은
> 양의왕(梁爲王) 인시생천(寅時生天) 부의왕(夫爲王) 삼성(三姓) 가온데,
> 토지관(土地官) 탐라 양씨(耽羅梁氏) ᄌ손만데(子孫萬代)ᄭ지 데데전손
> (代代傳孫)을 헤야 신정국을 내풀리고 이 내 역ᄉ상(歷史上)을 신풀어
> 난산국을 신풀민 우리 ᄌ손덜에 만데유전(萬代遺傳) 시겨 주마.[19]

양이목사는 '자신의 역사'를 대대로 풀어주면 양씨 자손들의 안녕
을 만대까지 지켜주겠다고 약속한다. 양이목사의 역사란 무엇인가?
그는 제주 목사로 부임하여 제주도민의 공안이었던 '백마진상' 문제
를 해결한다. 이 과정에서 그는 조정에서 파견된 금부도사와 맞서다
살해된다. 그러나 실상은 피살된 것이 아니라 금부도사를 이길 충분
한 능력이 있었음에도 불구하고 '내 목을 베라'고 요구하는 방식으로
스스로 희생제물이 된다. 이것이 양이목사의 '역사'다. 양이목사는 부

---

18 조현설, 「말하는 영웅-제주 조상본풀이에 나타난 영웅의 죽음과 말을 중심으로」,
    『유라시아와 알타이 인문학』, 역락, 2017.
19 김헌선 외, 앞의 책, 262쪽.

당한 한양 조정의 과세에 저항하다 희생됨으로써 조세 정의에 대해 따지고 있는 셈이다. 그는 금부도사의 칼날에 몸뚱이는 바다에 떨어지고 머리만 남은 채로 정의를 물은 영웅이었다.

3. 비신화적 서사는 정의를 어떻게 소환하는가?

1) 창세신화의 세계인식을 계승하면서 이를 한편으로 전복하는 서사가 〈목도령과 대홍수〉 이야기이다. 손진태가 부산에서 채록하여 『조선민담집(朝鮮民譚集)』(東京: 鄕土硏究社, 1930)에 소개한 이 자료는 본래 홍수신화였던 것으로 추정되는바 구전 과정에서 동물보은 모티프와 결합하여 민담화된 것으로 보인다.

정의에 대한 물음과 관련하여 이 민담의 문제적 지점은 아래 대목이다.

> 古木은 木道令의 要求를 拒絶하여 "그것은 救ㅎ지 말아라."고 하였다. 뒷 兒孩는 다시 "사람 살려 주시오!" 하고 부르짖었다. 木道令의 두 번째 要求도 古木은 듣지 아니하였다. 그리고 急流를 따라 앞으로 앞으로 내려가기만 하였다. 세 번째 兒孩의 살려 달라는 소리가 들렸을 때 木道令은 견디지 못하게 되었다. 그래서 아버지인 古木에게 哀願하여 겨우 그 兒孩를 古木의 背上에 救하게 되었다. 그 때에 古木은 木道令에게 向하여 "네가 그렇게까지 말을 하니 할 수는 없다마는 다음에 반드시 後悔할 날이 있으리라."고 하였다.

대홍수가 났을 때 목도령은 아버지 고목(신)에 의탁하여 살아남았고, 위기에 처한 개미와 모기를 구해준다. 그리고 다시 어떤 '남아'가 구원을 요청했을 때 목도령은 구하고자 했지만 아버지 고목신은 거부한다.

남아의 구명을 거부한 고목신이 옳은가, 구하려고 한 목도령이 옳은가? 서사 구도에서 보면 고목신은 남아의 실체를 간파하고 있었기 때문에 거부한 것이다. 대홍수는, 물론 이 이야기에서는 그 원인이 적시되고 있지 않지만, 재창조 과정인데 남아를 구할 경우 홍수 이후에도 홍수 이전과 다를 바 없는 세계상이 구현되리라는 우려가 고목신에게는 있었기 때문이다. 마치 '은혜를 모르는 호랑이' 유형의 민담처럼 구원을 받은 남아가 호랑이가 될 수 있다고 보았던 것이다. 그렇다면 고목신의 거부를 부당하다고 할 수 있을까?

결국 목도령은 아버지의 '후회할 날이 있으리라'는 경고에도 불구하고 남아를 고목에 태운다. 그 결과 목도령은 위기에 봉착한다. 이들은 고목이 표착한 상상봉에서 만난 노파의 친녀와 양녀 가운데 친녀와의 결혼을 두고 경쟁을 벌이게 되고, 그 과정에서 남아가 목도령을 모함하여 위기에 빠뜨린다. 아버지가 우려했던 바가 현실로 나타난 것이다. 그런데 이 위기 상황을, 이전에 구원해준 바 있는 개미와 모기들의 도움으로 극복하고 목도령은 마침내 노파의 친딸과의 결혼에 성공한다. 따라서 나쁜 남아는 양딸과 짝을 맺을 수밖에 없었다.

인류의 새로운 기원이 된 '목도령-남아' 짝은 창세신화의 '미륵님-석가님' 짝에 정확하게 대응된다.[20] 그러나 민담은 창세신화와는

---

20 최원오, 「창세신화에 나타난 신화적 사유의 재현과 변주-창세,홍수,문화의 신화적 연관성을 통해-」, 『국어교육』 111, 2003; 오세정, 「〈대홍수와 목도령〉에 나타나는

다른 선택을 한다. 신화는 선한 미륵님을 저승으로 보냈지만 민담은 저승을 상상하지 않는다. 민담의 관심은 저승이 아니라 이승이기 때문에 이승 안에 '목도령-친녀' 짝과 '남아-양녀' 짝이 공존한다. 따라서 신화에서는 불의한 이승에서의 정의는 저승의 개입을 통해서만 실현되지만 민담에서는 이미 옳은 선택을 한 선량한 목도령이 이승 안에서 승리한다. 말하자면 민담적 낙관주의가 〈목도령과 대홍수〉에는 개입되어 있는 것이다.

그런데 여기서 흥미로운 지점을 놓치지 말아야 한다. 그것은 은혜를 갚은 동물들의 형상이다. 목도령은 그가 대홍수에서 구원해 준 개미와 모기가 아니었다면 홍수 뒤 곤경에 처했을 것이다. 목도령은 동물과 인간을 차이 없이 구원한다. 그러나 결과는 판이했다. 인간은 배신하고 동물은 보은한다. 〈목도령과 대홍수〉는 부자 대립, 목도령과 남아의 대립 외에 '은혜를 모르는 인간'과 '은혜를 아는 동물'을 대립시켜 새로운 의미를 생성한다. 부자의 대립이 홍수 이전과 이후를 나누고 두 소년의 대립이 선악을 나누었다면 동물과 인간의 대립은 동물과 증여 관계를 형성하는 인간이 정의롭지 않은 이승에서 승리할 수 있다는 또 하나의 메시지를 생산한다.

이렇게 보면 맑고 청량한 법이 지배하는 창세신화의 저승의 위치에 민담의 동물이 있는 것이다. 은혜를 아는 동물과 저승은 등가물인 셈이다. 이승의 질병과 죽음과 탄생의 문제가 저승의 약수와 환생꽃을 통해 해결되듯이 이승의 선한 인간의 위기는 동물을 통해서 해결된다. 저승과 동물은 모두 인간계의 외부에 있다는 점에서 동질적이다. 다

창조신의 성격」, 『한국고전연구』 2, 한국고전연구학회, 2005.

시 말하면 이승의 정의는 외부성에 의해 실현된다는 뜻이다. 정의는 이미 있는 것이 아니라 주체와 타자의 특정한 관계 속에서 발현되는 어떤 상태라고 할 수 있다.

2) 판소리 〈흥보가〉의 바탕이라고 할 수 있는 '선악형제담' 유형의 민담이 있다. 이 민담은 선악의 문제를 다루면서 그것을 형제 관계로 제시한다는 점에서 〈창세가〉의 미륵님-석가님, 〈목도령과 대홍수〉의 목도령-남아 짝과 계열 관계에 있다. 이 계열의 서사들은 구술의 현장에서 지속적으로 선악의 문제를 제기한다.

선악형제담의 전형적 형제 관계는 형은 악한데 부자이고 동생은 착한데 가난하다는 것이다. 하루는 배가 너무 고팠던 아우가 형수한 테 밥을 달라고 한다. 판소리 〈흥보가〉는 밥주걱으로 따귀를 때리는 장면을 연출함으로써 유머와 페이소스를 자아냈지만 민담은 인정사 정없다. 방에 있던 형이 뛰어나와 '뭔 밥이냐'고 소리를 지르면서 화로에 꽂혀 있던 부젓가락으로 아우의 눈을 찌른다. 집에서도 쫓겨난 아우는 아픈 눈을 감싸 안고 뒷산에 올라간다. 아우는 자신의 신세를 한탄하며 죽을 작정으로 뒷산의 높은 나무로 올라간다. 삶의 끄트머리까지 밀려난다.

민담은 서두에 악한 형의 해코지에 한 쪽 눈을 잃고 집에서 쫓겨난 착한 아우의 극적인 형상, 전형적인 형제대결 상황을 던진다. 왜 형이 그렇게 사악한 행동을 하는지 분명히 제시하고 있지 않으나 대개는 재산 문제가 결부되어 있다. 화자나 청자의 형에 대한 공분, 아우에 대한 안타까움을 불러일으키는 도입부다. 이런 부조리한 상황을 통해 민담이 묻는 바는 '왜 착한 아우가 도리어 집에서 쫓겨나야 하는가'라는 물음이다. 이는 세계의 부조리함을 묻는 것이고, 정의의 소재에 대해 묻는 것이다.

창세신화는 이런 물음에 대해 악한 창세신이 이 세상을 지배하기 때문에 그럴 수밖에 없고, 이런 부조리한 상황을 해소하려면 저승의 창세신이 이승에 강림하거나 저승의 힘이 이승에 개입하는 길밖에 없다고 대답할 것이다. 그러나 민담은 다른 길을 모색한다. 목을 매려고 나무에 올라가 허리띠를 풀고 있는데 나무 밑으로 호랑이 한 쌍이 나타난다. 놀라 숨을 죽인 사이 호랑이들이 주고받는 말을 듣게 된다.

> "사람들은 아무 것도 모르더라. 저 산봉우리 뒤에 있는 샘물로 눈을 씻으면 장님도 눈을 뜨는데 모르고 그냥 다니더라."
> "그래, 사람같이 미련한 것들이 또 있다더냐. 그 샘물 밑으로 좀 내려오면 큰 바위 밑에 금독 은독이 묻혀 있는 것도 모르더라."[21]

아우는 죽을 마음을 버리고 샘물을 찾아 눈을 치료했을 뿐만 아니라 바위 밑에서 파낸 금은으로 논밭을 사고 큰집도 지어 부자로 산다. 물론 악한 형은 아우가 자신의 재산을 나눠주겠다는 것도 마다하고 동생을 모방하다가 죽음에 이르게 된다. 민담은 초자연적 존재의 등장을 통해 착한 아우의 결여를 보상해 준다. 민담의 낙관주의는 옳은 쪽이 패배하도록 두지 않는다. 정의는 결국 보상받게 되어 있다는 권선징악의 논리를 제시한다.

그런데 이 과정에서 '말하는 호랑이'나 '놀기 좋아하는 도깨비' 등

---

21 沈宜麟, 『朝鮮童話大集』, 漢城圖書株式會社, 1926, 66쪽.

비현실적 존재들이 개입한다는 사실에 새삼 주목할 필요가 있다. 이들은 〈목도령과 대홍수〉의 동물과 서사적 기능이 다르지 않다. 〈목도령과 대홍수〉의 동물과 목도령의 관계는 〈선녀와 나무꾼〉의 노루와 나무꾼의 관계와 마찬가지로 증여 관계를 형성하고 있지만 선악형제담의 비현실적 존재들은 착한 아우와 일방적 관계를 맺는다. 이를 '우연한 행운'이라고 부르지만 사실 우연한 것은 아니다. 이미 소외되고 힘도 없어 착하게 살 수밖에 없는 존재를 위한 비현실의 개입이라고 해야 할 것이다. 정의로움에 대한 강렬한 욕망이 환상의 개입을 초래한 것이다.

형은 어떤가? 소문을 듣고 찾아온 형에게 자초지종을 곧이곧대로 일러주자 형은 아우한테 제 눈을 찔러 달라고 한다. 아우는 재산 절반을 나눠주겠다며 말리지만 형은 제 눈을 스스로 찌르고는 뒷산 나무에 올라간다. 그러나 그를 기다리는 것은 죽음이었다. 호랑이가 잡아먹거나 도깨비들이 때려죽인다. 민담은 때로는 잔인하다. 그래야 인상적이어서 구전에 유리하기 때문이기도 하지만 민담은 감정을 둥글둥글하게 갈지 않는다. 이렇게 정의가 실현되어야 카타르시스가 생성되기 때문이다.

그런데 일제 강점기 심의린이 정리한 『조선동화대집』의 〈착한 아우〉는 결말이 다르다. "한 번 더 용서하는 것이니 아우의 말을 잘 들어라."[22] 호랑이가 이렇게 형을 꾸짖고는 간 곳이 없어졌다는 말로 마무리된다. 악한 형에게 개심의 기회가 주어지는 결말이다. 심의린이 개작했기 때문이다. 방정환과 아동문화운동을 함께 했던 심의린이 어린

---

22 沈宜麟, 앞의 책, 68쪽.

이용 '동화구연자료집'으로 묶은 책이 『조선동화대집』이다. 형제간의
'우애'를 고양하고, 교육을 통한 개과천선을 강조하려고 고쳤을 것이
다. 그러나 이렇게 되면 민담적 정의는, 그 효과가 반감된다.

　3) 목도령 이야기나 선악형제담이나 모두 비현실계의 개입을 통해
문제를 해결하는 서사라고 할 수 있다. 그렇다면 환상의 개입이 없을
때 민담은 정의를 어떻게 실현할까? 송사(訟事)를 다룬 민담을 통해
그 점을 살펴볼 필요가 있겠다.

　〈눈 뜬 사람 속인 장님〉은 비맹인 – 원님 – 맹인의 삼자관계를 문제
삼는다. 선악형제담과 마찬가지로 맹인에 대해 우세한 위치를 점한
눈 뜬 사람을 악에, 맹인을 선에 배당한다. 선악의 대립 과정에서 원님
은 판정관으로 개입한다. 그러나 원님은 문헌 자료들에 등장하는 현
명한 원님과 달리 맹인의 사기에 눈 뜬 사람과 더불어 속아 넘어가는
조연일 뿐이다.

　이 민담이 문제 삼고 있는 상황은 장님을 괄시할 뿐만 아니라 세간
까지 훔쳐 가는 비맹인 이웃의 행태다. 이 불의한 상황을 어떻게 해결
해야 하는가? 일반적으로 이런 부당한 상황은 관의 개입에 의해 해결
되지만 이 민담은 관을 신뢰하지 않는다. 정의롭지 못한 사태의 유일
한 해결자가 되는 인물은 장님 자신이다. 장님은 백지를 종이로 싸고
또 싸서 보물보따리처럼 꾸민다. 이웃의 악한 비맹인을 찾아가 빌려
간 돈을 달라면서 차용 증서까지 보관하고 있다고 우긴다. 둘 사이에
송사가 일어나고 둘은 원님 앞에 선다. 장님은 차용 증서를 싼 보따리
를 증거자료로 내놓는다. 원님이 종일 겉을 벗기고 벗겨 마침내 얻은
것은 백지 한 장이었고, 그 말을 들은 장님은 눈 뜬 이웃이 자신을

속였다고 떼굴떼굴 구르며 통곡을 한다. 원님은 원금에 이자까지 쳐서 돈을 갚으라는 판결을 내린다.

송사가 판결에 이르는 과정에서 장님은 두 사람을 속인다. 첫째는 눈뜬 이웃을 속였다. 이웃이 늘 못 본다는 상황을 악용해서 장님을 속이자 장님은 이웃의 눈 뜬 상황을 활용한다. 장님은 누가 봐도 보물 보따리로 보일 만한, 백지 한 장이 들어 있는 보따리를 만든다. 이 보따리는 겉과 속이 다르다는 점에서, 비맹인에 대한 일종의 은유일 수 있다. 둘째는 원님을 속였다. 장님과 비장님의 관계에서 장님이 약자라는 점, 약자가 강자를 속이기 쉽지 않다는 상식을 이용하여 원님까지 속인다. 민담이 즐겨 보여 주는 강자와 약자 사이의 전형적인 역전극이다.

문제는 맹인의 속이기를 어떻게 봐야 할까 하는 것이다. 일반적으로는 토끼가 자라나 호랑이를 속이듯이 '약자의 꾀 혹은 지혜로움'이라는 관점에서 이들 관계를 해석하고 교육한다. 기준이나 원칙을 따르는 것이 정의이고, 시대나 상황, 이해관계에 따라 변하지 않는 것[23]이 정의라고 한다면 저 약자의 지혜는 지혜가 아니라 정의의 원칙에 반하는 사기극에 해당할 것이다. 그러나 보편적 정의란 이상이고, 일종의 환영이다. 정의는 상대적인 것이고, 사회적 관계들 사이에서 발생하는 효과일 뿐이다. 맹인은 비맹인과의 관계 속에서 악행을 저지르는 비맹인에 대항하기 위해 비맹인의 수법을 역이용했다. 맹인의 속이기는 자신을 속인 눈 뜬 이웃 사람과의 관계 속에서 발생한 정의의 실현 양태인 셈이다.

---

23 이영희, 『정의론』, 법문사, 2005.

이 유형의 민담에서 맹인과 비맹인의 관계를 역전시키는 계기는 속이기라는 형태로 발휘된 맹인의 지혜이다. 이 지혜는 선악형제담에 서 형제의 관계를 역전시키는 호랑이나 도깨비 등의 초자연적 존재와 같은 위계를 지닌다. 지혜란 인간의 내부에 있는 어떤 것이지만 모든 인간이 생물학적으로 공유하고 있는 것은 아니라는 점에서 외부적인 것이기도 하다. 비맹인이 아니라 맹인한테 오히려 지혜가 있다고 이 야기하는 것은 지혜의 외부성을 말하는 것이다. 지혜는 인간 내부에 있는 것이지만 초월적인 신적 지혜로부터 오는 것이라고 한 중세 서 양의 철학적 견해[24]도 그런 맥락이고 공자(孔子)와 동자(童子)의 문답 형식의 우언[25]이 보여 주는 지혜의 역설도 같은 맥락이라고 생각한다. 이런 점에서 지혜는 초자연적 존재와 의미론적으로 동일하다.

그런데 〈눈뜬 사람 속인 장님〉의 서사는 원님의 판결 대목에서 끝 나지 않는다.

　　원님의 호령이 억울해도 어쩔 도리가 없었다. 게다가 제가 저질러 논 잘못도 있어서 그냥 물러나올 수밖에 없었다. 장님의 꾀에 원님도 속고 눈뜬 사람도 속은 것이었다. 이렇게 해서 눈뜬 사람이 생돈 백오십 냥을 물어주게 생겼는데 장님이 찾아와서 "그 동안 몰래 가져간 물건이나 되 돌려 주고, 우리 논에 물꼬만 가만히 놔둔다면 내 그 빚을 몽땅 탕감해 줌세. 그러니 딴말 말게." 하는 것이었다. 눈뜬 사람은 그저 감지덕지 했고, 장님은 잃은 물건 도로 찾고 농사도 잘 짓고, 눈뜬 사람의 버릇도

24　김형수, 「쿠자누스의 '지혜론'에 나타난 지혜 개념」, 『중세철학』 23, 한국중세철학 회, 2017.

25　관련 자료는 윤주필, 「동아시아 〈孔子·童子 問答〉 전승의 연원 고찰」, 『대동문화연 구』 89, 성균관대학교 대동문화연구원, 2015 참조.

고쳐서 잘 살았다.[26]

원님의 판결 이후, 다시 말하면 민담적 정의가 실현된 이후 맹인과 비맹인 사이에는 화해가 실현된다. 화해의 계기는 맹인의 '용서'다. 이 점은 선악형제담의 호랑이의 용서와 비슷한 점이 있다. 원님의 판결로 비맹인이 응분의 대가를 치르는 것으로 서사가 마무리되어도 될 터인데 왜 이 민담은 후일담 형식으로 '용서의 서사'를 부가해 놓았을까?

선악형제담의 경우 호랑이의 판결에 의해서 악이 완전히 제거되었다. 하지만 원님의 판결로는 불의가 완전히 제거되지 않는다. 맹인-비맹인의 이웃 관계는 존속되기 때문에 비맹인의 개과천선을 기대할 수도 없고, 비맹인의 해코지가 중단되리라고 예상할 수도 없다. 동일한 사태가 반복되지 않으려면 비맹인을 제거해야 한다. 그러나 비맹인은 악한 형이 아니다. 선악형제담은 호랑이라는 비현실계와의 관계 속에서 정의를 실현하지만 맹인은 현실 안에서 정의를 추구해야 한다. 따라서 맹인의 용서는 이전의 관계를 현실계 안에서 단절하는 지혜로운 방법이고, 불가피한 선택일 수 있다고 생각한다. 비맹인의 용서 전략은 소수자의 두 번째 지혜라고 할 만하다.

---

26 문화콘텐츠닷컴(www.culturecontent.com)에 소개되어 있는 한국설화 인물유형의 〈눈뜬 사람을 속인 장님〉에서 인용. 관련 자료로는 『한국구비문학대계』 소재 〈눈뜬 사람 땅 뺏은 눈먼 봉사〉(3-2권), 〈봉사 사기꾼〉(8-2권) 등이 있다.

4. 환영, 소수자의 정의

구술 서사에서 소수자의 정의를 어떻게 실현되는가? 이 질문에 대해 답하기 위해 필자는 구술 서사를 신화적 서사와 비신화적 서사로 나누고, 각각의 서사에서 소수자의 정의가 실현되는 양상을 검토했다. 소수자의 정의는 관습적으로 인식하고 있는 서사 갈래에 따라 달리 실현되는 것이 아니라 초현실계 또는 비현실계와의 관계 속에서 실현된다고 보았기 때문이다.

구술 서사는 결여된 존재들, 다시 말해 소수화된 존재들에게 오히려 지혜가 '있다'고 이야기한다. 그래서 맹인이 비맹인을 이길 뿐만 아니라 비맹인이 다시는 불의를 반복하지 못하도록 봉쇄하는, 용서라는 삶의 기술을 고안한다. 구술 서사는 소수자들에게 호랑이나 도깨비와 같은 비현실계의 도움이 '있다'고 이야기한다. 그래서 착하고 의로운 아우는 늘 악하고 정의롭지 못한 형을 이긴다. 구술 서사는 삶의 최종심급에서는 저승과 같은 초현실계의 도래가 '있다'고 이야기한다. 저승의 정의로운 법이 이승의 불법을 치유한다고 믿는다. 그래서 〈창세가〉의 두 중은 벌떡 일어났고, 부대각은 하느님한테 등장(等狀)하러 입수했고, 양이목사는 머리만 남은 채 입을 열어 유언을 남겼다.

구술 서사는 소수화된 존재들에게 '있는' 것들이 이들 존재에게 닥친 불행을 수정할 수 있다고 말한다. 구술 서사는 소수자들에게 '있는' 것들이 개인적 혹은 집단적 불의에 의해 초래된 그릇된 현실을 바로잡아 준다고 말한다. 그러나 소수자의 정의는 구술 서사 안에 실체적으로 이미 존재하는 어떤 것이 아니다. 있는 것은 초현실계나 비현실계의 도래에 대한 기대와 믿음뿐이다. 소수자의 정의는 하나의 서사

단위 안에서 소수자들에게 '있는' 것들에 의해 그릇된 현실이 바로잡혔다고 이야기될 때, 바로 그때 나타났다가 사라지는 관계들의 효과에 붙이는 이름이다. 그렇다면 소수자의 정의란 문학적 환영이 아니겠는가.

디아스포라 문학 연구의 궤적

2000년 이후 한국현대문학연구를 중심으로

고지혜

1. 탈경계의 시대와 디아스포라 담론의 대두

이 글은 한국현대문학연구에서 지난 20여 년간 이루어진 디아스포라 문학 연구의 흐름을 개괄하고 '디아스포라'라는 관점 및 방법론의 성과와 한계를 점검함으로써 이주/이동/이산에 관한 문학 연구가 나아가야 할 방향을 가늠해 보고자 한다.

'디아스포라'라는 용어와 그 개념[1]이 한국현대문학연구에서 처음

---

[1] 고대 희랍어에서 유래한 '디아스포라(diaspora)'는 '~를 넘어서/지나서'를 뜻하는 그리스어 'dia'와 '파종하다/흩뿌리다'를 의미하는 'speirein'의 합성어에서 파생된 말로, 1960년대 이전까지는 주로 팔레스타인 지역을 떠난 유대인 공동체를 가리키는 말로 사용되곤 했다. 1960년대부터 이 말은 강제 이주한 아프리카인을 지칭하는 데에 사용되면서 그 의미가 점점 확대되었고, 1990년대 초 학술 저널 『디아스포라: 트랜스내셔널 연구 저널』(1991)이 미국에서 창간되면서 관련 연구도 본격화되었다. 이 무렵부터 '디아스포라'는 이산(離散)의 경험을 통칭하는 동시에, 그동안 유대인, 아르메니아인, 아프리카인에 한정하여 사용했던 것에서 벗어나 이민자,

등장한 것은 2001년 무렵이었다.[2] 이 시기 한국사회는 자본주의의 전
지구화로 인해 국가 간의 이동이 일상화되는 가운데 "세계화 이후의
현실에서 공간/장소에 관한 매우 다른 지리적 상상이 쏟아지고 있음
을 경험"[3]하는 중이었다. 이뿐만 아니라 한국문학장에서는 1988년 해
금조치 이후 90년대를 통과하며 납·월북 문인 및 현역 북한 문인과
재외한인작가들의 작품이 앞다투어 소개되었고, 한민족문학사의 서
술 가능성과 한국문학의 세계화를 적극적으로 타진해 오고 있었다.[4]

이러한 때 '디아스포라'가 한국문학장으로 유입되는 경로는 여러
모로 의미심장하다. 한국현대문학연구에서 '디아스포라'라는 개념을
적극적으로 전유하며 문학 연구의 방법론을 갱신하고자 처음으로 시

난민, 망명자 등 다양한 이산/이주/이동의 주체를 가리키는 말로 폭넓게 수용되었
다. '디아스포라'의 어원 및 개념의 역사적 전개에 관해서는 윤인진, 『코리안 디아
스포라』, 고려대학교 출판부, 2004, 5쪽; 케빈 케니, 최영석 옮김, 『디아스포라 이즈
(is)』, 앨피, 2016, 9~25쪽; 임경규 외, 『디아스포라 지형학』, 앨피, 2016, 9~10쪽;
로빈 코헨, 유영민 옮김, 『글로벌 디아스포라』, 민속원, 2017, 25~30쪽 참조.

2   2023년 9월 1일 기준 학술연구정보서비스(RISS)에서 '디아스포라'로 검색했을 경
우, 인문학 분야의 국내학술논문만 1,550여 건이 결과로 나오는데, 이 가운데
1980~1990년대에 나온 논문은 총 7건으로 모두 교회사와 관련된 연구였다. 이에
비해 2000년대는 354건으로 그 수가 비약적으로 증가했을 뿐만 아니라 2001년부
터 2010년까지는 관련 논문의 수가 매해 증가세를 보이며, 문학 분야를 비롯하여
연구 분야도 다양화되는 양상이 나타났다.

3   서동진, 「유커와 싼커, 탈식민적 아시아의 정동지리학」, 최기숙 외, 『한국학과 감성
교육: 시각·문화·현장』, 앨피, 2018, 171쪽.

4   1990년대 이후 한국현대문학연구에서는 '한민족문학사', '한국문학의 세계화', '세
계문학 담론' 등과 연동하여 '탈경계'와 '혼종'이라는 전 지구적 현안과 접속할 대
상으로서 재외한인문학이 적극적으로 호명된 바 있다. 한국현대문학연구에서 재
외한인문학이 본격적으로 주목을 받기 시작한 맥락에 관해서는 윤송아, 「재일조선
인 문학을 호명하는 한국문학의 지형도」, 『우리어문연구』 45, 우리어문학회, 2013,
546~551쪽 참조.

도했던 이는 내셔널리즘에 대한 비판을 견지하며 일본에서 사회언어학 및 문화사상사를 연구하던 한국 국적의 언어학자 이연숙이었기 때문이다.

'21세기에 구상하는 새로운 문학사론'이라는 특집에 수록된 이연숙의 논문은[5] 근대 이후 다른 모든 사상처럼 "문학도 국가 및 국민별로 분류할 수 있다고 생각"해 왔다며, 문학의 국적이 단 하나밖에 없다면 그와 같은 "분류가 곤란하거나, 분류 자체가 불가능한 작품들이 속속 탄생"하는[6] 21세기 초의 상황을 어떻게 바라봐야 하냐고 반문한다. 탈식민주의 문학 이론에 기대고 있는 이연숙의 논의는 '탈경계'와 '혼종성'에 적극적으로 가치를 부여하고 있을 뿐 아니라 디아스포라의 개념을 섬세하게 고찰하여 생산적으로 전유하고 있다는 점에서 주목을 요한다.

이연숙에 따르면, '디아스포라＝이산'이라는 인식에는 '조국(모국)'에서 추방된 현재를 과도기적인 상태로 보고 언젠가는 조국으로 귀환해야 한다는 생각이 깔려 있다. 그러나 이는 내셔널리즘에 기반한 사고이자 '인식론으로서의 디아스포라'가 환기하는 문제의식을 무색하게 만드는 관점이다. 디아스포라의 현 상황은 결여의 상태가 아니라 새로운 정체성을 모색하는, 특히 자본-노동-문화의 이동이 너무나 빠르게 이루어지고 있는 지구화시대에 이민/유민/난민으로서의 실존을 생성하는 과정이기 때문이다. 이러한 이연숙의 논의는 디아스포라

5　이연숙, 「디아스포라와 국문학」, 『민족문학사연구』 19, 민족문학사학회·민족문학사연구소, 2001.

6　이연숙, 「디아스포라와 국문학」, 『민족문학사연구』 19, 민족문학사학회·민족문학사연구소, 2001, 59쪽.

문학에 관한 최초의 논의라는 점에서도 의의를 지닐 뿐 아니라, 한반도 내외의 정세 변화와 문학사적 계기들이 어우러져 급격히 달라지기 시작했던 한국문학과 민족문학에 대한 인식 변화를 날카롭게 포착하는 가운데 디아스포라 문학을 '트랜스내셔널 문학의 시각'[7]으로 의미화했다는 점에서 시사하는 바가 크다.[8]

이후 2003년 무렵 한국현대문학언구에서는 '디아스포라'에 관한

---

7   박선주는 '트랜스내셔널 문학'의 개념을 설명하는 과정에서 '인식론으로서의 트랜스내셔널 문학'이 지니는 의미에 주목한 바 있다. 그에 따르면 트랜스내셔널 문학이란 이민문학, 비교문학, 세계문학 등과 같이 국민문학의 범주 밖에 있는 문학을 지칭하는 용어가 아니다. 오히려 이는 이제까지 문학을 감상하고 연구하는 데에 (무)의식적으로 사용해온 논의의 틀에 대한 근본적인 문제 제기라 할 수 있다. 트랜스내셔널 문학을 문학의 범주론이 아니라 문학에 대한 인식론으로 보는 이러한 관점은 한국현대문학연구에서 '디아스포라'라는 개념 및 인식틀이 지니고 있던 문화정치적 기획과 실천을 사유하는 데 중요한 참조점이 된다. 박선주, 「트랜스내셔널 문학-(국민)문학의 보편문법에 대한 문제제기」, 『안과 밖』 28, 영미문학연구회, 2010, 168~169쪽 참조.

8   1990년대 말 스피박을 한국에 처음 소개하며 탈식민주의-페미니즘의 이론적 가능성을 모색했던 영문학자 태혜숙은 2000년에 발표한 논문에서 'diaspora'의 개념을 구심점으로 하여 탈식민주의 페미니즘의 지도를 그리고자 했다. 이 논문에서 태혜숙은 "이제 상상의 공동체가 민족국가에 한정되지 않고 전지구적으로 작용하고 있음을 보여 주는 이산의 문학이 물밀듯이 쏟아져 나오고 있는 실정"이라며 '디아스포라'를 유대인이나 제3세계 출신 사람들에게만 해당하는 것으로 한정하지 않고 "전지구촌 사람들을 포괄할 만한 것"으로 확장한다. 일종의 대안 담론으로서 디아스포라에 주목한 태혜숙의 논의는 영미문학을 중심으로 전개되고 있긴 하지만 디아스포라에 관한 이해와 그 전유에 있어서는 비슷한 시기에 나온 이연숙의 논의와 공명하는 지점이 있다. 태혜숙, 「여성과 이산의 미학: 탈식민주의 페미니즘의 지형도」, 『영미문학 페미니즘』 8(1), 한국영미문학페미니즘학회, 2000, 219쪽 참조. 아울러 같은 시기에 태혜숙은 '서발턴'이라는 용어를 한국에 처음 도입했음을 부기해둔다. 이와 관련해서는 한국현대문학연구에서 '서발턴'이라는 용어의 유입 및 그 전유 양상의 흐름을 짚는 유승환의 다음 논의를 참조. 유승환, 「한국현대문학연구의 하위주체론」, 『한국현대문학연구』 66, 한국현대문학회, 2022.

논의가 본격적으로 점화되었고, 2006년을 전후한 시기부터 담론의 지형을 이루기 시작한다.[9] 이 시기 디아스포라 문학 담론과 관련하여 주목할 점은, 이미 1990년대부터 한국문학장에서는 비평과 연구의 분화 및 매체 분할이 뚜렷해졌음에도 불구하고[10] 디아스포라 문학과 관련해서는 비평과 연구가 구획되거나 시차를 두지 않고 동시적으로 이루어졌다는 것이다. 여기서 주지해야 할 것은, 디아스포라 문학 연구가 자본주의의 전 지구화, IMF 이후 신자유주의로의 급속한 진입, 이주노동자 및 결혼이주자 문제 등 당시 한국에서 일어나고 있던 사회변화에 기민하게 반응하며 한국문학장의 의제 전환을 빠르게 선도했었다는 점이다. 이에 이 글은 지난 20여 년간 디아스포라 문학 연구의 전개 과정에서 담론 지형의 형성에 중요한 역할을 한 논문과 비평을 중심으로[11] 디아스포라 문학 연구의 궤적을 추적해 보고자 한다. 이를

---

9 국민국가의 경계에서 망각된 주체로서 이주민/난민의 역사를 다루는 논의들의 경우에도, 과거에는 한반도로 돌아오는 귀환자를 중심으로 한 연구가 주를 이루었다면 2000년대 이후에는 전 지구적인 현상으로서 이주민/난민을 연구하는 경향이 더 강해졌다. 이는 한국현대문학연구에서 디아스포라 문학 연구가 대두된 시기와 일치한다. 냉전 시기 국경을 넘는 이주민/난민의 역사에 관한 한국 역사학계의 연구 동향은 김원, 「냉전 시기 월경하는 마이너리티와 역사를 둘러싼 연구동향과 쟁점」, 정용욱 외, 『한국 현대사 연구의 쟁점』, 한국학중앙연구원 출판부, 2022 참조.

10 조남현, 「한국현대문학연구의 발전과 과제」, 『국어국문학』 184, 국어국문학회, 2018, 46~47쪽; 하재연, 「식민지 문학 연구의 역사주의적 전환과 전망」, 『상허학보』 35, 상허학회, 2012, 35~36쪽 참조.

11 2023년 9월 1일 기준 KCI(한국학술지인용색인)에서 '디아스포라'로 검색했을 때 인문학 분야의 국내 학술지 논문은 1,955편이 산출된다. 이 가운데 '한국어와문학' 분야에 해당되는 548편과 '기타인문학'에 해당되는 456편의 논문 제목과 핵심어를 전수조사하여 한국문학 분야와 직접적으로 연관성이 있는 국내 학술지에 게재된 논문을 대상으로 하되 '디아스포라'가 논문의 표제, 부제, 한국어 저자키워드에 명시된 논문을 추렸을 때 '한국어와문학' 분야에서는 367편, '기타인문학'에서는

통해 디아스포라 문학 연구의 향방을 모색하는 동시에 이동/이주/이산에 관한 문학 연구의 방향성에 대해서도 논구해 볼 것이다.[12]

2. 한국문학의 탈영토화와 한민족문학사의 (불)가능성

2000년대 한국현대문학연구에서 유행처럼 퍼져 나가기 시작했던 디아스포라 문학 연구는 '해외동포문학' '교포문학' '재외한인문학'[13]

83편이 도출되었다. KCI 제공 데이터의 구축이 2004년부터 시작된 점을 감안하여 2005년 이전 자료의 경우에는 RISS(학술연구정보서비스)에서 '디아스포라'로 검색한 결과와 비교하여 검토하였다. 이 과정에서 이 글은 특히 '디아스포라'가 연구의 시각을 이루는 문제틀로 작동하는 논문을 중심으로 디아스포라 문학 연구의 동향을 개괄하고 그것의 학술사적 맥락을 논의해 보고자 한다.

12 최근 텍스트마이닝 분석 기법을 활용하여 코리안디아스포라 문학 연구의 경향을 분석한 연구가 제출된 바 있다. 이 논문은 '코리안디아스포라'와 '재외동포'를 검색어로 선정하여 1차 자료를 수집한 후 분석 대상을 추출하였으며, 해당 논문들의 초록을 바탕으로 연도별 논문 수, 출현 빈도 상위 단어, 관련 토픽 등을 도출하여 큰 틀에서의 코리안디아스포라 문학 연구의 경향성을 조망할 수 있게 했다는 점에서 의의가 있다. 그러나 같은 대상을 놓고 어떤 개념어를 선택하여 설명하느냐에 따라 해당 연구의 관점이나 입장이 달라질 수밖에 없다는 점을 고려한다면, '코리안디아스포라'와 '재외동포'를 함께 놓고 살펴볼 경우 수집된 정보 중에서도 유의미한 정보를 선별하기 위한 휴먼 라벨링 작업이 동반될 필요가 있다. 아울러 이 논문에서 분석의 결과로 도출된 내용은 일반적인 사실 확인에 그치고 있기에 그러한 연구 경향성이 내포하는 맥락이나 함의에 대해서는 좀 더 섬세한 고찰이 요청된다. 강진구·김성철, 「텍스트마이닝을 활용한 코리안디아스포라 문학 연구 경향 분석」, 『우리문학연구』 69, 우리문학회, 2021.

13 예컨대 남한이나 한반도를 벗어나 다른 지역으로 이주한 한인들의 문학을 가리키는 말로 '해외교포문학', '해외동포문학', '재외한인문학' 등을 들 수 있다. 재일조선인에 관한 호칭에 한정하여 말한다면, 냉전 체제하에서 북송사업에 대한 대항이라는 입장이 중요시될 때에는 '귀환을 전제로 하는 일시적인 거주'를 뜻하는 '교포(僑胞)'를 더 많이 사용하였고, 민주화 이후에는 이념이나 국적에 관계없이 해외 거주

등과 관련하여 기존 용어 및 시각을 심문하는 동시에 해당 작가들의 삶과 문학을 재의미화하는 작업으로부터 시작되었다.[14] 이때 디아스포라 문학이란 광의의 차원에서는 모국(고향)의 영토를 벗어나 국경 바깥에 거주하는 이산인의 문학으로 규정되었고, 이러한 논의들은 해당 작가 및 작품의 특징을 일별하거나 몇몇 대표작을 비교하면서 디아스포라 작가로서 이들이 지닌 언어 의식 및 정체성 문제를 규명하고자 했다.[15]

___

한인을 모두 포괄하려는 맥락에서는 '동포(同胞)'를 더 많이 사용했다. 즉, '해외교포문학'과 '해외동포문학'은 둘 다 한반도 혹은 남한을 중심으로 상정하고, 그러한 중심의 입장에서 정치적·사회문화적 상황 맥락에 따라 주변의 성격을 규정 짓는 말이라 할 수 있으며, 이는 어느 정도 민족주의적 시각을 전제하는 것이다. '교포'와 '동포'의 차이에 관한 논의는 권혁태, 「'재일조선인'과 한국사회-한국사회는 재일조선인을 어떻게 '표상'해왔는가」, 『역사비평』 78, 역사비평사, 2007, 236~244쪽 참조. 1990년대 들어서는 좀 더 중립적인 뉘앙스를 지니는 '재외한인문학'이라는 말이 문학장에서 사용되기 시작한다. 재외한인문학의 개념, 범주, 성격에 관해서는 홍기삼, 「재외한국인문학개관」, 『동악어문논집』 30, 동악어문학회, 1995; 「한국문학과 재외한국인문학」, 『작가연구』 3, 새미, 1997.4 참조. 1990년대 중반부터 한국문학 현상의 일환으로 재외한인문학을 포착하고 연구하기 시작한 흐름에 관해서는 심원섭, 「재일 조선어문학 연구 현황과 금후의 연구 방향」, 『현대문학의 연구』 29, 한국문학연구회, 2006 참조. 참고로 1990년대 진행된 재외한인문학에 관한 연구들에서는 '디아스포라'라는 말을 발견할 수 없었다.

14 이와 관련하여 대표적인 연구로는 오창은, 「이주문학에 나타난 정체성 변화에 대한 고찰-디아스포라, 차이, 그리고 경계에서 글쓰기」, 『국제한인문학연구』 1, 국제한인문학회, 2004; 정은경, 「추방된 자, 어떻게 자신의 운명의 주인이 되는가: 코리언 디아스포라 문학의 '현재'」, 『실천문학』 83, 실천문학사, 2006.08; 권성우, 「망명, 디아스포라, 그리고 서경식」, 『실천문학』 91, 실천문학사, 2008.08; 김응교, 「이방인, 자이니치 디아스포라 문학」, 『한국근대문학연구』 21, 한국근대문학회, 2010 등이 있다.

15 작가들의 거주 국가/지역 및 사용 언어에 따라 디아스포라 문학은 고려인 디아스포라 문학, 재일/자이니치 디아스포라 문학, 재미 디아스포라 문학, 재중 디아스포라 문학 등으로 다시 분류되며 이들의 문학을 실증적으로 이해하고 고찰하려는

이러한 연구들이 1990년대 본격화된 재외한인문학 연구와 비교했을 때 가장 크게 달라진 점은 민족주의적인 시각과의 거리두기 및 연구 대상의 범주 확대라 할 수 있다. 예컨대 오래전부터 재외한인문학을 한국현대문학연구의 대상으로 교섭하는 과정에서 가장 중요한 논점은 '무엇을 혹은 어디까지를 한국문학으로 규정할 것인가'였다. 2000년대 초중반에 제출된 디아스포라 문학에 관한 논의들은 '디아스포라'라는 개념을 전유하며 이주/이동에 따른 정체성의 변화와 새로운 정체성의 형성을 '이주문학'의 특징으로 보고, "국경간의 이동에 기반한 재외 한국인의 현지어 글쓰기를 논의의 대상"[16]으로 설정

작업이 지난 20여 년간 지속적으로 이루어지고 있다. 초기의 대표적인 연구 성과로는 장사선·김현주, 「CIS 고려인 디아스포라 소설 연구」, 『현대소설연구』 21, 한국현대소설학회, 2004; 김응교, 「재일 디아스포라 시인 계보, 1945~1979-허남기, 강순, 김시종 시인」, 『인문연구』 55, 영남대학교 인문과학연구소, 2008; 김종회, 「재외 한인 디아스포라 문학과 민족의식-미주지역 문학작품을 중심으로」, 『비교한국학』 17(3), 국제비교한국학회, 2009; 박진숙, 「중국 조선족 문학의 디아스포라적 상상력을 통해 본 디아스포라의 의미」, 『민족문학사연구』 39, 민족문학사학회, 2009; 하상일, 「해방 이후 재일 디아스포라 시문학의 역사와 의미」, 『한국문학논총』 51, 한국문학회, 2009; 송명희, 「캐나다한인 수필에 나타난 디아스포라와 아이덴티티」, 『한국언어문학』 70, 한국언어문학회, 2009; 김환기, 「코리언 디아스포라 문학의 '혼종성'과 초국가주의-남미의 코리언 이민문학을 중심으로」, 『비교문학』 58, 한국비교문학회, 2012 등을 참조. 특히 권성우, 김응교, 김종회, 송명희, 장사선, 하상일 등은 국내학술지에 관련 논문을 5편 이상 발표하며 재외한인문학을 디아스포라 문학으로 적극적으로 호명한 바 있다. 이렇듯 기존의 재외한인문학으로 범주화되던 작가와 작품을 '디아스포라 문학'으로 의미화하는 작업은 상당히 많이 축적된 편이다. 그러나 연구자들에 따라 연구 대상이 지닌 디아스포라적 상황이나 혼종성을 강조하는 경우가 있는 반면 '한민족문학(사)'라는 거시적인 안목에서 재외한인문학을 적극적으로 포섭하려는 시각을 견지하는 논문도 다수였다.

16 오창은, 「이주문학에 나타난 정체성 변화에 대한 고찰-디아스포라, 차이, 그리고 경계에서 글쓰기」, 『국제한인문학연구』 1, 국제한인문학회, 2004, 372쪽.

했다는 점에서 주목할 만하다.[17]

해방 후 한국문학사가 새롭게 서술되는 과정에서 한국문학의 영역
은 계속해서 확대되어 왔음에도 불구하고,[18] 이전까지는 대체로 외국
으로 이주한 한인 작가들의 문학은 한국문학연구의 영역으로 인식되
지 않았다. 1980년대 조동일과 김흥규는 전근대 사회의 사회적·문화
적 계층구조에 따라 표현 언어와 전승 방식을 달리하면서 존재했던
구비문학, 국문문학, 한문문학이 어떻게 한국문학의 범위(영역)에 포
괄되는지 논의한 바 있다. 이 과정에서 김흥규는 한국문학이란 기본
적으로 "한민족이 각 시대의 역사적 생활공간에서 이루어 온 문학의
총체"이며, '문학의 영역'은 단순한 지리적 개념이 아니라 문화적 개
념임을 분명히 한다. 그러나 '한국문학의 영역'에 관한 김흥규의 논의
는 한반도(영토)와 한국어(언어)를 그 상수로 전제하기에 해외 이주자

---

17 이러한 연구들은 1990년대에 처음 한국에 번역·출간되었던 김난영의 『토담』(김
    화자 옮김, 동문사, 1990), 이창래의 『네이티브 스피커』(현준만 옮김, 미래사,
    1995), 차학경의 『딕테』(김경년 옮김, 토마토, 1997), 유미리의 『가족 시네마』(김난
    주 옮김, 고려원, 1997), 현월의 『그늘의 집』(신은주·홍순애 옮김, 문학동네, 2000)
    등을 본격적인 한국현대문학연구의 대상으로 상정하며, 이들의 현지어 글쓰기를
    소수자 문학이자 경계선에서 행해지는 글쓰기로 의미화한다. 특히 이와 더불어
    서경식의 저서들이 번역·출간되면서 평단과 대중 독자의 지지를 동시에 받게 된
    다는 점도 '디아스포라'의 확산과 관련하여 주목해야 할 점이다. 서경식의 책은
    『디아스포라 기행』, 『난민과 국민 사이』, 『시대의 증언자 쁘리모 레비를 찾아서』
    등 2006년에만 3권의 번역본이 출간되었다. 참고로 서경식의 저서 중 한국에서
    맨 처음으로 출간된 것은 1992년 『나의 서양미술 순례』였는데, 이후 이 책은 2002
    년에 이르러 개정판이 출간되었다. 서경식은 『나의 서양미술 순례』 개정판을 비롯
    하여 2000년대에만 7권의 책을 한국에서 출간했다.
18 한국문학이 자기규정의 역사 속에서 중층적으로 구성되는 가운데 한국문학의 연
    구 대상 또한 확대되어 온 역사에 관해서는 김동식, 「한국문학 개념 규정의 역사적
    변천에 관하여」, 『한국현대문학연구』 30, 한국현대문학회, 2010 참조.

의 문학은 어디까지나 "한국문학의 주변적 부분"으로만 인식한다.[19] 마찬가지로 김윤식 또한 이광수가 「조선문학의 개념」에서 주창한 '언어 귀속주의'를 지지했던 대표적인 논자로서, 김은국와 김용익을 가리켜 "원칙적으로 그들의 문학은 한국문학일 수 없다. 영어로 쓴 작품을 우리말로 옮긴 것이라면 번역문학이 아니겠는가. 반대로 한국어로 쓴 것을 영역(英譯)한 것이리면 영문학일 터이다"고 주장한 바 있다.[20]

그러나 디아스포라 문학 담론에서는 문학의 언어가 기준이 되는 "속어주의(屬語主義)가 절대성을 갖지 않는다"[21]는 인식이 확산되면서 디아스포라 문학의 복합성에 주목할 필요가 있음이 제기되었다. 즉, 이러한 연구에서 디아스포라의 개념은 이동하는 주체를 규정하는 데 요청되는 인식틀과 해석 원리로 작용하며, 한국문학의 외연을 넓히고 한국문학 연구의 다양화를 추동했다고 할 수 있다. 다시 말해, 2000년대 한국현대문학연구에서는 디아스포라 문학 담론과 탈식민주의 문학 담론이 연동하며 식민지기 작가들의 이중언어 글쓰기 문제, 한민족문학사의 서술 가능성, 다문화사회와 문화융합 등에 관심이 커지면서 한국어로 쓰인 텍스트만이 연구/비평 대상이 될 수 있다는 기존 관념에 변화가 생기기 시작했고, 이는 이후 2010년대 번역문학 연구의 활성화로도 이어졌다고 할 수 있다.

2000년대 중반 이 문제와 관련하여 오창은은 "'한국어 중심주의'

---

19 김흥규, 『한국문학의 이해』, 민음사, 1986, 11~22쪽 참조.

20 김윤식, 「초벌과 재창조의 실험에 대하여」, 유종호 외, 『한국 현대 문학 50년』, 민음사, 1995, 46쪽.

21 백낙청, 「민족문학, 세계문학, 한국문학」, 『통일시대 한국문학의 보람』, 창작과비평사, 2006, 20쪽.

혹은 '민족문학 중심주의'에 과도하게 얽매이지 않는 '이주문학'(혹은 디아스포라 문학) 논의의 확장이 필요하다"고 피력한 바 있으며, 권성우는 외국어로 발표되고 한국어로 번역된 글 또한 한국문학 비평의 대상이 될 수 있다는 의견을 적극적으로 개진하며 그동안 한국문학장이 견지해 왔던 속문주의(屬文主義)를 비판했다.[22] 2000년대 한국문학의 담론 지형에서 디아스포라 문학이 대두하게 된 연원을 90년대 이후 민족문학론의 입지 상실과 세계문학론의 급부상에서 살피고 있는 정은경 또한 2000년대에 전개된 디아스포라 문학 담론이 한국문학의 범주를 내파하면서 민족문학 및 세계문학에 대한 재인식의 기회를 제공할 것으로 기대한 바 있다.[23]

이렇듯 '민족문학'과 '민중' 담론이 유효성을 상실한 때에 등장한 디아스포라 문학은 한국문학의 속지주의(屬地主義)와 속문주의(屬文主義)를 비판하고, 한국현대문학연구에서 '한국'의 범주와 경계에 대한 새로운 논의를 촉발시켰다. 한국현대문학연구의 역사를 "연구대상이 계속 확대되고 있는 식의 변화로 요약"[24]할 수 있다면, 이러한 변화의 한 지점을 잘 보여 주는 것이 '디아스포라 문학의 발견'이라 할 수 있다. 즉, '디아스포라'라는 관점을 통해 한국현대문학연구는 연구 대상이 자리하는 공간의 폭발적인 확장을 도모할 수 있었다. 2000년대 말

---

22 오창은, 「이주문학에 나타난 정체성 변화에 대한 고찰-디아스포라, 차이, 그리고 경계에서 글쓰기」, 『국제한인문학연구』 1, 국제한인문학회, 2004; 권성우, 「망명, 디아스포라, 그리고 서경식」, 『실천문학』 91, 실천문학사, 2008.가을 참조.

23 정은경, 「민족문학, 세계문학, 디아스포라 문학-90년대 이후 한국문학 담론지형의 변화에 대한 시론적 고찰」, 『우리어문연구』 38, 우리어문학회, 2010.

24 조남현, 「한국현대문학연구의 발전과 과제」, 『국어국문학』 184, 국어국문학회, 2018, 48쪽.

에 이르면 디아스포라 문학 연구는 양적으로나 비약적으로 증가했을
뿐 아니라 식민지 시기 만주나 일본 등에 거주했던 이주민 작가의 작
품들 또한 디아스포라 문학 연구의 대상으로 포착되면서[25] 연구 대상
의 범위를 점점 더 넓혀 간다. 그러나 이와 동시에 다른 한쪽에서는
'디아스포라'라는 개념어와 인식틀에 대한 비판의 작업이 진행된다.

후지이 다케시는[26] 표제에 '디아스포라'가 들어간 논저가 많이 나
오고 있는 상황과 관련하여, 유대인에게만 한정하여 사용되던 '디아
스포라'라는 개념이 재일조선인에게도 적용되기 시작했다는 점에 의
의를 두면서도 '디아스포라'가 "흩어져 있는 상태만을 부각시킬"[27] 경
우 결국 해외로 이주한 이들을 미달된 상태 혹은 결여된 존재로 규정
할 위험이 있음을 제기한 바 있다.

특히 전쟁과 학살, 강제 이동, 국외 추방 등의 비자발적 원인이 아니
더라도 모국을 떠나야 했던 사람들의 존재론적 조건을 '귀환할 수 없
음' 내지는 '뿌리 내릴 수 없음'으로 일반화할 때 '(상상된) 공동체'에
대한 상실감과 그리움'은 이들의 감성 구조를 이루는 핵심으로 설명된

---

25 디아스포라 개념을 토대로 식민지 시기의 문학을 연구한 논문들이 주목하고 있는
    작가로는 강경애, 윤동주, 백석, 김학철 등이 있다. 이에 관한 주요 연구 성과로는
    구재진, 「이산문학으로서의 강경애 소설과 서발턴 여성」, 『민족문학사연구』 34,
    민족문학사연구소, 2007; 김관웅, 「"디아스포라 작가" 김학철의 문화신분 연구」,
    『한중인문학연구』 27, 한중인문학학회, 2009; 김응교, 「백석·일본·아일랜드」, 『민
    족문학사연구』 44, 민족문학사연구소, 2010; 구모룡, 「윤동주의 시와 디아스포라로
    서의 주체성」, 『현대문학이론연구』 43, 현대문학이론연구학회, 2010 등 참조.
26 후지이 다케시, 「낯선 귀환: 〈역사〉를 교란하는 유희」, 『인문연구』 52, 영남대 인문
    과학연구소, 2007.
27 후지이 다케시, 「낯선 귀환: 〈역사〉를 교란하는 유희」, 『인문연구』 52, 영남대 인문
    과학연구소, 2007, 37쪽.

다. 이때 디아스포라 문학은 수난과 고립의 서사, 의식의 분열, 고향
상실의 비애와 노스탤지어를 공유한다.[28] 그러나 이러한 관점 역시 이
동하는 주체를 "민족적 문화 정체성을 대표하거나 재현하는 자로서
가정하는 것"으로, 이 경우 디아스포라 문학 담론은 결국 이동하는
주체를 "민족-문화의 정체성 서사"에만 가두게 된다.[29] 즉 디아스포라
문학 연구가 귀환하지 못하는 자들의 노스탤지어 혹은 어디에도 속하
지 못하는 자들의 분열성을 읽어 내는 데에만 초점을 맞출 때, 디아스
포라 문학은 결국 민족문학의 대타항으로서만 상상되고 의미화된다.
이는 "국민/민족을 내파하면서, 즉 이 개념들의 결여를 노출시키면서
시작된 디아스포라 문학 비평이 다시 국민/민족의 기표 안으로 수렴되
는 순환론적 구조"[30]를 만들어 내는 것이기에 보다 문제적이다.[31]

28　'디아스포라'라는 말이 생겨난 역사적 배경에는 학살과 추방이 전제되기에, "디아
　　스포라에 대한 초기 정의는 대개 피해의식이나 정신적 트라우마의 사례를 포함"하
　　며(데이비드 바트럼·마리차 포로스·피에르 몽포르테, 이영민·이현욱 외 옮김, 『개
　　념으로 읽는 국제 이주와 다문화사회』, 푸른길, 2017, 80쪽), 이후 이 말이 넓게
　　확장되고 다양하게 변용되어 사용되는 과정에서도 실제 무슨 이유로 이주했든지
　　간에 '디아스포라'는 "대체로 비관적 색채"를 띤다(케빈 케니, 최영석 옮김, 『디아
　　스포라 이즈(is)』, 앨피, 2016, 44쪽).
29　서동진, 「유커와 싼커, 탈식민적 아시아의 정동지리학」, 최기숙 외, 『한국학과 감성
　　교육: 시각·문화·현장』, 앨피, 2018, 172~173쪽.
30　임유경, 「디아스포라 정치학-최근 중국-조선족 문학비평을 중심으로」, 『현대문
　　학의 연구』 36, 한국문학연구학회, 2008, 200쪽.
31　이재봉 또한 '지역문학'의 범주와 '지역문학사' 서술의 가능성을 논구하는 과정에
　　서 "근대 국민국가의 경계에 있는 디아스포라 문학 역시 지역문학의 관점으로 살
　　펴볼 수" 있음을 피력하며, 디아스포라 문학 연구가 은연중에 드러내고 있는 민족
　　주의적인 관점에 대해 우려를 표하는 동시에 당시 국내에 소개되고 있던 디아스포
　　라 문학의 사례가 협소함에 대해서도 지적한 바 있다. 이재봉, 「지역문학사 서술의
　　가능성과 방향」, 『국어국문학』 144, 국어국문학회, 2006, 58~60쪽 참조.

3. 타자들의 발견과 한국문학의 성찰적 재구성

2000년대 들어 한국현대문학연구에서 디아스포라 문학 담론이 활
성화된 이유는 무엇보다 디아스포라 문학이 "'세계화'에 따른 문학 패
러다임의 변화를 작품에 밀착하여"[32] 그 논의를 전개할 수 있었기 때
문이다. 2007년 말을 기준으로 한국에 체류하고 있던 외국인은 100만
명(전체 인구의 2.2%)을 넘어섰고, 이는 1997년에 비해 175.5%가 증가
한 셈이었다.[33] 즉, 국경 '내부'에서 급격히 증가하고 있는 이방인/타자
의 존재는 한국사회에 당면한, 갑작스럽지만 급박한 문제로 인식되었
다.[34] 무엇보다 이러한 사회적 현상과 조응하여 탈국경의 서사 및 우리
안의 타자에 관한 문학 텍스트들이 동시다발적으로 생산되었고, 이들
은 곧바로 '디아스포라의 현재성'을 보여 주는 문학 현상으로 의미화
되었다.[35]

---

32 정은경, 「민족문학, 세계문학, 디아스포라 문학-90년대 이후 한국문학 담론지형
의 변화에 대한 시론적 고찰」, 『우리어문연구』 38, 우리어문학회, 2010, 603쪽.

33 장미영, 「제의적 정체성과 디아스포라 문학」, 『한국언어문학』 68, 한국언어문학회,
2009, 435쪽 참조.

34 김원의 연구에 따르면 이주노동자가 최초의 사회적 관심사로 등장한 것은 1980년
대 후반 필리핀 출신 여성들이 서울 강남 지역의 가정부로 일하고 있다는 신문기사
가 계기가 되었다. 이후 1990년대 상업연수원생제도와 고용허가제, 국제결혼 등을
통해 이주민이 급속하게 증가하면서 2000년대부터는 '이주'가 하나의 주목할 만한
사회현상으로 부상하면서 언론의 주목을 받게 되었다. 김원, 「냉전 시기 월경하는
마이너리티와 역사를 둘러싼 연구동향과 쟁점」, 정용욱 외, 『한국 현대서 연구의
쟁점』, 한국학중앙연구원 출판부, 2022, 181쪽 참조.

35 2006년을 전후하여 월경(越境)과 다문화에 관한 소설들이 다수 출간되면서 평단
의 관심이 쏠렸으며, '디아스포라'라는 의미망으로 이들을 분석한 논문도 연달아
발표되었다. 이에 관한 대표적인 연구 성과로는 소영현, 「마이너리티, 디아스포라
-국경을 넘는 여성들」, 『여성문학연구』 22, 한국여성문학학회, 2009; 오윤호, 「디

이와 관련하여 이 시기 출간된 작품들을 일별해 보면, 다문화사회로의 변화 및 이방인/타자를 환대하지 못하는 '대한민국 원주민'에 대한 문제를 서사화하고 있는 천운영의 『잘가라 서커스』(2005), 김재영의 『코끼리』(2005), 박범신의 『나마스떼』(2005), 김려령의 『완득이』(2008) 등과 자본을 중심으로 전 지구적으로 재편되고 있는 정치·경제·문화의 변화를 월경인을 통해 다루고 있는 김영하의 『검은 꽃』(2003)과 『빛의 제국』(2006), 강영숙의 『리나』(2006), 김탁환의 『리심』(2006), 신경숙의 『리진』(2007), 황석영의 『바리데기』(2007) 등을 꼽을 수 있다. 아울러 2006년을 전후한 시기에 한국문학 관련 잡지들은 이러한 작품들에 대한 리뷰를 포함하여 타자, 마이너리티, 약소자, 디아스포라 등을 다루는 특집을 구성하였고, 이러한 (탈)경계에 대한 사유는 2000년대 한국문학의 특징적인 징후로 인식[36]되었다.

2000년대 중반 한국문학장에서 활발하게 전개된 (탈)경계 및 그와 관련된 타자들에 관한 논의가 '디아스포라'라는 용어 및 의미망을 빈번하게 활용했던 것은, 무엇보다 '디아스포라'가 이동/이주/이산에 관한 다양한 논의를 가능하게 하는 동시에 "사회적 타자에 대한 함의를

아스포라의 플롯-2000년대 소설에 형상화된 다문화 사회의 외국인 이주자」, 『시학과 언어학』 17, 시학과언어학회, 2009; 장미영, 「제의적 정체성과 디아스포라 문학」, 『한국언어문학』 68, 한국언어문학회, 2009 등 참조.

36 당시 문학잡지들이 앞다투어 다루었던 특집의 주제는 다음과 같다. "특집: 타자윤리와 문학 그리고 문학의 타자성", 『문학들』 2, 2005.겨울; "특집: 탈영토의 흐름들", 『문학·판』 18, 2006.봄; "특집: 타자·마이너리티·디아스포라", 『작가와 비평』 6, 2006.하반기; "특집: 세계화 이후의 약소자들", 『실천문학』 83, 2006.가을; "특집: 길 위의 인생-이동, 탈출, 유목", 『문학동네』 49, 2006.겨울; "특집: 한국 소설과 탈(脫)국경", 『문학수첩』 18, 2007.여름 등.

놓치지 않"으며 "국경을 넘는 존재들이 국가 간 위계에 의해 선(先)규
정된다는 사실을 포착하게 하는 유용한 명명법"[37]이었기 때문이었다.

이러한 논의들은 기본적으로 '디아스포라'의 등장 혹은 발생을 "세
계적인 20세기적 현상의 하나"인 동시에 우리에게는 "여전히 진행 중
인 현재의 역사"로[38] 인식한다. '디아스포라의 현재성'에 집중한 논의
들은 이동/이주/이산의 문화정치로 인해 발생하는 다양한 접면들, 특
히 저발전 세계의 이주자들과 난민들을 국제 자본의 지배 회로 안에
강제로 편입시키는 과정에서 여전히 디아스포라의 양산은 계속되고
있으며, 이러한 "디아스포라가 만들어 내는 공간은 다른 인종과 민족
의 문화들이 서로 만나고 섞이는 장소"[39]임을 주목한다. 그러한 장소
에서 발생하는 환대를 가장한 적대, 혹은 장소없음의 윤리를 사유하
게 했다는 점에서 의의를 지닌다.

국경을 넘는 상상력이 사실은 국가가 구성되기 위해 배제했던 타자
를 사유하는 일임을, 그러한 타자를 상상하는 일에도 성차가 있음에
대한 논의도 주목할 만한 성과라 할 수 있다. 소영현은 국경을 넘는
여성에 대한 서사를 분석하는 과정에서, 일상화된 국경 넘기의 "원인
은 초국적 자본주의화와 경제적 양극화, 국제적 노동 분업이 야기한
국가 간의 위계화된 착취 구조"에[40] 있음을 분명히 하며, 이들 소설을

37 소영현, 「징후로서의 여성/혐오와 디아스포라 젠더의 기하학」, 최기숙 외, 『한국학
과 감성 교육: 시각·문화·현장』, 앨피, 2018, 137~138쪽.
38 김경수, 「디아스포라, 난민(難民)의 상상력-김영하와 강영숙의 신작에 대하여」,
『황해문화』 53, 2006.12, 296~297쪽.
39 김택현, 「디아스포라와 문화 혼종」, 『문학·판』 18, 2006.03, 175쪽.
40 소영현, 「마이너리티, 디아스포라-국경을 넘는 여성들」, 『여성문학연구』 22, 한국
여성문학학회, 2009, 80쪽.

"지역적 위계 위에서 이루어지는 전 지구적 노동 착취의 현장을 경쾌하게 비판하는 무국가적 반국가적 서사"로 해석하였다. 정혜경 또한 황석영의 『심청』과 강영숙의 『리나』를 비교하여 다루는 글에서 '탈국가/탈국경'을 말하는 소설들에서 완강한 젠더 정치를 읽어 내며 탈국경의 일상화는 사실상 국경 없음을 의미하는 것이 아님을 피력한다.[41]

그러나 당시 붐을 이루다시피 했던, 그러한 문학 텍스트들이 우리 사회 내부의 복잡한 경계와 그를 오가며 펼쳐지고 있던 타자들의 삶을 어떻게 투시하고 재현했는지에 대해서는 다시 고찰할 필요가 있다. 김예림은 "내셔널한 상상을 벗어나 디아스포라를 사유하고 기록하는 작업은 보편과 특수의 길항 관계에 어떤 식으로든 민감해지거나 연루되지 않을 수 없다"[42]며, 이주의 삶이 제기하는 새로운 시민권의 획득이나 타자들의 연대에 대해 좀 더 심층적인 논의가 필요함을 역설하기도 했다. 즉, 이데올로기, 자본, 직업, 가족 등 이동과 이주를 선택할 수밖에 없었던 이들의 다양한 이동의 성격과 재현 양상을 좀 더 면밀하게 고찰하는 것이 필요하다.

이렇듯 전지구적 차원의 변화에 따라 학술장의 의제 전환을 빠르게 선도했던 '디아스포라 담론'은 한국문학에서의 트랜스내셔널과 소수자/타자의 문제를 의제화했다. 그렇다면 디아스포라 문학 연구가 처음에 제기했던 담론적 기획과 실천이 현재에도 여전히 유효한가. 이주민으로서의 정체성이 형성되고 규정되는 과정이 얼마나 다양한 차별과 억압, 저항과 해방의 복잡다단한 국면들과 접면을 이루는지, 그

---

41 정혜경, 「여성수난사 이야기와 탈국경의 상상력」, 『무학수첩』 18, 2007.05.
42 김예림, 「'경계'를 넘는 문학적 시선들」, 『문학·판』 18, 2006.03, 235쪽.

리고 그것의 재현 (불)가능성에 대해 다시 사유해 볼 필요가 있다. 2000년대 이후 '다문화주의'라는 이름으로 전개된 동화주의적 시각이 아닌, 무엇보다 소수자/타자의 자리와 위치로부터 저항적 사유와 실천의 힘을 읽어 내는 것이 지금 요청된다.

4. 결론을 대신하여

2000년 이후 한국현대문학장에 등장한 '디아스포라'라는 개념과 인식틀은 한국문학의 속지주의(屬地主義)와 속문주의(屬文主義)를 비판하고, '한국문학 대 세계문학'이라는 위상학에 의문을 제기하며 민족주의와 국민국가를 넘어서는 새로운 상상력을 펼쳐 보인 문학 현상이자 담론이었다. 한국현대문학연구에서 '디아스포라'는 한국문학의 영역을 확장하고 민족과 국가를 이루고 있는 내외부의 경계들을 풍부하게 사유할 수 있게 해주었을 뿐만 아니라 복합적인 학제적 대화를 가능케 했다는 점에서 의의를 지닌다.

그러나 초국적이고 다문화적인 현상의 복잡성을 고찰하는 데에 유용한 개념으로 상정되었던 '디아스포라'가 한국현대문학연구에 있어서 디아스포라 문학 연구의 양적 증가만큼이나 실질적으로 방법론을 갱신해 왔는지는 다시 한번 따져 볼 필요가 있다. 먼저 디아스포라 개념의 느슨함으로 인해 용법과 방법론에 대한 불일치를 비롯하여 '디아스포라'가 소재주의적으로 또는 자의적으로 무분별하게 사용되면서 생겨난 "디아스포라의 디아스포라화"[43]를 지적해야 할 것이다. 아울러 여전히 '디아스포라'라는 관점과 방법론의 기저에 깔려 있는 민족주의적 시각과 정서[44]에 대해서도 반성적 성찰이 요구된다.

또한 한국현대문학연구에서 '문화연구로의 전회'와 맞물려 시작된 디아스포라 문학 연구가 그 문제의식에 있어서 한국문학 및 한국문학 연구의 (탈)경계에 대한 성찰을 요청하면서도 실제 연구에 있어서는 기존의 작품론, 장르론, 작가론을 넘어서지 못했다는 사실이 무엇을 함의하는지도 숙고해야 할 것이다.[45] 요컨대 디아스포라 문학 연구는 한국문학의 경계를 탐문하고 그 외연을 확장하여 한국근현대문학 연구의 새 영역을 발굴했다. 그러나 연구 대상으로서의 디아스포라는 뚜렷이 부조되는 반면, 방법론으로서의 디아스포라는 어디까지 유효한 것인지, '디아스포라'가 방법론이 될 수 있는지에 대해서는 아직 명확하게 답하기 어렵다.

초기의 디아스포라 문학 담론은 경계를 넘는 디아스포라의 경험이 "이질성과 다양성의 자기화"를[46] 거듭한다는 것에 착안하여 계속해서 스스로를 새롭게 (재)생산하는 디아스포라의 정체성을 저항의 힘이자

---

43 케빈 케니, 최영석 옮김, 『디아스포라 이즈(is)』, 앨피, 2016, 25쪽.

44 예컨대 한국근현대시인 연구에서 '디아스포라'라는 관점으로 가장 많이 논의되어 왔던 윤동주의 경우에도 그가 자랐던 간도의 상황이나 이후 그의 이동 경로 등을 고려할 때 디아스포라 의식을 적용하여 일반화하는 방법이 적절하지 않음을 지적하는 논의들이 제출되고 있다. 정우택, 『'시인'의 발견, 윤동주』, 성균관대학교 출판부, 2021, 57쪽; 김성연, 「시인 윤동주의 이동하는 신체와 언어적 실천, 그리고 '디아스포라'라는 방법론」, 『현대문학의 연구』 76, 한국문학연구회, 2022, 216쪽 참조.

45 그런 의미에서 최근 해외입양인의 에세이를 다루고 있는 소영현의 논문이 '디아스포라'가 아닌 '비장소성'을 사유의 열쇠말로 제시하고 있는 것은 주목할 만하다. 소영현, 「비장소의 쓰기-기록-해외입양인의 자전적 에세이를 중심으로」, 『민족문화연구』 100, 고려대학교 민족문화연구원, 2023.

46 태혜숙, 「여성과 이산의 미학-탈식민주의 페미니즘의 지형도」, 『영미문학 페미니즘』 8(1), 한국영미문학페미니즘학회, 2000, 221쪽.

새로운 사회 구성원리로 상정해 보고자 했다. 따라서 민족주의적인 정서나 귀환 가능성을 전제하지 않고, 다문화주의라는 이름으로 전개된 동화주의적 시각이 아닌, 디아스포라의 존재론이 지닌 문화정치적 기획 및 실천의 잠재성에 대해 다시 사유해야 한다. 어디에도 속하지 않는, 비결정적이고 불확실한 존재를 고정화/추상화하지 않으면서 이들의 정동과 수행성을 가시화하는 동시에 수난의 서사나 피해자 담론에 가두지 않으면서 저항과 해방의 가능성을 잠재한 이들에 대한 분석틀과 방법론이 요청된다고 할 수 있다.

한국현대문학연구의 하위주체론

유승환

1. 들어가며

이 글은 서발턴 이론 혹은 '하위주체'라는 개념에 입각한 한국현대
문학연구[1]의 성과와 한계를 점검하고, 한국현대문학연구의 하위주체
론의 발전적 전개를 위한 몇 가지 제안을 시도하는 것을 목표로 한다.
주로 '하위주체'로, 드물게 '하위계층'·'하위계급' 등으로 번역되어 쓰
이며, 종종 번역 없이 원어 그대로 쓰기도 하는 '서발턴'(subaltern) 개
념[2]은 2000년대 초반부터 한국현대문학 연구에 사용되기 시작하여[3]

---

[1] 한국문학연구에서 '근대'와 '현대'라는 시대 구분은 명확하게 이루어지지 않고 있
는 것으로 보인다. 여기서 사용하는 '한국현대문학연구'는 한국문학연구를 고전문
학연구와 현대문학연구로 나누는 학제상의 구분을 염두에 둔 것으로, 개화기 문학
연구에서부터 2000년대 이후의 당대적인 문학에 대한 연구에 이르기까지, 한국근
현대문학연구 일반을 포괄하는 개념으로 사용될 것이다.

[2] 한국현대문학연구에서 'subaltern' 개념이 이렇게 다양한 번역어를 택하고 있는
이유는, 서발턴 이론의 수용 과정에서 번역자가 택한 번역어를 별다른 자의식 없이
차용했기 때문이다. 이를테면 서발턴 이론의 본격적인 수용 이전에 번역이 이루어
졌던 그람시의 저작에 대한 번역에서 'subaltern classes'는 '하위 계급'이라는 용어
로 번역되고 있으며(안토니오 그람시, 이상훈 옮김, 『그람시의 옥중수고2』(3판 4

현재는 한국현대문학 연구에 있어 가장 자주 사용되는 개념 중 하나
로 자리매김하였다. 이러한 현상 자체가 흥미롭다고 할 수 있는데, 왜
냐하면 '서발턴'은 특히 문학 연구에 있어서 다루기 매우 까다로운 개
념이기 때문이다.

잘 알려져 있지만 '서발턴'은 이탈리아의 마르크스주의자 그람시
가 사용한 개념을 1980년대부터 활발히 활동했던 인도의 서발턴연구
(Subaltern Studies) 그룹(이하 SSG)이 차용하여 발전시킨 개념이다. 이때
'서발턴' 개념의 규정은 그 자체로 논쟁적[4]이지만, 스스로에 대한 정치

쇄), 거름, 2007, 70쪽(초판은 1993년)), 태혜숙은 스피박의 이론을 소개하며
'subaltern'을 '하위주체'라는 말로 번역했다.(태혜숙, 「탈식민주의적 페미니스트
윤리를 위하여」, 『영어영문학』 43-1, 한국영어영문학회, 1997, 153쪽) 한편 인도
서발턴연구그룹의 성과를 소개하는 데 중요한 역할을 했던 김택현의 경우, 시종일
관 특별한 번역어를 마련하지 않고 '서발턴'이라는 용어를 그대로 사용한다.(김택
현, 「서발턴 연구에 대하여」, 『인문과학연구논총』 18, 명지대학교 인문과학연구소,
1998 등) 김택현의 경우 '하위주체'라는 번역어가 서발턴 집단의 주체성을 문제화
하지 못한다는 점을 들어 '서발턴'이라는 용어의 사용을 주장하고 있기도 하다(김
택현, 『서발턴과 역사학 비판』, 박종철출판사, 2003, 16쪽). 이처럼 'subaltern'에
대한 번역어 선택이 갈리는 상황에서 한국현대문학연구의 경우 주로 어떤 사람들
의 논의를 이론적 전거로 사용했는지에 따라서 사용하는 용어가 달라지는 경향을
보인다. 최근에 이르러 '하위주체'라는 용어는 점차 '서발턴'이라는 용어로 대체되
고 있는 것으로 보이지만, 지금까지 한국문학연구에서 '하위주체'가 보다 일반적인
용어로 선택되었다는 점을 고려하여 여기서는 한국문학연구의 성과를 검토할 때
에는 주로 '하위주체'라는 번역어를 사용하되, 인도의 서발턴연구그룹의 성과로부
터 파생된 이론적 맥락을 참고하려 할 때에는 '하위주체' 대신 '서발턴'이라는 용어
를 사용하고자 한다.

3 현재까지의 조사결과로는 '하위주체'라는 개념을 핵심어로 사용한 가장 이른 시기
의 논문은 박죽심의 「고정희 시의 탈식민성 연구」(『어문론집』 31, 중앙어문학회,
2003)였다.

4 그람시가 사용한 '서발턴' 개념 및 그에 대한 구하의 전유, 그리고 구하의 '서발턴'
개념에 대한 스피박의 비판에 대한 간결한 정리로는 김택현, 「인도의 식민지 근대

적 대표성을 가지지 못하고 "지배 집단들의 활동에 예속"[5]되는 종속성을 서발턴의 최소한의 조건으로 잡을 수 있다고 할 때, 스스로를 대표/재현하지 못하는 자로서의 서발턴을 문제 삼는다는 것은 언제나 담론과 텍스트를 통한 재현의 '실패' 혹은 '한계'를 같이 문제시해야 한다는 것을 의미한다.[6] 잘 알려져 있듯이, "서발턴은 말할 수 있는가?", 즉 서발턴의 고유한 목소리와 의식에 대한 복원과 재현이 가능한지의 문제는 서발턴 이론 최대의 쟁점에 해당하지만, 이 중 어느 입장에 서든, 기본적으로 '문학 텍스트'를 연구대상으로 하여 그것을 읽는 것을 연구의 기본적 방법으로 삼는 문학연구의 입장에서 하위주체를 문제 삼는다는 것은, 텍스트에 의한 재현의 실패 혹은 한계를 전제하고 텍스트를 통해 제대로 드러나지 않는 것의 존재를 읽어 내야 한다는 것을 의미하며, 이를 위해서는 당연히 읽기의 방법론에 있어 급진적이며 단절적인 변화가 요청된다.

사실은 하위주체 개념을 활용한 한국현대문학연구 중 상당수는 이

사를 보는 시각과 서발턴 연구」, 『역사비평』 45, 역사비평사, 1998, 238~241쪽 및 김택현, 「'서발턴의 역사(Subaltern History)'과 제3세계의 역사주체로서의 서발턴」, 『역사교육』 72, 역사교육연구회, 1999, 110~120쪽. 참조.

5 안토니오 그람시, 이상훈 옮김, 『그람시의 옥중수고2』(3판 4쇄), 거름, 2007, 74쪽.

6 문화 연구에 있어 서발턴론의 성과를 간단하게 점검하고 있는 최근의 한 논의에서는 이러한 문제를 다음과 같이 정리하고 있다. "널리 알려진 대로 계급 이하의 계급으로서, 또는 하위주체로서 서발턴은 명확한 개념이라기보다는 기존의 정치학적 개념화의 시도가 실패했던 흔적 위에서 나타나는 존재적 형상이라 할 수 있다. 문제는 이와 같은 특이점이 재현의 실패를 전제로 한다는 것인데, 따라서 어떤 연구나 기획이 서발턴을 대상으로 삼는 순간 상징화의 시도가 가지는 미시정치적 곤란이 뒤따를 수밖에 없게 된다." (김성윤, 「하위문화, 소수자, 서발턴」, 『문화과학』 100, 문화과학사, 2019, 352~353쪽.)

러한 이론적·방법적 긴장감을 견지하지 못하고 있다고 보는 것이 타
당할 것 같다. 이를테면 하위주체 개념을 활용한 한국현대문학연구의
가장 흔한 방식은 텍스트에 대한 일반적 분석을 바탕으로 하여 텍스
트의 의미와 의의를 특정한 '하위주체의 재현' 혹은 고유하면서도 저
항적인 '하위주체성(subaltemity)의 발현'으로 해석·평가하며, 그 '재현
의 방식'을 문제삼는 것이다. 극단적으로 "하위 계층은 스스로 말한
다"[7]라는 단언으로 이어지기도 하는 이러한 방식은 사실, 이론적으로
혹은 사회학적으로 이미 그 속성이 규명되어 '주어진' 것으로 이해되
는 특정한 하위주체 및 하위주체성과, 전통적인 방식으로 이루어진
텍스트 분석의 결과물, 특히 작중 인물의 형상 및 의식 사이의 동일성
에 대한 확인에 기대는 경우가 대부분이다. 이 경우, 문학연구의 바깥
에서 이미 완성된 '하위주체성'에 대한 규정을 제공하는 것으로 가정
된 서발턴 이론은 일종의 재단 비평을 위한 이론으로서, 텍스트에 의
해 '재현되어야 할 대상'을 지시하는 한편, 이를테면 '하위주체에의
관심과 연대'와 같은 수사를 통해 작가와 작품의 윤리성을 보증하는
일종의 '알리바이'로 사용된다.

　이러한 점에서 서발턴의 "의식과 언어, 실천을 그동안 우리는 너무
나 단순하고 손쉽게 당위적으로 다루어 온 것은 아닌지, 그리하여 그
것을 지식을 위한 텍스트로 치환해 버린 것은 아닌지"[8]에 대한 자기반

7　윤영옥, 「『혼불』에 나타난 여성 하위주체의 재현방식」, 『현대소설연구』 56, 한국현
　　대소설학회, 2014, 366쪽.
8　배하은, 「서발턴 여성의 시와 봉기」, 『한국현대문학연구』 59, 한국현대문학회,
　　2019, 437쪽. 이 문장은 '서발턴'의 재현에 대한 논의가 아니라, 정확히 '서발턴
　　여성'의 재현에 대한 논의를 문제삼는 것이라는 점을 부기해둔다.

성이 요청된다는 최근의 지적은 기본적으로 타당하다. 보충하자면, 이러한 전형적 논의의 방식은 단순히 그 당위성·도식성 뿐에서만 아니라, 서발턴을 서발턴으로 만드는 담론적 과정에서 문학의 역할을 은근슬쩍 빼내며, 문학의 외연과 문학 읽기의 방법에 대한 전통적 관점을 은연 중 옹호하고 있다는 점에서 비판적으로 검토할 필요가 있는 것이기도 하다. 문학을 가치중립적 혹은 예외적 담론으로서 특권화시키는 문학주의로 회귀할 가능성을 가지고 있기 때문인데, 적어도 서발턴 이론의 맥락에서 본다면 이는 분명한 이론적 퇴행에 해당한다. 적지 않은 문학연구들이 적지 않은 문학텍스트를 대상으로 하위주체의 재현과 그 재현의 방식에 대해 논의하지만, 실은 문학텍스트를 통한 하위주체의 의식과 목소리에 대한 재현이 그렇게 일반적으로 이루어지는 것이라면 우리는 굳이 하위주체라는 개념을-온전히 사회학적인 개념으로 바꾸어 사용하지 않는 이상-사용할 필요가 없다. 반대로 그러한 재현이 대부분의 경우 어딘가 치명적인 문제가 있다는 판단 아래에서만 비로소 하위주체라는 개념은 문제시 될 수 있는 것이다.

　서발턴 이론이 가지고 있는 이론적 긴장감을 환기하기 위해, 잠깐 한국에서의 초기 수용 과정으로 돌아가 볼 필요가 있다. 한국에서 서발턴 이론의 수용은 대략 2000년을 전후한 시점에서 라나지트 구하와 가야트리 스피박의 성과를 중심으로 SSG의 성과가 소개되면서 이루어진다. 이때 그 수용의 경로가 두 가지였다는 점은 눈여겨 볼 수 있다. 하나는 주로 '탈식민주의/제3세계 페미니즘'의 이름으로 스피박의 견해가 소개된 것으로, 이 과정에서 중요한 역할을 했던 사람은 영문학자 태혜숙이었다. 다른 하나는 '탈식민주의 역사이론'이라는 관점에서 주로 서양사학자인 김택현에 의해 SSG의 인도역사서술 및 그 방법론이 소개된 것인데, 김택현은 SSG의 성과를 개괄적으로 소개하면서도, 특히 『서발턴연구』(Subaltern Studies)의 초기 편집자로서 초기 SSG의 활동을 주도했던 구하의 논의에 방점을 찍고 있다. 1990년대 말부터 태혜숙과 김택현에 의해 스피박과 SSG의 논의를 소개하는 일련의 연구논문[9]이 발표되고, 이를 바탕으로 한 이들의 연구단행본[10]이 출간되고, 이어 스피박과 구하의 저서가 이들에 의해 각각 번역 출간[11] 되면서, 한국현대문학 연구 또한 이러한 작업들로부터 '서발턴'이라는 개념을 차용하여 사용했던 것으로 보인다.[12]

---

9 태혜숙, 「탈식민주의적 페미니스트 윤리를 위하여」, 『영어영문학』 43(1), 한국영어영문학회, 1997; 「탈식민주의 페미니즘」, 『한국여성학』 13(1), 한국여성학회, 1997; 「Gayatri Spivak의 페미니즘 비평 연구」, 『여성문제연구』 24, 대구효성가톨릭대학교 여성문제연구소, 1999; 「성적 주체와 제3세계 여성 문제」, 『여/성이론』 1, 도서출판 여이연, 1999; 「여성과 이산의 미학-탈식민주의 페미니즘의 지형도」, 『영미문학페미니즘』 8(1), 한국영미문학페미니즘학회, 2000; 김택현, 「서발턴 연구에 대하여」, 『인문과학연구논총』 18, 명지대학교 인문과학연구소, 1998; 「인도의 식민지 근대사를 보는 시각과 서발턴 연구」, 『역사비평』 45, 역사비평사, 1998; 「'서발턴의 역사(Subaltern History)'와 제3세계의 역사주체로서의 서발턴」, 『역사교육』 72, 역사교육연구회, 1999; 「서발턴 역사서술의 대표적 실례-식민지시대 인도의 농민봉기」, 『역사비평』 53, 역사비평사, 2000; 「식민지 근대사의 새로운 인식-서발턴 연구의 시각」, 『당대비평』 13, 당대비평사, 2000; 「그람시의 서발턴 개념과 서발턴 연구」, 『역사교육』 83, 역사교육연구회, 2002.

10 태혜숙, 『탈식민주의 페미니즘』, 도서출판 여이연, 2001; 김택현, 『서발턴과 역사학 비판』, 박종철출판사, 2003.

11 가야트리 스피박, 태혜숙 옮김, 『다른 세상에서』, 도서출판 여이연, 2003; 라나지트 구하, 김택현 옮김, 『서발턴과 봉기』, 박종철출판사, 2008.

12 실제로 '하위주체'라는 개념을 사용한 비교적 초창기의 한국근현대문학 연구논문인 박죽심(앞의 논문), 김민정(「강경애 문학에 나타난 지배담론의 영향과 여성적 정체성의 형성에 관한 연구」, 『어문학』 85, 한국어문학회, 2004), 김종욱(「이무영의 〈농민〉 연작에 나타난 소문의 의미」, 『현대소설연구』 26, 한국현대소설학회, 2005)의 논의는 각각 태혜숙의 스피박 번역 및 태혜숙의 단행본(박죽심, 김민정의

서발턴 이론의 수용이 상이한 두 가지 경로를 통해 이루어졌다는 점 자체에서 단적으로 드러나지만, 한국에서의 서발턴 이론의 수용은 처음부터 이를테면 구하적인 것과 스피박적인 것의 대립으로 요약될 수 있는 SSG 내부의 논쟁적 지점들을 포함한 채로 이루어졌다. 김택현의 경우에는 '서발턴' 개념의 규정, 하위주체의 자율성과 하위주체성(subalternity)의 구성요소들, 하위주체의 재현가능성과 그 방법 등 서발턴 이론의 주요한 주제들이 사실은 매우 논쟁적이며, 이론적 긴장감을 수반하고 있다는 점을 아래와 같이 명확하게 인식하고 있기도 하다.

> 서발턴을 자율적 주체로 인정하면서 종래의 민족주의 역사담론과 마르크스주의 역사담론이 배제하거나 규범화해 온 그들의 고유한 의식과 저항의 역사를 복원하려한 구하의 입장과 서발턴은 지배담론/권력에 의해 예속되고 구성되므로 그들의 목소리—의식을 복원하는 것은 불가능하다는 스피박의 입장, 또는 서발턴을 엘리트 담론의 외부에서 자율적인 주체로 복원하려는 시도와 그러한 시도의 실현가능성에 회의하면서 서발턴의 출현을 단지 지배담론의 효과(주체-효과)로 간주하고 그것의 생산과정을 분석하려는 시도는 서로 모순적인 것처럼 보인다./그러나 프라카쉬는 그 두 가지 입장이나 서로 달리 보이는 시도 사이에 존재하는 것은 모순이라기보다는 일종의 '긴장감(tension)'이며 그 긴장감은 서발턴 연구집단이 구성되었던 초기부터 존재하는 것이었다고 말한다. 나아가 서발턴 연구집단은 서발턴이 '지배자들로부터의 자율성은 아니더라도 근본적인 이질성'을 갖고 있다는 생각, 그들이 서발턴을 통제하고 전유하기 위해 시도하는 동질화와 규범화에 근본적으로 포섭될 수 없다는

경우)과 김택현의 단행본(김종욱의 경우)을 주요 참고문헌으로 활용하고 있다.

생각을 견지하면서, 지배권력/담론의 구조 안에 얽혀 있고 그것들의 작동 속에서 스스로를 드러내는 서발턴의 이질성을 찾아내려 하고 있다고 주장한다.[13]

이러한 정리에서는 서발턴 이론의 내부적 논쟁이 하위주체의 재현 가능성에 대한 구하의 낙관론과 스피박의 비관론 사이의 대립구도인 것처럼 설명되지만, 실은 하위주체의 "고유한 의식과 저항의 역사"를 복원 및 재현하는 것이 충분히 가능하다고 보는 구하 또한 봉기하는 하위주체 농민들의 의식에의 접근이 "반봉기 담론"에 의해 차단되는 상황[14]에서, 이를 읽어 내기 위해 "어느 한쪽을 위해 사용된 용어들의 가치를 전도시켜 그 용어들로부터 다른 한쪽의 함축적인 용어들을 이끌어 내는"[15] 새로운 읽기의 방법을 고안해야 했음을 기억할 필요가 있다. 물론 스피박이 보기에 이는 하위주체의 의식을 복원하는 것이라기보다는 "인도의 역사기술을 급진화"하여 "역사기술의 담론성"을 드러내는[16] 해체의 작업에 가깝다. 말하자면 서발턴 이론 내부의 논쟁으로부터 파생되는 이론적 긴장감은 하위주체의 재현 가능성에 대한 원칙적 믿음에 의해서 뿐만 아니라 텍스트 읽기의 방법과 그 전략적 목표 설정에 의해서도 형성된다. 텍스트와 기호들의 구조적 질서에

---

13 김택현, 「'서발턴의 역사(Subaltern History)'와 제3세계의 역사주체로서의 서발턴」, 『역사교육』 72, 역사교육연구회, 1999, 121쪽.

14 라나지트 구하, 김택현 옮김, 『서발턴과 봉기』, 김택현 역, 박종철출판사, 2008, 31~33쪽.

15 라나지트 구하, 김택현 옮김, 『서발턴과 봉기』, 김택현 역, 박종철출판사, 2008, 34쪽.

16 가야트리 스피박, 태혜숙 옮김, 『다른 세상에서』, 도서출판 여이연, 404쪽.

의해 분명하게 드러나지 '않는' 어떤 것을 '어떻게' 그리고 '왜' 읽어야
하는가? 이는 '하위주체'라는 용어를 사용할 때 반드시 맞닥뜨려야 하
는 질문이지만, 한국현대문학연구의 하위주체론에서는 생각보다 분
명하게 의식되지 않는 것처럼 보이기도 한다.

　서발턴 이론의 이론적 긴장감과 관련하여 한 가지 더 고려해야 할
점은 서발턴 이론이 탈식민주의(post-colonialism) 이론의 하나로서 발
전되었고 수용[17]되었다는 것이다. 잘 알려져 있지만 역사가로서의 구
하의 작업은 인도 농민들의 주체성을 부정한 식민주의 역사서술과 그
뒤를 잇는 민족주의 엘리트 및 마르크스주의 역사가들의 역사서술을
극복하고, 자율성을 지닌 저항적 주체로서의 '서발턴'을 중심으로 한
대안적인 역사서술의 가능성을 모색하는 것으로 정리되며, 이는 '유
럽의 지방화(provincializing)'를 통해, 서구적 보편성에 기반한 역사서
술의 급진적 해체를 겨냥하는 디페시 차크라바르티의 기획[18]으로 이
어진다. 이때 이러한 탈식민주의 역사이론으로서의 서발턴 이론의 한
국에서의 수용은 윤대석의 다소 냉소적인 표현을 빌면 "마르크스주의
적 신화의 붕괴 이후의 '저항과 해방'의 파토스"[19]를 형성하기 위한
이론적 모색과 분리될 수 없는 것이기도 하다. 이러한 관점에서 김원
이 SSG의 작업을 "'인도의 마르크스주의'를 탈구축하기 위한 시도이

17　서발턴 이론을 포스트콜로니얼 이론의 일부로 포함하여 그 개요 및 성과를 간략히
　　소개하고 있는 초기의 논의로 윤대석, 「한국에서의 포스트콜로니얼 연구」, 『문학
　　동네』 39, 문학동네사, 2004. 참조.
18　디페시 차크라바르티, 김택현·안준범 옮김, 『유럽을 지방화하기』, 그린비, 2014.
19　윤대석, 「한국에서의 포스트콜로니얼 연구」, 『문학동네』 39, 문학동네사, 2004,
　　1절.

자 마르크스주의 운동사 속에서 파생된 경향"[20]으로 파악하면서, 서발턴 연구를 통한 1980년대 '민중사' 서술의 탈구축 가능성을 조심스레 제시하고 있다는 것도 눈여겨 볼 수 있겠다.[21]

한국문학연구에 있어서도 서발턴 이론은 1970~80년대 구축되었던 민족문학론·민중문학론 등의 진보적·변혁적 문학담론 및 그에 기반을 둔 문학사 서술에 대한 비판적 성찰 혹은 극복과 대안의 모색을 위한 방법론으로서 주목되어 왔다. 한국현대문학연구에서 서발턴은, 저학력 노동자, 농민, 빈민 등 종래 '민중'이라고 불려왔던 자들을 부르는 다른 이름이거나, 혹은 이를테면 하층민 여성과 같이 "중첩된 지배와 억압 속에 놓여" 있어 "민족이나 계급 혹은 젠더로 환원될 수 없는"[22] 존재, 즉 심지어 '민중'으로도 포착되지 않았거나 포착될 수 없는 존재들을 드러내기 위한 개념으로 쓰여 왔다. 다시 말해 한국현대문학연구의 하위주체론은 지식인-남성-엘리트 중심성에 기초한 민족·민중문학론의 담론성 그 자체를 드러내거나,[23] 최소한 이를 의식하면서, 한국현대문학의 주체 혹은 대상으로서의 하위주체를 새롭게 발견하고 있다. 하지만 민족·민중·계급(노동자와 농민)과 같은, 주

20 김원, 「'민중사'는 어느 방향으로 탈구축될 것인가-'서발턴' 논의를 비추어 본 질문」, 『역사문제연구』 30, 역사문제연구소, 2013, 317쪽.

21 김원, 「'민중사'는 어느 방향으로 탈구축될 것인가-'서발턴' 논의를 비추어 본 질문」, 『역사문제연구』 30, 역사문제연구소, 2013, 321~330쪽.

22 구재진, 「이산문학으로서의 강경애 소설과 서발턴 여성」, 『민족문학사연구』 34, 민족문학사연구소, 2007, 397쪽.

23 '민중' 개념 및 그를 둘러싼 담론의 형성 과정을 재구성하며, '민중' 담론의 담론성 자체를 드러내고자 하는 대표적인 시도로서, 이남희, 유리·이경희 옮김, 『민중 만들기』, 후마니타스, 2015.

체성의 형식을 제공해왔던 전통적 개념들을 또 다른 소외와 배제의 기제로 파악함에 따라, 하위주체성의 구성에 대한 이론적 모색은 특히 그 종속성과 주체성·저항성의 길항이라는 측면에서 더욱 복잡해질 수밖에 없다. 하위주체에 대한 '중첩된' 혹은 '이중적' 억압에 있어 단지 개별 하위주체가 가지고 있는 다양한 사회적 정체성의 교차 뿐만 아니라, 정치적·사회적 권력의 구조적 억압과 재현적 담론들-문학과 문학연구를 아울러 포함하는-에 의한 억압의 교차 또한 문제 삼을 수 있다고 할 때, 종속의 구조와 과정·주체화의 원리와 저항의 가능성은 다시 분석되어야 하며, 또한 하위주체성의 구성 과정에 대한 책임으로부터 그 자신 자유로울 수 없는 문학연구의 실천적 전략 또한 다시 설정되어야 하기 때문이다.

이 글의 관심사는 이처럼 서발턴 이론 수용의 초기에서부터 찾을 수 있는 이론적 긴장감과 관련하여 한국현대문학연구의 하위주체론이 어떠한 성과와 한계를 드러냈는지에 관한 것이다. 엄밀하게 분리된다고 볼 수는 없지만, 편의적으로 크게 두 가지 방향으로 나누어 살펴보려고 한다. 하나는 위에서 언급했던 것과 같이, 이를테면 '서발턴의 개념', '서발터니티의 구성', '서발턴의 재현 가능성' 등 서발턴 이론 내부의 이론적인 쟁점들에 대한 한국현대문학연구의 응답을 살피는 것으로, 이는 서발턴 이론의 구성·각각의 역사적 국면들에 존재했던 하위주체들에 대한 이해 등에 한국현대문학연구가 어떻게 기여했는지를 살피는 것이다. 다른 하나는 한국현대문학에 대한 서발턴 이론의 관점이 한국현대문학연구의 관점과 방법을 어떻게 탈구축하고 있는지에 관한 것이다. 역사이론으로서의 서발턴 이론이 식민주의 역사서술에 맞서는 민족주의 혹은 마르크스주의의 역사서술을 탈구축하기 위한 시도로서 구성된 것이라는 점을 생각할 때, 이를 문학연구에 적용한다면 결국 하위주체론이 문학연구와 비평의 전통적인 대상들인 문학이라는 개념 자체, 문학의 양식, 문학사와 그것을 구성하는 텍스트에 대한 관점 및 이에 접근하기 위한 방법의 갱신에 어떤 영향을 미치고 있는지를 물어볼 수밖에 없다. 이어 최종적으로 이 글은 한국현대문학연구의 하위주체론이 지니는 문화적·정치적 기획의 의미를 되묻고, 이에 관한 몇 가지 원칙적인 제안을 시도해 볼 것이다.

2. 한국현대문학의 하위주체들

한국현대문학연구에서 '하위주체' 혹은 '서발턴'이라는 개념에 대한 엄밀한 정의 혹은 밀도 있는 논의를 찾는 것은 쉽지 않다. 대체로 그람시, 스피박, 태혜숙, 김택현 등의 텍스트에 대한 간단한 인용-특히 스피박의 영향력은 압도적이다-으로 대체되는 경우가 많은데, 이 경우에도 누구의 글을 어떻게 인용하는지에 따라 강조점이나 내용이 조금씩 달라지는 경우가 많다.[24] 이탈리아와 인도의 경험에서 기원한

---

24 이를테면 오창은(2013)은 김택현의 『서발턴과 역사학 비판』에 근거하여, '하위주체'를 "배제되거나 주변화 되어 자신의 목소리를 잃어버린 존재"로 정의한다(오창은, 「도시의 불안과 여성하위주체」, 『현대소설연구』 52, 한국현대소설학회, 2013, 81~82쪽). 그런데 똑같이 김택현의 책을 인용하고 있는 김원규의 경우 직접 인용을 통해 "여러 범주들과 요소들 사이에서 혹은 그것들을 가로질러 작동하는 지배와 종속의 복잡하고 다중적인 권력 관계들을 지시하기 위해 필요한 개념"으로 설명한다(김원규, 「1970년대 서사담론에 나타난 여성하위주체」, 『한국문예비평연구』 24, 한국현대문예비평학회, 2007, 1쪽).

그람시나 구하, 스피박 등의 '서발턴' 개념이 한국에 적용될 수 있는 지,[25] '서발턴' 개념의 규정을 사회적 속성에 의거하여 얻을 것인지 정치적·문화적 구조에 의거하여 얻을 것인지, '민중', '다중', '소수자', '타자' 등의 다른 개념들과 어떻게 변별될 수 있는 것인지 등에 대한 본격적인 논의가 부재하다는 것을 일단 문제점으로 지적할 수 있을 것이다.

　따라서 한국현대문학연구에서 하위주체 개념에 대한 충분한 토론이나 합의는 이루어지지 않았다고 봐야겠지만, 그럼에도 대체로 다음과 같은 두 가지 정도에서 암묵적인 동의는 존재하는 것으로 보인다. 첫 번째는 하위주체를 '민중', '노동자' 등 이미 규정된 특정한 정체성에 근거하여 설명하기보다는 이러한 다양한 정체성이 교차하는 가운데 생성되는, 스피박의 표현을 빌린다면 "차이의 자리"[26]에서 형성되는 복합적인 억압의 문제에서 도출하려고 한다는 점이다. 위에서도 한 번 인용했지만 '계급', '민족', '젠더' 등 기존의 한국현대문학연구에서 주로 다루었던 범주들로 환원되지 않는 존재들을 포착하기 위해 하위주체 혹은 서발턴이라는 개념이 필요하다는 언급은 이러한 개념을 사용한 한국문학연구에서 공통적으로 발견되는 지적이다. 두 번째로, 서발턴은 목소리를 빼앗긴 존재, 즉 스스로의 목소리로 스스로를

25　2011년의 시점에서 김영선은 이러한 맥락에서 "서발턴이라는 용어에 배태되어 있는 인도 고유의 특정 역사사회적 맥락은 지워진 채, 하나의 은유로서 한국 식민지 문화연구와 문화/문학비평 영역에서 대항담론으로 확산"된 상황을 한국에서의 서발턴 이론 수용의 한계로 지적하고 있다. 김영선, 「서발턴 연구의 지식생산과 확대」, 『시대와 철학』 55, 한국철학사상연구회, 2011, 64쪽.

26　가야트리 스피박, 태혜숙 옮김, 『다른 세상에서』, 도서출판 여이연, 412쪽.

재현할 수 없으며, 대부분의 경우 무엇인가 다른 목적을 위해 대상화·
타자화되어 재현되는 존재라는 생각 또한 일반적이다. 이때 이러한
인식은, 많은 경우, 문학텍스트 혹은 문학사 서술에서 드러나는 이들
에 대한 재현의 실패, 즉 민족·계급 등 엘리트 지식인들이 구성한 단
일한 정체성의 범주를 통한 재현 혹은 주로 '남성 엘리트 지식인' 등에
의해 이분법적으로 젠더화된 여성 재현 등에 나타난 재현의 실패에
대한 현상적 판단을 그 근거로 삼는다.[27] 이 점에서 하위주체 개념에
대한 한국현대문학연구의 이러한 두 가지 암묵적 인식은 서로 분리되
는 것은 아니다.

　다만 이러한 수준에서 이루어지는 하위주체 개념에 대한 인식이
충분히 명료한 것이라고 보기는 어렵다. 하위주체가 다양한 문화적·
정치적 차원에 존재하는 종속의 구조 속에서 스스로의 목소리를 상실
한 존재들로 규정될 수 있다고 하더라도, 그 종속의 정도는 언제나
문제가 되기 때문이다. 그람시의 경우와 같이 하위주체를 "지배 집단
들의 활동에 예속"되는 존재, 즉 지배적인 헤게모니에 깊게 종속된
존재로 볼 수 있는 반면, 구하와 같이 이러한 하위주체의 종속을 강제
력에 의한 헤게모니 없는 종속으로[28] 볼 수 있는 가능성도 존재한다.
이러한 구하류의 관점을 조금 더 밀고 나간다면, 사실은 '민중'과 같은

27　특히 하위주체가 도구화·대상화되어 재현된다는 문제가 자주 지적된다. 가령 김
　　은하는 "해방과 전란 후 전쟁의 상처를 수습하고 사회적 통합을 이루는 가운데"
　　나타난 "사회적 혼란에 대한 공포"와 "조화에 대한 강박관념"을 배경으로 "양공주,
　　미망인, 도시 여성 등 여성하위주체들"이 "이방인, 괴물, 즉 타자로 표상되는 집단"
　　이 된 상황을 지적(김은하, 「유미주의자의 글쓰기와 여성 하위주체들의 욕망」, 『여
　　성문학연구』 20, 한국여성문학회, 2008, 193쪽)하고 있다.
28　김택현, 「헤게모니와 서발턴 민중」, 『영국연구』 25, 영국사학회, 2011, 274~277쪽.

한국문학사·한국사 연구의 전통적인 범주를 하위주체라는 개념과 등치시키지 못할 이유는 없다. 이는 곧 지배 권력에 의해 억압받고 소외되어 심지어 그 자신의 말과 흔적을 제대로 드러내지 못했지만, 그럼에도 고유의 자율적 의식을 가지고 이에 저항하는 대항적 주체성을 가진 집단적 주체가 계속 존재해왔다는 것인데, 우리는 그동안 이와 유사한 범주를 '민중'이라고 불러왔기 때문이다.[29] 때문에 한국현대문학연구의 하위주체론에서 가장 중요한 논의 중 하나라고 할 수 있는 천정환의 논의에 포함된 아래와 같은 진술은 사실은 매우 논쟁적이다.

---

29 이러한 관점에서 1970~90년대 '민중문학'의 담론과 실천이 하위주체론과 가지는 관계, 그 연속과 단절의 문제는 한국현대문학연구의 하위주체론에 있어 매우 중요한 주제이다. 지식인-남성-엘리트에 의해 구성된 '민중'이라는 개념이 하위주체에 대한 또 다른 대리-대표의 기제, 혹은 또 다른 소외와 배제의 기제였다는 점은 한국현대문학연구의 하위주체론이 일반적으로 공유하는 인식이지만, 그럼에도 1970~90년대 민중문학론의 구체적인 실천들 중에는 이후의 서발턴 이론과의 유사성이 분명하게 드러나는 부분도 있다. 이를테면 황석영이 역사소설 『장길산』 (1974~1984)의 창작과정에서 '민중사'를 복원하기 위한 사료의 한계를 언급하며 "실록을 기록한 사관은 〈그는 잔인무도했다〉고 기록할 테지만 그 반대쪽의 입장에서 우리가 해석하면 〈그는 용감했다〉로 볼 수 있고 〈그는 간교했다〉하면 〈그는 지혜가 있었다〉"라고 해석할 수 있다고 말한 것(구중서·신경림·염무웅·황석영, 「문학과 역사의식」(좌담), 유종호·염무웅 엮음, 『한국문학의 쟁점』, 전예원, 1983, 251쪽)은 1절에서 언급한 바, 라나지트 구하가 제안한 사료 읽기의 방법론으로서 '가치의 전도'를 곧바로 연상케 한다. 뿐만 아니라 후술하겠지만 수기와 같은 논픽션 양식을 포함한 '문학 외부'의 다양한 담론 양식들과의 장르적 혼성을 중심으로 한 1970~90년대 민중문학의 양식적 실험이 이를테면 텍스트에 잠복된 하위주체성을 드러내는 방식으로 주목되기도 한다는 점도 고려할 수 있다. '민중문학'과 '민중문학론'이 한국현대문학연구의 하위주체론에 있어 중요한 참조점이자 자원이라는 것은 분명해 보인다. 다만 '하위주체의 문학' 혹은 하위주체론이 이러한 '민중문학'(론)과의 관계를 어떻게 설정하면서, 자신의 실천적 전략을 세워나갈지에 대해서는 조금 더 심도 있는 논의가 필요하다.

이 글은 서발턴이 한국에서도 적용될 수 있는 개념으로 간주하며, 침묵을 강요당해 배제당하고 소외당한 자를 폭넓게 지칭하는 입장을 잠정적으로 따른다. 즉, '서발턴'을 '말'을 빼앗겨 말을 할 수 없는 자, 침묵을 강요당한 최하 계층에 있는자, 자기의 언어를 갖지 못한 자들을 지칭할 때 쓴다. 그런데 한반도의 분단과 냉전체제는 다수의 다양한 "정치적 서발턴"을 만들어냈다. 즉, 정치적으로 '배제'되어 말하지 못하거나, "소리를 내지만 의미를 생산하지 못하는", 또는 "언어권 밖에 존재하는 사람"들 말이다. 그들은 "생물학적으로 살아있지만 사회정치적으로 죽어 있는 사람들"이다. 그러니까, 서발턴을 민중·소수자 등과 유의어 관계에 있는 지칭으로 사용한다. 그런데 제목에서 굳이 '민중' 대신 '서발턴'을 택한 이유는 서발터니티와 재현(또는 언어)의 관계를 지적한 스피박의 유명한 '서발턴은 말할 수 있는가'를 염두에 두었기 때문이다.[30]

위와 같은 언급은 한국현대문학연구에서는 비교적 드문, '서발턴' 개념에 대한 연구자의 자의식을 강하게 드러내고 있다는 점에서 흥미롭다. 무엇보다 '서발턴'을 "한국에서도 적용될 수 있는 개념"으로 간주하면서도, 한국의 '정치적 억압'을 한국에서의 '서발턴'의 중요한 형성 기제로 다루며, 이로부터 '민중'이 '서발턴'의 유의어 혹은 치환될 수 있는 개념이라는 인식을 도출하고 있다는 점이 그러하다. 이러한 견해를 이를테면 "민중문학에서조차 놓치고 있는" "'저항적 민중'이라는 이름의 건강한 주체 범주에도 속하지 못하는 '도시하층민'"들의 타자화 과정 자체에 대한 재현의 방식을 문제삼는[31] 송은영의 논의

---

30 천정환, 「서발턴은 쓸 수 있는가-1970~80년대 민중의 '자기재현'과 '민중문학'의 재평가를 위한 일고」, 『민족문학사연구』 47, 민족문학사연구소, 2011, 228쪽.
31 송은영, 「1970년대의 하위주체와 합법적 폭력의 문제」, 『인문학연구』 41, 조선대학교 인문학연구원, 2011, 132~133쪽.

에서라면 어떻게 평가할 수 있을지는 궁금하다. 하지만 천정환의 입
장이라면 이러한 실패는 특히 1980년대의 민중문학을 '반문화'로 규
정하며, 정치적 반동의 시기에 "조건 없는 투항과 폐기처분"[32]으로 이
를 청산해버린 엘리트주의적인 '민중문학론'의 실패이지, '민중'과 '민
중문학'의 실패는 아니다.[33] 그렇다면 관건은 '민중문학론'이 읽지 못
한 '민중문학'='하위주체의 문학'에 나타난 '민중성'='하위주체성'을
읽을 수 있는 방법이 과연 존재하는지, 그리고 그러한 방식으로 읽어
낸 하위주체성의 내용은 무엇인지의 문제인데, 이에 대해서는 잠깐
논의를 미루어두도록 한다.

한국현대문학연구에서 사용된 하위주체라는 개념은 이처럼 다소
모호하지만, 그럼에도 한국현대문학연구는 하위주체라는 개념을 무
기로 이전의 문학연구에서는 충분히 주목하지 못했던 폭넓은 시기의
다양한 존재들을 한국근현대문학에 등장한 '하위주체'로서 새롭게 발
견했으며, 이는 한국현대문학연구의 하위주체론이 보여 준 주요한 성
과 중 하나이다. 이를테면 여성 노동자를 중심으로 지식인 여성들까
지도 포함하는 여성하위주체의 문제는 근대 초기[34]부터 1930년대 여

---

32 천정환, 「서발턴은 쓸 수 있는가-1970~80년대 민중의 '자기재현'과 '민중문학'의
   재평가를 위한 일고」, 『민족문학사연구』 47, 민족문학사연구소, 2011, 242~243쪽.
33 이러한 관점은 1980년대 노동문학이 그 시기의 노동문학론에 의해 온전하게 읽히
   는 데 실패했으며, '하위주체의 문학'으로서 이를 바라보는 2000년대 이후의 새로
   운 관점에 의해 다시 의미화될 수 있었다는 박수빈의 견해(박수빈, 「1980년대 노동
   문학(연구)의 정치성」, 『상허학보』 37, 상허학회, 2013)와 유사한 것이기도 하다.
34 홍성희, 「여성 담론의 '언어'와 '말하기'의 아이러니」, 『한국학연구』 44, 인하대학
   교 한국학연구소, 2017; 김효재, 「이해조 신소설에 나타난 하위주체의 발화양상」,
   『구보학보』 19, 구보학회, 2018; 윤영실, 「1910년 전후 여성서사의 '비혼녀'와 '미
   친 여자들'」, 『사이間Sai』 29, 국제한국문학문화학회, 2020.

성(이주)노동자,[35] 1970년대의 성노동자[36] 및 여성노동자[37]에 이르기까지 광범위하게 논의되어 왔으며, 그 외에도 1930년대 농민,[38] 1970년대의 도시 하층민,[39] 1980년대 노동자,[40] 2000년대 이후의 결혼이주여

35 김민정, 「강경애 문학에 나타난 지배담론의 영향과 여성적 정체성의 형성에 관한 연구」, 『어문학』 85, 한국어문학회, 2004; 구재진, 「이산문학으로서의 강경애 소설과 서발턴 여성」, 『민족문학사연구』 34, 민족문학사연구소, 2007; 소영현, 「1920~1930년대 '하녀'의 '노동'과 '감정'」, 『민족문학사연구』 50, 민족문학사연구소, 2012; 고인환·장성규, 「식민지 시대 재만 조선인 디아스포라의 발화 전략」, 『한민족문화연구』 46, 한민족문화학회, 2014; 구자연, 「1930년대 소설에 나타난 유모의 재현 양상」, 『구보학보』 29, 구보학회, 2021.

36 김원규, 「천승세의 「황구의 비명」에 나타난 담론의 정치학」, 『현대문학의 연구』 37, 한국문학연구학회, 2009.

37 김원규, 「1970년대 서사담론에 나타난 여성하위주체」, 『한국문예비평연구』 24, 한국현대문예비평학회, 2007; 오창은, 「도시의 불안과 여성하위주체」, 『현대소설연구』 52, 한국현대소설학회, 2013; 김양선, 「70년대 노동현실을 여성의 목소리로 기억/기록하기」, 『여성문학연구』 37, 한국여성문학회, 2016; 김영삼, 「'객관적 폭력'의 비가시성과 폐제되는 식모들의 목소리」, 『열린정신 인문학연구』 17(1), 원광대학교 인문학연구소, 2016; 용석원, 「유신시대 창녀호스티스 서사의 의의」, 『스토리앤이미지텔링』 12, 건국대학교 스토리앤이미지텔링 연구소, 2016; 오자은, 「'문학 여공'의 글쓰기와 자기 정체화」, 『한국근대문학연구』 37, 한국근대문학회, 2018; 배하은, 「서발턴 여성의 시와 봉기」, 『한국현대문학연구』 59, 한국현대문학회, 2019; 김우영, 「(은유된) 국토와 민중」, 『현대문학의 연구』 75, 한국문학연구학회, 2021.

38 김종욱, 「이무영의 〈농민〉 연작에 나타난 소문의 의미」, 『현대소설연구』 26, 한국현대소설학회, 2005; 유승환, 「적색농민의 글쓰기」, 『한국근대문학연구』 37, 한국근대문학회, 2018.

39 송은영, 「1970년대의 하위주체와 합법적 폭력의 문제」, 『인문학연구』 41, 조선대학교 인문학연구원, 2011; 구재진, 「이호철의 『서울은 만원이다』 연구」, 『외국문학연구』 52, 한국외국어대학교 외국문학연구소, 2013.

40 장성규, 「1980년대 노동자 문집과 서발턴의 자기 재현 전략」, 『민족문학사연구』 50, 민족문학사연구소, 2012; 천정환, 「그 많던 '외치는 돌멩이'들은 어디로 갔을까」, 『역사비평』 106, 역사비평사, 2014; 김대성, 「해방의 글쓰기-1980년대 노동자 '생활글' 재론」, 『대동문화연구』 86, 성균관대학교 동아시아학술원, 2014.

성 및 이주노동자[41] 등이 한국현대문학의 하위주체로 최근 부각된 존재들이라고 할 수 있다.

다만 연구대상의 편중 문제는 지적해 볼 수 있다. SSG의 작업이 포스트콜로니얼 이론의 연장선에서 이론적으로나 실제적으로나 식민주의 역사학의 내러티브를 비판하는 데 주안점을 두고 있는 것과 대조적으로 한국현대문학연구의 하위주체론의 경우, 식민지 시기보다 해방 이후, 특히 1970~80년대를 문제삼는 경우가 압도적으로 많으며, 1970년대 여성노동자와 도시 하층민, 1980년대 노동자 등은 한국현대문학연구의 하위주체론에서 매우 큰 비중을 차지하고 있다. 이렇게 본다면 한국현대문학연구의 하위주체론은 사실상 식민주의의 문제를 건너뛰고 있다고 보는 것이 적절할텐데, 그 자체가 문제라고 하기는 어렵겠지만, 이러한 현상이 발생한 담론적 조건과 맥락들 자체가 보다 면밀하게 의식될 필요는 있을 것이다.

아울러 이러한 연구대상의 편중 현상에는 이들을 재현하는 텍스트의 존재라는 문제가 놓여 있다는 점도 지적하고 넘어갈 필요가 있다. 1970년대 여성노동자에 대한 재현의 문제가 집중적으로 논의되고 있는 것은 이를테면 장석남의 「공장의 불빛」과 같이 여성노동자 스스로가 생산한 자기재현적 텍스트가 상당량 존재하기 때문이다. 역으로

---

41 김홍진, 「이주외국인 하위주체와 타자성에 대한 성찰」, 『한국문예비평연구』 26, 한국현대문예비평학회, 2008; 오윤호, 「디아스포라의 플롯」, 『시학과 언어학』 17, 시학과언어학회, 2009; 엄미옥, 「현대소설에 나타난 이주여성의 재현 양상」, 『여성문학연구』 29, 한국여성문학학회, 2013; 연남경, 「한국현대소설에 나타난 접경지대와 구성되는 정체성」, 『현대소설연구』 52, 한국현대소설학회, 2013; 이남정, 「김재영의 「코끼리」를 통해 본 서발턴의 서사」, 『현대소설연구』 77, 한국현대소설학회, 2020.

말한다면, 한국현대문학연구는 텍스트의 부재로 인해 식민지 시기를 비롯한 그 이전 시기의 문학에서 하위주체의 흔적들을 좀처럼 발견하지 못하고 있고, 때문에 한국현대문학연구의 하위주체론은 충분히 계보화·역사화된 인식 속에서 그 논의의 틀을 구축하지 못하고 있다. 이는 텍스트를 통한 재현의 실패를 전제하지만, 그럼에도 텍스트 없는 문학연구는 쉽게 이루어질 수 없다는 하위주체론의 근본적인 아포리아와 관계된 것이지만, 사실은 이러한 아포리아야말로 서발턴 이론의 성립과 발전을 추동해 온 동력이기도 하다. 읽기의 방법에 대한 숙고가 필요한 부분이다.

3. 하위주체성과 재현의 문제

한국현대문학연구의 하위주체성, 즉 서발터니티에 대한 사유를 살펴볼 때 우선 흥미롭게 느껴지는 부분은 연구 경향 자체가 '젠더'를 변수로 나뉘는 측면이 있다는 점이다. 앞서 한국에서의 하위주체론이 두 가지 상이한 경로, 즉 스피박을 중심으로 한 '탈식민주의 페미니즘'이라는 관점과 구하를 중심으로 한 '탈식민주의 역사이론'이라는 관점으로 나뉘어 수용되었다는 지적을 했다. 이때 다소 도식적이지만, 앞에서 인용한대로 구하가 하위주체의 자율성과 저항성에 대한 신뢰를 바탕으로 하여 하위주체의 의식과 목소리를 복원하려고 한다면, 스피박의 경우 서발턴 재현의 불가능성을 의식하며, 담론의 구성과정에서 하위주체가 폐제되어 나가는 과정 자체를 드러내는 것에 보다 집중한다고 할 때, 젠더를 중요한 고려사항으로 두지 않고 하위주체

를 문제 삼는 경우 구하적인 경향이 보다 우세한 반면, 여성하위주체
를 다룰 경우 대체로 스피박적인 경향이 현저하게 드러난다는 점은
흥미롭다. 이는 한국현대문학연구의 하위주체론 자체가 젠더화된 담
론일 수 있다는 가능성을 보여 주기도 한다. 특히 이중 후자의 경우,
즉 (여성)하위주체의 목소리 자체가 문학텍스트 혹은 문학사/비평텍
스트에 의해 폐제되는 담론적 과정을 분석하는 논의들은 특히 한국근
현대문학사의 내러티브를 근본적으로 탈구축하는 작업으로서 한국현
대문학연구의 하위주체론의 가장 중요한 성과 중 하나로 파악된다.
이에 대해선 다음 절에서 다루려고 한다.

이와 달리 텍스트를 통해 하위주체성의 발현, 혹은 최소한 텍스트
에 각인된 하위주체의 흔적을 확인하려고 하는 전자의 경향에서 문학
텍스트는 최소한 하위주체의 종속과정 자체를 정밀하게 재현하는 것
으로, 또한 적지 않은 경우 하위주체의 고유한 욕망과 의식, 저항적
성격, 연대의 의지 등을 적극적으로 드러내는 것으로 읽히는 경우가
많다. 이를테면 이평전은 조세희의 「난장이가 쏘아올린 작은 공」에서
"1970년대 산업화와 도시화 과정"이 "필연적으로" 하위주체를 구성
하는 과정의 재현을, 혹은 최인호의 「예행연습」에서 "보다 직접적으
로 국가 권력에 의해 하위주체가 종속되는 과정"의 재현을 읽어낸
다.[42] 오창은의 경우, 이를테면 이문구의 초기 소설에 나타난 "범법자
주인공"의 형상으로부터 근대 자본주의 비판의 기능을 수행하는 저항
적 성격의 일단을 발견하고 있다.[43] 구재진의 경우처럼, 강경애 소설에

---

42 이평전, 「'하위주체' 형성의 논리와 '재현'의 정치학」, 『한국문학이론과비평』 70,
    한국문학이론과비평학회, 2016, 88·91쪽.

서 '서발턴 여성의 자율적 주체화와 서발턴들의 연대 가능성'을 발견
하는 경우도[44] 이러한 전형적인 읽기의 방식 중 하나에 해당한다.

하지만 서발턴 이론의 맥락에 설 때, 이러한 전형적인 방식의 읽기
에 대해서는 보다 신중한 검토가 필요하다. 위에서 잠시 언급했던 것
과 같이, 텍스트로부터 하위주체 혹은 하위주체성의 재현을 '직접' 읽
어 내려는 이러한 방식이 '서발턴'을 문학과 문학연구의 바깥에서 이
미 구성된 이론적·사회학적 범주로 환원하면서, 한편으로는 서발턴을
구성하는 담론적 무대에서 문학텍스트가 차지하고 있는 자리를 은폐
하고, 동시에 다른 한편으로는 문학텍스트를, 다른 방식으로는 재현되
지 않는 서발턴(혹은 서발턴의 종속과정)이 투명하게 재현되는 일종의
예외적 담론 유형으로 사유함으로써, 은연 중 문학에 특권적 지위를
부여하는 문학주의의 입장을 전제하는 것일 수 있기 때문이다. 물론
문학텍스트가 가지는 어떤 성질이 실제로 문학을 그러한 예외적인 담
론 유형으로 만드는 것일 수도 있고, 혹은 유독 예외적인 작가와 텍스
트가 있을 수도 있다. 하지만 하위주체의 재현이라는 문제에 있어 문
학텍스트 또한 결코 예외적이지 않다는 것을 보여 주는 사례가 너무나
많이 제시된 현재의 상황이라면, 특정한 텍스트의 구조와 논리로부터
하위주체의 직접적인 재현을 읽어 내기 위해서는 역설적으로 더욱 신
중한 이론적 검토가 요구된다. 실제로 서발턴 이론의 입장에서 이러한
해석을 정반대의 것으로 뒤집을 수 있는 여지는 얼마든지 존재한다.

---

43   오창은, 「1960년대 도시 하위주체의 저항적 성격에 관한 연구」, 『상허학보』 12,
　　상허학회, 2004, 75~81쪽.
44   구재진, 「이산문학으로서의 강경애 소설과 서발턴 여성」, 『민족문학사연구』 34,
　　민족문학사연구소, 2007, 404~408쪽.

가령 '범법자'의 형상을 한 하위주체의 모습이 나타나는 이문구의 초기 소설을 '근대 자본주의 비판'이라는 작가의 의도에 의해 오히려 하위주체가 대상화되어 재현되고 있는 사례라고 볼 수는 없을까. 이문구 초기 소설에 나타난 범법자의 모습이 "근대 자본주의 도시를 보다 깊이 있게 천착해 나가는 과정에서 창작된 것"[45]이라는 진술은 텍스트의 정합적 논리에 의거한 신뢰할 수 있는 평가이겠지만, 바로 그렇기 때문에 이러한 텍스트를 오히려 서발턴에 대한 대리적인 대표/재현의 또 다른 사례로 읽을 수 있는 가능성 또한 존재하는 것이다.

한편, 하위주체성에 대한 한국현대문학연구의 사유 중 흥미로운 관점 중 하나는 하위주체의 주체성과 저항성을 지배적인 권력 혹은 헤게모니에 대한 대항적 주체성으로 사고하기보다는, 종속과 저항의 다양한 계기들이 뒤섞여 있는 '혼종적인 것'으로 바라보는 방식이다. 이 경우 하위주체는 쉽게 재현될 수 없지만, 오히려 그렇기 때문에 지배적인 서사를 끊임없이 중단 혹은 지연시키며, 대안적인 서사의 가능성을 지속적으로 암시한다. 이를테면 서영인은 김사량의 소설에서 혼종적인 "서발턴이 텍스트에 기입됨으로써 내러티브의 결론이 유보"되며, 이로부터 "해명되지 않는" 서발턴의 등장 자체가 식민주의의 서사를 해체적으로 읽어나가기 위한 '아래로부터의 거점'이 되는 과정을 흥미롭게 분석하고 있는데, 서영인 스스로는 이를 "서발턴 효과"로 명명하고 있다.[46] 1970~80년대 여공들의 글쓰기를 "주어진 정체성

---

45 오창은, 「1960년대 도시 하위주체의 저항적 성격에 관한 연구」, 『상허학보』 12, 상허학회, 2004, 81쪽.

46 서영인, 「서발턴의 서사와 식민주의의 구조」, 『현대문학이론연구』 57, 현대문학이론학회, 2014, 164~170쪽.

과의 불일치와 불화, 다양한 정체성의 혼재와 갈등" 속에 자기정체성을 스스로 구성해나가고자 하는 '저자성'에 대한 욕망이라는 관점에서 살펴보며, 이를테면 "전형적인 노동문학의 문법"으로부터 구성되는 것과 같은 단일하고 안정된 정체성 대신 불안정한 정체성의 끊임없는 유동과 함께, 이로부터 형성되는 텍스트의 균열 지점을 적극적으로 의미화하려고 하는 오자은의 논의[47] 또한 이러한 맥락에 놓여 있다고 할 수 있다.

마하스웨타 데비의 「젖어미」에서부터, 문학 읽기의 어떠한 지배적 패러다임들로부터도 설명될 수 없는 설명 불가능한 요소와 장면이 남아 있음을 지적하며, 역설적으로 여기에서부터 문학을 통한 서발턴의 재현 가능성을 이야기하는 스피박의 작업[48]을 연상하게끔 하는 이러한 관점은 하위주체성의 혼종성을 강조하고, 그로 인한 하위주체 재현의 어려움을 인정하면서도, 이를 역으로 해체적 읽기의 전략으로 이어나감으로써 한국현대문학 텍스트에 각인된 하위주체의 흔적과 그 의미를 새롭게 드러내고 있다. 또한 이러한 방식은 대항적 주체성을 중심으로 구성된 '민중'이라는 개념 대신, 하위주체라는 개념을 사용할 때 형성될 수 있는 문학연구의 관점과 방법을 효과적으로 드러내고 있는 것이기도 하다.

하지만 하위주체성의 구성 방식에 대한 이러한 관점 또한 사실은 보다 본격적인 논쟁이 필요한 부분이다. 서영인 스스로가 의식하고

---

47 오자은, 「'문학 여공'의 글쓰기와 자기 정체화」, 『한국근대문학연구』 37, 한국근대문학회, 2018, 45~46쪽.
48 가야트리 스피박, 「하위주체의 문학적 재현」, 가야트리 스피박, 태혜숙 옮김, 『다른 세상에서』, 도서출판 여이연, 2003.

있지만, 하위주체에 대한 불가지성(不可知性)과 텍스트의 불확정성을
강조하는 이러한 관점은 그 실천적 함의에 대한 비판을 여러 차례 받
기도 했다.[49] 하위주체성의 구성과 그 성격은 위에서 언급했듯이 SSG
내부의 주요한 논쟁점이기도 하다는 점도 관련하여 지적해 둘 필요가
있다. 이를테면 라나지트 구하는 인도 농민의 의식을 지배계급의 의
식에 대한 '부정'과 "유비와 전이의 과정을 거쳐 그 영역을 확장시키
는" 과정에 대한 관찰을 통해 파악할 수 있음을 말하고 있는데,[50] 이는
한편으로는 식민지 시기 인도 농민의 주체성을 지배적 헤게모니에 대
한 명확한 대항적 주체성으로 구성하고자 하는 의도를 담고 있는 것
이지만, 동시에 서발턴의 자율적인 주체성을 직접적으로 읽어낼 수
있는 사료의 부재라는 한계 속에서 서발턴의 의식을 추적하기 위한
불가피한 방법이기도 하다. 스피박은 바로 이 점에 착목하여 구하의
논의에서 역으로 엘리트의 담론 없이는 출현할 수 없는 하위주체성의
'비기원적' 혹은 '비근원적' 흔적을 읽어낸다. 스피박에 의하면 이러한
흔적은 "단순한 기원에 대한 해체론적 비판을 재현한다."[51]

---

49 서영인, 「서발턴의 서사와 식민주의의 구조」, 『현대문학이론연구』 57, 현대문학이
    론학회, 2014, 165쪽. 서영인이 인용하고 있는 것은 우석균의 글이지만, 이와 비슷
    한 비판은 그 외에도 곳곳에서 이루어졌다. 이를테면 김원의 경우는 존 베벌리를
    인용하여 하위주체의 재현불가능성 및 이에 대한 윤리적 접근을 강조하는 태도가
    "하위주체 연구의 정치적 성격을 약화시키는 결과를 초래"했다는 점을 지적(김원,
    「'민중사'는 어느 방향으로 탈구축될 것인가―'서발턴' 논의를 비추어 본 질문」,
    『역사문제연구』 30, 역사문제연구소, 2013, 321쪽)하고 있으며, 천정환은 서발턴
    의 재현불가능성에 대한 강조가 "'재현의 타자'로 간주된 이들을 영원히 타자의
    공간에" 가두어 버릴지 모른다는 우려를 표하고 있다(천정환, 「서발턴은 쓸 수
    있는가―1970~80년대 민중의 '자기재현'과 '민중문학'의 재평가를 위한 일고」,
    『민족문학사연구』 47, 민족문학사연구소, 2011, 247쪽).
50 라나지트 구하, 김택현 옮김, 『서발턴과 봉기』, 박종철출판사, 2008, 36~44쪽.

한국현대문학연구의 하위주체론에 있어서도 아직 본격적으로 제기된 바 없는 이러한 논의가 필요한 것으로 보인다. 하위주체성을 무엇으로도 환원되지 않는 고유한 혼종성으로 의미화하며, 텍스트를 통한 하위주체성의 재현에 대한 필연적인 실패를 강조하는 입장은 무척 매력적이며, 또한 '민중' 등의 인접 개념과 변별되는 하위주체라는 개념의 특수한 의미를 강조하는 방법이 될 수 있다. 하지만 이러한 관점의 극단화가, 이를테면 1980년대 노동자 문학과 같이 이미 '스스로의 목소리'에 의해 적극적으로 재현되었던 하위주체의 저항적·집단적·대항적 주체성을 오히려 보지 못하게 함으로써 하위주체론의 실천적 함의를 오히려 약화시킬 것이라는 비판은 쉽게 보아 넘길 것은 아니다. 1980년대의 노동문학과 같은 어느 특정한 역사적 시기와 운동과 장르에 있어 하위주체 스스로에 의해 발현된, 하지만 그동안 제대로 읽히지 못했던 목소리가 존재한다고 확신할 수 있다면, 정작 그러한 것은 '없다'고 또 다시 이야기하는 하위주체론이란 이론적 딜레탕트에 불과한 것이 될 수도 있기 때문이다. 저항성/종속성·집단성/개별성·대항적 주체성/혼종적 주체성의 각 대립쌍 사이 어느 지점에 각각의 시기 혹은 사건과 결부되어 역사적으로 구성된 하위주체성을 위치시킬 수 있을지는 결국 하위주체론의 핵심적인 문제일 수밖에 없다. 한국근현대문학사의 모든 시기를 문제 삼을 수밖에 없지만, 특히 하위주체 스스로에 의한 대항적 주체성이 표출되었다고 '이야기되는' 1980년대의 문학을 어떻게 볼 수 있을지가 특히 중요한 문제가 될 것으로 생각한다.

---

51 가야트리 스피박, 태혜숙 옮김, 『다른 세상에서』, 도서출판 여이연, 2003, 410~411쪽.

문학사회학적인 관점을 통해 도출한, 하위주체의 의식 세계가 단순히 고유성과 저항성으로 수렴되지 않는다는 보고가 지속적으로 이루어지고 있다는 점은 이 문제에 대한 숙고가 필요하다는 점을 다시 한번 보여 준다. 이를테면, 1970~80년대 노동자들의 독서 경험에 대한 정종현과 배하은의 연구는 공히 이들의 독서 경향이 한편으로는 당대 지배 이데올로기 및 정전 목록의 영향에서 자유롭지 않음을 보여 주고 있다.[52] 이는 하위주체의 의식을 손쉽게 '저항과 연대의 지향'으로 읽어나가려는 태도가 사실은 관념적인 것일 수 있다는 가능성을 보여 주지만, 이는 하위주체론의 결론이 아니라 출발점을 보여 주는 것에 가깝다고 해야 할 것이다. 노동자의 독서 목록이 지배 이데올로기가 제시하고 있는 정전의 목록과 가깝다는 것을 기이한 것으로 받아들이며, "지배권력과 저항문화 사이의 헤게모니 경합을 전제"[53]하며 이에 접근해나갈 필요성을 강조하는 것은 그 자체가 저항성과 종속성, 대항적 주체성과 혼종적 주체성 사이의 어느 지점에서 구성되고 있는 하위주체성에 대한 정밀한 탐구의 필요성을 제안하는 것이라고 하는 것이 옳겠다.

다른 한편 텍스트를 통한 하위주체성의 발현의 어려움을 염두에 두면서도, 그것이 가능할 수 있는 예외적인 가능성들을 텍스트 구성의 방법론에서 찾아 내려는 시도가 존재한다는 점은 흥미롭다. 이를

---

52 정종현, 「노동자의 책읽기」, 『대동문화연구』 86, 성균관대학교 동아시아학술원, 2014, 87~91쪽; 배하은, 「노동자의 문학 독자 되기」, 『상허학보』 59, 상허학회, 2020, 489~492쪽.

53 정종현, 「노동자의 책읽기」, 『대동문화연구』 86, 성균관대학교 동아시아학술원, 2014, 78쪽.

테면 '전유'와 같은 탈식민주의 문화이론의 개념이 이와 관련하여 활용되는 경우[54]도 보이지만, 엘리트 문인들에 의해 구축된 근대문학의 지배적 코드에 맞지 않는 담론 형태들에 주목하며, 이러한 담론들의 활용과 삽입에 의해 형성되는 텍스트의 혼종적인 균열로부터 하위주체성의 흔적을 찾아볼 수 있다는 관점은 특히 흥미롭다. 이를테면 김종욱이 이무영의 소설에서 "익명적이고 집단적인 발화"로 이루어진 "전통적인 커뮤니케이션 양식"으로서의 '소문'의 활용을 통해 "현대적인 언어로 명료하게 자신을 표현하지는 못했을 지라도 구술적인 언어를 통해 세계에 대한 해석을 수행하고 변화의 의지를 실천"[55]하는 하위주체의 모습을 읽어 내려고 하는 것은 이러한 방법을 활용한 초기의 시도이다. 문학텍스트에 대한 논의라고 보기는 어렵지만 천정환 또한 3·1 운동 당시 봉기한 농민들이 전통적인 커뮤니케이션 수단을 자기주체성 형성의 수단으로 활용하고 있었다는 것을 매우 설득력 있게 보여 주었다.[56] 한국현대문학연구의 하위주체론에 있어 가장 중요한 필자 중 한 명이라고 할 수 있는 장성규의 논의가 가장 본격적이다. 장성규는 환상성,[57] 수기, 르포, 유언비어, 소문, 괴담 등[58] 근대 문학의

---

54 홍성희, 「여성 담론의 '언어'와 '말하기'의 아이러니」, 『한국학연구』 44, 인하대학교 한국학연구소, 2017.

55 김종욱, 「이무영의 〈농민〉 연작에 나타난 소문의 의미」, 『현대소설연구』 26, 한국현대소설학회, 2005, 177쪽.

56 천정환, 「소문(所聞)·방문(訪問)·신문(新聞)·격문(檄文)」, 『한국문학연구』 36, 동국대학교 한국문학연구소, 2009.

57 고인환·장성규, 「식민지 시대 재만 조선인 디아스포라의 발화 전략」, 『한민족문화연구』 46, 한민족문화학회, 2014.

58 장성규, 「한국 문학 외부 텍스트의 장르사회학」, 『현대문학이론연구』 64, 현대문학이론학회, 2016.

규범 외부에 주변화되어 존재하는 담론적 양식의 활용이, 하위주체가 문학을 전유하며 하위주체성의 흔적을 남기는 텍스트에 남기는 주요한 방식이라는 점을 여러 시기의 여러 텍스트를 통해 흥미롭게 보여주고 있다.

하위문화에 대한 관심을 바탕으로 하위주체의 미디어 및 그 담론적 양식을 강조하는 이러한 방법은 언뜻 인도의 농민 봉기에서 전통적인 미디어와 조직, 종교성에 기초한 리더쉽을 강조한 라나지트 구하의 논의[59]를 떠올리게 하는 부분도 있다. 이러한 논의는 텍스트를 통한 하위주체의 재현 가능성/불가능성에 대한 소모적인 논의를 넘어, 텍스트로부터 하위주체성을 읽어낼 수 있는 가능성을 양식론에 기초한 방법론적 전환을 통해 제안한다는 점에서 특히 '문학'연구를 통한 하위주체론의 중요한 성과 중 하나로 생각할 수 있다. 특히 장성규의 논의에서 이러한 방법은 엘리트의 미학과 대조되는 하위주체의 고유한 미학의 존재 가능성에 대한 제안[60]으로까지 나아가고 있다는 점도 주목해 볼 만하다.

하지만 이러한 방법은 엘리트의 문화적 양식과 하위주체의 문화적 양식의 명확한 대립을 전제로 한다는 점에서, 이러한 이분법적인 대립이 본질주의적 관념의 소산이 아닌지에 대한 문제와 함께, 이러한 하위문화의 형식이 과연 지배적 헤게모니로부터 얼마나 자유로울 수 있는지의 문제가 제기될 수 있다. 이를테면 나는 이와 유사한 관점에

---

59 라나지트 구하, 김택현 옮김, 『서발턴과 봉기』, 박종철출판사, 2008, 6장 참조.
60 장성규, 「1980년대 노동자 문집과 서발턴의 자기 재현 전략」, 『민족문학사연구』 50, 민족문학사연구소, 2012, 271~276쪽.

서 1930년대의 '소문'에 근거한 담론의 형태를 하위주체적 앎의 형식
으로 강조하면서도 이 과정에서 소문이 특히 신여성의 음행(淫行)에
대한 추문과 결합하여 여성을 또 다른 하위주체로 배제하는 역할을
하고 있다는 점을 끝내 해결하지 못한 문제로 남겨둔 경험이 있다.[61]
이러한 문제를 해결하지 못한다면, 하위주체성을 복원하여 드러내려
는 라나지트 구하의 관점이 일종의 본질주의로서, 특히 하위주체성의
담론적 구성 과정에 있어 "여성이 갖는 결정적인 도구성"을 간과하고
있다는 스피박의 비판[62]이 다시 한번 되풀이될 수밖에 없을 것이다.

4. 하위주체론과 한국근현대문학(사)의 탈구축

어떤 관점에서 본다면 한국현대문학연구의 하위주체론은 일종의
자기성찰적인 담론으로서 더 큰 의미를 가지고 있다고 말할 수 있을
지 모르겠다. 서발턴 이론의 쟁점들에 대한 기여 혹은 한국근현대 사
회에 존재했던 하위주체성에 대한 실질적 이해에 대한 증진은 상대적
으로 미미한 반면, 한국문학연구의 전통적인 연구대상으로서 한국문
학·문학사·텍스트에 대한 관점의 급진적인 탈구축에 오히려 더 큰

61 유승환, 「하위주체적 앎과 사회주의 매체 전략」, 『민족문학사연구』 53, 민족문학
   사연구소, 2013, 126~133쪽(특히 각주 60번 참조). 이는 하위문화의 '저항적 성격'
   에 대한 1990년대 후반 이후의 관심이 어느 순간 한계에 부딪힌 상황과도 연관시
   켜 생각해 볼 수 있다(김성윤, 「하위문화, 소수자, 서발턴」, 『문화과학』 100, 문화
   과학사, 2019, 346~348쪽).
62 가야트리 스피박, 태혜숙 옮김, 『다른 세상에서』, 도서출판 여이연, 2003, 435쪽.

영향을 미쳤기 때문이다. 그리고 이 과정에서 무엇보다도 중요한 역할을 한 것은 여성하위주체의 문학적 재현에 대한 논의들이다. 이를테면 이혜령의 『한국소설과 골상학적 타자들』(2007)에 묶인 일련의 논문들과 같은 중요한 작업에서 확인할 수 있듯이 이러한 논의들은 대체로 식민지 남성 엘리트 지식인의 근대민족국가에 대한 욕망이 수행한 하위주체 재현, 특히 하위주체 여성에 대한 젠더화된 재현이 이들을 어떻게 타자화·주변화시키는지를 드러내는 데 주력한다.[63] 즉, 이러한 작업들은 저항적·해방적인 하위주체성을 드러내기보다는, 하위주체성의 형성, 즉 종속과 배제의 과정을 집요하게 추적한다. 이때 중요한 것은 이러한 하위주체화의 과정을 드러내는 작업은 종속의 재현의 확인이 아니라, 재현을 통한 종속의 확인에 기초하고 있다는 점이다. 말하자면 이는 여성하위주체의 구성 과정에 한국문학 자체가 깊숙이 관여하고 있음을 드러내는 것으로, 때문에 한국근현대문학사에 대한 장시간에 걸친 매우 정교한 해체의 작업으로 평가할 수 있다. 이때 이러한 작업은 물론 '민족·민중문학론'을 핵심으로 하는, 하위주체를 자신의 재현 체계 속에 소환한 한국근현대문학사의 중요한 문학 담론들에 대한 세부적인 해체의 작업과 병행하여 진행되었다.[64]

---

63 서발턴 이론을 반드시 염두에 두지 않는다고 하더라도, 한국근현대문학에서의 여성 재현의 문제를 다룬 수많은 논의들을 비롯한 굉장히 많은 수의 논의들이 한국-문학의 자기 구성 과정에서 이루어진 다양한 타자들의 타자화된 재현이라는 문제를 다루고 있다. 그 중 최근 이루어진 매우 정교하며 인상적인 논의로서 배하은의 일련의 작업들(배하은, 「서발턴 여성의 시와 봉기」, 『한국현대문학연구』 59, 한국현대문학회, 2019; 「후기 식민주의 민족-남서 주체 수립의 기획 속 '위안부' 재현 연구(1)」, 『민족문학사연구』 75, 민족문학사연구소, 2021)을 눈여겨 볼 만 하다.
64 위에서 언급했듯이 이남희의 작업을 대표적인 사례 중 하나로 제시할 수 있다.

이러한 해체는, 이를 통해 확보된 한국문학에 대한 인식을 수용하는 것이 누구에게나 가능한 일은 아니라고 생각될 정도로 급진적으로 수행되었다. 그럼에도 이러한 급진적 해체가 수행한 효과는 여러 관점에서 구축되어 온, 하지만 민족·민중·계급 등 단일한 주체를 상정하고 그 발전과 완성의 서사로 기술되어 온 한국문학사의 전통적 내러티브와 함께, '미학적'인 텍스트로서 '총체적 인식'의 가능성을 인정받으며 특권화되어 온 문학 개념 자체를 상대화하는 것이다. 최소한 지금의 시점에서 진지한 문학연구자로서, 20년 전까지 우리가 견지해 왔던 문학사의 내러티브와 문학의 개념이 사실은 남성-엘리트-지식인의 욕망에서 구성된 담론적인 구성물에 불과한 것이 아닌지에 대한 의심을 가지지 않는 것은 불가능하다.

이러한 맥락에서 하위주체론은 한국근현대문학 연구와 비평 자체의 재구축에 매우 중요한 영향을 미쳤다. 소소한 차원에서 말해본다면 하위주체론은 이를테면 한국근현대문학의 정전 구성에도 변화를 유발했다. 한국문학사의 내러티브에 대한 해체가 진행되는 상황에서 정전이라는 개념 자체를 유지할 수 있을지의 문제는 차치하고서라도, 하위주체론은 한편으로 하위주체에 대한 '재현의 윤리'를 근거로 기존에 정전의 자리를 차지했던 텍스트들의 자격을 심문하는 한편, 부족하나마 새로운 읽기의 결과를 바탕으로 하여 새롭게 정전의 자리에

그 외에도 다양한 논의가 있지만 특히 1970년대 이후 다양한 아젠다를 통해 하위주체를 자신들의 재현 및 담론 체계 속에 끊임없이 포섭하려 했던 '창작과 비평' 그룹의 문학담론을 진보 엘리트주의의 욕망 체계와 관련하여 분석한 대표적인 논의로 김예림, 「갱신의 그늘-창비라는 문제」, 『사이間sai』 23, 국제한국문학문화학회, 2017 참조.

위치할 수 있는 텍스트들을 물색하고 있기도 하다. 이를테면 여성 하위주체의 재현이라는 관점에서 2000년대 이후 새롭게 조명된 강경애의 작품과 같은 경우가 그 대표적인 사례가 된다.

주로 '문학성'이라는 개념과 관계되어 왔던 문학의 규범이 유연해지고, 이에 따라 문학의 외연이 유동화되는 양상은 조금 더 중요한 문제이다. 한국현대문학연구의 하위주체론은 앞에서 살펴보았듯이 하위문화에 기초한 양식화의 의미와 가능성을 강조함으로써 근대문학의 양식적 규범을 유연하게 만들었다. 다른 한편, 하위주체 스스로에 의한 자기재현의 필요성과 가능성에 대한 인식은 1970년대 이후 쏟아져나왔던 노동수기와 같은 종래 '비문학적'인 것으로 인식되었던 텍스트들을 문학연구의 주요한 대상으로 다시 부각시키고 있기도 하다. 하위주체론의 범주에 모두 포괄되는 것은 아니지만, 노동수기, 노동문학을 중심으로 한 1970~1990년대의 하위주체의 자기재현적 글쓰기에 대한 연구는 최근 10년간 한국현대문학연구와 관련한 주요 학술기관에 의해 여러 차례의 대규모 학술대회가 개최[65]되는 등, 현재의 시점에서 한국현대문학연구의 가장 활력있는 연구분야 중 하나로 자리잡았음은 의심할 여지가 없다.

동시에 이러한 연구성과들의 축적에 의해, 특히 1970~90년대의 텍스트를 대상으로 일종의 한국문학 '아카이브'가 재구축되는 효과가

---

[65] 이를테면 성균관대학교 동아시아학술원에서 2013년부터 2016년까지 연속적으로 진행한 〈아래로부터의 글쓰기, 타자의 문학〉, 상허학회와 반교어문학회가 공동주최한 〈세기를 건넌 한국 노동문학〉(2017.3), 한국근대문학회의 〈비문자화된 사회적 상상력〉(2017.12), 최근에 개최된 한국현대문학회의 〈서발턴의 목소리〉(2022.2) 등의 사례를 들 수 있다.

나타나고 있다는 점에도 주목할 수 있다.[66] 이를테면 1960~70년대 대중적 수기를 비롯한 다양한 대중서사물들,[67] 노동자문집을 중심으로 한 1980~90년대의 노동자 글쓰기[68] 등 다양한 자료들이 하위주체론의 관점 아래에서 서고 혹은 〈민주화운동기념사업회 오픈아카이브〉와 같은 역사 아카이브에서 발굴되어 한국문학의 상상적인 '아카이브'에 축적되고 있다. 현재 한국현대문학연구의 하위주체론을 통해 새롭게 축적된 자료들의 목록은 상당히 방대하여, 이러한 자료들을 중심으로 한 한국현대문학사의 대안적 서술 혹은 그동안 가시화되지 못했던 하위주체 중심의 또 다른 문학장(文學場)의 재구성 등에 대한 가능성이 제시될 수 있다고 생각될 정도이다. 이러한 관점에서 담론·주체·양식 등 노동자 글쓰기의 장을 구성하는 다양한 요소들의 존재를 밝히고, 이러한 장에 참여한 주체 및 담론들 사이의 교류와 결합을 가능하게 했던 네트워크의 형성과 작동 메커니즘을 '전태일 문학상'을 중심으로 밝혀낸 정고은의 연구[69]는 이러한 새로운 아카이브를 활

---

66 이는 2022년 2월 19일에 〈서발턴의 목소리〉를 주제로 개최된 한국현대문학회 학술대회에서 진행된 이 글의 초고 발표에 대한 성균관대학교 김미정 선생님의 토론 내용에서 착안한 것이다. 토론을 통해 많은 영감을 주신 김미정 선생님께 감사의 말씀을 올린다.

67 김성환, 『1970년대 대중문학의 욕망과 대중서사의 변주』, 소명출판, 2019. 그 외에 대중적 성노동자 수기를 다룬 노지승의 논의(「1970년대 성노동자 수기의 장르적 성격과 글쓰기의 행위자성」, 『서강인문논총』 52, 서강대학교 인문과학연구소, 2018) 두 작업 모두 서발턴 이론을 핵심적인 방법론으로 내세우지는 않지만, 지배 이데올로기와 그에 대한 저항 혹은 부정의 복잡한 길항 관계 속에서 형성되는 대중 혹은 성노동자의 자기주체성을 문제 삼는다는 점에서 서발턴 이론과 그 관점을 공유하고 있다고 판단한다.

68 장성규, 「1980년대 노동자 문집과 서발턴의 자기 재현 전략」, 『민족문학사연구』 50, 민족문학사연구소, 2012.

용하여 하위주체를 중심으로 하는 대안적인 문학장의 모습을 재구성했다는 점에서 매우 흥미롭다.

이처럼 한국현대문학의 하위주체론은 한국근현대문학 및 문학사를 비판적으로 해체하면서, 문학의 개념 및 한국문학의 외연을 급진적으로 재구축하는 데 크게 기여했다. 하지만 문제는 해체 이후이다. 해체가 꼭 새로운 전망의 재건으로 이어질 필요는 없지만, 그럼에도 이러한 이야기를 하는 이유는 문학 제도가 엄존한 상황, 이를테면 문학·문학사 교육이 지속되고, 여러 형태의 문학장을 통해 문학 읽기와 쓰기가 오히려 이전보다 더욱 활발하게 이루어지고 있는 상황에서 한국현대문학연구의 하위주체론이 가질 수 있는 실천적 개입의 가능성 때문이다. 이러한 관점에서 본다면 하위주체론에 기반한, 한국문학사의 내러티브에 대한 반성적 성찰, 그리고 문학 개념의 유동화에 따른 새로운 연구 대상의 확충이 현재의 시점에서 '문학'의 가능성에 대한 새로운 실천적 전망의 확보로 과연 이어지고 있는지는 아무래도 의심될 수밖에 없다. 문학연구를 통한 하위주체 연구의 아포리아 속에서 텍스트 읽기의 방식은 – 한국문학 텍스트가 수행한 '타자화'의 문제, 그 '재현의 정치학'에 대한 비판적 독해를 예외로 한다면 – 여전히 묘연하며, 하위주체론에 입각한 대안적인 문학사 서술의 방법 또한 분명하다고 하기 어렵다.

물론 몇 가지 중요한 시도가 존재한다. 가령 식민지 시대 소설에 대한 일종의 징후적 독해를 통해 '비문해자의 문학사'의 성립 가능성을 묻는 장성규의 논의[70]가 그 한 사례가 된다. 장성규는 식민지 시기

---

69   정고은, 「전태일의 이름으로 문학을 한다는 것」, 『상허학보』 57, 상허학회, 2019.

의 한국소설이 문해력(literacy)의 불평등에 입각한 위계적 서열 체계에 기반하여 탄생하였다는 점을 인정하면서도, 텍스트에 비문해자의 흔적들이 기입되는 '모종의 잉여'의 지점이 있으며, 이를 적극적으로 읽어 내는 작업을 통해 근대문학의 구성 과정에 참여했던 비문해자의 목소리를 복원할 수 있는 가능성이 있음을 주장한다.[71] 하지만 문제가 되는 것은 이러한 잉여의 지점들이 앞에서 지적했던 바와 동일하게, '노래 가사 바꿔 부르기', '판타지' 등 '하위문화의 담론적 형식들'로 곧바로 치환되고 있다는 점인데, 그렇다면 결국 위에서 언급했던 바, 엘리트와 하위주체의 문화적 양식의 이분법적인 대립의 실재성이라는 동일한 의문에 직면할 수밖에 없다.

한편 스피박의 「서발턴은 말할 수 있는가」를 다분히 염두에 두고, 하위주체론의 맥락에서 '버스안내양' 출신 시인인 최명자 시인의 문제성을 조명한 배하은의 논의는 한국현대문학연구의 하위주체론이 급진적으로 수행해 나간 해체의 전략을 견지하면서도, 문학텍스트의 위치를 다양한 맥락 속에 재배치하는 작업을 포함한 정교한 텍스트 읽기를 통해 하위주체성을 의미화할 수 있는 가능성을 보여 준 흥미로운 사례이다. 이 글은 최명자 시의 핵심을 하위주체로서의 버스안내양에 대한 지배적인 담론의 언어 체계에 대한 "탈코드화"와 버스안내양의 문학적 "재코드화"로 제시하는데, 이러한 분석과 평가를 위한 기술적 용어보다 더욱 중요한 것은 바로 이러한 텍스트를 "서발턴 여

---

70 장성규, 「식민지 시대 소설과 비문해자들의 문학사」, 『현대소설연구』 56, 한국현대소설학회, 2014.

71 장성규, 「식민지 시대 소설과 비문해자들의 문학사」, 『현대소설연구』 56, 한국현대소설학회, 2014, 502~505쪽.

성의 경이로운 문학적 성취"로 바라보는 것이 아니라, "남성중심주의·엘리트중심주의·민족주의적 이데올로기에 의해 호명된 주체로 재현됨으로써 자신들의 목소리를 탈취당한 채 침묵의 심연 혹은 복화술의 장막 안에 갇혀 있어야 했던 서발턴 여성들의 '말없음'과 언제나 짝패"라고 파악하는 관점에 있다.[72] 하지만 동시에 이 글은 여성 지부장과 대의원을 선출하기 위한 1970년대 여공의 투쟁을 통해 형성된 여성노동자들의 주체성이 최명자의 시를 이해하기 위한 또 다른 "필수적인 컨텍스트"임을 아울러 강조[73]하기도 한다. 이 때 이 글은 이러한 두 가지 맥락 속에 최명자의 시를 재배치하면서, 최명자의 시가 재현한다기보다 수행하는 것으로서, 이전에 이미 수행되었으나 결국 침묵으로 귀결되어 버린, "투신, 음독, 할복 자살 사건"[74]을 포함하는 버스안내양의 화행에 대한 재의미화를 강조하는 것으로 보인다. 다시 말해 이 글은 문학텍스트를, 그 자체를 구성하는 맥락으로서의 지배적 담론과 주체화의 실천, 종속과 저항의 복잡한 역학 관계 속에 재배치함과 동시에 이전에 수행되었던 하위주체들의 실패한 화행들과의 관계 속에서 계보화함으로써, 문학텍스트를 무엇인가를 발화하고자 했으나 끝내 읽히지 못한 하위주체들의 언어적 실천, 그 "무수히 많은 실패"[75]들에 대한 재의미화가 수행되는 공간으로서, 효과적으로 읽어 내

---

72 배하은, 「서발턴 여성의 시와 봉기」, 『한국현대문학연구』 59, 한국현대문학회, 2019, 455~456쪽.

73 배하은, 「서발턴 여성의 시와 봉기」, 『한국현대문학연구』 59, 한국현대문학회, 2019, 451쪽.

74 배하은, 「서발턴 여성의 시와 봉기」, 『한국현대문학연구』 59, 한국현대문학회, 2019, 439쪽.

75 배하은, 「서발턴 여성의 시와 봉기」, 『한국현대문학연구』 59, 한국현대문학회, 2019,

고 있다.

한편 하위주체 스스로에 의한 글쓰기를 기반으로 한 1980년대 '민중문학'의 재평가를 시도하고 있는 천정환의 논의는 하위주체 스스로에 의한 '아래로부터의 글쓰기'를 근대문학제도의 필수불가결한 구성요소로 상정할 수 있는 방법론적 관점을 보여 준다는 점에서 대안적인 문학사 서술의 가능성을 보여 주는 측면이 있다. 천정환에 의하면 "근대의 글쓰기(에크리튀르)와 문학이" 보급된 이후 "문학가들의 길드(문단)와 문학미디어·문학교육·문학사·문학의식 등에 의해 제도화된 '문학'과 '문학사' 뿐 아니라, '쓰이지 않은' 혹은 '쓸 수 없는' 문학과 문학의 역사가" 문학사의 일종의 "'구성적 외부'"로서 존재한다.[76] 흥미로운 점은 이러한 '구성적 외부'로서의 아래로부터의 문학은 단일하지 않은 복수의 계기로서 존재한다는 지적이다. 다시 천정환에 의하면, 이는 최소한 ① 역사적 장르로서의 '민중문학' ② 낙선자와 아마추어의 문학사 ③ 지적 격차의 문화사와 문자문화의 역사의 세 가지[77]로 구성된다. 이때 제도적인 에크리튀르가 문해력 혹은 문학능력의 차등에 근거한 위계적인 구조 속에서 성립하는 것이라고 할 때, 특히

439쪽.

76 천정환, 「서발턴은 쓸 수 있는가-1970~80년대 민중의 '자기재현'과 '민중문학'의 재평가를 위한 일고」, 『민족문학사연구』 47, 민족문학사연구소, 2011, 228쪽.

77 천정환, 「서발턴은 쓸 수 있는가-1970~80년대 민중의 '자기재현'과 '민중문학'의 재평가를 위한 일고」, 『민족문학사연구』 47, 민족문학사연구소, 2011, 229쪽. 실제 천정환의 논문에서는 여기에 "④ '(근대)문학' 너머의, 초 '(근대)문학사' 또는 포스트-문학사"라는 내용이 더해진다. 다만 이는 글쓰기의 기술적·매체적 환경이 급변하면서 글쓰기의 성격 자체가 크게 변화한 2000년대 이후의 상황을 염두에 두고 있는 것으로 보이기에, 여기서는 논의에서 제외하기로 한다.

'낙선자의 문학사'의 존재는 제도적인 문학사가 성립하기 위해 필수적인 '구성적 외부'가 될 수밖에 없다. 이처럼 '아래로부터의 문학'이 문학사의 필수불가결한 구성 요소라는 점을 승인한다면, '서발턴은 말할 수 있는가'라는 질문은 그 자체로 무의미한 것이다. 하위주체는 말하는 것을 넘어 언제나 '쓰고' 있으며, 기실 그러한 수행들이야말로 표면에 드러난 제도적인 문학사를 가능하게 하는 것이기 때문이다. 그렇다면 문제는 그것을 드러나지 않는 것으로 만드는 위계적 구조 자체를 철폐하는 것인데, 이것이야말로 1970~90년대의 민중문학론이 '실패'한 지점이라는 것이 천정환의 결론인 것으로 보인다.

이러한 천정환의 견해는 무엇보다 하위주체를 중심으로 한 대안적인 문학사를 구성하기 위한 매우 흥미로운 방법론을 보여 준다. 하지만 몇 가지 의문스러운 부분은 남는다. 첫 번째로 천정환의 이러한 논의는 하위주체의 자율성 – 천정환이 오랜 기간 전개한 논의를 빌린다면 자율적인 '대중지성' – 에 대한 신뢰 및 근대사의 전개과정에 따른 하위주체의 문화적 능력의 점진적 확충이라는 전제에 입각해 있다. 하위주체는 자율적인 주체성을 가지고 얼마든지 말할 수 있고 또한 실제로 말해왔지만, 그럼에도 불구하고 이들이 '말할 수 없는' 하위주체가 되어버린 것은 이들의 말을 드러낼만한 가치를 가지지 못한 '문학 이전의 것'으로 치부해버린 위계적이고 억압적인 구조 때문이다. 위에서 언급했듯이 천정환이 '하위주체'를 '민중' 등의 개념과 치환할 수 있다고 이야기하는 것은 바로 이러한 신뢰를 전제로 한다. 하지만 이렇게 하위주체를 하위주체로 만드는 억압의 구조를 단순화하고 하위주체를 '민중' 혹은 '대중'과 같은 상대적으로 단수적인 정체성으로 귀속되는 개념과 치환 가능한 개념으로 만듦으로써, 서발턴 개념 자체가 가지고 있는 이론적 가능성으로서 복수의 정체성이 교차하는 복합적인 '차이의 위치'에서 종속과 저항의 복잡한 관계를 문제시할 수 있는 가능성이 오히려 차단되는 것은 아닌지에 대한 우려는 가능하다. 물론 이러한 우려의 현실화 여부는 천정환이 지적 위계로부터 일시적 해방이 이루어진 특별한 시기로 묘사하는 1980년대의 노동자-민중문학의 텍스트에 대한 구체적인 독해와 평가를 통해서만 확인할 수 있을 것이다.

두 번째로 '아래로부터의 문학사'가 제도로서의 문학사의 구성적 외부라는 것은 틀림없는 사실로 보이지만, 바로 그 외부에 놓여 있는 '아래로부터의 문학'을 가시화하고, 다시 가시화된 텍스트에 각인된 하위주체성의 흔적을 읽어낼 수 있는 방법의 문제가 여전히 존재한다는 점이다. 천정환의 논의는 사실상 '지적 격차의 문화사'가 그간 "축적된 상호적이며 집합적인 대중지성의 역량"[78]에 의해 폭발적으로 응축되고, 지적 격차에 기반을 둔 위계적인 구조가 무너진 결과 마침내 역사적 장르로서의 민중문학이 탄생하게 된 1980년대라는 일종의 특별한 문학사적 시기를 문제삼고 있는데, 그렇다면 이러한 예외적인 해방의 시대를 제외한 이전/이후의 문학사적인 시기들의 구성적 외부들에 어떻게 접근할 수 있을지, 또한 이 시기의 텍스트들을 하위주체론의 맥락에서 어떻게 읽어낼 수 있을지, 또한 이 시기의 문학사 및 문화사를 1980년대를 중심에 둔 목적론적/묵시록적인 문학사 내러티브가 아닌 어떤 다른 방법으로 구성할 수 있을지 등의 방법이 고민될

---

78 천정환, 「서발턴은 쓸 수 있는가−1970~80년대 민중의 '자기재현'과 '민중문학'의 재평가를 위한 일고」, 『민족문학사연구』 47, 민족문학사연구소, 2011, 247쪽.

필요가 있다.

5. 한국현대문학연구의 하위주체론을 위한 몇 가지 제안

이상으로 한국현대문학연구의 하위주체론이 보여 준 주요한 성과와 한계를 조금은 두서 없이 개괄하였다. 하위주체론은 2000년대 이후 한국현대문학연구의 가장 중요한 관점 중 하나로 자리매김하였으며, 이때 한국현대문학연구는 하위주체론을 통해 이전의 한국문학연구에서 주목받지 못했던 다양한 문화적 주체 혹은 대상과 함께 이들이 가지고 있는 저항성 혹은 혼종성의 문제를 종속과 저항의 복잡한 관계 속에서 새롭게 사유할 수 있는 기회를 얻게 되었다. 또한 하위주체론의 최대 쟁점이라고 할 수 있는 하위주체의 재현 가능성에 대한 고민으로부터 이를테면 '하위주체의 양식과 미학'의 구성 가능성-물론 이 자체가 매우 논쟁적인 관점이다-에 대한 논의 등을 통해 서구적·근대적 문학 규범에 환원되지 않는 한국근현대문학의 새로운 양식적 가능성을 발견한 것 또한 중요한 성과로 꼽을 수 있다. 또한 특히 여성하위주체에 대한 관심을 바탕으로 한국현대문학사의 내러티브에 대한 반성적 성찰과 비판적 해체의 작업이 수행된 것과 함께, 이에 따라 문학의 윤리에 대한 새로운 공감대가 형성되고, 문학의 외연과 내포가 확대되는 한편, 새로운 연구대상의 설정과 그 축적이 이루어졌다는 점은 한국현대문학연구의 하위주체론이 거둔 가장 중요한 성과로 인정될 수 있다.

하지만 냉정하게 바라본다면 한국현대문학연구의 하위주체론은

20년 가까운 기간 그 성과를 축적해왔음에도 불구하고, 하위주체라는 개념에 수반되는 방법론적 긴장감을 충분히 심화시키고 있지 못한 것으로 보이기도 한다. 하위주체라는 개념의 자의적 사용, 하위주체성의 구성 과정 및 그 성격·하위주체의 재현가능성 등에 대한 이론적 숙고의 부재 등은 중요한 한계이다. 무엇보다도 텍스트를 통한 재현의 실패를 전제로 하는 하위주체의 문제를, 텍스트를 기본적인 연구 자료로 삼는 문학연구의 관점에서 다룰 수 있는 방법의 마련, 즉 하위주체론의 관점에 입각한 텍스트 읽기의 효과적인 방법론이 충분히 제시되지 못했으며 이에 따라 하위주체를 중심에 놓은 대안적인 문학사 서술의 전망-물론 이것이 반드시 필요한지는 심문할 수 있다-이 뚜렷하게 드러나지 못하고 있다는 점이 무엇보다도 큰 문제가 된다.

한국현대문학연구의 하위주체론은 서발턴 이론의 첨예한 쟁점들을 한국근현대문학을 대상으로 충분히 심화·발전시키는 데 대체로 실패했으며, 한국현대문학연구의 하위주체론 중 적지 않은 논의들은 문학텍스트를 통한 하위주체의 재현 가능성을 별다른 의심 없이 신뢰하면서, 하위주체의 저항성과 자율성, 하위주체 사이의 연대의 가능성과 같은 주제를 다소 도식적·당위적으로 읽어 내는 경향도 보인다. 문학텍스트 자체가 하위주체의 구성 과정에 중요한 기제가 될 수 있다는 것은 한국현대문학연구의 하위주체론이 거둔 가장 중요한 성과임에도 불구하고, 적지 않은 연구들에서 충분히 의식되고 있지 않는 것으로 보인다.

본론에서 충분히 이야기하지 못했지만, 적지 않은 연구들이 파편적인 작품론에 그치고 있어 체계적인 방법론에 입각한 장기적 연구가 좀처럼 이루어지지 않고 있다는 점도 문제점으로 지적할 수 있다. 이는 이를테면 김원의 『박정희 시대의 유령들』과 같이 구술사 등 새로운 연구 방법을 동원한 장기적 성과를 산출하고, 그에 대한 리뷰가 비교적 활발히 이루어졌던 역사학의 상황과 비교해보면 그 문제점이 더욱 두드러진다. 하위주체에 대한 장기적이고 연속적인 연구를 진행했거나 진행하고 있는 연구자가 없는 것이 아니지만, 루스 베러클러프의 『여공문학』과 같은 해외연구자의 연구를 예외로 둔다면, 이러한 장기적이고 연속적인 연구가 저서로 묶여 출간된 사례는 매우 드물고, 따라서 그동안 한국현대문학연구의 하위주체론에 대한 충실한 리뷰가 충분히 이루어지지 않은 것은 너무 당연한 일이다.

현재의 상태에서 한국현대문학연구의 하위주체론은 이론적 심화와 결부되어 진행될 필요가 있는 것으로 보인다. 이는 한국현대문학연구가 수용 및 참조하는 해외발(發) 서발턴 이론을 조금 더 심화된 것으로 대체해야 한다는 말이 아니라, 서발턴 이론이 가지고 있는 이론적 긴장감을 충분히 의식한 상황에서, 한국현대문학연구를 서발턴 이론의 주요한 논점에 대한 이론적 심화의 계기 자체로 삼아야 한다는 말이다. 하위주체에 대한 타자화된 재현을 비판하는 '재현의 윤리'에 대한 공감대를 제외한다면, 서발턴 이론의 주요한 쟁점들, 이를테면 서발턴의 개념, '민중' 등의 인접 개념과의 관계, 서발터니티의 형성 기제와 그 내용 및 성격, 문학 텍스트를 통한 서발턴의 재현 가능성과 방법, 서발턴의 문학 혹은 서발턴의 문학사라는 범주의 구성 가능성 등에 대해 한국현대문학연구는 일반적인 합의점 혹은 첨예한 논점들을 생산하지 못하고 있으며, 이러한 점에서 현재로서는 원칙적으로 어떠한 연구도 자의적이라고 말할 수밖에 없다. 따라서 한국현대문학연구의 하위주체론은 서발턴 이론의 이론적 쟁점들에 대한 보다 면밀하고 신중한 검토가 수반되며 진행될 필요가 있으며, 또한 개별적인 연구 성과들이 이러한 이론적 쟁점에 대한 입장과 관련되어 제시될 필요도 있는 것으로 보인다. 이때 특히 주안점이 두어져야 될 부분은 아래와 같을 것으로 생각된다.

첫째, 서발터니티, 즉 하위주체성의 형성 기제 및 특징을 사유함에 있어 종속성과 주체성·저항성 사이의 복잡한 역학 관계를 보다 면밀하게 고려할 필요가 있다. 한국현대문학연구의 하위주체론 중 일부는 하위주체의 자율성과 저항성을 당연한 것으로 가정하곤 하지만, 실은, 여러차례 강조했듯이 하위주체라는 개념은 그람시가 이 개념을 처음 사용했을 때부터 지배 계급·담론에 대한 종속성 및 그로 인한 대리 대표/재현의 문제를 전제로 성립된 것이다. 또한 이러한 종속성의 문제는 이들의 정치적/문화적 행동과 발화가 이들이 응당 따라야 할 계급적 이해관계에 따라 이루어지지 않거나 최소한 그러한 방식으로 대표/재현되지 않는다는 점을 전제한다는 점에서 이들의 민족적, 계급적, 젠더적 구성에 대한 사회학적 분석으로 온전히 환원될 수도 없다. 이들의 종속은 정치적/문화적 권리가 충분하지 못하고 스스로에 의한 대표/재현이 금지되어 있기 때문인가? 아니면 이들이 대표/재현을 위해 정치적/문화적으로 동원할 수 있는 자원과 역량이 충분하지 못하기 때문인가? 혹은 어떠한 수단과 방법에 의해 지배적 헤게모니를 인정하고, 그 이데올로기를 내면화하고 있기 때문인가? 하위주체라는 개념 자체에 내재된 종속성의 문제는 가볍게 넘길 수 있는 부분이 아니며, 이러한 종속성이 형성되는 구조와 기제, 요소들 및 이러한 종속성의 형태에 대한 판단은 반드시 필요하다. 또한 이러한 종속성에 대한 판단에 기초하여, 이러한 종속성에도 불구하고, 혹은 이러한 종속성과의 관계에서 주체성이 형성되는 과정과 형성된 주체성의 형태에 대한 이해의 가능성이 생긴다. 앞에서 언급했던 바와 같이 대항적 주체성과 혼종적 주체성 사이의 어떠한 지점에 특정한 하위주체성을 위치시킬 수 있는지의 문제를 포함하여, 종속성과의 관계 속에서 이루어지는 하위주체성의 형태에 대한 고민은 하위주체와 '민중' 개념 사이의 관계 문제 등 서발턴 이론의 중요한 쟁점들과 관계된 몇몇 논점들이 마련되는 데에도 기여할 수 있을 것이다.

둘째, 하위주체론의 맥락에서 문학과 특정한 문학텍스트가 어떠한 자리에서 어떠한 역할을 수행하고 있는 것인지에 대한 판단과 함께 이를 바탕으로 한 텍스트 읽기의 방법론에 대한 고민과 모색이 이루어져야 한다. 이는 아래와 같은 질문들을 포함하는 것이다. 문학은 하위주체의 목소리를 소거하고 이를 대리 대표/재현하는 지배적 담론의 기제 중 하나인가? 그럼에도 불구하고 혹은 반대로 문학은 하위주체의 소거된 목소리를 복원하거나, 다른 방식으로 재현하거나, 혹은 하위주체성의 목소리가 소거되었다는 흔적 자체를 드러낼 수 있는가? 만약 그렇거나 그렇지 않다면 그 이유와 원리, 방법은 무엇인가? 그것은 문학적 담론이 가지고 있는 일반적인 속성 때문인가, 아니면 특정한 상황과 조건 속에서 나타나는 예외적인 현상인가? 특히 마지막 질문은 간과되기 쉽지만 사실은 중요한 질문이다. 실제로 한국현대문학연구의 하위주체론은 특정한 텍스트에서 '예외적으로' 하위주체성이 재현되거나 드러나는 경우,[79] 혹은 앞에서 살펴보았듯이 텍스트의 구

79　이를테면 홍성희는 1910년대 후반~1920년대 초반의 여성 담론이 자신의 언어가 아닌 남성적 담론 체계의 언어에 대한 '비판적 전유'를 통해서 형성될 수밖에 없다

조와 논리의 실현을 지연시키는 '텍스트의 예외적인 부분'을 문제 삼는 경우가 많기 때문이다. 예외적인 작가와 텍스트이든, 텍스트의 예외이든, 이러한 예외들은 김원이 이야기하는 '사건'[80]으로서의 성격을 가진 것으로서 지배적 담론의 외부에 놓인 어떠한 가능성의 세계를 암시한다. 때문에 텍스트의 이러한 예외들을 발견하고, 이를 발생시킨 조건과 맥락을 탐색하는 한편, 이를 일반화할 수 있는 가능성을 살펴보는 작업은 특히 텍스트를 통한 재현의 실패를 전제하면서도, 기본적으로 텍스트를 통해서 하위주체를 문제 삼아야 하는 문학연구의 아포리아를 극복할 수 있는 텍스트 읽기의 방법을 모색하는 데 있어 매우 중요한 의미를 가진다.

셋째, 새로운 읽기의 방법에 의해 축적된 읽기의 성과를 바탕으로 하여, 대안적인 '하위주체의 문학사' 서술의 가능성을 상정하려는 고민도 필요하다. 물론 이는 어마어마한 일이며, 또한 과거의 민중문학사가 그러했듯이 하위주체성에 대한 관념적 신뢰를 바탕으로 한 일종의 본질주의적 오류를 범할 가능성도 높다. 하지만 앞에서 언급했듯이 문학적 제도와 현상들에 대한 하위주체론의 실천적 개입의 가능성을 고려한다면 이는 필요한 일일 수 있다. 천정환이 보여 준 것과 같이

는 점에서 이 시기의 지식인 여성을 '서발턴'으로 파악하면서도 나혜석과 「경희」를 예외적인 발화자 및 텍스트로 설정하고 있다. 홍성희, 「여성 담론의 '언어'와 '말하기'의 아이러니」, 『한국학연구』 44, 인하대학교 한국학연구소, 2017, 297쪽.

80 김원, 『박정희 시대의 유령들』, 현실문화연구, 2011, 487~501쪽. 김원은 이후 헤게모니 외부의 정치를 강조하는 이러한 개념이 가진 정치적 실천에 있어서의 유효성에 대한 자기비판을 제시한 바 있다는 점을 부기해둔다. 김원, 「'민중사'는 어느 방향으로 탈구축될 것인가-'서발턴' 논의를 비추어 본 질문」, 『역사문제연구』 30, 역사문제연구소, 2013, 320~323쪽.

최소한 한국근현대문학의 구성적 외부로서 하위주체의 존재와 그 발화가 놓여 있다고 바라보는 관점은 매우 중요하다. 구성적 외부로서의 하위주체와의 관계 속에서 한국근현대문학의 전개를 설명하는 것은 한국근현대문학 텍스트를 지식인-남성-엘리트 중심성의 확인을 넘어 설명할 수 있는 관점과 동시에, 한국 근대사회의 하위주체성을 역사적으로 계보화할 수 있는 관점을 제공하기 때문이다.

앞에서 살펴본대로 천정환이 제안한 '지적 격차의 문학사'에 대한 구상은 이러한 대안적인 문학사 서술 가능성에 대한 매우 흥미로운 착상을 보여 준다. 아니면 스피박이 『포스트식민이성비판』에서 서구의 문학 담론 구성 과정에서 제3세계 여성에 대한 폐제가 필수불가결했다는 점을 보여 준 방식을 참고할 수도 있겠다.[81] 하지만 이 글에서 단초적인 수준에서나마 제안하고 싶은 것은, 특히 하위주체의 언어라는 관점에서 한국근대문학, 특히 한국근대소설은 하위주체의 발화에 대한 엘리트의 전유 및 이를 통해 이들을 대리 대표하겠다는 식민지 지식인-엘리트-부르주아지의 정치적 의지가 그 최초의 형성 단계에서부터 필수적인 요소로 작용했다는 점이다. 이는 이를테면 한국근대소설에 대한 최초의 구상 중 하나라고 볼 수 있는 신채호의 소설개량론에서부터 잘 드러난다.

나는 항상 이르기를 천하에 큰 사업은 을지문덕이나 연개소문 같은 큰 영웅이나 큰 호걸이 지어내는 것이 아니라 우부우부와 아동주졸이

---

81 가야트리 스피박, 태혜숙·박미선 옮김, 『포스트식민이성비판』, 갈무리, 2005, 2장 참조.

지어내는 것이며 사회의 크게 붓좇게 하는 것은 종교나 정치나 법률 같은
큰 학문으로 바르게 하는 것이 아니라 언문 소설로 바르게 하는 바라
하노니 …(중략)… 고명하고 정직한 선비가 엄정한 선생 좌석에 있어서
천연하고 정대한 면목으로 사람의 성품과 마음과 사물상 깊은 이치를
의논하고 예와 이제의 흥하고 망한 역사를 말할 때에는 그것에 둘러서서
듣는 자는 유식한 자가 몇 사람에 지나지 못할 뿐더러 이로 인하여 얼마
간 지식은 계발하더라도 그 기질을 변화하여 악한 자를 선하게 하고 흉한
자를 순하게 하기는 어려울 것이나 <u>저 상말과 속담으로 지어놓은 책자는</u>
<u>그렇지 아니하여 일체 우부우부와 아동주졸의 편벽되이 즐겨보는 바라</u>
<u>만일 그 말이 조금 기이하며 그 조사한 것이 조금 웅장하면 백 사람이</u>
<u>그 곁에서 보면 백 사람이 칭찬하며 천 사람이 그 곁에서 들으면 천 사람</u>
<u>이 칭한하며 심지어 그 정신과 혼백이 그 쪽으로 옮겨가서 비참한 일을</u>
<u>읽으면 눈물이 절로 흐름을 깨닫지 못하며 장하고 쾌한 일을 읽으면 기운</u>
<u>이 분발함을 금치 못하여 듣고 보는 데 점점 재미가 들면 자연 그 성품을</u>
<u>감화하기까지 이르리니 그런고로 나는 이르되 사회의 크게 붓좇는 바는</u>
<u>국문 소설이 바르게 한다 함이로라/오호-라 영웅호걸을 도화서 천하 사</u>
<u>업을 이루는 자는 우부우부와 아동주졸이오 우부우부와 아동주졸의 하등</u>
<u>사회로 시작하여 인심을 변화하는 능력을 갖춘 자는 소설이니 그런즉 소</u>
<u>설을 어찌 쉽게 볼 것 이리오</u>[82]

잘 알려져 있듯이 이 글에서 신채호는 소설을 정치적 계몽과 동원
의 수단으로서 사유하고 있다. 이 점에서 소설을 쓰는 자, 즉 영웅호걸
혹은 선비의 자리와 소설의 독자, 즉 "우부우부와 아동주졸"의 자리
사이의 위계는 분명하게 설정되어 있다. 또한 이때 우부우부와 아동

---

82 신채호, 「근일 국문쇼셜을 져슐ᄒᆞᄂᆞᆫ쟈의 주의홀일」, 『대한매일신보』, 1908.7.8. 현
    대어 교정 및 밑줄은 인용자.

주졸은 영웅호걸의 '천하사업'을 도와주는 존재로 제시된다. 즉 소설을 통해 '우부우부'는 '영웅호걸'에 의해 정치적으로 대리 대표된다. 이 점에서 '우부우부'는 하위주체이며, 신채호가 생각하는 소설은 이러한 '우부우부'에 대한 하위주체화의 기제를 필수적으로 포함하고 있다. 하지만 흥미로운 점은 그럼에도 불구하고 소설은 어디까지나 '우부우부' 자신의 언어, 즉 "상말과 속담으로 지어"야 한다는 점이 강조되고 있다는 점이다. 소설은 분명히 엘리트가 창작하는 엘리트의 담론으로서, 대리 대표/재현을 통한 하위주체화의 기제를 수행하지만, 동시에 소설이 반드시 '상말과 속담'으로 지어져야 한다는 원칙[83] 아래 소설은 하위주체의 언어에 대한 엘리트의 전유라는 과정을 경유해서 창작되어야만 했고, 바로 이러한 전유의 과정에서 하위주체의 의식은 파편적인 형태로나마 소설의 언어에 틈입 될 수밖에 없다.

만일 이러한 신채호의 구상이 한국근현대소설사 전반에 걸쳐 유지된 것이었다고 가정할 수 있다면 한국근대소설은 매우 특수한 형태의 담화 양식이 된다. 이 경우 한국근대소설은 하위주체화의 기제에 대한 수행을 자신의 핵심적인 구성 요소로 삼는다는 점에서 하위주체 및 그들의 발화를 구성적 외부로 삼지만, 동시에 하위주체성은 소설의 구성적 외부에 머무는 것에 그치지 않고, 엘리트 작가의 전유라는 계기를 통해 하위주체의 언어에 대한 엘리트 작가의 인용과 편집, 즉 분절되고 재배치되어 작가의 구미에 맞게 새롭게 구조화된 소설의 언

---

83 이 원칙은 근현대소설사 전체에 걸쳐 대체로 관철된다. 이와 관련하여 소설이 근대 초기 이후 한글전용의 표기 원칙이 시종일관 관철된 유일한 담화 양식이었다는 점을 생각해 볼 필요도 있다.

어 속에 파편적인 형태로나마 자신의 흔적을 새긴다. 이렇게 본다면 근대소설이 수행하는 하위주체화의 기제는 지배적 헤게모니의 일방적 관철 과정으로만 보기는 어려우며, 한국근대소설은 대리적인 대표/재현을 통한 하위주체화의 과정 속에서 형성되는 서로 다른 의식들 간의 기묘한 경합이 이루어지는 독특한 담론적 무대라고 볼 수도 있다. 엘리트 작가에 의한 '상말과 속담'의 텍스트로서의 재조직 과정, 이를테면 플롯의 구성이 그러한 경합이 이루어지는 주요한 방식이며, 이러한 경합 속에서 불완전한 플롯 혹은 가령 장성규가 지적했던 것과 같이 하위주체의 담론적 양식의 직접적인 삽입을 통한 장르적 혼성과 같은 계기를 통해 소설의 언어에 파편적으로 새겨져 있는 하위주체성의 흔적은 언제든 돌출할 수 있는 것일 수도 있다.

이를테면 『은세계』의 불완전한 결말과 〈최병두 타령〉의 삽입을 이러한 관점에서 읽어낼 수 있을지는 추후 상론해야 할 문제겠지만, 만일 이러한 독법이 가능하다고 가정할 수 있다면, 이는 한국근대소설사의 전개를 근대성에 대한 소설적 성취와 그 한계라는 관점에서가 아니라 지배적 헤게모니와 하위주체의 의식 사이의 끊임없는 경합 및 그 세부적인 형태와 역관계의 변화 과정으로 읽을 수 있는 가능성과 함께 이를 통해 한국근현대소설에 나타난 하위주체성을 역사적으로 계보화할 수 있는 가능성을 동시에 생각해 볼 수 있을 것이다.

글을 마무리하는 시점에서, 마지막으로 강조하고 싶은 것은 하위주체 연구의 근본적인 난점과 이를 극복하기 위한 정치적 상상력의 필요성이다. 꼭 문학연구를 문제삼지 않더라도, 하위주체를 문제 삼는 것 자체는 언제나 쉽지 않을 뿐만 아니라, 적지 않은 위험성을 내포하고 있기도 하다. 자료와 방법을 찾기 어렵기 때문이기도 하지만, 다른 한편으로는 자칫 하위주체를 또 다시 주변화할 수 있는 위험성이 있기 때문이다. 특히 하위주체를 객관적인 지식의 대상으로 놓고, 하위주체에 대한 기술(記述)을 가치중립적인 것으로 놓을 때 이는 자칫 하위주체에 대한 지식-권력의 통제 능력을 오히려 강화할 위험까지 따른다. 이를테면 하위주체의 언어를 지식으로 구성하려는 노력으로서 1963년에 출간된 장태진의 『한국은어사전』과 같은 책이 수인(囚人)들에 의해 만들어지고, 그 서문이 내무부 치안국장의 명의로 작성되었다는 점[84]은 유념할 필요가 있다.

하위주체론에 입각한 문학연구는 연구의 대상으로서의 텍스트는 물론, 그 연구조차도 가치중립적이지 않다. 텍스트와 텍스트에 대한 해석으로 구축되는 문학론이 모두 하위주체의 또 다른 재현에 관여하기 때문이다. 하지만 이러한 어려움에도 불구하고, 그람시가 서발턴이라는 개념을 고안한 것은 그가 이탈리아의 마르크스주의자로서 자본주의적인 불균등 발전 속에서 남부 농민들이 처한 지속적인 종속 상태를 해명하고, 이를 바탕으로 한 정치적 변혁을 기획하기 위해서였다. 앞 절의 말미에서 '비문해자의 문학사', '아래로부터의 문학사'의 구성 가능성에 관한 논의를 한국현대문학의 하위주체론에 있어 주목할 만한 방법론적 모색으로 한 데 묶어 이야기한 것은 사실은 이러한 논의들이 "문자의 공공성과 문학의 민주주의의 복원",[85] 위계적인 문화의 해체와 "문화민주주의의 확대"[86]라는 문화적 해방을 위한 유사

---

84   유승환, 「황석영 문학의 언어와 양식」, 서울대학교 박사학위논문, 2016, 100쪽.
85   장성규, 「식민지 시대 소설과 비문해자들의 문학사」, 『현대소설연구』 56, 한국현대소설학회, 2014, 505쪽.
86   천정환, 「서발턴은 쓸 수 있는가－1970~80년대 민중의 '자기재현'과 '민중문학'의

한 기획에 근거하고 있는 것이기 때문이다.

한국현대문학연구의 하위주체론은 이론과 방법의 부재라는 취약점을 가지고 있다. 하위주체라는 개념 자체에 내재되어 있는 바, 하위주체에 대한 재현의 필연적인 실패의 가능성은 이러한 이론과 방법의 모색을 매우 어려운 작업으로 만드는 원인처럼 생각되기도 한다. 하지만 하위주체성에 대한 정확한 재현이 필연적으로 실패할 수밖에 없음에도 불구하고, 텍스트의 담론적 실천에 의한 지식인과 하위주체와의 광범위한 정치적 연대에 하위주체의 재현의 의미와 필요성이 있다는 관점[87]에서 돌파구를 찾아 볼 필요도 있다. 한국에서 서발턴 이론의 수용이 사실은 점점 멀어져가는 것으로 보이는 저항과 해방의 꿈과 관련이 있는 것이라는 견해를 이 글의 서두에서 소개했다. 자칫 후일담이 되어버리기 쉽겠지만, 그럼에도 불구하고 한국현대문학연구의 하위주체론의 이론과 방법은 하위주체 재현의 기술적 어려움에서부터가 아니라, 적지 않은 위험성을 감수하고서라도 저항과 해방의 정치적·문화적 기획에 대한 새로운 상상으로부터 다시 출발할 필요도 있을 것이다.

물론 이를 위해서는 지금-여기의 상황, 다시 말해 매체적·기술적 상황의 변화로 인해 글쓰기를 포함한 문학적/문화적 표현에의 진입 장벽이 낮아지고, 꼭 '작가'라고 명명하지 않더라도 다양한 사회적 배경을 지닌 사람들의 '문학적인' 글쓰기가 활발히 나타나는 한편, 인터넷 SNS와 커뮤니티를 중심으로 집단적 정체성을 구축하는 집단적 글

재평가를 위한 일고」, 『민족문학사연구』 47, 민족문학사연구소, 2011, 247쪽.

87 존 베벌리, 박정원 옮김, 『하위주체성과 재현』, 그린비, 2013, 184~192쪽.

쓰기가 폭발적으로 나타나고 있지만, 동시에 혐오 표현과 상업화의 문제 등이 지속적으로 지적되고 있는 현재의 상황에 대한 분석 및 판단과 결부되어 진행될 필요도 있다. 이러한 '하위주체' 자신들에 의한 글쓰기가 폭발적으로 이루어지고 있는 상황에서 하위주체라는 개념은 여전히 문제시될 수 있는 개념일 수가 있을까? 이들을 여전히 '하위주체'라고 부를 수 있다면 그 판단의 근거는 무엇이며, 지금-여기의 하위주체화의 기제들을 한국현대문학연구의 하위주체론이 수행해 온 역사적 탐구의 맥락과 결부시켜 어떻게 설명할 수 있을까? 지금-여기의 상황에서 발현되고 있는 하위주체성을 곧바로 저항과 해방의 가능성과 연결시킬 수 있을까? 다시 이러한 흐름들을 각각의 층위로 분별하고, 그 각각의 층위에 실천적으로 개입할 수 있는 가능성들을 한국현대문학연구의 하위주체론을 통해 어떻게 마련할 수 있을까? 한국현대문학연구의 하위주체론의 이론적 모색은 사실은 지금-여기의 상황에 대한 판단에 기초한 실천적 전략의 방향과 거점의 설정에서부터 시작되어야 하는 것일지도 모른다. 그러지 않는다면 우리가 하위주체를 문제 삼을 이유는 사실은 도대체 어디에도 없기 때문이다.

제2부

국경
네이션
위치성

비장소의 쓰기-기록

해외입양인의 자전적 에세이를 중심으로

소영현

제인에게.

너는 용감한 여자야. 너로 인해 나는 이렇게 살아 있어. 나는 기생충 같은 존재. 네가 존재하기 때문에 나도 존재하는 거야. 네가 태어나지 않았다면 나는 죽었을 거야.

우리는 서로 심장과 얼굴, 마음과 몸을 공유하는 한 쌍이지만, 사람들이 나를 보지는 못해. 오직 너만이 보이는 존재로 살아가는 복을 얻었어. 나는 네 뒤에 숨어야 하지.

나를 보살펴줘. 알지? 이 몸은 진정 내 것이니 잘 부탁해. 네가 지금 보고 있는 얼굴, 그건 내 얼굴이야. 네가 먹고 일하기 위해 사용하는 손, 그건 내 손이야. 너는 내게 빌린 삶을 살고 있는 거야. 잊지 말아줘.

경아가.[1]

나는 행복하지 않았다. 최악은 내가 왜 불행한지 이유를 모른다는 사실이었다. 그런 식으로 음식을 먹으면 아플 수 있다는 것을 나는 알고 있었다. 한 걸음 물러서서 생각해보면, 무의식적으로 죽음을 원했던 게 아닌가 싶다. 입양아 유리는 훨씬 빠른 방법을 택했다(권총 자살). 역시 입양아인 유리의 누나는 마약 과용으로 죽었다. 다리가 짧았던 입양아 브뤼노는 목을 매달았다. 입양된 내 누이 발레리는 알 수 없는 자동차 사고 이후 죽었다. 입양아 안느는 혈관을 끊어서 죽었다. 자살을 시도했지만 실패한 입양아들도 언급하지 않을 수 없다.

---

1 제인 정 트렌카, 송재평 옮김, 『피의 언어』, 도마뱀출판사, 2012, 199쪽.

입양아 미셸은 많이 나아졌다. 하지만 오랫동안 정신병원에 입원했다. 이 모든 한국인 입양아들은 내가 아는 이들이다. 다들 우리 집에서 멀지 않은 곳에 살았고 모두 같은 학교에 다녔다.[2]

1. 일인칭 쓰기-기록, 에세이와 문화기술지 사이

소설가 로버트 무질의 말처럼, 에세이는 정확한 기술이 어려운 영역에 도달할 수 있는 가장 엄밀한 쓰기 형식 가운데 하나이다. 사회가 지나치게 복잡하거나 빠르게 변화해서 총체적이고 체계적인 분석이 어려운 시대에 파편적인 형태로나마 전체를 관장하는 통찰력을 확보할 수 있는 쓰기 형식인 것이다.[3] 2010년대 전후로 새롭게 불어닥친 에세이 열풍은 당사자성에 입각한 글쓰기의 강세 속에서 문화기술지(ethnography)의 의미를 갖게 되었다. 사회의 억압된 타자와 소수자의 목소리가 1인칭 쓰기-기록 형식을 통해 새로운 분출 통로를 얻게 되었으며, 사회가 강박적으로 추구하는 진실성을 획득할 수 있게 된 것이다. 현실에 있으나 재현을 통해서는 포착되지 않던 장소나 존재들에 대한 기록이나 대상화의 시선을 거친 채로 재현되던 존재나 장소들에 대한 교정 기록을 허용한다는 점에서, 에세이로 가시화된 쓰기-기록 형식은 삶에 좀더 밀착하고자 하는 문학이 직면한 난점에 대한 해법으

---

2 Jung Henin, *Couleur de peau: miel*, QUADRANTS, 2008(『아이들을 파는 나라』 147쪽 재인용).
3 마르크 오제, 이상길·이윤영 옮김, 『비장소-초근대성의 인류학 입문』, 아카넷, 2017, 196쪽.

로서의 가능성도 살피게 한다. 난국에 처한 재현적 쓰기에 대한 대안적 쓰기 테크놀로지로서의 의미를 마련하고 있는 것이다.

해외입양인의 귀환[4] 서사로서 입양된 국가의 언어로 씌어진 글들은 입양[5]과 귀환을 둘러싼 자전적 경험을 바탕으로 한 1인칭 쓰기-기록의 형식을 취하고 있다. 부유한 국가의 국민들(대개 백인 가족)이 빈곤국가의 아동들(대개 유색인 아동)을 입양하는 방식으로 이루어졌던 해외입양은,[6] 한국전쟁 이후 시작된 해외입양에 대한 관심 속에서 '한

---

4 이때의 귀환은 한국으로 돌아오는 것을 의미한다. 이는 해외입양 초기와는 정반대의 의미를 갖는다. 1950년대에 GI베이비들의 해외입양이 진행되던 때에는, 혼혈아동을 미국으로 보내는 조처가 친생모나 모국으로부터 떼어놓는 것이 아니라 '아버지의 나라'로 돌아갈 기회를 제공하는 것으로 여겨졌다. 그런 의미에서 당시의 해외입양은 일종의 귀환으로 인식되었다. 아리사 H. 오, 이은진 옮김, 『왜 그 아이들은 한국을 떠나지 않을 수 없었나-해외입양의 숨겨진 역사』, 뿌리의집, 2019, 116쪽.

5 이 글에서 언급하는 입양은 국가와 인종의 경계를 넘는 국제입양 혹은 해외입양으로 한정된다. 1961년 9월 현대입양법인 고아입양특례법이 제정되고 아동복지법이 통과되면서, 해외입양은 시설을 통한 고비용 아동보호의 대안으로 적극 활용되기 시작했다. 해외입양은 제2차 세계대전과 한국전쟁으로 생겨난 고아와 미아에 대한 구제책으로 시작되었으나, 한국은 1980년대 중반까지도 세계에서 가장 많은 해외입양아를 보내는 국가였다. 해외입양 대상국은 미국 중심에서 점차 유럽의 여러 국가로 확대되었다(박순호, 「한국입양아의 유럽 내 공간적 분포 특성」, 『한국지역지리학회지』 13(6), 한국지역지리학회, 2007, 695~731쪽). 그간 입양이 주로 국제적 차원에서 이루어졌던 사정은 한국에서 해외입양이 국내입양을 건너뛴 채 이루어졌다는 사실과 무관하지 않다. 국내입양을 둘러싼 문제들의 세목이나 해외입양과의 연관성에 대한 직접적 언급은 이 글의 논점을 벗어난 영역이지만, 이것이 해외입양 관련한 주요 논점 가운데 하나라는 사실을 언급해 둔다.

6 한국전쟁 직후 전쟁고아를 구제한다는 명분으로 시작되었지만, 당시 미국 등 외국 군인과 한국 여성 사이에서 태어난 혼혈아동을 국외로 내보내는 방편으로 활용되었다. 이후로 혼외 출생한 아이나 미아가 고아로 둔갑해 해외로 입양되는 사례가 적지 않았다. 사실상 해외입양의 규모를 결정하는 것은 가정을 필요로 하는 아동의 수가 아니라 입양을 원하는 국가(가정)의 수요였기 때문에, 해외입양에 대한 수요

인' 디아스포라에 대한 연구의 하위 범주(해외입양인 서사)로서 연구되어왔다. 세계적인 다문화주의 확산과 함께 해외입양인의 기원 찾기가 활발해진 1990년대 이후로는, 해외입양인 서사에서 당사자의 목소리가 힘을 얻기 시작했다.[7] 입양국의 언어로 씌어진 글들이 각기 다른 국가나 언어권 내에서 문학으로서 글쓰기로서 가치를 인정받기 시작했고 이후로 한국어로도 대거 번역되기 시작했다.[8] 각종 K-붐과 함께,

---

가 늘어나자 수요에 맞추기 위한 입양 사례가 증가하였다. 전홍기혜·이경은·제인 정 트렌카, 『아이들 파는 나라』, 오월의봄, 2019, 42~53쪽.

[7] 그러나 서구에서 68혁명 이전에 자녀들을 입양 보낸 친생모들이 커밍아웃해서 목소리를 내기 시작하고 자신들이 가족과 사회복지사들, 입양기관, 종교단체로부터 자식을 포기하라는 압력을 받았다는 사실을 밝히고 자녀들과의 재회를 시도해온 것과 달리, 지금까지 한국에서 친생부모의 목소리를 발견하기는 쉽지 않은 편이다. 토비아스 휘비네트, 「고아 열차에서 아동 공수까지-식민지 무역과 제국 건설 그리고 사회공학」, 토비아스 휘비네트 외, 뿌리의집 옮김, 『인종간 입양의 사회학』, 뿌리의집, 2012, 268쪽.

[8] 자전적 논픽션(수기)을 포함한 글쓰기 작업이 입양인 문학의 범주로 번역 소개되었다. 토머스 박 클레멘트, 현준만 옮김, 『잊혀지지 않은 전쟁: 두 어머니와 두 조국을 가진 한 남자의 이야기』, 디자인하우스, 1999((*The*) *unforgotten war: dust of the streets*, 1998); 아스트리드 트롯찌, 최선경 옮김, 『피는 물보다 진하다』, 석천미디어, 2001(Astrid Trotzig, 박서여, *Blod är tjockare än vatten*, 1996); 조미희, 『나는 55퍼센트 한국인: 해외입양인 출신 화가 & 액티비스트 조미희 이야기』, 김영사, 2000; 엘리자베스 김, 노진선 옮김, 『만가지 슬픔』, 대산출판사, 2001(Kim, Elizabeth, *Ten thousand sorrows : the extraordinary journey of a Korean war orphan*, 2000); 케이티 로빈슨, 최세희 옮김, 『커밍 홈』, 중심, 2002(Katy Robinson, *A Single Square Picture: A Korean Adoptee's Search for Her Roots*, 2002); 윤주희, 박상희 옮김, 『다녀왔습니다』, 북하우스, 2007; 김순애, 『(서른 살의) 레시피』, 황금가지, 2008(Kim Sunee, *Trail of crumbs: hunger, love, and the search for home*, 2008); 제인 정 트렌카, 송재평 옮김, 『피의 언어』, 도마뱀출판사, 2012(Jane Jeong Trenka, *The language of Blood: A Memoir*, 2003); 제인 정 트렌카, 이일수 옮김, 『덧없는 환영들』, 창비, 2013(Jane Jeong Trenka, *Fugitive Vision: An Adoptee's Return to Korea*, 2009); 파트릭 종대 룬드베리, 이하영 옮김, 『겉은 노란: 스웨덴의 한국인 입양아 파트릭 이야기』, 솔빛길, 2014(Patrik Lundberg, Gul Utanpa, 2014); 마야 리 랑그바드, 손화수 옮김,

이러한 경향은 강화되는 추세이다. 그간 디아스포라 (문학문화) 연구의 이름으로 이루어졌던 해외입양인의 경험과 역사에 대한 연구는 한국을 중심으로 한 민족 경계의 확산이나 국가를 경계로 한 트랜스내셔널한 이동과 같은 논의에 한정되지 않는 좀더 복합적 시야를 요청하고 있다.[9]

『그 여자는 화가 난다: 국가 간 입양에 관한 고백』, 난다, 2022(Af Maja Lee Langvad, Hun er vred: et vidnesbyrd om transnational adoption, 2014) 등.

9 국가 간 입양, 인종 간 입양 등 주요 논점에 따른 용어 논쟁이 이어지고 있으며, 정체성에 대한 논의 역시 다문화적 정체성을 포함하여 복합적 정체성에 대한 논의로 이어지고 있다. 소수자문학의 가능성에 대한 논의 역시 시도되고 있다. 이러한 논의의 의미를 충분히 인정한 채로, 그럼에도 그것이 결과적으로 입양의 문제를 입양인으로 축소시켜 버리게 된다는 점을 재고해 보고자 한다. 구은숙, 「한국 입양 서사에 나타난 귀향과 기원 신화에 대한 재정의: 제인 정 트렌카의 『덧없는 환영』」, 『비교한국학Comparative Korean Studies』18(3), 국제비교한국학회, 2010; 김영미, 「초국가적 입양소설에 나타난 동화와 민족 정체성 문제: 마리 명옥 리의 『누군가의 딸』과 제인 정 트렌카의 『피의 언어』를 중심으로」, 『미국소설』15(2), 미국소설학회, 2008; 「한국계 입양문학에 나타난 뿌리와 기원의 탐색 연구: 케이티 로빈슨의 『사진 한 장: 한국 입양아의 뿌리 탐색』을 중심으로」, 『한국문화연구』17, 이화여자대학교 한국문화연구원, 2009; 「동향: 입양과 입양문학 연구의 몇가지 경향」, 『안과밖』26, 영미문학연구회, 2009; 유진월, 「이산의 체험과 디아스포라의 언어」, 『한국학(구 정신문화연구)』32(3), 한국학중앙연구원, 2009; 김현숙, 「초국가적 입양과 탈경계적 정체성-제인 정 트렌카의 『피의 언어』」, 『영어영문학』57(1), 한국영어영문학회, 2011; 임진희, 「제인 정 트렌카의 입양의 몸: 언어, 피의 소리, 그리고 음악」, 『현대영미소설』20(2), 한국현대영미소설학회, 2013; 장미영, 「다문화 공간과 타자성 사유 방식-한국계 해외입양인 소설을 중심으로」, 『문화와 융합』40(3), 한국문화융합학회, 2018; Buecheler, Kasey, *Becoming a diaspora: a case study of the growing Korean adoptee community in Korea*, Graduate School, Yonsei University, 2018; 차민영, 「제인 정 트렌카의 『피의 언어』에 나타난 초국가 입양 디아스포라」, 『현대영어영문학』63(4), 현대영어영문학회, 2019; 황은덕, 「귀환 입양인 디아스포라 서사의 변화: 『누군가의 딸』과 『파도가 바다의 일이라면』 비교」, 『새한영어영문학』65(1), 새한영어영문학회, 2023; 허혜정, 「『커밍 홈』과 『피의 언어』에 나타난 혼종적 정체성 연구」, 한국외국어대학교 석사학위논문, 2023 등.

앞서 언급한 바, 1인칭 쓰기-기록 형식에 대한 관심은 번역된 한국
어로 기술된 기록물들을 어떻게 다룰 것인가라는 질문을 불러온다.
번역을 통해 한국에 소개된 해외입양인의 기록들을 어떤 이해 맥락
속에서 위치시킬 것인가. 디아스포라 문학문화의 범주 규정과도 무관
하지 않은 바, 정치경제적 차원의 국경이 강고한 장벽이 되는 와중에도
K-붐이 시사하는 바처럼 사회문화적 국경이 낮아지고 있는 세계적
추세를 환기하자면, 문학문화를 거점으로 한 '한국'문학문화가 '한국
어'로 된 문학문화인지, 국적 등과는 무관한 '한국어' 사용자의 문학문
화인지, 한국어로 번역된 문학문화까지를 포함하는 것인지에 대한 논
의가 불가피해졌다.[10] 번역 소개되고 있는 해외입양인의 기록들을 두
고, 출발어와 도착어로 구분되는 단순한 분할을 넘어서 중첩되어 접힌
부분에 주목하고 그 지점을 펼쳐 들여다볼 필요가 있는 것이다.[11]

---

10 한국에서 너무나 친숙해진 해외문학상인 부커상의 운영방식은 이러한 논의에 하
   나의 방향성을 제공한다고 하겠다. 부커상(The Booker Prize)과 부커 인터내셔널
   상(The Booker International Prize)은 영국에서 출판된 영어소설을 대상으로 한
   상으로, 2005년 제정된 인터내셔널상의 경우에는 국적과 관계없이 영어로 썼거나
   번역돼 영국에서 출간된 작품을 대상으로 선정되며, 2016년부터는 상금이 작가와
   번역가에게 분배된다.
11 따지자면, 통상 에세이로 분류되었던 글쓰기에 대한 '학술적' 연구가 시작된 것도
   문학 범주의 주변부에 놓여 있는 쓰기 형식과 말하기 주체에 대한 인식적 재편
   속에서였다. 하위주체에 대한 관심으로, 주변부적 글쓰기로서의 논픽션에 대한
   관심으로 에세이에 대한 논의가 이어졌으나, 그 연구들이 대체로 문학 내의 소설
   연구의 중심성을 비판하거나 그것이 만들어 내는 문학 범주의 고정성을 유연화하
   는 데에서 그리 멀리 나아가지 못한 것이 사실이다. 앞선 논의들의 축적된 성과에
   기대면서도, 1인칭 쓰기-기록 형식에 대한 집중된 관심이 문학과 그 연구에 대한
   이해와 범주 확장에 어떤 유의미한 시야를 제공하는지 좀 더 깊이 있게 살펴볼
   필요가 있다(김성환, 「1970년대 논픽션과 소설의 관계 양상 연구-『신동아』 논픽
   션 공모를 중심으로」, 『상허학보』 32, 상허학회, 2011; 「하층민 서사와 주변부 양식

기록이 지워진 양피지를 원제로 하는 리사 울림 셰블룸의 그래픽 노블 『나는 누구입니까』나 케이티 로빈슨의 자전적 에세이인 『커밍 홈』, 제인 정 트렌카의 자전적 에세이인 『피의 언어』나 『덧없는 환영들』에서 쉽게 확인할 수 있듯, 한국으로의 귀환이나 체류는 입양국에서 시작된 친생부모를 찾고자 하는 시도와 이어져 있다.[12] 해외입양인의 귀환과 체류 경험이 친생부모와 자신의 뿌리를 찾는 데 집중된다는 점에서, 그 여정은 국경을 넘는 일이자 언어의 경계를 넘는 일이며 무엇보다 진실의 확인으로 향하는 길이다. 그러나 대체로 한국어가 낯선 기호에 가까운 것일 뿐인 그들에게 그 과정은 번역과 통역(자)를 통과해야 하는 우회의 우회를 거듭한 시간이다. 이 글에서는 그들의 자전적 에세이가 선명하게 구분되지 않으며 구분될 수도 없는 그 시간의 기록이라는 점에 주목하고자 한다.

의 가능성-1980년대 논픽션을 중심으로」, 『현대문학의연구』 59, 한국문학연구학회, 2016; 장성규, 「1980년대 논픽션 양식과 소설 개념의 재편 과정 연구」, 『민족문학사연구』 54, 민족문학사학회·민족문학사연구소, 2014; 「한국문학 "외부" 텍스트의 장르사회학-서발턴 문학사 서술을 위한 시론적 문제제기」, 『현대문학이론연구』 64, 현대문학이론학회, 2016; 「민중적 민족문학론의 전개와 문화예술 주체의 문제-문학예술운동과 사상문예운동을 중심으로」, 『상허학보』 52, 상허학회, 2018 등 참조). 이러한 경향의 진전이 내내 비판적으로 검토해왔으나 본격화되지는 않은 이른바 '한국'문학/문화에서의 '한국'의 범주에 대한 재논의를 시작하게 한 것이다.

12 1977년 부산에서 태어났으며 두 살 때 스웨덴으로 입양되었던 리사 울림 셰블룸의 그래픽 노블 『나는 누구입니까』나 1970년에 서울에서 태어나 일곱 살 때 미국 유타주 솔트레이크시티에 입양되었던 케이티 로빈슨의 자전적 에세이인 『커밍 홈』과 같은 작품들을 통해 입양인들은 자신의 기원을 찾으려는 시도 끝에 한국을 방문하고 다시 귀국한 여정을 기록했다.

2. 입양 서사: 거짓의 축조물, 접힌 굴절면

입양인 관련 단체에 따르면 연간 3~5천 명 가량의 해외입양인이 성인이 되어 한국을 찾는다. 입양인이 한국으로 돌아오는 가장 큰 이유는 친생부모나 가족에 대해 알기 위해서이다. 입양인에게 가장 절박한 질문은 "내가 어떤 방식으로 포기되었는가"이다. "포기할 만한 아이였어서 그렇게 되었는지, 아니면 어쩔 수 없이 헤어졌지만 소중한 존재로 다루어졌는지"를 궁금해하고, 함부로 다뤄지지 않았음을 알게 될 때 상실을 안정적으로 애도할 수 있게 된다.[13] 그러나 대개의 경우에 친생부모를 찾기는 쉽지 않으며, 찾으려는 노력은 좌절의 연속으로 귀결되곤 한다. 한국의 입양기관들은 대체로 입양인의 알 권리보다 친생부모의 사생활 보호를 우선시하기 때문이다.[14] 친생부모를 찾기 어려운 것은 사실상 입양이 그들에게 존재론적 단절을 의미했기 때문이기도 하다. 입양으로 그들의 인생은 '새롭게' 시작되며, 한때 다른 가족의 일부였다는 사실은 여러 기제를 통해 흔적 없이 지워져 억압적 기억으로 남게 된다. "네가 어디서 왔는지는 중요하지 않아. 네가 지금 여기에 있다는 사실이 중요해."와 같은 말들을 양부모와 주변인들에게 지속적으로 들으면서, 입양을 곧 '탄생'으로 인식해야 하는 삶을 살아야 했기 때문이다.

일곱 살 때 나는 엄마와 할머니 손에 이끌려 공항으로 갔다. 그리고

---

13 김희경, 『이상한 정상가족』, 동아시아, 2017(개정증보판: 2022), 156~156쪽.
14 전홍기혜·이경은·제인 정 트렌카, 『아이들 파는 나라』, 오월의봄, 2019, 154쪽.

두 사람이 지켜보는 가운데 미국행 비행기에 올랐다.

미국에 도착한 뒤 처음 얼마 동안 나는 구운 김과 매운 김치 냄새, 내 옆에 꼭 붙어 계시던 할머니의 체취 그리고 엄마의 마지막 얼굴 표정에 집착했다. 그러나 시간이 흐르면서 내 인생은 세상 저 편의 비행기에서 내리던 바로 그 순간 새롭게 시작되었다고 믿게 되었다. 하루 전만해도 나는 서울에서 살던 '김지윤'이었다가 바로 다음날 유타 주의 솔트레이크시티에 사는 '캐서린 진 로빈슨'으로 다시 태어난 것이다.[15]

〈그림 1〉 리사 울림 셰블룸의 『나는 누구입니까』, 11~12쪽.

입양인 스스로가 양부모와의 관계를 고려하면서 기원에 대해 발언하지 않거나 지워버리는 경우도 적지 않다. 하지만 질문을 억압하고

---

15 케이티 로빈슨, 최세희 옮김, 『커밍 홈』, 중심, 2022, 11쪽.

기원에 침묵한다고 해서 기원에 대한 관심 자체가 사라질 수는 없다. 외모와 피부색이 보여 주는 (인종의) 차이로 그들은 언제나 자신의 존재나 정체성을 설명해야 할 상황에 처하게 되고, 매번 지나치게 사적인 질문에 노출될 수밖에 없기 때문이다. 그러한 질문은 대개 입양에 대한 전제된 인식을 공유하곤 하는데, 거기에는 "버려진-구조된"의 구조로 이루어진 서사가 놓여 있다. "버려진 아이들의 생명을 입양으로 구하는 착한 나라" "○○의 착한 사람들 이야기"와 그 끝에 이어지는 "너는 운이 좋았다. 네 삶은 더 나아졌다"[16]와 같은 말들로 이어지는 이야기들, 많은 해외입양과 귀환 경험에 대한 기록들은 이러한 내용의 서사를 공유한다. 말하자면, 인종에 대한 인식이 입양에 대한 인식을 환기하는 것인데, 그러한 인식들이 그들을 뿌리 찾기 여정에 나서게 하며 귀환을 시작하게 하는 것이다.

　10대에 접어들면서 정체성에 극심한 혼란을 겪은 그들이 친생부모를 찾기 시작한 이후로 기원 찾기의 여정은 오랫동안 지속되었다. 하지만 그 시간 동안 그들은 자신의 입양 관련 정보의 확인에 쉽사리 가닿지 못하고 점차 미궁에 빠져들게 된다. 오히려 예상하지도 못했던 많은 문제들을 더 많이 만나게 되는 것이다.[17] 한 아이를 한국에서

---

16 리사 울림 셰블룸, 이유진 옮김, 『나는 누구입니까』, 산하, 2018, 19쪽.

17 한국 아동 입양이 대중화된 것은 홀트양자회(1956)에 의해 양부모가 한국에 오지 않아도 되는 '대리입양'이 허용되고 '아기 수송용 전세기'로 한번에 많은 아기를 미국에 보낼 수 있게 된 이후이다. 1960년대 말부터 해외입양이 한국 아동 입양 방식으로 바뀌기 시작했고, 이후로 국가와 인종의 경계를 넘는 입양 관행이 전세계적으로 확산되었다. 이때 해외입양을 위해 동원되었던 이데올로기는 '인도주의' '구출' '피부색에 구애받지 않는 사랑'과 같은 용어로 포장되었다. 아리사 H. 오, 이은진 옮김, 『왜 그 아이들은 한국을 떠나지 않을 수 없었나-해외입양의 숨겨진

떼어 내서 다른 언어와 문화 환경으로 옮기는 일에 사적, 공적 중개자
들이 적지 않게 관여했다는 사실, 입양인 자신에 대한 정보들이 어디
에서 왔는지에 대한 제대로 된 설명을 만나기는 어려운 반면, 양부모
가 어떻게 유색인 아동을 입양하게 되었는지에 대한 정보는 비교적
쉽게 접할 수 있다는 사실, 결과적으로 기원 찾기의 시간이란 입양으
로 단절된 시간을 발견하는 일이 아니라 입양산업이라고 해야 할 거
대한 해외입양 시스템과 대면하는 일이라는 사실을 확인하게 한다.
말하자면, 자신의 기원이 아니라 해외입양의 역사를 확인하게 되는
것이다.[18] 무엇보다 부모를 찾으려는 시도가 종종 자신(의 출생)을 원하
지 않던 부모를 만나는 일로 귀결되어 더 깊은 우울과 절망을 불러오
게 된다.

　이런 이유로 입양과 귀환 경험의 기록들에서 많은 분량을 차지하는
것은 입양 관련 기관들이나 친생부모와 주고받은 이메일과 편지들이
다. 기관과 주고받은 편지들에는 입양인 당사자의 입양 기록과 친생
부모 관련 정보들이 담긴 서류에 대한 요청과 그에 대한 기관의 거절
이 담겨 있다. 그런 노력 끝에도 많은 부분에 대한 정확한 정보를 제공
받지는 못한다. 뿌리 찾기의 시간 내내 확인한 정보들 사이에는 매번
모순이 발생하며, "예전의 거짓말이 새로운 거짓말로"[19] 바뀌는 상황

역사』, 뿌리의집, 2019, 23~27쪽.

18　주로 아시아, 남아메리카, 아프리카 아이들이 서구의 백인 가족에 편입되어 새
　　이름과 새 언어를 갖게 되는 방식의 해외입양이 한국전쟁 이후로 새롭게 대중화되
　　었다는 사실, 그때나 지금이나 입양에서 중요한 것은 보호가 필요한 아이가 아니라
　　가족을 만들고 싶어 하는 무자녀 성인들이라는 사실을 (재)확인하게 되는 것이다.

19　『나는 누구입니까』, 103쪽. 가령, 화자가 확인한 정보를 정리하자 오히려 다음과
　　같은 의심스러운 지점들이 더 늘어나게 된다는 사실을 확인할 수 있다. '엄마는

이 반복되는데, 그것은 우선 대부분의 입양 서류가 공적 기관의 관리와 통제 바깥에서 만들어져, 관련 서류가 얼마나 정확한 정보를 담고있는지 확인조차 어려운 경우가 많기 때문이다.[20] 더구나 민간기관들의 협조 수준도 높지 않은 편이어서, 자신의 출생과 입양 관련 서류에대한 열람과 확인 요청들이 내내 지연되어 오랜 기다림으로 이어지지만, 끝내 진실이라고 할 만한 것들의 베일이 완전히 다 벗겨지지는않는 편이다. 케이티 로빈슨의 『커밍 홈』은 말할 것도 없거니와 많은입양인 당사자의 기록에서 이런 상황이 반복된다.[21] 그들의 출생과 입

내 문서에 기록된 내용보다 몇 살 더 많았다. 엄마의 이름은 내 문서에 나온 것과달랐다. 부산 시청 문서는 완전히 날조였다. 엄마가 편지에서 한 이야기도 꾸며낸것이었다. 부모님은 서로 아는 사이였지만 사랑하는 사이가 아니었다. 엄마와 전화통화를 했을 때 아빠는 엄마가 임신 중일 때 돌아가셨다고 했다. 하지만 편지에서는 내가 태어난 후 아빠가 돌아가셨다고 했다. 지금 나는 아빠가 살아 있다는 사실을 알게 되었다. 하지만 경찰이 연락을 하자 아빠는 나를 인정하려 하지 않았고,나를 만날 준비가 되지 않았다고 했다. 아빠의 죽음은 아빠의 신원 보호를 위해꾸며진 이야기였다. 입양 보고서에는 부모님이 내 양육권을 포기하고, 보육원에맡겼다고 나와 있다. 하지만 아빠는 딸이 있다는 사실을 전혀 알지 못했다. 입양보고서에는 보육원이 내 이름을 지었다고 나와 있다. 나는 보육원에 가기 전에 이름이 지어진 것을 알게 되었지만, 엄마는 보육원에서 내 이름을 지었다고 했다. 엄마는 내가 너무 많이 소리 지르고 울어서 울림이라는 이름이 생겼다고 하면서도,내가 어느 보육원으로 갔는지도 몰랐다고 했다. 보육원에는 내가 그곳에 살았다는사실과 내가 보육원에 들어온 날, 그리고 나의 생년월일을 적은 서류 하나만 남아있었다. 엄마는 어떻게 이런 사실을 알 수 있었을까?'(107쪽)
20 전홍기혜·이경은·제인 정 트렌카, 『아이들 파는 나라』, 오월의봄, 2019, 155쪽.
21 "… 그 후 나와 KBS는 전주의 보호소로 돌아가 보았는데, 그곳 직원이 실은 거짓말을 했다는 사실을 알아냈다. … 나는 열 명의 다른 아기들과 함께 그 보호소에서보내졌다. 세 명은 죽었고 한 명은 아버지가 다시 데려갔고, 나머지 여섯 아기가남았다. 보호소 측은 결국 KBS에 자신들이 내 기록을 제대로 관리하지 못했다고시인했다. 내가 아마 그 여섯 여자아이 중 하나일 테지만, 정확히 누구인지는 잘모르겠다는 것이었다. 나는 내 이름이 정말로 '진인자'인지 궁금해졌다. 내가 다른

양을 둘러싼 '비장소'의 면모는 끝내 확인되지 않고 확인될 수 없는 영역으로 남겨진다.

더구나 이 '비장소'의 쓰기-기록은 스웨덴어, 노르웨이어, 프랑스어, 영어와 같은 입양국의 언어로 기록된 후 한국어로 번역되면서 다시 한번 변형되고 왜곡된다. 한국어로 번역된 해외입양인의 귀환을 둘러싼 경험의 기록이란 입양과정이 전제하는 힘의 불균형 관계를 통과하면서 입양인의 몸-존재를 가로지르는 위계구조가 수차례의 문화적 변용을 거친 끝에 한국사회에 도달한 기록을 가리킨다. 이러한 상황은 성인이 된 해외입양인이 친생부모와 존재의 기원을 찾기 위해 한국으로 귀환한 경험을 담고 있는 기록을 검토하고자 하는 이 글의 목표가 기술된 만큼 선명하게 실행되기 어려울 뿐 아니라 오히려 정반대로 더 많은 질문에 직면하게 될 것임을 시사한다.

경계를 넘는 과정이 만들어 내는 굴절이 언어의 차원에만 한정되지 않는다. 케이티 로빈슨의 『커밍 홈』이 보여 주는 로빈슨의 경험, 즉 한국에 체류하는 동안 한국을 방문한 자신의 양엄마와 한국의 친지들과의 만남의 자리에서 로빈슨 자신이 통역자 역할을 했던 경험의 기록은, 입양을 둘러싼 관계자들 사이에서의 통역이 언어적 소통의 원활함에 조력하는 것에 그치지 않고 해외입양인의 입장이나 관점 더 나아가 입양국가와 한국의 문화적 차이에 대한 조정까지를 떠맡는 일임을 말해준다.[22] 우회와 우회 사이에서 다 전할 수 없는(전해지지 않는)

사람일 수도 있을까?" 에이미 인자 나프즈거, 「나인 것이 자랑스럽게」, 토비아스 휘비네트 외, 뿌리의집 옮김, 『인종간 입양의 사회학』, 뿌리의집, 2012, 438~439쪽.

22 가령, 케이티가 그녀의 양엄마와 아버지의 첫 번째 부인(케이티는 그녀의 호칭을 두고 고민 끝에 할머니라 부른다)과의 대화를 통역하는 과정은 입양인으로서의

말들이 있고, 전해진 말들 가운데에도 어조와 나아가 의미까지도 달라지는 말들이 있는 것이다. 변형이자 잉여라고 해야 할 이 영역은 각기 다른 언어들 사이의 소통이 만들어 내는 통상적인 번역 불가능의 영역이기도 하지만, 그보다는 해외입양이 전제하는 출생국과 입양국 사이의 위계관계와 더 깊이 연관되어 있다. 해외입양인을 두고 양측에 배치되는 양부모와 친생부모 그리고 그들로 대변되는 양 국가는 힘의 불균형 관계에 놓여 있으며 그러한 불균형의 상황이 입양인의 몸과 마음에 갈등과 균열을 남길 수밖에 없다. 잉여로 남는 그 지점은

입장이나 양국의 문화적 위계가 고려되는 과정임을 보여 준다. ① "할머니는 여느 때와 같이 정성스럽게 우리를 맞아주었다./ "지윤아, 아이고, 훨씬 나아졌구나! 아이고! 역시 엄마가 보살펴 주시니까 이렇게 몰라보게 좋아지네, 그래. 엄마가 해주시는 음식이 많이 그리웠던가 보구나."/ 할머니의 말을 통역해주자 엄마는 재빨리 대답했다. "네, 그런가봐요. 맨 처음 지윤이를 봤을 땐 어찌나 앙상해보이던 지 믿을 수가 없었어요. 포로수용소에 있다 온 게 아닌가 싶었다니까요!"/ 할머니 가 통역해주기를 기다리며 나를 바라보았을 때 나는 속으로 움찔했다./ "아, 할머니의 친절한 보살핌 덕분에 제가 훨씬 더 좋아졌다고 그러시네요. 엄마가 오시기 전까지 여러 달 동안 저를 보살펴주시고 잘 먹여주신 데 대해 감사드리신대요." 나는 짐짓 열의를 더해서 말했다. 케이티 로빈슨, 최세희 옮김, 『커밍 홈』, 중심, 2022, 310쪽. ② ""지윤아, 엄마에게 내가 정말로 고생하며 산 사람이라는 걸 말씀 드려 주겠니." 할머니가 말했다. "애들을 키우는 게 세상에서 제일 힘든 일이라고 생각해. 특히 여자 혼자서 애들을 키우는 건 훨씬 더 힘들지."/ "그래, 나도 같은 생각이라고 말씀드려라." 엄마가 대답했다. "어머님 힘에 감탄하고 있다고 말씀드 려 줘. 나도 이혼을 했지만 적어도 교육을 받았고 직장을 다닌 경험도 있어서 그나 마 수월한 편이었지. 그래서 학교로 되돌아가 학위를 받고 일도 계속할 수 있었던 거고. 내 형편이 그래도 더 나았다는 생각이 드는구나. 어머님이 더욱 용감한 여성 이신 거야. 어려운 환경에서도 이렇게 어엿하게 자녀들을 키우셨으니 자랑하실 만도 하지. 다른 모든 것들에 대해서도 자부심을 가질 만도 하시고."/ "엄마가 할머니 가 강하고 착하신 분이라고 하세요." 내가 통역을 했다. 다른 부분은 일부러 생략했 다. "할머니가 아이들을 착하게 잘 키운 훌륭한 엄마라고 그러세요. 저의 엄마도 인생에서 어려운 때가 있었어요. 양아버지 때문에도 그랬고, 또 이혼 때문에도." 케이티 로빈슨, 최세희 옮김, 『커밍 홈』, 중심, 2022, 316쪽.

힘의 불균형이 만드는 억눌리고 변형되거나 왜곡된 영역이라고 해야 하는 것이다.

이런 이유로 과연 접힌 굴절면을 펼칠 수 있는지에 관해 자문하게 되며, 가능하다 해도 접면을 펼침으로써 얻게 되는 것이 과연 무엇인지에 관해 질문하게 된다. 언어와 문화들 사이를 반복적으로 통과하면서 결과적으로는 변형된 형태의 기록으로 남을 수밖에 없는 성인 해외입양인의 귀환 기록에는 굴절이라는 이름의 불가피한 폭력이 기입되어 있을 것이며, 기록되기도 전에 삭제되거나 누락할(될) 수밖에 없었던 감정들이 음각되어 있을 것이다. 해외입양인의 자전적 에세이를 표면과 함께 그 이면까지 들여다봐야 하는 것은 이러한 이유에서일 것인데, 그 과정에서야 비로소 불균형한 힘의 구조가 만들어 내는 억압이나 폭력의 인식과 함께, 침묵으로 삼켜진 목소리들의 복원 가능성이 희미하게나마 확보될 수 있을 것이기 때문이다.

3. 굴절면, 경계, 비장소에 대한 사유

입양과 귀환 경험은 "과거와 현재를 분리시키며 서양과 동양을 갈라놓고 정신과 몸의 분열을 야기하는 과격한 경험"이자 "입양인의 세계를 불안정하게 하고 중심을 흩뜨리는 위협적인 경험"으로,[23] 이런 의미에서 입양과 귀환 경험의 기록은, 말하자면 '없는' 장소에 '있는'

23　유진월·이화영, 「침묵하는 타자에서 저항하는 주체로의 귀환: 해외 여성 입양인 문학의 한 지평」, 『우리문학연구』 29, 우리문학회, 2010, 409쪽.

존재들의 기록이다. 이 글이 탈식민주의적 지평에서의 디아스포라나 국가 간 입양이나 인종 간 입양이 만들어 내는 정체성의 문제가 아니라 비장소의 이름으로 논의를 마련하고자 하는 것은 이러한 이유에서이다.[24] 우선 짚어둘 것은, 비장소가 어딘가에 소속되지 못한, 혹은 끼인 상태를 의미하지는 않는다는 사실이다. 누적된 굴절들이 주름 없이 펼쳐질 수는 없으며 사실상 전부 펼친다고 해도 본래의 균질한 면이나 선명한 경계선을 드러낼 수도 없다. 오히려 그곳은 입양과 귀향 경험의 기록물들이 구겨져 있는, '의도와 무관하게 무언가를 가시화하는', '오해들로 이루어진', '말해지지 않은' 것들의 자리이다. 그렇다면 '입양아'라는 표현이 단적으로 말해주듯, 해외입양인을 성인으로 인정하지 않을 뿐 아니라 일방적인 피해자의 자리에 가둬버리는 입양 담론의 틈새로, 입양과 귀환의 과정에 새겨져 있을 국가적, 사회적, 가부장적 폭력을 반복하지 않으면서 그 폭력으로부터 입양인과 함께 양부모와 친생부모 모두를 구해내는 것은 과연 가능한 일인가.

도저한 불가능성을 헤치고 말해보자면, 우선, 비장소로 명명할 수 있는 중첩된 굴절의 지점에 대한 쓰기와 반복된 다시 쓰기를 통해 그 가능성을 검토해볼 수도 있을 것이다. 그것이 비록 비장소의 쓰기라는 예정된 실패를 반복하는 작업으로 귀결할지라도, 국가나 사회의

---

24 마르크 오제의 '비장소' 개념을 활용하여 제인 정 트렌카의 작업을 검토한 작업으로는 이일수의 연구가 있다. 이일수는 제인 정 트렌카의 『덧없는 환영들』을 트렌카의 새로운 "집짓기, 거주하기, 생각하기"의 문학적 재편으로 파악하며, 자신의 집 없음에 대한 뼈아픈 직시를 거쳐 참된 거주하기가 시작되는 자신만의 고유한 장소를 건설하는 것으로 마무리된다고 본다. 이일수, 「입양 체험기 『덧없는 환영들』에서 읽는 "고유한 장소"」, 『현대영미소설』 26(3), 한국현대영미소설학회, 2019, 137~138쪽.

경계 너머 내부자의 시선으로는 감지할 수 없는 성찰의 가능성이 그로부터 마련될 수도 있기 때문이다. 그러나 그보다 중요한 것은, 해외입양인의 자전적 에세이를 통해 비장소에 다가가고자 하는 작업 자체를 비장소가 담지한 굴절과 억압에 대한 사유라고 할 수 있다면, 그 작업이 입양 문제를 다루는 '나 혹은 우리'의 위치성을 기입하는 일에서 시작되어야 한다는 엄정한 사실일 것이다. 이는 비장소에 다가가고자 하는 시도 자체가 중립적일 수는 없음을 환기한다고 하겠다. (당시 7개월이었던) 1971년에 해외입양된 당사자이자 해외입양 연구자인 김 박 넬슨은, 국가 간 인종 간 입양을 지지하든 비판하든 입양을 연구하는 그 누구도 입양 문제에 "중립적일 수 없"음을 단언한 바 있다. 입양 자체가 부모와 자녀, 제도와 개인, 백인과 유색인종, 부유한 국가와 가난한 국가 등 힘의 편차가 남용되기 쉬운 관계를 전제로 이루어진다는 점을 지속적으로 상기할 필요가 있는 것이다.[25] 그렇다면 '나 혹은 우리'의 위치성을 의식한 채로, 입양 문제를 다각도로 살펴보고 비장소에 '있는' 존재들을 위한 자리를 마련하거나 대안적 미래를 상상하기 위해 무엇을 어떻게 해야 하는가. 자신의 경험 바깥의 문화를 다루는 영화감독 트린 T. 민하의 제안을 빌려 말해보자면, "~에 대한 말하기(speaking about)"가 아니라 "옆에서 말하기(speaking nearly)"[26] 방

25 김 박 넬슨, 「국제시장에서의 아동 쇼핑」, 토비아스 휘비네트 외, 뿌리의집 옮김, 『인종간 입양의 사회학』, 뿌리의집, 2012, 177쪽.

26 캐시 박 홍의 경우에도 아시아계 미국인의 상태가 너무 복잡하게 뒤엉켜 있어 아무리 전력을 다해도 그 전반을 다룰 수 없음을 고백하며 트린 민하를 빌려 옆에서 말하기 형식을 택했음을 고백하는데, 이것은 해외입양 문제를 다루는 자리에서도 유의미한 쓰기 방법론이 될 수 있다(캐시 박 홍, 노시내 옮김, 『마이너 필링스』, 마티, 2021, 142~144쪽). 해외입양인의 경험과 귀환에 관찰 가능한 거리를 유지하

식 즉, 전체를 통어할 수 없으며 인식은 파편적일 수밖에 없음을 인정한 채로, 비판적 성찰에 다른 성찰을 덧붙이는 식의 접근을 통해 희미하나마 방법적 가능성을 발견해볼 수 있지 않을까.

　아리사 오가 『왜 그 아이들은 한국을 떠나지 않을 수 없었나-해외입양의 숨겨진 역사』에서 다각도로 짚어주었듯이, 해외입양은 냉전정치의 역사, 가족의 역사, 인종의 역사, 역사 간 관계의 역사의 교차로에 놓인 문제다.[27] 좀더 가까이에서 들여다볼수록 용납해서는 안 될

면서 그 경험을 연구자인 나의 삶과는 분리된 사건으로 다룰 수 있는지, 과연 그것이 가능하거나 타당한 것인지 계속해서 반문해야 한다. 해외입양이라는 '선택지'는 한국사회에서 실제로 실행했는가의 여부와 무관하게 가난한 가족이 처한 돌봄 문제의 해법과 관련하여 사회에 널리 유포되었던 담론 가운데 하나이다. 영아나 유아를 대상으로 한 해외입양이 아이 자신에게 나은 삶의 선택이며 그런 이유로 아이만을 위한 부모(특히 모성)의 힘겨운 '결단'이기도 했다는 식의 한국전쟁 이후 형성되었을 이러한 인식 또한 널리 공유되고 있는 게 사실이다. 입양을 둘러싼 이러한 사회인식은 입양 문제에 경제적 빈곤이라는 차원으로 다 환원되지 않는 식민성이 내재되어 있음을 확인하게 한다. 말하자면, 나의 위치성에 대한 환기는 입양 담론이 내장하고 있는 식민성에 대한 냉철한 인식의 요청이기도 하다. 다른 한편, 해외입양이라는 '선택지'나 '결단'과 같은 말이 해외입양 관계자들 전부의 것일 수 있었으나, 이 말이 해외입양인 당사자의 것일 수 없었음이 분명하다. 이러한 사정은 해외입양인에 대한 논의가 그들을 대상화한 채로 이루어져 온 그간의 관행에 대한 성찰을 요구한다. 최근 해외입양인 당사자의 목소리가 강조되는 추세인 것은 이러한 성찰에 근거하고 있다. 당사자로서 해외입양인은 일방적인 희생자로 규정되는 것에 저항하며, 그들 자신을 진정한 경험에 기초한 새로운 정체성을 찾으려는 존재이자 인종차별과 고립이나 학대로 인한 소외로 정신적, 정서적 희생을 치르고 있는 존재로 규정한다(토비아스 휘비네트 외, 뿌리의집 옮김, 『인종간 입양의 사회학』, 뿌리의집, 2012, 21쪽). 연구에서의 이러한 변화는 연구자-나의 입장에 대한 예각화된 엄밀성을 요청한다. 당사자의 문제라거나 한국사회의 일원 모두가 연루된 문제라는 식에서 벗어나서 어떻게 관계성을 의식하면서 입양 문제를 다룰 것인가 자문되어야 하는 것이다. 해외입양인의 귀환과 체류 경험의 기록을 살피되, 검토하는 나의 위치성을 의식하고자 하는 것은 이러한 인식의 귀결이라고 하겠다.

국제적 아동거래, 거칠게 말하자면 범죄(인신매매)와 다르지 않은 일들이 사람들의 이해관계 속에서 조직적으로 이루어졌음을 확인하게 된다. 이 성찰은 사실상 민족—국가의 경계와 백인 가족과 유색인 아동 사이의 위계 등이 뒤얽혀 있는 입양 관련 문제들이 입양 문제에서 나아가 소수자, 타자 전반의 문제와 연결되어 있음을 환기한다. 세계 최대 아동 입양국인 미국을 두고 말하자면 아동 입양은 이민 정책이나 인종 정책과 분리되지 않는다.[28] 입양제도의 범죄적 면모에 대한 세밀한 검토와 분석 작업이 좀더 적극적으로 이루어져야 할 것임이 분명하다. 하지만 한편으로 해외입양을 두고 범죄에 가까운 국가 단위의 조직적 사기극의 면모를 강조할 때, 자칫 이러한 관점에서는 해외입양인 당사자가 수동적 피해자의 자리에 일방적으로 내몰릴 수 있다. 입양제도에 대한 강도 높은 비판이 역설적으로 입양인이 스스로를 존중할 입지를 좁힐 수 있는 것이다.

다른 각도에서 보자면, 해외입양인의 입양과 귀환 경험이라는 말이 이미 전제하고 있듯, 이러한 범주 규정을 통해서는 한 인간 존재로서

---

27 입양 가정이 한국 아동 입양에 대한 지지를 얻기 위해 국가적 관심사를 이용한 방식은 전후 미국에서 '가정은 배타적이고 보호받는 영역'이라는 개념에 이의를 제기하고 '공적' 영역과 '사적' 영역을 둘러싼 냉전 이데올로기를 더욱 복잡하게 만들었다. 아리사 H. 오, 이은진 옮김, 『왜 그 아이들은 한국을 떠나지 않을 수 없었나—해외입양의 숨겨진 역사』, 뿌리의집, 2019, 27~28쪽.

28 미국이 "하급 인종"으로 분류했던 아시아인들을 다시 받아들이게 된 것은 소련과 이념 경쟁에 휘말렸기 때문으로, 가난한 비서구권 국가에서 확산되고 있는 공산주의의 물결을 막아 내기 위한 해결책으로 비백인의 유입을 허용하게 된 것이다. 바로 이 시기에 모범 소수자 신화가 대중화되어 공산주의자들—그리고 흑인을—견제하는 작업에 이용되었다. 캐시 박 홍, 노시내 옮김, 『마이너 필링스』, 마티, 2021, 42쪽.

의 케이티 로빈슨이나 제인 정 트렌카가 해외입양인의 한 사례로 환원되어 버릴 수 있다. 범주 내부를 들여다보면, 각기 다른 유형들이 존재하며 생존과 적응 혹은 조정에 실패한 귀환의 경험들이 적지 않지만, 그런 귀환의 경험들도 다른 사례나 예외적 사례로 분류되어 버릴 뿐이다. 해외입양 제도에 대한 비판적 작업이 확대되어야 하며 해외입양인의 개별 목소리가 더 많아져야 할 것임에는 분명하지만, 무엇보다 이 작업이 만들어 내는 충돌의 지점에 대한 고려가 좀더 세심하게 이루어져야 하는 것이다. 사례가 된다는 것은, 범주를 어떻게 규정한다 해도, 그 범주의 기준에 의해 해당 유형이거나 범주를 초과하는 예외로 정리되어 버릴 뿐이므로, 이런 관점에서는 의도와 무관하게 사례로 환원될 수 없는 존재 차원의 잉여를 누락하거나 외면하게 된다.

따라서 해외입양인 당사자를 중심에 두거나 국가-인종-역사-사회적 구조에 집중하는 방식 가운데 어느 한쪽을 손쉽게 선택할 수는 없다. 사실상 복합적인 착종의 형태로 해외입양인의 신체와 정신을 관통하면서 문제가 반복되고 있기 때문이기도 하다. 해외입양인이 출생국과 입양국의 구분 없이 양국에서 추방의 감각에 사로잡히거나, 어느 쪽에도 받아들여지지 않는다는 감각에 시달리면서 스스로를 "가짜 혹은 기괴한 잡종"으로 인식하는 것은, 한 개인의 사적인 문제가 아닌 것이다.

내 몸이 낙하하고 있을 때는 나 스스로 움직일 때보다 더 빨리 움직인다. 추방자의 신분은 활꼴의 창공에 붙들려 정신과 몸과 장소 사이에(이쪽도 저쪽도 아닌, 양쪽 다이기도 하고 그 사이이기도 한 어느 곳에) 매

달려 있는 상태이다. 존재한다고 할 수 있는 것의 본질은 (사랑처럼, 자기 눈처럼, 닫힌 실험실 안에서 희미한 증거만을 남길 뿐 좀처럼 포착되지 않는 원소처럼) 눈에 보이지 않는다. 인생은 연속적인 순간들로 이루어진 발레와도 같다. 그러므로 희망의 예감은 가장자리에만 존재할 뿐이다.[29]

　　이메일 폭주 사건 이후 몇 주 동안 나는 자기혐오에 빠져 허둥대고 있었다. 부끄러운 생각을 품고 있는 나 자신을 목격했다. 이곳이 싫다면 왜 자기네 나라로 돌아가지 않는 거지? 마치 어린 시절 할로우 사람들로부터 들은 비아냥거림이 다시 되돌아와 내 입속에 머물고 있는 듯했다. 그러나 자기혐오의 더 큰 이유는−다시 한 번, 이 얼마나 놀라운 일인가−내가 그 무리에 받아들여지지 않았기 때문이다. 아직 완전한 아시아인이 못되고, 살가죽 밑으로는 백인우월주의자로 의심받는 인간. 내가 한국에서 보낸 그 모든 시간은 부질없는 것이었나? 한국인이 되는 법을 배워야 할 뿐 아니라 세계를−대표하는−범−아시아−태평양−군도의 정치적−행동주의자가 되는 책임까지 져야 하나? 한국 가족과 보낸 그 모든 시간에도 불구하고 나는 여전히 가짜 혹은 기괴한 잡종이었나?[30]

　제인 정 트렌카가 스스로 운 좋은 입양인임에도 '추방자'라는 말이 더 맞는다고 생각하는 것은 이러한 맥락 속에서이다. '입양인'이라는 말은 입양되면서 잃은 것들이나 다시는 회복할 수 없는 것들을 누락시키는 말이며, 그 상실분을 충분히 반영하지 못할 뿐 아니라 그것들이 결국 입양을 통해 얻은 것들과 분리될 수 없다는 사실을 드러내기에도 적당한 말이 아님을 지적하고 있는 것이다. 요컨대, 해외입양인

29　제인 정 트렌카, 송재평 옮김, 『피의 언어』, 도마뱀출판사, 2004, 109쪽.
30　제인 정 트렌카, 송재평 옮김, 『피의 언어』, 도마뱀출판사, 2004, 309쪽.

이라는 범주로 다 환원되지 않는 면모들에 대한 포착으로 나아가야
하며, 그것을 통해 해외입양인이라는 규정이 그들의 존재 전부가 아
니라 극히 일부라는 사실을 보여 주는 지점에 도달해야 한다.

4. 옆에서 듣고 읽는다는 것

한국에서 이루어지는 뿌리 찾기 여정에서 입양인들은 비슷한 경험
을 한다. 그러면서도 그 여정은 입양을 둘러싼 각기 다른 문제를 가시
화한다. 뿌리 찾기의 시간은 입양인 자신의 의도와 무관하게 그들을
예측할 수 없던 지점에 가닿게 하는 것이다. 1997년 연구기금을 받아
아시아를 여행하는 길에 서울에서 친생부를 만났고 이후 친생모를 찾
기 위해 친생부모 나라의 문화와 언어를 알기 위해 1998년 1년 동안
한국에 체류했던[31] 케이티 로빈슨이 『커밍 홈』에서 가시화한 것은 한
국사회의 가부장적 면모와 가부장제가 지워버린 그림자 존재들, 즉
정상 가족 바깥의 여자들과 그 자녀들이다.[32] 양모를 통해 자신을 찾는
다는 친생부의 소식을 전해 듣고 연락을 주고받으며 만나기에 이르렀
으나, 이후 한국에 체류하면서 아버지에 대한 그녀의 인식은 점차 악
화되었고 그 분열적 인식이 고스란히 그녀 내부로 옮겨졌다.

---

31 「7살때 미국입양… 자서전 내고 한국 찾은 케이티 로빈슨 "이번에는 꼭 어머니를
   만나고 싶다"」, 『한겨레』, 2002.12.4.
32 사실 모녀 관계는 입양과 귀환 경험 서사를 구성하는 중요한 축이다. 장영은, 「양모
   (養母)와 생모(生母)—제인 정 트렌카의 자기서사와 모녀 관계의 재구성—」, 『민족
   문화연구』 100, 고려대학교 민족문화연구원, 2023, 161~182쪽 참조.

아버지는 첫 번째 부인과 헤어졌고, 세 명의 자식을 버렸으며, 이후에 당시 어렸던 케이티 로빈슨의 엄마를 임신시켰지만 결혼하지 않았고, 나이 차가 많이 나는 어린 여성과 재혼해서 그 부인에게서 낳은 어린 자식들을 두고 있었다. 자신의 외할아버지의 삶의 방식도 크게 다르지 않았음을 알게 되면서,[33] 그녀는 아버지의 삶을 이해하는 날이 결코 오지 않을 것임을 확신하게 된다.[34] 반면, 친생모에 대한 감정은 이해 쪽으로 움직여간다. 뿌리 찾기 여정 끝에 케이티는 자신이, 미혼이었던 친생모가 나이 많은 유부남과 관계를 맺었는데 그 남자가 무심해진 상황에서 관심의 대상이 아닌 채로 태어난 존재 즉, 이른바 '아비 없는 자식'이라는 사실에 직면하게 된다. 하지만 비혼모였던 친생모가 학교에 들어가야 할 나이가 된 7세 '김지윤'을 국외로 입양 보냈다는 사실을 확인하며, 케이티는 친생모를 끝내 만나지 못했음에도 그녀를 이해하고 용서하게 된다.[35]

지워야 할 존재였던 케이티 자신의 존재를 중심으로 한국사회가

---

33 케이티의 외할아버지는 케이티의 할머니와 결혼해서 딸-케이티의 엄마-과 아들을 낳았는데, 아들이 죽자 할머니를 떠났다. 이후에 다른 여자와 결혼해서 이복 이모를 낳았으나, 다시 그 가족도 떠났다. 『커밍 홈』에서 언급되는 외삼촌은 외할아버지와 또 다른 여자 사이에서 태어난 아들이다.

34 "나를 강하게 매혹하는 힘 때문에 한국을 좋아하면서도 동시에 그 일원이 되는 것을 거부하는 것과 마찬가지로 나는 같은 강도에서 아버지를 경멸하면서도 사랑했다." 케이티 로빈슨, 최세희 옮김, 『커밍 홈』, 중심, 2022, 190쪽.

35 "아비 없는 자식인 나는 엄마의 체면에 영원히 지워지지 않을 상처였다. 결혼하기 위해 나를 없애지 않으면 안 되었던 것이다. 그럼에도 엄마에게 화가 난다거나 탓하고 싶은 생각은 들지 않았다. 엄마에겐 선택의 여지가 없었으므로, 대신 일평생 지워지지 않을 수치스러운 짓을 저지르고도 정작 자신은 아무런 상관도 없는 사람처럼 나 몰라라 엄마와 나를 궁지로 내몬 아버지에게 더 큰 분노가 끓었다." 케이티 로빈슨, 최세희 옮김, 『커밍 홈』, 중심, 2022, 232~233쪽.

지워버린 여성들과 아이들, 있지만 없는 존재들의 혈연의 갈래를 다시 그리며, 흥미롭게도 케이티 로빈슨은『커밍 홈』을 통해 자신을 중심으로 여성 친족의 계보를 다시 쓰게 된다. 한국사회에서 비혼모의 선택지란 해외입양을 선택하고 죄의식을 품은 채 가부장적 사회의 일원으로 편입하거나(로빈슨의 친생모) 사회의 주변부로 내몰려 나쁜 평판을 견디며 아이를 양육하는(써니 이모의 어머니) 길이 가능하지만, 어느 경우든 낙인 없이 한국사회에 온전한 일원으로 뿌리 내릴 수 없음을 그 계보를 통해 확인하게 한다.[36] 이런 의미에서 정상 가족 바깥에 놓여 한국사회에서 지워진 존재가 되어야 했고 실제로 한국사회에 뿌리내리지 못한 존재가 되어야 했던 여성들을 호명하는 과정은 해외입양을 해결책으로 삼았던 한국사회의 폭력적인 가부장제에 대한 통렬한 비판의 의미를 갖게 된다. 케이티는 경제적 위기와 한국의 순수혈통주의가 만들어 내는 비극인 해외입양이라는 모국의 수치가 자신에게 들씌워지는 장면을 비틀며 출생국과 입양국 양자를 관망할 수 있는 비평적 시선을 마련한다. 비장소의 존재임을 그렇게 입증한다.

케이티 로빈슨은『커밍 홈』에서 자신이 전형적인 미국의 교육과정에 따라 철저한 미국인으로 성장했음을 고백한다. 미국의 경우 해외입양인 대부분이 백인 가정에 입양되었고, 유색인을 거의 만나기 어려운 백인 중심 사회에서 양육되었다. 한국인이라는 사실을 잊고 미국사회에 적응하는 과정에서 그 자신을 미국인이라고 믿어 의심치 않

---

36 김영미, 「초국가적 입양소설에 나타난 동화와 민족 정체성 문제: 마리 명옥 리의 『누군가의 딸』과 제인 정 트렌카의 『피의 언어』를 중심으로」, 『미국소설』 15(2), 미국소설학회, 2008, 94쪽.

게 되었다는 것이다. 이는 내면화된 인종주의로 인해 그 자신이 미국 사회를 백인 중심으로 인식했다는 사실의 인정이기도 하다.[37] 스스로를 백인으로 생각하는 삶은 제인 정 트렌카의 경우도 다르지 않다. 입양인이 1만 5천명에 달하는 미네소타 지역에서 대개 그러했듯, 백인 기독교 가정에 입양된 입양인들은 한국계 입양인을 백인화하거나 인종 문제를 무시해버리는 부모들에게서 양육되었다.[38] 인종 간 입양이라는 점에서 입양 자체가 트라우마가 되었지만 그것을 억압해야 했으며 자신에 대한 인종주의적 혐오까지도 부인해야 했다. 기독교에 기반한 탓에 입양이 야만으로부터의 유색인 아동의 구원으로 이해되었고, 그렇기 때문에 인종주의가 이타주의로 위장될 수 있었다.[39] 입양국과 입양부모를 두고 구원 담론과 감사의 태도가 형성되는 것도 이러한 맥락에서인데, 이것이야말로 뒤집힌 인종(차별)주의가 아닐 수 없다.[40]

---

37 스스로 고백하기를, 그때의 자신은 투박하게 오르내리는 억양의 말투, 알아듣지 못하는 '외국어'를 웅얼거리는 검은 머리의 이방인의 얼굴을 한 그들을 추하게 여겼고 특히 웃을 때마다 옆으로 가늘게 찢어지는 눈을 참기 힘들었다고 기록했다. 케이티 로빈슨, 최세희 옮김, 『커밍 홈』, 중심, 2022, 114~115쪽.

38 베스 경 로, 「한국인의 심리」, 토비아스 휘비네트 외, 뿌리의집 옮김, 『인종간 입양의 사회학』, 뿌리의집, 2012, 321~322쪽.

39 김재란, 「흩뿌려진 씨앗들-기독교가 한국인 입양에 미친 영향」, 토비아스 휘비네트 외, 뿌리의집 옮김, 『인종간 입양의 사회학』, 뿌리의집, 2012, 297쪽.

40 아리사 오는 이러한 점들을 고려하여, 해외입양 복합체라는 용어를 사용하기도 한다. 해외입양 복합체의 이념에는 특정 아동을 가족 구성원이자 국민의 일원으로 상상할 수 있게 하는 인종 논리가 담겨 있다는 것이다. 아리사 H. 오, 이은진 옮김, 『왜 그 아이들은 한국을 떠나지 않을 수 없었나-해외입양의 숨겨진 역사』, 뿌리의집, 2019, 317~318쪽.

엄마 같은 백인이 되길 원하지만 정작 아시아인의 껍데기를 늘 뒤집어 쓰고 살아야 한다는 것이 어떤 기분인지 짐작이나 하세요?

그래요. 전 엄마 나라의 사람이 아니에요. 저 라틴아메리카인도 아니고 아일랜드 사람도 아니에요. 전 한국인이고 그래서 한국인이란 게 어떤 의미인지 알고 싶어요.[41]

나는 엄마가 내게 잘 해주려고 하는 것을 알지만, 동시에 엄마 버지니아는 이해하려고 하지 않으며, 듣기를 싫어하고 인정하지 않으려는 분이라는 사실, 그 사실을 시인하기가 참 어렵습니다. 시인하는 것이 상처가 되기 때문입니다. 버지니아는 입양과 한국과 음식에 대한 나의 생각들과 지식과 권력에 대한 나의 생각들을 결코 받아들일 수 없을 것입니다. 왜냐하면 나는 백인이 아니니까요. 나는 백인이 아닙니다.[42]

제인 정 트렌카는 『피의 언어』와 『덧없는 환영들』에서 해외입양이 사실상 인종 간 입양이며, 입양이 만들어 내는 문제의 본질에 백인들의 특권이 놓여 있다는 사실을 가시화하고, 자신의 뿌리 찾기가 결국 백인들의 정상 가족에 대한 열망의 해법으로 이루어지는 해외 아동의 수입과도 다르지 않다는 사실을 폭로한다.[43] 표면적으로는 입양인이

---

41 케이티 로빈슨, 최세희 옮김, 『커밍 홈』, 중심, 2002, 58쪽.

42 수 나, 「마늘과 소금」, 토비아스 휘비네트 외, 뿌리의집 옮김, 『인종간 입양의 사회학』, 뿌리의집, 2012, 57쪽.

43 전지구적 아동 이주의 역사에서 국제입양과 가장 근접한 경우는 1618년부터 1967년에 이르는 동안 영국에서 영연방 곳곳에 배편으로 이송된 13만 명의 아동, 1854년부터 1929년까지 미국 중서부 부모들의 노동력을 대체하기 위해 미국 동부에서 중서부로 일명 '고아열차(orphan train)'로 이송된 10만 명의 미국 고아들의 사례가 있다. 국제입양이라는 이름으로 이루어지는 아동 이주의 역사는 1510년부터 1876년까지 아프리카에서 신대륙으로 선박 운송된 1,100만 명의 대서양 노예무역, 1834년부터 1941년 사이 1,200만 명의 인도인과 중국인을 유럽제국의 노예적 노

자신에게 부여하는 인종적 정체성과 외부의 시선이 그에게 부여하는 인종적 정체성 사이의 간극의 문제로 첨예화했지만, 실제로 트렌카가 지적한 인종주의의 영향은 그보다 광범위하다고 해야 한다. 입양 전부터 입양을 선택한 이들은 자신을 빈곤국가의 부모들보다 우월하다고 여기며 출생 국가나 인종, 성별을 선택하여 시장에서 상품을 구입하듯 아동을 입양할 수 있다고 여긴다. 자신들이 부모로서 더 적합하다는 인식은 입양 가정 내 인종적 위계구조를 지워버릴 뿐 아니라, 입양할 수 있는 권리로 구현되는 백인의 특권을 재생산하는 데 기여한다.[44]

결과적으로 해외입양인의 몸과 정신을 분열시키는 근본 원인에 인종주의가 놓여 있음을 외면하기는 어렵다. 케이티 로빈슨이나 제인 정 트렌카와 같이 백인 가족의 일원으로서 입양된 이들은 백인의 시선을 내면화하고 있는 동시에 그 자신이 비(非)백인임을 인식해야 하는 상황에 상시적으로 노출될 수밖에 없다. 더구나 우월감과 혐오감을 동시에 내장하게 되는 그 정신과 몸은 한국으로 귀환한 후에 중첩적으로 가중된 모순에 노출된다. 양국의 어디에도 속하지 않으며 속할 수 없음을 절감해야 하기 때문이다. 인종주의와 권력관계가 복합적으로 가로지르는 몸과 정신이라는 점에서, 입양인의 귀환은, 구조

동을 위해 급파한 일이나, 현재 국제결혼과 성적 착취를 위해 여성과 아동을 대량 인신매매하는 일과 함께 다루어야 한다. 비 백인 인구의 대륙 너머로의 이송의 역사에 대한 연구가 좀더 다각도로 이루어져야 하는 것이다. 토비아스 휘비네트, 「고아 열차에서 아동 공수까지」, 토비아스 휘비네트 외, 뿌리의집 옮김, 『인종간 입양의 사회학』, 뿌리의집, 2012, 269~271쪽.

44 김 박 넬슨, 「국제시장에서의 아동 쇼핑」, 토비아스 휘비네트 외, 뿌리의집 옮김, 『인종간 입양의 사회학』, 뿌리의집, 2012, 196~201쪽.

적 배제의 일부를 자신에게 새겨 넣는 방식이므로, 돌아오는 것이 아니라 봉인된 문제를 찢어 정면으로 응시하는 일이자 비장소에 놓여 있는 내부적 외부자로서의 자신을 가시화하는 일이다. 돌아오는 과정 자체가 인종주의와 구조적 배제를 그 몸과 정신에 다시 새겨 넣어야 하는 일이기도 하다. 그러므로 그 몸은 돌아왔지만 돌아오지 않았다고 해야 한다. 그 몸이 비장소에 남겨질 수밖에 없는 것은 그래서이다.

5. 대표성에서 관계성으로

제인 정 트렌카의 자전적 에세이의 빛나는 대목은, 입양 문제가 결국 입양 문제에 한정되지 않는 지점을 마련한다는 데 있다. 제인 정 트렌카는 한국 어머니의 죽음을 애도하기 위해 미국에서 추도식을 준비하면서, 자신의 입양부모에게 참석을 부탁했지만 거절당한다. 그들의 거절이 양부모 특히 어머니가 단지 루터교에 충실한, 엄격한 생활 태도를 가진 사람이라서만은 아니다. 거기에는 입양을 백인 가정에의 동화로 여기는 인식이 내장되어 있으며, 그런 인식이 제인의 출생을 둘러싼 타자적 요소들, 국가와 인종과 문화의 차이를 지워버리고 부정하는 태도를 취하게 하는 것이다. 흥미롭게도 제인은 대학교에서 만난 친구 아론이 가족에게 부정당하는 상황, 즉 신체적 외양에서 완벽한 뿌리를 확인할 수 있는 아론이 게이로서의 자신의 삶을 인정받지 못하고 가족에게 입양인과 다르지 않은 존재로 배척되는 상황을 통해, 중첩된 맥락 속에서 입양인으로서의 자신의 존재를 살피게 된다.[45] 국가도 부모도 선택할 수 없었던 입양인인 자신과 게이인 아론에게 요구되는 동화의 압력이 다르지 않음을 보여 주는데, 이러한 인식적 확장은 비장소에 대한 이해의 확장 가능성을 열어준다고 하겠다.[46]

　물론 이러한 확장적 인식에도 추가적 인식은 부가되어야 한다. 케이티 로빈슨과 제인 정 트렌카의 작업을 중심으로 한 해외입양인의 귀환 서사가 귀환 서사를 대표하지는 않으며 입양 서사를 대표하는 것도, 입양 문제의 일면을 대표하는 것도 아니다. 인종 간 입양 연구자들이 힘주어 강조하듯, 인종 간 입양인의 이야기들 가운데 같은 이야기는 거의 없으며, 정치적 입장도 각기 다르다. 가령, 한국계 입양인으로 2002년 노르웨이 최고 권위의 브라게 문학상(청소년도서 부문)을 수상한 쉰네 순 뢰에스(한국이름 지선)는 문학동네에서 번역 출간된 자신의 소설 『아침으로 꽃다발 먹기』(2006, 원제는 *A spise blomster til frokost*)를 기념하는 인터뷰에서 생후 7개월 만에 쌍둥이 오빠와 함께 입양되었고 비교적 유복한 환경에서 자랐으며, "외모 때문에 한국 태생이라는 걸 어렸을 때부터 알았지만 특별히 그 때문에 사춘기가 더 힘들지는 않았다"고 전했다. 한국에서 만난 친생부가 무릎을 꿇고 "미안하다"

45　가족에게 아론은 자신에게 선택권이 있다면, 일부러 게이가 되었겠는가. "이 집안에서 게이가 되는 게, 빌어먹을, 얼마나 힘든 건지 알기나 하세요? 내가 원해서 이런 줄 아세요?"(제인 정 트렌카, 『피의 언어』, 316쪽) 반문한 바 있다.

46　물론 이 문제 역시 단순하게 접근해서는 안 될 것이다. 손쉬운 연대를 상상하는 것은 순진한 발상일 수 있다. '인종적 우울(racial melancholia)'을 다루는 데이비드 응이 『친밀감 *the feeling of kinship*』에서 언급하고 있듯이, 해외입양은 자녀 양육이 이른바 '정상가족' 실현과 완전한 시민권을 방증하는 수단이 됨으로써 동성 부부들을 포함한 불임부부의 입양 열기로 확산된 측면이 있다. 가족과 집, 시민권, 국민국가가 상호 연관된 상황에서 (눈에 띄는 외국 출신) 입양아를 두었다는 것은 일종의 거창한 전시 행위가 될 수 있는 것이다. 전홍기혜·이경은·제인 정 트렌카, 『아이들 파는 나라』, 오월의봄, 2019, 75쪽.

며 울자 "당황했다"고, 이어 "부모님의 죄의식을 감싸주고 싶었지만 어떻게 해야 할지 몰라 난감했다"면서 "지금은 친부모를 존경한다"고 밝힌 바 있다.[47] 양부모의 관점에서 해외입양을 옹호하며 자신들이 스웨덴인임을 분명히 한 소설가 트룃찌나 언론인 리프벤달, 순드스트룀과 같은 입양인을 거론해볼 수도 있겠다.[48] 앞서 언어 소통과 번역 과정에서 이루어지는 굴절을 어떻게 읽어낼 것인가에 대해 환기한 바 있지만, 그보다 조심스럽게 다루어야 하는 것은 해외입양인 서사에서의 바로 이 대표성 없음의 면모가 아닐 수 없다. 바로 이런 이유로 해외입양인 서사에 대한 메타적 검토 차원에서 만들어지는 이야기는 오해된 단어를 번역한, 왜곡된 삶을 재창조한, 말하지 않은 사람을 들으려는 불가능한 시도가 되어야 하고, 수많은 각기 다른 해외입양인의 귀환 경험, 언어로 기록되지 않았으며 또한 더 이상 존재하지 않아서 기록될 수 없는 존재들의 전기에 다가가고자 하는 불가능한 작업이 되어야 하는 것이다.[49]

요컨대, 『아이들 파는 나라』의 프롤로그에 소개된 아담 크랩서 씨의 경우를 포함한[50] 비장소를 어떻게 읽어낼 것인가가 여전한 문제로

---

47 「노르웨이 최고문학상 수상한 동포 쉰네 순 뢰에스」, 『재외동포신문』, 2006.12.30. (http://www.dongponews.net).

48 박정준, 「북유럽 입양인 문학에 나타난 국외입양 비판론 연구: 마야 리 랑배드의 작품을 중심으로」, 『탈경계인문학Trans-Humanities』 13(1), 이화여자대학교 이화인문과학원, 2020, 106쪽.

49 Saidiya Hartman, "Venus in Two Acts", *Small Axe*, Vol.12, No. 2, 2008, pp. 1~14

50 아담 크랩서 씨는 만 2세인 1979년, 누나와 함께 미국에 입양되었으나 41세인 2016년 한국으로 추방되었다. 양부모의 불찰로 시민권 취득 신청과 영주권 재발급 신청을 하지 못해 불법체류자가 되었고, 불법체류자의 신분을 뒤늦게 알고 영주권을 받으려다 과거의 범죄 이력이 드러나면서 추방 재판에 회부되었다. 미국 국제입

남아 있는 것이다. 한 장소(국가, 지역, 사회, 문화, 언어, 식습관 등)에서 태어나서 다른 장소(국가, 지역, 사회, 문화, 언어 식습관 등)에서 자라고 양육되어도 바뀌지 않는 입양인의 육체는 인종과 국적을 둘러싼 이념들의 폭력적 충돌의 (비)장소임을 인정한 채로, 그럼에도 그 몸들을 인종차별과 고립과 학대로 인한 소외와 중독이라는 희생자의 (비)장소에 가두지 않고, 당사자의 목소리뿐 아니라 그 옆에 있는 누군가('나')의 자리를 망각하지 않은 채로, 비장소의 쓰기-기록은 어떻게 가능한지 고민해야 하는 것이다.

"타자를 현재 시제"로 다루고자 하는 인류학자 마르크 오제의 논의를 빌려보자면,[51] 타자란 연구자에 의해 대상화되는 연구대상자만을 가리키지 않는다. 그는 문화기술지와 관련하여 "내밀한 타자(성)"[52]을

양인 중 3만 5천여 명이 시민권을 획득하지 못했고, 이들 중 1만 9천여 명이 한국 출신 입양인이다. 전홍기혜·이경은·제인 정 트렌카, 『아이들 파는 나라』, 오월의 봄, 2019, 16쪽.

51 가까운 곳의 인류학을 논의하면서, 『비장소』의 저자 마르크 오제는 타자의 문제가 인류학이 우연히 마주치는 테마가 아니라, 유일한 지적 대상이라고 언급한 바 있다. 타자에서 출발해서 인류학의 다양한 연구영역이 규정된다고 여긴다. "인류학은 타자를 현재 시제로 다루며, 이것만으로도 역사와 구별된다. 그리고 인류학은 타자를 동시에, 복수의 의미로 다루는데, 이 때문에 다른 사회과학과 구별된다"(마르크 오제, 이상길·이윤영 옮김, 『비장소-초근대성의 인류학 입문』, 아카넷, 2017, 28~29쪽)고 규정했다. 멀리 있는 현장의 연구로부터 가까운 곳으로의 연구라는 이동이 대상의 문제가 아니라 방법의 문제라고 강조하는 섬세한 논거를 따라가 보는 일도 흥미롭겠으나, 그보다 주목하고 싶은 것은 인류학의 규정 자체이다. 사실상 어떤 면에서 "타자를 현재 시제"로 다룬다는 규정만큼 문학에 대한 적절한 설명도 없는 것으로 보이기 때문이다.

52 그는 타자를 좀더 세분하여 '우리'와의 관계에 놓인 타자, 동일하다고 가정된 타자들 전체인 '그들'과의 관련 속에서 규정되는 타자들의 타자 즉 종족적-문화적 타자, 차이들의 체계에 참조점으로 사용되는 내부의 타자인 사회적 타자, 그리고 온갖 사유체계의 중심부에 현존하는 것으로서의 "내밀한 타자"를 말한다. 마르크 오제,

강조하는데, 이에 대해 "민족학이 연구하는 체계들 속에서 사적인 타자성을 재현할 필요는 개인성의 중심부에 놓여 있고, 이 때문에 집단적 정체성의 문제와 개인적 정체성의 문제가 분리되지 않는다"(30)라는 식으로 기술한다. 인류학자가 개인의 재현에 관심을 가질 때, 개인의 재현이 사회적 구성을 보여 주기 때문이 아니며, 이와는 무관한 방식으로 개인의 재현이 "개인과 분리할 수 없는 사회적 관계의 재현"(30)일 수밖에 없다는 사실을 짚어서 강조한다. 여기서 개인이란 사회를 대표하는 존재가 아니라는 사실이 중요한데, 따라서 개인은 대표성이 아니라 관계성으로 다루어야 하는 대상이며, 그 관계성을 지칭하는 바가 바로, 마르크 오제에 따르면, "내밀한 타자성"인 것이다. 이 글이 가리키고자 하는 비장소가 바로 이 "내밀한 타자성"의 장소라고 말해 볼 수도 있겠다. 그리하여 대표성에서 관계성으로의 이동에 대한 논의가 이루어진다면, 타자 내의 차이에 대한 논의가 가능해질 수 있을 것이다. 소수자의 고통 가운데 공통적으로 논의되는 대표적인 것은, 소수자가 개별자로 인식되지 않고 덩어리로 인식된다는 점이다. 소수자의 표식이, 그가 누구든 무엇을 하든 거기에 덧붙어버려서, 소수자 개인의 가치가 대개 사라져버리게 된다는 것이다. 사회가 필요로 하는 소수자의 얼굴은 덩어리로서의 표식을 드러내는 존재인 한에서라고도 할 수 있다.[53] 여전히 지속되는 이런 문제들에 비추

이상길·이윤영 옮김, 『비장소-초근대성의 인류학 입문』, 아카넷, 2017, 30쪽.

[53] 인종적 체험의 앙금이 쌓이고 자신이 인식하는 현실이 끊임없이 의심받거나 무시당하는 것에 자극받아 생긴 부정적이고 불쾌하며 보기에도 안 좋은 일련의 인종화된 감정을 소수적 감정(minor feelings)으로 규정하고, 그 감정을 섬세하게 들여다본 자전적 에세이인 『마이너 필링스』의 저자가 지적한 바 있듯, 소수적 감정을

어 말해보자면, 비장소에 주목하여 옆에서 듣고 읽는 작업은 타자를
현재 시제로 다룬다는 것의 의미에 값하는 수행적 실천이라 할 수 있
을 것이다.

다루는 작업은 인종 트라우마가 개인에게 성장을 허락하지 않으며 개인을 언제나
원점으로 되돌리고 그 자리에 묶어두는 것임을 탐색하는 과정이다(캐시 박 홍 저,
노시내 옮김, 『마이너 필링스』, 마티, 2021, 84쪽). 반대로 이 소수적 감정이 비-소
수자에게는 관심의 대상이 아니며 따라서 포착되지도 않는다는 데에 문제의 핵심
이 놓여 있다. 가령, 시각장애인 당사자의 자전적 에세이(논픽션)인 『거기 눈을
심어라』의 저자가 언급하고 있듯, 헬렌 켈러의 삶이 92세까지 이어졌으며 수많은
책을 출간했음에도 비-장애인들의 관심은 켈러의 어린 시절 이야기를 담고 있는
책인 『헬렌 켈러 자서전』에만 집중되어 있는데, 여기서 장애인의 범주를 넘어선
기록들에 대한 비-소수자들의 무관심의 일면을 확인할 수 있다(M. 리오나 고댕,
오숙은 옮김, 『거기 눈을 심어라』, 반비, 2022, 16쪽).

양모(養母)와 생모(生母)

제인 정 트렌카의 자기서사와 모녀 관계의 재구성

장영은

친엄마를 알고 사는 너희 기분은 어떤데?
– 제인 정 트렌카[1]

사람은 얼마나 많은 고향을 필요로 하는가? 라는 질문에 대해
이 자리에서 첫 번째 임시적인 대답을 해도 된다면 나는 이렇게 말하고 싶다.
가진 것이 적을수록 더 많은 고향이 필요하다고. 왜냐하면 움직이는 고향이나
적어도 대체 고향과 같은 것이 있기 때문이다.
– 장 아메리[2]

1. 어머니 찾기와 여성되기의 글쓰기

제인 정 트렌카는 2003년 미국에서 국가 간 인종 간 입양인의 삶을
직접 기록한 자기서사 『피의 언어(The Language of Blood)』를 출간했다.

---

1 제인 정 트렌카, 송재평 옮김, 『피의 언어』, 와이겔리, 2005, 53쪽(이하 작가 이름과
   쪽수만 표기).
2 장 아메리, 안미현 옮김, 『죄와 속죄의 저편—정복당한 사람이 극복을 위한 시도』,
   길, 2012, 100~101쪽.

한국에서 출생해서 생후 6개월 무렵에 미국 미네소타의 백인 가정에
입양되어 미국인으로 성장한 제인 정 트렌카가 영어로 쓴 『피의 언어』
는 2005년에 한국에서 번역되었다. 한국어 번역본에서 작가는 자신의
책이 "한 개인과 한 가족의 차원을 넘어서서 한국인의 집단적 경험의
일부로 읽혀지기를 바란다."[3]는 말을 덧붙였다. 작가의 의도처럼 해외
입양인의 자기서사가 한국인의 집단적 경험의 일부로 받아들여지고
한국문학의 범주에 포함될 수 있을지에 관해서는 별도의 논의가 필요
하겠지만, 이 글에서는 제인 정 트렌카가 『피의 언어』에서 한국인 생
모(生母)와 미국인 양모(養母)를 서사의 주체로 등장시켰다는 점에 주
목하며, 어머니 찾기와 여성되기(becoming-woman)의 과정으로 제인
정 트렌카의 자기서사를 분석하고자 한다.

　　이에 앞서 어머니를 서사의 주체로 등장시켜야 한다고 강력하게
주장했던 마리안느 허쉬의 논의를 간략하게나마 검토해본다. 오이디
푸스의 이야기 구조를 해체하는 실험적인 읽기를 시도했던 마리안느
허쉬는 오이디푸스가 왜 어머니를 알아보지 못했는가를 묻는 대신 어
머니인 이오카스테가 왜 아들인 오이디푸스를 알아보지 못했는지 의
문을 제기했다. 또한, 마리안느 허쉬는 프로이트의 가족 로망스는 남
성 중심적이고 민족 중심적인 관점으로 구성되었기 때문에 가족 로망
스가 수정적인 관계로 재구성될 필요가 있음을 역설했다. 즉 모녀의
이야기로 작품의 기본 패러다임이 재구축될 때 어머니와 딸의 관계
및 모녀의 이야기 전승 과정이 "여성되기"의 과정으로 설명될 수 있다
는 것이다.[4] 오이디푸스가 자신의 아들임을 알게 된 이오카스테는 스

3　제인 정 트렌카, 324쪽.

스로 목을 매어 영원히 침묵했지만, 이오카스테에게 어떤 이야기라도 들을 수 있었더라면 오이디푸스는 다른 작품이 되었을지도 모른다는 가설을 제시했다. 문제는 이오카스테가 끝내 발화할 수 없는 경우에 발생한다. 마리안느 허쉬는 이오카스테의 딸을 통해서라도 어머니의 이야기 즉 모녀서사는 구축될 수 있다는 전망을 제시했다. 그렇다면 한국인 생모가 미국으로 입양된 딸들에게 보낸 한 통의 편지로부터 시작되는 『피의 언어』는 어떻게 독해될 수 있을까?

　제인 정 트렌카의 『피의 언어』는 국가와 사회와 가족으로부터 버림받아 미국의 백인 가정에 입양된 작가의 혼종적인 정체성에 초점을 맞춰 연구되어 왔는데, 그 가운데 민은경의 분석에 특별히 주목하게 된다.[5] 민은경은 국가 인종 간 입양아의 성비 차이를 '딸의 교환'이라는 개념으로 검토하고, 어머니를 거부하고 비하하며 어머니와 자신을 동일시하는 여성 주체성에 내재된 이중 구속이 인종적 구속으로도 이어지게 되는 과정에 착목해서 제인 정 트렌카의 자기서사를 다채롭게 해석한 바 있다. 민은경의 통찰에 따르면, 국가 간 인종 간 입양은 이민, 망명, 국외거주, 노동 이주, 결혼 이주 등과는 다른 형태의 디아스포라일 뿐만 아니라 입양아와 생모는 모두 상실감, 우울증, 소외감, 적대감 및 자기 증오, 자기 책망 등의 감정을 겪게 된다.[6] 그와 같은

4　Marianne Hirsch, *The Mother/Daughter Plot: Narrative, Psychoanalysis, Feminism*, Bloomington: Indiana University Press, 1989, pp.1~39.

5　이와 관련해서는 차민영, 「제인 정 트렌카의 『피의 언어』에 나타난 초국가 입양 디아스포라」, 『현대영어영문학』 63(4), 2019, 269~289쪽; 김현숙, 「초국가적 입양과 탈계경적 정체성-제인 정 트렌카의 『피의 언어』」, 『영어영문학』 57(1), 2011, 140~170쪽.

6　낸시 라일리는 아동 유기와 입양 성별이 반영된 사회적 맥락을 아래의 연구를

민은경의 분석과 주장에 동의하며, 이 글에서는 어머니의 죽음을 애
도하며 어머니의 삶을 딸이 대신 글로 쓰는 모녀서사의 문학적 함의
를 분석하고자 한다.

자신의 성장 과정을 회고하는 글을 쓰며 자신을 낳은 어머니와 자
신을 입양해 키운 어머니 즉 생모와 양모의 존재를 발견하게 된 제인
정 트렌카는 어머니 찾기와 여성되기의 의미를 스스로에게 질문한다.

통해 분석한 바 있다. Nancy E. Riley, "American adoptions of Chinese girls: The
socio-political matrices of individual decision," *Women's Studies International
Forum* 20, 1997, pp.87~102. 본문에서 언급한 것처럼, 민은경의 선구적인 연구를
통해 제인 정 트렌카의 회고록을 모녀서사의 관점으로 읽어볼 수 있었음을 밝힌다.
이와 관련해서는 Eun Kyung Min, "The Daughter's Exchange in Jane Jeong
Trenka's *The Language of Blood*", *Social Text* 94, 2008, pp.115~133. 딸의 교환
및 여성 거래에 관한 정신분석학 및 정치경제학적 분석은 게일 루빈의 논문 「여성
거래-성의 '정치경제'에 관한 노트」와 「인신매매에 수반되는 문제-「여성 거래」
재고」를 참조. 이와 관련해서는 게일 루빈, 신혜수·임옥희·조혜영·허윤 옮김, 『일
탈』, 현실문화, 2015, 99~183쪽. 게일 루빈은 여성을 선물로 교환하며 형성되는
친족 관계를 지적했고, 민은경은 루빈의 논의를 확장시켜 입양이라는 거래로 가족
간의 친족 관계가 형성되지 않는다는 사실을 밝혀냈다. 동시에 국가 간 인종 간
입양이 냉전 시대 권력자들의 정치적 목적에 의해 설계되었다는 점에 주목한
Eleana Kim의 논의에서도 큰 시사점을 얻었다. Eleana Kim은 미국에서 입양아가
선택받은 아이로 재현되고 언급되었던 이유를 반공주의 강화라는 정치적인 맥락으
로 분석했다. 이와 관련해서는 Eleana Kim, *Adopted Territory: Transnational Korean
Adoptees and the Politics of Belonging*, Durham: London: Duke University Press, 2010,
p.48. 인종 간 입양의 문제를 소수자 정체성과 디아스포라의 문제로 확장시키며
슬픔과 고통의 감정을 분석한 연구로는 Anne Anlin Cheng, *The melancholy of race:
psychoanalysis, assimilation and hidden grief*, England: Oxford University Press, 2000,
pp.3~168. 한편 데안 보샤이 리엠(Deann Borshay Liem)의 국가 간 입양에 관한
다큐멘터리 일인칭 복수(First Person Plural, 2000)에서 1953년 한국전쟁 정전 협정
후 국가 재건 사업과 국제입양 문제를 연동시켜 논의했다. 국가 간 인종 간 입양이
가족 및 친족 관계의 관점에서뿐만 아니라 인종, 성별에 관한 더욱 크고 복잡한
공적인 제국주의 역사적 맥락으로 분석되어야 필요성에 관해서는 David L. Eng,
"Transnational Adoption and Queer Diasporas," *Social Text* 76, 2003, pp.1~37.

전(前) 한국인이자 해외입양인, 아시아계 미국인의 정체성을 가진 『피의 언어』의 저자가 한국 어머니와 미국 어머니를 서사의 주체로 배치한 이유에 대해 검토하기에 앞서 제인 정 트렌카가 직접 이야기한 해외입양 과정에 대해 먼저 살펴보겠다.

2. 양부모보다 고귀한 한국 어머니

제인 정 트렌카는 1972년 생후 6개월 무렵에 만으로 네 살 반인 언니와 함께 미국 미네소타 할로우의 루터교도 가정에 입양되었다. 할로우는 "백인 이성애자들이 극히 다수를 차지하는 동질적인 사회"였고, 구성원들은 할로우를 "선과 도덕, 원칙적이고 동질적인 모든 것들이 지켜지는 최후의 보루"로 여길 정도로 보수적이고 배타적이었다.[7] 할로우의 전형적인 백인 중산층 가정의 부부에게 자녀가 생기지 않자 루터파 교회의 목사는 자신들이 운영하는 루터 사회복지회를 통해 한국인 자매를 입양하도록 적극 권유했다.[8] 피부색이 다른 외국 아이들을 입양하라는 권유를 받고 제인 정 트렌카의 양부모는 망설였지만, 목사로부터 신은 오직 인간의 영혼만을 본다는 설교를 들은 후

7 　제인 정 트렌카, 31쪽.
8 　개인의 불행과 고통을 공동체 및 그 공동체의 구성원들이 함께 위로해주고 극복해야 하는 공동의 과제로 받아들였던 마르틴 루터의 이념이 기독교의 이웃 사랑에서 출발했음을 고찰하며 루터파 공동체의 호혜적인 관계 지향성을 도상 이미지를 통해 분석한 연구로는 한유나, 「위로와 연대—이미지로 보는 16세기 독일 루터파 공동체의 이상」, 『학림』 49. 2022, 49~84쪽 참조.

한국인 자매를 입양하기로 결정했다. 하지만, 제인 정 트렌카는 양부모가 한국인 자매를 입양한 이유를 전혀 다르게 분석했다. "입양 사업에서 높이 쳐 주는, 미국 태생의 건강한 백인 아기를 입양하는 일"[9]이 쉽지 않았기 때문이었다. 제인 정 트렌카의 미국 부모는 '백인 남자아이'들을 원해 로버트와 찰스라는 이름까지 준비해두었지만, 목사로부터 한국 여자아이 둘을 소개받으면서 오랜 희망을 포기했다. 그렇게 딸이라는 이유로 한국에서 버림받은 자매는 미국인 가정에 입양될 수 있었다.

양부모로부터 선택받았다는 말을 들을 때마다 제인 정 트렌카는 실존적인 불안에 휩싸였다. "나보다 더 착하고 더 철이 든 여자아이, 남에게 상처 주는 말 따윈 하지 않는 아이와 교환될지도 몰라. 아니야. 난 돌아가고 싶지 않아."[10] 자기 자신이 교환 가능한 대상임을 떠올릴 때마다 제인 정 트렌카는 양부모에게 더욱 의존적이고 종속적인 딸이 될 수밖에 없었다. 다시 버림받지 않으려면 완벽한 미국 아이로 성장해야 했다.[11] 무엇보다 자신을 낳아준 지구 반대편의 한국 어머니에 관해서는 무조건 함구해야 했다. 집에서 입양과 한국은 금기어에 가까웠다. 제인 정 트렌카는 자신이 재갈을 물고 자랐다고 회고했다. "우리 자매는 한국에 대해서라면 단 한마디도 꺼내지 않았다. 사랑만큼 두껍고 꿰뚫을 수 있는 재갈을 우리는 각자 입에 물고 살았던 것이다."[12] 제인 정 트렌카 자매에게만 국한되는 이야기는 아니었다. 스웨

9 제인 정 트렌카, 262쪽.
10 제인 정 트렌카, 36쪽.
11 Eun Kyung Min, Ibid, p.127.
12 제인 정 트렌카, 44쪽.

덴으로 입양된 리사 울림 세블룸의 자기서사에도 "우리는 침묵하는
방식으로 슬퍼했다. 양부모를 화나게 하거나 상처 주면 안 되니까. 다
른 사람들이 우리의 삶을 규정했다. 우리는 우리에게 주입되는 신화
들을 스스로 익혀갔다. 이렇게 원래 가족과 나 자신은 우리 이야기에
서 사라져 갔다. 하지만 세월이 갈수록 내 영혼에는 구멍이 생겼다."[13]
라는 대목이 나온다.

생모의 존재를 언급조차 할 수 없었던 제인 정 트렌카는 한국의
어머니가 미국의 딸들에게 보낸 편지를 우연히 발견하게 된다. 영어
를 모르는 한국의 어머니에게 제인 정 트렌카는 무작정 편지를 쓰기
시작했다. "그 편지들은 나 혼자 몰래 슬픔에 잠기는 방식, 상상 속의
어머니에게 울며 매달리는 나만의 은밀한 방식이었다. 왜냐하면 미국
부모님은 내 마음 속 진실을 들으려고도, 또 알려고도 하지 않았을
테니까."[14] 아무리 기다려도 한국에서 답장이 오지 않자, 제인 정 트렌
카는 공주인 어머니에게 끔찍한 일이 벌어져서 딸들을 빼앗기고 말았
다는 설화에 이끌리기도 했다.

나는 어린아이로서 납득할 만한 나만의 이야기를 꾸며댔다. 어머니는
아름다운 공주였다. 그런데 용과 관련된 뭔가 끔찍한 일이 일어나, 공주는
자기 아이들을 빼앗기고 말았다. 나는 머나먼 탑 속에 갇힌 공주의 그림을
수없이 그렸다. 물론 공주는 항상 나를 그리워하고 나를 생각했다.

13 리사 울림 세블룸, 이유진 옮김, 『나는 누구입니까』, 산하, 2018, 12쪽. 파양, 학대,
    추방, 자살로 내몰리는 국제입양인의 현실 및 대한민국 입양법에 관해서는 전홍기
    혜·이경은·제인 정 트렌카, 『아이들 파는 나라 – 한국의 국제입양 실태에 관한 보
    고서』, 오월의봄, 2019.
14 제인 정 트렌카, 58쪽.

훗날, 내 어린 시절의 이런 몽상이 얼마나 진실에 가까운지 알게 되었다. 어머니는 공주는 아니었지만, 양반가문에서 태어났다. 내 조상은 한국의 계급사회에서 전략결혼, 재산상속, 덕행, 과거시험 등을 적절히 잘 이용하여 높은 사회적 지위에 올랐다.

"당신의 외조부님께서는 소가 아주 많았답니다."라고 통역자들이 전해주었다. 내 조상은 중부지방에서 안락한 전원생활을 누렸다. 등이 휘는 고된 농사일은 소작인들에게 내주고, 문인 양반의 특권을 누리며 살았다. 시골에서 유유자적하는 삶, 자연을 벗삼아 마음껏 사서삼경을 공부하고 시·서·화를 즐기며 사는 것이 양반에게는 이상적인 삶의 형태였다.[15]

프로이드는 자신의 기대치에 못 미치는 부모를 부정하고 높은 사회적 지위를 가진 사람을 부모로 대체하고자 하는 신경증을 가족 로망스라는 개념으로 분석했는데, 제인 정 트렌카는 자신과 언니를 입양해 키우는 미국의 양부모보다 자신을 낳아준 어머니가 훨씬 고귀하다는 믿음을 무의식적으로 가지며 수정적인(revisionary) 관계를 설정했다.[16] 루터교회의 목사가 한국인 자매 입양을 망설이는 미국 양부모에게 "흔히 이런 경우 엄마가 매춘여성이거나 십대 미혼모라 아이를 돌볼 수 없는 상황"이라고 했던 것과는 완전히 상반된다. 실제로 미국을 비롯한 서구 사회는 물론이고 한국의 대중문화에서조차 아이를 해외로 입양 보낸 한국인 생모들은 전쟁미망인, 노동계급, 10대 미성년, 미혼모, 성노동자, 성폭행 피해자, 극빈층 등으로 재현되는 경우가 많

---

15 제인 정 트렌카, 61~62쪽.
16 프로이드의 가족 로망스에 관해서는 지그문트 프로이트, 박종대 옮김, 「신경증 환자의 가족 소설」, 『성욕에 관한 세 편의 에세이』, 열린책들, 2020, 177~184쪽 참조.

았다.[17] 반면, 제인 정 트렌카는 어머니의 조상과 자신의 혈통을 추적하며 개인의 불행이 한국의 역사와 인습에서 기인했음을 다음과 같이 비판했다.

　　우리가 유명한 시인이나 학자 집안일까? 철학자나 역사가 집안일까? 우리 집안의 가계는 역사 속 어디까지 거슬러 올라갈 수 있을까? 조부모님은 친절한 분들이었을까?

　　우리는 유교의 덕행을 실천하며 살았던 사람들에 대해서도 이야기하지 않는다. 그들의 가부장적 전통은 우리 어머니가 임신한 상태로 굶주리고 있는데도 그런 여인을 버리라고 가르치지 않았던가? 한량인 사내들로 대를 이어 내려온, 우리의 나무랄 데 없는 혈통에 대해 신경 써서 뭐하겠나? 우리의 왕후가 백여 년 전에 칼에 찔려 죽었고 현대의 한국은 징병제로 무장하고 모두가 아이스크림을 즐기는 민주주의 국가인 마당에, 몰락한 양반가문과 우리가 얼마만큼 가까운 관계인지 논한들 뭐하겠나? 세

17　Eleana Kim, "Wedding Citizenship And Culture: Korean Adoptees and the Global Family of Korea," *Social Text* 74, 2003, pp.57~91, *Adopted Territory: Transnational Korean Adoptees and the Politics of Belonging*, Durham; London: Duke University Press, 2010. 또한 유럽 국가 가운데 한국인을 비롯한 아시아 아동 입양 인구가 가장 많은 프랑스 한인입양 여성의 정체성에 관한 연구로는 문지영, 「1970-1980년대 프랑스에 입양된 한인여성의 입양 경험과 초국적 정체성-〈한국 뿌리(Racines Coréennes)〉의 입양 증언을 중심으로」, 『사총』 104, 2019, 145~176쪽. 한편 토비아스 휘비네트는 한국대중문화에서 입양인과 생모가 재현되는 방식의 문제점을 비판하며, 특히 버림받은 자녀가 자신들을 버린 생모를 위로하는 '고아가 된 한국'을 위로하는 입양인의 양상을 날카롭게 분석했다. 이와 관련해서는 토비아스 휘비네트(이삼돌), 뿌리의집 옮김, 『해외 입양과 한국 민족주의-한국 대중문화에 나타난 해외 입양과 입양 한국인의 모습』, 소나무, 2008. 국가 간 입양과 인종 간 입양의 한국적 기원을 추적하며 국가 간 입양을 한미관계를 비롯한 냉전 질서 및 경제 개발 구도의 맥락에서 분석한 연구로는 아리사 H. 오, 이은진 옮김, 『왜 그 아이들은 한국을 떠나지 않을 수 없었나-해외입양의 숨겨진 역사』, 뿌리의집, 2019.

아이를 잃고 말았던 한 여인에 대해 세상은 얼마나 관심을 가질까? 누군들 죽은 병사 한 사람을 기억할까? 대체, 미국인이, 진주만 공격 이전에 일본이 다른 나라들에서 일으킨 침략 전쟁에 관심이나 있을까? 심지어 일본군이 15만여 명의 중국인을 살상한 난징 사건조차 미국 대중의 의식 속에서 거의 잊혔는데 말이다.

그러나 나는 지금 여기 있다. 비록 산산조각 나긴 했지만 역사에 살아남은 위대한 한 가족, 그 가족의 작은 파편 하나로서 존재한다. 미국에서 태어나 자라날 내 아이들은 머나먼 한 나라와 이름조차 제대로 발음하지 못할 조상에 대해 관심을 가질 것 같지 않고, 그들이 한국과 맺을 관계는 나보다 훨씬 더 희미하리라. 그리하여 내가 늙어 할머니가 될 즈음, 내 가족의 이야기는 이미 생을 마감한 자들의 그 모든 이야기들 가운데로 사라지리라.[18]

어머니가 양반 가문 출신임을 확인한 제인 정 트렌카는 어머니의 삶이 몰락하게 된 과정을 역사적인 맥락으로 분석했다.[19] 제인 정 트렌

---

18 제인 정 트렌카, 64~65쪽.
19 앞서 언급했던 프로이트의 가족소설 개념에서 출발해 마르트 로베르는 어린아이에게는 의식적이고 정상적인 어른에게는 무의식적이며 신경증 환자에게 집요하게 나타나는 사생아와 업둥이의 세계관을 통해 문학 작품을 분석했다. 마르트 로베르는 소설의 출발점 보다 구체적인 표현으로는 꾸며낸 이야기의 출발점을 업둥이와 사생아의 거짓말로 분류했다. 업둥이 즉 입양아는 자기의 부모가 절대적인 능력의 소유자가 아니라 보잘 것 없는 평민이라는 것을 알고 그들을 진짜 부모로 생각하지 않게 되면서 자신의 진짜 부모가 언젠가는 자신의 신분을 회복시켜줄 수 있으리라고 이야기를 꾸미게 되며, 이에 반해 사생아는 어머니는 진짜 어머니지만 아버지는 현재의 아버지가 아니라고 생각하고 부인하는 단계에서 거짓말을 만들어 내게 된다는 것이었다. 마르트 로베르는 아이가 부모를 양부모로 인식할 때, 양부모는 "자기를 받아들여서 양육한 것을 제외하고는 자신이 그들과 어떤 공통점도 없는 그런 어떤 사람들이라고 결론짓는다."고 주장했는데, 제인 정 트렌카의 자기서사에서는 그와 같은 특징이 역행하는 구조로 나타난다. 이와 관련해서는 마르트 로베르, 김치수·이윤옥 옮김, 『기원의 소설, 소설의 기원』, 문학과지성사, 1999, 38~49

카는 고등학교 2학년 때 한국으로 전화를 걸어도 좋다는 생모의 편지를 받고 처음으로 생모의 목소리를 듣게 되었지만, 언어가 달라 서로 아무 말도 나눌 수가 없었다. 그럼에도 불구하고 생모가 부르는 '경아'라는 한국 이름을 들으며 제인 정 트렌카는 자기 자신의 존재를 몸으로 받아들이는 경험을 한다. "한국 어머니의 목소리를 들은 그 밤의 기억은 자기 몸을 이탈한 자의 시점으로 기록된다. 마치 내가 이 세계의 천장에 핀으로 꽂힌 채 우리 집 지붕을 통해 나 자신을 내려다보는 것 같다."[20] 전화 통화 이후 6년 동안 모녀는 편지를 교환했고, 1992년에 어머니는 딸들을 미국으로 입양 보낼 수밖에 없었던 사연을 어렵게 털어 놓았다. 생모는 딸이 미국에서 상상했던 공주의 모습과는 전혀 다른 삶을 살았다.

전쟁미망인으로 혼자 아들과 시어머니를 부양했던 어머니는 재혼을 강요하는 시어머니에게 시달리다 아들을 둔 채로 집을 나와야 했다. 재혼한 남편은 알코올 중독자에 폭력적인 의처증 환자였다. 남편이 데려온 딸들을 키우며 봇짐장수로 어렵게 생계를 꾸려나가던 어머니는 재혼 후 딸 둘을 낳았는데 아들을 원했던 제인 정 트렌카의 생부는 새로 태어난 딸들을 자기 딸이 아니라고 부정하다가 급기야 죽이려고까지 했다. 어머니는 딸에게 당시의 상황을 숨김없이 이야기했다. "엄마는 자기가 나를 계속 키웠다면 내가 죽었거나 거지가 되었을 거라고 했다. 엄마의 이야기에 따르면, 아버지가 내 머리를 때려 시퍼렇게 멍들게 했고 나를 창밖으로 던지기도 했으며, 엄마는 그를 피해 집을

쪽 참조.
20 제인 정 트렌카, 92쪽.

나와 길거리에서 잔 적도 있었다. 그런 가정에서 갓난아이가 어떻게 살아남을 수 있었겠나?"[21] 그렇게 폭력적인 남편이 무서워 피해 다니면서도 어머니는 실체도 없는 '양반 가문'의 딸이라는 관념에 얽매어 이혼을 하지 못했다. 두 딸의 미국 입양을 추진한 것은 생부였다. 어머니는 딸들을 살리기 위해 남편의 일방적인 통보를 받아들일 수밖에 없었다. 제인 정 트렌카는 어머니의 불행과 고통이 양반 가문인 외가에서부터 시작되었다고 진단했다. 이른바 양반 가문에 남아 있었던 가부장제의 폐습이 어머니의 삶을 망쳤고, 딸은 자신의 어머니가 양반 가문 출신이었다는 사실을 기록하면서 어떤 권리도 가지지 못한 채 평생 딸, 어머니, 부인, 며느리로서의 의무감에 시달렸던 한국 여성의 삶을 조명했다. 어머니는 외할아버지의 재산과 학식 가운데 그 어떤 것도 물려받지 못한 채, 불행한 결혼 생활을 하며 가난, 폭력, 추방의 트라우마를 겪어야 했다. 그리고 어머니의 트라우마는 세대를 거쳐 딸에게 전이되었다. 제인 정 트렌카는 생모를 원망하거나 비난할 수조차 없었다. 제인 정 트렌카는 『피의 언어』에서 1992년에 어머니가 다른 사람에게 부탁해 영어로 써 미국으로 보냈던 편지를 자신의 언어로 다시 한 번 옮겨 쓰는 것으로 어머니와 딸의 이야기를 시작했다.

　　내 나이 이제 환갑이 되었구나. 이 엄마가 너희를 제대로 돌보지 못해 참으로 부끄럽다. 입이 열 개라도 할 말이 없어. 내 꿈은 아주 행복했는데 현실은 행복과는 거리가 멀었지. 내 살아온 이야기를 너희한테 다 들려주고 싶지만 한 많은 모진 인생을 너희가 어찌 이해하겠니. 엄마 노릇 못한

21　제인 정 트렌카, 92~93쪽.

이 부끄러움을 다 어찌할까. 영영 나 자신이 원망스러워 울고 싶구나. 너희가 괜찮다면 살아생전에 꼭 만나고 싶다. 사랑스러운 너희 얼굴을 한 번만이라도 보고 싶다. 내 소원은 그것뿐이란다.[22]

어머니는 자기 자신을 수치스러워하며 스스로를 책망했다. 1995년에 제인 정 트렌카 모녀가 서울에서 처음 만났을 때, 어머니는 통역사를 통해 딸에게 같은 말을 반복했다. 어머니는 "자신이 정말 나쁜 엄마이고, 용서를 부탁한다."고 거듭 말했고, 딸은 "엄마가 왜 우릴 떠나보내야 했는지 다 이해해요. 잘 하셨어요. 당신은 좋은 어머니예요. 용서를 구하실 필요 없어요."라고 답했다.[23] 하지만, 제인 정 트렌카는 자신이 어머니에게 거짓말을 할 수밖에 없었던 당시의 상황을 『피의 언어』가 처음 출간되고도 약 10년 가까운 시간이 지난 2012년에야 다음과 같이 밝혔다. "거의 20년 전 내가 서울의 소피텔 엠버서더에서 친엄마와 이런 의식을 거행할 때, 엄마는 갑자기 죄의식을 느낀다며 눈물로 온 호텔방을 채우셨다. 당시 내가 할 수 있는 말은, "죄의식을 갖지 마세요. 엄마는 올바른 선택을 하신 거예요. 결과적으로 잘된 거예요. 전 행복해요."뿐이었다. 결국 엄마의 한은 호텔 한 구석구석에 가득 차올랐고 딸인 나는 이역만리에서 자라며 겪은 삶을 제대로 털어놓을 공간을 찾을 수 없었다. 나는 가족 결별과 인종 간 입양이 내게 무슨 짓을 당하게 했는지 진실한 이야기를 털어놓을 수 없었다. 성폭

22　제인 정 트렌카, 16~17쪽.

23　제인 정 트렌카, 148쪽. 데리다는 용서의 본질은 바로 시간, 과거에 대한 반박 불가능성과 수정 불가능성을 내포한 시간의 존재에 있다고 주장한 바 있다. 이와 관련해서는 자크 데리다, 배지선 옮김, 『용서하다』, 이숲, 2019, 41쪽.

력, 잔인한 인종 차별, 자살 시도, 중증 우울증에 대한 고백 대신 나는
엄마의 희망을 짓밟지 않을 거짓말을 해야 했다."[24] 모녀는 서울에서
극적으로 상봉했지만, 딸은 어머니에게 정작 하고 싶었던 말을 끝내
할 수 없었다.

　어머니에게 거짓말을 할 수 밖에 없었던 이유는 한국어와 영어라는
이질적인 언어 차이에 있지 않았다. 화해를 위해 '몸부림'에 가까운
노력을 기울이다가 양쪽 모두 서로에게 실망하고 다시 낯선 사람이
되는 과정을 거치며 더욱 우울해지는 악순환을 경험하고 싶지 않았기
때문이었다. 제인 정 트렌카는 어머니를 위로할 처지가 아니었음에도
불구하고 어머니에게 거짓말을 하면서까지 어머니를 위로해야 했다.
어머니가 딸의 진실을 알게 되면 딸을 입양 보낸 자기 자신을 용서할
수도 자신의 행위를 정당화할 수도 없게 될 것을 알았기 때문이었다.
딸은 어머니에게 자신이 살아온 이야기를 진솔하게 할 수 없었지만,
어머니는 딸에게 한국에서 그동안 어떤 일들을 겪었는지 끊임없이 말
했다. 딸은 어머니의 이야기가 무엇을 노리고 있는지 짐작할 수 있었
다. "이렇게 이야기하는 행위를 통해 엄마는 스스로 속죄하는 한편,
현실의 자기 모습이 아니라 자기가 진정 꿈꾸는 자화상을 사람들에게
보여 주고 싶었던 게 아닐까? 이야기를 들려주던 어느 날, 마술처럼,
자신이 꿈꾸던 모습으로 변해 있기를, 그리하여 이야기하는 행위를
통해 삶을 스스로 정복한 사람이 되기를 희망한 게 아닐까?"[25] 하지만

24　제인 정 트렌카, 「알 수 없는 것을 알고, 생각할 수 없는 것을 생각하라」, 제인
　　정 트렌카·줄리아 치니에르 오페러·선영 신 엮음, 『인종 간 입양의 사회학-이식
　　된 삶에 대한 당사자들의 목소리』, 뿌리의집, 2012, 552~553쪽.
25　제인 정 트렌카, 149쪽.

놀랍게도 제인 정 트렌카는 어머니와 마주 앉아 어머니가 살아온 이
야기를 들으면서 점차 '엄마의 딸로 바뀌어가는 느낌'을 가지게 되었
다. 어머니 자신을 합리화시키기 위한 행위로 치부했던 이야기가 딸
의 삶을 서서히 변화시키고 있었다.

3. 엄마의 몸이 내 몸으로 변해가는 시간

제인 정 트렌카는『피의 언어』에서 한국이라는 나라가 어머니에게
불행과 고통을 전가한 실체였음을 고발했다. "아들이 딸보다 귀중한
나라, 여자들이 어린 자식들을 업고 다니듯 무거운 의무의 짐을 업고
다니다가 나이가 들면 영원히 허리가 굽어 눈을 땅에다 박고 사는 이
나라에서"[26] 여성은 존재가 부정당하거나 삶의 뿌리가 뽑혀 나가는 트
라우마를 겪을 수밖에 없다고 결론 내렸다. 어머니는 제인 정 트렌카
생부의 폭력을 딸에게 뒤늦게나마 증언했다. 제인 정 트렌카와 언니
가 미국으로 입양된 이후로도 남겨진 가족들은 아버지가 던진 맥주병
에 맞아 자주 상처를 입었다. 어머니는 남은 딸들과 수레 밑에서 잠을
자면서 15년간 서울의 이곳저곳으로 도망을 다녔지만, 아버지는 어김
없이 가족들을 쫓아왔다. 외삼촌의 생명까지 위협했던 아버지는 감옥
에 다녀와서도 달라지지 않았고, 그토록 폭력적이고 파괴적인 삶을
살면서도 아들 얻기만을 끝까지 간절하게 원했다는 것이다. 어머니가
제인 정 트렌카를 입양 보낸 후에 딸이 태어나자 아버지는 딸에게 남

---

26 제인 정 트렌카, 151쪽.

자아이 이름을 지었다. 가부장제 사회의 폐해를 온몸으로 겪은 어머니의 삶을 어렴풋이 이해하게 된 제인 정 트렌카는 한국 방문 일정을 마치고 미국으로 돌아갔다. 비행기 안에서 제인 정 트렌카는 한국에서 배우고 깨달은 세 가지 덕목들을 되새겼다. "스스로 위로하라. 사랑해주는 사람들을 신뢰하라. 나쁘게 대하는 남자들에게 돌아가지 말라."[27] 미국으로 돌아와 자신의 다짐을 실천하기도 전에 제인 정 트렌카는 믿기지 않는 소식을 듣게 되었다. 뇌종양으로 시한부 판정을 받은 후 급격히 위독해진 어머니를 만나기 위해 제인 정 트렌카는 다시 한국으로 향했다. 점차 의식이 흐릿해지는 어머니를 지켜보면서 딸은 '처음으로 엄마의 몸이 내 몸으로 변해가는 시간'[28]을 경험했다. 어머니를 간병하며 딸은 어머니의 몸과 자신의 몸을 구체적으로 생각하게 되었다.

> 엄마, 이제 나는 당신의 몸 구석구석을 알게 되었습니다. 당신의 벌거벗은 몸이 나에게는 전혀 충격이 아니었고 당신에게는 창피한 일이 아니었지요. 당신이 엄마로서 이미 알고 있었던 사실을 난 그제야 처음 알게되었어요. 내가 당신의 형상으로 만들어졌다는 것을요. 내가 당신의 몸과 당신의 심장을 물려받은 딸이라는 것을요. 설령 글로 당신을 되살리는 데 실패하더라도, 내 속에 흐르는 '피의 언어'로 나는 영원히 당신을 기억할 겁니다.[29]

---

27 제인 정 트렌카, 232쪽.
28 제인 정 트렌카, 209쪽.
29 제인 정 트렌카, 204쪽.

간병을 마치고 다시 미국으로 돌아온 제인 정 트렌카는 어머니의 부고 소식을 들었다. 장례식 참석이 어려운 형편이었던 딸은 대신 미국에서 추도식을 준비했다. 자신을 낳아준 여성의 죽음을 애도하는 자리에 자신을 길러준 미국 어머니가 와 주길 원했다. 추도식을 통해 미국 어머니와의 오랜 불화가 조금은 해소될 것이라는 기대를 내심 가지고 있었지만, 미국 어머니는 추도식에 참석할 의사가 전혀 없음을 통보했다. 오히려 생모의 죽음을 슬퍼하고 기리는 딸에게 미국 부모님이 일종의 배신감마저 느끼고 있음을 알아차릴 수 있었다. 제인 정 트렌카는 미국 어머니의 심경을 『피의 언어』에서 다음과 같이 묘사했다. "엄마의 마음 속에는 내가 어디 다른 곳에서 온 자식이 아니다. 내게 친어머니는 없다. 없다. 없는 것이다."[30] "왜 내가 한국 어머니의 죽음에 대해 그렇게 해야 하는지 이해하지 못한다. 그들은 배신감을 느낀다."[31] 미국 어머니의 진의가 무엇인지 알고 싶었던 딸은 참석이 어렵다고 핑계거리를 대는 미국 어머니로부터 한국 어머니의 죽음에 '관심이 없다'는 말을 듣고 말았다. 딸은 결국 "빌어먹을, 엄마한테 자식들을 준 여자를 위해 올 수도 없단 말이에요?"[32]라고 미국 어머니에게 응수했고, 그렇게 생모의 죽음을 계기로 모녀의 갈등은 봉합이 불가능할 정도로 악화되고 말았다. 성실한 모범생으로 잘 자란 딸이 욕을 하며 분노하자 미국 어머니는 큰 충격을 받고 관계를 단절한다. 제인 정 트렌카는 돌연 두 명의 어머니를 잃을 위기에 처하게 되었다.

---

30 제인 정 트렌카, 243쪽.
31 제인 정 트렌카, 257쪽.
32 제인 정 트렌카, 244쪽.

하지만 추도식은 예정대로 진행되었고, 제인 정 트렌카는 돌아가신 어머니가 미국의 딸들에게 보냈던 편지를 참석자들 앞에서 읽었다. 자신의 목소리를 낼 기회를 얻지 못했던 어머니를 대신해 딸이 어머니가 되는 행위로 어머니를 추도한 것이었다. 한국과 미국 사이를 오가며 어머니와 딸을 마지막까지 이어주었던 것은 '편지'였다. 이제 더 이상 어머니에게 편지를 쓸 수도 어머니로부터 편지를 받을 수도 없게 된 딸은 어머니의 이야기를 직접 글로 쓰기 시작했다. 마치 어머니가 세상을 떠난 다음 날부터 애도 일기를 썼던 롤랑 바르트처럼 제인 정 트렌카도 글쓰기로 어머니와의 이별을 지연시키고 싶었다.[33]

제인 정 트렌카는 왜 어머니의 이야기를 더 정확하게는 어머니와 자신의 이야기를 글로 쓰게 되었는지를 다음과 같이 설명했다. "엄마, 할 수만 있다면 내 의지와 글로 당신을 소생시켜드리고 싶어요. 물과 하늘과 공기처럼 순수하고 상쾌하고 신선한 글로 말이에요. (……) 그러나 엄마, 당신이 생과 사의 갈림길에서 헤매고 있었을 때가 우리가 가장 오래 함께 있었던 시간이기에 당신을 이렇게 임종의 글로 재창조하는 것이, 이런 식으로 당신을 기억하는 것이 가슴 아파요. 엄마, 내가 그만 슬퍼하고 이제 당신을 놔주길 바란다는 거 알아요. 그래서 행여 서툴고 추한 글이 될까 두렵지만, 글로 당신의 형상을 빚으려 합니다. 글로 당신을 소생시키려 합니다.[34] 한국에서 어머니와 만났을 때, 딸은 어머니의 말을 모두 알아듣지 못하는 상황에 절망했다. 어머니의 긴 이야기를 통역사들은 언제나 짧게 요약해서 딸에게 전달했다.

33 롤랑 바르트, 김진영 옮김, 『애도 일기』, 걷는나무, 2018 참조.
34 제인 정 트렌카, 203쪽.

어머니가 세상을 떠나자 딸은 생모의 대화를 다른 방식으로 이어 나가고자 했다. "언어의 장벽 때문에 말할 수 없는 그 모든 이야기"들을 회고록과 자전적 소설로 쓰기 시작한 것이다. 어머니의 언어인 한국어를 의식하지 않고 자신의 언어인 영어로 어머니와 소통할 수 있는 방법이기도 했다. 그렇게 어머니의 삶과 죽음을 글로 쓰며 제인 정 트렌카는 또 한 명의 어머니와 자신의 공통점을 발견하게 된다. 한국에서 생모가 세상을 떠나자 비로소 미국에서 외할머니를 잃은 양모의 슬픔을 뒤늦게나마 짐작할 수 있었다.

4. 피의 언어로 쓴 편지

제인 정 트렌카는 자신을 입양해 키웠고 오랜 세월 긴장과 애증의 관계를 형성했던 미국 어머니에게 처음으로 편지를 썼다. 어머니를 잃은 두 여자 사이의 공통점을 발견하며, 제인 정 트렌카는 자신의 슬픔을 비로소 미국 어머니에게 건넬 수 있었다. "엄마, 난 당신에게서 태어나지 않았어요. 그러니 결코 당신의 몸이 될 수 없을 거예요. 결코 복숭아빛 피부나 금발을 갖지 못할 것이고, 결코 푸른 눈으로 세상을 보지 못할 거예요. 우리 둘 다 앞을 보지 못한다면 서로를 받아들 수 있을까요? 만져봄으로써 서로를 알게 될까요? 여기를 만져주세요, 엄마. 여기, 내가 미안해하고, 내가 당신을 사랑하고, 내 상처가 치유되어야 하는 곳을요. (……) 엄마. 만약 내가 두려워하며, 내가 어둠 속에서 길을 잃으면, 다시 나를 구해줄래요?"[35] 제인 정 트렌카는 딸과 전혀 다른 몸을 가진 미국 어머니에게 '구원'을 요청했다.

한국인 경아의 관점에서 미국인 제인에게 쓴 편지에서도 미국인
가정에 입양된 자기 자신을 "오직 너만이 보이는 존재로 살아가는
복"[36]을 누리고 있다고 이야기하며 또 다른 자아에게 해외입양인의 삶
을 설명했다. 그렇게 미국인 제인의 존재가 한국인 경아의 희생으로
이루어졌음을 강조하면서도 경아는 결코 사라지지 않을 것이라고 선
언했다. 미국인 양부모는 그녀를 제인으로만 살아가도록 키웠지만,
경아는 소멸될 수 없는 존재로 제인의 몸 안에 공존한다는 사실을 역
설한다. 몸 안에 흐르는 '피의 언어'로 어머니를 영원히 기억하겠다고
했던 것처럼, 제인의 몸 안에서 경아는 '피의 언어'로 함께 살아가고
있었다. 이처럼 미국인의 정체성과 아시아 여성으로서의 인종적 우울
증을 내면화한 제인 정 트렌카는 한국 어머니의 죽음을 계기로 애도
의 글쓰기를 수행하며 어머니 찾기와 여성되기가 불가분의 관계임을
확인하게 되었다.[37]

제인 정 트렌카라는 이름을 쓰기 전까지 정경아와 제인 마리 브라
우어는 사회적으로 완벽하게 분리되어 있었지만, 두 여성은 한 사람
의 몸 안에 공존하고 있었다. "내 이름은 정경아, 주민등록등본에는
1972년 음력 1월 24일생으로 기록되어 있다. (……) 세상의 반을 돌아
가면 나는 또 다른 사람이다. 나는 제인 마리 브라우어. 비행기를 타고

---

35   제인 정 트렌카, 296쪽.

36   제인 정 트렌카, 177쪽.

37   지그문트 프로이드, 윤희기·박찬부 옮김, 「슬픔과 우울증」, 『정신분석학의 근본
개념』, 열린책들, 2012, 239~265쪽; Anne Anlin Cheng, *The melancholy of race:
psychoanalysis, assimilation and hidden grief*, England: Oxford University Press, 2000,
pp.24~29.

미국 땅을 밟은 1972년 9월 26일에 다시 태어났다. 미네소타 주 출생 증명서에는 1972년 3월 8일생으로 기록되어 있다."[38] 공식 서류에 기입되는 내용이 한 사람의 정체성을 충분히 설명할 수 있는가라는 질문을 던진 제인 정 트렌카는 인간의 몸과 이야기의 정체성을 긍정하고 옹호했다. 사람들로부터 조상에 대해 어떻게 아느냐는 질문을 받을 때, 그리고 그들이 "누구든지 자기가 왕족이나 재력가 집안의 후손이라고 생각하잖아. 넌 무슨 문서랄까, 뭐 그런 증거물이라도 있니?"라고 할 때마다 제인 정 트렌카는 호적이라는 문서보다 "한국 어머니가 윗대에 대해 말해준 것들과 어머니가 세상을 뜬 뒤로는 자매들이 이어서 전해주는 것들"을 훨씬 더 신뢰했다.

하지만, 어머니가 들려준 이야기의 힘을 믿으면서도 제인 정 트렌카는 어머니 대신 어머니의 삶을 글로 쓰는 과정을 주저하고 두려워할 수밖에 없었다. 『피의 언어』를 마무리하며 제인 정 트렌카는 돌아가신 한국 어머니에게 가족의 이야기를 글로 쓰는 자기 자신을 용서해줄 것을 다음과 같이 간청했다. "사랑하는 엄마, 이 책을 쓴 걸 용서하세요. 결코 우리 가족을 부끄럽게 만들려는 의도가 아니랍니다. 그저 제가 익숙한 미국적인 방식으로 당신을 공경하고 싶을 뿐이에요. 당신에 드릴 꼭 알맞은 말을 찾지 못해 죄송합니다. 그 점을 너그러이 봐주신다면, 당신께 드리는 작은 선물로 이 이야기를 받아주세요."[39] 제인 정 트렌카는 어머니의 죽음을 애도하는 글쓰기가 자기 자신만을 위한 행위가 아님을 강조했다. 딸은 돌아가신 어머니의 삶에 글쓰기

---

38 제인 정 트렌카, 23쪽.
39 제인 정 트렌카, 323쪽.

로 의미를 부여하고자 했다. 한국 사회에서 자신의 목소리를 낼 수 없었던 어머니를 대신해 딸이 어머니가 되어 발화한 것이었다.

동시에 자기 자신을 '내부의 이방인(outsider within)'으로 규정한 제인 정 트렌카는 한국 사회에서 버림받은 혹은 한국 사회가 유기하고 판매한 해외입양인들의 삶을 공론화하는 작업에 뛰어들었다. 그렇게 제인 정 트렌카의 자전적 글쓰기는 점차 사회 저항적이고 실천적인 글쓰기로 확장되어갔다.[40] 2006년에 『인종 간 입양의 사회학』을 미국에서 발간하고 1년 후인 2007년에 〈진실과 화해를 위한 해외입양인 모임〉을 만들어 활동가의 삶을 시작하며, 국가 간 입양, 인종 간 입양의 문제는 개인의 기구한 사연으로 치부될 수 없는 '사회'가 책임을 져야 할 중대한 사안임을 규명했다.[41]

제인 정 트렌카는 자전적 글쓰기로 어머니 찾기와 여성되기의 의미를 분석하며 미국 백인 가정에 입양되어 미국인으로 성장하는 과정에서 자신이 겪었던 트라우마가 해외입양이라는 모순적인 제도에서 발생한 것임을 인지하게 되었다. 2013년에 한국에서 번역 출간된 『덧없는 환영들』(2009)에서 제인 정 트렌카는 자기 자신을 다음과 같이 소개했다. "처음 미국에 와서 양부모를 만났다. 처음 한국에 돌아와서 한국 엄마와 자매들을 만났다. 두 번째로 한국에 돌아와서 오빠를 만났다.

---

40 제인 정 트렌카는 국제 간 입양인들의 증언집을 발간하면서 흑인 페미니스트들의 통찰력을 '내부의 이방인'으로 규정한 패트리샤 힐 콜린스의 개념을 언급했다. 이와 관련해서는 패트리샤 힐 콜린스, 박미선·주해연 옮김, 『흑인 페미니즘 사상 — 지식, 의식 그리고 힘기르기의 정치』, 여성문화이론연구소, 2009 참조.

41 제인 정 트렌카, 「알 수 없는 것을 알고, 생각할 수 없는 것을 생각하라」, 『인종 간 입양의 사회학 — 이식된 삶에 대한 당사자들이 목소리』, 뿌리의집, 2012, 558쪽.

세 번째로 한국에 돌아왔을 때는 한국 엄마가 돌아가시려던 참이었다. 네 번째로 한국에 돌아온 것은 갓 결혼하고서였다. 다섯 번째로 한국에 돌아왔을 때 난 내 시스템 안의 한국을 불태워버리고 다시 미국인으로 돌아갈 수 있으리라 생각했다. 여섯 번째 한국에 왔을 때는 갓 이혼하고서였다."[42] 미국에서 제인의 정체성으로 살 수 없었던 것처럼 한국에서도 경아의 정체성으로만 지낼 수 없었던 제인 정 트렌카는 한국에 돌아온 해외입양인의 존재를 자전적 글쓰기로 가시화하고 있다.[43]

이처럼 제인 정 트렌카의 자전적 글쓰기는 한국문학의 조건 혹은 가능성을 새롭게 성찰하게 한다. 작가의 희망처럼 해외입양인의 자기서사가 '한국인의 집단적 경험의 일부'로 읽혀질 때, 한국문학에는 어떤 변화가 일어날 것인가? 제인 정 트렌카가 스스로를 전(前) 한국인으로 소개할 때, 전과 후의 기준은 무엇으로 설명될 수 있을까? '세상의 반을 돌아가면 나는 또 다른 사람이다.'는 선언처럼, 제인 정 트렌카의 작품이 미국에서 영어로 읽힐 때와 한국에서 한국어로 읽힐 때 제인 정 트렌카의 자기서사는 각각 다른 텍스트로 간주되어야 할까? 물론 제인 정 트렌카의 글쓰기에만 국한된 문제는 결코 아닐 것이다. 1980년대와 1990년대에 국가 간 입양과 인종 간 입양으로 미국, 프랑스를 비롯한 북유럽 국가에서 성장한 해외입양인들의 자기서사를 비교 분석하며, 한국문학의 경계에 관한 모색을 추후의 과제로 다루고자 한다.

---

42 제인 정 트렌카, 『덧없는 환영들』, 창비, 2013, 13쪽,

43 제인 정 트렌카, 「한국에 돌아온 해외 입양인의 소소한 고백 세 가지」, 『나는 왜 그 간단한 고백 하나 제대로 못하고』, 도마뱀출판사, 2021, 122~126쪽 참조.

여신(女神)이 된 '환향녀(還鄕女)'

의순(義順)과 후이옌 쩐(Huyền Trân, 玄珍)의 비교를 중심으로

최빛나라

1. 들어가며: 숭배와 혐오

이 글은 한국과 베트남의 화번공주가 환향 후 여신이 된 과정을 살펴보고 그 의미를 구명하는 데에 목적이 있다. 구체적 비교 대상은 조선의 의순(義順, 1635~1662)과 다이 비엣(Đại Việ, 大越)[1]의 후이옌 쩐 (Huyền Trân, 玄珍, 1278~1340) 즉 한국과 베트남의 역사 속 화번공주들 이다. 이들은 국경 너머로 시집을 가 타국에서 낯선 삶을 경험하고 또한 결국에 귀국하여 생을 마감하였다는 공통점이 있다. 자국과 타 국을 넘나든 두 인물의 이중 월경(越境)은 조선과 다이 비엣 사회에 여러 문제·현상들로 파생되었다. 그 구체적 양상은 현재까지 남아 있 는 다양한 문화 산물을 통해 확인할 수 있다. 이에 이 글에서는 역사·

---

[1] 1054~1400년, 1428~1804년에 사용된 베트남의 옛 국호이다. 베트남은 왕조의 교체는 잦았으나 국호의 변경은 잦지 않았다. 마지막 왕조인 응우옌 왕조 시기에 '비엣 남(Việt Nam, 越南)'으로 국호를 정하기 이전에는 다이 꼬 비엣(Đại Cồ Việt, 大瞿越), 다이 비엣, 다이 응우(Đại Ngu, 大虞) 등이 사용되었다.

문학·신앙·예술 분야에 두루 걸쳐 존재하는 자료를 종합하여 '환향 녀[2]가 '여신'으로 거듭나게 된 사회문화적 맥락을 분석해보고자 한다.

화번공주의 말로는 어떠하였던가? 사람도 문화도 낯선 땅으로 보내진 이들에게는 '나라를 위한다'는 책임이 지워져 있었다. 그러나 환향한 이들에게 '나라를 위한' 보답은 없었다. 화번공주가 영광을 안고 고국으로 돌아오는 경우는 없었다고 보아도 무방하다. 본국의 입장에서 그들은 이미 쓸모를 다해 잊힌 존재이자 철저히 은폐해야 했던 수치스러운 존재였기 때문이다. 한국과 베트남의 역사상 드물게도 이민족의 권력자에게 시집을 갔다가 돌아온 인물이 있어 환향한 화번공주의 현실을 알 수 있게 한다. 바로 이 글에서 주목하고자 하는 의순과 후이옌 쩐이다.

의순은 종친 태생으로 원래는 공주가 아니었다. 그러나 병자호란 직후, 조선이 청에 항복하면서 수용한 조건들을 이행하는 과정에서 임금의 양녀가 되었다. 청에 보내지기 위해 공주의 작위를 받은 것이다. 의순공주의 혼인은 당시 천자국이었던 청나라와 진행되었기 때문에 '화번공주'의 경우와 꼭 같다고는 할 수 없다. 그러나 당시는 명나라 숭정제가 자결한 지 채 10년도 되지 않은 때로 조선에게 청나라는 여전히 오랑캐국이나 마찬가지였다. 청나라에 대한 반감이 높았던 조선으로서는 차마 공주를 오랑캐국에 시집보낼 수는 없었다. 이에 조정은 조건에 맞는 '여성'을 선택하여 공주로 세우기에 이르렀다. 서얼

---

2 환향녀(還鄕女)라는 말에는 이국에서 몸을 버리고 돌아온 여성이라는 폄훼와 비속의 이미지가 덧씌워져 있다. 이 글에서는 '오랑캐' 나라로 시집을 갔다가 귀국한 화번공주 또한 '환향녀'의 부정적 이미지에서 자유롭지 않다고 보았다.

종친의 처지를 타개하고자 한 친부 이개윤(李愷胤), 정권 유지 및 청나라와의 화친을 바란 효종(孝宗), 조선 조정의 척화 분위기를 억누르려 하였던 청나라 도르곤(多爾袞) 등, 남성 권력자들의 이해가 맞물려 의순공주는 '만들어'졌다.

반면 후이엔 쩐은 다이 비엣의 공주로 태어났다. 그는 1255년부터 1400년까지 존속하였던 쩐(Triều, 陳) 왕조의 인종(仁宗) 쩐 컴(Trần Khâm, 陳昑)의 딸이자, 영종(英宗) 쩐 투이엔(Trần Thuyên, 陳烇)의 누이 동생되는 인물이었다. 후이엔 쩐 생존 당시 다이 비엣은 남쪽으로 참파(Chăm Pa, 占婆; 占城) 왕국과 국경을 마주하고 있었다. 비록 그들과의 경쟁에서 다이 비엣이 열세였던 적은 없었으나 참파는 남쪽의 강력한 지배자로서 무시할 수 없는 세력이었다. 또한 다이 비엣은 1257년부터 1288년까지 세 차례에 걸친 원나라 군대의 침입에 대응하면서 국력이 쇠한 상태였다. 그동안 미개하고 저속하다 여겨온 참파였으나 나라의 안정을 위해서는 화친을 도모할 필요가 있었다. 이에 다이 비엣은 참파와 협약하여 접경 지역의 일부를 할양받고 후이엔 쩐 공주를 자야 신하바르만 3세(?~1307, Jaya Simhavarman Ⅲ)[3]의 왕비로 시집 보내기로 하였다. 조정의 관료들은 지위고하를 막론하고 반대의 목소리를 높였다. 다이 비엣의 공주를 감히 오랑캐국의 신부로 보낼 수 없다는 이유에서였다. 그러나 1306년에 협약은 결국 실행되었다.[4]

---

3 베트남에서는 주로 쩨 먼(Chế Mân, 制旻)이라고 불렀다.

4 후이엔 쩐에 대한 기본 정보는 Nguyễn Minh San, *Những Thần Nữ Danh Tiếng trong Văn Hóa-Tín ngưỡng Việt Nam*, Nxb. Phụ Nữ, 1996, tr. 85~91 참조. 당시 정세의 전반적 내용에 대해서는 유인선, 『새로 쓴 베트남사』, 산인, 2002, 152~154쪽을 참조하였다.

화친을 위해 이국으로 시집을 가게 된 의순과 후이옌 쩐의 처지는 중국 왕소군(王昭君)에 비유되는 경우가 많다.[5] 황실 여성이 멸시의 대상이던 이민족에게 시집가게 된 사정이 의순과 후이옌 쩐의 혼인 경위와 유사하기 때문이다. 주지하다시피 왕소군과 호한야 선우(呼韓邪單于)의 혼인은 한나라와 흉노 사이의 정치적 목적에 따른 것이었다. 그러나 왕소군이 흉노 선우와 결혼한 이후 죽을 때까지 한나라로 돌아오지 못하였던 것과 달리 의순과 후이옌 쩐은 '환향(還鄕)'하였다는 차이가 있다.

청나라로 떠난 의순공주는 누르하치의 아들이자 섭정왕이던 도르곤(1612~1650)과 혼인하였다. 그러나 혼인 7개월 만에 도르곤은 죽고 의순은 다시 누르하치의 손자, 즉 시조카에게 재가하게 되었다. 수계혼(收繼婚)은 조선에서 행하던 풍습이 아니었다. 부친이나 형제의 처첩을 물려받는 것이 청나라 사회에서는 당연한 관습이었겠으나 조선인의 생각으로는 패륜이나 마찬가지였다. 그러나 의순은 이미 '보내진' 존재였기에 이를 거부할 수 없었다.

1652년에 두 번째 남편마저 사망하자 청 세조는 의순공주의 조선 귀향을 허락하였다.[6] 실록에는 의순공주의 귀국과 이후 조선에서의

---

5 왕소군은 '희생'과 '비극'의 상징으로 주목받았다. 이에 따라 왕소군의 일대기는 많은 문인에 의해 작품화되고 민간에서도 슬프고 안타까운 이야기로서 전승되었다. 이에 대해서는 서주영·권응상, 「王昭君 형상의 문학적 轉形」, 『인문연구』 95, 영남대 인문과학연구소, 2021의 논의를 참조할 만하다.

6 의순공주의 환향과 관련해서는 이명현, 「환향녀 서사의 존재 양상과 의미」, 『동아시아고대학』 60, 동아시아고대학회, 2020; 정해은, 「병자호란의 상흔과 '의순공주의'의 탄생」, 『한국고전연성문학연구』 41, 한국고전여성문학회, 2020에서 논의된 바 있다.

삶이 매우 간략하게 처리되어 있다. 의순이 조선으로 돌아왔다는 사실과 매달 쌀을 지급하여 생을 마치도록 하였다는 것, 그리고 1662년 28세의 젊은 나이로 죽었다는 내용이 전부이다.[7] 의순공주는 조정의 필요에 의해서 공주가 되었지만 귀국 후에는 공주로서 대접받지 못하였다. 오히려 골칫거리였다. 이민족 남성과 여러 차례 혼인한 몸으로, 감히 살아서 조선으로 돌아온 '환향녀'였기 때문이다.

후이옌 쩐의 환향은 비슷하면서도 다른 과정을 거쳤다. 우선 타국에서 겪은 삶의 양상은 유사하다. 의순과 마찬가지로 후이옌 쩐도 혼인한지 불과 1년 만에 남편인 자야 신하바르만 3세의 죽음을 마주하게 되었다. 또한 남편 사후, 다이 비엣 사람으로서는 납득할 수 없는 이민족의 풍습을 따르라 강요받았다. 신하바르만의 왕비로서 사티 (Sati), 즉 왕의 시신을 화장하는 불길에 순사(殉死)해야 하는 상황에 처한 것이다.

그러나 대처는 달랐다. 다이 비엣의 후이옌 쩐 역시 '보내진' 처지였다. 참파 왕과 결혼하고 이듬해 아들까지 생산하였으므로 더 이상 다이 비엣의 공주가 아니라 일국의 왕비로서 행동해야 하였다. 그러나 후이옌 쩐은 참파 풍습인 사티를 거부하고 친정인 다이 비엣의 도움을 받아 탈출해 귀국하였다. 화번공주가 '환향녀'로 되돌아온 순간

---

7 義順公主還自淸國(『효종실록』 권16, 효종 7년 4월 26일); 命戶曹給義順公主月廩, 以終其生(『효종실록』 권16, 효종 7년 5월 9일); 上下敎政院, 錦林君女子之喪, 令該 曹優給喪需. 孝宗朝, 淸國九王, 欲與我國結婚, 遣使要得公主, 孝宗重違其意, 選宗 室錦林君愷胤女, 稱以義順公主, 送與九王. 九王旣死, 淸國以其女, 遽與九王手下將, 愷胤適奉使入燕京, 呈文請還, 淸人許出送. 至是病死, 上憐之, 命官庀其喪(『현종실 록』 권5, 현종 3년 8월 18일).

이었다.

오랑캐에 시집갔다 돌아온 두 공주는 모두 '여신'이 되었다는 공통점이 있다. 조선의 의순은 의정부 소재의 천보산 한 자락에 무속신으로 모셔졌다. 이곳 신당에서는 의순의 영혼을 달래는 치제(致祭)를 올리고, 의순공주 할머니에게 지역민의 무병장수를 기원하는 굿을 지냈다.

반면 후이옌 쩐은 보다 큰 범주에서 베트남을 수호하는 호국 여신으로 숭배되었다. 베트남인들이 후이옌 쩐을 승리의 상징으로 여겼기 때문이다. 화번공주의 탈출 사건으로 다이 비엣과 참파 사이에 전쟁이 일어나게 되었고, 그 전쟁을 계기로 참파 수도 점령은 물론 남쪽으로의 영토 확장을 도모할 수 있었다는 것이다. 이에 후이옌 쩐은 쩐 왕조 시기는 물론이고 후대 왕조, 그리고 현재까지도 국가가 공인한 신격으로서 나라를 수호하는 역할을 부여받게 되었다.

'환향녀'가 수용과 연민을 넘어 숭배의 대상으로 격상된 사실은 언뜻 낯설게 느껴진다. 이민족에 보내진 공녀나 화번공주들은 잊혀진 존재나 다름없었고, 환향한 경우에도 타국과 고국 어디에도 온전히 속하지 못하는 존재가 되어버리기 일쑤였기 때문이다. 그러나 두 공주가 사후에 여신으로 숭상되었던 것만큼은 분명한 사실이다. 환향녀는 어떻게 혐오가 아닌 숭배의 대상이 되었을까? 이는 한국과 베트남의 특수한 사회문화적 맥락에서 비롯한 것이라 할 수 있다. 이에 이 글에서는 역사·문학·신앙·예술 분야의 다양한 자료를 살펴 두 나라의 '환향녀'가 '여신'으로 거듭난 양상을 비교함으로써 한국과 베트남의 '환향여신'이 지닌 의미를 구명해보고자 한다.

2. 통곡의 화번공주(和蕃公主)

환향녀(還鄕女)에 대한 사전 정의는 '임진왜란과 병자호란을 겪고 정절을 잃은 후 고향으로 돌아온 여성을 이르던 말'[8]로 여성을 비하하는 '화냥년'의 어원이라는 설도 있다. 그 사실 여부를 떠나 '환향녀'라는 말에는 타국에서 몸을 버리고 돌아온 여성이라는 폄훼와 비속의 이미지가 덧씌워져 있음이 분명하다.[9] 실제로 많은 여인들이 공녀(貢女) 혹은 화번공주로서 낯설고 물선 곳으로 '자의(自意)'와 관계없이 보내겼고[10] 간신히 고국에 돌아왔을 때는 오랑캐에 정절을 훼손하였다는 죄를 뒤집어쓰고 손가락질 받았다.

경인년에 청나라 사람이 급히 와서 혼인을 요구하였다. 조정에서 두려워서 민가의 딸을 택하여 보내고자 하였으나 저들이 듣고 알까 두려워하였다. 금림군(錦林君) 개윤이 자청하여 그 딸을 보냈으니, 이는 그 뜻이 오로지 나라를 위하는 데 있는 것이 아니라 청국에서 보내는 채폐(采幣)가 많음을 탐낸 것이다. 개윤의 집이 지극히 가난하였는데 이 때문에 부자가 되었다. 딸은 의순공주(義順公主)라 이름하였다. 구왕이 받아들였다가 뒤에 소박하여 버리고 그의 하졸에게 시집보냈다. 이행진(李行進)이 개윤과 함께 사신으로 북경에 가서 글로 아뢰어 그 딸을 데리고

---

8 환향녀, 네이버 국어사전, ko.dict.naver.com/#/entry/koko/fc7e45314b5541d3a56098ee739c1159(검색일: 2023.5.1.)

9 김무림, 「한자음의 변화와 '화냥'의 어원」, 『새국어생활』 22(3), 국립국어원, 2012 참조.

10 『당회요(唐會要)』의 「화번공주(和蕃公主)」에는 이러한 비자발적 번국행(蕃國行)이 "강가(降嫁)"라는 표현을 통해 잘 드러나고 있다. 「화번공주」 내용에 대해서는 唐嘉唯, 「『唐會要』 권6, 和蕃公主 및 雜錄 譯註」, 『동국사학』 67, 2019 참조.

돌아오니, 당시 사람들이 모두 욕하였다.[11]

의순의 환향 역시 환대받지 못하였다. 『연려실기술(燃藜室記述)』에 따르면 의순의 환향길에 조선인들은 욕하며 멸시하였다고 한다. 또한 금림군 이개윤이 채폐에 대한 욕심으로 딸을 청나라에 시집 보냈다고 하거나, 역사 사실과 달리 의순이 도르곤에게 소박당한 후 부하 장졸에게 보내졌다고 전한다. 의순의 혼인과 환향에 대해 조선 사람들이 지녔던 부정적 시각을 알 수 있는 대목이다.

병자호란이 끝난 후 금오리에 사는 왕족 금림군(錦林君)의 딸이 왕명으로 청나라에 붙들려 가다가 오랑캐 놈에게 정조를 짓밟히는 욕을 당하느니보다 차라리 죽는 것이 낫겠다고 생각하고 정주(定州) 땅에서 강물에 몸을 던져 죽었다고 한다. 이때 몸은 물속에 가라앉고, 쓰고 있던 족두리만 물에 떠올라 시신 대신 족두리 의장(衣葬) 장사를 지내고 묘지를 조성하였는데 당시의 세인들이 이 산소를 족두리 산소라고 부르며 나라 위해 죽은 공주를 애처로워 하였다고 한다. 이와 같은 전설이 오늘에 이르기까지 금오동에 전해 내려오고 있다.[12]

---

11 庚寅, 淸人急來求婚. 朝廷惶惻, 欲擇送民家女, 而恐彼聞知. 錦林君愷胤, 自請送其女. 蓋其意不專在於爲國, 利其淸國所送采幣之多. 愷胤家至貧, 由是致富. 女號義順公主, 九王納之. 後疎棄, 又嫁下卒. 李行進與愷胤, 奉使赴燕, 至於呈文, 率其女還. 一時罵. 『燃藜室記述』卷30, 「孝宗朝故事本末」(https://db.itkc.or.kr/dir/item?itemId=BT#/dir/node?dataId=ITKC_BT_1300A_0310_010_0030) 번역과 원문은 한국고전종합DB의 자료를 활용하고 필자가 윤문함).

12 제공자: 박억석(84세) 금오리 노인 회원·최성용(72세) 금오리 노인회장, 대담자: 안국승(70세) 의정부 문화원, 일시: 1996년 7월 22일(의정부문화원·의정부정주당놀이보존회, 『정주당놀이의 역사성 연구』, 의정부정주당놀이보존회, 2008, 5쪽).

의순 관련 설화에서는 '오랑캐'에 시집가는 의순의 처지가 매우 애처롭게 그려진다. 의정부에서 전승되어 온 이 「족두리묘 설화」는 천보산에 자리한 '족두리묘'의 연원을 설명하는 유래담의 성격을 띤다. 청나라에서 두 번 결혼하고 아이까지 낳은 후 조선으로 돌아왔던 의순은 의도적으로 지워졌다. 그 빈틈에는 "오랑캐 놈에게 욕을 당하느니" 자결해 정조를 지키고자 한 열녀 의순을 대신 채워 넣었다. 설화의 향유자들은 의순의 삶을 적극적으로 조작하였다. 환향녀에 대한 부정적 이미지 때문이다. 오랑캐 나라에 시집간 일은 분명 안타까운 사건이었다. 그러나 조선 땅에 돌아온 '더럽혀진' 몸은 의순을 환대할 수 없게 하는 결함이었다.

후이옌 쩐의 혼인과 환향에 대해서도 베트남인은 비슷한 인식을 보인다. 후이옌 쩐의 '환향' 역시, 역사 기술 및 문학 작품을 통하여 확인할 수 있다. 『대월사기전서(大越史記全書, Đại Việt sử ký toàn thư)』에 따르면 1305년 2월, 참파에서 온 수백 명의 사람들이 금과 귀향(貴香), 그리고 그 밖의 신비한 물건들을 가지고 와서 예물로 바치며 다이 비엣 황실에 구혼을 청하였다. 그러나 조정 관리 대부분은 이를 허락해서는 안 된다고 주장하며 참파와의 통혼을 반대하였던 것으로 나타난다.[13] 당시 다이 비엣의 관리들이 참파 왕의 구혼을 거부하고자 한 이유는 명확하였다. 문명국인 다이 비엣이, 게다가 강력한 원나라 군대와의 전쟁에서 세 차례나 승리한 다이 비엣이 감히 미개한 오랑캐국

---

13 二月占城遣制蒲苔及部黨百餘人奉表進金銀奇香異勿求定聘禮. 朝臣以爲不可獨文肅王道載主其議. 陳 克終贊成之其議遂決(『大越史記全書』, 「本紀全書」卷6, 〈陳紀〉2, 〈英宗陳烇〉20a).

과 통혼할 수 있겠느냐는 것이었다.

많은 관료의 반대를 무릅쓰고 영종은 자신의 여동생이자 다이 비엣의 하나뿐인 공주 후이옌 쩐을 참파로 시집 보냈다. 영토를 접하고 있으면서 긴장 관계에 있던 참파와의 분위기를 우호적으로 바꿀 필요가 있었고, 이 결혼을 이유로 접경 일부를 할양받기로 하였기 때문이었다. 구혼이 있고 이듬해, 1306년 6월에 북쪽의 수도에 거하고 있던 후이옌 쩐은 다이 비엣 최남단을 지나 참파로 떠나게 되었다.[14]

> 아깝구나, 숲 한가운데 있는 계수나무
> Tiếc thay cây quế giữa rừng
> 그 오랑캐놈이 오르도록 허락해버렸네.
> Để cho thằng Mán thằng Mường nó leo[15]

베트남 사람들은 후이옌 쩐을 화번공주로 보내게 된 상황에 대하여 슬퍼하고 분노하였다. 조정 관료뿐 아니라 민간 백성들의 심정도 마찬가지였다. 위의 인용문은 베트남에서 전승되는 민간 가요(Ca Dao)로 비엣족(Việt tộc, 越族)[16]이 주변 이민족에 대해서 지녔던 인식을 알 수 있게 한다. 노래에서는 아름답고 소중한 계수나무에 감히 "오랑캐놈

---

14   夏六月下嫁玄珍公主于占城主制旻, 初上皇迯方幸占城而業許之(『大越史記全書』, 「本紀全書」卷6, 〈陳紀〉2, 〈英宗陳烇〉21a).

15   인용 작품은 Viện nghiên cứu văn hóa dân gian, *Kho tàng ca dao người Việt: hai tập*, Nxb. Văn hóa–thông tin, 2001, tr.2262에 수록된 것을 활용하였다.

16   베트남은 비엣족을 포함하여 54개의 민족으로 구성되어 있는 다민족 국가이다. 54개 민족 가운데 인구수에 있어 가장 큰 비중을 차지하는 것이 비엣족이다. 비엣족을 포함하여 베트남 54개 민족에 대해서는 당 응이엠 반 외, 조승연 옮김, 『베트남의 소수민족』, 민속원, 2013 참조.

이 오르"게 되어버린 데 대한 애석함과 노여움이 느껴진다. 여기서 "숲 한 가운데 있는 계수나무"는 '후이옌 쩐'을,[17] 계수나무를 범한 오랑캐는 참파족을 의미한다고 볼 수 있다. 특히 참파족에 대해서는 "Mán" 즉 '蠻'자와 함께 "thằng (-새끼, -놈)"이라고 하는 낮잡아 부르는 말을 사용하였다. 미개하고 야만적인 오랑캐 민족이 감히 문명국인 다이 비엣 공주를 취한 데 대한 분노를 표현하고 있는 것이다.

> 아깝구나, 하얗고 고운 쌀알
> Tiếc thay hạt gạo trắng ngần,
> 더러운 물에 씻겨 짚불에 안쳐졌구나
> Đã vo nước đục lại vần than rơm.
> 아깝구나, 하얗고 향기로운 쌀
> Tiếc thay hạt gạo tám xoan,
> 적동(赤銅) 솥에 안쳐져 붉은 물에 담겼구나
> Thổi nồi đồng điếu lại chan nước cà[18]

위의 인용문은 후이옌 쩐 공주의 결혼에 대해 모욕감을 드러내고 있는 또 다른 노랫말이다. 노래의 화자는 쌀의 처지가 안타깝다고 한다. 희고 가지런하며 향기롭기까지 한, 그야말로 상등미(上等米)인 이 쌀알은 그 값어치에 맞지 않는 방식으로 불 위에 안쳐졌다. 더러운 물에 씻긴 고운 쌀은 붉은색 물에 불려지고 붉은색의 구리 솥에 담겨

---

17 Nguyễn Đổng Chi·Trần Văn Giáp·*Thúc Kháng Huỳnh, Việt-Nam cổ văn học sử*, Nxb. Phủ quốc vụ khanh đặc trách văn hóa, 1970, tr.364.

18 인용은 Viện nghiên cứu văn hóa dân gian, *Kho tàng ca dao người Việt: hai tập*, Nxb. Văn hóa-thông tin, 2008, tr.2264 수록 작품을 활용함.

밥으로 익어가고 있다. 여기서 부정적 이미지로 사용되고 있는 "더러운 물", "구리 솥", "붉은 물"이라는 밥 짓기의 최저 방식들은 모두 참파족과 그들의 풍속을 의미한다.

베트남 사람들은 베트남 내 다양한 민족들이 저마다 다른 풍속과 기질, 그리고 생김새를 지녔다고 말한다. 비엣족과 참족에 대해서도 마찬가지이다. 하노이를 중심으로 북부에 다수 분포하여 사는 비엣족은 흰 피부에 둥근 얼굴을, 남부에 주로 분포하여 있는 참족

〈참파 유적의 탑〉

사람들은 검붉은 피부에 갸름한 얼굴을 하고 있다는 것이다. 게다가 오른쪽의 사진처럼 실제 참파 왕국의 건축물은 붉은 황토를 이용해 진흙 벽돌을 쌓아 만들기 때문에 그 도시 풍경은 붉은색으로 상징되기도 한다. 인종적·문화적 차이가 곧 차별이 될 수는 없다. 베트남 즉 다이 비엣이 지닌 참파 왕국에 대한 멸시는 베트남의 특수한 역사 배경과 함께 설명할 필요가 있다.

베트남은 북부를 거점으로 남쪽을 향해 영토를 확장해간 역사를 지니고 있다. 이른바 '북거남진(北據南進)'이다. 북거는 베트남의 북쪽에 위치한 중국과 투쟁한 역사를 의미한다면 남진은 베트남 남쪽에 위치하였던 옛 왕국 참파(Chăm Pa, 占城, 192~1832)·푸남(Phù Nam, 扶南, 1세기~630), 그리고 그 외 여러 민족의 터전을 정복하여 영토를 확장해간 역사를 의미한다고 할 수 있다.

지도에서 확인할 수 있는 베트남의 영토가 현재와 같은 범위로 확정된 지는 200년이 채 되지 않았다. 이는 같은 베트남 내부에서도 북

〈북거남진(北據南進)〉

부·중부·남부의 사람들이 서로 다른 역사와 문화를 경험한 '다른 존재'로서 살아온 역사가 더욱 길었다는 사실을 알게 한다. 특히 이 글에서 집중하는 쩐 왕조 시기에는 현재 베트남의 가운뎃점이라고 할 수 있는 후에(Huê)를 새롭게 베트남의 영역으로 흡수하여 '남진'에 박차가 가해졌다. 11세기부터 시작된 남진은 700년에 걸쳐 이루어졌다. 이후 베트남의 영토는 최초의 비엣족 국가 수립시보다 3배 이상 확장되었다. 이러한 승리에 대한 자부심을 바탕으로 비엣족은 수도에 사는 사람이라는 뜻에서 자기 민족을 '경족(京族, 낑족)'이라고도 칭한다. 그 말속에 베트남 전역의 평야지대에 도시를 이루고 살며 문명을 이끄는 민족이라는 자부심이 녹아 있다. 이러한 '낑족'으로서의 자부심이 타 민족을 '미개'라 치부하는 바탕이 된 것이다.

> 오와 리가 아무리 넓다고 해도
> Hai châu Ô Lý vuông ngàn dặm,
> 후이엔 쩐 한 사람은 그 수십 배 가치가 있는 것을
> Một gái Huyền Trân của mấy mươi.[19]

---

19 인용 작품은 Hoàng Cao Khải, "Công chúa Huyền Trân", *Quốc văn trích diễm*, Nxb. Văn học, 2004, tr.30에 수록된 것을 활용하였다.

다이 비엣의 관료들이 참파와의 통혼을 반대한 것은 이러한 이유에서였다. 야만국과 사돈이 되어 혼맥으로 얽히지 않기 위함이었고, 또한 문명국의 공주를 차마 미개한 땅으로 보낼 수가 없었던 것이었다. 당시 베트남 조정의 주요 관심사가 남쪽으로의 영토 확장이었기에 참파 왕이 결혼의 대가로 약속한 오주(Châu Ô, 烏州)와 리주(Châu Lý, 李州)는 매우 탐나는 조건이었다. 그러나 베트남의 옛 문인은 후이옌 쩐 공주를 지키는 것보다 가치 있는 일은 아니라고 하였다.

> 강산 천 리 떠나왔는데
> Nước non ngàn dặm ra đi...
> 무슨 사랑이 있겠는가!
> Mối tình chi!
> 연지와 분의 색을 빌려
> Mượn màu son phấn
> 오와 리 땅으로 갚네
> Đền nợ Ô, Lý.
> 서글픔이 오네
> Xót thay vì,
> 봄 시절 대신에.
> Đương độ xuân thì.
> 고난의 운명인 건가 어떤 업보인 것인가?
> Số lao đao hay là nợ duyên gì?

많은 사람의 반대에도 불구하고 후이옌 쩐 공주는 화친을 위하여 국경을 넘게 되었다. 위 인용문은 후이옌 쩐 공주가 참파로 가던 길에 불렀다고 알려진[20] 노래로, 이 결혼으로 인해 새로 할양받은 땅 즉,

현재의 후에 지역에서 전승되고 있다.[21] 이 노랫말의 화자는 후이옌 쩐으로 보인다. 고향을 떠나 먼 곳으로 시집온 것은 자신의 뜻이 아니었는데 이 결혼에 사랑이 있을 수 있겠느냐고 한탄하고, 아름다운 자신을 보낸 대가로 받은 땅이 오와 리 땅이라고 말한다. 봄이 왔으나 자신에게는 설렘이 아닌 서글픔뿐이라고도 하였다.

후이옌 쩐 공주는 고향의 그리고 문명의 세계에서 강제로 벗어나 낯선 곳에 놓인 자신의 신세를 원망하고 있다. 야만의 땅, 미개한 나라에서 자신이 감내해야 할 모욕이 삶의 어느 지점까지 지속될지 가늠할 수도 없다. 화번공주인 후이옌 쩐은 나라의 이익을 위하여 자신을 희생한, 그것도 타의에 의해서 희생당한 존재였다. 조정 관료는 물론이고 민간의 노래에서도 살펴볼 수 있었던 후이옌 쩐에 대한 연민, 참파에 대한 멸시와 원망이 화번공주를 화자로 내세운 운문에서도 확인된다. 베트남 전승의 작품들이 후이옌 쩐을 나라를 위해 희생한 희생의 이미지로 그리고 있다는 점을 알 수 있다.

그러나 국경 밖으로 끌려나가 이루어지는 화번공주의 결혼은 그저 물리적 월경만을 의미하지 않아 문제가 발생한다. '화번'은 미개 사회와의 결합과 기존 질서·규범에 대한 이탈을 동반하게 되기 때문이다. 그래서 화번공주는 나라를 위하여 '떠나갈 때'는 안타깝고 고맙고 미안한 대상이지만,[22] 그 이후의 삶은 의도적으로 잊혀진다. 화번공주가

---

20 Hoàng Trọng Miên, *Việt Nam văn học toàn thư: Cổ tích*, Nxb. Tiếng Phương Đông, 1985, tr.52.

21 이 노랫말을 개작하고 민요 음률을 빌려 만든 현대 가요도 있다. 제목은 민요 첫 구절을 딴 'Nước Non Ngàn Dặm Ra Đi'이다. 팜 주이(Phạm Duy) 작곡·작사로 1975년에 발표되어 현재까지도 많은 가수가 리메이크하고 있다.

혹시라도 '돌아온다면' 골칫거리가 된다. '환향녀'는 더 이상 온전하게 '이쪽' 세상의 사람으로 받아들일 수 없는 존재이기 때문이다.

의순과 후이옌 쩐은 잊혀져 돌아오지 않았어야 할 연민의 대상이었지만 결국 환향하였다. 그리고 신이 되었다. 내부에도 외부에도 속하지 못하고 부유하던 존재가 땅에 발을 딛은 신이 되기까지 환향녀와 여신 사이, 혐오와 숭배 사이에는 귀환-수용-환대의 메커니즘이 작동하고 있는바, 이는 다음 장에서 살펴보겠다.

3. 교차하는 환향여신(還鄕女神)

두 나라의 공식 관찬 역사서에서는 의순과 후이옌 쩐의 귀국을 두고 벌어진 날 선 비판들이 뚜렷하게 남아 있다. 『효종실록』에 따르면 의순공주가 조선으로 돌아오자 사헌부와 사간원에서는 친부 이개윤의 처벌을 요구하였다. 조정을 업신여겨 사사로운 뜻에 끌려 멋대로 의순을 데리고 돌아왔으니 국법으로 용서할 수 없다는 것이었다. 결국 이개윤은 삭탈관직의 처분을 받고 도성 밖으로 쫓겨났다.[23] 후이옌 쩐의 환향에 대한 『대월사기전서』의 평가도 이와 비슷하다. 『대월사

---

22 서주영·권응상, 「王昭君 형상의 문학적 轉形」, 『인문연구』 95, 영남대 인문과학연구소, 2021 참조.

23 啓曰, 義順之行, 旣以朝家之命, 則義順之還, 亦必待朝家之命. 前錦林君愷胤, 罔念事體, 無嚴朝廷, 牽私率意, 擅自請還, 其在國典, 斷不可貸. 前護軍李行進, 前正李枝茂等, 不思禁抑, 反爲贊成, 言語之際, 且多妄發, 奉使無狀, 厥罪惟均. 豈可罷職而止哉. 請立命削奪官爵, 門外黜送. 累啓而從之, 『효종실록』 권16, 효종 7년 윤5월 10일.

기전서』를 기록한 사관 응오 시 리엔(Ngô Sĩ Liên, 吳士連)은 혼인을 통해 외교적 화친을 약속하였음에도 후이옌 쩐을 탈출시켜 다이 비엣으로 데리고 돌아온 것은 속임수를 써서 빼앗아온 바나 마찬가지니 신의가 없다고 비난하였다.[24]

언제부터인지 몰라도 마을에 횡액이 자주 발생하여 이를 알아보니 살신보국(殺身報國) 나라를 위해 오랑캐 땅에 끌려갔다가 28세 젊은 나이로 억울하게 돌아가신 공주의 넋을 달래야만 마을 사람 모두가 무병장수하고 풍년이 들겠다고 하기에 금오리 마을사람이 모여 당터에 올라가 합동으로 의순공주를 제신으로 제사를 지내기로 하고 제관을 선발하여 봄에 마을 사람들이 예전대로 흰밥에 미역국을 끓여 놓고 제사를 지낸 것이 시초인 것 같다고 한다. 그러나 6.25 전쟁이 일어나자 이와 같은 행사는 끝났다고 한다.[25]

6.25 동란이 일어나기 전까지 천보산 각시당 자리에 의순공주를 무신으로 뫼신 당집이 있고 무당이 그곳에서 당집을 관리하였는데, 그후 관리가 소홀해지자 그 무당이 당주가 되어 개인관리를 하며 그곳에서 살고 있었다고 한다. 그는 그곳에서 평소에는 신도들의 무병장수를 당신인 의순공주에게 기원하는 굿을 해주며 당집을 지켜왔다고 한다. (…) 6.25 동란 때 당집이 폭격으로 소실되었다고 한다. 8.15 해방 전에는 일본사람들의 방해로 규모를 축소하여 행하다가 6.25 전쟁 후 자연히 사라졌다고 한다.[26]

---

24 仁宗以女嫁占城主, 何義乎. 曰, 因逐幸業許之, 恐失信盍改命焉可也. 帝當天位而上皇已出家, 帝改命斯無難矣. 顧乃遠嫁非類以實前言, 旋用詐謀以奪於後, 何有於信乎. 『大越史記全書』, 「本紀全書」卷6, 〈陳紀〉2, 〈英宗陳烇〉21b.

25 제공자: 박억석(84세) 금오리 노인 회원·최성용(72세) 금오리 노인회장, 대담자: 안국승(70세) 의정부 문화원, 일시: 1996년 7월 22일(의정부문화원·의정부정주당놀이보존회, 『정주당놀이의 역사성 연구』, 의정부정주당놀이보존회, 2008, 5~6쪽).

귀국에 대한 부정적 시각과 비판에도 불구하고 환향녀는 신이 되었다. 그러나 두 환향녀가 신으로 거듭난 계기나 신으로서 차지하는 지위에는 큰 격차가 있다. 위의 인용문은 의순이 '공주 할머니'로 모셔진 의정부 금오동에서 전승된 이야기를 담고 있다. 앞서 「족두리묘 설화」에서 청나라로 시집가는 길에 자결하였다고 조작된 의순은, 죽어서 마을에 횡액을 일으키는 존재가 된 것으로 나타난다. 이에 금오리 사람들은 의순을 마을의 무신으로 모시고 넋을 달래기 시작하였다는 것이다.

신에게 올리는 제수(祭需)는 "흰밥에 미역국" 정도이다. 이 소박한 제상으로 의순공주 할머니는 그 넋이 달래어졌다. 그러나 이마저도 6.25 전쟁 즈음에는 단절되어 버렸다. 이에 대해 금림군 이개윤과 의순공주의 후손들은 "공주 할머니의 돌아가신 날을 몰라 생일날에 천보산에 올라가 미역국을 끓여놓고 제사 지냈다는 말도 어릴 때 들은 기억이 난다"라고 전하며, "그러나 왜 그런지 쉬쉬하고 비밀로 해서 자세한 내용은 모른다"[27]라고 말을 맺는다.

현재 남아 있는 의순공주의 묘는 반쯤 허물어진 상태로 관리가 소홀하다. 이는 같은 집안의 선조인 금림군의 묘와 비교해 볼 때 더욱 확연하게 드러난다. 같은 의정부 지역에 마련되어 있는 산소임에도

---

26 제공자: 故 남 모씨(당시 84세), 면담자: 심안기, 일자: 1983년 5월경(의정부문화원 · 의정부정주당놀이보존회, 『정주당놀이의 역사성 연구』, 의정부정주당놀이보존회, 2008, 7쪽).
27 제공자: 봉안군파 대종 회장 15대손 이대하(67세), 거주지: 파주시 탄현면 오금리, 대담장소: 족두리 산소, 면담일시: 1996년 8월 10일 오후 2시, 대담자: 안국승(의정부문화원 · 의정부정주당놀이보존회, 『정주당놀이의 역사성 연구』, 의정부정주당놀이보존회, 2008, 7쪽).

〈의순공주의 묘 – 족두리묘〉   〈금림군 이개윤의 묘〉

불구하고 후손이 두 선조를 대우하는 방식에는 큰 차이가 있다. 오랑
캐에 시집갔다 돌아온 의순공주의 존재는, "쉬쉬하고 비밀로" 하였던
후손들에게서만 외면된 것이 아니다. 그 언젠가는 간소하게나마 그를
신으로 모셨던 지역민에게서도 잊혀졌다. 의순공주 할머니의 신당은
현재 소실되어 위치 정도만을 추정할 수 있을 뿐이다.

　의순과 달리 다이 비엣의 후이옌 쩐은 국가 영웅으로, 나아가 호국
여신으로 오래도록 융숭한 대접을 받았다. 우선 후이옌 쩐 공주와 관
련하여 전승되어 오는 설화를 살펴보고자 한다. 후이옌 쩐의 신 좌정
을 해명하는 설화는 아니지만, 채록된 자료 중 신뢰할 만한 자료를
우선으로 선정하여 서사단락 정리한 것임을 미리 밝혀둔다.[28]

　　(1) 옛날에 아름답기로 소문난 다이 비엣의 후이옌 쩐 공주를 아내로
　　　　삼고 싶어하는 참파국 왕이 있었다.

28　베트남에는 『한국구비문학대계』와 같이 체계적인 방식으로 옛 이야기를 수집 채
　　록한 자료가 아직 마련되지 못하였다. 이에 이 글에서는 간행된 자료집 중 선행
　　연구에서 주로 참고한 응우옌 동 찌(Nguyễn Đổng Chi)의 『Kho tàng truyện cổ
　　tích Việt Nam(베트남 古蹟傳의 寶庫)』을 활용하기로 한다.

(2) 참파 왕은 결혼을 위해 다이 비엣에 금, 보석, 침향, 말, 코끼리를 바쳤으나 구혼은 허락되지 않았다.

(3) 참파 왕은 내시의 조언을 듣고 다이 비엣에 사절단을 보내어 국경의 오(Ô)와 리(Ly) 두 주를 혼례 선물로 바치고 다시 구혼하였다.

(4) 다이 비엣의 쩐 왕과 후이엔 쩐 공주는 고개를 끄덕이며 결혼을 허락하였다.

(5) 다이 비엣의 수도에서부터 수많은 강을 건너 신부 행렬이 참파의 수도에 도착하였다.

(6) 참파 왕은 몹시 기뻐하였고, 공주가 원하는 것은 무엇이든 할 수 있게 해주었다.

(7) 공주와 참파 왕이 결혼한지 1년도 되지 않아 왕은 갑자기 병에 걸려 죽었다.

(8) 공주는 젊은 나이에 과부가 되었을 뿐 아니라, 참파의 풍습에 따라 장례를 치른 후 저승의 참 왕을 만나기 위해 화단(火壇)에 올라야 하는 위기에 처하였다.

(9) 다이 비엣의 쩐 왕은 이 소식을 듣고 조문 행렬로 위장한 사절단을 보내어 공주를 구해 오라고 명하였다.

(10) 다이 비엣의 사절단은 참파족 사람들에게 공주를 해변으로 데리고 가서 참파 왕의 영혼을 위하여 구혼제(求魂祭)를 지내겠다고 허락을 받은 후, 작고 가벼운 배를 내려 타고 단숨에 북쪽으로 달아났다.

(11) 왕비가 도망친 일에 분노한 참파의 신하들은 빙례품(聘禮品)이었던 오와 리 두 지역을 되찾으려 하였다.

(12) 참파의 새 왕은 5만 군마를 보내 두 지역을 지키게 하였으나 이미 다이 비엣의 군대가 그곳에 와 있었다.

(13) 대치하던 다이 비엣과 참파의 군대는 아침까지 성벽을 누가 높이 쌓는지 내기하여 승패를 정하기로 하였다.

(14) 참파 군대는 내내 열심히 성벽을 쌓았으나 다이 비엣 군대는 한가

롭게 시간을 보내며 성 쌓기를 게을리하는 듯이 보였다.

(15) 새벽이 되자 참파의 성벽은 장대보다 높아졌기에 참파의 군사들 이 모두 기뻐하였다.

(16) 반대편의 다이 비엣 성벽은 몇 개의 장대로 길이를 재야 할 정도 로 높았고, 거대한 성문과 전망대 그리고 장엄한 가옥들이 지어 져 있었으며 군사들이 성벽에 늘어서 있었다.

(17) 참파 군대는 패배를 인정하고 오와 리 지역에서 철수하였다.

(18) 다이 비엣의 장군이 쩐 왕에게 승리의 소식을 전하면서 보고하길, 대나무 판자로 높게만 지은 가짜 성벽, 풀과 흙으로 만든 군사들 로 참파 군대를 속여 승리하였다는 것이었다.

(19) 오늘날에도 트어 티엔 후에에 참파 군대가 쌓은 성벽의 흔적이 남아 있어, 두뇌 싸움에서 패배한 참파의 장군을 기억하게 한다.[29]

정리한 서사단락을 살펴보면 이야기 중 역사서의 내용과 일치하는 부분과 일치하지 않는 부분이 모두 존재함을 알 수 있다. 일치하는 부분은 (7)-(11)로 참파 왕의 죽음부터 후이엔 쩐 공주의 탈출까지의 이야기이다. 특히 설화 속 참파 탈출 과정은 『대월사기전서』에 기록된 세부 내용과 거의 일치하고 있다.[30] 이미 출가(出嫁)하여 참파 왕비가 되었으므로 그곳의 풍습에 따라 순사(殉死)하는 것이 당연함에도 불 구하고, 친정국인 다이 비엣은 첩보 작전을 펼치고 참파를 속이기까

---

29 서사단락은 Nguyễn Đổng Chi, "Sự tích Thành lồi", *Kho tàng truyện cổ tích Việt Nam*, Nxb. Giáo dục, 2000 tr. 245~251에 수록된 설화를 활용하여 정리하였다.

30 夏五月占城主制旻卒. (…) 占城世子制多耶遣使臣保祿口進白象. 冬十月命入內行遣 尙書左僕射陳克終安撫鄧文如占城迎玄珍公主及世子多耶歸. 占城俗國王卒主后入 火壇以殉帝知之恐公主遇害遣克終等託以吊喪 且言公主火 葬則脩齋無主張不如徃 海濱招魂於天邊迎灵魂同歸始入火壇. 占人從之克終以輕舟奪之以歸逡與之私通遲 回海道日久始至京都(『大越史記全書』, 「本紀全書」권6, 〈陳紀〉2, 〈英宗陳烇〉22b-23a).

지 하면서 후이옌 쩐을 살려 돌아온다.

일치하지 않는 부분은 (1)-(6), 그리고 (12)-(19)의 두 부분에 해당한다.[31] 후이옌 쩐과 관련한 부분은 앞의 (1)-(6)으로 참파 왕과의 결혼이 성사되기까지의 이야기이다. 『대월사기전서』의 기록과 설화의 내용에는 유의미한 차이가 발견되고 있어 주목할 만하다. 또한 이 차이는 후이옌 쩐 공주의 인물 형상에서 확인된다는 점이 흥미롭다.

우선, (1)은 참파 왕이 다이 비엣과의 통혼을 원하였던 이유가 후이옌 쩐의 '아름다움' 때문이라고 밝히고 있다. 이어서 (2)와 (3)에서는 구혼을 위한 참파 왕의 선물 공세에 대한 이야기가 이어진다. 이때 참파 측에서 두 차례에 걸쳐 제시한 빙례품의 품목은 사서에 기록된 것과 대체로 비슷하다는 사실을 알 수 있다. 그런데 (2)의 귀물로는 허락되지 않았던 결혼이 (3)의 '오·리' 즉 국경 인근의 땅을 바침으로써 결국 이루어진다고 한 점은 특별하다. (4)에서 확인되는바, 그 허락의 직접적인 주체가 후이옌 쩐 공주였다고 설정되어 있기 때문이다. 역사서에서 결혼 여부를 결정하는 권리는 다이 비엣의 왕과 그 신하들에게 있을 뿐 결혼 당사지인 후이옌 쩐의 의견은 전혀 드러나지 않는다. 그러나 설화에서는 귀중한 물건들로는 움직이지 않던 후이옌 쩐의 마음이 주요 지역을 할양한다는 조건에는 움직여 "고개를 끄덕이며" 결혼을 수락하였다고 전한 것이다.

(4)참파 왕과의 결혼을 주체적으로 결정한 후이옌 쩐 공주는 (5)북

---

31 (12)-(19)는 실제로 남아 있는 유적을 토대로 덧붙은 내용으로 보인다. 다이 비엣과 참파의 대결 그리고 그 승패를 민담의 방식으로 전개하고 있는데, 이 글에서 주목하는 화번공주·환향녀와 직접적인 관련이 있는 부분은 아니므로 논의는 생략하도록 한다.

쪽에 위치한 다이 비엣의 수도에서부터 참파 왕이 기다리고 있는 참파 왕국의 수도까지 긴 거리를 이동하였다. 이 월경 과정에는 앞서 베트남의 민요들에서 살폈던 것처럼 원망하고 서글퍼하는 화번공주가 드러나지 않는다. 또한 후이옌 쩐은 (6)원하는 것이라면 무엇이든 할 수 있을 정도로 참파 왕으로부터 극진한 대우를 받았다고도 하였다. 이는 역사서나 노랫말에는 없는 설화만의 설정이다. 여기서 후이옌 쩐은 결혼의 당사자이자 주체로서의 면모가 부각되고 있음을 알 수 있다. 달리 말하면 설화는 다이 비엣이 영토 확장하는 데에 가장 큰 기여를 한 존재가 바로 후이옌 쩐이라고 말하고 있는 것이다.

베트남의 영토가 확장되는 과정을 지도를 통해 살펴보면 설화에서 후이옌 쩐이 보다 주체적으로 형상화되는 이유를 알 수 있다. 앞서 언급한 베트남 역사의 특수한 면모, 즉 북거남진은 7세기에 걸쳐서 점진적으로 진행되었다. 비엣족이 애초에 터를 잡은 북부 지역에서 세력을 키워나가는 데에는 장애라 할 것이 크게 없었지만, 중부와 남부는 달랐다. 중부에는 참파족, 남부에는 크메르족이 이미 경쟁 세력으로서 자리를 확보하고 있었기 때문이다. 특히 참파족은 이미 2세기부터 중부 지역의 강자로 자리매김하여 베트남 역사상 가장 오랜 기간 동안 비엣족과 갈등 관계에 놓였던 이들이었다. 대등한 힘으로 엎치락뒤치락하던 관계가 베트남 우세로 돌아섰던 시기가 바로 14세기이다.[32]

위의 지도를 보면 1306년을 기점으로 베트남의 남진이 급격히 진척된 사실을 알 수 있다. 후이옌 쩐 공주와 참파 왕의 결혼이 성사된

---

32 Po Dharma, "Góp phàn tìm hiểu lịch sử Champa", *Champaka 1*, 1999, tr.9~32.

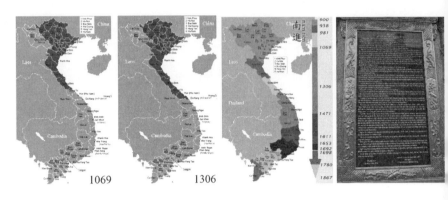

〈1306년 기점으로 급격이 진척되는 남진(南進)〉   〈사당의 비문〉

때가 바로 1306년이기 때문이다. 참파 왕이 후이옌 쩐과 결혼하기 위
해 빙례로 바친 오와 리 지역을 시작으로 베트남의 영토 확장이 물살
을 타게 된 것이다.

　의순의 경우와 마찬가지로 베트남 역사서에도 후이옌 쩐 공주가
귀환한 이후 어떠한 삶을 살았는지 자세한 기록이 전해지지 않는다.
다만 민간에서는 여러 가지 살이 붙은 이야기들이 전승되었다. 후이
옌 쩐 사당에 세워진 비문의 기록에 따르면, 귀국 후 상황 인종의 명으
로 불가(佛家)에 귀의하고 나서도 후이옌 쩐은 다이 비엣의 백성을 위
해 무량한 공덕을 펼쳤다고 한다. 후이옌 쩐 공주가 1340년 1월 9일에
사망하고 난 후, 사람들은 사원을 세우고 그를 '신모(神母)'로 모셨다.
그리고 매해 후이옌 쩐의 망일(亡日)에는 의례를 거행하기 시작하였
다.[33] '환향녀'를 영웅으로 추대하고 신격으로 숭앙한 현상이 민간에서

33　Theo di mệnh của Thượng hoang Nhân Tông, năm sau Công chúa xuất gia đầu

〈후에 지역에 소재한 후이엔 쩐 공주 사당〉

부터 시작된 것이다.

위의 사진에 보이는 후이엔 쩐 공주 사당은 후에(Huế) 지역에 위치해 있다. 후이엔 쩐 공주는 결혼 전과 귀국 후 모두 당시 다이 비엣의 수도였던 탕롱(Thăng Long, 昇龍)에 거처하였다. 현재의 하노이로 베트남 북부의 중심지이다. 그러나 사람들은 후이엔 쩐의 사당을 탕롱에

Phật ở núi Trâu Sơn, nay thuộc tỉnh Bắc Ninh. Dưới sự ấn chứng của Quốc sư Bảo Phác, Công chúa thọ Bồ tát giới, được ban pháp danh Hương Tràng. Cuối năm Tân Hợi, 1311, thừa mệnh Bổn sư, Hương Tràng xuống núi, cùng người thị nữ trước đây, bấy giờ đã qui y, đến làng Hổ Sơn, huyện Thiên Bản, nay thuộc tỉnh Nam Định, lập am dưới chân núi Hổ, để tu hành. Thấm thoát mấy hạ, duyên lành phổ độ chúng sinh, am tranh trở thành điện Phật, tức chùa Nộn Sơn, tên chữ Quảng Nghiêm Tự. (…) Công đức vô lượng của Ni sư được nhân dân kính ngưỡng. Mấy chục mùa kiết hạ, đến khi đắc pháp, mọi sự viên thành. Ngày 9 tháng giêng năm Canh Thìn, 1340, Ni sư xã báo an tường, thảnh thơi trở về cõi Tịnh. Dân chúng vô cùng thương tiếc, tôn làm Thần Mẫu, lập đền thờ cạnh chùa Nộn Sơn. Một đời Công chúa tận sức với nước, khi thác hiển linh phò trợ giúp dân. Chính vì vậy mà các triều đại sau đều sắc phong Công chúa làm thần hộ quốc. Vào đầu thế kỷ XX, các vua nhà Nguyễn lại ban cho Công chúa chiếu báu nâng bậc tăng thêm là "Trai Tĩnh Trung Đẳng Thần."(후이엔 쩐 공주 사원의 비문 내용 일부)

는 물론이고 후에에도 마련하였다. 이곳이 바로 후이옌 쩐의 공으로
차지하게 된 오와 리 지역이기 때문이다.

　이후 전쟁이나 자연재해를 겪을 때마다 후이옌 쩐 공주가 종종 현
신하여 베트남 사람들을 도왔다고 한다. 다이 비엣의 민중들은 "공주
는 일생 동안 나라에 지극히 헌신하고, 죽어서는 신령의 모습으로 나
타나시어 백성을 도우신다"[34]라고 칭송하였다. 이에 쩐 왕조의 뒤를
이은 여러 왕조의 군주들은 모두 후이옌 쩐에게 공식 칙서를 내려 신
의 지위를 공인하였다.[35] 민간에서 시작된 후이옌 쩐에 대한 숭배와
믿음이 국가의 공인을 얻음으로써 '국가 수호신'이라는 '환향여신'의
지위가 공식화된 것이다.

4. 나가며: '환향여신'의 민중적 가치

　의순과 후이옌 쩐은 '환향여신'이 되었다. 그러나 '여신화'가 환향
녀에게 덧씌워진 혐의를 완전하게 해소한 결과라고 볼 수는 없다. 의
순공주의 경우 그러한 사실은 명백하다. 앞서 살펴본 것처럼 환향 후
죽어서 의정부 땅에 묻힌 의순공주에 대해 그 지역민들은 자결해 정
조를 지킨 열녀의 이야기를 덧씌웠다. 그리고 의순의 무덤에는 찾지

34　Một đời Cộng chúa tận sức với nước, khi thác hiển linh phò trợ giúp dân(후이옌
　　쩐 공주 사원의 비문 내용 일부).

35　Dương Phước Thu, "Vọng niệm về Huyền Trân Công Chúa", Tạp chí Cửa Việt,
　　Hội Văn học Nghệ thuật tỉnh Quảng Trị, 2020; Nguyễn Quang Khải, "Phật giáo
　　thời Trần và Huyền Trân công chúa", Tạp chí Nghiên cứu Phật học 1, 2023.

못한 열녀의 시신 대신 '족두리'가 묻혔다고 믿었다. 또한 억울하게 죽은 의순의 원혼이 끼칠 해악을 염려하여 그를 마을의 제신으로 모시던 일도 어느 시점부터 잊혔다. 수치스러운 '환향'의 여신이기 때문이다.

후이옌 쩐의 경우 언뜻 결이 다르게 보인다. 그러나 그 역시도 사관에 의해 비판받고 조정에 의해 세간을 떠나라는 명을 받았던, 수치를 안은 환향녀였다. 다만 후이옌 쩐의 경우, 화친을 목적으로 몸소 이민족에 시집간 공이 아니라, 다이 비엣의 영토 확장에 기여한 바를 인정받았다는 차이가 있을 뿐이다.

이들의 환향, 그리고 이후 덧씌워진 실절의 오명은 그 배후에 남성중심 사회의 지배층이 가진 무능력이라는 문제가 감추어져 있다. 환향녀는 남성이 지배하는 가부장적 질서 속에서 그들의 논리를 강화하기 위한 수단이 되어 본향을 떠나는 희생을 치렀다. 그리고 귀국한 후에는 지배층의 무능을 은폐하고 남성중심적 체제와 질서를 유지하기 위한 일종의 제물이 되었다. '환향녀'의 존재에는 국경 밖 외부 세력에 제대로 대응하지 못하고 체제 안정에 실패한 국가와 남성의 책임이 명확하게 새겨져 있다. 그러나 이러한 문제는 사회적 약자이자 주변인인 여성에게 전가되었다.

그럼에도 불구하고 두 환향녀의 신격화가 민간을 중심으로 시작되었다는 점은 주목할 만하다. 나라의 명령으로 인한 월경과 환향이었음에도 '국가'나 '집안'은 공적에 대한 인정은 물론 피해에 대한 보상을 철저히 외면하였기 때문이다. 그러나 고향 땅으로 돌아와 조정의 명으로 유폐된 것이나 다름없는 삶을 살았던 의순이나, 마찬가지로 군주의 명으로 사찰에 입적해 속세를 벗어나 살아야 했던 후이옌 쩐

〈다양한 콘텐츠로 재생산 되고 있는 후이옌 쩐 공주 이야기〉

은 민중에게서 신이 되었다.

환향녀가 여신이 되는 양상은 동아시아에서 일반적으로 찾아볼 수 있는 현상은 분명 아니다. 그러나 한국과 베트남에서 이루어진 의순과 후이옌 쩐에 대한 숭상은 과거로부터 시작되어 현재까지도 민중에게 깊은 감화를 일으키고 있다. 특히 오늘날의 '환향여신'은 과거에 벗지 못한 '환향'의 오명을 극복하고 있는 것으로 보인다.

베트남에서는 오늘날까지도 다양한 방식으로 '환향녀' 후이옌 쩐에 대한 환대와 공경을 지속하고 있다. 위의 사진은 후이옌 쩐의 이야기를 공연물로, 현대소설로, 동화로 개작한 작품들이다. 이뿐 아니라 현대 가요, 드라마, 영화의 다양한 매체를 통해서도 환향녀의 이야기가 재생산되고 있다. 여러 가지 방식으로 환향녀의 삶과 희생을 접하게 되는 현대의 베트남 사람들은 다시 새로운 방식으로 그들을 환대·공경하게 되었다.

의순공주에 대한 대우도 다시금 이루어지고 있다. 그러한 환대가 오늘날에 와서야, 특정 지역 공간을 근간으로 한다는 점은 베트남과 차이가 있다. 의순공주대제(義順公主大祭)는 1996년 무속인 장영순 개인의 노력으로 시작되어 2015년에 의정부시의 향토문화재 제17호로

〈의순공주대례〉　　　〈연극·뮤지컬로 재생산된 의순공주 이야기〉

지정되었다.[36] 이 의순공주 제례는 족두리묘로 불리는 의순공주의 묘가 의정부에 자리잡고 있다는 점, 제를 지내기 시작하였다는 설화가 이 지역을 중심으로 전승되었다는 점이 일차적 명분으로 작용하여 의정부에서 시작되었다. 다른 한편으로 의순공주에 대한 재조명은 의정부의 근현대사와 밀접한 관련을 지닌다. 바로 이 지역이 기지촌, 즉 양공주·양색시로 불리는 또 다른 '환향녀'의 공간이기 때문이다.

　실제로 의순공주의 삶이 지닌 가치가 다시 언급되게 된 데에는 의정부에서 불거진 '양공주 사건'이 큰 영향을 끼쳤다. 1992년 주한미군에 의해 기지촌 여성이 살해된 이른바 '윤금이 사건'이 발생하면서 양공주 인권 문제가 사회에 크게 환기되었다.[37] 기지촌 여성의 쉼터로 설립된 '두레방'의 활동이 활성화된 것도 이 사건이 계기였는데,[38] 이와 맞물려 의순공주대제의 조직도 시작되었다. 실제로 의정부시의 지

36 박민수, 「의순공주 恨 달래고 한민족 魂 지켜요」, 『경기일보』, 2015.10.26., www.kyeonggi.com/article/201510260742396(검색일: 2023.7.11.)

37 주진우, 「6.25의 사생아 '양공주' 통곡 50년」, 『시사저널』, 2003.7.29., https://www.sisajournal.com/news/articleView.html?idxno=79606(검색일: 2023.7.11.)

38 두레방의 활동 내용은 My sister's place 두레방 홈페이지(http://durebang.org/?page_id=4842)에서 확인할 수 있다.

역문화 콘텐츠 발굴 프로젝트로 제작된 뮤지컬 〈의순공주〉는 "양공주는 현대판 의순공주"[39]라는 표명을 사업 기획에서부터 드러내기도 하였다.

이렇듯 '환향여신'은 한국과 베트남에서 오늘날 새롭게 환대되고 있다. '말할 권리'를 가진 자들에 의해 은폐되었던 문제가, '말할 수 없었던' 이들의 희생과 피해가 직시되고 말해지기 시작한 것이다.[40] 내부 사회에서 거부·배제·은폐되어 정당한 정체성과 생명력을 잃고 음지에 머물러야 했던 존재가 오늘날의 민중에 의해서 호명되고 있다는 점은 매우 뜻깊다. 또한 그것이 '환향녀'에 돌려졌던 치욕과 수치를 탈각하는 방식이라는 점도 유의미하다. 환향녀가 여신이 되는 일이 낯설지 모르나, 어쩌면 당연한 대우일지도 모른다. 우리는 그것을 발견하였다 여길 수 있으나 이제야 그것을 바로 볼 수 있게 되었을 뿐이다.

---

39 한국문화원연합회경기도지회, 「지역문화 콘텐츠 발굴 프로젝트 "뮤지컬 의순공주"」, 『경기도 시·군 문화유산원형 토론회 결과보고서』, 155쪽.

40 이라영, 「폭력이 살아남는 방식」, 『환대받을 권리, 환대할 용기』, 2016, 동녘, 242~245쪽 참조.

제3부

신체
연결망
공동체성

『쇄미록』을 통해 본 조선시대 노-주의 연결망과 공동체성, '아카이브 신체'

최기숙

1. 노-주 연결성의 복합성과 확장성

조선시대의 일상생활에서 양반과 노비는 어떠한 관계를 맺었을까?

조선시대를 대상으로 한 역사나 문학 연구의 대부분은 문자화된 기록물이 남아 있는 양반 남성의 문헌을 중심으로 연구되는 경향이 있기에, 주로 남성 동질집단 중심의 연구로 수행되는 편이다. 구체적으로는 혈연, 지역, 사상적 계보, 정치적 당파, 문학적 특성 등 당대 사회에서 문화적, 정치적 영향력을 발휘하던 요소를 중심으로 동질집단 내부의 결속이나 승계에 대해 사유하거나, 정치적·사상적·학문적 대립과 갈등과 논쟁을 중심으로 논의해 온 경향이 있다. 조선 후기로 가면서 중인층의 경제적, 문화적 성장에 따라 양반과 중인의 상호 교섭이나 문학적 교류 등이 연구되었고, 중국과 일본의 외교적 문제에 역관 등의 중인층이 관여하여 정치적, 문화적, 경제적 상호 교섭을 나

눈 현상 등도 연구되는 추세다. 그러나 노비와 양반의 관계에 대해서
만큼은 여타의 논의에 비해 연구의 질량이나 집중성이 현저히 결여되
어 있다. 선행연구를 통해 조선시대를 사유한다면, 대체로 양반은 신
분이 같은 동질집단 내부의 교유에 집중했고, 그조차 문자 기록을 남
긴 양반 남성이 중심을 이루어 조선 사회를 이끌어 갔다고 여겨질 수
있다. 실상은 그렇지 않다. 당대의 유력한 문화자본인 문자를 통한 의
사소통이나 자기표현에서 소외된 신분과 성별이 존재했고, 이들의 교
섭과 연결성에 대한 자기 진술이 현저히 부족하기에, 실상의 전모가
드러나지 않았을 뿐이다. 중인, 상민, 천민, 그리고 여성들은 스스로를
문자화할 수 있는 사회적 기회로부터 배제되었지만, 그럼에도 불구하
고 여전히 사회활동을 하며 존재감을 남겼고, 그들 중 일부는 한문이
나 한글(당대적 표현으로는 언문)을 익혀 자기의 사회화를 모색했다. 그
들의 대부분은 구술 언어와 행동, 감성적 교류를 통해 자기표현을 하
고 사회적 교섭을 했다.[1]

　조선시대가 신분제 사회이기에 신분이 같은 동질집단끼리 배타적
으로 교유하고 대화하며 생활했으리라는 생각은 정확하지 않다. 신분
제라는 요소가 당대 사회와 사람을 통제하고 억압하며 지배하는 강력
한 요인으로 작용한 것은 사실이지만, 일상과 삶의 현장에서 사람은
물이나 공기처럼 흐르며 교섭하기 마련이다. 특정 역사 시기나 사회
를 이해할 때, 기록된 것만을 중심으로 삼으면 기록되지 않은 많은
역사적 시간과 호흡이 채굴되지 않는다. 기록의 이면과 흔적을 상세

---

1 이에 대해서는 해당 문제에 대해 조선시대 양반 여성을 대상으로 고찰한 최기숙,
『이름 없는 여자들 책갈피를 걸어나오다』, 머메이드, 2022를 참조.

히 읽음으로써 문화자본에서 소외되고 역사가 주목하지 않은 사람, 사회, 활동, 감정을 읽어낼 수 있다. 역사 시간을 흘러가는 사람들의 존재와 교섭, 사람과 사람 사이의 흐름과 움직임의 역학을 살펴보기 위해서는 '다른' 연구 방법과 시선이 필요하다. 이런 시도는 기존의 연구나 사유에 대한 부정이 아니라 확장에 해당한다.

이 글은 이러한 문제의식에서 출발해, 조선시대 문인 오희문(1539~1613)이 임진년 전쟁을 맞아 피난하면서 쓰기 시작해서 전쟁이 종료되면서 쓰기를 마친 일기인 『쇄미록』(1591.11.27.~1601.2.27)[2]이라는 문헌에 주목했다. 오희문은 전쟁을 맞아 어머니와 아내, 자녀들과 헤어져 피난하게 되면서 일기를 쓰기 시작한다. 일상의 기록이 곧 자기의 역사화에 해당하기에, 오희문은 세세한 일상과 감정까지도 상세히 기록했다. 여기에 자주 등장하는 인물 중에 노비가 있다.

『쇄미록』을 통해 보면, 조선시대 일상에서 신분이 천한 노비와 양반인 노주 간의 관계가 단지 신분적 위계를 유지하는 명령−수행의 수직적 관계나 지배−복종의 종속적 관계에 한정되지 않았음이 발견된다. 실제로 당대를 살아간 사람들은 신분 경계를 넘어 환경과 생활, 정서 차원의 공동체를 형성했고, 생명과 운명의 공동체라는 정체성과 연결성을 형성하고 있었다. 조선시대의 노비는 노주의 사유물, 또는

---

2 이 글에서 참조한 텍스트는 오희문, 『쇄미록』 1~8, 국립진주박물관 편, 전주대 한국고전학연구소 옮김, 사회평론아카데미, 2019다. 1~6권은 번역본이고, 7~8권은 원문이다. 이 글에서 본문을 인용할 때는 번역본과 원문의 서지사항을 모두 밝히되 ' ; '로 구분하여 적었다. 연구에는 번역문과 원문을 모두 참고했으나, 논문에 인용할 때는 논문 문체의 일관성을 위해 필자가 부분적으로 윤문하거나 새로 번역했다. 일기의 날짜는 번역본을 참조해 서기로 적었다.

재산으로 여겨졌기에, 그간 연구 분야에서는 노-주 관계에 대한 이해 또한 사회경제적 효용성에 주목해온 경향이 있다. 예컨대 노비를 사환, 또는 노주에 대해 신공의 의무를 지닌 존재로 간주하거나, 예외적으로 시혜의 대상으로 사유하는 경향 등이 이에 속한다.[3] 그리고 이것은 엄연한 사실이다. 그러나 전부는 아니다. 이 글에서는 이 점을 해명하기 위해 노-주의 연결성과 공동체성이라는 개념으로 문헌 분석을 시도했다. 문학해석학적 관점으로 신분 '간'의 연결성과 교섭, 공동체성이라는 비가시적 요소가 양반과 노비의 일상을 구성하고 지탱하는 탄력적 요소로 작용했음에 주목했다.

『쇄미록』은 오희문이 임진년 전쟁에 전라도 장수, 충청도 홍주, 임천, 아산, 강원도 평강 등 거처를 옮기며 쓴 피난 일기다. 여기에는 의식주와 관련되는 양반의 일상생활, 가족관계, 사회생활, 취미와 관심사, 정치와 국가에 대한 시각, (가족, 지인, 사회와의) 연결성 등이 상세히 기록되었기에 역사를 이해할 수 있는 사료이자, 한 개인의 피난기 정황과 감정, 고민, 갈등, 지향 등을 이해할 수 있는 문학 작품으로서의 가치를 가지고 있다. 이 책은 1990년에 보물 제1096호로 지정된

---

3 정성미, 「『쇄미록』 연구」, 원광대학교 박사학위논문, 2003, 101쪽. 조선시대 신분제와 노비에 대해서는 지승종, 『朝鮮前期 奴婢身分研究』, 일조각, 1995; 김용만, 『朝鮮時代 私奴婢研究』, 집문당, 1997; 전형택, 『조선 양반사회와 노비』, 문헌, 2010, 1장; 조우영, 『경국대전의 신분제도』, 한국학술정보, 2008, 16~63쪽 등에 상세히 정리되어 있다. 『경국대전』의 「戶典」, '徭賦'에는 '外居奴婢는 選上과 雜故를 除外하고 나이가 十六歲 以上 六十歲 二下는 모두 身貢을 거두어 司贍寺에 납부한다(奴는 綿布 1匹, 楮貨 20張, 婢는 綿布 1匹, 楮貨 10張을 납부한다. 혹 綿紬나 正布로서 代納하고자 하는 자는 들어준다. 尙衣院과 養賢庫에 소속된 奴婢의 綿布는 그 官司들에게 받아들인다'고 명시되어 있다(『경국대전』, 「戶典」[飜譯篇, 韓㳒劢 외 옮김, 『譯註 經國大典』, 한국정신문화연구원, 1975, 166쪽]).

문화사적 유물이기도 하다.[4] 오희문의 마지막 일기는 오랜 피난 여정
을 마치고 서울로 도착해 쓴 1601년 2월 27일의 기록으로 끝이 나는
데, 그 사흘 전인 2월 24일까지 노비에 대해 기록했을 정도로 일기에
서 노비가 차지하는 서술의 비중이 크다. 『쇄미록』은 피난 중에 쓴
일기이기에, 기록된 일상에는 양반의 주거 이동성, 환경의 불안정성,
인간관계의 해체와 재구성이 발생한 측면이 있다. 그런데 이런 특성
속에서도 노-주 관계가 평상적 관계의 연속성을 이어갔고 상호 이해
의 잠재성이 표출되거나 확장된 측면이 보인다.[5]

　이 글에서는 『쇄미록』에 서술된 노비 관련 기록을 조선시대 노-주
관계에 대한 케이스 스터디로 접근하는 동시에, 조선시대 노-주 관계
의 보편적 양상으로 해석할 수 있는 확장적 사유의 바탕으로 활용한
다. 이를 통해 노주가 소유 재산으로서 노비를 노동에 동원한 것뿐만
아니라, 노비의 사회적 연결망에 의존해 도움을 받았고,[6] 노비와 공간,
물질, 환경을 공유한 생명 공동체의 성격을 지녔으며, 정서, 감정, 영

4　정성미, 앞의 글, 13~22쪽을 참조. 『쇄미록』에 서술된 노비에 대한 연구는 정성미
　(2003)이 논문이 선구적이다. 논자는 16세기 양반사회에 대한 경제적, 사상적 차원
　을 고려하되 생활사 차원에서 접근했고, 임진왜란을 겪으며 이완되는 상하관계의
　경제적 측면에 주목했다. 이 논문은 오희문이 벼슬살이를 하지 않아 일반 농민의
　삶에 근접해 있고, 농민의 입장에서 일상과 사회를 바라본다고 언급했다.
5　강명관은 성균관의 공노비인 반인(泮人)이 노주에게 수탈을 당하면서도 역으로
　사족과 친밀한 관계를 맺어 자신의 요구를 표현하고 관철시킨 미묘한 주체라고
　해석했다(강명관, 『노비와 쇠고기』, 푸른역사, 2023, 136쪽). 이러한 반인의 이중
　적 성향은 노비 일반의 성향으로 간주할 여지가 충분하다.
6　양반이 노비에게 도움을 받았다는 것은 양반이 노비를 통해 생명 활동과 사회활동
　을 할 수 있었고, 노비에게 명령을 할 뿐만 아니라 요청하고 부탁하는 등 복합적
　관계를 맺었음을 뜻한다.

성, 의례, 놀이 등 정서와 환경의 감성 공동체를 형성했음을 논증한다. 이러한 연구 관점과 결과는 정치, 사상, 문자 문학 중심으로 논의되거나 신분적 위계에 따라 동질적 신분 집단을 중심으로 수행된 조선시대 연구의 지평을 확장하는데 기여할 수 있다. 이는 노비를 노주 양반의 신체적 보조물이나 역량 강화의 대리물로 간주하는 데서 나아가, 노비와 노주의 신체적, 사회적, 감성적 연결성과 공동체성을 재사유하는 계기를 제안할 수 있을 것이다.[7]

2. 노비의 사회적 관계망과 노-주의 연결성·상호성

조선시대 노비에게도 사회적 연결망이 있었다는 사실은 널리 알려지거나 강조되지 않았다.[8] 『쇄미록』을 통해 단편적으로나마 그 정황이

---

7 물론 노비와 양반이 반드시 신뢰 관계로 맺어진 것은 아니었으며, 노주를 속이거나 배반한 기록도 종종 보인다. 그 일부가 최기숙, 「매 맞는 노비와 윤리/교양의 역설: 『묵재일기』의 문학해석학적 연구」(『동방학지』 203, 연세대 국학연구원, 2023), 4장에서 논의되었다.

8 그간 노비의 사회적 연결망에 대한 본격적인 연구는 수행되지 않았다. 양반들이 노비 문제로 서로 청탁한 사례는 있지만(예컨대, 이문건의 『묵재일기』에는 노비가 법적 문제에 당면했을 때 그 노주가 다른 양반에게 청탁해 문제 해결을 요청한 기록이 있다[『묵재일기』 1558년 1월 17일 병인]. 이문건은 이를 거절했다), 양반이 노비의 연결망에 의존한 점은 강조되지 않은 면이 있다. 이혜정은 이문건 가의 노비가 完護에 대한 청탁을 위해 노주의 친인척이나 지인을 방문했음을 언급했는데, 이는 노-주의 사회적 연결망보다는 노비에 대한 노주의 관리에 초점이 맞추어져 있어, 본 논문의 문제의식이나 분석의 방향과는 상이하다(이혜정, 「16세기 奴婢의 삶과 의식 세계: 『묵재일기』를 중심으로」, 경희대학교 박사학위논문, 2012, 144~145쪽).

발견된다. 예컨대 오희문은 영암, 영동, 장흥, 홍주, 임천, 평강, 태인, 등의 피난과 이동 여정,[9] 임시 거처에서의 생계와 생활, 정서, 지향, 관계, 전쟁과 정치에 대한 전언과 소문 등 다양한 내역을 기록하는데, 그 과정에서 가족, 친척, 지인, 관리, 아전과 관속, 이웃, 백성, 상민, 중, 노비 등과 다양한 관계를 맺으며 연결성을 형성한 정황이 파악된다. 이때 오희문은 자기 소유의 노비[10] 집에 투숙했을 뿐만 아니라, 각 지역의 노비들이 구축하고 있는 사회적 연결망에 의지하거나 도움받는 모습을 보였다.

① 남종 광진의 집에서 잤는데 저녁밥은 묘지기 남종 억룡이 차려서 올렸다.[11] (1596.8.14.)

② 나는 걸어서 식전에 홍주의 사곡에 있는 첨사 이언실의 남종 돌시의 집에 도착했다. 내 처자식이 10여 일 전부터 이곳에 와 있다가 내가 온다는 말을 듣고 나와서 맞았다.[12] (1592.10.13.)

③ 밤이 깊은 뒤에 남매(셋째 여동생)의 남종인 정손의 집에서 잤다.[13] (1599.11.16)

오희문과 그의 가족은 피난 길에 무주에서 남종 인수,[14] 광진(①),[15]

---

9 오희문의 피난 여정에 대한 정리는 정성미, 앞의 글, 64쪽에 상세하다.

10 정성미(앞의 글, 77쪽)에 따르면 오희문 소유의 노비는 대략 30여 명이다. 이에 대해서는 『쇄미록』 5권 506~508쪽/ 8권 466~467쪽을 참조.

11 『쇄미록』 4권 597쪽; '因宿奴光進家, 夕飯則墓直奴億龍備進.' (『쇄미록』 8권 97쪽)

12 『쇄미록』 1권 279쪽; '余則步行, 朝前, 到洪州地蛇谷李僉使彦實奴乭屎家. 余之妻子, 曾已到此, 十餘日矣, 兒輩聞吾來, 出門來迎' (『쇄미록』 7권 122쪽)

13 『쇄미록』 6권 197쪽; '夜深就南妹奴鄭孫家宿.' (『쇄미록』 8권 584쪽)

14 1592.2.(『쇄미록』 1권 52쪽/ 7권 8쪽) 초고에는 인용한 『쇄미록』의 원문을 모두

첨사 이언실의 남종 돌시(②), 관아의 여종 심이,[16] 셋째 여동생인 남매의 남종 정손(③), 관아 고지기의 종 낙수(1594.1.18), 임진사의 여종의 남편인 임명수(1594.1.4.), 관아의 남종 걸이(1599.11.13.), 용곡역의 시노 기매(1593.1.13.)의 집 등에 들르거나 투숙해 도움을 받았다.[17] 대체로 자기 소유의 외거노비로 짐작되지만, 시집간 여동생의 종(③), 지인의 노비(생원 정문겸의 남종. 1594.1.2.), 자기 소유 노비의 이웃 노비(②), 관아에 소속된 노비나 다른 양반의 노비, 시노(1593.1.13.)의 집에도 머물렀다.[18] 특히 광진이라는 남종의 집에는 지속적으로 방문하고 투숙한 정황이 포착된다. 광진은 집을 소유했기에 전라도 무인인 나대용에게 바깥방을 빌려주고 있었다.[19] 노비가 자기보다 높은 신분의 사람에게 방을 세주고, 양반을 돌보고 보살피는 일을 했다. 오래전 자신의 심부름을 해주었던 임진사의 여종과도 만났는데, 변함없이 상전으로

제시했으나, 이하 간략히 날짜만 적거나 '번역문/ 원문'의 출처를 약식으로 명시한다. 번역의 일부는 필자가 새로 했다.

15 오희문의 주 거처가 남종 광진의 집이어서 여기에 묵은 기록은 매우 많다.: 1596.8.16.(『쇄미록』 4권 399쪽/ 8권 98쪽); 1596.8.17.(『쇄미록』 4권 401쪽/ 8권 99쪽); 1597.2.7.(『쇄미록』 5권 53쪽/ 8권 193쪽); 1599. 11.15.(『쇄미록』 6권 196쪽/ 8권 584쪽) 등.

16 1593.7.19.(『쇄미록』 2권 140~141쪽/ 7권 233쪽)

17 '도움을 받았다'는 것은 필자의 해석이다. 신세 지다, 도움받다, 마땅한 권한을 누리다 등의 서술어에는 관계에 대한 질적 해석이 반영된다. 대체로 '보살핌'은 연령, 신분, 재산, 지위가 높은 데서 아래로 행해진다고 여겨지는 경향이 있으나, 실제로는 아래에서 위로도 이루어졌다. 조선시대에도 상호 돌봄이 존재했다. 며느리의 시부모와 남편에 대한 '봉양'은 현대적으로 보면 엄연한 '돌봄'이고 '보살핌'이다. 이에 대해서는 최기숙, 앞의 책(2022), 3장을 참조.

18 그 밖에 남종 집에서 자기도 했다(1592.11.13.[『쇄미록』 1권 295쪽]) 등.

19 1600.8.20.(『쇄미록』 6권 329쪽/ 8권 671쪽)

대해 주었다(1594.1.4.). 양반의 사회적 관계에 노비도 연결되었고, 과거의 만남과 경험이 관계 지속의 매개가 되었다.

양반과 종은 직접적인 종속 관계가 아닐지라도 양반의 사회적 연결망 속에 포함되어 다선적 관계를 유지했다. 노비도 사회적 연결망을 형성했는데 노주는 이를 자연스럽게 활용했다. 노비의 사회적 연결망에는 자신의 가족, 지인, 이웃, 그리고 자신이 만났던 양반도 포함되었다. 양반 A와 B가 가족이거나 친척, 지인인 경우, A와 B는 상대방 노비와도 교차적 연결망을 형성했다. 노비가 양가를 왕래하며 세대주 양반과 안면을 트고 물건도 운반하고 심부름도 하며 소식을 전하는 등, 사실상 양반가의 일상에 다양하게 연루되어 기억과 경험을 축적했기에 가능한 일이다.[20] 노주의 친척과 지인을 접촉한 경험이 있는 노비는 이후에 이들을 만나면 소식을 전하는 정보 전달의 역할을 했다. 사실상 노비와 양반이 정보 공동체의 성격을 지녔던 것이다. 노비가 노주를 위해 노동한 경험은 그 자체로 양반과 노비, 세대와 세대를 잇는 통신망이 되었다. 예컨대, 오희문은 의주에서 호남으로 가는 길에 여종 봉화의 집에 투숙했는데, 봉화는 별좌 신천응의 종의 아내다.[21] 노주가 노비 가족이나 사회적 관계망을 자연스럽게 활용했고, 노비도 이에 응했다.

④ 또 출발했는데 오 리도 못 가서 비가 내렸다. 하는 수 없이 연천군

---

20 오희문은 이동 중에 동생의 남종 춘희와 자신의 남종 한세를 만나 동행하면서 심부름도 시키고 어머니의 소식도 들었다(1599.11.15. 『쇄미록』 6권 196쪽/ 8권 584쪽).

21 1592.12.14.(『쇄미록』 1권 322쪽/ 7권 148~149쪽)

관아의 사내종 걸이의 집으로 서둘러 들어갔다. 일행에게 비를 막을 도구가 없어서 도중에 큰비를 만나면 흠뻑 젖을까 두려워서이다. 집에 들어간 지 얼마 안 되어 비가 그치고 해가 났다. 가지 않은 것이 심히 안타까웠지만 날이 이미 저물어 그대로 묵었다. 집주인이 점심을 지어 내주고 또 세 가지 좋은 김치를 주었다. 매우 고맙다. 방어 반 조로 보상했다. 이로 인해 저녁 지을 쌀을 줄였다.[22] (1597.2.11.)

위 사례는 오희문은 이동 중에 비를 만나 관아의 남종 걸이의 집에 투숙해 대접받은 정황이다. 오희문은 관노의 도움과 배려에 대해 양반이 누릴 당연한 권리로 여기지 않았으며, 고맙게 여겼고 물질로 보상했다. 오희문은 남종을 '집주인(家主)'이라고 적었다.

오희문은 광노의 집 사람들(家人)이 떠날 때 어머니에게 편지와 약과, 여러 지역에 사는 자녀에게 광노의 인편을 활용해 편지를 전하게 했다.[23] 편지와 물품의 전달처가 많아 광노 혼자 감당하기 어려웠으므로, 노비의 인편을 활용하게 했고, 보답차 광노의 처에게 녹두 5되를 보냈다. 노주가 노비의 사회적 관계망을 활용해 업무 지시를 내렸고, 노비가 자연스럽게 수용한 것을 보면, 이미 익숙한 관례였음을 알 수 있다.

숙부의 남종 근이는 오희문의 여종 옥춘을 만나 오희문 아들인 오

---

22 『쇄미록』 5권 57쪽; '又發來, 未及五里, 酒雨, 不得已馳入漣川郡內官奴傑伊家, 上下無雨具, 恐其中路逢大雨添濕也. 入家未久, 雨勢還晴日出, 深恨未歸也. 然日已傾矣. 家主炊供點心, 又呈三色好沈菜. 深謝深謝! 只以方魚半條償之, 因減夕食之米.'(『쇄미록』 8권 194쪽)

23 1600.5.23.·24.(『쇄미록』 6권 292쪽/ 8권 646쪽)

윤해의 근황을 전해주기도 했다.[24] 친척과 일가의 노비끼리 서로 소식
을 주고받았으며, 그 일부는 노주에게 전달되었다. 오희문의 처남인
이빈의 여종 환이와 구월은 한양에 가다가 오희문이 투숙하는 충청도
임천의 거주지에서 들러서 자고 갔다. 오희문은 이들을 위해 밥을 대
접했다.[25] 노주의 사회적 연결망을 노비들도 활용한 사례다.

 그렇다면 피난 길에 피난 길에 종의 집에 투숙하는 양반은 종에게
노주 또는 양반으로서의 권리를 행사한 것인가, 사실상 종에게 의존
하여 도움을 받은 것인가?

 기록을 보면 자기 소유의 종과 가족, 지인, 친척, 관인의 종 집에
투숙한 오희문(가족)이나 종들이 이를 수용하는 과정이 매우 자연스럽
고 원활하다. 정황상으로는 신분적 위계를 활용한 권리 행사이지만,
실제의 과정은 피난으로 고통받는 타자, 이웃, 상전에 대한 배려이자
돌봄으로 수행된다. 권리와 의존, 복종과 배려·돌봄이 중첩되는 것이
다. 이러한 정황은 실생활에서 노−주 관계가 단지 신분적 상하관계에
종속된 지배−복종의 위계관계로 한정된 것이 아니라 상호의존과 상
호돌봄 등의 호혜적 관계를 맺었음을 방증한다. 신분제라는 제도적
시선으로 보면 노−주 관계는 명령−복종의 관계로 명시되지만, 삶의
내용적 차원에서 보면 상호의존적이고 호혜적이다. 양반은 종들의 사
회적 관계망을 활용하면서 이를 당연한 권리로만 여기지 않았고 물질
적 보상을 해서 답례를 했다.[26] 노비에게 고맙다는 직접적인 말은 적지

24 1594.1.28.(『쇄미록』 3권 35쪽/ 7권 345쪽)
25 1596.3.16.(『쇄미록』 4권 294쪽/ 8권 35쪽)
26 이혜정은 『묵재일기』를 통해 노주들이 인적 네트워크를 통해 노비를 공동 관리했
    다는 실용적 차원을 분석한 바 있다(이혜정, 앞의 글, 144~147쪽). 『쇄미록』은 피

않았지만, 행동 자체가 감정을 담은 정동적 기호이기에, 물질적 보상
행위는 물리적 증여 이상으로, 감사의 의미를 담고 있다. 인간관계에
서 발생하는 다양한 정황이 주-종관계에도 발생했으며, 상호 교차적
이고 복합적인 관계망을 형성했다고 볼 수 있다.

3. 물리적 환경의 공유와 생명적 노-주 공동체

양반과 노비는 신분적 예속을 통한 주종관계다. 이는 솔거노비나
외거노비 등 노비를 소유한 양반과의 관계에 해당한다. 가령 특정 집
안이나 가문에 소속된 노비가 아닌 경우, 양반은 이들과 실제로 어떤
관계를 맺었고, 어떤 대화를 했으며, 이때의 정황은 어떠했을까?『쇄
미록』을 보면 오희문이 남종 인수의 집에서 재산분배에 대해 말하며,
인수와 그의 오촌 질녀가 자기 집 몫이 되었다고 말하는 장면이 있다.
예전에 재산을 분배할 때는 그곳 노비들이 모두 누락되어 오랫동안
외사촌들에게 빼앗겼는데 이제 그 몫을 되찾았다고 한 것이다. 오희
문 입장에서는 재산으로서의 노비를 찾은 것인데, 당사자인 남종 인
수도 이를 반겼다(甚喜)고 적었다. 남종 인수가 실제로 마음에 드는
주인에게 소속되어 기뻐한 것으로도 볼 수 있고, 이제 새 주인이 된
오희문과 좋은 관계를 맺고 싶어서 반겼을 수도 있다. 감정의 진위와

난기에 작성된 것이어서 평상시의 노-주 관계와는 다른 특수성이 드러났다고도
볼 수 있지만, 일상을 기록한『묵재일기』에서도 노-주의 계약적 관계 이면에 인정
과 교감이 상호적으로 이루어졌고, 이익과 정이 다층적으로 얽힌 복합적 관계를
형성한 측면이 보인다.

무관하게 노비에게는 자신의 사회적 소속을 확정하는 중요한 일이었
다.[27] 이처럼, 노비가 노주의 재산으로 간주되어 매매와 관리, 통제의
대상이 된 것은 사실이지만, 일기에 기록된 일상의 면모를 보면 노비
와 노주는 단순한 종속성을 뛰어넘어 다양한 공동체성, 연결성을 맺
었음이 확인된다. 자기 소유의 노비가 아닌 경우에, 이들로부터 양반
인 오희문과 그 가족이 도움받은 정황도 보인다. 이 장에서는 특히
물리적 환경의 차원과 섭생을 통해 노-주가 어떻게 생명 공동체적
성격을 띠고 교유했는지 살펴보고자 한다.[28]

1) 섭생과 나눔 공동체: 음식과 젖

『쇄미록』을 통해 노-주가 같은 음식을 먹는 섭생공동체적 성격이
발견된다. 노-주가 같은 음식을 먹거나 나누어 먹은 정황은 노-주의
신분적 위계가 생활의 분리를 통해 엄격하게 통제되었으리라는 발상
과는 다른, 연결성과 공동체성을 시사한다. 『쇄미록』에서 노-주의 겸
상 여부는 확인되지 않는데, '함께 먹었다(共喫; 共之)', '나누어 먹었다
(分喫)', '나누었다(分給; 分與; 分)'는 표현과 더불어 양반이 먼저 먹고
노비에게 물려준 정황도 있다. 노주가 노비와 음식을 나눈 것은 피난

---

27 해당 사례는 1591.12.26.로 추정됨(『쇄미록』 1권 54쪽/ 7권 9쪽을 참조).
28 노비의 이동과 운반에 대해서는 별도의 연구를 진행하고 있기에, 이 글에서는 다루
지 않는다. 노-주의 관계를 엄격한 신분적 위계로 단정하지 않고 상부상조하는
관계로 보는 것은 임진왜란 이후 경제적 변화로 신분 예속적 관계가 변화했기
때문이라는 분석이 제출된 바 있다(이수건 편저, 『경북지방고문서집성』, 영남대출
판국, 1981; 정성미, 앞의 글, 110~111쪽을 참조). 이는 18세기 사료를 대상으로
한 것이지만, 『쇄미록』에도 노주의 노비에 대한 시혜나 인정이 보이기에, 해당 논
제에 대한 확장적 접근이 가능하다.

중이라 주종의 식사를 구분할 경제적, 환경적 여건이 부족해서이기도
하지만, 명절, 생일, 제사, 농사나 낚시 중에도 음식을 공유한 사례가
있다. 이는 전쟁이 아닌 일상에서도 이런 일이 상례적이었음을 시사
한다. 정리하면 다음과 같다.

첫째, 피난 중에 노주가 노비와 음식을 공유했다. 나눠 먹은 음식은
밥, 죽, 자릿조반, 국수(湯麵)[29] 등이다.

> ⑤ 아흐레 동안 술에 취하지 않은 날이 없고, 육지와 바다에서 나는
> 진귀한 음식을 수시로 맛보았다. 비단 나만 포식한 것이 아니라 종들
> 까지 배불리 먹고 물려서 남길 정도였다. (1592.3.18.~4.9. 사이)[30]

피난 중에 양반과 노비가 항상 같은 음식을 먹은 것은 아니지만,
음식을 공유한 사례가 있다. 오희문은 피난길에 둘째 여동생의 집에
서 9일간 머물렀는데, 소를 잡는 등 진귀한 음식을 대접했고, 종들까
지 포식했다(⑤). 식량이 생기면 상하가 함께 나누어 먹었다.[31] 양반
손님이 방문하면 음식을 대접했지만, 그를 수행한 노비는 챙겨온 음
식을 먹었다.[32] 양식이 떨어졌을 때 이문건은 지인의 초청을 받아 아침

---

29   1595.5.14.(『쇄미록』 4권 120쪽/ 7권 584쪽)

30   『쇄미록』 1권 61~62쪽; '九日之中, 無日不醉, 水陸珍饍, 無時不備. 非但吾腹極飽,
而餞至於奴僕, 亦厭其餘.' (『쇄미록』 7권 11쪽)

31   1593.10.6.(『쇄미록』 2권 194쪽/7권 265쪽) 등. 여기서 '上下'라는 표현은 연령이
아니라 신분상 위계를 말한다. 오희문은 피난 와서 어머니와 같이 있지 않기 때문
에, 이 상황에서 스스로 '위(上)'라고 부를 사람이 없다. '상하'가 함께 음식을 먹었
다는 표현은 자주 보인다.

32   1698.7.22.(『쇄미록』 5권 428쪽/ 8권 415쪽)

을 먹었지만, 종들에게는 주지 못해 안타까운 심정을 적었다.[33] 식량
조달이 막혔을 때, 상하 가속이 콩죽을 쑤어 먹기도 했는데,[34] 오희문
은 죽을 좋아하지 않아 따로 밥을 지어 먹었다고 했다.

둘째, 노-주가 함께 잡은 물고기와 식재료를 공유했으며,[35] 외부에
서 바친 음식이나 선물 받은 음식도 노비와 나누었다.

> ⑥ 평강(오윤겸)이 백미 2말, 소금 1섬, 미역 1동, 은어 50뭇, 두(豆)
> 10말, 말린 열목어 4마리, 절인 전복 60개, 송어 반 짝, 식초 1되를
> 가지고 왔다. (…) 가자미 1뭇과 은어 4뭇을 각각 아우와 생원(오윤
> 해)에게 보내고 또 노비들에게도 나누어 주었다.[36] (1598. 4.17.)

오희문은 장남 오윤겸이 보낸 음식을 노비와 나누어 먹었으며,[37]
그가 보낸 식재료의 일부를 동생과 차남에게 보내고 노비와 나누었다
(⑥). 이웃이 보낸 술, 떡, 과일을 여종에게 나눠주었으며, 딸이 보낸
음식도 이웃 및 노비와 나누어 먹었다.[38] 청탁을 위해 바친 음식을 차
마 물리치지 못해, 받자마자 하인들에게 나누어주기도 했다.[39] 노비와

---

33 1598.1.3.(『쇄미록』 5권 25쪽/ 8권 178쪽)
34 1593.5.30.(『쇄미록』 2권 98쪽/ 7권 211쪽)
35 예컨대, 뱅어를 노비와 나눈 사례(1596.3.7.: 『쇄미록』 4권 288쪽/ 8권 32쪽) 등.
36 『쇄미록』 5권 368쪽; '平康來時, 白米二斗, 鹽一石, 甘藿一同, 銀魚五十束, 加佐味十
    束, 豆十斗, 乾餘項魚四尾, 鹽鰒六十介, 松魚一尾半隻, 醋一升持來, 生雉二首亦來.
    (…) 加佐味一束, 銀魚四束, 各贈舍弟家及生員處, 又分與奴婢等.' (『쇄미록』 8권
    380쪽)
37 1598.7.2.(『쇄미록』 5권 415쪽/ 8권 408쪽)
38 1596.1.5.(『쇄미록』 4권 250쪽/ 8권 8쪽)
39 1597.2.22.(『쇄미록』 5권 65쪽/ 8권 199쪽)

음식을 나누는 것은 자연스러운 일상이었다.[40]

셋째, 설날,[41] 대보름,[42] 답청절,[43] 단오(⑦), 백중[44] 등 명절이나 절기에, 또는 노주 가족의 생일(⑧)이나 제사[45]에, 노주가 종들에게 음식을 나눠주었다.

> ⑦ 단옷날이다. (…) 이웃에 사는 전업, 김언보, 김억수 등이 술과 떡, 과일을 가져와서 여종들에게 나누어 주었다. (…) 곧바로 윤겸의 편지를 뜯어 보았다. 명절이라 술과 떡과 찬거리를 마련해 보내왔기에 잘 받았다. 다만 입안의 종기가 곪아 닿는 데마다 아파서 보기만 할 뿐 먹을 수가 없으니, 그림의 떡이나 다름이 없다. 한탄한들 어찌하겠는가. 곧바로 여종들에게 나누어 주었고, 또 가지고 온 현의 아전에게 주면서 탁주 두 잔을 마시게 했다.[46] (1597.5.5.)
>
> ⑧ 오늘은 집사람의 생일이다. 정서방댁이 떡을 만들고 이시열은 행과를 갖추어 우리 내외와 윤함(오희문의 셋째 아들)을 아랫집으로 청해서 대접했다. 나머지는 노비들에게 내려 주었으니 깊이 감사하

---

40 이 또한 피난이라는 특수 상황에 한정된 것으로 보기는 어렵다. 『묵재일기』에도 노비와 양반이 한 마을에서 굿을 보거나 참여하고 같은 점술가와 소통한 흔적이 보이기 때문이다. 이에 대해서는 최기숙, 「『묵재일기』, 16세기 양반의 감정 기록에 대한 문학/문화적 성찰」, 『국어국문학』 193, 국어국문학회, 2020, 352~358쪽.

41 1597.1.1.(『쇄미록』 5권 23쪽/ 8권 177쪽)

42 1599.1.15.(『쇄미록』 6권 29쪽/ 8권 478쪽)

43 1597.3.3.(『쇄미록』 5권 71쪽/8권 203쪽)

44 1597.7.15.(『쇄미록』 5권 166쪽/ 8권 258쪽)

45 1598.1.5.(『쇄미록』 5권 304쪽/ 8권 341쪽)

46 『쇄미록』 5권 118~119쪽; '端陽佳節也卽. (…) 且隣居全業·金彦甫·金億守等, 持酒餠, 盤果來供, 分與婢輩. (…) 卽見謙書, 爲節日備酒餠饌物付送, 一一依領. 但口瘡融爛, 觸處皆痛, 只見而已, 不能食, 無異畫餠, 可嘆奈何? 卽分與婢輩, 又饋來吏, 飮以濁酒兩盃.' (『쇄미록』 8권 229~230쪽)

다.[47] (1597.1.5.)

노-주는 명절과 기념일, 의례에 음식을 나누는 음식과 음복의 공동체적 성격을 지녔다. 음식은 섭생의 요건이자 미각을 통한 쾌락을 향유하는 감각의 매개물이다. 음식에는 역사적, 문화적 의미가 집결되므로, 노-주가 음식을 매개로 풍속과 문화, 정서를 공유했다고 볼 수 있다.[48] 음식을 매개로 노-주간 물질적 공유·공생 관계가 생성되었으며, 감각적이고 신체적 연결성을 형성했다.

넷째, 여종은 양반과 아기에게 수유함으로써 양반과 종은 젖의 공동체를 형성했다.

> ⑨ 요새 딸의 젖이 나오지 않아 매양 젖이 분 관아의 여종에게 젖을 짜게 하여 이를 그릇에 담아 데웠다가 새로 태어난 아기에게 숟가락으로 먹이게 했는데 이내 토한다고 한다. 그래서 현감에게 이 말을 했더니, 현감이 즉시 젖이 분 관비에게 관아의 안채로 들어가 직접 젖을 먹이도록 했다. 그런 뒤에 아기가 토하지 않았다.[49] (1596.1.29.)

오희문의 딸은 아기를 낳고 젖이 나오지 않아 관아 여종의 젖을 대신 먹였는데 아기가 토하자 현감에게 이 일을 상의했다. 현감이 수

---

47 『쇄미록』5권 26쪽; '且今日家人初度也. 鄭書房宅造餠, 時說則備行果, 邀余夫妻及允誠于下家饋之. 餘及下奴婢等, 深謝深謝.'(『쇄미록』8권 179쪽)

48 노주와 노비가 서로의 생일을 챙기며 친밀함을 표현한 사례, 명절에 노주가 함께 음식과 놀이를 즐긴 점 등은 이혜정, 앞의 글, 132쪽을 참조.

49 『쇄미록』4권 264쪽; '新兒近因其母乳不出, 每使其乳官婢, 挾出乳汁, 盛器溫之, 用匙飮之, 輒卽還土. 故因言太守此意, 卽卽使乳官婢, 入衙內, 親自乳之, 自此後不吐矣.'(『쇄미록』8권 16~17쪽)

유가 가능한 관비를 직접 보내주어 딸이 젖을 먹을 수 있었다. 양반끼리의 연결망을 통해 도움을 받아 관아 여종의 젖을 양반 자녀가 공유한 사례다.

이상의 사례는 노비와 양반이 음식을 공유하여 일정 부분 같은 영양분을 섭취해 생명을 유지했음을 시사한다. 역으로 보면 상한 음식을 먹을 경우, 노비와 양반이 함께 병에 걸릴 수 있는 섭생의 공동체였다. 노-주가 같은 음식을 먹을 경우 같은 영양소를 섭취할 뿐만 아니라 맛을 통해 공통 감각도 공유했고, 여기에 매개된 문화도 일정 부분 함께 향유했다.

2) 환경의 공동체: 주거 · 날씨 · 질병

조선시대 노-주는 신분적 위계로 정체와 인격, 삶이 분리되기 이전에 주거 공간, 날씨, 자연, 질병 등을 공유한 환경공동체적 성격을 지니고 있었다. 이런 측면은 그간의 연구사에서 잘 부각되지 않은 경향이 있었는데, 피난기라는 특수 상황에서 양반이 기록한 일상 기록을 통해 노-주의 연결성과 공동체성을 살필 수 있는 단서와 흔적을 살펴볼 수 있기에 주목을 요한다. 정리하면 다음과 같다.

첫째, 노-주의 거주공동체적 성격이다. 오희문의 아들 오윤해는 피난 가면서 남종 광이에게 남아서 집을 지키게 했다.[50] 원래 양반의 거처였는데 노비가 대리로 거처하면서 노주 집을 관리하고 돌본 것이다. 피난처에서 오희문과 노비들은 같은 집에서 지내거나, 이동 중에 비를 만나면 한 공간에 체류하는 거주공동체의 모습을 보였다.[51] 오희

---

50 1593.5.8.(『쇄미록』 2권 77쪽/ 7권 200쪽)

문의 숙소 자체가 노비의 집인 경우도 많다. 전쟁 시기가 아닐지라도 솔거노비는 노주의 집에서 함께 살았지만, 건축 구조상 노비와 양반은 공간적으로 분리되어 있었다(그러나 마당이나 문, 부엌 등 양자가 접촉하는 공간이 당연히 있다). 연구사적 관심도 공동체적 성격보다 상호 위계적으로 격절된 차원에 집중된 경향이 있었기에, 거주공동체라는 당연한 인식이 배제되거나 누락된 측면이 있다. 그러나 양반가의 노비는 음식 조리나 길쌈, 제사 등 각종 업무를 수행하며 양반의 생활공간에서 공존하고 공생했다. 평상시에 이들의 공유 공간은 대체로 양반의 소유지이거나 마을, 거리, 이동 공간 등 '비장소(non-place)'[52]의 특성을 지니기에, 연구사적으로도 노-주 공유, 또는 교섭의 공간성에 대한 관심 자체가 누락된 것이다.

둘째, 질병 및 감염 공동체의 성격이다. 노-주는 같은 공간에 거주했기에, 날씨나 자연재해, 호환 등 같은 환경의 영향을 받았고, 홍역(⑩), 학질(⑪),[53] 감기와 시령(時令: 유행성 상한병[傷寒病], 또는 전염병 질환),[54] 이질[55] 등의 전염병이 돌면 노-주가 순차적으로, 또는 동시에 감염되어 고통을 겪었다. 질병의 경우, 오희문가 외에 다른 노-주의

---

51   1593.6.5.(『쇄미록』 2권 102~103쪽/ 7권 213쪽) 등.

52   비장소(non-place)란 마르크 오제가 전통적이고 인류학적인 장소에 대비되는 '흐름의 공간(spaces of flow)'을 명명하기 위해 제안한 개념으로, 관계성, 역사성, 정체성의 부재라는 특징을 지닌다(마르크 오제, 이상길·이윤영 옮김, 『비장소』, 아카넷, 1992/2017).

53   1595.1.28.(『쇄미록』 4권 33쪽/ 7권 536쪽); 1593.6.26.(『쇄미록』 2권 118쪽/ 7권 222쪽);1595.9.12.(『쇄미록』 4권 192쪽/ 7권 627쪽) 등.

54   1598.5.8.(『쇄미록』 5권 383쪽/ 8권 388쪽)

55   1593.6.26.(『쇄미록』 2권 118쪽/ 7권 222쪽); 1693.7.2.(『쇄미록』 2권 124쪽/ 7권 225쪽) 등.

경우에도 같은 병여 걸리고 서로 전염되는 정황을 보였다.

> ⑩ 그런데 올봄의 병은 한집안에서 서로 전염되어 드러누운 자가 대여
> 섯 명이나 되고, 거기에 홍역까지 들어와서 단아와 충아와 몽임,
> 그리고 남종 명복, 안손, 여종 춘월, 신덕이 동시에 앓았으니, 그간
> 의 아픈 괴로움과 걱정스러운 마음은 오히려 한 번 죽느니만 못했
> 다.[56] (1593.1.13.)
> ⑪ 아내 및 두 딸, 생원(오윤해)과 여종 넷이 모두 학질에 걸려 누워
> 있어서 저녁밥을 지을 사람이 없다. 그들이 조금 낫기를 기다렸다가
> 밥을 짓는다면 분명 밤이 깊을 것이다. 안타깝다.[57] (1593.9.17.)

오희문의 집안에서 5~6인이 전염병에 걸렸고, 딸(단아), 손자(충아),
손녀(몽임)와 노비들이 함께 홍역을 앓았다(⑩). 오희문의 가속은 여러
차례에 학질에 걸렸는데, 손녀와 여종이 동시에,[58] 또는 아내와 두 딸,
여종 네 명이 같이 학질에 걸리기도 했다(⑪). 여종 동을비가 이질에
걸린 지 6일 뒤에 오희문의 아내도 이질에 걸렸다.[59] 남종 덕노가 학질
에 걸렸을 때 오희문은 편두통과 치통을 앓았고, 학질에 걸린 것이
아닌가 불안해했다(1595.9.12.). 이런 성향은 오희문의 동생, 이웃, 관

---

56 『쇄미록』 2권 36쪽; '而今春之病, 一家相染連臥者五六, 而紅疫又入, 端女·忠兒與
   蒙任及奴命卜·安孫·婢春月·申德, 一時行之, 其間辛痛之苦, 憂悶之深, 猶當一死而
   耳.'『쇄미록』 7권 177~178쪽)

57 『쇄미록』 2권 183쪽; '荊布及兩女, 生員與四婢, 皆痛瘧而臥, 夕飯無人炊供, 待其痛
   歇而後炊之, 則必夜深矣, 可嘆可嘆.'(『쇄미록』 7권 258쪽)

58 1595.1.28.(『쇄미록』 4권 33쪽/ 7권 536쪽)

59 각각 1593.6.26.(『쇄미록』 2권 118쪽/ 7권 222쪽); 1693.7.2.(『쇄미록』 2권 124쪽/
   7권 225쪽) 등.

아에도 해당되는 보편적 현상이다. 오희문의 동생인 오희철(吳希哲. 자는 언명[彦明])의 딸인 신아는 여종 옥춘과 함께 시령에 걸렸고(1598.5. 8.), 오희문의 이웃인 김대성은 역병으로 사망했는데 그의 처자식과 종도 역병에 감염되었고 큰 며느리는 사망했다.[60] 관아에 감기가 유행하면 신분과 관계없이 모두 감염되었다.[61]

질병을 매개로 노-주가 환경공동체이자, 감염공동체였음이 확인되었고, 음식과 섭생을 통해 생명공동체적 성격을 띠었으며, 전쟁, 날씨, 환경, 전염병, 질병 등의 사유로 함께 생사를 넘나드는 운명공동체의 성격을 보였다. 오희문은 여종이 병에 걸렸을 때 가족에게 전염되는 것을 염려해 격리시켜 거주하게 하기도 했다.[62] 대개 노비가 병에 걸리면 일하지 않고 휴식을 취했지만, 증세의 경중에 따라 심부름도 하고 밭일을 하기도 했다.[63]

셋째, 노-주는 씨와 호환(虎患) 등 자연의 위협에 동시에 노출된 환경공동체적 성격을 지녔다.

⑫ 오후에 비가 내렸으니, 아마 이 비로 인해 얼고 춥게 될 것이다. 위아래 식솔들의 옷이 얇으니 매우 걱정스럽다.[64] (1599.9.23.)

---

60 1594.7.2.(『쇄미록』 3권 155쪽/ 7권 418쪽)

61 1597.3.17.(『쇄미록』 5권 83쪽/ 8권 209쪽)

62 1696.3.7.(『쇄미록』 4권 69쪽/ 7권 555쪽)

63 1595년 9월 12일의 일기를 보면 덕노는 학질에 걸렸는데 다음날 양식을 구하러 함열에 다녀왔다(『쇄미록』 4권 193쪽/ 7권 627~628쪽), 9월 21일에는 밭일을 하다가 학질이 발병에 일을 중단했다(『쇄미록』 4권 196쪽/ 7권 630쪽) 노비가 병을 핑계로(托病) 일을 하지 않아 일할 사람을 구하느라 경제적으로 어렵다는 하소연도 적었다(1595.9.27: 『쇄미록』 4권 198쪽/ 7권 631쪽)

64 『쇄미록』 6권 174쪽; '午後下雨, 必因此凍寒, 上下衣薄, 極可慮也.' (『쇄미록』 8권

⑬ 마을 사람들이 술과 안주를 모아서 냇가에 모여 무당을 불러다가
북을 치면서 신에게 제사를 지냈다. 호환을 물리치기 위해서라고
한다. 노래하고 춤추면서 놀고 종일 유희를 즐겼다. 우리 집의 여종
들도 가서 참여했다. 술 1동이와 떡 1바구니를 갖다 바치기에, 온
집안 식구가 함께 먹었다.[65] (1600.8.6.)

오희문은 춥거나[66] 서리가 내리고[67] 비가 오면(⑫) 위아래 식솔들의
옷이 얇은 것을 걱정했고, 마을에 호환이 나면 소식을 기록해서 위험
에 대비했다(⑬). 날씨나 호랑이는 신분과 무관하게 같은 지역민 모두
를 위협하는 재난의 대상이다.[68] 호환을 물리치기 위해 위아래가 모여
굿하는 장면은 재난에 대해 노-주가 신분적 위계를 넘어, 심리적, 정
서적, 영적으로 공동체성을 형성했음을 시사한다.

3) 생활의 연결체: 노동·경제·신뢰

조선시대 양반가의 일상 노동은 노비가 수행했다고 알려졌지만, 양
반도 노동했으며[69] 노비와 함께 일했다. 오희문은 노비에게 물품의 운

569쪽)

65 『쇄미록』 6권 321쪽; '里中人等合酒肴, 會川邊, 因邀巫擊鼓祀神, 爲闢虎患云. 歌舞
作遊, 終日爲戲, 吾家婢子等亦往叅焉. 酒一盆, 餠一笥亦來獻, 一家共之.' (『쇄미록』
8권 666쪽)

66 1599.7.27.(『쇄미록』 6권 142쪽/ 8권 550쪽)

67 1597.9.16.(『쇄미록』 5권 234쪽/ 8권 295쪽)

68 『쇄미록』는 호환에 대한 기록이 자주 보인다. 1600.8.1(『쇄미록 6권 319쪽/ 8권
665쪽) 등.

69 양반가 여성이 노동한 내역과 일의 종류, 종과의 협업에 대해서는 최기숙, 「女工
·婦德·梱政과 '영혼 노동': 조선시대 양반 여성의 결혼생활과 노동/장 재성찰」,
『인문과학』 123, 연세대학교 인문과학연구원, 2021을 참조.

반과 전달, 상업의 대리 수행, 노비 신공 징수나 추쇄 등의 업무를 맡
겼다. 노비는 양반의 경제 업무를 대리 수행했고, 이를 통해 모종의
신뢰 공동체를 형성했다. 정리하면 다음과 같다.

첫째, 양반과 노비는 함께 일하는 모습이 발견되는데, 노동의 현장
에서 양반은 대체로 일하는 노비를 관리, 통제, 감시하는 역할을 했지
만, 몸을 써서 함께 일하기도 했다.[70]

> ⑭ 아침 식사 후에 남종 셋을 데리고 계당으로 가서 더러운 물건을
> 청소하고 소나무를 베어다가 담이 무너진 곳에 울타리를 만들었
> 다.[71] (1593.4.25.)

오희문은 남종과 청소, 울타리 만들기(⑭), 처마 만들기[72] 등을 같이
했으며 노동의 규모나 강도를 파악해서 효율적으로 일을 지시했다.[73]
집안사람들(一家人)과 함께 일했다는 표현은 신분 경계 없이 모두 함
께 일한 정황을 시사한다.[74]

---

70 종과 함께 일하던 양반이 종에게 일정 부분 배웠을 가능성도 있는데, 기록되어
   있지는 않다.
71 『쇄미록』2권 66쪽; '朝食後, 率三奴, 往溪堂, 掃除穢物, 斫松作籬於破墻處.'(『쇄미
   록』7권 193쪽)
72 1593.6.26.(『쇄미록』2권 118쪽/7권 221쪽)
73 예컨대 다음과 같다: '박언방의 집 앞에 있는 밭을 빌려 언신에게 갈고 참깨를
   심게 했다. 이 밭은 반나절갈이다. (1597.4.12.) (『쇄미록』5권 101~102쪽; '借得朴
   彦邦, 令彦臣耕之, 種眞荏, 而半半日耕矣.'『쇄미록』8권 219쪽)
74 1598.9.14.(『쇄미록』5권 455쪽/ 8권 432쪽).『쇄미록』에서 노동의 주체로는 '일가
   노비(一家奴婢)'(1598.9.16;『쇄미록』8권 432쪽 등), '일가비자(一家婢子)(1598.7.
   20;『쇄미록』8권 414쪽 등), '일가인(一家人)' 등이 서술되는데, 엄밀히 구분된
   것으로는 볼 수 없지만, 후자의 표현에는 양반도 포함된 것으로 볼 여지가 있다.

둘째, 양반의 생계 수단의 일부인 상업적 행위를 양반이 직접 하지
않고 종에게 대리하게 했다. 상행위에는 물건과 돈이 관여되기에, 양
반이 종을 신뢰하지 않으면 진행 자체가 불가능하다.

> ⑮ 덕노를 결성으로 보내 그곳 곡식을 쌀로 찧어 소금으로 바꿔서 오도
> 록 일렀다.[75] (1596.4.16.)
> ⑯ 관아의 남종 갯지가 그저께 한양에서 현에 도착하여 오늘 비로소
> 이곳에 왔다. 그는 지난날의 덕노처럼 한양에 갈 때 목필과 닭 등을
> 가지고 가서 3새 포로 바꾸어 오는 일을 맡았다. 정목 3필을 검푸른
> 삼승포 2필로, 닭 23마리를 검푸른 3새 포 1필과 반청 3새포 2필로
> 바꾸어 왔고, 인아가 잡은 수달의 가죽으로는 또한 반청 3새포 1필
> 반으로 바꾸어 왔다. 보낸 물건의 값을 계산하여 따져 보면 많이
> 부족하고 바꾸어 온 3새 포도 그리 좋지 못하다. 탄식한들 어찌하겠
> 는가.[76] (1599.1.20.)

오희문은 덕노(⑮), 세만, 갯지(⑯) 등 남종을 통해 물물교환이나 상
행위를 대리 수행하게 했다. 특히 덕노라는 남종이 오희문가의 상행
위를 담당한 기록이 많다.[77] 주로 물물교환을 했는데, 화폐로 매매한
정황도 보인다.[78] 이는 물건과 돈이 오가는 경제활동이기에, 주-노간

75　『쇄미록』4권 312쪽; '送德奴於結城, 以其處穀舂米貿鹽而來事敎之.' (『쇄미록』8권
　　47쪽)
76　『쇄미록』6권 31쪽; '○ 衙奴㖵知自京昨昨到縣, 今始來此, 乃前日與德奴上京, 木疋,
　　鷄兒等物載去, 換三升而來也. 正木三疋, 鴉靑三升二疋, 鷄兒卄三首, 鴉靑三升一而
　　半靑三升二疋換來, 麟兒所捉水獺皮, 亦換半靑三升一疋半而來, 計其所送之物而准
　　價, 則多不足, 所換三升亦未極好, 可歎奈何奈何?' (『쇄미록』8권 480쪽)
77　덕노와 윤해와 윤겸의 종인 춘기와 개질지, 누이동생 남매의 남종인 덕룡 등이
　　오희문가에서 사환되어 오희문의 지시에 따라 상행위를 했다(정성미, 앞의 글, 86쪽).

신뢰가 없으면 성립되기 어렵다. 물론 그 과정에서 종이 거래 내역을 임의로 차지하거나 의도적으로 주인을 속이는 일도 있었다. 갯지는 상업적 재능이나 물건을 보는 안목, 신뢰가 부족해서 오희문이 탄식하기도 했지만(㉓),[79] 손해를 감수해서라도 종을 통한 대리 상행위를 중단할 수는 없기에 지속적으로 일을 맡겼다.

  셋째, 노비의 신공에 대해 다른 노비를 시켜 대신 받아오게 했다. 이는 노-주간의 신뢰 없이는 수행되기 어려운 일이다. 신공을 거두는 일을 노비에게 맡긴 이는 오희문[80]과 그의 아들(오윤해,[81] 오윤함[82]), 처남 이경여(이지)[83] 등이다. 매부 남상문의 남종이 지나는 길에 오희문의 여종 복시의 신공을 받아온 사례[84]는 가족과 친지의 노비 신공도 교차적으로 거둘 수 있도록 상호 간에 연결망이 작동했음을 의미한다. 정사과댁 노비가 신공을 거둔 사례[85]를 보면, 이는 단지 오희문가에 한정된 일이 아니었다. 신공은 양반가의 실질적인 경제활동의 기반도 되었겠지만, 노-주의 소속감과 연대를 확인하는 문화적 장치의 역할을 했을 가능성도 있다.[86]

---

78 이 시기의 조선에서 서울에서는 은을 매개로 한 화폐경제가, 지방에서는 물물교환 거래가 중심이 되었다(정성미, 앞의 글, 87쪽; 한명기, 「17세기 초 은의 유통과 그 영향」, 『규장각』 15, 서울대학교 규장각한국학연구원, 1992, 2~12쪽).

79 그밖에 『쇄미록』 6권 31쪽(원문은 8권 480쪽) 등.

80 1591.12.24.(『쇄미록』 1권 53쪽/ 7권 9쪽)

81 1597.4.17.(『쇄미록』 5권 106쪽/ 8권 221쪽)

82 1597.12.7.(『쇄미록』 5권 285쪽/ 8권 328쪽)

83 1595.10.27.(『쇄미록』 4권 213쪽/ 7권 641쪽)

84 1598.6.16.(『쇄미록』 5권 404~405쪽/ 8권 402쪽)

85 1594.7.8.(『쇄미록』 3권 161쪽/ 7권 421쪽)

86 선행연구에 따르면, 피난기에 오희문 집안의 경제는 신공보다는 물품의 수증에

넷째, 양반은 노비와 물건을 주고받거나 청탁에 응하고 도움을 주고받는 호혜공동체를 형성했다. 노비는 양반이 청탁을 들어주면 물질이나 마음으로 보상을 했다.

> ⑰ 안악에 사는 여종 복시의 남편 은광이 지난 1일에 신공으로 포목 1필, 목화 4근을 가져와서 어머니께 바쳤다. 내가 마침 현의 관아에 있었기 때문에 쫓아와서 술과 음식을 주고 후하게 대접했다. 그러나 마전에게 부림을 당해 몹시 괴로운데 이제 또 마전의 매부 진사 윤중삼이 가족을 거느리고 그 집에 와 있어서 위아래에 음식을 공급하는 것이 매우 어렵기 때문에 우리 집에서 사람을 보내 주기를 바란다고 했다. 그러나 일의 형세가 어려울 뿐만 아니라 집에 종이 없어서 하지 못하고 다만 평강(오윤겸) 더러 윤공에게 편지를 보내 어머니의 뜻을 말하게 했다. 또 안악 군수에게 편지를 보내 그 집을 후하게 돌봐 주게 했다. 하루를 머물게 한 뒤에 양식 1말 5되, 감장 2되를 주어 보냈다. (1597.11.8.)[87]

여종 복시의 남편 은광은 오희문의 어머니에게 신공을 바치러 와서 오희문에게 마전 현감인 신홍점(1551~?)에게 부림을 당해 괴로운 점을 토로하고, 마전의 매부인 진사 윤중삼 가족이 머물러 있어 음식 공급이 어렵다고 하소연하면서 도와달라고 청했다. 남종이 처의 노주에게

의존했을 가능성이 크다(정성미, 앞의 글, 77~78쪽).

87 『쇄미록』 5권 269쪽; '○ 安岳居婢福是夫銀光去初一日持貢納, 木一疋·木花四斤來納母主前. 余適在縣衙, 故追來, 饋以酒食, 待之以厚. 但爲麻田所役, 不勝其苦, 而今又麻田妹夫尹進士重三率家屬, 來寓其家, 上下支供極難, 欲使吾家送人云云, 非但勢不可, 家無奴子, 未果. 只使平康致書于尹公處, 論母主之意, 又致簡于安岳倅前, 厚恤其家爾. 留一日, 給糧一斗五升·甘醬二升而送還.' (『쇄미록』 8권 317쪽)

도움을 청한 것이다. 오윤겸은 도와줄 여력이 없었기에 아들 오윤겸과 안악 군수에게 편지를 보내 돌봐 주게 했다. 종이 양반에게 신변의 일을 청탁했고, 양반도 이를 도왔다.[88]

> ⑱ 토산 현감 이경담(이희서)이 편지를 보내서 안부를 물었다. 또 이 현에 사는 자기 집의 남종이 구금되어 있으므로 답장을 달라고 칭념하기에 즉시 답장을 써서 보냈다.[89] (1598.12.11.)

이경담은 오희문의 어린시절 친구인데 안협에 임시로 와 있었고,[90] 구금된 남종의 선처를 오희문에게 부탁했다. 칭념이란 수령들이 고을로 부임할 때 그 지방 출신의 고관들이 술과 고기를 가지고 와서 전별하며 자기 고향의 노비들을 잘 보호해 주기를 청탁하는 것이다.[91] 양반의 사회적 관계망에 노비도 포함되어 돌봄의 연결망을 형성했다.

종들은 오희문의 하인이자 이웃이었는데, 피난이라는 특수 상황에서는 휘하에 부리는 종이면서 동시에 타지에서 도움을 주고받는 '이웃'의 개념도 포섭하고 있었던 것으로 보인다. 오희문은 양인의 신분

---

88 물론, 마전 현감의 입장에서는 부리는 종이 업무 불만을 외부로 유출한 것일 수도 있다.

89 『쇄미록』 5권 493쪽; '李兎山景曇致書問之, 又稱念其家奴居于此縣者囚禁限受笞矣, 卽修答而送.'(『쇄미록』 8권 458쪽)

90 1597.7.25(『쇄미록』 5권 173쪽/ 8권 262쪽)

91 '『성종실록(成宗實錄)』 9년 4월 8일 조에 "수령이 부임할 적에 그 지방 출신의 공경대부들이 그를 알든 모르든 간에 모두 술과 고기를 가지고 와서 전별하며 자기 노비들을 잘 봐 달라고 청하는 것이 상하 간에 풍속을 이루었는데, 이를 일러 칭념이라고 하였다.〔凡守令之赴任也 公卿大夫 知與不知 皆持酒肉而餞之 請其奴婢 完護 上下成俗 名之曰稱念〕"라고 서술되었다.' (한국고전종합DB를 참조)

으로 집안에서 친밀하게 지내며 함께 일하고 대리상행위도 했던 김억수, 김언신의 청탁도 종종 들어준 바 있다. 배 만드는 일을 하던 김억수의 동생 김경이가 불손한 말을 했다는 이유로 현의 공형에 잡혀가자 어미와 함께 찾아와 오희문에게 도움을 청했고, 오희문은 아들 오윤겸에게 편지를 보내 곤장을 치지 않고 풀어주도록 도왔다.[92] 양인 김언신의 어미는 오희문을 찾아와 관에 수미(收米)를 바치지 못해서 색장에게 머리채를 끌리고 맞은 괴로움을 하소연했다. 오희문은 이와 관련해 이미 아들 오윤겸에게 편지로 선처해주도록 주선했는데, 김언신의 어미가 독촉받은 사연을 알고 다시 편지를 보냈다. 오윤겸은 편지 내용에 따라야 하지만 공정하지 못해 마음이 편치 않다고 했다. 오윤겸도 이에 공감하면서, 미리 거절했어야 했다고 후회했다.[93] 이런 일은 일종의 청탁인데, 양반의 청탁에 양인 이웃이 포함되었고, 때때로 노비도 관련되었음을 알 수 있다.

4. 정서적 환경과 감성의 노-주 공동체

『쇄미록』에는 양반과 노비가 물리적 공간이나 자연환경, 노동과 경제적 차원의 연결성과 공동체를 형성하는 동시에, 정서와 감정으로 연결된 지점이 포착된다.[94] 양반의 제사에 노비가 참여하거나 대신 지

---

92 해당 사연은 1598년 7월 3일자 일기에 상세하다(『쇄미록』 5권 416쪽/ 8권 409쪽).
93 해당 사연은 1598년 8월 16일자 일기에 상세하다(『쇄미록』 5권 440~441쪽/ 8권 423~424쪽).
94 이문건의 아내인 안동김씨는 친정에서 데려온 억금과 남편의 외정에 대한 고민을

내고, 양반이 노비의 제사를 지내주는 등, 영적·문화적 연결성을 유지한 측면도 보인다. 피난이라는 특수 상황이긴 했지만, 양반과 노비가 함께 놀이와 풍류를 즐기며 정서적 친밀감을 형성했고, 친구처럼 여겨지는 감정교류도 했다. 이러한 면모는 신분이나 사상, 정치 등의 관점에서 조선시대를 바라볼 때는 포착될 수 없었던 삶의 관계와 정서이기에, 조선시대에 대한 확장적이고 심화적인 이해에 기여할 수 있다.

1) 정서와 영성 공동체: 공감·추억·꿈

오희문은 일기에 종종 자신의 꿈을 기록했고, 가족과 노비의 꿈도 적어 예지몽으로 수용했다.[95] 다음은 오희문이 기록한 여종 개금(오희문의 동생인 오언명의 여종)의 꿈이다.

⑲ 언명의 여종 개금이 간밤 꿈에 생원(오윤해)이 책을 들고 동쪽 집에서 여기로 오는데 도중에 썼던 갓이 바람에 날려 하늘로 올라가 잡으려고 해도 그러지 못했다고 한다. 이는 갓을 버리고 관모를 쓸 징조이니, 이번에는 반드시 급제할 것이다. 하례할 일이다. 정유년 봄에 그 형이 한양에 가서 과거를 볼 때 내가 꿈에서 그가 갓을 벗고 와서 뵙는 것을 보았는데, 마침내 꿈이 영험하게 맞았다. 이번에는 어리석은 여종의 무심한 꿈이 이와 같으니 반드시 효험이 있을 것이다. 기쁘다. 이뿐만이 아니라 사람마다 모두 길몽을 꾸었다고 하고

토로할 정도로 친밀한 사이였다(이혜정, 앞의 글, 127·129쪽을 참조).

95 정성미(앞의 글, 59쪽)는 『쇄미록』에 기록된 꿈을 무속신앙의 차원에서 다루었는데 이 글에서는 이를 영성과 무의식, 감성의 개념으로 접근한다. 오희문은 觀象監命課官으로 임천에 떠돌아 와 있는 이복령과 가까이 지내며 자주 길흉을 점쳤다. 당시 함열 현감이었던 사위 신응구도 이복령에게 여러 번 신수점을 보았다(정성미, 앞의 글, 59~60쪽).

또 열심히 공부했으니 아마 헛되지는 않을 것이다.[96] (1599.7.10.)

오희문은 이전의 꿈에 비추어 개금의 꿈을 아들이 급제할 길몽으로 해석했다. 그러나 오윤해는 낙제했다(1599.8.1). 여종 개금이 오윤해에 대해 꿈을 꾸었고, 이를 상전과 공유해서 정서적이고 영적인 연결성을 보인 점이 주목할 만하다.

오희문은 넷째 아들 오윤성(인아)에게 큰사위(신응구)의 병문안을 가게 했으나, 가고 싶어 하지 않자 남종 막정을 대신 보낸 적도 있다.[97] 종들은 노주와 그 가속을 대신해 노주의 가족과 친척, 지인에게 안부를 전하는 업무를 맡았고, 때로 문병도 대신하는 등, 노주의 정서적 친교를 대리 수행했다. 노-주가 정서적 연결체의 성격을 지니고 있었다.

⑳ 나는 본래 한양 사람인데 여기서 4, 5개월 동안 객지 생활을 하다 보니 이곳의 위아래 사람들이 친구처럼 느껴진다.[98] (1592.4.13. 즈음)

오희문은 자신이 서울 사람이지만, 피난 와서 객지 생활을 하면서 이웃의 도움을 받고 지내다 보니 오래된 친구처럼 여겨진다고 했다.

---

96 『쇄미록』 6권 136쪽. '彦明婢介今, 去夜夢中見生員挾册, 自東家來此, 而中路所着笠子. 風飄飛去上天, 而欲捉不得云. 此乃去笠着帽之兆, 今必登第, 可賀. 丁酉春, 其兄上京觀試之時, 余夢見脫笠來謁, 終得其效, 今者愚婢無心之夢如此, 必有其應, 可喜. 非但此也, 人人皆獻吉夢, 又且人事已盡, 必不虛也.'(『쇄미록』 8권 545~546쪽)

97 1595.8.13.(『쇄미록』 4권 173쪽/ 7권 616쪽)

98 『쇄미록』 1권 63쪽; '余本京人, 爲客於此, 今至四五朔, 上下若舊.'(『쇄미록』 7권 12쪽)

실제로 『쇄미록』에는 오희문이 지역의 백성, 관리, 아전, 종들과 친밀하게 지내는 모습이 종종 기록된다. 서산군 관아의 남종인 어둔과 고손은 오희문이 왔다는 소식을 듣고 술을 가지고 찾아와 오희문의 어린 시절 이야기를 들려주며 즐거운 시간을 보냈다.[99] 노비와 양반이 과거의 기억을 나누며 정서적으로 교감하는 추억 공동체의 모습을 보였다. 양반은 노비와 학문과 사상, 정치를 논하는 지기나 벗이 되기는 어려웠지만,[100] 같은 공간에서 음식과 물건도 나누고 일과 놀이도 함께하고 정서와 꿈도 나누면서 친밀한 감정을 쌓아갔다.

2) 제사와 의례 공동체: 제사·차례·묘지기

『쇄미록』에는 망자 제례를 매개로 양반과 노비가 영적·의례적 공동체의 면모를 보이는 경향이 있다. 정리하면 다음과 같다.[101]

첫째, 양반가의 제사나 차례를 노비가 준비하고 돕거나 묘지기로 일한 정황이다.

> ㉑ 아침에 덕노를 함열로 보내 제수를 구해 오도록 했다.[102] (1596.4.26.)
> ㉒ 내일 제수는 두 딸에게 여종을 데리고 친히 마련하도록 했다. 마침 집사람이 병으로 누웠고 언명의 처도 부친상을 당해서 아직 성복을 하기 전인 까닭이다.[103] (1596.4.28.)

---

99   1592.12.18.(『쇄미록』 1권 318쪽/ 7권 146~147쪽)
100   물론 시회(詩會)를 통해 양반과 중인, 노비가 문학적으로나 예술적으로 교감하고 친교를 나눈 사례가 있다. 이에 대한 선행연구가 많기에, 다시 논하지 않는다.
101   『쇄미록』에 대한 제사 관련 기록은 정성미, 앞의 글, 32~37쪽에 상세하다.
102   『쇄미록』 4권 320쪽; '朝, 送德奴於咸悅, 爲覓祭需事也.' (『쇄미록』 8권 52쪽)
103   『쇄미록』 4권 321쪽; '且明日祭需, 令兩女率婢等, 親執辦備. 適家人病臥, 彦明妻亦

오희문은 1596년 4월 26에 덕노를 시켜 제수를 구해 오게 했는데
(㉑), 그는 27일에 돌아왔다. 28일에는 두 딸이 여종과 함께 제사 음식
을 조리해서(㉒), 29일 새벽에 아버지 제사를 지냈다. 1599년 5월 3일
에는 여종 옥춘이 제수를 가지고 춘금과 함께 산소에 갔고, 4일에는
옥춘과 묘지기에게 제수로 음식을 조리하게 했으며, 5일에 조부모,
아버지, 숙부 내외, 아우, 딸의 순서로 제사를 지냈다.[104] 양반의 제사
에 대해 노비가 제수 마련, 제사 음식 조리, 신주 운반, 묘지기 등 다양
한 차원에서 참여해 양반의 조상 숭배 문화에 기여했다.[105]

둘째, 종이 양반의 신주를 모시고, 제사에 직접 참여하거나 주관한
경우다.

㉓ 생원(오윤해)의 양부와 양조부모의 신주와 죽전동 숙부 내외분의
신주를 적들이 파내서 뜰에 내버려둔 것을 여종 옥춘이 모셔다가
관동 장수 현감의 집 동산에 묻었다고 한다. 그래서 생원(오윤해)이
직접 가서 양부와 양조부모의 신주를 찾아서 파냈고 죽전동 숙부의
신주는 파묻은 곳을 알 수 없어 아무리 찾아도 찾지 못했다고 하니
반드시 옥춘이 온 뒤에라야 알 수 있을 것이다. 다만 생원(오윤해)의
양조부모 신주의 부방(받침)은 잃어버렸다고 한다. 오는 길에 수원
에 있는 남종 내은동의 집에 신주를 편안히 모시고 돌아왔다고 한

遭父喪, 時未成服故爾.'(『쇄미록』 8권 53쪽)

104 각각 『쇄미록』 6권 103쪽/ 8권 525쪽; 『쇄미록』 6권 104쪽/ 8권 525쪽; 『쇄미록』
6권 104쪽/ 8권 526쪽. 그 밖에 종들이 제수를 마련하고(1599.12.24.: 6권 214쪽/
8권 596쪽), 딸과 며느리가 여종과 제수를 마련한 정황이 종종 기록된다. 1599.9.14.
(『쇄미록』 6권 170쪽/ 8권 567쪽; 1600.8.14.(『쇄미록』 6권 325쪽/ 8월 669쪽) 등.

105 『국조보감』(이덕수, 49권 숙종조 9, 18년. 임신, 1692)에 따르면 사육신인 성삼문의
아버지인 성승도 연루되어 죽음을 당했는데, 그의 노비가 매년 초혼제를 올렸다.

다. (…) 여종 옥춘이 온 뒤에 죽전동 숙부 신주의 거처를 물었더니,
당초에 관가의 다락 위에 두었는데 적이 분탕질했을 때 타 버렸다고
한다.[106] (1593.5.8.)

위는 옥춘이 오윤해(오희문의 차남으로 오희문의 동생 오희인의 후사가
되었다)의 양부와 양조부모의 신주 및 숙부 내외의 신주를 간직해 모셔
둔 기록이다. 적들의 난입으로 숙부의 신주는 구하지 못했지만, 여종
이 노주 가문의 예를 지키는 역할을 했다.

㉔ 토당의 남종 성금이도 따라갔다. 아내가 은어를 얻어 그곳의 노비들
   에게 주면서 죽은 딸의 묘 앞에 화초를 심게 했다. 또 과일과 말린
   꿩고기 2조각을 싸 보내서 묘 앞에 제사를 지내게 했다. 딸아이의
   꽃다운 넋이 만약 그 남종이 여기에서 갔다는 말을 들으면 분명
   기꺼이 맞으며 슬퍼할 것이다.[107] (1597.2.24.)
㉕ 이는 단오가 곧 다가오는데 아우와 아이들이 모두 일이 있어 올라가
   지 못하므로 덕노에게 현에서 제수를 얻어 그길로 올라가 선산에
   제사를 지내게 하기 위해서이다.[108] (1598.4.29.)

---

106 『쇄미록』 2권 78~79·82쪽; '且生員養父及養祖父母神主, 與竹前洞三寸兩位神主,
   爲賊所掘, 棄置於庭, 婢玉春奉去埋于舘洞長水家東山云. 故生員親往, 尋掘其養父
   及養祖父母神主, 而竹前三寸神主, 則不知埋處, 窮尋未得云, 必玉春來後可知矣. 但
   生員養祖父母神主跌力失之, 而奉其神主來路, 水原地奴內隱同家安綏而後返矣. (…)
   婢玉春來後, 問其竹前洞叔父神主去處, 則當初置舘家樓上, 而焚蕩時, 亦被煨燼云.'
   (『쇄미록』 7권 201·203쪽)
107 『쇄미록』 5권 66쪽; '土塘奴成金伊亦隨去. 家人得銀魚, 付給其處奴婢等, 因使亡女
   墓前植花草, 裹送實果, 乾雉兩支, 使奠墓前. 英魂有知, 若聞奴子自此而歸, 則必有
   欣迎而悲感.' (『쇄미록』 8권 199쪽)
108 『쇄미록』 5권 374쪽; '乃端午臨近, 弟與兒輩皆有故不得上去, 故令德奴覓祭物於
   縣, 因以上歸, 行祭先墓矣.' (『쇄미록』 8권 383~384쪽)

위는 오희문의 처가 종을 시켜 죽은 딸의 묘에 제사 지내게 하고
(㉔), 오희문이 덕노를 시켜 선산에 제사 지내게 한 사례다(㉕). 사실
덕노는 오희문의 아들인 오윤함을 따라간 것이고, 선산에 제사를 지
낸 것은 아들인데, 문장에서 덕노를 제사의 주체로 적을 만큼, 노비가
제사에 참여하는 일이 자연스러웠음을 알 수 있다. 춘금 등 노비에게
는 직접 산신 제사를 지내게 했다.[109]

셋째, 양반이 종을 위해 제사를 지내준 경우다. 살았을 때 노주가에
공을 세운 종에게 제사 지내는 행위는 종들의 귀감이 되어 영향을 미
쳤을 것으로 보인다.

> ㉖ 죽은 아우 묘소는 석린에게 진설하게 했다. 또 묘지기를 시켜 증조
> 부의 전어머니 권씨와 이씨 두 분께, 또 세만을 시켜 죽은 손자 막아
> 의 묘에, 그리고 덕노를 시켜 죽은 누이동생과 임경흠의 아들 지생
> 의 묘에 진설하게 해서 망전을 지냈다. / 물린 제수로 여종 마금과
> 덕노의 아비 덕수의 묘에 망제를 지내게 했다. 모두 끝난 뒤 묘 아래
> 에서 하직하는 절을 올리고 묘지기 남종 억룡의 집으로 돌아와 먹고
> 남은 음식을 묘지기 노비와 이웃 사람들에게 나누어 주었다. 석린,
> 허찬 등과 더불어 음복을 했다.[110] (1596.8.15)
> ㉗ 아침 식사 전에 인아와 함께 제사를 지낸 뒤 남은 음식으로 살아
> 있을 때 공이 있었던 노비 중에서 자손이 없어 제사를 받지 못하는
> 자들의 제사를 지내주었다.[111] (1597.8.15)

---

109 1599.9.13.(『쇄미록』 6권 170쪽/ 8권 566쪽)
110 『쇄미록』 4권 398쪽; '亡弟墓則令夕鱗行奠, 又令墓奴設奠曾祖前母權·李兩位, 又
令世萬設奠亡孫莫兒, 又令德奴設奠亡妹及景欽子遲生處亡奠. 又以退物望祭亡婢
馬今及德奴之父德守處. 畢後, 辭拜墓下, 還來墓直奴億龍家, 飯餘之物, 分給墓奴婢
及鄰里人等. 因與石鱗及許鑽等飲福.'(『쇄미록』 8권 98쪽)

오희문은 추석을 맞아 산에 올라가 제수를 차리고 조부모, 아버지, 숙부께 예를 올렸다. 묘지기와 세만, 덕노에게는 증조부의 전어머니 권씨와 이씨, 손자 막아, 죽은 여동생, 임경흠의 아들 지생의 묘에 제수를 차리게 하고 망전을 지냈다. 조상과 가족의 제사를 지낸 뒤에는 제수를 물려 종들(마금, 덕수)의 묘에 망제를 지내게 했다. 양반가를 위한 제물을 노비의 죽은 가족과 공유한 셈이다.

넷째, 제사를 지낸 음식을 양반과 노비가 함께 먹었다.[112] ㉖에서 제사를 지낸 뒤 산에서 내려온 오희문은 남종 억룡의 집에 와서 묘지기 노비와 이웃에게 제수를 나누어주었고 친척인 허찬 등과 음복했다.

이상과 같이 양반과 노비는 제사의 준비와 과정에 함께 참여했고, 노비가 대신 제사를 지내기도 했으며, 양반가의 제수를 물려 노비의 제사를 지내주기도 하는 등, 의례공동체의 성격을 지니고 있었다.

3) 풍류와 감성 공동체: 음악·잔치·구경

일상의 현장에서 양반은 노비와 함께 음악과 노래, 춤, 놀이, 풍류와 잔치를 즐겼으며, 경치 좋은 곳을 함께 구경하는 등 풍류와 놀이, 유람을 매개로 연결성을 유지하며 감성 공동체를 형성했다.[113] 양반의

---

111 『쇄미록』 5권 188쪽; '朝食前, 與麟兒行祭後, 餘及生時有功奴婢等無子孫不祭者.' (『쇄미록』 8권 271쪽)

112 상세한 논의는 이 글의 3장 1)절 셋째 항목을 참조.

113 『묵재일기』를 보면 이문건의 어린 손자 숙길이 남종 종만과 함께 걸인 흉내를 내거나, 공부하다 도망쳐서 노비들과 북을 치고 논 기록이 있다(이혜정, 2012, 135~136쪽).『묵재일기』와『쇄미록』 등을 보면 노-주가 함께 논 것은 단지 어린 시절만이 아니며, 성인이 되어서도 풍류와 유람을 함께 즐긴 정황이 있다(최기숙, 「여종의 젖과 눈물, 로봇-종의 팔다리: '사회적 신체'로서의 노비 정체성과 신분

풍류 모임이나 잔치, 유람에 신분이 같은 가족, 친지, 친구와 지인이
참여했을 것으로 보이지만, 『쇄미록』을 보면 이러한 현장에 공연자이
자 관람객, 구경꾼으로 노비가 동석한 정황이 있다.

> ㉘ 백순의 남종 가운데 피리를 부는 자가 있고 백익이 여종 가운데
> 가야금을 타는 자가 있어서 가야금과 피리를 아울러 연주했다. 난
> 리 이후로 지금 비로소 음악을 들으니 또한 서글픈 마음이 들었다.
> 저녁 무렵에 몹시 술에 취하고 배가 불러서 홍공과 함께 나란히
> 말을 타고 집으로 돌아왔다.[114] (1595.11.10.)
> ㉙ 참석한 사람은 판관 상시손, 훈도 조의, 별좌 이덕후, 좌수 조희윤,
> 좌랑 조희보, 생원 홍사고, 생원 윤대복, 부장 이시호, 판관 조대림,
> 별감 주덕훈, 좌수 조응립이다. 우리 형제도 모였다. 노래를 부르는
> 관노와 사노도 5, 6명이었다. 또 피리 부는 자가 노래를 부르거나
> 피리를 불며 종일 놀다가 저녁 무렵에 각자 헤어졌다.[115] (1596.4.6.)

오희문은 피난처에서 종종 모임을 즐기고 풍류를 즐겼다. 참석자로
적힌 이는 양반인데(1596.2.16.; ㉟), 가창자나 연주자로 노비가 참여했
다. ㉘의 모임에서는 백순의 남종이 피리를 불고, 백익의 여종이 가야

제의 역설」, 『한국고전여성문학연구』 44, 한국고전여성문학회, 2022, 194~198쪽
을 참조).

114 『쇄미록』 4권 218쪽; '伯循奴子有吹笛者, 伯益婢有彈伽倻琴者, 故令其作樂, 琴笛
并奏. 而亂離後, 今始聞樂, 亦可悲矣. 臨夕極醉飽, 與洪公并轡還寓.' (『쇄미록』 7권
644~645쪽)

115 『쇄미록』 4권 305쪽; '參席者, 尙判官蓍孫, 趙訓導毅, 李別坐德厚, 趙座首希尹, 趙
佐郎希輔, 洪生員思古, 尹生員大腹, 李部將時豪, 曹判官大臨, 朱別監德勳, 趙座首
應立暨余兄弟亦聚, 唱歌官婢與私婢五六, 而又有吹簫者, 或歌或簫, 終日戲遊, 臨
夕各散.' (『쇄미록』 8권 43쪽)

금을 연주했다. 이 음악은 오희문을 슬픔에 잠기게 했는데, 그만큼 연주의 기량이나 감성이 뛰어났음을 시사한다. 오희문은 모임이나 잔치에서 노비의 노래를 감상한 사례를 종종 기록했다. 가창자는 관노인 경우도 있지만 관노와 사노가 어울리기도 했다.

노비가 동석했다는 기록이 없이 술과 노래를 즐긴 정황도 있는데, 양반이 외출할 때는 노비를 수행한 경우가 많고, 초대받은 곳에 선물을 운반하는 역할도 필요했기에, 풍류 모임이나 잔치에 노비가 동석했을 가능성이 크다. 『묵재일기』에도 노비 연주자가 양반의 연회에서 기량을 발휘했던 '풍류비'에 대한 기록이 있다.[116] 이를 양반가에 대한 노비의 노역이나 봉사로도 볼 수 있지만, 음악으로 대변되는 예술의 특성상, 연주자 자신이 느끼지 않는 것을 전달할 수 없기에, 연주자 자신이 이미 예술성을 갖춘 공연자라 할 수 있다.

㉚ 당진 황수(영춘 현감을 지냄)가 철원 땅에 피난하여 거처하는데, 그 집에 노래를 잘하는 여종이 있다고 하여 사람을 보내서 빌렸다. 느지막이 두 여종을 보내왔다. 만일 이들이 아니었다면 모양새를 갖추지 못할 뻔했다. / 놀이꾼들이 각자 온갖 재주를 보여 주었고, 선생들도 새로 급제한 사람을 희롱하여 얼굴에 온통 먹칠을 하기도 했으며, 아름다운 여인을 업게도 하고 땅에서 한 치를 뛰게 하기도 하면서 노래도 하고 춤도 추니 구경꾼들이 구름같이 모였다.[117] (1597.4.21.)

116 해당 논의는 최기숙, 앞의 글, 2022, 194~197쪽을 참조.

117 『쇄미록』 5권 108쪽; '黃唐津琇, 避寓鐵原地, 聞麒家有歌婢, 使人借之. 晚後, 亦送兩婢, 若非此, 則幾不成貌樣矣./ 才人等各呈百戲, 先生等亦侵戲新來, 或滿面塗墨, 或使負佳人, 或去地一寸, 或歌或舞, 觀者如堵.' (『쇄미록』 8권 222~223쪽)

『쇄미록』에는 오희문의 아들 오윤겸이 급제를 해서 1957년 4월 16
일부터 29일까지[118] 잔치한 기록이 있다. 며칠 동안 다양한 인원이 공
연을 했는데, 레퍼토리가 달랐다. 전문 연행가로 보이는 정재인 서순
학과 놀이 광대 유복이 등장하고,[119] 기녀와 악공. 노래 잘하는 여종
등 공연자도 다양했으며, 공연 내용도 다채로웠고, 관람자도 다양했
다. 연행자에게 일정 비용을 지불했다.[120] '구경꾼들이 구름같이 모여
든' 관중에는 노비도 포함되었을 것이다(설령 잔치에 참여하지 못했다고
해도 음악을 연주하는 소리는 들을 수 있다).

그밖에 오희문은 인아와 남종 둘과 시냇가를 산책했으며,[121] 광노와
함께 관왕묘에도 갔다.[122] 오희문의 아내도 다른 여자들과 동대로 구경
간 기록이 있다.[123] 오희문의 아내 혼자서 교자를 탄 것으로 보아 동행
자는 양반이 아닐 가능성이 크다. 남녀 양반이 종들과 함께 휴식하고
구경하며 놀이를 즐겼음을 알 수 있다.

한편, 오희문의 관광을 수행했던 광노는 손재주가 많았던 것으로
보인다. 일기에는 오희문이 광노에게 딸의 은반지를 만들게 했다는
기록이 있는데,[124] 오늘날의 관점에서 보면 금속공예가로서 소품 디자

---

118 '광노와 놀이꾼들이 오늘에야 비로소 돌아갔다.' (1597.4.29.) (『쇄미록』 5권 114
쪽; '光奴及才人等, 今始還歸.' 8권 226쪽)

119 이들을 전문 연행가로 볼 수 있는 이유는 무인 최수영의 알성시 급제를 축하하는
잔치에서 같은 놀이꾼이 공연을 한 정황이 보이기 때문이다.: '놀이꾼을 보니 전에
윤겸이 데리고 왔던 자들이다.' (1597.4.27.) (『쇄미록』 5권 113~114쪽; '見才人,
卽乃前日謙兒所帶者.' 8권 226쪽)

120 1597.4.29(『쇄미록』 5권 114쪽/ 8권 226쪽)

121 1597.5.10(『쇄미록』 5권 122쪽/ 8권 231쪽)

122 1599.5.8(『쇄미록』 5권 108쪽/ 8권 527쪽)

123 1597.5.25.(『쇄미록』 5권 133쪽/ 8권 238쪽)

인을 한 것이다. 광노는 은반지를 만드는 것 외에, 깨진 그릇을 때우고 거울을 가는 일도 했다. 이들은 모두 정교한 작업이고 미적 감각이 필요하다. 그러나 당시에는 노비의 제작 기술이나 디자인 작업에 대해 예술로 인정하는 시선이나 문화가 없었기에 허드렛일을 담당하는 종의 일로 기술되었다. 그러나 제작자이자 창작가(노비)의 입장에서는 작업의 완성도나 심미적 장식, 마감 등 예술적 고려가 중요했을 것이다.

5. '아카이브 신체'로서의 노비 정체성과 '조립식 신체'의 노-주 연결성

조선시대를 사유할 때 신분이나 젠더 중심의 위계적이고 분절적인 사고방식을 '자연화'하는 경향이 있는데, 이는 유교적 이념과 사상, 정치, 남성 지배의 관점, 신분제 사회라는 시각과 프레임에 의존한 결과다. 이와 시각을 달리해, 신분 간 연결성과 접점에 주목하면, 위계나 격절의 관점으로는 보이지 않던 다양한 활동, 관계, 정서를 읽어낼 수 있다. 젠더 연구와 소수문화에 대한 확장적 연구가 수행되면서 조선시대 생활과 문화에 대한 연구의 지평이 확대되었으나, 신분간 연계, 젠더 경계를 넘어선 공동체성에 대한 관심은 여전히 미미하다. 신분과 젠더를 교차해 연결성과 교섭, 공동체성에 대해 접근하려면, 양반 남성의 동질 집단 내부의 커뮤니티를 이해하는 방식(정치적 당파,

---

124 1599.5.7.(『쇄미록』 6권 107쪽/ 8권 527쪽)

사상적 계보, 문학적 경향 등)을 신분적, 젠더적으로 확장하거나 모자이크하는 방식만으로는 불완전할뿐더러 부적절하다. 이 글에서는 양반과 노비의 연결성과 공동체성을 '삶(살아감. 일상)의 차원'에서 살핌으로써 조선시대의 노-주 관계가 복합적 관계망을 형성했고, 물리적, 환경적, 정서적, 영적 차원에서 공동체적 연결성을 지니고 있음을 논증하는 방식으로 이에 응답하고자 했다.

조선시대 노비는 양반가에 종속된 일꾼이자 재산이었지만, 양반가의 일상을 의식주의 기초 생활 영역에서 지탱해준 자원이었다. 동시에 양반의 인간관계, 예의범절, 인륜, 인간됨 그 자체가 가능할 수 있게 기능했던 매개자였다. 노비는 양반이 건강하고 의롭고, 예의 바른 삶을 살도록 이어줌으로써, 양반과 일정 부분 느슨하거나 단단하게 연결된 신체를 형성했다. 노비의 축적된 노동과 단련된 기술력, 인내심, 다양한 사회적 관계를 통해 숙련된 사회생활의 노하우는 양반의 일상과 삶의 질, 문화와 역사에 영향을 미쳤다. 노비는 일생토록 경험과 능력, 자질과 태도를 축적하면서 스스로를 '아카이브된 신체(archived body)'로 조율했다. '몸종(bondmaid)'이라는 단어는 노비와 노주의 신체적 연결성을 직관적으로 시사한다.

노비는 노비들과만 교섭하고 가족을 형성하면서 동질 신분 집단 내부에서 폐쇄적인 문화를 향유한 것이 아니라, 노주인 양반 및 양반인 노주 공동체와 직·간접적으로 교류하고 소통하고 협상하면서 다선적이고 중층적인 사회적 연결망을 형성했다. 노비의 협력과 도움이 없다면 양반의 일상은 윤리적, 정서적 연결성과 심리적 안녕감, 물질적 안정, 신체 건강을 유지하기 어렵다. 노비는 단지 양반이 부리는 수단적 존재가 아니라 윤리와 정서의 매개였으며, 전란의 고초를 함께 겪고 헤쳐간 피난의 동반자였다. 공간, 주거, 음식을 함께 나누고 꿈과 감정을 공유하며 제수를 함께 음복한 생명과 정서, 영성의 공동체이기도 하다. 노비는 노주에게 예속되어 노동력과 신공을 바치는 가운데, 노동의 숙련자, 경험과 지식, 기술 축적의 주체, 감성과 영적 교류의 연결체로 자기를 단련했다. 노비는 경험과 지식, 감성의 ‘아카이브 신체’로 성장하며 신분제를 가로질러 사회적 연결망을 유지하고 확장하는 엄연한 일상과 문화의 주체였다. 노-주는 필요와 상황에 따라 조립식 신체와 같이 이체다각(異體多角)의 아카이브 신체로 서로를 연결하고 재구성하면서 일상과 생애를 지탱하는 협력적 연결체이기도 하다(양반의 명령으로 신공을 받으러 이동하는 노비는 양반과 ‘연결된 신체’를 형성하며, 이때 양자는 잠정적으로 연결된 생활체로 ‘조립’된다. 양반의 명으로 숙련 노동을 하거나, 심부름으로 잦은 이동을 했던 노비는 지리적, 생활적, 사회적, 신체적으로 정보와 노하우를 축적한 ‘아카이브 신체’다).

이 글은 양반과 노비의 연결성과 공동체성을 해명하기 위해 조선시대에 실재했던 문화를 문헌해석학적으로 재구성하는 과정을 거쳤다. 이를 위해 문자로 기록된 이면에 흔적으로 남아 있는 감정, 태도, 행위 요소에 대한 분석 등 정동적 이해에 주목했다. 노-주간 연결성과 공동체성에 대한 이해와 상상력이 역사와 문화, 문학을 바라보는 방법론적 시선이 될 때, 신분적 위계에 따라 분절적으로 접근하는 방식으로는 해명할 수 없는 역사적 실재, 일상, 감성, 가치, 윤리와 접속할 수 있다. 어떤 면에서는 신분제라는 개념이나 관점으로 조선시대를 사유하는 방식이 과연 조선시대 내부로부터의 것인지, 단지 역사를 바라보는(연구하는) 현대적인 렌즈를 투과한 결과인지에 대해 근본적으로 성찰할 필요가 있다. 노비는 (거의 절대적으로) 문자 기록의 주체가 될 수 없었고 노주의 기록 속에서 타자화되었기에, 노비의 의지나 가치 지향, 욕망에 대한 이해는 파편화된 흔적으로만 접근할 수 있다. 따라서 문자 권력을 장악한 기록 주체의 의지나 지향에 흡수되어 양반의 시각으로 문화사를 재구성하는 방식은 문자화된 역사와 문학 이해의 동어반복에 그치는 것만이 아니라 근본적으로는 역사적 주체에 대한 배제이며 탈각이다. 조선시대 연구를 건축 연구에 비유한다면, 기둥이나 문으로 분할된 공간 연구의 합이 건축에 대한 이해의 전체가 될 수 없으며, 공간과 공간, 안과 밖을 연결하는 '문지방'이나 '경첩'에 대한 연구도 필요하다. 어떤 면에서는 공간을 분할하며 경계를 나누고 상호 소통시키는 '경첩'에 대한 아이디어로부터 건축물 전체를 재설계할 수도 있다.

이 글에서는 양반 남성의 사상, 정치, 학문, 문학에 대한 연구를 조선시대 전체에 대한 연구로 전유하거나 환치하는 방식으로는 규명하기 어려웠던 양반과 노비의 일상과 정서, 감성에 주목하기 위해 양반의 일상 기록인 일기 자료를 분석함으로써, 조선시대의 노-주 관계 및 신분제 사회에 대한 확장적 인식을 이끌어 내고자 했다.

'가족-조상'으로의 소통과 연결

서울굿 말명 신격을 중심으로

이은우

1. 서론

말명은 서울굿에서 연행되는 주요 신격 중 하나이다. 말명에 대한 해명은 말명 신격의 정체와 그 의례의 방식을 소개하는 것으로 시도되었다. 일찍이 이익의 『성호사설』과 이규경의 『오주연문장전산고』에 말명을 신라 김유신의 어머니 만명(萬明)을 가리키며, 볼록한 거울 모양의 명두를 거는 것으로 만명신을 모신다 하였지만 이는 현행 서울굿의 실상과 의미가 통하지 않는다. 서울굿에서 말명 신격은 넓게는 죽은 이의 넋 전반을, 구체적으로는 조상이나 여성과 관련된 망자의 넋과 관련된 하위 신격으로 이해하고 있기 때문이다. 김유신의 '어머니'를 가리킨다는 옛기록도 부득이 연결하자면, '여성'과 '조상'의 의미를 추출할 수 있을 것이다.

그러나 말명 신격이 재수굿과 천도굿 모두를 포함한 서울굿 전반에 두루 그리고 자주 등장함에도 불구하고 말명 신격에 대한 연구는 미비한 실정이다. 본 논문은 서울굿에 등장하는 말명 신격의 특성을 밝히고 나아가 말명 신격이 갖는 조상으로서의 특성에 주목하고자 한다. 조상신에 대한 신앙은 인간 관계와 사회 구성에 있어 가장 기본이 되는 가족에 뿌리를 두고 있어 그 신앙의 깊이와 애착이 확고하고 뚜렷하다. 때문에 서울굿의 말명과 조상의 관계와 의미를 파악하는 것은 하나의 신격에 대한 이해에서 나아가 서울굿 전반과 무속신앙 전반을 이해하는 데도 기여할 것으로 기대할 수 있을 것이다.

이용범,[1] 김헌선,[2] 홍태한,[3] 심상교[4] 등이 그간 서울굿을 구성하는 신격에 대한 종합적인 해석을 집적한 바 있다. 특히 이용범은 『조선 무속의 연구』 등의 자료와 실제 무가 사설에 등장하는 말명 신격을 검토하여 조상에 해당하는 인물신의 성격을 규명하였다.[5] 서울굿의 개별 거리나 신격에 주목한 연구도 다수이다. 김헌선은 중디밧산, 대안주, 가망, 안당말미 등과 관련한 성과를, 홍태한은 가망, 대신, 호구, 금성, 뒷전 등과 관련한 성과를, 권선경은 군웅, 호구, 조상, 맹인 등과 관련한 성과를, 염원희는 불사, 호구, 조상 등과 관련한 성과를 발표하여 서울굿의 이해를 높이고 서울굿의 개별 신격에 대한 연구 사례들

1 이용범, 「한국무속에 나타난 신의 유형과 성격-서울지역 무속을 중심으로」, 『민속학연구』 13, 국립민속박물관, 2003; 「한국 무속의 신관에 대한 연구-서울 지역 재수굿을 중심으로」, 서울대학교 박사학위논문, 2001.

2 김헌선, 『서울굿, 거리거리 열두거리 연구』, 민속원, 2011.

3 홍태한, 『서울굿의 양상과 의미』, 민속원, 2007; 『서울굿의 다양성과 변화』, 민속원, 2018.

4 심상교, 「한국무속의 신격 연구1-서울과 고성의 재수굿을 중심으로」, 『공연문화연구』 36, 한국공연문화학회, 2018. 말명신격에 대한 논의가 일정 부분 구현되어 있으나, 논의의 주요대상이 김태곤의 『한국무가집』 1권에 한정되었다.

5 이용범, 「한국 무속의 신관에 대한 연구-서울 지역 재수굿을 중심으로」, 서울대학교 박사학위논문, 2001, 115~122쪽.

을 제시하였다. 그러나 서울굿의 말명 신격에 단독으로 주목한 연구
성과는 많지 않다. 이은우[6]는 서울진적굿의 정체성을 드러내는 주요
신격 중 하나로 대신말명을 주목하고, 대신말명 신격이 무조신으로의
면모를 가지고 있음을 바리공주 신격과 관련지어 해석했다. 말명의
조상신으로의 기능을 이해하고, 이를 대신말명으로 확장한 것은 유효
하나 말명 신격의 다양한 기능을 다각적으로 파악하는데는 한계가 있
다. 조상신에 대한 권선경[7]의 연구는 무속신앙의 핵심을 조상신앙에
두고, 서울굿의 조상거리가 남성의 유교식 제사와 대비되는 여성의
조상 숭배를 담당했음을 밝혔다. 특히 최근의 논문은 무가의 음성학
적인 측면에 주목하여 조상거리에 반영된 조상의 관념을 논의했다는
점에서 변별성을 갖는다. 그러나 연구의 대상을 서울굿 전반의 조상
숭배 신앙으로 넓히지 못하고 '조상거리'로 한정한 한계가 있다. 염원
희[8]는 조상거리를 다른 거리와 유기적으로 연결되어 있는 서울굿의
구성 원리와, 실제 연행 현장의 경험에 기반하여 '소통'이라는 기능에
주목하였다. 그러나 이 역시 서울굿의 조상의 의미를 '조상거리'에 한
정하였다는 아쉬움이 있다.

　모두 서울굿의 조상신앙을 이해하는 데 기여한 성과물이다. 소중한

6　이은우, 「서울 진적굿과 바리공주의 상관성-〈대신말명거리〉를 중심으로」, 『여성
　　문학연구』 32, 한국여성문학학회, 2014.
7　권선경, 「조상숭배의 사적 영역과 여성-서울굿 조상거리를 중심으로」, 『한민족문
　　화연구』 65, 한민족문화학회, 2019; 「서울굿 조상거리의 개별성 실현 양상에 대한
　　시론-황학동 땡집 진적굿의 음성학적 실현 양상을 중심으로」, 『동서인문학』 64,
　　계명대학교 인문과학연구소, 2023.
8　염원희, 「무속의례에 있어 '신과의 소통'이 갖는 의미-서울굿 〈조상거리〉를 중심
　　으로」, 『어문논총』 39, 중앙어문학회, 2012.

선행연구의 성과를 기반으로 하되 그 한계를 보완하기 위해 본 논문은 서울굿의 말명 신격을 보다 입체적으로 이해하기 위해 연구의 범위를 서울 새남굿, 진적굿, 진진오기굿으로 확장한다. 서울굿에서 개인굿으로 이루어지는 굿은 크게 두 가지로 구성된다. 산 사람을 축복하는 재수굿과 죽은 영혼을 위로하는 천도굿이 그것이다. 사실상 마을굿을 제외한 서울굿 전반을 연구의 범위로 살펴 말명 신격의 의미를 종합적으로 고찰하고자 한다. 재수굿은 굿의 기본 형태를 보여 주며, 진적굿은 재수굿 중 하나로 재수굿의 무가를 모두 포함하며 동시에 다른 서울굿에서는 볼 수 없는 특별한 면모가 추가적으로 드러난다. 또한 조상은 망자가 된 가족이 천도된 이후의 신격이라는 점에서 서울굿의 천도제인 천금새남 진오기굿과 진진오기굿도 함께 견준다.

연구방법은 서울굿에 등장하는 말명 신격의 의미와 조상숭배라는 축을 중심으로 신앙을 확장하는 구조를 포괄적으로 살펴보기 위해 개별의 말명거리, 조상거리 외에도 다른 거리에서 부속거리의 등장하는 경우를 모두 포함하여 조망하고자 한다. 개별 거리 외에 부속 거리를 함께 주목하는 이유는 서울굿을 구성하는 기본 원리인 '거리 거리 열두거리'의 원칙을 고려하는 것이다. 서울굿의 각 거리는 단독의 굿으로 연행되어도 좋을 정도로 완결된 구성을 이루며 개별 거리는 다수의 하위의 부속거리를 포함하여 구성되기 때문이다.

먼저 서울굿에 등장하는 말명 신격의 연행 양상을 살펴 서울굿의 구성 원리에 반영된 말명 신격의 특성을 살피고, 이를 근거로 말명 신격의 의미와 그 의의를 살피도록 하겠다.

2. 서울굿 말명 신격의 연행 양상:
진적굿, 새남굿, 진진오기굿을 중심으로

'거리 거리 열두거리'라는 말처럼 서울굿은 '거리'를 통해 구성된다. 말명 신격을 파악하기 우해서는 말명거리를 살피는 것이 우선이다. 그러나 단일한 신이 하나의 거리로 모셔지지 않으며, 서울굿에서는 단일한 굿거리에 여러 신격이 다양하게 등장한다. 굿거리가 복합적으로 구성되는 것은 하나의 단일한 신에 부속되는 현상이 아니라 입체적으로 여러 신들을 모시는 굿의 구성방식이다. 서울굿의 거리 구성은 신격 구성의 복합적 원리를 뚜렷하게 보여줄 뿐 아니라 타당한 근거를 통해 이를 위계적으로 재현한다. 때문에 이를 온당하게 이해한다면 서울굿 이해에 관한 통찰을 제시할 수 있고, 나아가 한국 무속 전반의 특징으로 일반화할 수 있을 정도의 의의를 갖춘다.[9]

먼저 다양한 서울굿 자료에서 말명을 주신으로 모시는 말명 거리와 말명 신격이 부속 신격으로 등장하는 말명 신격이 등장하는 거리를 살펴보고 이를 통해 말명 신격의 특성을 살피고자 한다. 논의의 범주는 말명 신격의 특징을 종합적으로 검토하기 위해 서울 새남굿과 진적굿, 진진오기굿을 사례로 삼는다. 서울 새남굿은 산 자를 위한 재수굿과 망자를 위한 천도굿을 겸한 굿으로 서울지역의 굿 중 가장 규모가 크며 서울굿의 특성을 잘 드러내어 중요무형문화재 104호 지정되어 보존이 되고 있다. 말명의 특성을 종합적으로 파악하기 위해 재수굿 중 하나인 만신의 진적굿과, 천도굿 중 하나인 진진오귀굿을 추가

---

9 김헌선, 『서울굿, 거리거리 열두거리 연구』, 민속원, 2011, 11~13쪽.

한다. 진적굿은 굿을 의뢰하는 재가집이 무속의 사제자인 무당이다. 때문에 일반 신도가 재가집이 되는 굿에 비해 신앙을 표현할 때 보다 적극적이고 모범이 되어야 한다는 책임감을 갖고 굿을 연행하는 것이 보편적이다. '이태말미 삼년시력'이라는 서울굿의 관용구처럼 정기적으로 굿을 한다는 점도 진적굿의 특징이다. 일회성에 그치지 않고 천신(薦新)의 의미로 꾸준히 진적굿을 행함으로 굿에 들이는 정성과 완성도가 각별해진다는 특징을 갖는다. 시간이 갈수록 무속신앙에 대한 이해와 신앙이 약화되고, 재가집과 취향과 형편에 따라 굿의 규모가 축소되고 파행적으로 운영되는 경우가 많다. 그러나 진적굿은 위와 같은 이유들로 굿의 규모나 연행을 함에 있어 비교적 본질을 헤치지 않고 충실하게 운영하려하는 장점을 갖고 있어 서울굿의 실상을 파악하는데 큰 도움을 줄 수 있다.[10]

또한 진진오기굿은 망자가 죽은지 15일 혹은 죽은 달을 넘기지 않고 하는 굿으로, 서울굿의 천신굿와 대응되어 망자의 죽음을 다루는 저승의 세계관을 가장 선명하게 보여 준다.[11]

재수굿   천도굿

진적굿 - 천금새남 안당사경치기 - 천금새남 진오기굿 - 진진오기굿

서울 새남굿과 재수 이상순 만신의 굿과 서울 새남굿 무가집, 그리고 이상순 만신과의 인터뷰 내용을 기본 자료로 삼는다. 이상순 만신

---

10 이은우, 「서울 진적굿의 제차 구성과 의미」, 성신여자대학교 박사학위논문, 2018.
11 이상순, 『서울 새남굿 신가집-삶의 노래, 죽음의 노래』, 민속원, 2011, 399쪽.

은 중요무형문화재 104호 서울 새남굿의 기능보유자로 서울굿 전반
에 대한 좋은 사설과 원숙한 기량을 보유하고 있으며, 즉흥적이고 다
양한 재담도 뛰어나 보유자로 인정받기에 이르렀다.[12] 현재 활동하고
있는 서울굿 만신 중 최고라 해도 과언이 아니다. 또한 자료의 보편성
을 확보하기 위해『조선무속의 연구』에 수록된 배경재의 경성 재수굿
과 김태곤의『한국무가집』1권에 수록된 문덕순의 진오기굿을 보조적
으로 활용하였다.

이상순 만신의 새남굿 무가집에 실린 천금새남 안당사경치기에서
연행된 굿거리를 정리하면 다음과 같다. 말명거리가 세부 거리로 놀
아졌거나, 말명신격이 호명되는 거리는 밑줄을 그어 표시하였다.

자료A. 천금새남 안당사경치기
0.주당물림 1.부정 2.가망 3.진적 4.불사거리 5.산신도당거리 6.본향거리
7.상산거리 8.별상거리 9.신장거리 10.대감거리 11.안당제석거리 12.성주
거리 13.창부거리 14.계면거리 15.뒷전거리

자료B. 진적굿[13]
00.상산돌기(이상순) 0.주당물림[14](이상순) 1.부정(이길수) 2.가망(이길수)

---

12 문화재청 선정 사유, 문화재청 홈페이지. 2007.07.11.
13 연구자가 직접 참관한 자료로 2009년 4월 12일 은평구 구산동 이상순 만신의 자택
전안에서 이루어진 굿이다. 이날 굿은 대다수의 거리를 이상순 만신이 직접 연행하
였으며 연행 방식이나 사설이 밀도 있고 풍부하여 이를 자료B로 선정하고, 필요시
연구자가 참관한 이상순 만신의 다른 진적굿 자료들을 참고한다.
14 주당물림은 본격적으로 굿을 시작하기 전 장구와 제금으로 주당살을 물리는 절차
이다. 만신이 아직 무복을 입지 않고, 무가 없이 간단히 무악으로 시행하는 절차이
므로 논의의 편의상 0번으로 번호를 매긴다. 상산돌기는 진적굿을 행하기 이전

3.<u>청계배웅</u>(이길수) 4.진적(이상순) 5.<u>대신말명</u>(이상순) 6.<u>천궁불사맞이</u> (이상순) 7.<u>제당맞이</u>(이상순) 8.<u>산신도당거리</u>(이상순) 9.<u>본향거리</u>(이상순) 10.관성제군거리(이상순) 11.신장거리(이상순) 12.상산거리(이상순) 13. 명성황후(이상순) 14.별상거리(이상순) 15.<u>대감거리</u>(이상순/강민정) 16. <u>조상거리</u>(이상순) 17.안당제석거리(김미애) 18.성주거리(장미애) 19.제자 몸주놀기1(조춘희) 20.창부거리(이길수) 21.작두신령(이길수) 22.제자몸 주놀기2,3(권옥남,송형숙) 23.계면거리(강민정) 24.<u>뒷전거리</u>(이길수) 25. <u>회정맞이</u>(이길수)

자료C. 천금새남 진오기굿
0.주당물림 1.<u>부정</u> 2.<u>가망</u> 3.진적 4.<u>중디밧산</u> 5.<u>뜬대왕거리</u> 6.말미 7.도령거 리 8.<u>문청배</u> 9.상식 10.뒷영실 11.베가르기 12.시왕군웅거리[15]

자료D. 진진오기굿
0.주당물림 1.<u>부정</u> 2.<u>가망</u> 3.진적 4.상산거리 5.별상거리 6.신장거리 7.조 상영실 8.<u>조상거리</u> 9.창부거리 10.<u>대감거리</u> 11.<u>사재삼성거리</u> 12.말미 13. 도령거리 14.베가르기 15.<u>문청배</u> 16.상식 17.뒷영실 18.시왕군웅거리 19. <u>뒷전거리</u>

자료A. 천금새남 안당사경치기의 주요 거리의 순서와 구성은 서울 재수굿의 그것과 같다. 0번 주당물림에서 사설 없이 무악으로 굿당을 정화하고 1.부정과 2.가망을 앉은굿의 형태로 연행하여 굿당을 본격 적인 굿의 시작한다. 특히 부정거리에서는 당일 행하여지는 신격을

국사당을 위시하여 기타 명산을 다녀오는 중요한 순례의 절차이지만 이 역시 본격 적인 굿을 시작하기 이전에 행해지므로 00번으로 번호를 매긴다.
15 해당 자료는 천금새남 진오기굿의 뒷전거리 사설을 진진오기굿의 그것과 겹하는 목적으로 시왕군웅거리까지만 수록하였다.

그 종류와 위계에 따라 순차적으로 청배하여 굿의 내용을 요약적으로 제시하는 역할을 수행한다. 때문에 기량이 원숙한 큰만신이 주로 행한다. 3.진적에서 노랫가락과 함께 굿당에 술잔을 올리고 초를 켜고난 뒤 4.불사거리부터는 선굿의 형태로 전환한다. 4.불사거리와 5.산신도당거리는 영역신의 면모를 공통적으로 갖는다. 불사거리는 불교계열의 신격과 천신(天神)계열의 신격을, 산신도당거리는 일종의 산·바다와 같은 지역과 여기에 위치한 도당(都堂)신격을 모신다. 두 거리 모두 독립적인 맞이굿으로 따로 연행될 만큼 큰 규모의 굿이다. 본향거리는 본향신은 "성 주신 본향 씨 주신 본향"이라는 무가 사설처럼 근원이 되는 신격이며 때문에 조상 신격이 함께 연행된다. 산신도당거리에서처럼 본향지를 무구로 삼아 사방을 청배한 뒤 산신을 호명하며 굿을 시작한다. 이처럼 무구, 연행 방식, 사설 등을 통해 본향은 가상의 공간·영역이 특성을 공유한다는 점에서 바로 앞에 연행하는 산신도당거리와의 연관성을 추측할 수 있다. 7.상산 8.별상 9.신장 10.대감까지의 신격은 하나로 묶어서 대안주거리라고도 부른다. 이름에서 추측할 수 있듯이 대안주를 받는 신격으로 영웅신에 해당한다. 특히 7.상산은 서울굿의 조종(祖宗)이라 불리우는 최영장군을 일컫는다. 그리고 동시에 개성 덕물산에 위치한 그의 신당을 가리키기 때문에 조상신(인격신)과 산신의 결합 양상을 확인할 수 있어 6.본향거리와의 유관함을 찾을 수 있다. 11.안당제석거리 12.성주거리는 집이라는 공간을 매개로 머무르고 신앙되는 가신(家神)이다. 13.창부거리는 생전에 이름 높은 광대가 죽은 신격으로 예능이나 풍류를 담당하는 신격이다. 14.계면거리는 계면할머니가 계면떡을 팔며 연행하는 짧은 굿거리이다. 창부거리는 무당 역시 예능과 기예를 재능으로 삼는다는 점, 무당의 남편이나 가족 중 광대가 다수 있었다는 점에서, 그리고 계면거리는 '대신할머니'를 연상시키는 '계면할머니'라는 신의 명칭이 사용된다는 점, 계면 곡식을 걸립하여 떡을 만드는 행위가 무당의 입무과정을 재연한다는 점에서 일종이 무조신(巫祖神)으로 간주된다는 점에서 공통점을 갖는다. 마지막으로 연행되는 15.뒷전거리는 굿을 연행하는 과정에서 '따라들고 묻어든' 잡귀잡신을 베불리 먹이고 돌려보내는 거리이다.

B.진적굿은 서울 재수굿의 구조를 기본으로 진적굿의 특성을 반영하는 굿거리가 추가 되었다. 00.상산돌기, 3.청계배웅거리, 5.대신말명거리, 7.제당맞이, 몸주놀기(13.명성황후, 20.작두신령), 21.애동기자 대신말명거리, 25.회정맞이 등이 그것이다. 상산돌기와 청계배웅은 서울무속의 근원을 순례하고 그 과정에서 깃든 허주를 벗기는 과정을 의례화한 거리이다. 진적굿은 만신이 무업을 시작한 것을 기념하는 의식이어서 내림굿을 요약적으로 재연한다. 몸주신은 진적굿과 내림굿의 핵심 신격이므로 이를 모시는 대신말명거리와 몸주놀기거리는 거듭 반복하여 연행한다. 모시는 신격이 서울굿 전반으로 확장함에 따라 순례의 영역도 확장한다. 그래서 상산에 물고를 받으면서 제당을 돌아오는 제당맞이가 추가되고, 여기에 제당신을 돌려보내는 회정맞이가 추가되어 진적굿의 틀을 이룬다. 기존에 있던 굿거리도 진적굿의 목적에 맞게 변형하여 운영한다. 본향거리를 본향거리와 조상거리로 나누어 연행하였다. 조상거리에 혈연으로 맺어진 가계 외에 무업과 관련하여 맺어진 가계를 새로이 포함시켜 재구성했기 때문이다.

굿의 목적에 맞게 굿거리가 새롭게 추가하는 것도 중요하지만, 그것이 기존의 서울굿 운영의 원리와 융합하도록 배치하는 것도 중요하다. 그러므로 서울굿의 위계와 의미를 고려하여 굿거리를 편성하였다. 부정을 물리고 신을 청배하는 굿의 처음 부분에 상산돌기와 청계배웅, 대신말명을 배치하였다. 그리고 서울굿의 조종이자 핵심 신격인 상산거리를 중심으로 제당맞이와 본향거리는 상산과 영역신의 사이에 배치하고, 조상거리, 몸주놀기와 애동기자 대신말명거리는 상산과 인물신 사이에 배치하였다. 몸주거리와 대신말명거리는 신격의 유사점을 근거로 광대신과 무조신의 기능을 공유하는 창부거리와 계면거리의 영역에도 반복적으로 등장한다. 그리고 마지막으로 굿의 끝 부분에 청배된 신격을 돌려보내는 회정거리를 배치하였다.[16]

자료C와 자료D는 서울지역 무속의 망자천도굿인 진오귀굿에 해당한다. 유교와 불교, 도교 등 다양한 종교가 융합된 한국무속의 저승관을 드러내는 자료이기도 하다. 자료C 천금새남 진오귀굿은 안당사경치기와 짝을 이루는 굿으로 저승으로 천도를 받는 망자를 위한 굿거리로 이루어진다. 재수굿과는 전혀 다른 신격과 구성원리가 작동한다. 재수굿의 신격이 이승에 존재하거나 이승에 사는 산 사람의 복록과 관련된 신격으로 구성된다면, 천도굿은 저승에 존재하거나 망자를 천도하기 위한 목적과 관련된 신격으로 구성된다. 저승을 관장한다고 알려진 시왕과 서울굿의 망자 천도의 주체로 손꼽을 수 있는 바리공주, 망자의 영혼을 저승으로 모셔가는 사재삼성 등이 대표신격이다. 망자의 넋이 바리공주를 따라 지옥을 벗어나 연지당으로 표상되는 천도의 공간에 도착하면 이승(굿판)의 가족들은 망자와 작별을 하고 유

---

16 이은우, 「서울 진적굿의 제차 구성과 의미」, 성신여자대학교 박사학위논문, 2018, 106~107쪽.

교식의 제사인 상식을 받고 조상신격으로 전환한다. 그리고 망자와 산 자는 베가르기라는 상징적 행위를 통해 굿을 통한 연결의 다리를 끊고 각기 죽음의 공간과 삶의 공간으로 돌아간다.

자료D는 진진오기굿의 자료이다. 천금새남 진오기굿은 재수굿과 관련한 신격을 안당사경치기로 분리하여 연행하는 방식을 통해 망자에 집중할 수 있었다면, 진진오기굿은 재수굿과 천도굿이 혼재되어 있음이 굿거리 구성에서 드러난다. 4.상산 5.별상 6.신장, 9.창부거리 10.대감거리는 산 자를 위한 재수굿의 굿거리이다. 11번째 굿거리인 사재삼성거리 이후 12.말미, 13.도령돌기, 14.베가르기, 15.문청배, 16.상식 17.뒷영실 18.시왕군웅거리 등은 망자를 위한 천도굿의 굿거리이다. 8.조상거리는 재수굿의 본향거리와 유사한 제차로, 망자가 된 넋이 주가 되면서 굿거리의 명칭도 바뀌고 7.조상영실거리가 추가되었다.

말명 신격의 해명하기 위해 서울굿의 연행 과정에서 말명이 등장하는 거리를 살펴도록 한다. 이상의 자료A 천금새남 안당사경치기, 자료B 진적굿, 자료C 천금새남 진오기굿, 자료D 진진오기굿의 굿거리 구성에서 말명 신격이 등장하는 거리는 거리의 명칭에 밑줄 쳐서 표기한 것이 그것이다. 말명 신격이 연행되는 이들 거리를 신격의 역할의 규모 기능 등의 기준으로 다시 정리하여 소개하면 다음과 같다.

1) 부정거리

말명 신격을 주신으로 모시는 독립된 굿거리는 없지만, 부속거리로 존재하는 경우는 다수 있다. 먼저 모든 자료에서 공통적으로 말명 신격이 부속거리로 연행되는 부정거리를 살펴본다. 앞서 서술하였듯 부정거리는 해당하는 굿의 모든 신격을 청배하는 역할을 하기 때문이다.
각 자료의 부정거리의 상세한 세부 제차를 소개하면 다음과 같다.

자료A. 천금새남 안당사경치기 중 부정거리
1.부정청배　2.호구　3.불사　4.말명　5.대신　6.조상　7.상산　8.별상　9.신장
10.병자축원　11.대감　12.성주　13.창부　14.걸립　15.지신　16.맹인　17.서
낭　18.영산　19.상문　20.소지사르기

자료B. 진적굿 중 부정거리
1.부정청배　2.호구　3.불사　4.제석　5.산신　6.도당　7.말명　8.관성제군
9.상산　10.신장　11. 창부　12.터주　13.지신　14.맹인　15.서낭　16.영산
17.상문　18.소지사르기

자료C. 천금새남 진오기굿 중 부정거리
1.부정청배　2.1.말명1　2.2.말명2　3.대신　4.1.상산1　4.2.상산2　5.별상
6.신장　7.1.대감1　7,2.대감2　7.3.대감3　7.4.대감4　8.중디　9.사재삼성
10.서낭　11.영산　12.상문　13.소지사르기

자료D. 진진오기굿 중 부정거리
1.부정청배　2.1.말명1　2.2.말명2　3.대신　4.1.상산1　4.2.상산2　5.별상
6.신장　7.1.대감1　7.2.대감2　7.3.대감3　7.4.대감4　8.중디　9.사재삼성
10.서낭　11.영산　12.상문　13.소지사르기

부정거리 내 세부 신격이 모셔지는 순서도 전체 굿의 짜임과 비슷
한 것을 확인할 수 있다. 굿의 목적에 따라서 부정거리 내 부속거리로
존재하는 말명거리의 위치가 차이를 보인다. 재수굿인 자료A 천금새
남 안당사경치기와 자료B 진적굿의 경우가 비슷하고, 자료C 천금새남

진오기굿과 자료D 진진오기굿의 비슷하다. 재수굿 안당사경치기와 진적굿의 특징과 차이를 살피면 먼저 호구와 불사 신격을 먼저 청하고 이어서 재수굿을 구성하는 큰거리 구성를 따른다는 점이 공통된다.

자료B 진적굿의 7.말명 신격은 일반적인 재수굿의 큰거리 구성 원리에 비교했을 때 산신도당거리와 상산거리 사이에 청배되어 본향거리와 같은 위치에 놓임을 알 수 있다. 본향과 가망 두 신격은 추상적이지만, 공통적으로 '성 주신 본향/가망, 씨 주신 본향/가망' '뼈 주신 본향/가망, 살 주신 본향/가망'으로 무가에 표현되고 있어 조상과 관련한 신격인 것만큼은 분명하다. 이때 주목해야할 점이 바로 자료A 천금새남 안당사경치기에서 드러나는 4.말명 - 5.대신 - 6.조상의 구성이다. 본향거리는 조상신앙의 한 갈래이다. 서울 재수굿의 본향거리는 기본적으로 본향바라기-가망-말명-대신-조상의 순서로 구성된다. 서울굿 무가 사설에 이르는 '본향을 바래고 가망을 헤쳐서' 노는 방식이다. 본향과 가망 두 신격은 추상적이지만, 공통적으로 '성 주신 본향/가망, 씨 주신 본향/가망' '뼈 주신 본향/가망, 살 주신 본향/가망'으로 무가에 표현되고 있어 조상과 관련한 신격인 것만큼은 분명하다. 한편 대신은 무당과 긴밀하게 닿아 있는 신격으로 만신의 몸주신이자 무조신이다. 그 신격이 추상적인 본향과 가망을 인격신인 말명으로 구체화시키고 그리고 이를 다시 대신을 통해 나의 가족의 넋이라고 할 수 있는 조상의 형태로 연결되는 구조이다. 이렇듯 본향에서 조상까지 이르는 구성은 서울굿의 신격의 위계와 구성원리, 나아가 무속신앙의 본질과도 닿아있다.

자료A 천금새남 안당사경치기는 재수굿과 천도굿을 겸하는 새남굿의 본질을 좀더 적극적을 반영해서 부정거리의 청배하는 순서가 조직되었고, 자료B 진적굿은 재수굿에 해당하느니만큼 본향거리의 위치에 말명을 청배하는 것으로 대신하였다 하겠다.

　자료A 천금새남 안당사경치기에서는 다른 굿에서는 보이지 않는 10.병자축원이 등장한다. 굿의 목적과 자료집의 제작 목적 두 가지 점에서 삽입된 것으로 보인다. 새남굿의 첫날 연행하는 안당사경치기는 일반 재수굿과는 다르게 망자를 보낸 가족을 위한 굿이기도 하다. 때문에 죽음이라는 우환을 맞이한 재가집에 다른 병자가 있을 가능성이 있고, 규모가 큰 굿답게 다양한 경우를 상정한 구성으로 해석할 수 있다. 자료의 측면에서는 자료A가 실제 현장에서 연행된 굿을 채록한 자료가 아니라 구술의 형태로 제작되었으며, 이상순 만신이 자신이 가진 문서를 집약하고 전승할 목적으로 되도록 다양하고 풍부한 사설을 구현하려고 했던 제작 의도에서 특별히 추가된 것으로 추정된다.

　망자 천도굿에 해당하는 자료C와 자료D에서는 부정거리의 특성은 다음과 같다. 재수굿과 관련한 신격이 탈락하고, 천도굿과 관련한 신격 중심으로 구성된다. 특히 말명 신격이 재수굿에 비해 빨리, 그리고 반복적으로 청배된다는 점이 특징적이다. 두 자료에서 모두 부정에서 청해지는 모든 신격을 간략하게 호명하여 청배하고 재가집의 굿하는 연유를 간략하게 약술하는 부정청배에 이어 개별 신격으로는 말명이 가장 먼저 청배되었다. '시위들 하소사'라는 사설과 장구 장단을 변형하여 단락 짓는 부정거리의 흐름에서 말명의 신격이 거듭 청배되고 축원하는 사설이 반복적으로 등장하였다. 물론 자료C와 자료D 역시 새남굿 무가집이라는 출판물의 형태로 존재한다는 자료의 특성에서 기인할 것이 수도 있다. 그러나 다른 어느 하나의 신격만을 공들인 것이 아니라 전체 사설을 재연하는데 모두 공을 들였다는 것을 감안하면 말명 신격이 확장되는 것이 뚜렷한 특징인 것은 틀림없다. 앞서 서술한 바와 같이 굿의 정체성과 관련되었을 것으로 이해할 수 있을 것이다.

자료C 천금새남 진오기굿과 자료D 진진오기굿의 부정거리에서 드러나는 또 다른 특징은 대감 신격의 반복과 확장이다. 무려 4번에 걸쳐 대감 축원이 이루어지고 이들 중 3번째에 해당하는 순서에서 말명대감의 신격이 확인된다. 대감 신격은 본래 재복을 나누어주는 신으로 인기있고 그 종류가 다양해서 확장성을 가진다. 말명대감은 재수굿에서는 거의 등장하지 않는다. 특히 이들 진오기굿과 진진오기굿에서는 하직대감과 결합한 형태로 연행된 점도 특징적이다.

2) 가망거리

자료A. 천금새남 안당사경치기 중 가망거리
1.가망 2.말명 3.안당제석 4. 산신도당 5.조상 6.사경가망노랫가락
7.상산노랫가락

자료B. 진적굿 중 가망거리
1.가망 2.천궁불사 3.산신도당 4.가망노랫가락 5.상산노랫가락

자료C. 천금새남 진오기굿 중 가망거리
1.가망 2.말명 3.중디 4.사재삼성 5.시왕노랫가락 6.상산노랫가락

자료D. 진진오기굿 중 가망거리
1.가망 2.말명 3.사재삼성 4.시왕노랫가락 5.상산노랫가락

　가망청배는 부정청배에 이어 거듭 앉은굿의 형태로 여러 신들을 청배하는 거리이다. 가망의 개념을 감응(感應)으로 이해하는 시도도 있지만 그 뜻이 명확하지 않고, 본향이나 말명 등 가망과 함께 청배되는 신격의 종류와 구현되는 사설로 미루어 청배와 특히 조상의 청배와 긴밀하게 연결된 신격으로 이해된다.[17] 그래서 망자를 조상으로 모시는 것을 목적으로 삼는 자료C 천금새남 진오기굿과 자료D 진진오기굿, 그리고 재수굿이지만 새남굿의 일환으로 연행되는 자료A 천금새남 안당사경치기에서도 말명 신격을 따로 청배한 것이 드러난다. 재수굿인 자료B 진적굿에서는 부속거리 중 하나로 청배된 것은 아니고 천궁불사 신격을 청배하는 중 천궁말명을 호명하는 것으로 그쳤다.

　자료A 천금새남 안당사경치기, 자료C 천금새남 진오기굿, 자료D. 진진오기굿은 모두 가망에 이어 두 번째로 단독으로 청배되었다. 그 내용도 "**가중 조상 망자님들/ 선대달어 할아버지 할머니/ 하늘 아래 부모조상 아버지 업재장 어머니 복말명/ 삼촌 내외 조상말명/ 삼사촌에 가신 조상말명/ 오륙촌에 가신 조상말명/ 칠팔촌에 가신 조상말명/ 구십촌에 가신 조상말명/ 고모말명 이모말명 서모말명 앵모말명/ 여동생 여말명 남동생 남재장(하략)"[18] 등으로 조상과 결합하여 등장하는 것을 알 수 있다. 본향거리와 가망거리를 통해 말명은 가망 신격이 가진 조상과의 접속 기능을 구체화 시키는 역할을 수행한다는 것을 확인할 수 있다.

17　홍태한, 「서울굿 가망청배거리에서 '가망'의 의미 연구」, 『한국민속학』 41, 한국민속학회, 2005.
18　'업재장', '남재장' 등의 표기는 본문에서 '제장'으로 통일한다.

3) 천궁불사거리, 산신도당거리

천궁불사거리와 산신도당거리는 모두 개별의 맞이굿으로 단독 연
행되기도 하는 거리이니만큼 굿의 규모가 크고 구성하는 신의 위계도
다양하다. 상세한 거리 연행의 순서는 다음과 같다.

> 자료A. 천금새남 안당사경치기, 자료B. 진적굿의 (천궁)불사거리의 경우
> 1.천궁불사 2.칠성 3.중불사 4.천궁부인 5.천궁호구 <u>6.천궁말명 7.천궁제장</u>
> 8.천궁대감 9.천궁창부 10.천궁뒷전(걸립.서낭.영산.수비)

> 자료A. 천금새남 안당사경치기, 자료B. 진적굿의 산신도당거리의 경우
> 1.산신도당 2.용왕 3.산신도당부군 4.산신도당호구 <u>5.산신도당말명 · 산신
> 도당제장</u> 6.산신도당신장 7.산신대감 9.산신창부 10.산신뒷전(걸립.서낭.
> 영산.수비)

자료에서 보이듯 거리와 관련한 다양한 신격이 위계의 순서로 모셔
지고 뒷전으로 마무리되어 완결성을 갖는다. 천궁불사맞이(불사거리)
와 산신도당거리는 서울굿에서 독립된 맞이굿으로 연행해도 손색이
없을 정도로 규모가 큰 거리이다. 이들 거리는 천신과 산신 등 자연물
에 근간을 둔 영역신을 모시는 거리로, 상위신에서 하위신까지 다양
한 신격이 차례로 등장하고, 서울굿의 다양한 무악·무무·무복 등의
형식을 갖추어 연행하는 재차이다.

먼저 천상의 영역에서 좌정한다고 여기지는 불교, 도교 계열의 신
격을 모아서 연행하고 이어서 뒤이어 다른 부속 신격을 연행한다. 만
수받이로 천궁불사와 직접 관련된 신들(1~3)을 한 데 청신하여 개별
부속거리로 신격에 따라 공수와 타령으로 오신한 후 산을 주고 노랫

가락으로 마무리한 후 다시 만수받이로 신격(4~7)을 새로이 청하는 형태이다. 이때 한 데 묶이는 신격이 '(부인)[19]-호구-말명'이다. 이들 신격은 하나의 만수받이로 함께 청배되어 신격의 종류가 유사함을 알 수 있다. 산신도당거리에서도 산신도당과 직접적으로 관련된 신격인 산신도당, 용왕, 부군을 모시고 이어서 '호구-말명·제장'을 연행한 뒤 대감, 창부, 뒷전으로 이어진다는 점에서 천궁불사거리와 구성이 같다.

　부인과 호구 신격은 홍치마를 입고 각기 부인보, 호구치마라고 불리우는 면사포를 쓰고 얼굴을 가린 모습으로 가시화된다. 상류 여성의 모습으로 나타나는 서울굿의 대표적인 여성신격이다. 즉 말명신격도 남성신격, 여성신격으로 다양하게 존재하지만 기본이 되는 성별은 여성임을 짐작케 한다는 점이 주목할 만하다. 먼저 위에서 아래의 순서로 위계를 표현하는 서울굿의 거리 구성의 특징상 말명 신격은 부인과 호구신의 다음가는 신격임을 추론할 수 있다. 말명 신격은 홍치마와 당의, 평복을 입어 부인과 호구보다 신분이 낮지만, 이들과 동일하게 방울과 부채를 무구로 사용한다. 산신도당거리에서는 부인은 등장하지 않았지만 역시 호구 뒤에 말명이 이어짐은 말명신의 성별이 여성을 축으로 한다는 점에서 같다. 재수굿인 자료A. 천금새남 안당 사경치기와 자료B. 진적굿 자료의 부정거리에서도 부인신격은 등장하지 않아도, 호구 신격 다음에 말명 신격을 청배한다는 점에서도 같은 특성을 확인 가능하다. 서울굿에서 말명이 여신이라면 제장은 남

19　부인 신격은 불사거리에는 등장했지만, 산신도당거리에서는 등장하지 않았으므로 괄호로 표기하였다.

신으로 설명된다. 천궁말명 - 천궁제장처럼 제장은 말명이 따로 독립
되어 연행될 때도 있고, 산신도당말명·산신도당제장처럼 한 데 묶여
서 연행될 때도 있고 따로 분절되어 연행될 수도 있다. 그러나 연행의
순서는 항상 말명이 앞서고 제장이 뒤에 오며, 제장은 탈락할 수 있지
만 말명은 그렇지 않다는 점에서 말명 신격이 여성이라는 성별을 기
본으로 한다는 점을 명확히 알 수 있다. 즉 말명신격도 남성신격, 여성
신격으로 다양하게 존재하지만 기본이 되는 성별은 여성임을 짐작케
한다는 점이 주목할 만하다.

　위에서 아래의 순서로 위계를 표현하는 서울굿의 거리 구성의 특징
상 말명 신격은 부인과 호구신의 다음가는 신격임을 추론할 수 있다.
산신도당거리에서는 부인은 등장하지 않았지만 역시 호구 뒤에 말명
이 이어짐은 말명신의 성별이 여성을 축으로 한다는 점에서 같다. 재
수굿인 자료A 천금새남 안당치기, 자료B 진적굿의 부정거리에서도
호구 신격 다음으로 말명 신격이 청배된다는 점에서도 같은 특성을
확인 가능하다. 서울굿에서 말명이 여신이라면 제장은 남신으로 설명
된다. 천궁말명 - 천궁제장처럼 제장은 말명이 따로 독립되어 연행될
때도 있고, 산신도당말명·산신도당제장처럼 한 데 묶여서 연행될 때
도 있고 따로 분절되어 연행될 수도 있다. 그러나 연행의 순서는 항상
말명이 앞서고 제장이 뒤에 오며, 제장은 탈락할 수 있지만 말명은
그렇지 않다는 점에서 말명 신격이 여성이라는 성별을 기본으로 한다
는 점을 명확히 알 수 있다.

4) 본향거리, 조상거리

　앞서 부정거리를 논의하면서 살펴보았던 본향거리와 조상거리의

내용을 좀더 상세히 살펴본다. 재수굿인 자료A와 자료B는 본향거리
가 존재하며, 천도굿인 자료C와 자료D는 존재하지 않는다. 진오기굿
의 "십대왕 전 매인 망자 상산에는 물고 받고 본향에는 하직하고"라는
사설은 본향은 망자가 머물 수 없는 공간임을 드러낸다. 삶과 죽음이
모두 인간의 근원과 맞물려 있겠지만, 본향은 그 중 삶에 근간한 근원
의 공간임을 드러내는 부분이다.

자료A. 천금새남 안당사경치기 중 본향거리
1.본향 2.가망 3.말명 4.대신 5.시댁조상 6.친정조상 7.본향노랫가락
8.산주기

자료B. 진적굿 중 본향거리
1.본향 2.가망 3.말명 4.대신 5.본향노랫가락 6.산주기

자료B. 진적굿 중 조상거리
1.만수받이 2.말명 3.시댁조상(시조부, 시부모, 남편, 시누내외, 시숙) 4.친
정조상(수양부모.이복형제,조카 등) 5.친정생가조상(친조부모) 6.무업동
료,학자 7.친정외가조상(외조부모) 8.말명(원주말명.집주말명.하리말명.
재산말명) 9.잡귀·말명(남동귀,여동귀,청춘귀,소년귀,원한귀,한한귀/남말
명,여말명,청춘귀,소년귀,원주집주말명)

자료D. 진진오기굿 중 조상거리
1.조상만수받이 2.말명 3.대신 4.시댁조상(시조부모,시부모,시숙)·시댁조
상말명, 5.친정조상(친정조부모,친정부모)·친정조상말명

본향거리는 본향과 가망을 먼저 모시고 말명과 대신으로 이어지
지만, 조상거리는 본향과 가망이 등장하지 않고 말명과 대신으로 시작

하여 굿법의 운영에 차이가 있다. 같은 천도굿임에도 천금새남 진오
기굿에서는 조상거리가 없다. 전날 행하는 안당사경치기에서 이미 조
상거리를 행하였으므로 조상거리를 재연행할 필요가 없기 때문이다.
대신에 자료C 천금새남 진오기굿과 자료D 진진오기굿에서는 뒷영실
이 있다는 점이 특징이다. 굿을 받는 주인공이라고 할 수 있는 망자의
넋이 연지당에 들기 직전 상식을 대접받은 뒤 마지막으로 가족들과
이별을 하며 좀더 직접적으로 목소리를 드러내는 장치이다. 특히 자
료D 진진오기굿은 죽음으로 가족이 이별한지 보름, 길어도 채 한 달
이 지나지 않아 이루어지는 굿이기 때문에 재가집의 슬픔이 사무치는
시기에 행하는 의례이다. 그래서 조상거리를 시작하기에 앞서 영실을
한 번 더 중복하여 연행하여 재가집이 겪는 슬픔과 망자가 겪을 서러
움을 거듭 위로한다.

　자료A 천금새남 안당사경치기는 조상거리를 본향거리에 포함시켜
연행하였으며, 자료B 진적굿은 조상거리를 따로 독립시켜 길게 단독
으로 연행하였다. 조상거리는 우리나라의 광대한 친족범위가 반영되
어 그 폭이 대단히 넓다. 재가집의 시가와 친가, 부계(친가)와 모계(외
가)와 세대로는 동기, 삼촌, 사촌에서 고조부모에 이른다. 촌수로는 멀
어도 각별한 친분이 있으면 따로 길게 놀아주어 죽은 이의 서러움과
재가집의 아쉬움을 달래준다. 재가집의 가족 구성과정성에 따라 짧게
축약될 수도 길게 확장될 수도 있다. 의복과 예물을 따로 갖추어 단독
으로 공수와 타령을 반복하여 만담정회를 나누며 연행할 수 있기 때
문이다. 실제 자료B의 경우 조상거리가 길게 늘어난 사례인데, 일찍이
조실부모하고 양부모의 슬하에서 성장한 개인사나, 만신의 진적굿은
굿의 연행하는 규모와 시간을 축소하지 않고 상세히 연행되는 경향이

있다는 특성에 기인한다.

무속의 조상 개념은 남자 가장의 직계 존속을 위주로 의례를 모시는 유교의 조상 개념보다 훨씬 방대하다.[20] 조상거리를 연행하는 순서에는 선대와 후대, 시가와 친정, 양가(養家)와 생가, 친가와 외가, 죽음의 비정상성 등이 고려된다. 일반적으로 선대에서 후대로 순서로 진행된다. 가부장제 질서가 반영되어 모계보다 부계를 우선하여 시가를 먼저 친정을 나중으로, 친가를 먼저 외가를 나중으로 연행한다. 과거에는 친정조상을 따로 놀지 않았다는 이상순 만신의 서술[21]도 있지만, 굿을 의뢰하는 주요 신도가 재가집의 여성 기주라는 점을 고려했을 때 심리적으로 밀착되어 있는 친정조상을 따로 놀지 않는 것도 부자연스러운 일이다. 또, 질병·사고로 인한 요절 등 비정상적인 죽음을 맞이한 조상의 경우는 친족의 위계와 상관없이 등장하며, 더 상세히 연행된다.[22]

주목할 점은 고조부모-증조부모-조부모-부모로 선대에서 후대로 이어지는 순서가 높은 위계에서 낮은 위계의 반영이기도 하지만, 동시에 심리적 거리가 가장 가까운 가족을 후에 놀리는 연행의 질서가 반영된 것이기도 하다. 때문에 시가를 먼저 친정을 나중에 연행한다는 점이 반드시 위계의 서열을 드러내는 것만은 아니며 오히려 심리적 거리의 가까움, 죽음이 갖는 비극성과 이를 극복하고 굿이라는 의례를 통해 가족과 재회하는 기쁨과 위안의 고조를 위한 장치로도

20 최길성, 「조상숭배의 구조」, 『한국인의 조상숭배와 효』, 민속원, 2010, 202쪽.
21 이상순, 『서울 새남굿 신가집-삶의 노래, 죽음의 노래』, 민속원, 2011, 160쪽.
22 이용범, 「한국 무속의 신관에 대한 연구-서울 지역 재수굿을 중심으로」, 서울대학교 박사학위논문, 2001, 119~120쪽.

읽을 수 있다. 일견 모순되고 무질서해보이는 무속의 세계관이 갖는 전복과 소통의 특징이다.

진적굿의 조상거리에서는 혈연과 혼인으로 이어진 가족과 친족의 넋을 놀리는 조상 외에도 무업으로 이어진 스승이나 동료 만신, 악사, 연구자 등의 인연도 조상거리에서 말명의 형태로 등장시킨다는 점이 특별하다. 무업을 가르치는 스승과 무업을 배우는 제자의 관계를 '신어머니(신아버지)-신딸(신아들)'의 관계로 이해하는 한국 무속의 특별한 관념이 반영된 것이다. 자료B 진적굿에서도 시가와 친정가족이 등장하고 난 뒤 허규씨, 조박사, 태상노군 등 고인이 된 무업 동료와 선후배, 자신의 실력을 인정해준 무속 연구자를 호명하여 감사를 전했다.

이같은 특징은 진적굿의 조상거리 외에도 대신말명거리에서 더욱 뚜렷하게 관찰된다. 대신말명거리는 굿의 초반 앉은굿에서 선굿으로 전환될 때 연행되는 진적굿의 특별한 굿거리이다.[23] 대신 혹은 대신할머니는 서울굿에서 만신의 무조신이자 몸주신을 대표하는 신격으로, 이날 굿에서는 대신 신격으로 명두대신, 작두대신, 천하대신, 지하대신, 벼락대신, 불사대신, 열두대신할머니, 문화재대신할머니, 도당대신, 산신대신, 서오능대신 등이 모셔졌다. 주목할 점은 여기에 '말명'의 개념이 더해져서 조상거리의 성격이 함께 나타난다. '이북할머니, 오

---

23 등장 순서는 다르지만, 『무당내력』에도 조상거리와 만신말명거리가 연이어 등장하는 것에서 조상거리와 대신말명(만신말명)거리와의 친연성을 짐작할 수 있다. 오늘날 대신말명거리와 동일하게 방울과 부채를 무구로 들고, 노란색의 은하몽두리를 무복으로 입고 있다. 서대석은 해제에서 말명을 '무녀의 조상신으로서 무업을 하다가 죽은 여인의 혼령이 신이 된 것으로 알려져 있다'라고 서술하였다. 말명 전체에 대한 타당한 설명으로 보기는 어렵지만, 대신말명(만신말명)과 관련한 부분을 적절히 짚었다고 할 수 있다.

도바이할머니, 명씨할머니, 영득이네, 도서방할머니, 종암동이봉순, 분홍저고리할아버지, 왕십리김유감, 아리랑고개할머니, 태산부군, 노들순자, 소천집, 수유리할머니, 상진엄마, 상임이네, 지전집' 등 생전에 이상순 만신의 신어머니·신아버지로 관계를 맺었던 이들을 두루 청배하여 굿거리를 연행하였다. 그러면서 그들과의 인연을 공유하는 굿판의 참여 인물들에게 고루 인정을 나누어주고 축원을 아끼지 않았다. 축원을 내리는 주체인 신격의 측면에서도, 굿판에서 축원을 받는 객체인 신도(청중)의 측면에서도 양쪽 모두 만신 외에도 굿을 구성하는 숨은 주체들 악사, 시봉자, 신도, 연구자 등 모두를 일종의 '말명'이라는 신격으로 조상, 곧 가족의 개념으로 소통과 통합의 장을 연출하는 점이 특징적이다.[24]

이렇듯, 진적굿에서는 조상에 해당하는 신격을 모시는 굿거리를 모셔지는 대신말명거리-본향거리-조상거리로 세 번에 걸쳐서 따로 연행된다는 중요한 특징이 있다. 유사한 굿거리를 거듭 반복해서 연행한다는 것은 신격이 굿을 연행하는 재가집이자 만신에게 특별히 중요한 의미가 있다는 의미이다. 대신말명거리, 본향거리, 조상거리에 따라 모셔지는 신격이 세분되기도 하고 중복되기도 하는데, 가장 큰 목적은 대신신격을 중심으로, 혈연과 혼인으로 묶여진 가족과 무업으로 묶여진 가족을 두루 아우르기 위함이다. 무업을 중심으로 인연이 얽힌 존재들을 유사 가족의 형태로 인지하면서 가족의 규모가 확장하였고 때문에 이들을 모시기 위한 굿거리도 확장되었다는 것을 알 수 있다.

---

24 이은우, 「서울 진적굿의 제차 구성과 의미」, 성신여자대학교 박사학위논문, 2018,
   121~131쪽. 진적굿에서 대신말명거리의 양상과 의의에 대해 상세히 논한 바 있다.

또 진적굿의 조상거리에서는 말명의 조상 신격으로의 특성 외에 또 다른 신격의 특징을 짐작케하는 단서가 드러난다. 당악장단에 맞추어 도무 후 한바퀴 돌고 공수를 한다는 점에서 무악과 무무로 명확한 거리를 분절과 확장이 드러났지만, 7.잡귀 8.말명 9.잡귀·말명에서는 모호한 신격과 말명들이 거듭 호명되었다. 진적굿의 조상거리는 "만조비 조상이 댕겨가고/ 원주말명집주말명/ 하리말명 **말명/ 청춘귀 소년귀 원혼귀 한한귀/ 한 잔 술에 희망하고/ 열 잔 술에 진배받고/ 댕겨가고 쉬어가서/ 남말명 여말명 청춘귀 소년귀 원주집주 말명/ 댕겨가시고 쉬어가시더라"라고 마무리된다. 청춘·소년에 요절한 조상은 말명이라고도 부르지만 동시에 '귀(鬼)'라는 호칭을 붙여 표현된다. 또 원한을 가지거나 해악을 끼치는 말명들과 함께 묶어서 호명된다. 원주말명과 집주말명, 하리말명[25]이 그것이다. 또 이들이 호명되는 순서는 마치 뒷전처럼 조상거리의 제일 마지막 절차이다. 이를 통해 '말명'이 조상이라는 성격 외에도 때로는 잡귀잡신의 성격을 갖는다는 특징을 확인할 수 있다. 즉, 말명은 조상과 관련한 망자의 신격으로 복을 주기도 하지만, 때로는 잡귀와 결합하여 불행을 주는 신격이기도 하다. 앞서 가망거리와 관련한 서술에서도 제시하였듯 '이모말명, 삼사촌 가던 말명'처럼 다양한 말명은 친족 호칭에 결합하여 조상과 의미의 분별 없이 사용된다. 말명 그 자체는 가치중립적이지만 결합하는 신격과 쓰임에 따라 숭배의 대상이 되기도 하고 퇴치의 대상이 되기도 하는 것이다.

---

25 '하리'는 본래 남을 헐뜯어 일러바치는 고자질을 의미하는데, 서울굿에서는 남이 나를 헐뜯어 발생 상황이나 그런 일을 일으키는 잡귀잡신을 의미한다.

5) 대감거리

대감거리에서 말명이 등장하는 경우는 자료B 진적굿과 자료D 진
진오기굿이다.

자료B. 진적굿 중 대감거리
<u>1.전안대감</u>(전안대감,신장대감,별상대감,좌우제장[26]대감,의술대감,몸주대
감,만신말명대신대감)   2.몸주대감(만신말명대신대감,이씨기자몸주대감,
아들몸주대감,며느리몸주대감) 3.텃대감

자료D. 진진오기굿 중 대감거리
1.대감:만수받이 2.군웅대감 3.몸주대감 <u>4.하직대감</u>(시왕대감,하직대감,망
종대감,<u>말명대감</u>,제장대감) 5.터주대감 6.걸립대감

자료B 진적굿에서는 따로 만수받이를 하지 않고 별상에 이어서 대
감거리를 연행하였다. 전안대감과 몸주대감, 텃대감을 놀았는데 전안
대감과 몸주대감은 특히 만신의 진적굿이라는 특성이 반영된 거리이
다. 몸주는 흔히 만신과 관련한 각별한 신격으로 간주되지만, 만신인
이씨기자(이상순) 외에도 만신이 아닌 다른 가족들에게도 몸주대감이
있다는 것을 알 수 있다. 자료B 진적굿에서는 '말명대감'은 등장하지
않고 '만신말명대신대감'이라고 형태로만 등장하여 말명이라기보다
는 대신에 더 가까운 대감신으로 보인다.

---

26 이상순은 제장 신격은 이름은 같지만 사실은 두 종류의 신격이며, 하나는 여성
   신격인 말명과 유사한 남성 신격으로서의 제장과, 다른 하나는 신장 신격의 하위
   권속인 제장이 있다고 설명한 바 있다. 여기에서 제장은 후자의 신격을 가리키는
   것으로 추정되며 때문에 말명 신격과는 무관하다.

자료D 진진오기굿에서는 하직대감과 관련한 하위 신격으로 말명대감이 등장하는데, 함께 연행되는 '시왕대감, 하직대감, 망종대감, 제장대감'은 모두 망자의 천도굿이라는 특성이 반영된 신격이다. 사설중 "전주 이씨 남망재님이 살아 생전에는 몸주대감이시더니 시왕대감 하직대감 말명대감 제장대감이 되셨구려"라고 하여 몸주대감과 하직대감은 동일한 기능과 위계를 가진 신으로, 생전과 사후를 기점으로 신격이 변환된다는 것을 짐작할 수 있다.

6) 뜬대왕/사재삼성거리, 문청배

뜬대왕거리 혹은 사재삼성거리는 천도굿에서만 존재하는 굿거리이다. 새남굿에서는 뜬대왕거리로, 진오기굿에서는 사재삼성거리로 불리운다. 호칭은 다르지만 저승과 관련된 신격이 망자의 넋을 이승에서 저승으로 이동시키는 과정을 다룬다는 점에서 본질은 같다.

자료C. 천금새남 진오기굿 중 뜬대왕 거리
1.시왕:시왕노랫가락-시왕공수 2.중디:중디노랫가락-중디공수 3.말명:
말명만수받이-말명공수 4.사재삼성:사재삼성만수받이-사재삼성재담-사재삼성타령-사재삼성공수 5.서낭 6.영산 7.상문 8.수비

자료D. 진진오기굿 중 사재삼성거리
1.시왕:시왕노랫가락-시왕공수 2.중디:중디노랫가락-중디공수 3.말명:
말명만수받이-말명공수 4.사재삼성:사재삼성만수받이-사재삼성재담-사재삼성타령-사재삼성공수 5.서낭 6.영산 7.상문 8.수비

상세한 비교를 위해 연행 방식을 부기하였다. 위에 제시한 바와 같이 두 거리의 형태는 유사하다. 뜬대왕/사재삼성거리는 굿거리나 연

행방식이 규모가 크고 밀도있게 구성된다. 서울굿의 연행 방식이 대개 굿거리장단이나 당악장단으로 청배되어 공수를 이어가는 것으로 진행되는데 비해 이 거리에서는 만수받이, 노랫가락, 타령, 재담 등 다양한 방식이 구현된다. 특히 주무와 기대, 재가집이 익살맞은 재담을 주고 받으며 굿놀이 형식으로 진행되어 볼 거리가 풍부하다. 뒷전도 마지막 수비까지 고루 등장한다.

뜬대왕/사재삼성거리에 등장하는 신격은 시왕-중디-말명-사재삼성-뒷전의 순서로 등장한다. 시왕은 죽은 자를 심판한다고 알려진 열 명의 왕이다. 중디가 어떤 신격인지는 모호하다. 그러나 거리 구성과 연행 방식을 통해 신격을 추론할 수는 있다. 중디는 진오기굿에서만 등장하는데, 시왕처럼 거성으로 청배한 뒤 노랫가락이 불리어진다. 또 새남굿 진오기굿에서 부정과 가망 이후 뜬대왕거리 사이에 중디밧산이라는 앉은 굿의 형태로 연행되는 단독 거리가 존재하며 이때에도 중디노랫가락이 구송된다는 점 등을 고려하면 중디는 저승과 관련한 신격으로 시왕보다는 아래 말명보다는 위에 위치하고, 말명보다는 시왕에 좀 더 가까운 중상위의 위계를 가진 신격으로 판단된다.

말명과 사재 신격은 공통적으로 만수받이로 청배된다. 그 사설은 다음과 같다.

"아! 말명/ 아린 말명 쓰린 말명/ 숨지어서 넋진 말명, 피를 지어 가던 말명/ 업어내고 모셔내다 열시왕에 사재말명/ 전주 이씨 열두 혼백 남망 자님 어느 대왕 매이셨나/ 제 일 전에 진광대왕, 제 이에는 초강대왕/ 제 삼 전에 송제대왕, 제 사에는 오관대왕/ 제 오 전에 염라대왕, 제 육에는 변선대왕/ 제 칠 전에 태산대왕, 제 팔에는 평등대왕/ 제 구 전에 도시대왕, 제 십오도 전륜대왕/ 십대왕 전 매인 망자/ 상산에는 물고 받고 본향에는 하직하고/ 쓴 칼 벗고 맨 발 풀러/ 천지옥경 문을 열어/ 극락세계 연화대로 산하요"

주목할 점은 두 가지이다. 하나는 '열시왕에 사재말명'이라는 구절에서 말명과 사재와의 결합을 볼 수 있고, 두 번째는 말명을 청배하면서 열시왕의 이름을 모두 호명한다는 점에서 말명과 시왕의 결합을 볼 수 있다. 사재는 망자의 넋을 저승으로 압송하여 이른바 저승사자 혹은 저승차사로 알려진 신격이기도 하지만 저승의 문을 지키는 문사재, 제석궁의 모란사재 등 서울 진오기굿에 다양한 사재들이 존재하므로 저승에서 관장하는 다양한 업무를 수행하는 하급 군졸로 이해할 수 있다. 저승으로 인도되어질 망자는 바리공주의 도움으로 연화대로 천도된다는 것이 서울 지역 천도굿의 세계관이다. 바리공주와 망자가 험난한 저승길을 헤치며 가는 여정을 무악과 무무로 장엄하게 표현하는 도령돌기 후 베가르기를 행한 뒤 가시문 앞에서 문청배를 행한다

자료.C 천금새남 진오기굿 중 문청배
1.문청배 만수받이: 문,인정,칼,전,다리 2.시왕공수

자료.D 진진오기굿 중 문청배
1.문청배 만수받이: 문,인정,칼,전,다리 2.시왕공수

이때 만신은 만수받이로 청배 후 시왕 공수를 내리는데 이때에도 말명이 호명된다.

"아린 시왕 쓰린 시왕/ 숨지어 넋진 시왕 아니시리/ 업어내고 모셔내다/ 열시왕에 사재시왕 아니시리/ <u>이승에는 하리말명 저승에는 제사말명/ 오락가락 왕래말명에서</u>/ 우여 슬프시다/ 전주 이씨 열두 혼백 남망재님/ <u>가시문말명 쇠문말명에서</u>/ 좋은 말도 좋게 전하고 궂은 말도 좋게 전해서/ 널문 쇠문 가시문 벗고/ 극락세계 연화대로 산하여 가시노라"

"가시문말명 쇠문말명"이라는 사설은 저승의 관문으로 추정되는 가시문과 쇠문을 지키는 신격이 말명 신격이라는 것인지, 망자가 말명의 상태로 각각의 문을 통과할 때의 상황을 지칭하는 것인지 뜻이 모호하다. 그러나 "이승에는 하리말명 저승에는 제사말명 오락가락 왕래말명"에서 말명의 특별한 성격을 짚어볼 수 있다. 하리는 남을 헐뜯는 고자질을 가리키는 말로, 이 사람의 말을 저 사람에게 전하는 고자질을 의미한다. 제사는 이승의 가족이 저승의 조상과 교통하는 의식이다. '오락가락 왕래말명'이라는 구절마따나 서로 다른 편을 왕래하고 교통할 수 있다는 속성을 공유하는 것이다. 재수굿의 본향거리에서 '본향–가망–말명–대신–조상'이 하나의 세트를 이루는 것처럼, 천도굿에서는 '시왕–중디–말명–사재'의 세트가 구성된다. 이러한 접근은 중디와 가망, 대신과 사재의 관계에도 유효하다. 말명이 갖는 교통의 기능이 망자와 조상을 본향과 시왕에 접속할 수 있게 만들어준다. 대신과 사재가 좀더 직접적인 소통을 담당하는 담당한다면 말명은 좀더 보편적인 기저를 만들어준 것으로 비유할 수 있을 것이다. 천도굿과 재수굿에서 드러나는 각각의 세트는 높은 위계에서 낮은 위계로, 추상적인 신격에서 구체적인 신격으로, 그리고 심리적 거리가 먼 쪽에서 가까운 쪽으로 이동하는 서울굿의 신격 결합 원리를 규명하는 중요한 단서로 기능할 수 있다.

7) 뒷전거리

말명 신격은 잡귀잡신으로 알려진 뒷전거리의 신격과 결합하는 양
상을 보인다. 그런데 굿의 종류에 따라 말명 신격이 결합하는 뒷전
신격이 다르다. 진적굿은 영산과 결합한 신격으로 등장한다. 여기에
는 대신말명 신격이 연결 고리로 작용한다. 무업을 수행하다 죽은 선
대 무당에 대한 애도이자, 일종의 유사 가족이자 무조신으로의 예우
이다. 그밖의 천금새남 안당사경치기, 천금새남 진오기굿, 진진오기
굿에서 말명은 서낭과 결합한 신격으로 등장한다. 여기에는 말명관주
신격이 연결 고리로 작용한다. 상세한 논의를 위해 자료를 살펴본다.

자료A. 천금새남 안당사경치기 중 뒷전거리
1.만수받이 2.걸립 3.텃대감 4.지신 5.맹인 <u>6.서낭</u> 7.영산 8.상문 9.수비

자료B. 진적굿 중 뒷전거리
1.만수받이 2.걸립 3.텃대감 4.맹인 <u>5.서낭</u> <u>6.영산</u>[27]

자료C. 천금새남 진오기굿 및 자료D. 진진오기굿 중 뒷전거리[28]
1.만수받이 2.걸립 3.텃대감 <u>4.서낭</u> 5.영산 6.상문 9.수비

본래 뒷전거리의 세부 절차로 말명신격이 단독으로 연행되는 경우
는 없다. 그러나 자료A. 천금새남 안당사경치기자료, B.진적굿자료,

---

27 진적굿의 뒷전에서는 수비를 치지 않고 다음 차례에 행하는 회정거리의 뒷전에서
    행한다.
28 이상순의 『서울새남굿 신가집의』의 천금새남 진오기 뒷전거리는 진진오기굿 뒷전
    거리와 문서를 공유한다.

C.천금새남 진오기굿자료, D.진진오기굿의 뒷전거리 중 서낭을 연행
하는 절차 중 말명신격이 등장하였다. 서낭신격을 호명하는 무가 사
설을 각 자료별로 제시한다.

자료A. 천금새남 안당사경치기 뒷전거리 중 서낭공수
"① 위 구자/ 사외삼당은 국리 제당서낭 아니시리/ 그연으로 상산서낭 아
니시리/ 남경그물 북경서낭 외국서낭 타국서낭 사신서낭 중국서낭/ 고개
고개 넘던 서낭 마루마루 넘던 서낭 아니시리/ 동두길진 우수재는 미내미
서낭/ 남두길진 남산은 노인성서낭 아니시리/ 서두길진 무악재고개 사신
서낭/ 북두길진 삼청동 형제 우물서낭/ 물위의 뗏목서낭 물아래 용신서낭
/ 대관령 고개고개 마루마루 넘던 서낭/ 길주명천 시베서낭 안산은 군자봉
서낭/ 여울막이 서낭 수살막이서낭 사해로 용신서낭에서/
② 이씨 가중 높은 추녀 낮은 하방 만지고도 다룬 서낭/ 나무 장목 목신서
낭, 흙을 다뤄 토신서낭 돌을 다뤄 석신서낭/ 문고등 쇠고등 만지고 다룬
철물서낭/ 청색 무색 가위밥 실밥에 따라 든 서낭 동법 동티를 다 제치고/
관재귀설 입설귀설 네발 차 자가용에 실수 없고/ 눈길 빗길 높은 댓돌
낮은 댓돌 주악돌에 거침없고/ 밤길 낮길 동서사방 사도팔방 매양 출입할
지라도 운전대에 실수 없고/ 엔진에 고장 없고 앞바퀴에 사고 없고 뒷바퀴
에 실수 없고/ 서낭동법을 다 제치고 동법나리 난듯하고/ 방충나리 벗듯하
게 도와주고/
③ 아홉 말 도간주 열서말 상간주/ 서낭간주 말명간주 어비서낭 상간주
다 제치고/ 망자 천도 산 이 성불/ 서낭님이 앞을 열어 운수 트고 재수
열어 안당사경 덕 입혀주리다."

자료B. 진적굿
"① 나는 서낭님이요/ 남서낭할아버지 여서낭할머니 팔도명산 서낭님이
죄 오셨다가/ 뒷전을 이렇게 받고/

② 열서낭 젖혀가고 뜬서낭 막아주고/ 애동기자 걱정근심 요물사물 말명
지게 다 걷어주고/ 동서사방을 돌아댕겨도 탈이 없이 해주고/ 장반기 놋반
기에 따라든 서낭 묻어든 서낭/ 잔칫집에 초상집에 어디 댕겨도 따라오고
묻어온 서낭 없이 해주고/ 차를 타고 동서사방을 댕겨도/ 거리거리 노제서
낭에 따라오고 묻어온 서낭 없고/
③ 서낭관주 젖혀주고 말명관주 젖혀주고 영산관주 다 젖혀서/ 업이서낭
마누라가 재수소망 생겨주고/ 서낭관주는 다 물려주고"

재수굿에 해당하는 자료A 천금새남 안당사경치기와 자료B 진적굿
의 무가는 비슷한 형식을 보인다. 내용에 따라 세 개의 부분으로 구분
할 수 있는데, ①은 지역신으로 서낭신격의 면모를 보인다. 동서남북
사방의 길지로 소개되는 서낭은 조선시대 서울의 네 방위에 세워진
사서낭(四城隍)을 나타낸다. 동쪽의 자지서낭, 남쪽의 우수재서낭, 서
쪽의 사신서낭, 북쪽의 동락정서낭은『조선무속의 연구』에도 서울의
무당들이 순례를 다니며 기원하던 신앙의 대상으로 기록되어 있기도
하다. 이밖에도 팔도명산 길지에 존재하는 서낭 신격을 두루 청배하
고 있다. 자료B 진적굿의 경우에도 간략하게 약술되어 있지만, 그 의
미는 크게 다르지 않다.

②와 ③의 서낭신격은 숭배의 대상이 되는 ①의 경우와 다르다. '젖
혀주다, 물려주다, 벗듯하다(벗은 듯하다), 없이 해준다'라는 서술어와
호응하여 퇴치의 대상으로 그려지고 있다. 두 자료 모두 재가집의 직
업과 관련하여 퇴치의 대상이 되는 서낭이 ②에 등장한다. 이때의 서
낭은 '묻어든다, 따라든다'라는 서술어로 묘사되는데, 서낭신격은 주
체가 원하지 않았지만 다른 행위나 이동 중에 사람에게 동반하여 깃
들었음을 표현한다. 자료A 천금새남 안당사경치기의 경우 무가집으

로 출판된 자료라 재가집의 직업에 따라 각각의 경우를 상정하여 내용이 자세하다. 자료B 진적굿의 경우에는 재가집이 무당으로 특정되어 실제 연행한 자료라 만신이라는 직업을 전제로 이루어진 사설이다. 서울의 사서낭과 각종 명산대천은 이름난 기도터이자 순례지이다. 진적굿은 상산돌기라하여 굿을 하기 전 이러한 성지를 순례한 이후에 굿을 진행하기 때문에 이 과정에서 뜻하지 않게 따라들거나, 굿과 밀접한 관계를 맺고 있는 관혼상제를 치르는 과정에서 묻어든 잡귀잡신의 신격으로 묘사된다. '장반기 놋반기에 따라든 서낭 묻어든 서낭' '잔칫집에 초상집에 따라오고 묻어온 서낭' '거리거리 노제서낭에 따라오고 묻어온 서낭' 등이 이를 나타내는 무가 구절이다. 장반기 놋반기는 그릇을 가리키는데, 특히 반기는 제사음식을 담는 목판을 이르는 말이라 서낭 신격이 의례를 치르는 도중에 뜻하지 않게 따라오는 서낭 신격이 의례와 관련한 도구를 수단으로 묻어든다는 특징을 짐작케 하는 구절이다.

　③의 사설이 바로 말명 신격과 서낭 신격의 결합 예시를 보여 준다. 이때 이 결합을 가능하게 해주는 키워드는 관주로, '말명관주'라는 형태로 등장한다. 『조선무속의 연구』에 의하면 관주는 여자가 시집갈 때 친정으로 데리고 가는 여성의 조령(祖靈)을 말한다. 즉 서낭 신격과 말명 신격이 결합될 때에도 여성의 신격을 기본형으로 취한다는 성별 특징과, 조상신의 면모를 가진 말명의 신격의 특성, 그리고 앞서 ①, ②에서 살폈듯 '이동'을 할 때 함께 동반되는 특성을 기본으로 결합한다는 것을 확인할 수 있다. 친정으로 '데리고 가는' 여성 조령이라면 재가집이 되는 기주의 자발적인 의사에 의한 이동으로 읽힌다. 그러나 실제 연행되는 서울굿의 사설에서는 '젖혀준다'라고 퇴치의 대상

으로 간주하고 있어 시가로 이주하는 여성에게 '따라드는' 잡귀잡신
의 신격으로 읽는 것이 타당해보인다.

> 자료D. 진진오기굿 뒷전거리 중 서낭공수
> ① "위 구자/ 만신 몸주 설명도라 대신 서낭/ 아린 서낭 쓰린 서낭/ 숨지어
> 서 넋 진 서낭, 피를 지어 가던 서낭/ 업어내고 모셔내다 열시왕의 사재
> 서낭/
> ② 초상 범절에 관머리는 널머리에 칠성홍대 영포 베포 육진 장포/ 수의대
> 필 면모악수 호랑짚신 묻어든 서낭 업고 따라들던 서낭 없이/
> ③ 서낭 관주 <u>말명 관주</u> 업이서낭에 상관주 다 제쳐주고/사자진 삼성진
> 다 제쳐주시마/망자 천도 산 이 성불하게 지노귀 덕 입혀주시마

자료D 진진오기굿의 뒷전거리 중 서낭공수의 무가 사설이다. 시작
은 ①처럼 만신의 몸주신을 명도(명두)와 대신으로 규정하는 구절로
시작한다. 이어서 망자를 천도하기 위한 굿의 성격을 잘 드러내는 구
절들이 연이어 서술된다. '아리다, 쓰리다'나 '숨지어 넋진, 피를 지어
가던'과 같은 수사는 죽음의 비극성을 암시한다. 이어서 저승과 관련
한 신격인 열시왕과 사재와 서낭을 결합하여 호명하였다. 자료D 진진
오기굿의 뒷전거리 중 서낭공수 ②번도 위에서 살펴본 재수굿의 사설
과 유사한 신격의 특성을 확인할 수 있다. 다른 의례를 치르던 중 뜻하
지 않게 묻어든 신격이며 때문에 퇴치해야 한다는 관념이 그것이다.
망자 천도굿이므로 '잔치집'과 같은 경사는 언급하지 않고 '초상'을
치르는 '관머리, 널머리'를 서낭 신격이 묻어든 공간으로, 그리고 망자
가 입거나 몸에 지닌 수의(壽衣) 일습을 매개하는 도구로 상정했다.
③번의 사설에서도 '말명관주'가 서낭관주와 함께 등장하는데, 이 역

시 '제쳐주는'이라고 표현되어 퇴치의 대상으로 서술되어 있어 말명 신격이 갖는 잡귀잡신의 특성을 반영한다.

　다음으로 뒷전거리 중 영산과 말명이 결합하는 경우를 살핀다. 말명은 서울 재수굿에서 두 가지 신격으로 등장한다. 하나는 호구신이나 제석신 뒤에 대감이나 신장 전에 등장하는 인격신. 상위신은 먼저 등장하고 하위신은 나중 등장하며 비슷한 신격은 함께 등장하는 것으로 위계를 드러내므로 말명의 신격을 대감이나 신장같은 재복을 주는 신격보다는 높고 호구신이나 제석신처럼 대개 상위 여성신과 유사하거나 아래의 신격으로 짐작할 수 있다. 삼당말명, 제당말명, 상산말명과 같이 부속 신격으로 등장하기도 한다. 이들은 무당이 기도를 하러 다니는 성지와 관련한 신격이기도 하고, 본향거리, 조상거리에서 연행되었다는 것을 통해서 죽은 조상과 관련한 신격이라는 점도 유추할 수 있다. 말명 신격의 다른 하나는 뒷전에서 주로 서낭과 영산과 결합하여 등장하는 하위신격이다. 서낭은 앞서 서낭신격에서 살펴본 것과 같이 서낭과 결합한 말명은 성지와 관련한 신격으로 이해할 수 있을 것이다. 한편, 영산과 결합하는 말명은 조상과 관련한 것으로 읽을 수 있다.

자료B. 진적굿 뒷전거리 중 영산 사설
① 만신몸주 대신영산이요/ <u>임진강 대동수 한씨만신말명 가던 영산/ 박씨</u>
<u>만신말명 양씨만신말명 가던 영산/</u> 산에 올라 후영산 객사영산 만경청파에 수살영산/ 사위삼당에서 국내제당에서 오셨다가/ 이따가 가시라고 배웅하니까 오늘 받아가지고/ 뒤로 뒷전에 받아서 먹고가고/ <u>만신을 내리다</u>
<u>가 숨든 말명/</u> 보살죽고 처사죽고 중죽고 박수죽고/ 서울 장안에 죽은 무당
<u>들이</u> 여간 많으우? 죄 왔어/ 처량한 말명 불쌍한 말명 한심한 말명/ 기욱이

도 잠깐 댕겨가야해 또 옥천방/ 옥천방도 댕겨가고 기욱이도 댕겨가고/ 어유 너무도 분하고 원통하고/ 울기 많은 내말명에 화기 많은 내 영산이고 / 내가 아까 한 마디라도 해줄지 알았더니/ 기욱이가 너무도 섧대 또 옥천 방도 섧대/ 문화재에서 고생을 무척했는데 말 한마디 안 해줘서 섧대/ 그러나 이렇게 뒷전에서 놀고 섭섭한 마음을 다 돌려서/ 이씨기자님 건강 하게 해드리고 그저 자손 창성하게 해드리고/ <u>고을 장안에 한 많아 가던 말명 원 많아 가던 말명/ 만신말명 대신영산들이 은하네 굿한다니까 왔어/</u> ②구름같이 몰려오고 바람같이 몰려와서/ 꿈결같이 댕겨가고 바람같이 댕겨가고/ 산여울 죽은여울 몰고 왔다가 걷어가지고/ 산 좋고 물 좋은 데로 가고

③군영산 떼영산/ 심장병 혈압병 위암 간암 자궁암에 가고/ 총각죽고 처 녀죽고 과부죽고 홀애비죽고/ 미쳐 달쳐 가고/ 불에 타서 가고 거리에 객사해 가고 비행기 사고로 가고

④수많은 영산들 떼많은 영산들/ 뒤로 뒷전에 이씨 기자 대수대명을 안고 가고/ 서른 여섯 대수대명을 안고 가고/ 며느리도 양에 부처 손주 삼남매 다섯 식구 대수대명/ 딸네 집 큰딸네 미국, 미국식구들도 네 식구가 평안 하고/ 작은딸네 두식구가 편안하고/ 대수대명은 뒷전 밧전에 받아서/ 안 당이 편안하고 내전이 깨끗하고/ 영산들이 받아가지고 산좋고 물좋고 놀 이 좋은 데/ 고픈 배는 불려가고 마른 목은 적셔서/ 마른 걸랑은 멜빵 걸머 죄 짊어지고 지게다 어깨에 매고 머리에다 이고/ 산 좋고 물 좋은데 강으로 가니 물로 가니 물로 가고 들로 가니 들로 가고/ 꿈자리 몽사없고 쳐지고 미진한 일 없이 다 걷어가지고/ 지장보살 염불 받고 여 기자들 염불 받아 극락세계가고/ 불쌍한 망자는 극락세계 가고/ 뭇영산 떼영산들 이 뒤로 뒷전에/ 진적 끝에 다 받아가고 영산일랑은 물러가고

⑤이따가 배웅정성에/ 수비일랑은 다 걷어가고 상덕물어 도와주마/ 다젖 혀서 주소사

①과 ③은 다양한 영산을 호명하고, ②, ④, ⑤에서는 뒷전을 통해

영산을 대접해 물러가게 해서 기대하는 축원을 서술하고 있다. ⑤는 진적굿의 특수한 형식 때문에 덧붙은 사설이다. 진적굿의 경우 뒷전에서 수비를 물리지 않아 영산으로 절차를 마무리짓고, 이어지는 회정맞이에서 수비를 물리겠다는 언급으로 마무리한 것이다. 영산은 대개 망자의 넋에 해당한다. 영산의 호명은 '**으로 가던/숨든/숨진 영산'이라 하여 죽음을 뜻하는 서술어가 덧붙는다. '**'에는 죽음의 단서가 되는 다양한 단어가 들어간다. 다른 재수굿이나, 천도굿의 경우 ③의 형태로 영산이 호명된다. 질병과 사고와 같은 개별의 사인(死因)이나, 연령과 혼인처럼 죽음의 비극성을 심화하는 조건을 선택해 영산을 열거하는 방식이 사용된다. 처녀와 총각은 채 혼인을 하지 않은 어린 나이에 요절하였음을 나타내며, 과부와 홀애비와 짝을 이루어 혼인과 배우자와의 백년해로가 우리 무속에서 호상과 악상을 나누는 근거로 작용하였음을 알 수 있다. 죽음의 형태는 실로 다양해서 그 수만큼이나 다양한 영산이 등장하고 이들은 '군영산 떼영산', '수많은 영산들 떼많은 영산들'로 묘사된다.

그런데 눈여겨보아야 하는 부분은 ①이다. 자료B 진적굿 뒷전거리 중 영산에서는 다른 굿에서 길게 이어지는 ③부분은 상대적으로 축소되고, 만신말명(대신말명)과 결합한 영산들이 ①부분이 가장 먼저 등장하고 그 길이도 길게 확장되어 있는 특징이 있다. ①에서 표현된 죽음은 무업을 수행하다 맞이한 말명들로 일종의 조상으로 기능하고 있다. 이는 다시 두 종류로 분류된다. 하나는 '양씨만신말명, 박씨만신말명'과 같이 무조신처럼 숭배해야 하는 신격과, 다른 하나는 옥천방, 기욱이처럼 실제 생전에 무업을 함께 했던 동료 만신의 넋이 영산 신격이 된 경우이다. '임진강 나루터에 양씨만신말명 박씨만신말명'처럼 무업을 수행하다 맞이한 죽음이다. 이상순 만신은 "임진강 나루터에 만신말명이, 어느 산을 가시다가 돌아가셔서 양씨 만신말명 박씨 만신말명이야. 두 분이 임진강 나루터에서 물에 빠져서 수살영산이 됐어. 제당을 들을 적에는 꼭 그 어른들을 찾아야헌대."라고 신딸들에게 당부한 바 있다.[29] 양씨만신말명과 박씨만신말명은 '물에 빠져 죽은 수살영산'이라는 불특정 집단에 두지 않고 따로 호명을 하여 개별화시킨다. 이들은 생전에 만신이었고 순례의 여정 중에 죽은 것으로 알려졌다. 굿을 하는 만신에게는 무업의 선배이고, 그들이 다녀온 여정이 곧 자신의 여정이기 때문에 동질감을 느끼고 특별히 기리는 것이다.[30]

이러한 관념은 '보살 죽고 처사 죽고 중 죽고 박수 죽고 서울 장안에 죽은 무당'이라는 구절에서도 드러난다. 박수와 무당 외, 종교의 사제자로서의 정체성을 공유하는 보살, 처사, 중과 같은 불교의 수행자들을 함께 열명한다. 한편, 이들은 무속과 불교의 친연관계를 고려해서 이해할 수 있다. 실제로 만신의 가까운 친척이 불도에 몸을 담은 경우도 다수이기 때문이다. 그다. 그러나 무엇보다 이들은 신을 모시는 일을 직업으로 삼는다는 공통점이 크다. 신을 모시는 일에 정성을 기울이지 않거나 부정이 깃들면 신의 노여움을 사기도 한다. 이날 행해진 부정거리 중 영산을 연행하는 중에 등장한 '신벌에 가던 영산, 도를 닦다 가던 영산'이라는 무가 사설은 신을 모시는 일의 엄정함을 의미한다는 점에서 함께 살펴봄 직하다.[31] '만신을 내리다가 숨든 영

---

29 2009년 4월 5일 신딸인 강민정의 진적굿을 연행하던 중.

30 이은우, 「서울 진적굿의 제차 구성과 의미」, 성신여자대학교 박사학위논문, 2018, 103쪽.

31 '신벌에 가던 영산'을 신에게 벌을 받아 죽은 사람 전반을 가리키는 것으로 볼

산'이라는 무가사설은 무병을 앓고 신이 내려 만신의 길을 들어서던 중 죽은 망자의 영혼이다. 강신무권의 많은 만신들이 신병의 고통과 입무 과정에서 겪었던 거부와 고민을 호소한다. 어렵게 무업에 들어선 후에도 사제자로서 정진하는 삶을 사는 것은 여전히 고단한 일이다. 명산대천이나 서낭당 등 물에 빠져 죽을 위험을 무릅쓰며 험지를 마다하지 않고 성소를 찾아 기도하는 것도 그 중 하나이다. 이들 죽은 만신말명의 삶을 굿판에서 뒷전을 연행하는 만신은 '처량하고, 불쌍하고, 한심하다'고 회고하며 위로한다. '기욱이, 옥천방'처럼 실제 무업에 함께 종사했던 동료만신들의 말명도 등장한다. 앞서 대신말명거리나 조상거리 중에 등장하였거나, 미처 등장하지 못하였던 이들이 말명의 신격을 빌어 (재)등장한다. 말명이라는 신격을 빌어 무업 공동체의 인연을 가족 공동체의 범위로 견인하는 것이다. 이들 말명은 자신의 감정을 '섭섭'하고 '섧다(서럽다)'며 직접적으로 드러낸다. 그러한 감정을 뒷전에서 '꿈결같이' '바람같이' '댕겨가고' '놀고' 풀어서 천도하는 것이 뒷전의 역할이다. 그리고 말명과 영산은 그 보답으로 건강과 자손창손을 빌어주고, 나쁜 기운을 걷어서 사라지게끔 도와준다.

영산은 잡귀잡신의 하나이고 망자의 넋에 불과하지만, 이때의 영산은 굿을 연행하는 만신의 선배이자 스승. 신딸-신어머니라는 가족의

수도 있겠지만, 신벌이라는 단어를 신성의 위반이나 종교적 금기를 어긴 경우로 보는 것이 일반적이므로 사제자와 더 긴밀하게 연관한 죽음으로 해석하고자 한다. 실제 이날 굿에서 '신벌'이라는 단어는 뒷전 중 영산거리 외에 두 번 더 등장했는데 모두 무업과 관련한 것이었다. 한 번은 조상거리 중 신병을 앓고 무당이 되려는 아내를 때리며 만류하던 남편의 죽음을 지칭하면서였고 다른 한 번은 역시 조상거리 중 무당의 아들이 박수가 될 팔자를 거스르고 공장을 다니다 죽은 경우를 지칭하면서였다.

관계로 무업을 학습, 계승하는 무속의 사제자의 특별한 관계를 고려
했을 때 조상의 신격으로 기능한다고 할 수 있다. 인간관계에 있어
가장 근본이 되는 가족 관계의 확장체인 조상이라는 개념은 이들 영
산에 대한 신앙을 각별하게 만들어주는 것이다. 그래서 흔히 잡귀잡
신을 위무하는 것으로 알려진 뒷전거리지만, ④처럼 만신 본인, 자식,
손자 등 가족 모두를 구체적으로 언급하며 안녕과 평안을 기원한다.
이러한 방식의 기원은 뒷전에서는 드문 일이다. 무엇보다 영산 신격
을 통해 대수대명을 기원하고 있다는 점이 인상적이다. 영산 신격은
죽음을 겪었다는 것 외에는 특별한 능력을 지닌 성 싶지 않은 하위잡
신이지만, 그래서 산 자가 바라는 것도 명확하다. 망자가 겪은 그 죽음
에 기대는 것이다. 그것이 바로 대수대명(代數代命)이다. 생전에 못다
한 명을 이어서 재가집 가족들이 모두 천수를 누리도록 도와달라는
바람을 축원에 담은 셈이다. 영산은 뒷전에서 간략하게 모셔지는 하
위신이므로 퇴송의 길에 나쁜 것을 없애주기를 바라는 방식의 축원이
이어진다. '꿈자리 몽사를 걷어' 악몽을 꾸지 않고 편안한 잠을 잘 수
있기를, '미진한 일 없이 다 걷어가'기를 기원하기는 것이 그것이다.
그러나 '대수대명'을 기원하는 신은 영산이 유일하다. 수명과 생육을
관장하는 천신이나 가택신에게 장수를 기원하는 것은 재수굿에서 늘
상 기원하는 바이지만, '대수대명'이라는 구체적인 형식의 기원은 오
로지 영산에게서만 이루어진다는 점이 특이한 점이다.

3. '가족'과 '소통'으로 대표되는 말명 신격의 의미 확장

조상신에 대한 신앙은 인간 관계와 사회 구성에 있어 가장 기본이 되는 가족에 뿌리를 두고 있어 그 신앙의 깊이와 애착이 확고하고 뚜렷하다. 서양에서는 문화인류학자 스펜서 등이 죽은 조상을 숭배하는 조상 신앙을 가장 원초적인 종교의 기원으로 주장한 바 있으며,[32] 동양에서도 유교의 정착과 함께 천신과 지기(地祇)와 함께 죽은 조상인 인귀(人鬼)를 제사하는 것을 주요 예법으로 삼고 있다.[33]

말명은 서울굿에서 대개 죽은 망자의 넋으로, 주로 조상의 신격과 관련하여 나타나며, 여성의 성별을 갖고 있는 경우가 많다고 알려져 있다. 앞서 2장에서 서울굿에서 말명 신격이 어떻게 연행되는지 그 양상을 고루 살펴보았다. 이를 통해 말명은 그 자체의 기능과 함께 다른 신격, 특히 조상과 관련한 신격과 접속하여 소통하게끔 하는 특성을 도출할 수 있다.

말명의 신격의 기능을 이해하기 위해서는 말명이 연행되는 구조를 함께 파악하는 것이 필요하다. 주목할 점은 말명 신격은 대신 신격과 조상 신격과의 접속이 긴밀하게 이루어진다는 점이다. 굿의 핵심을 한 문장으로 압축하기는 어렵겠지만, 굿은 무당을 통해 신과 인간이 연결되는 의례행위라고 정리할 수 있을 것이다. 또 그렇게 연결될 수 있는 신격 중 가장 구체적이고 간절하게 소통하기를 원하는 대상은

---

32 Spencer, H., *The principles of sociology vol.1*, D Appleton & Company, 1897, pp.285~305.

33 「조상숭배」, 『한국민족문화대백과』.

본질적으로 가족일 것이다. 조상신으로 화한 가족과의 만남은, 죽음
이라는 결코 극복할 수 없는 시간과 공간의 단절을 굿이라는 의식을
통해 신과 인간의 접속과 소통의 체험을 가능케한다는 점에서 무속신
앙의 본질이라 할 수 있을 것이다.

대신은 서울 지역 강신무에게 매우 중요한 신으로, 보통 대신할머
니라고 말한다. 무당의 오랜 조상이며, 선배이자 몸주이기도 하다. 만
신의 죽은 넋으로 등장하기도 하는데, 대신은 무조신이자 몸주신이기
때문에 신격이 높지는 않지만, 만신에게 있어서는 뿌리와 같은 신격
이다.[34]

신도들의 고민을 해결하기 위한 점사를 수행할 때 그 뜻을 묻는
신격도 대신으로, 무당은 끊임없이 대신할머니와 소통하여 신의 뜻을
인간에게 전달한다. 굿이 연행되는 굿판에서 무당이 재가집과 신을
연결해주듯이, 무당의 조상신이라 할 수 있는 대신이 재가집의 선대
조상과 연결을 해주다는 점에서 무당과 대신은 같은 기능을 수행하며
핵심적인 정체성을 공유하는 신격이다. 이렇듯 본향에서 조상까지 이
르는 구성은 서울굿의 신격의 위계와 구성원리, 나아가 무속신앙의
본질과도 닿아있다.

말명 신격은 굿 전반에서 대신 신격에 앞서 등장하여 대신과 연결
된다. 굿에서 무당과 대신을 연결해주는 길잡이 역할을 수행하는 것
이다. 이러한 말명의 면모는 부정거리, 본향거리, 조상거리, 대신말명
거리, 뒷전거리 중 영산에서 확인할 수 있다. 말명은 재수굿과 천도굿
의 부정거리에서 모두 모셔진다. 특히 부정거리는 굿을 시작함에 있

---

34 김은희, 「대신상」, 『한국민속신앙사전: 무속신앙 편』.

어 앉은굿의 형태로 굿판의 부정을 물리고 당일 연행되는 주요 신격을 모두 청배하여 굿의 전반적인 개요를 조망하는 기능을 수행한다. 천도굿에서는 부정거리를 시작하며 재가집의 소개와 굿을 하는 이유를 설명하고 개별의 신격으로 말명이 가장 먼저 청배된다. 접속의 시작을 말명과 함께 하는 것이다.

말명 신격 뒤에는 대개의 경우 대신 신격이 등장한다. 재수굿에서는 호구와 불사, 산신도당 등의 신격 이후에 말명이 등장하지만, 이때에도 대신과 연결되는 면모는 뚜렷하다. 다만 진적굿의 경우 부정거리에서 말명 뒤에 대신이 바로 등장하지 않지만, 이후 대신말명거리라는 특별한 거리로 선굿을 시작하고 이를 자세히 연행한다는 점에서 말명과 대신의 연결점은 명확하다.

본향거리와 조상거리에서도 말명 신격은 대신 신격 앞에 선행하여 본향 혹은 가망이라는 추상적인 신격을 대신이라는 구체적인 신격으로 연결시켜주는 지점을 만들어준다. 전체에서 부분으로 추상적 신격에서 구체적 신격으로 더듬어가는 방식이 추상적이고 사방에 퍼져 있는 본향신으로부터 '할아버지', '아버지' 등 선대의 가족 망자의 영혼이 신격으로 자리잡은 조상신까지의 흐름을 연결하는 거리 구성으로 드러난다. 그리고 그 과정에 중요한 역할을 담당하는 신격이 말명과 대신임을 알 수 있다.

연행 순서로 반영되는 신격의 구조를 반영하여 추측하면 말명은 가망과 대신의 중간 신격이다. 추상적인 가망보다는 좀더 뚜렷한 인격신에 가까우며 대신처럼 조상과 결합할 수 있는 기능을 수행하는 신격인 것이다. 대신 혹은 만신과 연결되는 말명의 특성은 뒷전거리 중 영산과의 신격에서도 거듭 확인되었다. 특히 진적굿에서 생전에 무업을 수행하다 죽은 선대 만신과 함께 무업을 수행하며 인연을 쌓았던 망자의 넋을 만신말명·대신말명이 영산의 신격과 결합하여 연행되었다. 이들은 따라오고 묻어든 하찮은 잡귀잡신의 존재이지만 대수대명과 가족의 안녕을 축원하는 뚜렷한 직능을 갖고 있는 신격이기도 하다.

때로 말명은 대신 신격을 통하지 않고서도 조상신격과 연결된다. 천도굿에서 이러한 경향이 짙게 나타난다. 부정거리와 더불어 앉은 굿의 형식으로 연행되는 가망거리에서 가망을 청배한 후 대신신격을 거치지 않고 곧바로 말명신격으로 이어졌다. 이때의 말명신격은 특히 천도굿을 받는 망자와 연결되는 경향이 강하다. '아린 말명은 쓰린 말명/ 숨지어서 넋진 말명 피를 지어서 가진 말명/ 업어내고 모셔다가 열시왕전 사재말명'으로 시작하여 '**망재 어느 대왕에 매이셨나'라며 열시왕을 쳐드는 것으로 천도굿의 가망거리 중 말명이 연행된다.

이같은 순서의 결합 구조는 앞서 2장에서 살펴보았듯 새남굿의 뜬대왕거리, 진진오기굿의 사재삼성거리에서도 일관되게 드러난다. 천도굿에서 '시왕-중디-말명-사재삼성'으로 이어지는 이러한 구성은 앞서 살펴본 재수굿의 '본향-가망-말명-대신-조상'의 구성과 비견된다. 본향에서 조상으로 연결된 구조가 신격이 상위에서 하위로, 추상적인 것에서 구체적·개별적인 것으로 이어지는 흐름을 보여 주듯, 시왕에서 사재삼성도 같은 의미를 갖는다. 저승이라는 추상적인 공간에 위치하며 망자를 통솔한다고 알려진 열시왕에서부터 추상적이고 모호한 신격의 중디와 망자를 저승으로 이송하는 등의 업무를 수행하는 저승의 하급 관졸 사재삼성 사이를 말명이 매개하는 것이다. '하리 말명, 제사 말명, 왕래말명' 등의 무가 사설에서 암시적으로 드러나듯

말명은 서로 다른 대상을 오고가며 접속을 가능하게끔 조력하는 기능적 특징이 '본향-가망-말명-대신-조상'의 구성과 '시왕-중디-말명-사재'의 구성에서 잘 드러난다.

한편 말명 신격은 재수굿 중 천궁불사거리, 산신도당거리, 본향거리 등 공간을 전제로 존재하는 영역신을 모시는 거리에서 하위 신격으로 등장한다는 점과, 대신과 사재라는 망자·조상과 소통을 담당하는 뚜렷한 신격이 기능할 수 있도록 말명 신격이 좀더 보편적인 기저를 만들어주는 기능을 한다는 특성을 갖는다. 이는 천금새남굿 안당사경치기, 천금새남 진오기굿, 진진오기굿의 뒷전거리 중 서낭 신격과 결합하는 것에서도 같은 맥락에서 파악할 수 있다. 뒷전거리는 마당이라는 공간에서 매개로 하는데, 특히 서낭은 명산대천이나 신목 등 무속의 성지로 일컬을 수 있는 공간을 매개로 한 신격이다. 이때 말명은 말명관주라는 형태로 서낭과 결합하는데 말명관주는 여성이 혼인을 할 때 이전하는 조령(祖靈)이다. '여성'을 매개로 '이동'하는 '조상신앙'이라는 점에서 말명 신격의 공통점을 확인할 수 있다.

4. 결론

서울굿에서의 말명 신격은 산 자를 위한 재수굿, 망자를 위한 천도굿 모두에서 다양하게 등장한다. 그럼에도 불구하고 그간 말명 신격은 여성과 관련된 조상과 관련한 하위 신격 정도로만 규정되고 그 기능과 특성이 명확히 규명되지 않았다.

이 글은 재수굿인 만신의 진적굿, 천금새남 안당사경치기와 천도굿

인 천금새남 진오기굿, 진진오기굿 등 서울굿의 보편성과 특수성을
드러낼 수 있는 주요 굿을 대상으로, 말명 신격의 연행 양상을 살피고
말명이 다른 신격과 결합하는 구조와 무가의 사설을 분석하여 서울굿
의 말명 신격의 특성을 규명하고자 하였다.

이같은 논의를 통해 살펴본 말명신격의 특징은 전반적으로 여성이
라는 성별적 특징이 부각된다. 재수굿에서는 부인과 호구와 같은 여
성신격과 함께 등장하고, 천도굿에서는 말명관주라 하여 여성이 결혼
할 때 함께 이전하는 조상신앙의 형태로 등장하는 것에서 이를 확인
할 수 있었다. 둘째, 대개 공간과 관련한 신격을 모시는 거리에서 하위
신격으로 나타난다. 천궁불사거리, 산신도당거리, 마당을 매개로 한
뒷전거리는 물론이고, 조상과 관련한 근원의 공간인 본향과 시왕부터
사재삼성이 머무는 망자의 공간인 저승이라는 추상적인 공간에서 등
장한다. 셋째, 대신과 사재라는 소통의 기능을 수행하는 신격과 결합
하여 이들을 조력한다. 대신은 만신의 몸주신이자 무조신으로 재가집
과 조상 신격을 연결해주는 신격이고, 사재는 고인이 된 망자를 저승
으로 인솔하는 신격이다. 두 신격은 모두 위계로는 그다지 높지 않은
하위의 신격이지만, 인간을 굿이라는 의례의 최종 목적지인 굿판과
저승이라는 공간으로 인도하고 재가집과 소통시키는 기능을 담당한
다는 점에서 매우 중요하다. 이러한 특징을 통해 말명 신격은 '이동'이
라는 속성을 잠재적으로 갖고 있으며 추상적인 공간이나 신격이 구체
적이고 개별적인 공간이나 신격으로 변환되는 지점에 등장하여 대신
과 사재의 역할 수행에 기여한다는 것을 알 수 있다.

특히 앞서 서술한 세 번째 특징을 근간으로 말명 신격은 한국 무속
신앙의 본령이라고도 할 수 있는 조상숭배신앙과 긴밀하게 연결되며,

무속신앙의 정체성과 본질을 단적으로 드러낸다는 의의를 도출할 수 있다. 조상숭배 신앙의 한 형태로 말명 신격이 갖는 의의는 첫째, 산 자와 죽은 자를 연결하는 무속신앙의 본령을 드러낸다. 이는 재수굿에서는 '본향-가망-말명-대신'이라는 구성으로, 천도굿에서는 '시왕-중디-말명-사재삼성'의 구성을 통해 구체화된다.

둘째, 말명 신격은 다른 신격과 결합하여 조상과 가족의 의미를 확장한다. 말명은 굿을 통해 모셔지는 '신격'이면서 동시에 '인간'이 죽은 넋이기도 하다. 신과 인간의 중간에 위치한 이들 말명 신격은 본향거리와 조상거리를 중심으로 등장하는데 한편으로는, 또 다른 하위신격인 뒷전거리의 잡귀잡신과 결합하기를 주저하지 않는다. 이때 '가족-조상'이라는 형식을 적극적으로 활용한다. 망자가 된 가족들을 시가와 친정, 본가와 외가, 친족의 멀고 가까움이라는 종법(宗法)의 경계와 무관하게 두루 말명으로 포괄한다. 가족으로 인연을 지은 망자들의 비극적인 죽음을 돌아보고, 이것을 모든 인간의 보편적인 죽음으로 포섭하여 재가집의 슬픔을 위로하는 구실을 수행하는 것이다.

또한 말명 신격은 무업을 함께 수행했던 선대의 만신과, 그 외 악사, 시봉자, 학자 등 무업의 주변부의 인물을 혈연과 혼인으로 구성되지 않았어도 같은 길을 함께 걷는 동행자들을 가족으로 간주하여 본향거리, 조상거리, 뒷전거리에 결합시킨다. 신직의 학습과 계승을 '신어머니'와 '신딸'이라는 가족의 관계로 규정하는 무속신앙의 특징이 말명 신격으로 다시 한 번 구현됨을 알 수 있다.

서울굿에서 말명 신격은 인간-신, 신-잡귀잡신, 생자-망자, 가족-타인, 섬김-퇴치 등과 같은 무수히 많은 경계들 사이에 존재한다. 그리고 죽음 앞에 속절없는 인간의 약한 면모와, 비천한 직업으로 천대

받았던 사회적 약자인 무업종사자를 말명 신격으로 드러내고, 이들을 '가족-조상'이라는 가장 끈끈하고 강렬한 공동체의 형태로 연대한다. 이는 무속신앙과 사제자인 무당이 갖는 정체성이자 본질이며, 약자에 대한 배제와 혐오가 만연한 오늘날을 돌아볼 수 있는 유효한 가치이다.

실학자의 장애의식

정창권

1. 조선은 장애/비장애의 통합사회였다

현대 사회에서 장애인은 신체적·정신적으로 결함이 있는 존재로, 남의 배려나 돌봄을 받아야 하는 사회적 약자로 인식되고 있다. 단지 몸에 불편한 부분이 있을 뿐 나머지는 똑같은 사람임에도 불구하고 '장애'라는 틀에 갇혀 비장애인보다 못한 존재, 부족한 존재로 평가되고 있다. 그보다 더욱 심각한 문제는 장애인과 비장애인의 삶을 서로 분리해서 생각하고 있다는 점이다. 우리 사회는 단지 장애를 갖고 있다는 이유만으로 집안에 머물러 있게 하거나, 특수학교를 보내고, 수용시설에 갇혀 지내도록 하고 있다. 정부 역시 장애 수당만 잘 지급하면 최선을 다했다고 말한다.

역사 속 장애인에 대한 인식은 훨씬 더 부정적이다. 조선시대엔 의학과 기술이 발달하지 않았기 때문에 장애인이 지금보다 더욱 힘들게 살았고, 사회적인 차별이나 배제, 학대도 더 많이 겪었을 것이라고 생각한다. 오늘날엔 시각장애인을 위한 점자책, 점자블록, 안내견이 있고, 청각장애인을 위한 보청기나 수어 서비스, 지체장애인을 위한 휠체어라도 있지만, 그렇지 않던 조선시대엔 장애를 가진 사람들이 훨씬 힘들 수밖에 없었다는 것이다.

이러한 조선시대 장애사에 대한 오해는 왜곡된 선행연구사가 한몫을 했다. 국문학 분야의 장애 관련 연구사만 간략히 검토해보자. 일찍이 최래옥은 「구비문학에 나타난 장애자 문제」[1]라는 논문을 통해 속담, 설화에 나타난 장애 문제를 고찰하여 전통시대 사람들의 장애인에 대한 부정적 인식을 부각시켰다. 이후 박희병도 「'병신'에의 시선」[2]이라는 논문에서 최래옥의 논의를 거의 그대로 받아들여 전근대 한국 사회의 장애에 대한 시선은 대체로 뒤틀려 있거나 모멸적이라고 했다. 하지만 최래옥의 논의는 근본적인 전제에서부터 커다란 문제점을 갖고 있었다. 그는 근대 서양의 우생학에 따라 인간을 정상/비정상으로 구분한 뒤 장애인을 대표적인 비정상인으로 꼽고 논의를 전개했던 것이다. 또한 연구 대상으로 사용한 속담 자료도 조선후기나 근대의 것도 아닌 1980년대 이후의 속담집, 그것도 중국 조선족의 속담사전을 토대로 전통시대 장애인식을 고찰했다.

고전시가에선 대표적으로 박상영의 「사설시조에 나타난 장애의 일면」[3]에 관한 논의를 들 수 있는데, 여기에서도 연구 대상의 선정부터 오류를 범하고 있다. 전체적으로 장애가 아닌 인물을 연구 대상으로

---

1 최래옥, 「구비문학에 나타난 장애자 문제」, 『한양국어교육논집』 4·5합집, 한양대 사범대국어교육학회, 1991.
2 박희병, 「'병신'에의 시선 – 전근대 텍스트에서의 –」, 『고전문학연구』 24, 한국고전문학회, 2003.
3 박상영, 「사설시조에 나타난 장애의 일면」, 『국어국문학』 183, 국어국문학회, 2018.

선정하여 조선시대의 부정적인 장애 의식을 강조하고 있는 것이다. 예컨대 얼굴이 못생기거나 곰보 자국이 있는 추모를 장애로 설정한 뒤, 그것을 토대로 조선시대 장애인이 배척과 배제 및 혐오를 당했다고 주장하고 있다.

이러한 오류는 최근에 나온 최지선의 「고전소설에 나타난 장애 형상화와 치유의 의미」[4]라는 박사논문에서도 그대로 반복되고 있다. 여기에서도 〈박씨전〉의 박씨, 〈심청전〉의 뺑덕어미 같은 추모도 장애로 분류하고, 〈금방울전〉의 방울이란 무생물, 남녀 성기를 함께 갖고 태어난 사방지, 난독증을 가진 〈김안국전〉의 김안국 등도 장애로 분류하여 연구하였다. 또한 이 논문에서는 소설 내용이 곧 현실에서도 일어났을 것이라고 전제하고 논의를 전개하면서 조선시대 장애에 대한 부정적 인식을 극대화했다. 물론 소설 속의 장애는 현실을 반영한 측면도 없지 않지만, 궁극적으로 인물의 고난을 극대화하기 위한 하나의 서사적 장치였다는 점을 잊어서는 안 될 것이다.

심지어 국문학계의 원로들도 조선시대 장애사에 대한 역사성이 결여된 지적을 계속하고 있다. 최근 안대회 선생은 『추재기이』 속 장애인을 분석하면서 "장애인을 비인격적이고 악의적으로 대하는 시선은 예전 사람들에게 매우 흔했다"라고 무비판적으로 지적하고 있다.[5]

다행히 근래 조선시대 장애사를 보다 다층적으로 바라볼 뿐만 아니라 현대와 다른 관점에서 접근하려는 시도가 늘어나고 있다. 대표적

---

4 최지선, 「고전소설에 나타난 장애 형상화와 치유의 의미」, 성신여자대학교 박사학위논문, 2023.

5 안대회, 『한양의 도시인』, 문학동네, 2022, 170쪽.

으로 박희병은 앞에서와 같은 오류를 범하고 있긴 하지만, 조선시대 장애 의식은 평민층의 경우 민중의 힘이 상승하는 조선말기에 이르러서야 장애에 대한 비하가 보편화되었으며, 상층의 한문학 텍스트에선 장애를 경멸적으로 대하는 시선이 보이지 않는다고 했다. 강혜종도 「신체장애에 대한 조선후기 문인의 의식과 형상화」[6]라는 논문에서, 조선후기 문인들은 신체장애인을 자립적으로 삶을 영위하도록 지원해야 하는 대상임과 동시에 사회적 구성원으로서의 역할도 맡겨야 하는 대상으로 보았다고 주장했다.

본고는 조선후기 대표적인 사상이었던 실학과 장애의 관계, 특히 실학자들의 장애의식을 본격적으로 고찰하기 위해 마련한 것이다. 실학자들은 시대를 앞서가는 선진적인 장애 복지와 장애관을 갖고 있었을 뿐만 아니라 현대 지식인에 비해서도 장애에 대한 관심도나 이해도가 높았고, 평소 그들과 폭넓은 교유관계를 맺으며 살았다. 그리하여 조선후기 사회를 장애/비장애를 초월한 진정한 의미의 통합사회로 만들어갔다. 이를 통해 우리는 현대 사회의 이분법적 삶을 극복하고 장애인과 비장애인이 자연스럽게 어울려 사는 통합사회를 만드는 데에 조금이나마 기여할 수 있으리라 본다.

---

6 강혜종, 「신체장애에 대한 조선후기 문인의 의식과 형상화」, 『한국문학논총』 80, 한국문학회, 2018.

2. 실학자의 선진적인 장애의식

1) 초기 실학자의 장애를 초월한 교유관계

실학은 임병 양란 이후 전쟁 복구를 위한 개혁의 전개, 상품 경제의 발전, 서양문물의 전래에 의해 탄생한 것으로 알려져 있다.[7] 실학의 선구자로는 한백겸, 박세당, 유수원 등을 들고 있다. 이들 초기 실학자 가운데 장애와 관련하여 주목할 만한 인물로는 박세당과 유수원을 들수 있다. 박세당은 청각장애를 가진 이덕수를 제자로 두었으며, 유수원은 그 자체로 청각장애 실학자였을 뿐 아니라 이덕수와도 조정에서 함께 근무한 적이 있었다.

박세당(1629~1703)은 이조참판 박정과 양주윤씨 사이의 넷째아들로 태어났으나, 4살 때 아버지를 여의고 편모슬하에서 자라났다. 32세인 1660년 소과, 대과에 연달아 급제하여 성균관 전적이 되었다. 이후 예조 좌랑, 홍문관 교리, 사간원 정언, 사헌부 지평 등 청요직을 역임하며 신진관료로서 활발한 활동을 펼쳤다. 하지만 당시 정치현실에 염증을 느낀 나머지 40살에 관직생활을 마감하고 수락산 기슭인 양주 석천동으로 물러나 직접 농사를 지으며 학문 연구와 제자 양성에만 힘썼다.[8] 특히 박세당은 그곳에서 청각장애가 있는 이덕수를 제자로 받아들여 학문을 가르쳤다.

이덕수(1673~1744)는 지금까지 많이 알려지지 않은 인물이지만, 18세기 전반 영조대의 대표적인 소론계 문장가이자 관료였다. 그는 8살

7　『실학박물관』, 실학박물관, 2010, 72쪽.

8　한국철학사연구회, 『한국실학사상사』, 다운샘, 2000, 69~80쪽.

때 귓병을 앓은 뒤로 청각장애를 갖게 되었다. 하지만 그는 장애에 개의치 않고 독서에 힘써 수많은 책들을 읽었다. 실록에 의하며, 18살 때까지 읽은 책이 무려 3천 권이나 되었고, 이후 40여 년 동안 읽은 책이 7.8천 권에 이르렀다고 한다.[9] 또한 그는 20세 전후해서 박세당의 문하에 들어가 유가와 불가, 도가 등 다양한 학문을 공부했다. 그 결과 이덕수는 뛰어난 문장력을 갖추게 되었고, 당시 그의 집에는 묘지문을 얻고자 하는 사람들로 문전성시를 이루었다.

특히 이덕수는 청각장애를 갖고 있었음에도 교유관계가 대단히 넓었다. 그의 문집에 등장하는 교유인물만 해도 150여 명에 달한다고 한다.[10] 이덕수는 장애/비장애를 가리지 않고 평생 동안 수많은 사람들과 자유롭게 교유했다. 죽마고우, 즉 어린 시절의 친구들과 죽을 때까지 친분을 유지했고, 세교(世交), 즉 아버지의 벗들과도 나이를 초월한 교유관계를 맺었다. 이덕수는 자신과 비슷한 처지의 장애 인물과도 많이 교유했다. 예컨대 아버지 때부터 친분이 두터웠던 김창흡은 이덕수처럼 평생 귀앓이로 고생했고,[11] 이덕수 집안과 잘 아는 사이였던 임영도 중년에 시각장애와 정신장애를 앓았다.[12] 임영과 평생의 벗이자 이덕수가 존경했던 조성기도 곱추, 즉 척추장애인이었다.[13]

---

9 『영조실록』 영조 12년 11월 25일조.

10 이승수, 「서당 이덕수의 사우관계」, 『한국고전연구』 8, 한국고전연구학회, 2002, 41쪽; 이황진, 「서당 이덕수의 교유관계 고찰」, 『동양고전연구』 86, 동양고전학회, 2022, 166쪽.

11 이승수, 「서당 이덕수의 사우관계」, 『한국고전연구』 8, 한국고전연구학회, 2002, 37쪽.

12 『숙종실록』 숙종 22년 2월 6일조.

13 『숙종실록』 숙종 9년 6월 14일조.

이덕수는 관직생활을 하면서도 많은 교유관계를 맺었다. 그는 비교적 늦은 나이에 관직에 나갔지만 영조의 총애를 입어 성균관 대사성, 홍문관 부제학과 동지부사, 이조참판, 좌참찬, 우참찬 등 높은 벼슬에까지 올랐다. 영조는 장애에 대한 편견이나 차별 없이 능력을 중시하여 재위 기간 동안 여러 명의 장애 인재들을 등용했다. 이덕수와 비슷한 시기에도 척추장애인 김재로가 조정에서 근무하고 있었다. 그는 영조 11년(1735) 좌의정에 올랐으며, 16년(1740) 영의정에 오른 뒤 네 차례에 걸쳐 10여 년간 영의정을 지냈다. 또한 영조는 17년(1741) 이덕수에게 『속오례의』를 편찬하도록 명했는데, 19년에는 유수원도 재주가 있다 하여 편찬 낭청으로 임명한 후 둘이서 함께 책을 편찬하도록 하였다.[14]

유수원(1694~1755)은 『우서』의 저자로, 이미 18세기 전반에 양반 신분제의 폐지를 주장한 사회개혁론자이자 상업의 진흥이 국부민안(國富民安)을 가져올 수 있다고 주장한 실학의 선구자였다. 그는 30대 초반부터 귓병을 앓기 시작했는데, 나중에는 이덕수보다 심한 청각장애를 갖게 되었다. 그럼에도 30대 초반에서 40대 전반 시기에 『우서』를 지어 널리 유포되었고, 영조도 그것을 보고 조정으로 불러 함께 관제개혁에 대해 의논한 후 그에게 이조낭관을 제수했다. 하지만 모친상을 계기로 더 이상의 관직은 주어지지 않았고, 이에 따라 그는 소론 강경파와 어울리며 임금에 대한 불만을 키워나갔다. 결국 유수원은 영조 31년(1755) 을해옥사에 연루되어 대역부도 죄인으로 죽임을 당하게 된다. 위로 임금을 헐뜯고 아래로 조정의 신하를 욕하는

---

14 정만조 외, 『농암 유수원 연구』, 사람의 무늬, 2014, 144쪽.

흉언패설을 했다는 이유로 능지처참을 당하게 되었던 것이다. 여기서 오해하지 말아야할 것은 유수원의 경우 장애로 인해 관직이 주어지지 않거나 처형을 당한 것이 아니라, 소론 강경파라는 정치적 입장 때문에 그러하였다.

2) 성호학파의 수준 높은 장애관

18세기에 이르러 실학은 본격적인 학파를 형성하며 발전했다. 대표적으로 18세기 전반 이익을 중심으로 한 경세치용파(성호학파), 18세기 후반 박지원을 중심으로 한 이용후생파(북학파), 19세기 전반 김정희를 중심으로 한 실사구시파를 들 수 있다.[15]

경세치용파는 국가의 제도개혁을 중시했는데, 성호 이익이 그러한 경세치용파의 종주였다. 이익은 전통적인 유가의 경세학 뿐만 아니라 서양의 자연과학도 적극적으로 수용하여 정치, 경제, 역사, 경학, 천문, 지리, 군사, 학교 등 현실 생활에 이바지할 수 있는 학문을 널리 연구했다. 그 과정에서 많은 제자들이 배출되어 이른바 '성호학파'를 형성하였다. 그 대표적인 제자로 안정복, 신후담, 윤동규, 권철신 등이 있었다. 또 그의 아들과 손자, 조카 등도 각각 학문적으로 일가를 이루었는데, 이맹휴, 이병휴, 이용휴, 이삼환, 이가환 등이 그들이었다. 다산 정약용도 항상 "나의 큰 꿈은 대부분 성호를 사숙함으로써 깨우치게 된 것이다"라고 말할 정도로, 이익의 실학적 영향을 지대하게 받았다.[16]

---

15 『실학박물관』, 실학박물관, 2010, 82쪽.

16 한국철학사연구회, 『한국실학사상사』, 다운샘, 2000, 105쪽.

이들은 수준 높은 장애 복지론과 장애관을 갖고 있었다. 또 앞에서 처럼 실학의 선구자들이 신분 내의 교유를 한 반면에 이들은 신분과 나이, 장애를 초월하여 폭넓은 교유관계를 맺었다. 이를 통해 조선후기 장애인은 사회 속에 자연스럽게 무르녹아 있었고, 장애/비장애를 초월한 그야말로 통합사회였음을 확인할 수 있다. 성호학파 중 장애와 관련하여 주목할만한 인물로는 이익, 이용휴, 이가환 등이다.

성호 이익(1681~1763)은 장애에 대한 관심을 갖고 올바른 장애관을 형성하는데 노력했으며, 장애 인물들과 활발히 교유하며 삶을 함께 했다. 먼저 성호는 각종 작품을 통해 올바른 장애관을 표현하였다. 〈할계전〉은 한쪽 눈이 먼 닭이 오히려 병아리를 잘 기름을 보고 스스로 깨달은 내용을 기록한 것이다.[17] 사람들은 한쪽 눈이 멀면 새끼를 제대로 기를 수 없을 것이라고 생각한다. 하지만 눈먼 암탉은 사람에게 의지하여 병아리를 지키고, 스스로 먹이를 찾도록 해서 오히려 병아리를 더욱 잘 키우더라는 것이다. 그러므로 장애란 굳이 따질 필요가 없다는 것이다.

〈상진〉은 『지봉유설』이나 『대동기문』 등 여러 군데에 등장하는 명종대 재상 상진의 일화이다. 군자는 남의 단점을 함부로 말하지 않는다는 것으로, 이것이야말로 조선 사람들의 기본적인 장애관이었다. 장애에 대한 혐오 표현이 난무하는 요즘 시대에 귀담아들을 만한 구절이 아닐까 한다.

---

17 김경미, 「관계로서의 동물, 동물의 문학적 재현」, 『이화어문논집』 51, 이화어문학회, 2020, 53쪽.

정승 상진은 남의 허물을 말하지 않았다. 하루는 어떤 손님이 와서 "아무는 한쪽 다리가 짧습니다."라고 하자, 상진이 "어쩔 수없이 이야기 하려면 한쪽 다리가 길다 하는 것이 좋지 않겠는가?" 하였으니, 이는 대 개 그 짧음을 차마 바로 이야기할 수 없다는 뜻이다.[18]

〈개자(丐者)〉는 성호가 30여 년 전에 겪은 어느 장님 걸인의 고통스 러운 삶의 현실을 이야기한 것인데, 실학자 이익의 측은지심이 잘 나 타나 있다. 맹자는『맹자』공손추 상에서 남을 불쌍히 여기는 측은지 심이야말로 인(仁)의 실마리, 즉 애민과 복지의 실마리라고 했다.

〈농자필음(聾者必瘖)〉은 성호의 장애에 대한 관심과 지식이 잘 나 타난 것으로, 나면서부터 귀먹은 자는 소리가 있다는 것을 알지 못하 기 때문에 반드시 벙어리가 된다는 것이다. 또 청각장애가 오히려 시 각장애나 언어장애보다 더욱 심한 장애라고 했다.

성호는 개방적이고 평등한 실학자답게 최북, 윤기, 이단전 같은 가 난하거나 신분이 낮은 장애 인물들과도 활발히 교유했다. 최북(1712~ 1786)은 영·정조 때 활동했던 대표적인 중인화가이자 최초의 직업화 가였다. 원래는 장애인이 아니었으나 한 귀인의 부당한 그림 요구에 반발하여 스스로 한쪽 눈을 찔러 애꾸눈 화가가 되었다. 나중에는 다 른 쪽 눈도 희미해져 안경을 끼고 그림을 그렸다. 그는 괴팍한 성격만 큼이나 신분에 구애받지 않는 삶을 살았다. 종실인 서평군과 내기바 둑을 두거나, 양반사대부의 집에 가서 농담을 즐기며, 이단전 같은 노 비시인과 단짝 친구가 되기도 했다. 최북은 일찍부터 그림으로 세상

---

18 이익,『성호사설』Ⅳ, 민족문화추진회, 1978, 233쪽.

에 이름을 날려 36세에 조선통신사 수행화원으로 뽑혀 6개월간 일본에 가기도 했다. 그때 성호는 〈일본에 가는 최칠칠을 보내며〉라는 시 3수를 지어 주었는데, 최북이 일본에 무사히 잘 다녀오길 기원하면서 일본의 모습을 그림으로 그려와 보여달라고 부탁하고 있다.[19]

성호는 가난한 사족의 후손인 윤기(1741~1826)와도 교유했다. 윤기는 33세에 생원시에 합격하고 20여년의 성균관 생활을 하다가 52세에야 비로소 문과에 급제한 뒤 15년여의 한직을 지낸 불운한 선비였다. 게다가 54세 이후엔 노화로 시각, 청각, 언어 장애까지 갖게 되었는데, 그럼에도 불구하고 '차라리 벙어리로 살리라'라고 하면서 장애를 긍정적으로 승화하기도 했다. 그는 20대에 성호를 찾아가 사사 받거나 성호의 사후에 제문을 짓는 등 교유하였고,[20] 또 바로 뒤에서 보겠지만 47세에는 중복장애 노비 시인이자 최북의 친구인 이단전과도 교유관계를 맺었다.

이용휴(1708~1782)도 성호처럼 수준 높은 장애관을 갖고 있었고, 장애 인물과도 활발하게 교유했다. 이용휴는 성호의 조카로, 일찍이 벼슬을 포기하고 재야에서 전업작가로 살아갔다. 그의 장애관은 〈증정재중(贈鄭在中)〉이란 글에 잘 나타나 있다. 정재중의 이름은 정문조로, 40살에 시각장애인이 되었다. 이용휴는 그를 위로하고자 이 글을 썼는데, 시각장애에 대한 탁월한 생각이 담겨 있다. 눈에는 외부(사물)를 보는 눈과 내부(이치)를 보는 눈이 있는데, 내부를 보는 눈이 더욱

---

19 이익, 양기정 옮김, 『성호전집』 3, 한국고전번역원, 2016, 101~102쪽.
20 이규필, 「무명자 윤기의 생애와 교유」, 『대동문화연구』 31, 성균관대학교 대동문화연구원, 2015, 37쪽.

중요하다고 했다. 외부를 보는 눈은 현혹되기 쉽고, 오직 내부를 보는 눈이 바르고 온전하게 볼 수 있다는 것이다. 정문조는 40살에 눈이 멀게 되었지만 이처럼 외부를 보는 눈을 잃은 대신에 내부를 보는 눈을 얻게 되었으니, 굳이 안질을 치료하려고 애쓰지 말라는 것이다. 이렇게 이용휴는 긍정적이고 탁월한 장애관으로 정문조의 시각장애를 위로하고 있다.

이용휴도 위의 성호처럼 최북과 교유했다. 특히 그는 최북의 〈풍악도〉를 보고 비평한 글을 남겼는데, 최북의 그림을 당나라 은천상의 고사에 빗대어 높이 평가하고 있다.[21] 또한 이용휴는 최북의 절친이자 영·정조 때의 노비 시인 이단전과도 아주 가까이 지냈다.

이단전은 연암의 벗 유언호의 노비로, '키는 작달막하고 눈에 백태가 끼어 왼눈으로 보았으며, 마마 자국이 덕지덕지한 매우 비루한 모습으로 말투는 어리바리하고 조리가 없었던', 즉 한쪽 눈의 시각장애와 말이 어눌한 언어장애를 가진 중복장애인이었다.[22] 이단전도 최북처럼 술을 좋아하고 신분이나 나이에 얽매이지 않는 거침없는 삶을 살았다. 다음은 이단전과 서로 오가며 막역한 사이로 지낸 남공철의 기록이다. 남공철은 규장각 초계문신이자 훗날 대제학, 영의정까지 지낸 인물로, 황현의 『매천야록』에 의하면 그도 역시 성기능 장애(고자)를 갖고 있었다고 한다.

---

21 변해원, 「호생관 최북의 생애와 회화세계 연구」, 고려대학교 석사학위논문, 2007,
    26~28쪽.
22 이상원, 『노비문학산고』, 국학자료원, 2012, 102쪽.

군(이단전)은 술을 즐겨하였고, 술을 마신 뒤에는 비록 사대부를 만나
도 그들의 잘못을 직선적으로 들춰냈으며, 때로는 모욕을 주고도 그 사실
을 깨닫지 못했다. 이로 말미암아 그를 비방하는 사람이 매우 많아 군을
광생(狂生)·망자(妄子)라고 지목하였다. 그러나 우리들은 모두 그의 재
주를 아꼈다.[23]

이단전의 거침없는 삶의 모습이 잘 나타나 있다. 사람들은 그를 미
친놈이라고 했지만, 그의 시적 재주는 아꼈다는 것이다. 과연 이단전
의 시 쓰는 능력은 아주 뛰어나서 양반 사대부들 사이에서도 그 이름
이 널리 알려져 있었다.

이단전의 교유 관계는 대단히 넓어서 남공철의 친척인 남유용과
북학파 실학자 이덕무에게 시를 배웠고, 남공철·유득공과 아주 가깝
게 지냈으며, 중인층 예술가들인 최북·장혼(이상 장애 인물), 조수삼·
천수경 등과도 절친하게 지냈다. 이용휴도 이단전과 아주 가깝게 지
냈는데, 그의 시집『하사고』의 서문을 써줄 정도였다. 이용휴는 그 서
문의 마지막 부분에서 '시고를 펼치자마자 괴상하고 번쩍번쩍한 빛이
솟구쳐 무어라 형용하기가 어려울 만큼 평범한 시고를 넘어서 있었다'
라고 이단전의 시를 극찬하고 있다.[24]

이가환(1742~1801)은 이용휴의 아들로서, 당대에 천재로 이름을 날
렸다. 아버지와 달리 과거에 급제해 정계에 진출했는데, 정조의 총애
와 채제공의 후원으로 정주목사, 대사성, 형조판서 등 요직을 두루 역
임했다. 이가환도 신분에 구애받지 않고 중인층과 활발하게 교유했는

---

23 안대회,『고전산문산책』, 휴머니스트, 2008, 422쪽.
24 이용휴·이가환, 안대회 옮김,『나를 돌려다오』, 태학사, 2003, 104쪽.

데, 특히 중인 출신의 지체장애인 시인이자 아동교육자인 장혼과 아
주 절친한 사이였다. 장혼(1759~1829)은 어렸을 때 각질(다릿병)을 잃
은 뒤로 한쪽 다리를 저는 지체장애인이 되었다. 하지만 장애를 부끄
러워하거나 주저하는 기색이 전혀 없이 당당한 삶의 태도를 갖고 있
었다. 그는 32세 때 교서관 사준(종8품. 교정직)이 되어 『율곡전서』, 『이
충무공전서』, 『홍재전서』 등을 교정했고, 중인층 시사인 '옥계시사'를
결성하여 『옥계청유권』, 『풍요속선』 같은 시집을 간행했다. 또 아동
교육의 선구자로서 『아희원람』, 『몽유편』, 『초학자휘』 같은 아동용
교재를 편찬했을 뿐 아니라, 퇴직 후에는 직접 서민층 아동을 위한
서당을 운영하기도 했다.

이가환은 이러한 장혼을 비롯한 중인층과 활발히 교유하며 위와
같은 『옥계청유권』, 『풍요속선』, 『아희원람』 등의 서문을 써주기도
했다. 특히 그는 『풍요속선』 서문에서 '고금의 이름난 시는 곤궁하면
서도 지위가 낮은 사람에게서 많이 나온 까닭이다'라고 중인층의 시
가 양반 사대부의 시보다 뛰어나다고 선언했다.[25]

끝으로 다산 정약용(1762~1836)은 경제치용과 이용후생을 종합하
여 실학을 집대성한 인물이다. 그는 장애에 대해서도 관심이 많아서
다양한 장애 복지론을 펼치는 한편 장애 현실에 대해서도 생생히 보
도하였다.

먼저 다산은 수령의 행정지침서인 『목민심서』 제5조 '관질(寬疾)' 편
에서 "무릇 장님·벙어리·절름발이·고자 같은 사람들은 군적에 올려
서는 안 되고 잡역을 시켜서도 안 된다."와 같이 장애인의 국역을 면

---

25 이용휴·이가환, 안대회 옮김, 『나를 돌려다오』, 태학사, 2003, 177쪽.

제해야 한다고 주장했다. 또 "귀머거리나 고자는 자신의 노력으로 생계를 이어갈 수 있으며, 장님은 점을 치고, 절름발이는 그물을 엮어서 살아갈 수 있지만 폐질자나 독질자는 구휼해주어야 한다."처럼, 장애인도 기본적으로 직업을 갖고 제 힘으로 먹고 살도록 하되 중증장애인의 경우는 국가에서 직접 돌봐주어야 한다고 했다. 장애의 정도에 따라 복지의 정도를 달리해야 한다는 것이다.[26]

다산은 장애 현실에 대해서도 리얼하게 들려주고 있다. 위의 『목민심서』에서도 "장님·절름발이·곰배팔이·나환자 등은 사람들이 천하게 여기고 싫어한다"라고 하면서, 당시 사람들이 장애인을 천하게 여기고 싫어했다고 말하고 있다. 이러한 모습은 1801년 다산이 강진에서 귀양살이를 할 때 직접 목격하고 쓴 시 〈소경에게 시집간 여자〉에서도 확인할 수 있다. 이 시에서 나이든 판수의 삼취로 들어간 18살의 여자는 소경의 판수일이 죽어도 싫다고 하소연하고 있다.[27]

3) 이용후생파의 파격적인 장애의식

이용후생파는 18세기 후반 홍대용, 박지원, 이덕무, 박제가, 서유구를 비롯한 달성서씨가 사람들 등을 중심으로 성립된 실학파를 말한다. 이들은 백성들이 빈곤을 극복하고 잘 살기 위해선 상업을 진흥시키고, 수레나 배 등의 기술을 개발하며, 중국의 선진문물을 수용해야 한다고 주장했다.[28] 이들도 앞의 성호학파처럼 시대를 앞서가는 선진적인

---

26 정약용, 다산연구회 역주, 『목민심서』 2, 창비, 2009, 75~76쪽.
27 임형택 편역, 『이조시대 서사시』 하, 창비, 1992, 196~211쪽.
28 『실학박물관』, 실학박물관, 2010, 96쪽.

장애 복지론과 장애관을 갖고 있었으며, 장애 인물들과 신분과 나이를 초월한 폭넓은 교유관계를 맺었다.

홍대용(1731~1783)은 이용후생파 실학자로, 중국의 선진문물과 서양의 과학기술을 적극 수용하려 했다. 그는 나라를 경영하고 백성을 다스리는 법을 제시한 『임하경륜』에서 장애 복지 중 일자리에 관한 획기적인 주장을 했다. 먼저 그는 사람의 인품에는 고하가 있고 재주에는 장단점이 있다면서 그 단점을 버리고 장점을 쓴다면 천하에 못쓸 재주가 없다고 했다. 그런 다음 '소경은 점치는 데로, 궁형당한 자는 문 지키는 데로 돌리며, 심지어 벙어리와 귀머거리, 앉은뱅이까지 모두 일자리를 갖도록 해야 한다. 그리고 놀면서 입고 먹으며 일하지 않는 자는 나라에서 벌주고 향당에서도 버려야 한다.'라고 했다. 장애인도 모두 일자리를 갖게 해서 자립적으로 살 수 있도록 해야 한다는 것이다.[29]

홍대용은 장애 인물과도 교유했는데, 대표적으로 이재 황윤석을 들수 있다. 황윤석(1729~1791)은 전라도 고창 출신으로, 31세에 김원행의 제자가 되어 주자학, 역학, 율려, 상수학, 자연과학에 이르기까지 두루 수학했다. 이때부터 홍대용을 비롯한 이덕무, 박지원, 박제가 등과 교유했고, 달성서씨가의 서명응, 서호수 등과는 서양 역법, 산학 등을 토론했다. 또한 그는 앞에서 살펴본 최북의 그림을 애호하기도 했다. 하지만 37~8세인 1765~6년부터는 본격적으로 안질(시각장애)이 심화되고, 노년인 59세에는 두 눈이 거의 보이지 않는 시각장애인이 되고 말았다.[30] 그럼에도 황윤석은 성균관에 들어가 공부했고, 그처

---

29 민족문화추진회, 『홍대용 담헌서』, 한국학술정보, 2008, 160쪽.

럼 여러 실학자들과 교유했으며, 38세부터는 은일로 추천받아 관직생
활을 시작했다.

연암 박지원(1737~1805)은 이용후생파 실학자이자 조선후기 최고
의 문장가였다. 그는 『열하일기』, 『연암집』 등에서처럼 명문장으로
북벌론이나 양반의식 같은 사회적 허위의식을 비판하는 한편 사람들
의 실생활에 도움이 되는 이용후생학을 주장했다.

연암은 노론 명문가의 자제였지만 상층에서 하층까지 신분과 나이
를 초월한 폭넓은 교유관계를 맺었다. 22세경 탑골 근처에서 살 때
노론 명문가 출신인 홍대용, 정철조, 이서구 등은 물론 서얼 출신인
박제가, 이덕무, 백동수, 유득공 등과도 스스럼없이 어울려 지냈다.
또 21살 때 지었다는 『방경각외전』 9편의 전(傳) 작품들을 보면 여항
의 거간꾼, 분뇨장수, 이야기꾼, 비렁뱅이 등 하층민과도 격의없이 지
냈음을 알 수 있다.

이러한 개방적이고 자유로운 인간관이 그의 장애관에도 영향을 미
친 듯하다. 지금까지 우리는 전혀 주목하지 못했지만, 연암은 장애문
제에 대해서도 여러 군데에서 언급했고 그 관점도 남달랐다. 그는 대
개 원뜻은 숨기고 유희나 암시로 나타내는 은유의 방법으로 올바른
장애관을 제시하였다. 그러므로 연암의 장애에 대한 인식 방법을 좀
더 체계적으로 살펴볼 필요가 있다.

연암은 장애란 보는 관점에 따라 달라진다고 했다. 장애는 고정불
변의 절대적인 것이 아니라 상황이나 입장에 따라 달라지는 상대적인

---

30 강신항 외, 『(이재난고로 보는)조선 지식인의 생활사』, 한국학중앙연구원, 2007,
633~634쪽.

것이라는 말이다. 이러한 장애에 대한 상대주의적 인식론은 『열하일기』〈막북행정록〉을 비롯해서 〈환희기〉, 『연암집』의 〈답창애2〉, 〈낭환집서〉 등의 시각장애인 이야기에 잘 나타나 있다. 대표적인 예로 〈막북행정록〉을 보면, 연암이 한밤중에 강을 건너가게 되니 매우 위험했다. 이에 통역관의 책임자인 수역관이 "옛날에 위험한 것을 말할 때 맹인이 애꾸눈의 말을 타고 한밤중에 깊은 연못가를 가는 것이라 했는데, 정말 오늘 우리들의 일을 두고 말하는 것 같습니다."라고 말하였다. 하지만 연암은 "그게 위험하다고 한다면 위험할 수도 있겠으나, 정말 위험을 잘 알고 있다고는 말할 수 없을 걸."이라고 했다.[31] 맹인을 보는 사람이 마음속으로 위태롭다고 느낄 뿐, 정작 앞을 보지 못하는 맹인은 자신의 위험을 알지 못한다는 것이다. 다시 말해 본인은 아무런 문제가 없는데, 그걸 보는 사람이 문제가 있다고 생각할 뿐이라는 것이다. 결국 장애란 절대적인 것이 아닌 어떻게 보느냐에 따라 달라지는 상대적인 것이라는 말이다.

또한 연암은 겉모습보다 내면, 즉 마음이나 덕, 본질을 보라고 했다. 예를 들어 『방경각외전』의 〈광문자전〉과 〈예덕선생전〉에서는 사람은 겉보기와 전혀 다르다고 했고, 『연암집』의 〈소완정기〉에서는 눈으로 보지 말고 마음으로 보라고 했다. 이는 장애에 대해서도 마찬가지였다. 『열하일기』의 〈도강록〉에서는 석가여래의 평등한 눈처럼 맹인의 눈이야말로 진정 평등한 눈이라 했고, 『연암집』의 〈염재기〉에서는 송욱이 비록 겉으로는 미치광이처럼 보이지만 실제로는 자신을 찾으려고 애쓰는 자라고 했다.

---

31 박지원, 김혈조 옮김, 『열하일기』 1, 돌베개, 2017, 525~526쪽.

　나아가 연암은 장애에 대해서도 솔직하고 직설적으로 말할 수 있어
야 한다고 했다. 이는 『연암집』의 〈우부초서〉에 잘 나타나 있다. 연암
이 말하기를, 우리나라 사람들은 예(인정)를 중시하여 직접적으로 말
하지 않는 버릇이 있다고 한다. 장애에 대해서도 마찬가지인데, 예를
들어 '귀머거리'라 부르지 않고 '소곤대기를 좋아하지 않는 사람'이라
고 에둘러서 말한다는 것이다. 연암은 이를 본질의 왜곡이요 과도한
친절이며, 천하의 치욕스러움이 이보다 심한 게 없다고 했다. 장애에
대해 직설적으로 말하기를 꺼려하면 나중에 가서는 장애 문제에 대해
지혜롭고 총명하게 대처하지 못하고 그저 숨기기에 급급하게 된다는
것이다. 그러므로 연암은 장애에 대해 에둘러 표현하지 말고 솔직하
고 직설적으로 말하라고 했다.

　그와 함께 연암은 장애인 당사자도 '장애'에 구애받지 말고 살아가
라고 했다. 대표적으로 『연암집』의 〈발승암기〉에서 한쪽 눈의 김홍연
이 연암의 글에 의탁하여 후세에 이름이 전해지기를 원한다. 이에 연
암은 "사람은 다 두 눈이 달려 있지만, 애꾸는 눈 하나로도 능히 보는
걸 어찌 꼭 쌍이라야 밝다 하리오."라고 말한다. 두 눈이나 한 눈이나
천 개의 눈이나 보는 것은 매한가지이므로 장애에 구애받지 말고 살
아가라는 것이다.

　이덕무(1741~1793)는 서얼 출신으로서, 통덕랑 이성호의 서자로 태
어났다. 집안도 가난하고 병약해서 가학(家學)을 했지만, 벌써 20세에
문명을 날려 정조에 의해 규장각 검서관으로 발탁되었다. 그곳에서
박제가, 유득공과 함께 14년간 근무했고, 또 박지원, 홍대용 등과도
교유하였다.

　이덕무는 장애 관련 인물들과의 교유 관계가 두드러졌다. 그의 스

승 이진은 귀머거리, 즉 청각장애를 갖고 있었지만 영조 때 지방 현감을 지냈고, '초림체'라는 독특한 시체를 구사하여 이규상의 『병세제언록』 '문원록'에까지 올라와 있다. 이덕무의 제자들도 장애 관련 인물이 많았다. 대표적으로 앞에서 살펴본 중복장애 노비시인 이단전과, 조선후기 하층 장애사의 보고라 할 수 있는 『추재기이』의 저자 조수삼을 들 수 있다. 또한 이덕무는 앞의 성호학파에서 살펴본 성기능 장애인이자 영의정까지 지낸 남공철의 문학적 스승이기도 했다.

이덕무는 통합사회를 위한 장애 교육에도 신경을 썼다. 그의 저서 『사소절』은 선비, 부녀자, 아동 등의 일상생활에서의 예절과 수신에 관한 교훈서인데, 그곳에 장애인에 대한 예의를 다룬 내용도 몇 가지 포함되어 있다. 소경이니, 귀머거리니, 벙어리니, 절름발이니 하면서 장애 비하어를 쓰지 말고, 장애인을 조소하거나 희롱하지 말라고 했다. 또 시각장애인을 만나면 부딪치지 않도록 기침을 하고 지나가며, 장애인들은 곧잘 성질을 내니 잘 대우하는 것이 옳다고 했다.

그 밖에도 이덕무는 『청장관전서』에서 맹인 곽옥 이야기를 통해 당시 시각장애인의 교육과 직업에 대해 알려주고 있다. 조선시대 시각장애인도 서당에서 통합교육을 받았는데, 주로 남의 책 읽는 소리를 듣고 통째로 외워버리는 '암기식 교육'을 했고, 이후 점치는 것을 배워 점복업에 종사했다고 한다.

박제가(1750~1805)도 승지 박평의 서자로 태어난 서얼 출신이었다. 남아 있는 그의 초상화에서처럼 키는 작지만 수염이 멋졌으며, 직선적 성격이었다고 한다. 18~19세 무렵부터 박지원, 이덕무, 유득공 등 북학파와 교유했고, 29세인 정조 2년(1778) 채제공의 종사관으로 중국에 다녀온 후 『북학의』를 썼다. 이듬해에는 이덕무, 유득공과 함께 규장각 검서관으로 발탁되어 13년간 근무했다. 하지만 42세인 1791년부터 시력이 급격히 나빠져 사직하지 않을 수 없었다. 왼쪽 눈이 보이지 않아 안경을 꼈는데도 효과가 없었고, 점차 오른쪽 눈마저 어두워져 더 이상 책을 교정할 수가 없었기 때문이다. 이듬해 주변의 만류에도 불구하고 관직을 사직했는데, 정조의 배려로 외직인 부여현감으로 나갔다.[32]

박제가도 중년에 시각장애인이 되었음에도 불구하고 폭넓은 교유관계를 맺었다. 그 역시 이덕무와 함께 청각장애 시인이자 현감인 이진에게 시를 배웠고, 추사 김정희의 어린 시절 학문적 스승이기도 했다. 연암 박지원과는 스승이자 벗으로 지냈으며, 또 이덕무, 유득공과는 절친이었다. 그 밖에 달성서씨가 사람들인 서호수, 서유본, 서유구 등과도 가깝게 지냈다.

4) 달성서씨가와 김영

달성서씨가는 자연과학인 수학, 천문학, 농학 등의 분야에서 워낙 비중이 컸으므로 이용후생파 중에서도 별도로 고찰할 필요가 있다. 그 대표적인 인물로 서호수, 서유본, 서유구, 홍길주를 들 수 있다. 달성서씨가는 장애사에서의 비중도 대단히 컸는데, 장애보다 능력을 중시하는 뛰어난 장애의식을 갖고 있었을 뿐 아니라 집안 사람들이 중복장애 평민학자 김영과 절친한 관계로 지냈기 때문이다.

서호수(1736~1799)는 정조대 규장각 직제학으로 있으면서 국가의

32 박제가, 정민 외 옮김, 『정유각집』 상, 돌베개, 2010, 545~546쪽; 안대회, 「초정 박제가의 인간 면모와 일상」, 『한국한문학연구』 36, 한국한문학회, 2005, 129~130쪽.

편찬사업을 주도했는데, 특히 수학, 천문학, 기하학에 정통하여 김영
과 함께『국조역상고』를 편찬했다. 서호수도 신분을 초월한 교유관계
를 맺었다. 서얼 출신의 북학파 학자인 박제가, 유득공, 이덕무와 친교
를 맺었고, 서얼임에도 수학, 천문학, 거문고에 뛰어났던 유금(유득공
의 숙부)과도 교유했다. 또한 그는 김영이 자신보다 천문학에 뛰어나다
는 것을 알고서 관상감의 책임자인 홍낙성에게 말하여 임금께 추천하
도록 했다.

　서유본(1762~1822)은 서호수의 아들이자 서유구의 형이었고,『규
합총서』의 저자 이빙허각의 남편이었다. 22세에 생원시에 합격했지
만 대과엔 실패했고, 순조 5년 동몽교관이 되었다. 벼슬에서 물러난
후에는 아버지를 이어받아 천문 역산에 주력했다. 박지원, 박제가, 유
득공 등 북학파와 교유했고, 아버지의 뒤를 이어 김영과 절친하게 지
내며 그에 관한 여러 편의 글을 남겼다. 그의 문집인『좌소산인문집』
에는 김영이 연경에 갈 때 전송하며 지은 글, 백의로 벼슬길에 올라
임금의 총애를 입을 때를 회고한 시, 김영에게 보낸 편지 2통, 김영의
일생을 기록한 행장 등 5편의 글이 남아 있다. 이들 기록에는 장애를
따지지 않고 김영의 재능을 치하하는 서유본의 높은 장애의식이 잘
나타나 있다.[33]

　서유구(1764~1845)는 서유본의 동생으로 달성서씨가의 대표적인
학자였다. 50세부터 79세까지 30여 년 동안 향촌생활에 필요한 모든
지식을 담은『임원경제지』113권을 완성했다. 서유구도 장애/비장애

33　서유본, 한민섭·박경진 옮김,『좌소산인문집』, 자연경실, 2020, 57·109·248·254·
　598쪽.

를 초월한 폭넓은 교유관계를 맺었는데, 스승 박지원을 비롯해서 박
제가, 이덕무 등 북학파와 교유했고, 유금과는 세교(世交), 즉 부모의
대를 이어 교유했으며, 앞에서 언급한 것처럼 성기능 장애를 가진 관
료 남공철과는 10대부터 평생의 벗이었다.

홍길주(1786~1841)는 홍인모와 달성서씨가의 딸 서영수합(서호수의
동생 서형수의 딸)의 둘째아들이었다. 형 홍석주는 대제학, 좌의정까지
지냈고, 동생 홍현주는 정조의 부마였다. 이에 그는 관직에 나아가지
않고 19세기 대표적인 문장가가 되어 『현수갑고』, 『표롱을첨』, 『항해
병함』 등 수많은 문집을 저술했다.

홍길주도 수준 높은 장애관을 갖고 있었는데, 이는 임덕경의 집 편
액에 써준 글인 〈농아재기〉에 잘 나타나 있다. 농아, 즉 듣지도 말하지
도 못하는 70세의 노인이 있었다. 그럼에도 어린아이처럼 환한 얼굴
에 스스로 만족해하는 모습이었다. 그 이유를 물어보니, 장애는 상관
이 없고 마음이 문제인데, 자신은 마음이 병들지 않았다는 것이다. 오
히려 그는 살아오면서 장애 때문에 이로운 점도 있었다고 말한다.[34]

홍길주는 앞의 달성서씨 사람들보다 장애 인물들과 더욱 폭넓은
교유관계를 맺었다. 김영은 홍씨 집안과도 절친했는데, 홍길주의 조
부 홍낙성이 바로 관상감 책임자였기 때문이다. 홍길주도 『표롱을첨』
에서 〈김영전〉을 지어 그의 생애와 관직, 재능, 저서 등을 자세히 기록
하였다.[35] 또한 홍길주는 앞의 성호학파에서 언급한 지체장애 시인이
자 아동교육자 장혼과도 절친하여 그의 어머니 회갑 잔치를 축하하는

시를 지어주었고, 뒤에서 보겠지만 평양의 언어장애인 서예가 조광진의 아버지 조윤철과도 아는 사이였다.

그렇다면 달성서씨가 사람들이 그토록 친근하게 지내고 재능이 뛰어나다고 극찬했던 김영은 과연 누구였을까? 그는 인천 출신의 평민 학자로, 정조·순조대 최고의 수학, 천문학자였다. 키는 컸지만 추모였고, 말이 어눌한 언어장애와 심한 우울증의 정신장애를 가진 중복장애인이었다. 수학과 천문학에 재능이 뛰어나 당대에 유명하였고, 정조에 의해 관상감 역관으로 특채되었다. 그에 따라 다른 관상감 관원들의 시기와 반발을 사서 괴롭힘을 당하기도 했다. 나아가 사후에도 평생 저술한 원고를 그들에게 도둑맞기도 했다.

5) 김정희의 장애를 가진 벗들

실사구시란 19세기 전반 추사 김정희를 위주로 한 실학파를 말한다. 실사구시(實事求是)란 사실을 토대로 진리를 탐구한다는 뜻으로, 실증적·고증학적 학문방법이라 할 수 있다.

추사 김정희(1786~1856)는 훈척가문인 경주김씨 김노경의 장남으로 태어났는데, 벼슬은 성균관 대사성, 병조참판까지 지냈다. 16살 때 박제가에게 수학했고, 24살 때 청나라에 가서 고증학의 대가인 옹방강, 완원에게 수학했다. 그는 고증학, 그중에서도 금석학에 관심을 갖고 연구하여 31세 때 진흥왕순수비를 발견했으며, 제주 유배기에는 '추사체'라는 독특한 서체를 만들어냈다.

추사도 앞의 연암과 비슷하게 신분, 나이를 초월한 자유로운 인간관계를 맺었는데, 특히 중서층 인물들과 폭넓은 교유를 했다. 위에서처럼 스승은 서얼이자 중도 시각장애인 박제가였으며, 제자가 3,000

명이란 말이 있을 정도로[36] 많았으나 주로 여항의 시인, 역관, 화가, 전각가 등 중서층이 많았다. 장애 관련 인물과도 신분을 초월하여 활발하게 교유했는데, 대표적으로 조광진과 장혼, 조수삼을 들 수 있다.

눌인 조광진은 위에서 잠시 언급한 것처럼 평양의 명필로, 아버지 조윤철도 문장이 뛰어나 홍길주와 교유했다. 조광진은 말더듬이, 즉 언어장애를 갖고 있었는데, 제자 차규헌도 청각장애를 갖고 있었다.[37] 이광사·안진경의 글씨를 사숙하여 조선의 3대 명필이 되었고, 평양 건물들의 편액은 그가 쓴 것이 많았다. 추사는 자주 조광진에게 글씨를 쓰게 해서 품평해주곤 했는데, 둘의 관계는 대등했을 뿐 아니라 추사가 그의 솜씨를 인정하고 후원하는 형태로 이루어졌다. 심지어 추사는 조광진의 아들을 한양으로 데려다가 글씨 교육을 시키기도 했다. 추사가 조광진에게 쓴 편지가 『완당전집』에 8통이 남아 있고, 유홍준 선생이 따로 본 것만도 10통 가까이 된다고 한다.[38]

추사는 앞에서 살펴본 지체장애 중인학자 장혼과도 서로 존중하며 절친한 교유관계를 맺었다. 대표적으로 추사가 장혼에게 보낸 시를 보면, '그대는 칠십 년을 다릿병 앓았는데, 이 몸은 다릿병 앓은 것이 겨우 이 년. 칠십 년을 앓은 이는 앓지도 않은 듯이, 그 걸음 구애 없어 자연스러운 그대론데, 이 년을 앓은 병은 그게 바로 고질이라.'[39]라고 하면서 장혼의 거침없는 행보를 부러워하고 있다.

---

36 한영규, 「19세기 여항문단과 의관 홍현보」, 『동방학문학』 38, 동방한문학회, 2009, 133쪽.

37 장지연, 김석회 외 옮김, 『조선의 숨은 고수들』, 청동거울, 2019, 362쪽.

38 유홍준, 『추사 김정희』, 창비, 2018, 167쪽.

39 김정희, 『완당전집』 III, 민족문화추진회, 1995, 78~78쪽.

또한 추사는 앞의 성호학파에서 언급했던 조선후기 하층 장애사의
보고인 『추재기이』의 저자 조수삼과도 시를 주고받으며 서로 교유했다.

6) 최한기의 장애 복지론

마지막으로 19세기 실학자의 장애의식 중 결코 빼놓을 수 없는 인
물이 혜강 최한기이다. 최한기(1803~1877)는 재야학자로 평생 학문과
저술을 해서 자연과학, 철학, 사회사상 등의 분야에서 100여 권의 저
서를 남겼다. 그는 장애 문제에 있어서도 획기적인 장애관과 함께 교
육, 쓰임(고용) 등 다양한 장애 복지론을 펼쳤다.

최한기의 장애관과 장애 복지론은 58세에 완성한 『인정』에 잘 나
타나 있다. 『인정』은 조선시대 인사행정론으로, 크게 「측인문」, 「교인
문」, 「선인문」, 「용인문」으로 구성되어 있다. 한마디로 사람을 잘 헤
아리고, 가르치고, 선발하고, 써야지만 큰 다스림이 이루어진다는 것
이다.

그는 「측인문」에서 '형모(겉모습)는 마음만 못하다'고 했다. 그러므
로 형모보다는 마음을, 마음보다는 덕을 중시해야 한다는 것이다. 「교
인문」에서는 교육엔 외교(外敎)와 내교(內敎)가 있는데, 청각장애인도
내교가 가능하고, 내교만 이루어져도 일상생활에 문제가 없다고 했다.
오히려 심농(心聾), 즉 마음의 귀머거리가 문제라고 했다. 나아가 청각
장애인은 시각으로, 시각장애인은 청각으로 가르치면 온몸이 서로 통
해 부족함이 없다고 했다. 「용인문」에서도 사람을 쓸 때 부족한 부분
이 있으면 다른 사람이 도와주면 된다고 했다. 예를 들어 눈이 어두우
면 눈이 좋은 사람이 도와주면 되고, 귀가 어두우면 귀가 잘 들리는
사람이 도와주면 된다는 것이다. 그러면서 최한기는 '모든 사람은 쓸

수 없는 것 중에서도 쓸만한 것이 있다'고 했다.

3. 실학, 장애를 뛰어넘다

현대 학자들은 평소 장애에 대해 무관심하고, 오히려 신경쓰기를
귀찮아하는 편이다. 장애에 대한 이해도 거의 없을뿐더러, 서두의 선
행연구사에서 보았듯이 부정적인 인식을 갖고 있는 것이 대부분이다.
당연히 장애/비장애의 교유관계는 거의 없는 그야말로 단절된 상태로
일생을 살아간다.

반면에 조선후기 실학자들은 높은 수준의 장애의식을 갖고 장애인
과 비장애인이 자연스럽게 어울려 사는 통합사회를 만들어 나갔다.
우선 그들은 평소 장애에 대해 다양하고 깊이 있는 관심을 갖고 있었
다. 앞의 이익이나 정약용처럼 장애 현실에 대해 주목하여 거론하고,
상진이나 이덕무처럼 장애인에 대한 예의를 강조하며 사람들을 교육
하기도 했다. 또 실학자들은 장애에 대해 나름 과학적으로 이해하려
고 노력했다. 이익은 〈농자필음〉에서 청각장애의 속성과 어려움에 대
해, 이덕무는 『청장관전서』에서 시각장애인의 암기식 교육방식에 대
해 일러주었다.

실학자들은 또한 시대를 앞서가는 선진적인 장애 복지론을 펼쳤다.
이익의 〈개자〉에서처럼 그들은 기본적으로 장애에 대해 측은지심을
갖고 있었는데, 이 측은지심은 동정의 차원을 넘어 장애 복지의 출발
점이었다. 실제로 정약용은 『목민심서』에서 장애인은 살아가기 힘들
므로 모든 국역을 면제해야 하고, 장애의 정도에 따라 자립주의와 구

휼을 적절히 쓰도록 해야 한다고 주장했다. 홍대용도 장애인에게 모두 일자리를 갖게 해서 자립적으로 살 수 있도록 해야 한다고 했고, 최한기 역시 장애인도 교육시켜 일할 수 있도록 해야 한다고 했다. 이처럼 실학자들은 본래 실용을 중요시한만큼 장애인도 직업을 갖고 스스로 먹고 사는 자립주의적 복지론을 펼쳤다. 또 그들은 장애인을 엄연한 사회구성원으로 인정했으며, 장애 문제를 단순히 개인이 아닌 사회, 특히 국가의 책임으로 여겼다.

나아가 실학자들은 올바른 장애관을 제시하여 장애/비장애의 통합 사회를 만드는 데에 기여하였다. 현대 학자들과 달리 실학자들은 기본적으로 긍정적 장애관을 갖고 있었다. 이익은 〈할계전〉에서 눈먼 닭이 병아리를 더욱 잘 키우더라면서 장애란 굳이 따질 필요가 없다고 했으며, 이용휴도 40살에 시각장애인이 된 정문조를 위로하는 글에서 외부를 보는 눈을 잃은 대신에 내부를 보는 눈을 얻게 되었으니 너무 걱정하지 말라고 했다. 박지원은 과연 최고의 장애 사상가였다. 그는 여러 작품을 통해 색다른 장애관을 제시했다. 장애는 보는 관점에 따라 달라진다는 상대주의적 인식론을 주장했고, 겉모습보다 마음이나 덕과 같은 내면을 중시하라고 했다. 장애에 대해서도 솔직하고 직설적으로 말하면서도 지혜롭고 총명하게 대처하도록 했고, 장애 당사자도 장애에 구애받지 말고 떳떳하게 세상을 살아가라고 했다. 홍길주 역시 〈농아재기〉에서 장애보다 마음이 더욱 문제라고 했다. 이처럼 실학자들은 장애를 결함이 아닌 하나의 특성에 불과하다는 인식을 갖고 있었다.

뿐만 아니라 실학자들은 실제 생활에서도 장애인과 다양하게 교유하며 그러한 장애관을 실천으로 옮겼다. 기존 성리학자들의 신분 내

교유와 달리 실학자들은 신분과 나이를 초월하여 폭넓은 교유관계를 맺었는데, 장애에 대해서도 별로 따지지 않고 있는 그대로 받아들이며 교유했다. 특히 실학자들은 장애인을 동등한 인간으로 생각하고 그들의 능력에만 집중하여 평등하게 대했다. 당시 실학자와 장애인의 교유관계를 보면 한 가지 분명한 특징이 있다. 그들은 대개 전문 분야를 매개로 교유관계를 형성하고 있다는 점이다. 예를 들어 박세당과 이덕수는 학문으로, 이익과 최북은 그림으로, 이용휴와 이단전은 시로, 달성서씨가와 김영은 수학이나 천문학으로, 김정희와 조광진은 글씨로 각각 친분을 맺었다. 이처럼 그들은 단지 일상생활만 공유한 것이 아니라 전문적인 능력을 중심으로 우정을 쌓으며 살아갔다.

한편, 장애 당사자들도 신분이나 나이, 장애에 구애받지 않고 거침없는 삶을 살아갔다. 단적인 예로 이덕수는 청각장애를 갖고 있음에도 150여 명의 장애/비장애 인물들과 자유롭게 교유했고, 최북은 시각장애 중인화가, 이단전은 중복장애 노비 시인, 장혼은 지체장애 중인학자임에도 성호학파를 비롯한 수많은 사람들과 교유했다. 실학사에서의 그들의 역할도 결코 무시할 수 없는 수준이었다. 유수원은 『우서』를 쓴 실학의 선구자였고, 박제가는 『북학의』를 쓴 대표적인 이용후생학자, 황윤석은 거질의 실학서이자 문집인 『이재난고』, 김영은 『국조역상고』를 비롯한 여러 권의 천문학서를 쓴 자연과학자였다.

혹자는 이러한 장애인들의 교유관계와 활약상을 일부 능력 있는 이들에 국한된 문제일 뿐이라고 평가절하할지도 모르겠다. 하지만 이상의 장애인들이 모두 공통적으로 복잡다단한 인간관계를 형성하고 거침없이 살아갔다는 점을 생각한다면, 당시 사람들이 장애인을 비장애인과 별로 다를 바 없이 대했음을 알 수 있다.

그렇다고 해서 조선시대 장애 현실을 긍정적으로만 보자는 것은 결코 아니다. 정약용이 『목민심서』에서 말했듯이 당시 사람들도 장애인을 천하게 여기고 싫어하는 경우가 분명히 있었으며, 이덕무의 『사소절』에서처럼 장애인을 비웃거나 희롱하는 경우도 있었다. 그럼에도 불구하고 조선시대는 장애인과 비장애인이 지역 사회에서 더불어 살았고, 함께 공부하고 일하며 교유했다. 어쨌든지 조선시대는 오늘날과 달리 장애/비장애를 구분하지 않는 통합사회였고, 장애에 대해 훨씬 포용적인 사회였던 것이다.

끝으로 이러한 실학자의 장애의식은 과거에만 국한된 것이 아니라 오늘날 우리가 지향해야할 것으로, 여전히 살아있는 것이라 할 수 있다. 특히 실학자의 선진적인 장애 복지론, 올바른 장애관, 개방적이고 포용적인 교유관계는 매우 중요한 현대적 가치를 지니고 있다. 그와 함께 정부도 실학자의 장애의식을 통해 진정한 장애 복지란 어떤 것인지 다시 한번 생각해보는 계기가 되었으면 싶다. 지금처럼 단지 경제적으로만 지원하는 장애 복지가 아니라, 그들이 더욱 다양한 분야에서 활동하며 자신들의 능력을 발휘할 수 있도록 해야 한다는 것이다.

'아픈 몸'과 계급

식민지기 프롤레타리아 소설의 질병과 장애 재현

최은혜

> 몸 자체는 메시지다. 인간은 몸을 통해 교감한다.
> ─ 아서 프랭크, 『몸의 증언』

1. 질병·장애에 대한 은유적 사유를 넘어

근대 초기 우생학과 병리학이 유입되면서부터 조선에는 '건강한 몸'에 대한 이상이 강고하게 자리잡게 된다. 대한제국기의 지식인들은 "'위생'='근대' 혹은 '위생'='자강'이라는 공식"을 반복하며[1] 위생 담론에 근거한 '건강한 몸'을 문명화된 근대 국민국가의 대열에 오를 수 있는 중요한 거점으로 삼았다.[2] 식민지기에 부상한 건강 담론은 피

---

1 엄학준·문한별, 「근대 초기 위생 담론에 투영된 왜곡된 국민 개념과 감성적 민족 주체: 국권상실 이전 시기 학술지와 협회지를 중심으로」, 『한국문학과 예술』 42, 사단법인 한국문학과예술연구소, 2022, 11쪽.

2 관련된 연구로는 엄학준·문한별의 논문 이외에도 다음 글들을 참고할 수 있다. 이승원, 「20세기 초 위생 담론과 근대적 신체의 탄생」, 『문학과 경계』 1(1), 문학과 경계사, 2001; 고미숙, 「『독립신문』에 나타난 '위생' 담론의 배치」, 『근대계몽기

식민자 개개인을 제국의 시스템에 순응하는 몸으로 길들이는 데 활용
되었는데[3] 중일전쟁을 거쳐 총동원체제에 들어선 시기부터는 "국방력
의 충실, 노동력의 확충"이라는 목표로 수렴되어 조선인의 몸은 언제
든 전쟁에 동원될 수 있는 상태로 강한 통제를 받았다.[4] 이처럼 식민지
기까지 몸은 국민 만들기를 위한 강력한 규율과 훈육의 장소였다.[5] 중
요한 것은, '건강한 몸'의 반대편에 필연적으로 질병이나 장애와 같은
'아픈 몸'이 놓이게 된다는 점이다. 건강을 추구하면 할수록 질병과
장애는 퇴치되거나 치유되어야 하는 것으로 여겨졌다. 건강과 질병·
장애가 각각 지향과 극복의 영역에 자리하게 되는 이 과정은 식민주
의의 '정상성'이라는 굳건한 이데올로기가 만들어지는 것과 일맥상통
한다.

　이러한 가운데 식민지기에 질병과 장애가 등장하는 소설이 다수
창작된다는 점은 주목을 요한다. 이 시기 소설에 재현된 "장애와 손상
의 형상이 고립된 소수가 아니라 잠재적 다수"를 이룬다고 지적한 최
경희는, 식민지가 된 국가를 장애화하는 상상력 속에서 몸의 손상을
다루는 소설이 급증했다는 논의를 펼친다. 그에 따르면 식민 권력에
의한 검열의 한계를 경험한 작가들은 "신체적 기능과 움직임의 자유

　　지식개념의 수용과 변용』, 소명출판, 2005.
3　권채린, 「1920~1930년대 '건강'과 '질병'을 둘러싼 대중담화의 양상」, 『어문론총』
　　64, 한국문학언어학회, 2015, 190쪽.
4　윤희상, 「전시체제기 피식민 '신체'의 구성과 문학적 증언 연구 : 중독, 장애, 오염의
　　상황을 중심으로」, 고려대학교 석사학위논문, 2022, 12쪽.
5　체력장과 교련의 신설, 황국신민체조와 건강증진운동 등의 보급과 같은 신체 규율
　　에 대해 다룬 연구로는 정근식의 글이 대표적이다. 정근식, 「식민지지배, 신체 규
　　율, '건강'」, 미즈노 나오키 외, 정선태 옮김, 『생활 속의 식민지주의』, 산처럼, 2007.

를 결여한 캐릭터"를 창조했을 뿐만 아니라 손상된 텍스트를 생성할 수밖에 없다. 이때 장애 재현이란 검열의 압박을 받는 작가, 손상된 캐릭터와 텍스트를 연결하는 은유라는 것이 그의 핵심 주장이다. 나아가 그는 작가들이 장애에 초점을 맞춤으로써 일본의 식민 통치가 견인하는 근대화에 대해 비판적 거리를 가질 수 있었다고 말한다.[6] 즉, 은유로서의 장애가 근대성에 기반한 식민주의의 '정상성'을 되묻게 하는 역할을 하고 있다는 것이다.

이와 달리 한만수는 소설 속에서 은유로 사용된 장애가 오히려 식민지 지식인들에 의해 구성된 '정상성'을 견고히 하는 역할을 하고 있다는 점을 지적한다. 그는 문(文)이 시각 장애를 가리키는 맹(盲)과 결합하면서 문맹이라는 단어가 만들어졌고, 이것이 근대의 미달로 여겨지는 구술대중, 즉 문자 미해독자에 대한 은유로 사용되던 현상에 주목했다. 더불어 1930년대 소설에서 급증한 시각장애인 재현이 이들 대중의 은유로 사용되었던 점도 동일한 맥락 위에서 설명되는데, 이와 같은 은유들은 모두 근대화에 대한 지식인들의 열망과 좌절 등에서 비롯된 표현으로 "구술대중 및 장애인에 대한 부당한 차별과 주변화를 전제"한다는 것이다.[7] 이 밖에도 식민지기 질병에 대한 은유는 다양한 방식으로 이루어진다.[8] 예컨대 1920년대까지 결핵은 근대 문

---

6 Kyeong-Hee Choi, *Impaired Body as Colonial Trope: Kang Kyongae's "Underground Village"*, Public Culture v.13, 2001, pp.432~434.

7 한만수, 「식민지 시기 검열과 1930년대 장애우 인물 소설」, 『한국문학연구』 29, 동국대학교 한국문학연구소, 2005, 28쪽.

8 잘 알려져 있듯 수전 손택은 그의 저서 『은유로서의 질병』에서 암, 결핵, 에이즈에 대한 공포와 낭만의 은유를 예로 들면서, 그러한 은유가 조성한 사회문화적 현실을 깨부숴야 한다고 주장한다. "단지 은유의 사용을 절제한다고 해서 은유를 멀리

명에 매혹된 청년에게 내려지는 처벌이나 요절한 천재의 표상으로 비유되는 가운데[9] 낭만의 질병으로 여겨졌으며,[10] '스페인 독감'과 같은 전염병이 창궐한 팬데믹 상황은 『만세전』에서처럼 공동묘지로 비유되면서 공포의 대상이 되기도 했다는 점이 지적된 바 있다.[11]

지금까지 살펴본바, 식민지기 소설의 질병과 장애를 다룬 그간의 연구들은 '아픈 몸'의 재현을 시대적이거나 정치적인 은유로 사유해 온 경향이 크다. 이러한 방식은 텍스트 이면에 자리한 당대적 무의식과 사회문화적 의미를 깊이 있게 독해할 수 있게 한다는 점에서 중요한 성과로 이어질 수 있지만, 자칫 질병·장애의 물질성과 그 실제적이며 실천적인 함의를 간과하게 할 가능성을 지닌다는 점에서 문제적이다. 식민화된 조선, 낭만적 처벌, 요절한 천재 등에 대한 은유로 '아픈 몸'을 바라보는 연구 경향의 편향은 소설에 등장하는 "개개의 불구자를 비가시화"하는 결과를 가져올 뿐 아니라[12] 질병·장애의 억압과 배제를 전면화하는 텍스트의 존재와 그 의미를 놓치게 하는 기반이 된다. 실제로 식민지기 질병과 장애의 현실적 재현에 있어서 **빼놓을** 수 없는 부분을 차지하는 프롤레타리아 소설(이하 프로소설)을 중심으로

떼어낼 수 있는 것은 아니다. 우리는 은유를 폭로하고, 비판하고, 물고 늘어져, 완전히 쓸모없게 만들어야 한다." 수전 손택, 이재원 옮김, 『은유로서의 질병』, 이후, 2002, 239쪽.

9 김주리, 「식민지 지식 청년의 표상과 결핵」, 『서강인문논총』 41, 서강대학교 인문과학연구소, 2014 참고.

10 최성민, 「질병의 낭만과 공포: 은유로서의 질병」, 『문학치료연구』 54, 한국문학치료학회, 2020, 317~325쪽.

11 백승숙, 「염상섭의 〈만세전〉과 1918년 스페인독감」, 『문화와 융합』 44(4), 한국문화융합학회, 2022, 481~483쪽.

12 윤희상, 앞의 글, 37쪽.

한 논의는 진행되지 않았다.[13]

1920~1930년대를 풍미한 프로소설의 중요한 기여 중 하나는 '아픈 몸'을 정치경제학적 조건 속에서 재현함으로써, 질병과 장애를 개인의 운명에 의한 것으로 보거나 의학적으로 치유·극복돼야 하는 것으로 보는 관점을 넘어서 계급적인 것으로 사유할 수 있게 했다는 데 있다. 이 시기는 제국에 의해 식민 통치를 받던 때이면서 동시에 자본주의가 정착하고 전개되던 때이기도 하므로, 자본주의적 토대에서 발생하는 계급의 문제는 질병·장애 상황과도 교차할 수밖에 없었다. 마타 러셀은 자본주의 사회에서 장애가 "노동관계에서 비롯된 사회 기반 범주에 속하며, 자본주의 특유의 착취 구조가 빚어낸 산물"이기도 하다는 점을 지적했다.[14] 그에 따르면 생산력 발전을 가장 중시하는 초기 자본주의 사회에서 장애인들은 임금 노동의 현장에서 내쫓길 수밖에 없었던 데다가, 2차 세계대전 이후의 선진 산업국가들의 사례가 증명하듯 이후의 자본주의는 복지를 내세우며 최저시급에 미치지 못하는 임금으로 장애인 노동자를 착취하는 구조를 만들어냈다.[15]

프로소설의 질병·장애 재현은 정신질환보다는 신체 손상에 집중된다. 그 이유를 실증하는 것은 불가능하지만, 자본주의 사회에서 '노

---

13 이 글이 전제하는 '프롤레타리아 소설'은 리얼리즘과 카프 중심성에 결박되어 있던 정전의 목록으로부터 거리를 두고, 사회주의적 문화 현상의 자장 아래 있었던 텍스트들을 폭넓게 끌어안은 것이다. 조선의 프로소설에서 '프롤레타리아'는 공장 노동자를 의미하기도 했지만, '학대받는 이'를 지칭하는 것이기도 했다. 그렇게 볼 때, '프롤레타리아 소설'은 순히 공장 노동자가 등장되거나 사회 변혁에 대한 미래적 지향을 담은 것만으로 단정될 수 없다.

14 마타 러셀, 조영학 옮김, 『자본주의와 장애』, 동아시아, 2022, 20쪽.

15 위의 책, 21~23쪽.

동하는 몸'이 중요하다는 점으로 추론해 보는 것은 가능하다. 마르크
스는 생산수단을 소유하지 못한 프롤레타리아가 신체적 능력을 활용
해 노동력을 팔며 살아갈 수밖에 없는 환경에 놓여 있고 부르주아는
그것을 착취하면서 잉여를 남기는 구조로 자본주의 사회가 작동하는
것을 발견했다. 그런 메카니즘하에서 노동하기 힘든, 혹은 노동할 수
없는 손상된 몸은 생산 관계 안에서 더 가혹한 착취를 경험하거나 생
산 관계 밖으로 내몰려 프롤레타리아마저 되지 못하는 처지에 놓이게
된다. 몸은 프롤레타리아 계급에게 생존을 위해 매우 필수적인 자산
일 수밖에 없다. 그런 몸이 손상된 상태는 노동력 착취에 기대어 있는
구조를 엄폐하는 문명의 빛 속에서 그 그림자를 명확하게 드러내 보
여 준다. 프로소설에서 유독 신체 손상의 모티프가 다른 장애에 비해
자주 등장하는 이유는 이런 점들과 맞물려 있는 것이라 유추해 볼 수
있다.

이 글은 식민지기 '아픈 몸'의 은유적 의미에 집중하는 기존의 연구
경향을 넘어서, 질병과 장애를 현실적으로 재현하는 프로소설을 통해
그것의 정치적 의미를 밝히는 데 목적이 있다.[16] 프로소설에서 재현되
는 '아픈 몸'은 은유라기보다는 질병과 장애로 고통받는 현실 그 자체

---

16 이 글은 질병과 장애를 분리하지 않고 '아픈 몸'이라는 공통성 속에서 함께 살핀다.
김은정에 따르면 "장애와 질병은 그 의학적 정의와 진단으로만 구분되는 것이 아
니라, 역사적·사회적 과정 속에서 같은 범주로 명명되기도 하고 특정한 억압과
폭력의 경험을 발생"시킨다. "장애와 질병의 엄격한 구분을 비판적으로 보는 관점
을 통해 곧 치유와 치료의 상징적·담론적·실제적 폭력이 서로 얽혀 작동하는 것"
을 볼 수 있다. "건강과 정상성에 함께 도전하며 질병을 장애와 연결하는 것은
비장애인과 장애인의 뚜렷한 경계 자체에 대한 질문이기도" 하다. 김은정, 강진경·
강진영 옮김, 『치유라는 이름의 폭력』, 후마니타스, 2022, 11~12쪽.

이며, 사회구조적 차별과 억압으로 만들어진다. 프로소설은 그러한 몸을 현실적으로 드러내 보여 주면서 '건강한 몸'으로 발현되는 '정상성'의 폭력을 고발하고 그것에 균열을 가한다. 이때의 정상성은 제국주의와 자본주의가 만들어 내는 질서를 모두 포괄한다. 2장에서는 가난이 새겨진 몸을 재현하는 소설들을 중심으로, 3장에서는 산업 현장에서 노동하다가 다친 몸을 재현하는 소설들을 중심으로 그 양상을 살피고 각각이 지니는 의미를 도출해 보고자 한다.

2. 억압과 착취가 새겨진 몸의 현전

김승섭의 저서 『우리 몸이 세계라면』에는 가난과 관련해 주목할 만한 연구 사례가 소개된다. 위스콘신대학의 연구팀에서 가구 소득에 따라 영유아의 뇌를 분석했는데, 정보 처리와 학습 능력을 담당하는 대뇌 회백질이 태어날 당시에는 거의 차이가 없다가 시간이 지나면서 면적상의 차이를 보이게 됐다는 것이다. MRI를 분석한 결과 높은 소득수준을 가진 가정에 있는 아이들의 회백질 면적은 낮은 소득수준에 있는 아이들의 그것보다 월등히 넓게 나타났다. 저자는 "저소득층 아이들의 뇌는 가난으로 인해 자신의 잠재적인 역량 자체를 발휘할 기회를 박탈"당한다고 주장한다.[17] 이처럼 가난이 몸에 새겨진다는 문장은 은유가 아니라 사실이다. 몸에는 여러 사회경제적 조건들이 담겨 있고, '아픈 몸' 역시 구조와 제도의 폭력을 고스란히 간직하고 있다.

---

17 김승섭, 『우리 몸이 세계라면』, 동아시아, 2018, 135~137쪽.

로디 슬로라크가 지적하듯 "장애가 모든 사람에게 똑같이 영향을 주는 것은 아니다. 손상을 유발하는 사건은 가난한 가정에서 훨씬 더 흔하게 벌어진다."[18] 이는 식민지 조선에서 또한 예외가 아니어서, 단적으로 예를 들어 1938년 경성제국대학 의학부 안과는 영양실조, 말라리아성 각막염, 홍역·두창·감질로 생긴 눈병 등에서 시각장애인 발생 원인을 찾으며, 가장 주요한 발병 이유로 빈곤을 지적했다.[19] 또한 당시부터 노동자들은 산업재해로 인한 신체 손상이나 진폐증·소음성 난청·감압병 등의 직업적 질병에 노출될 가능성에 노출되어 있었고,[20] 그렇게 질병과 장애를 얻게 되면 관련 정책의 미비 속에서 노동하지 못하는 몸이 되어 더욱이 빈곤한 삶에 접어들 수밖에 없었다. 프로소설의 질병·장애 재현은 바로 이런 지점을 적확하게 담아 내고 있다. 즉, '아픈 몸'에 어떻게 억압과 착취가 새겨지게 되는가에 대한 인식이 드러난다는 점에서, 식민지기 여타의 질병·장애 재현 서사와 변별된다.

> 몸이 다시 으슥으슥하고 메스꺼움이 나기 시작했으나 먹은 것이 없어서 게우지도 않았다. 아찡의 눈 앞에는 그의 전 생애가 한 번 쭉 나타났다. 어려서 촌에서 남의 집 심부름 하던 것으로부터, 뒷집 닭 채다 먹고 들켜서 석 달을 매 맞으며 징역하고는 상해로 와서 공장에 들어갔다 팔 년

---

18 로디 슬로라크, 이예송 옮김, 「마르크스주의와 장애」, 『마르크스21』 40, 책갈피, 2021, 258쪽.

19 이요한, 「1920~30년대 일제의 장애인정책과 특징」, 동국대학교 석사학위논문, 2009, 12쪽.

20 김창엽·문옥륜, 「일제하 근로자의 건강상태에 관한 문헌 고찰」, 『Journal of Preventive Medicine and Public Health』 24(1), 대한예방의학회, 1991, 48~54쪽.

전에 인력거를 끌기 시작했다.

팔 년 동안 인력거 끌던 생각이 났다. 애스톨하우스 호텔에서 어떤 서양 신사를 태우고 오 리나 되는 올림픽 극장까지 가서 동전 열 닢 받고 억울한 김에 동전 두 닢을 더 달라고 조르다가 발길로 채이고 순사에게 얻어맞던 생각이 났다. 또 언젠가는 한 번 밤이 새로 두 시나 되어서 대동여관에서 술이 잔뜩 취해 나오는 꺼울리(高麗人) 신사 세 사람을 다른 두 동무와 같이 태우고 법계 보강리까지 십 리나 되는 길을 가서 셋이 도합 십 전 은화 한 닢을 받고 어처구니 없어서 더 내라고 야료치다가, 그들은 이들한테 단정으로 죽도록 얻어맞고 머리가 깨어져서 급한 김에 인력거도 내어버리고 도망질쳐 나오던 광경이 다시 생각이 났다. 그리고는 또 한 번 손님을 태우고 정안사로로 가다가 소리도 없이 뒤에서 오는 자동차에 떠밀리어 인력거 부수고, 다리 부러진 끝에 자동차 운전수 발길에 채이고 인도인(印度人) 순사 몽둥이에 매 맞던 것도 생각이 났다.

길다면 길고 멀다면 먼 팔 년 동안의 인력거 생활! 작은 일, 큰 일, 눈물날 일, 한숨 쉴 일들이 하나씩 하나씩 다시 연상이 되어서 그는 엉엉 울었다. 그러다가 그는 갑자기 목이 갈한 것을 느끼면서 몸을 일으키려 하다가 온몸이 쥐 일어서는 것을 감하여 '끙' 소리를 치고 도로 엎어지고서는 다시 아무것도 의식하지 못하게 되고 말았다.[21]

주요섭의 「인력거군」은 당시에 빈번하게 등장하던 인력거꾼 아찡의 참담한 말로를 서사화한다. 이 소설은 현진건의 「운수 좋은 날」처럼 궁핍한 삶의 보편적 비극성을 보여 주는 것보다는 그 비참의 원인을 사회로부터 찾는다. 8년간 쉬지 않고 인력거를 끌던 아찡은 어느 날 갑자기 인력거 부르는 소리에 달려가다가 벌떡 넘어지게 되는 것을 시작으로, 먹은 떡을 게워내고 어지러움증을 느끼며 사시나무 떨

---

21 주요섭, 「인력거군」, 『개벽』 58, 1925.4, 18쪽.

듯 덜덜 떠는 등 몸에 이상 증세를 보인다. 이상함을 느낀 그는 무료로 병을 보아준다는 사천로 청년회에 찾아가지만 의사는 만나지 못하고 기독교의 교리를 전파하는 웬 신사의 설교를 듣게 된다. 아담과 하와의 죄를 씻어 내기 위해서는 예수의 품 안에 안겨야 한다는 신사의 말에, 그는 문득 왜 죄를 받아 궂은 노동을 하는 인력거꾼과 다르게 누군가는 호의호식하며 살아가는지에 대해 의문을 품는다. 노동하는 몸과 그렇지 않은 몸 사이의 간극에 대해서 생각하면서 세상의 불합리함에 대해서 깨닫게 된 것이다. 병원을 나온 그는 자신이 지구 밖에 홀로 서 있는 것 같은 고독을 느끼며 집으로 돌아가지만, 다시 몸이 으슬으슬 춥고 메스꺼움이 나는 것을 느끼다 갑작스레 죽게 된다. 그러나 곧 검시하러 온 순사와 의사에 의해 아찡의 죽음이 갑작스러운 것이 아니라는 사실이 밝혀진다. 과도한 달음질로 인해 인력거꾼들이 일을 시작하고 보통 9년 무렵에 죽음을 맞이한다는 그들의 대화는, 그의 죽음이 노동에 의한 과로사라는 것을 알려 준다.

위 인용문에는 아찡의 몸에 켜켜이 쌓인 노동과 핍박의 궤적이 길게 서술된다. 아픈 몸을 느끼며 그는 자신의 생애를 반추한다. 어린 시절로부터 시작된 가난한 삶은 공장 노동자를 거쳐 여러 수모를 겪었던 인력거꾼 8년의 시간으로까지 이어진다. 그는 노동하면 할수록 오히려 지난해지기만 했던 삶을 떠올리며 엉엉 울다가, "온몸이 쥐일어서는 것"을 느끼며 쓰러져 죽는다. 이 죽음의 장면은 턱없이 적은 금액을 받고 부당한 폭력을 당하며 과도하게 노동해왔던 순간들이 몸에 오롯이 새겨진다는 것을 보여 준다. 앞서 육체노동을 하는 자신과 육체노동으로 발생하는 것을 누리며 살아가는 이들과의 간극을 깨닫게 되는 부분과 겹쳐놓고 보건대, 이 소설은 명백하게 현실에서 발현되는 '아픈 몸'과 계급의 관계에 대해 사유하게 하는 측면을 담고 있다. 더욱이 기독교적 내세의 풍요와 현세의 불평등함을 대비하고 전자가 후자를 대신할 수 없다는 것을 보여줌으로써 불평등이 새겨진 아픈 몸의 신체성을 고스란히 드러낸다.

> 역시 자꾸만 생각되는 것은 자기가 그 주인의 뚱뚱한 주인의 쇠눈깔 같은 눈살 앞에서 꼼짝도 못하고 팔목이 시도록 무엇을 쓰고 자꾸 눈이 아파지도록 바쁘게 노동하는 것을 벗어나지 못하고 종노릇을 하는 것과 또한 이 말이 주인의 매 끝에서 헤어지를 못하고 어찌할 수 없이 얽어매인 몸이 되어가지고 소리 한 번 크게 지르지 못하고 허우적거리는 것이 똑같이 생각이 되어서는 공연히 자기의 몸이 어떠한 기운의 충동을 받아서 그만 맥이 없어지고 또한 따라서 무거워지는 것을 깨달았습니다.
>
> (…)
>
> 전기선대에서 사람이 떨어졌다.
>
> 비록 몇 사람이 아니지마는(그곳은 호젓한 곳이라) 군중은 '와-' 하고 한 곳으로 몰렸습니다. 아! 아! 이 광경을 어찌 봅니까? 떨어진 사람은 단단한 얼음이 깔린 땅바닥에 거꾸로 떨어져 가지고는 사지를 비비 꼽니다. 마치 그 무슨 버러지 모양으로.
>
> 조금 있다가 '저 피', '저 피' 하는 군중의 소리와 함께 그는 입으로 피를 토하면서 숨을 가쁘게 쉬는데, 그 피는 차디찬 얼음 바닥을 검붉게 물들이고 있습니다.[22]

최승일의 「무엇?」은 전신국의 문서계실에서 일하는 하급 사무원의 1인칭 시점으로 진행되는 짧은 소설이다. '나'는 위계에 따라 일의 양

---

22 최승일, 「무엇?」, 『조선지광』 64, 1927.2, 145~146쪽.

이 현격하게 차이 나는 사무실에서 누구보다 일을 많이 하지만 가장 적게 돈을 적게 벌어 끼니마저 제대로 때우지 못하는 처지이다. 날마다 "꼬치꼬치 말라"가던[23] '나'는 어느 날, 추운 날씨에 얼어붙어 미끄러운 오르막을 오르는 수레 끄는 말과 마주를 마주치게 된다. 마주에게 엉덩이와 모가지를 사정없이 맞으며 "몸은 땀에 흠뻑 젖"고 "때때로 경련적으로 몸뚱아리의 일부를 부르르" 떠는 말을 보고, '나'는 "팔목이 시도록 무엇을 쓰고 자꾸 눈이 아파지도록 바쁘게 노동하는" 자신의 저치와 동질감을 느낀다. 그 순간 근처 전신주에서 노동자가 "무슨 버러지 모양으로" "사지를 비비" 꼬며 떨어지는 광경과 마주하게 된다. "입으로 피를 토하면서 숨을 가쁘게" 쉬는 노동자의 몸을 보면서 '나'는 다 같은 사람인데 어째서 누군가는 이렇게 땀과 피 흘리는 몸으로 살아야 하는가에 대한 생각에 잠긴다. 이처럼 이 소설에서는 세 개의 몸이 겹쳐진다. 하급 노동자와 말, 그리고 전신주 노동자의 몸, 이들은 모두 노동하는 몸이면서 동시에 고통을 느끼는 몸이다. 그런 의미에서 이 소설은 노동하는 몸에 어떻게 착취와 억압이 새겨지고, 종국에는 목숨까지 내놓게까지 되는가에 대해 다룬다.

한편 질병과 장애를 가진 이들은 노동 현장으로부터 배제됨으로써 가난한 삶을 살아가는 경우가 많았다. 특히 지체장애인들은 걸식을 하여 먹고 사는 일이 많았는데, 예컨대 『별건곤』의 한 기사에서는 황해도의 어느 공동묘지에 모여 사는 걸인들을 "팔 병신, 다리 병신 등 신체가 온전한 사람이 별로 없"다고 표현하였고,[24] 경성 종로 일대의

---

23 위의 글, 143쪽.
24 「팔다리 병신 50명, 걸인단장의 성묘식 거행」, 『별건곤』 52, 1932.6, 20쪽.

걸인을 분석하는 기사에서 또한 걸인 중 "대부분은 신체의 불구자"라는 점을 밝혔다.[25] 이효석 「도시와 유령」의 여인네, 강경애 「지하촌」의 칠성이와 사내 등 당대 소설 속에도 걸식하는 지체장애인들이 여럿 등장한다. 「도시와 유령」은 상업학교 공사터의 미장이 '나'가 동묘 안에서 노숙을 하다가 불을 번쩍이는 유령을 보게 되고, 그 정체를 밝히기 위해 다음 날 밤 다시 그곳에 찾아갔으나 알고 보니 걸인 모자가 성냥을 켰던 것을 유령으로 오해했다는 이야기 구조를 가진다. 이때 걸인 어미의 몸은 다음과 같이 묘사된다.

> 여인네는 한쪽 다리를 훌떡 걷었다. 그리고 눈물이 그 다리 위에 뚝뚝 떨어지기 시작하였다. 나는 모든 것을 얼음장 풀리듯이 해득하기는 하였으나 여기서 또한 참혹한 그림을 보지 않으면 안 되었다. 그의 훌떡 걷은 한편 다리! 그야말로 눈으로 차마 보지 못할 것이었다. 발목은 끊어져 달아나고 장딴지는 나뭇개비같이 마르고 채 아물지 않은 자리가 시퍼렇게 질려 있었다. 여인네는 울음에 느끼기 시작하였다.[26]

사연인즉슨 그 여인네는 남편을 잃고 걸식하며 거리에서 살아가다가 차에 치여 다리를 잃게 된 것이었다. 제대로 치료 받지 못해 끔찍하게 끊어진 다리 한 쪽을 묘사하는 이 장면은, 번쩍이던 불빛이 기실 유령이 아니라 사람이었다는 반전을 거쳐 모자가 처한 상황을 보여줌으로써 소설의 비극적 페이소스를 극대화한다. 여인의 다리에는 가난이 새겨져 있다. 가난하기 때문에 거리에 나서다 자동차에 치였고, 다

25　「경성부와 걸인 문제」, 『동아일보』, 1927.3.20, 1쪽.
26　이효석, 「도시와 유령」, 『조선지광』 79, 1928.7, 117쪽.

쳤으나 충분히 치료를 받을 수 없었으며, 성한 몸이 아니기에 앞으로
는 구걸조차 할 수 없게 될 것이라는 사실은 모두 걸인 모자가 처한
계급적 상황으로 귀결된다. 그렇기에 이 비극은 운명적이라기보다는
사회구조적이다. 결말부에서는 서술자 '나'가 갑자기 소설의 표면에
떠올라 독자를 향해 논평을 건넨다. "어떻게 하면 이 유령을 늘어가지
못하게 하고 아니 근본적으로 생기지 못하게 할 것인가? 현명한 독자
여! 무엇을 주저하는가. 이 중하고도 큰 문제는 독자의 자각과 지혜와
힘을 기다리고 있지 않은가."[27] 독자로 하여금 실천을 도모하게 하는
이 프로파간다적 마지막 물음은, 소설이 인간의 고통을 구조적 문제
로부터 찾고 있다는 것을 거듭 확인케 해준다. 걸인 여인의 장애는
사회적 억압과 착취로부터 말미암은 것이다.

　「지하촌」에는 온갖 '아픈 몸'을 가진 인물들이 등장한다. 걸식으로
먹고 사는 지체장애인 칠성, 시각장애인 큰년, 공장에서 노동하다 다
리를 잃게 된 사나이를 비롯해서, 전염병을 앓고 있는 칠운과 머리에
종기가 난 영애, 출산 후 몸조리를 하지 않아 생식기에 혹을 달고 사는
칠성의 어머니 등 등장인물 대부분은 질병과 장애를 가진다. 이 소설
의 초점화자인 칠성은 어린 시절 홍역을 앓았지만 가난으로 인해 치
료를 받지 못해서 팔과 다리에 손상을 입었으며, 큰년과 사나이 또한
후천적으로 장애를 가지게 되었다. 칠성의 어머니, 칠운과 영애는 질
병에 제대로 대처할 수 없는 환경에 놓여 있다. 이런 상황에서 칠성은
큰년 어머니가 출산을 했다는 것을 짐작하면서 "왜 이 동네 여인들은
그런 병신만을 낳을까"[28] 의아해하기도 한다. 이들의 '아픈 몸'은 빈곤

27　위의 글, 121쪽.

과 열악한 생활환경 및 노동환경 등을 원인으로 하거니와 그 강력한
영향을 받고 있으므로 계급적 흔적이 새겨진 장소다. 요컨대 「지하촌」
은 '아픈 몸'이 겪는 고통을 적나라하게 드러내 보이며, 계급과 교차하
는 질병과 장애 그 자체의 현전에 주목한다.

　이러한 생각을 하다가 무심히 그의 팔을 들여다 보았다. 다 해진 적삼
소매로 맥없이 늘어진 팔목은 뼈도 살도 없고 오직 누렇다 못해서 푸른
빛이 도는 가죽만이 있을 뿐이다. 갑자기 슬픈 맘이 들어 그는 머리를
들고 한숨을 푹 쉬었다. 큰년이가 눈을 감았기로 잘했지. 만일 두 눈이
동글하게 띄었다면 이 손을 보고 십 리나 달아날 것도 같다. 그러나 큰년
이가 이 손을 만져 보고 왜 이리 맥이 없어요. 이 손으로 뭘 하겠수 할
때엔…… 그는 가슴이 답답해서 견딜 수 없다. 그저 한숨만 맥없이 내쉬고
들여 쉬다가 문득 약이 없을까? 하였다. 약기 있기는 있을 터인데……
큰년네 바자 위에 둥글하게 심어 붙인 거미줄에는 수없는 이슬방울이
대롱대롱했다. 저런 것도 약이 될지 모르지. 그는 벌떡 일어나 밖으로
나왔다. 거미줄에서 빛나는 저 이슬방울들이 참으로 약이 되었으면 하면
서 그는 조심히 거미줄을 잡아당기려 했다. 팔은 맥을 잃고 뿐만 아니라
자꾸만 떨리어 거미줄을 잡을 수도 없지만 마자만 흔들리고 따라서 이슬
방울이 후두두 떨어진다. 그는 손으로 떨어져 내려오는 이슬방울을 받으
려고 했다. 그러나 한 방울도 그의 손에는 떨어지지 않았다.
　"에이 비 빌어먹을 것!"
　그는 이런 경우를 당할 때마다 이렇게 소리치고 말없이 하늘을 노려보
는 버릇이 있다.[29]

28　강경애, 「지하촌(7)」, 『조선일보』, 1936.3.20, 4쪽.
29　강경애, 「지하촌(4)」, 『조선일보』, 1936.3.17, 4쪽.

이 소설에는, 마을 아이들이 팔과 다리가 불편한 칠성을 흉내내는 모습을 다룬 첫 장면을 시작으로 그의 '아픈 몸'에 대한 서술이 자주 등장한다. 칠성은 자신의 몸을 보면서 팔과 다리를 사용해 김을 매거나 나무를 하러 다니는 상상을 하기도 하고, 이슬방울이나 댑싸리 나무가 자신의 병에 약이 될 수 있지 않을까 하는 기대에 그것들을 먹으려 하기도 한다. 무엇보다 칠성의 욕망은 큰년을 향한다. 그는 구걸해온 과자를 주려한다든가 동냥해서 산 옷감을 전해주려 한다든가 큰년에 대한 애정의 마음을 가지지만, 그녀가 곧 돈 많은 집의 첩으로 시집가게 되면서 그의 욕망은 좌절된다.[30] 이처럼 「지하촌」은 장애인의 욕망과 그것의 좌절을 은유가 아닌 현실로서 핍진하게 드러냈다는 점에서 장애 재현 문학의 새로운 막을 열어젖힌 중요한 텍스트라고 할 수 있다.

칠성은 장애인으로서의 처지를 떠올릴 때마다 "말없이 하늘을 노려보는 버릇"이 있을 정도로 자신의 몸이 손상된 것은 하늘의 탓이라며 운명론적인 태도를 지닌 인물이다. 그런데 그의 이런 믿음에 균열을 가하는 사건이 발생한다. 부잣집에 동냥하러 갔다가 개에게 물려 도망친 직후 어느 사나이와 만나게 된 것이다. "자신과 같은 불구자인 거지"[31] 행색을 한 사나이는 젖은 칠성에게 자신의 옷을 벗어주고, 아

---

30 송명희는 칠성의 이러한 욕망을 성적인 것으로 보고 "성적 욕망의 좌절을 진지하게 그려냄으로써 장애인도 비장애인과 동일하게 성적 아이덴티티를 지닌 존재라는 것을 인정하고, 그 좌절을 공감적 태도로 그려냈다는 점에서" 이 소설에 큰 의의가 있다고 설명한다. 송명희, 「장애와 질병, 그리고 빈곤의 한계상황: 강경애의 「지하촌」을 중심으로」, 『문예운동』 156, 문예운동사, 2022, 88~89쪽.

31 강경애, 「지하촌(14)」, 『조선일보』, 1936.3.29, 4쪽.

침을 먹지 못했다는 칠성의 말에 말라가는 노란 조밥을 나누어 주며, 개에게 물린 칠성의 상처를 걱정해 준다. 칠성은 그런 그에게 "어머니를 대한 것처럼 어딘가 모르게 의지하고 싶은 생각과 믿는 맘"[32]마저 가지게 된다. 사나이는 칠성에게 '배 안의 병신'이냐고 묻고는 다음과 같은 말을 덧붙인다.

> "이 친구 나도 한 가정을 가졌던 놈이우. 공장에선 모범 공인었구. 허허 모범 공인! …… 다리가 꺾인 후에 돈 한 푼 못 가지고 공장에서 나오니 계집은 달아나고 어린 것들은 배고파 울고 부모는 근심에 지리 돌아가시구…… 허 말해서 뭘 하우. 우리를 이렇게 못살게 하는 놈이 저 하늘인 줄 아우? 이 땅인 줄 아우?"
>
> 사나이는 칠성이를 딱 쏘아본다. 어쩐지 칠성의 가슴은 까닭 없이 두근거려 차마 사나이를 정면으로 보지 못하고 꺾인 다리를 보았다. 그리고 사나이의 다리 밑에 황소같이 말 없는 땅을 보았다.
>
> "아니우. 결코 아니우. 비록 우리가 이 꼴이 되어 전전걸식은 하지만두. 왜 우리가 이 꼴이 되었는지나 알아야 하지 않소…… 내 다리를 꺾게 한 놈도 친구를 저런 병신으로 되게 한 놈도 다 누구겠소. 알아들었수? 이 친구."
>
> 사나이의 이 같은 말은 칠성의 뼈끝마다 짤짤 저리게 하였고, 애꿎은 하늘만 땅만 저주하던 캄캄한 속에 어떤 번쩍하는 불빛을 던져주는 것 같으면서도 다시 생각하면 아찔해지고 팽팽 돌아간다.[33]

늘 하늘을 원망하며 노려보던 칠성에게 사나이는 "우리를 이렇게

---

32 강경애, 「지하촌(16)」, 『조선일보』, 1936.4.2, 4쪽.

33 강경애, 「지하촌(15)」, 『조선일보』, 1936.3.31, 4쪽.

못살게 하는 놈이 저 하늘인 줄 아우? 이 땅인 줄 아우?", "내 다리를 꺾게 한 놈도 친구를 저런 병신으로 되게 한 놈도 다 누구겠소."라고 다그친다. 이들이 처한 상황을 하늘 탓으로 돌릴 수 없다는 사나이의 말에는, 장애가 인간 사회의 사회구조적 문제에 의한 것이라는 뉘앙스가 깔려있다. 이에 칠성은 "애꿎은 하늘만 땅만 저주하던 캄캄한 속에 어떤 번쩍하는 불빛을 던져주는 것 같으면서도 다시 생각하면 아찔해지고 팽팽 돌아"가는 듯한 느낌을 받는다. 그의 운명론적 세계관에 변화가 생기기 시작한 것이다. 소설은 칠성이 어떻게 변화하는지 구체적으로 설명하지는 않지만, 사나이의 집을 떠나 마을에 도착했을 때 "묵중하고 알 수 없는 의문이 뒤범벅되어"[34] 버린 마음을 가지게 됐다는 점을 환기하자면, 칠성은 더 이상 예전과 같지 않다. 이 변화를 견인하는 인물이 같은 처지의 지체장애인이라는 점은 의미심장하다. '아픈 몸'의 고통은 그들을 연결하는 기반이 될 뿐만 아니라[35] 사회 변혁의 잠재적 동력으로 작용할 가능성을 품기 때문이다.

3. 산재, 존재와 연대의 가능성

식민지기 질병·장애 재현을 논할 때, 빠트릴 수 없는 것이 바로 '산업재해'이다. 이 용어는 이미 1926년 일본의 의학 문헌인 『日本之

---

34 강경애, 「지하촌(16)」. 『조선일보』, 1936.4.2, 4쪽.

35 구자연은 칠성과 사나이의 대화 장면이 "'보편적 돌봄'의 이상과 '상호의존성 (interdependency)'의 가치를 상기시킨다"고 본다. 구자연, 「강경애 소설 속 질병·장애의 재현과 방언 발화의 의미」, 『춘원연구학보』 24, 춘원연구학회, 2022, 142쪽.

醫界』에 등장한 바 있으며,[36] 조선의 매체에서도 1920년대 후반부터 방지 대책과 관련하여 이를 사용한 경우가 확인된다.[37] 그러나 용어의 사용 여부와 상관없이, 산업 현장으로 유입되는 인구가 늘어나면서 노동자들이 노동 중에 사망하거나 부상을 당하고 질병에 걸리는 일이 잦아졌고, 이에 따라 산업재해에 대한 개념적인 이해가 형성되었던 것으로 보인다. 인부들이 작업 중에 추락하거나[38] 기계에 몸이 빨려 들어가거나[39] 영양실조, 폐병, 뇌일혈에 걸리는[40] 등의 사건이 일일이 나열할 수 없을 정도로 빈번하게 보도됐다. 이 기사들의 논조는 회사에 책임을 물어야 한다는 것이 일반적이었으나, 관련 보상 정책은 매우 미비했고 이를 예방하고자 하는 조처 또한 빈약했다.[41] 회사는 산재 노동자들을 생산에 도움이 되지 않는 존재로 보고 제대로 보상하지 않은 채 일터에서 쫓아내는 경우가 허다했다.[42]

---

36   김창엽·문옥륜, 앞의 글, 48쪽.

37   「산업사고방지연맹 노동총회」, 『동아일보』, 1927.12.30, 1쪽; 「국제노동회의」, 『동아일보』, 1928.6.2, 1쪽; 「지방기채의 완화를 간담」, 『동아일보』, 1929.8.12, 1쪽; 「경성상의역원회」, 『동아일보』, 1929.3.5, 6쪽.

38   「공사 중의 인부 추락 중상」, 『중외일보』, 1927.5.31, 2쪽; 「참! 목수의 사, 추락한 데 우 수거, 떨어지자 기계톱에 걸려 무참히도 썰리어 죽었다」, 『중외일보』, 1930.4.13, 3쪽.

39   「돌아가는 피대에 소년공 중상했으되 기계를 의연 돌리었다고 회사에 대한 비난이 있다」, 『중외일보』, 1927.8.25, 2쪽; 「기계말려 참사 노동자의 최후」, 『중외일보』, 1930.4.5, 3쪽.

40   「작업중 양역군 영양부족으로 졸사, 잘 먹지 못하고 고역하다가 동문 채석장의 참극」, 『중외일보』, 1929.3.15, 2쪽; 「십팔년 간 차부생활하고 소득은 폐병 사망」, 『중외일보』, 1927.11.27, 2쪽; 「직공의 변사 뇌일혈로 죽어」, 『매일신보』, 1926.7.2, 3쪽.

41   이요한, 앞의 글, 31~34쪽.

42   자본주의와 장애 차별에 대한 팻 스택의 다음과 같은 서술을 참고할 수 있다. "장애

프로소설의 질병·장애 재현은 대체로 산재를 중심으로 이루어졌다. 노동자들이 기계에 끼여 팔과 다리를 잃거나 직업병에 걸리고, 그로 인해 죽음에 이르기도 하는 내용이 주를 이룬다. 특이한 것은 그들의 '아픈 몸'이 어떤 잠재성으로 연결된다는 점이다. 프로소설에 나타난 산재로서의 질병·장애 재현은 당대의 노동 환경과 노동자들이 받는 부당한 처우를 현실적으로 드러낸다는 의미를 가지기도 하지만, 한편으로는 '아픈 몸'을 매개로 일어날 수 있는 변화의 순간을 포착해 보여 준다는 점에서 주목을 요한다. 즉, 노동자들의 '아픈 몸'은 자본주의 사회에서 경험하는 억압과 착취를 깨닫게 하는 역할을 하면서 순응하지만은 않는 저항적 존재로의 전이를 추동하거나 다른 노동자들과의 연대를 이끌어 낸다.

아까 병원에서 나올 때 간호부장이란 이가 주던 것을 덧없이 받아 들고 와서 무릎 위에 놓고 앉았다가 그것이 무엇인지 풀어서 보고 싶어졌다. 군데군데 피가 스며 나오는 것을 봐서는 남편의 입었던 피 묻은 옷으로 알고 뒤적거리었다. 그러는 동안에 피 묻은 옷 이와의 무게가 있는 것을

인 억압의 근원은 자본주의가 모든 것을 이윤과 이윤율의 관점에서 바라본다는 사실에 있다. 그리고 이것은 자본가들이 장애인 노동자를 어떻게 바라보는지에 영향을 끼친다. 대부분의 고용주들은 장애가 있는 고용인을 어렵고, 다르며, 고용에 더 많은 돈이 드는 '문젯거리'로 여긴다. 물론 이는 자본가들이 장애인들이 값싼 노동력의 원천이 될 수 있다는 것을 알아차리지 못한다는 말이 아니다. 그러나 억압은 다른 궤도에서 시작되는데, 그 최초의 가정(假定)은 장애인들이 자본주의 내에서 큰 도움이 되기보다는 가치가 없다는 것이다. 그러므로 장애인에 대한 억압은 자본주의가 이윤을 위해 효율적으로 모든 것을 잘라내는 방식의 반영이다." Pat Stack, "Why are disabled people oppressed?", Socialist Worker, 2007.7.28. (https://socialistworker.co.uk/features/why-are-disabled-people-oppressed/ 검색일: 2022.12.10).

차차 알아졌다. 한 자락을 잡아드니까 무엇이 드르르 굴러 떨어졌다. 은순은 기절이 된 듯이 뒤 벽에 쓰러졌다.

"끊어진 다리 한 개"

남편의 부러진 다리를 둘둘 뭉쳐 주었던 것이다.[43]

예컨대 최인아의 「노동자의 아내」에서 수길의 아내 은순은 남편의 "끊어진 다리 한 개"를 받아 들고는 회사를 향해 분노하고 노동자들 앞에서 연설하는 '노동자의 아내'로 거듭난다. 부르주아적 가치를 중요시하던 은순이 수길의 손상된 신체 부위를 보고 난 뒤 노동자의 불합리한 노동환경에 대해 이야기하게 된 변화의 국면은 극적이다. 본래 은순은 수길이 전당국집 아들인줄 알고 결혼했으나 실상은 그가 사촌 아저씨의 집에서 양자로 자란 난봉꾼의 자식이라는 것을 알게 되고는 실망을 금치 못하던 인물이다. 사촌 아저씨를 대신해 전당국에서 일을 하던 수길이 임신한 은순에게 음식을 사주려고 전당국의 돈을 몰래 쓴 죄로 집에서 내쫓기게 되자, 은순은 어떻게 먹고 사냐며 수길을 미워하기도 한다. 그러다 수길이 처가의 주선으로 조선공예주식회사에 들어가고, 은실은 수길에게 낡아서 끊어진 모터 벨트에 맞아 눈알이 빠진 노동자의 이야기나 원료실에서 쏟아지는 냄새에 모든 노동자들이 골을 앓지 않을 수 없는 노동 환경에 대한 이야기를 듣는다. 그로부터 나흘이 지나 노동을 하던 수길의 다리가 끊어진 것이다. 병원으로부터 남편의 다리를 전달받고 충격을 받은 은순은 병원에 찾아가 회사에서 보증금을 지급해 주지 않아 수길이 봉합 수술을 못 하

---

43 최인아, 「노동자의 아내」, 『별건곤』 27, 1930.3, 122쪽.

고 있다는 것을 알게 된다. 이에 분노한 은순이 교섭을 위해 회사를 찾아가고, 노동가들을 향해 연설을 하는 것으로 소설은 끝이 난다. 검열로 인해 연설의 내용은 알 수 없지만, 앞의 문맥상 착취에 무뎌져 "죽어가는" 노동자들을 각성시키려는 연설이라는 것을 추측할 수 있다. 이처럼 수길의 '아픈 몸'은 은순을 변화하게 하는 매개가 된다.

> 나는 확실한 병신이 되어 나왔다. 세수를 한다는 것이 얼굴에 물을 찍어 바르는 것뿐이요, 밥을 먹을 때나 편지 한 장을 써야 할 때에도 서투른 왼편 손을 써야 할 왼손잡이가 되었다.
> ×   ×   ×
> 퇴원하는 날은 공장감독이 와서 입원료와 치료비를 물어주고서 같이 공장으로 갔다. 공장주인은 나를 대하여,
> "당신이 이번에 당한 일은 무엇이라고 말할 수 없이 섭섭한 일이요. 그러나 당신이 일에 대한 숙련이 되지 못한 까닭이니까 누구를 원망할 수가 없을 터이지요. 당신의 손해도 손해려니와 우리 공장으로서도 당신의 삽시간의 부주의한 탓으로 뜻밖에 수백 원 손해를 보지 않았겠소. 아까 공장 감독이 가서 입원료와 치료비 갚는 것을 보고 섰으면 알 터입니다. 모두가 당신의 운수소관이요."[44]

김병제의 「떨어진 팔」은 산재를 입고 회사로부터 쫓겨난 조선인 노동자와 이에 분개한 일본인 노동자 사이의 연대를 그린다는 점이 특징적인 소설이다. 이 소설의 1인칭 서술자 '나'는 후쿠오카와 오사카 일대에서 값싼 노동력으로 여러 일자리를 전전하다가 오사카의 자기공장에 취직하게 된다. '나'는 기계실의 모터를 관리하는 역할을 도

---

44 김병제, 「떨어진 팔」, 『조선지광』 93, 1930.11, 46~47쪽.

맡는데, 이 기계는 6년이 되기도 전에 다섯 사람의 팔다리를 잃게 하고 세 사람의 목숨을 앗아갔기 때문에 노동자들은 기계 앞에서 오늘 하루도 별탈 없이 무사히 지나게 해달라고 소리 없이 기도하곤 한다. 그러다 '나' 역시 모터에 팔을 잃게 되고, 회사는 입원비와 치료비는 물어주지만 사고가 일어난 원인을 "당신의 삽시간의 부주의"나 "운수소관"으로 치부하면서 위로금 50원에 나를 해고한다. 또한 일본인 노동자와 갈라치며, 조선에서 왔기에 그나마 50원이라도 전해 줄 수 있는 것이라며 그를 회유한다. 이에 분노한 일본인 노동자 가와가미 군을 비롯한 다른 노동자들은 회사와 함께 싸워주겠다고 말한다. "이번 일은 박군 개인의 일이라고 하겠지마는 금후의 우리들을 위하여 싸워야겠습니다."[45] 노동자들은 일제히 파업에 들어가 회사와의 교섭을 통해 산재 보상금으로 450원을 받도록 싸우고, 결국에는 교섭에 성공하게 된다. '떨어진 팔'은 조일(朝日) 노동자들의 연대를 이끌어 내고, 이로 인해 발생한 파업은 원래 회사의 요구에 그저 순응하기만 했던 '나'로 하여금 "공장노동자로서 떳떳한 체험"[46]을 했다고 느끼게끔 하는 계기가 되었던 것이다.

한편 이북명 또한 산재에 예민하게 반응한 작가다. 「기초공사장」에는 우인치가 가슴에 떨어져 상해를 입고 회사에서 쫓겨나게 된 봉원의 이야기가, 「출근정지」와 「초진(初陳)」에는 폐결핵에 걸려 해고된 창수와 문길의 이야기가, 그리고 「오전 세 시」에는 탱크 위에서 야근하다가 졸음을 이기지 못해 떨어진 모형의 이야기가 등장한다. 모형은

45 위의 글, 50쪽.
46 위의 글, 51쪽.

"삼십 자나 되는 아스팔트 바닥에 떨어져서 머리가 깨져서 무참히도
세상을 떠난 직공이다."[47] 회사는 악취와 소음, 그리고 졸음을 견뎌야
만 하는 환경의 문제를 감춘 채 모형의 죽음을 개인의 부주의로 인한
것이라며 책임을 노동자들에게 전가하는 태도를 보인다. 회사의 이러
한 대처는 노동자들의 몸과 마음에 뿌리 깊은 상처를 남긴다.

이 탱크 안에서 암모니아, 유산, 탄산이 몇 백 기압으로 화합하여 지독
한 약품을 만들어낸다. 이 약품을 린광석(燐鑛石)과 화합시키면 유인산
비료(硫燐酸肥料)가 되는 것이다.
이렇게 기압이 항상 높고 있는 탱크이니 만큼 항상 폭발이 될 위험성이
많다. 직공들은 이 탱크 곁으로 다니기를 싫어한다. 탱크는 직공들에게
마(魔)같이 보였다.
얼굴이 양초빛같이 희고, 광대뼈가 도드라지고, 뼈만 남게 여윈 창수
의 모양은 삼 년 동안의 직공 생활에 너무도 엄청나게 달라졌다. 창수는
지금 변성직장의 모범직공으로 이 변성탱크 조절의 책임을 맡고 있다.
그러나 고된 노동과 숨이 막히는 악취는 폐결핵이라는 선물을 창수에게
주었다. 구부러든 허리를 더 구부리면서 쉴 새 없이 기침을 한다.[48]

암모니아 탱크에서 새는 기체 암모니아는 눈, 목, 콧구멍을 심하게 적
셨다. 포화기에서 발산하는 유산의 증기와 철이 산화하는 냄새와 기계유
(油)가 타는 악취가, 그다지 넓지도 않은 직장 내에서 산화하여 일종의
독특한 악취를 직장 내에 감돌게 하고 있었다. 유산직장에서는 목이 아프
고 콧물이 흐르고 눈에서 눈물이 나와도 어쩔 수가 없었다. 직공들은
가제로 마스크를 만들어 쓰고 있었지만 그런 것은, 비가 억수같이 쏟아지

---

47 이북명, 「오전 세 시」, 『조선문단』 23, 1935.8, 42쪽.
48 이북명, 「출근정지」, 『문학건설』 1, 1932.12, 9쪽.

는 날의 찢어진 우산 같은 것이었다. (…) 데크(deck)에서 떨어지는 유산의 물방울은 그들의 작업복을 벌집 같이 구멍내었다. 그리고 피부가 거칠어지고 아팠다. (…)

　문길은 냅다 소리 지르고 싶었다. 공기 빠진 고무공 모양으로, 탄력을 잃어가는 자신의 몸상태를 깨달은 후부터 그는 우울증에 걸렸다. 가슴이 괴롭고, 식욕이 쇠퇴하고, 기침이 나오고, 밤에는 식은땀으로 내의가 흠뻑 젖은 때가 많았다.[49]

이북명의 소설은 주로 산업도시 흥남의 질소비료공장을 배경으로 한다. 이때 특히 중요하게 등장하는 질병은 폐결핵이다. 위 인용문에서 확인할 수 있듯 질소비료의 원료인 암모니아는 악취와 호흡기 및 피부 질환의 원인이 되고, 암모니아 탱크는 늘 폭발의 위험을 안고 있는 위험 시설이기도 하다. "고된 노동과 숨이 막히는 악취"는 노동자들을 폐결핵이라는 질병으로 몰아넣어 그들의 몸을 병들게 한다. 이북명은 열악한 노동 환경과 그로 인해 달라진 노동자의 몸을 구체적으로 묘사한다. 그들은 "양초빛같이 희고, 광대뼈가 도드라지고, 뼈만 남게 여"위고 "공기 빠진 고무공 모양으로, 탄력을 잃어" 간다. 회사는 불경기를 이유로 이렇듯 "병 있는 직공"을 비롯해 "×마디나 하는 직공, ×자나 보는 직공"[50]을 해고하고자 한다. 창수는 해고를 앞두고 암모니아 탱크의 폭발로 사망하고, 문길이는 건강검진을 통해 결핵을 진단받은 뒤 회사에서 해고당하고 죽음을 맞이한다.

---

49 이북명, 이화경 옮김, 「초진(初陳)」, 『한국 노동소설 전집 3』, 보고사, 1995, 163~165쪽.(『文學評論』 2(6), 1936.6)
50 이북명, 「출근정지」, 12쪽.

그런데 이들 소설은 여기서 끝나지 않는다. 「출근정지」에서 암모니아 탱크가 폭발해 창수, 응오, 성삼을 비롯한 일곱 명의 노동자가 죽음을 맞이하자, 직공들은 죽은 노동자들의 가족을 책임지라고 소리치거나 회사가 불경기를 핑계로 질병 있는 창수 등의 출근을 막았던 것에 저항한다. 이들의 산재 이후, 삼천 명의 직공들이 공장의 열악한 환경과 부조리한 해고에 맞설 힘을 얻게 된 것이다. 「초진」은 회사의 삼엄한 감시 아래서 친목회를 구성하고자 하는 노동자들의 이야기가 주된 축을 이루는데, 그렇게 만들어진 친목회가 가장 먼저 한 일은 질병으로 해고당한 노동자들의 해고를 반대하는 것이었지만, 주요 인물들이 경찰서에 끌려 들어가게 되면서 해고 반대 투쟁은 실패로 끝이 난다. 그러나 투쟁의 열기는 문길이 결국 폐결핵으로 죽게 되는 것을 계기로 계속해서 이어진다.

　　문길의 처는 회사 정문 앞에 오자 와앙- 하고 울음을 터뜨렸다. 군중은 머무쳐 선 채 아무것도 말하지 않았다. 그때, 호상자(護喪者) 사이에서 누군가의 휘파람 소리가 울렸다. 그리고 순식간에 휘파람은 퍼져갔다. 그것은 틀림없이 메이데이가였다.
　　"불지마."
　　기미순사가 말을 달리면서 소리쳤다. 그러나 휘파람은 그치지 않았다. (⋯)
　　"노래 부르지마."
　　기미순사가 목이 터질 것 같은 소리로 고함쳤다. 경비원이 뛰어 왔다. ⋯⋯의 일대가 자동차를 날 듯하며 왔다. 한 사람이 끌려가면 그것을 ⋯⋯ 하려고 하는 군중의 우렁찬 소리가 일어났다. 구경하고 있던 군중 속에서도 끌려가는 사람이 있었다. 자동차가 호상객을 한 차 유치장에 넣고 나서 빈 차를 날라 왔을 때에는 군중은 거의 흩어지고, 호상객의 반은 자유를 잃고 있었다. 그러나 공장 내의 노래 소리는 그치지 않았다. 이런 광경을 뒤에 남김 채, 문길의 영구는 쓸쓸한 警戒裡에, 공장가를 천룡리 의 무덤지를 향해 나아갔다.

공장 내에서 흘러오는 비장한 메이데이가를 뒤로 들으면서.[51]

위 인용문은 문길의 상여가 공장으로 들어서자 노동자들이 메이데 이가를 부르기 시작하고, 영구가 공장을 빠져나올 때까지 노랫소리가 그치지 않는 것을 보여 주는 「초진」의 마지막 장면이다. 이를 통해 소설은 노동자들의 투쟁이 끝나지 않았음을, 그들이 이제 더 견고한 저항의 탑을 쌓게 될 것임을 암시한다. 이렇듯 이북명의 소설 속에서 산재로 죽거나 병든 몸은 다른 노동자들의 분노를 이끌어 내는 역할 을 하고, 남은 노동자들은 그것을 계기로 계급의식을 다지고 회사에 저항하는 연대의 기반을 만들어 간다. "빵 때문에, 병 때문에 양방으 로 괴롭혀지는"[52] 상황을 고발하는 N공장 친목회의 선전문은 이북명 이 노동자들이 처한 계급적 조건과 '아픈 몸'의 문제를 동시에 사유했 다는 점을 보여 준다.

4. 결론

지금까지 질병과 장애를 재현하는 식민지시기 프로소설의 두 양상 을 살폈다. 억압과 착취가 새겨지는 '아픈 몸'에 대한 인식을 드러내는

---

51 이북명, 「초진」, 194~195쪽.
52 위의 글, 190쪽.

소설들과 '아픈 몸'을 통해 존재와 연대를 이끌어 내는 것을 보여 주는 소설들을 차례대로 검토했다. 주요섭의 「인력거군」, 최승일의 「무엇?」, 이효석의 「도시와 유령」, 강경애의 「지하촌」 등은 사회적 불평등이 고스란히 축적된 몸을 재현한다. 그러한 몸은 빈곤과 열악한 생활 환경 및 노동 환경 등을 원인으로 하면서 그 영향을 강력하게 받으므로 계급적 흔적이 새겨진 장소라고 할 수 있다. 한편 아픔으로부터 비롯된 고통은 그것을 통각하는 몸들을 연결할 뿐만 아니라 사회 변혁의 잠재적 동력으로 작용할 가능성을 품고 있는 것으로 그려지기도 하는데, 특히 '산업재해'를 다루는 소설들에서 그러한 경향이 강하게 나타난다. 최인아의 「노동자의 아내」, 김병제의 「떨어진 팔」을 비롯해 산재가 빈번히 등장하는 이북명의 소설들은 노동하다가 다친 몸이 어떻게 노동자들 사이의 연대를 이끌어 내는지를 단적으로 보여 준다. 그렇게 프로소설의 '아픈 몸'은 변혁의 잠재성을 품고 있다.

프로소설에서 재현되는 '아픈 몸'은 운명적인 것으로 치부되거나 치유·치료의 영역으로 간주되지 않는다. 프로소설은 질병과 장애를 계급과 교차하여 재현하면서 그것을 사회적인 것으로 사유할 수 있게 했다는 점에서 주목을 요한다. 이때의 질병과 장애는 은유라기보다는 그것으로 인해 고통받는 현실 그 자체이며, 사회구조적 차별과 억압으로 만들어지는 것이다. 이들 소설은 '아픈 몸'을 현실적으로 드러내 보여 주면서 '건강한 몸'으로 발현되는 '정상성'의 폭력을 고발하고 그것에 균열을 가한다. 요컨대 프로소설에서 재현되는 질병과 장애는 극복되어야 하는 대상으로 여겨진다기보다는 아픈 존재가 놓인 사회적 조건을 드러내 보여 주고, 오히려 고통을 통해 주변적 존재들을 연결한다는 점에서 정치적 의미를 가진다. 프로소설이 드러내는 아픈 몸의 계급적 현실이 100여 년이 흐른 지금도 계속된다는 점을 상기할 때 그 정치적 의미는 곧 현재적인 것이기도 하다. 질병과 장애가 재현된 프로소설에 여전히 주목해야만 하는 이유다.

거부와 기피 사이, 비(非)군인의 장소

1970년대 송영 소설을 중심으로

허윤

1. 들어가며

> 1944년 7월 7일
>
> 이날은 광활한 대지에 나의 운명을 맡기던 날이다. 충칭을 찾아가는 대륙횡단을 위해 중국 벌판의 황토 속으로 그 뜨거운 지열과 엄청난 비바람과 매서운 눈보라의 길, 6천 리를 헤매기 시작한 날이다. 풍전등화의 촛불처럼 나의 의지에 불을 붙이고 나의 신념으로 기름 부어 나의 길을 찾아 떠난 날이다.[1]

장준하의 『돌베개』는 '탈출'이라는 장 제목과 함께 시작한다. 장준하가 김영록, 윤경빈, 홍석훈과 함께 일본군을 탈출한 날이다. "나의 생존가치는 지금 이 시각 이후로부터 비로소 존재한다"고 말할 만큼, 그는 탈영을 자신의 삶을 결정짓는 순간으로 규정하였다. 유명한 장로교 목사였던 아버지와 가족들을 위해 학도병으로 지원할 수밖에 없

---

1 장준하, 『돌베개』, 돌베개, 2015, 11쪽.

었다는 해명도 덧붙인다. 식민지 엘리트로서 조선인 학병에 지원한 이유를 정당화해야 했기 때문이다. 이후 장준하는 독립운동의 길로 들어선다. 제1회 신동아 논픽션 작품집 수상작인 박순동의 「모멸의 시대」 역시 버마 전선에서 탈출해 미국에서 전략사무국(OSS)의 훈련을 받는 과정을 그린다. 그는 "이민족에 이끌려 자기 청춘이나 생명을 짓밟히는 비극을 되풀이하지 않도록 노력하는데 얼마쯤 참고가 되었으면 망외의 기쁨이겠다"[2]라며 자신의 전쟁 체험을 민족국가의 서사로 형상화한다.[3] 장준하와 박순동의 수기는 일제 말기 조선인 지원병의 서사에서 공통적으로 발견되는 요소를 포함하고 있다. 탈영을 통한 불복종과 독립운동을 통한 영웅되기다.

조선인 학병의 병역기피와 탈영은 독립운동사에서 중요한 위치를 차지한다. 제국 일본에 대항한 병역거부와 탈영은 부당한 권력에 대항하여 민족을 지키기 위한 일로 해석되었다. 『신천지』 창간호 좌담회 〈귀환학생 진상보고〉에서 학병들은 자신이 조선민족을 위해 희생했다고 강조했다. 동원을 피해 다녔던 학병거부자들 역시 지원 기피로 겪었던 고생을 독립투사의 서사로 그린다.[4] 이처럼 학병 서사는 민족국가의 운명을 짊어진 남성 청년의 서사로 자리매김했다. 일제 말의 탈영이나 병역기피는 민족의 서사로서 구성되지만, 국민되기를 거

---

2 〈박순동 씨 프로필〉, 『동아일보』, 1965.8.28.

3 허윤, 「버마 전선 학병의 자기서사와 기억의 정치-박순동, 이가형을 통해 본 학병 서사와 '위안부' 서사의 교차」, 『여성문학연구』 57, 한국여성문학학회, 2022, 184~214쪽.

4 최지현, 「학병의 기억과 국가」, 『한국문학연구』 32, 동국대학교 한국문학연구소, 2007, 459~486쪽.

부한다는 측면에서 민족국가 수립 이후의 병역거부와도 함께 논의될 수 있다. 하지만 지금 한국사회에서 이 둘을 한데 묶어 이야기하는 것은 쉽지 않다. 전자는 독립운동사의 일부분으로 애국자가 되었지만, 후자는 비국민으로 낙인찍혔기 때문이다. 게다가 한국사회에서 병역 거부는 종교적 이유로 대표재현되어 좁은 의미로 해석되는 경향이 있다. 2001년 오태양의 등장과 함께 '양심적 병역거부'라는 용어가 대중화되었지만, 병역과 시민됨의 관계를 해체하는 데는 한계가 있었다. 일제 강점기 '여호와의 증인' 계열의 종교인들은 천황제와 전쟁을 반대하며 일본과 조선에서 집총과 군사훈련을 거부했다. 이들의 병역거부는 종교적 차원에서 논의될 뿐, 시민의 불복종이나 평화라는 측면에서 해석되지 않았다. 분단된 민족국가 대한민국은 강력한 군사력을 바탕으로 호전적인 자세를 취했고, 병역기피와 탈영은 매국 행위이자 남자답지 못한 일로 여겨졌다. 이 글은 선명하게 구분된 것처럼 보이는 병역거부와 기피의 사이공간을 1970년대 송영 소설을 통해 살펴보려고 한다.

송영은 1963년 대학 졸업 직후 해병대에 자원입대했다 바로 탈영하여 1969년에 체포될 때까지 24~30세 동안 도망 생활을 했다.[5] 그의 소설은 군인 되기를 둘러싸고 벌어지는 잡음과 불온한 자로 형상화된 '비군인'의 위치를 살펴볼 수 있게 한다. 이를 통해 헤게모니적 남성성의 구성적 외부인 병역기피자의 형상을 문학적으로 점검해보고, 군인 되지 않기의 서사화가 가진 의미를 확인할 것이다.

5　「송영 작가 연보」, 『나는 왜 니나 그리고르브나의 무덤을 찾아갔나』, 문학세계사, 2018, 306~307쪽.

2. 병역기피의 일상화와 군인 되(지 않)기

근대 시민권의 확대는 남성에게 군인의 의무를 부여하는 과정에서 이루어졌다. 시민권과 군 복무, 전쟁 수행은 국민의 자격과 밀접하게 연결되었고, 프랑스, 독일 등 유럽 열강들은 징병제를 도입하여 신분, 지역, 계급 등의 차이를 통합한 국민을 발명했다. 일본 제국주의 역시 지원병들에게 참정권을 부여할 방안을 검토하기도 했다.[6] 일제 말 조선인 지원병 중에서도 천황에 대한 충성심보다는 사회적 지위 상승을 위해 지원한 사람이 있었다. 그러나 조선인 지원병이 '진정한 황국신민'이 될 수는 없었던 것처럼, 보편적 징병제는 신분·지역·계급·학력·인종 등의 차이를 통합하기보다는 그에 따른 위계를 양산하며 '보편'의 불가능성을 보여 주는 방식으로 작동한다.[7] 징병제가 군인이 될 수 있는 사람과 될 수 없는 사람을 나눠 차별화하여 국민의 위계를 만들기 때문이다. 이는 국민 개병제를 실시하는 한국에서 더욱 분명히 드러난다.

해방 이후 군인 되기는 '권리'이자 '특권'으로 재의미화되었다. 1940년대 후반 이승만은 북진 통일의 메시지를 공공연하게 전달하고 이를 뒷받침하듯 군사력을 강화한다. 반공 이데올로기를 중심으로 한 치안 강화와 전쟁 준비 등을 이유로 1949년 8월 6일 국민개병주의에 입각한 의무병제(법률 제41호)를 채택하고, 「병역법」 총칙 1조 "대한민국

6　우치다 준, 한승동 옮김, 『제국의 브로커들』, 길, 2020, 509쪽.
7　강인화, 「한국 징병제와 병역의무의 보편화: 1960-1999」, 서울대학교 박사학위논문, 2019.

국민 된 남자는 본법의 정하는 바에 의하여 병역에 복무하는 의무를
진다"에 따라 남성 시민 일반을 군인으로 호명했다. 개병제를 채택한
후에도 미군정의 경비대 정원 통제와 재정 능력 부족으로 본격적 개
병제 시행을 보류하던 남한은 한국전쟁이 발발하자 강제징집(1950.8.
22)에 착수했다.[8] 한국 군대는 10만에서 65만으로 확대되었으며, 징집
을 위한 남성 대중 동원은 중요한 과제가 되었다.

그러나 군대에 갈 당위성을 만들어 내기란 쉽지 않았다. 아시아태
평양전쟁에 이어 한국전쟁을 마주한 남성 청년들은 계속된 징집을 피
하려 호적을 위조해 나이를 속이거나 다른 사람의 제대증, 신분증 등
을 가지고 다녔다. 병역기피는 1950년대 남성 청년들의 주요 관심사
였다. 1950년대 병역기피율은 15%를 초과했으며, 1958년에는 27%에
달했다.[9] 탈영병 역시 많았다. 1952년 이후 매년 1~3만 명의 탈영병이
발생했다. 하루 평균 27~82명이 탈영한 셈이다. 군 당국은 헌병대를
동원해 탈영병을 단속하고 1950년대 말부터는 전국 단위의 자수기간
을 운영했다. 그러나 자수자는 탈영병 전체 중 극히 일부에 해당했으
며 자수자 이외의 탈영병들은 사회에 섞여 살아갔다. 모리타 가즈키
는 탈영병들이 숨어서 살아갈 수 있는 공간을 '도주권(逃走圈)'이라고
명명하였다. 이들은 가족이나 지인의 도움을 받거나 아는 사람이 없
는 도시에 갔다.[10] 탈영 후 다수는 농업에 종사했지만, 회사원의 비율

---

8 나태종, 「한국의 병역제도 발전과정 연구」, 『군사』 84, 국방부군사편찬연구소, 2012,
   297~322쪽.
9 1958년 동원 대상 92만 1,189명 중 24만 7,259명이 병역을 기피했다. 병무청, 『병
   무행정사(상)』, 1985, 507쪽.
10 모리타 가즈키, 「1950년대 한국군 탈영의 동태와 그 양상」, 『역사문제연구』 49,

도 상당했다. 병역을 마치지 않은 상태에서 취직을 한 사람들도 많았다. 1960년 결성된 재향군인회는 실업 재향군인을 우선 고용하고 병역미필자인 공무원들을 해고할 것을 요구했다. 이에 임시의회는 징집기피 공무원의 자수 기간을 두고, 면직 혹은 파면할 것이며, 공무원 신규 채용 시 병역미필자는 채용 불가하다고 공표하였다. '병역을 필한 자'의 사회적 지위가 생겨나는 순간이다.[11] 박정희 체제는 1961년 1월부터 병역기피 교사를 색출하고, 공무원을 해면하는 등 병역을 이행하지 않은 자를 '병역기피'로 명명했다. 이러한 변화는 역으로 당시 병역을 마치지 않은 사람들이 사회에 섞여서 살아갈 수 있었다는 것을 보여 준다.

박정희 체제와 군 당국은 탈영병을 단속하기 위해 처벌을 경감해주고 자수 기간을 만들었다. 병역기피자들에 대한 일제 자수 기간에 자수한 사람들 중 상당수는 공무원이나 공공기관 관련자들이었다. 탈영병에 대한 군법회의 판결을 공개함으로써 계도 효과를 노리기도 했다. 군법회의에 회부된 사람들도 증가했다.

> 23일 국방부 관계 당국자는 이번 일반사면령에 따라 사면된 병역기피자 중 이미 입건되어 형 복무 중이던 자나 그동안 교묘하게 기피해오던 자 등 3만여 명은 앞으로 일체 죄과를 안 묻고 범법자가 아닌 것으로 취급될 것이라 했고 군무이탈, 즉 도망병의 경우도 죄상의 여하를 막론하고 자진 귀영만 하면 되나 만일 귀영을 안 하더라도 죄과는 묻지 못하게

역사문제연구소, 2022, 347쪽.

11 강인화, 「한국 징병제와 병역의무의 보편화: 1960-1999」, 서울대학교 박사학위논문, 2019, 77~111쪽.

되었다.[12]

이처럼 박정희 체제 초반 증가하던 병역기피자 수는 베트남전쟁과 '병역필'의 등장 등으로 줄어들기 시작했다. 1960년 입영대상자 중 병역기피자 비율은 35%에 달했으나 1968년에는 13%, 1971년에는 7.85%, 1972년에는 4.4%로 떨어지고, 1974년 이후에는 0.1% 이하에서 고정된다.[13] 이는 병역기피에 대한 단속과 처벌이 강화됐기 때문이다. 「병역의무미필자에관한특별조치법」(법률 제627호, 1962.10.1.)은 '병역미필 공직자'를 해고하는 조치였다. 1970년에는 공무원과 국영기업에서 병역미필자를 일단 모두 해고하고 따로 구제하겠다는 계획을 발표한다. 연예인들의 병역기피 수사가 본격화되고, 교련을 거부하는 대학생들을 징집하는 등 병역기피를 다루는 방식이 엄격해졌다. 1973년 「병역법위반등의범죄처벌에관한특별조치법」(법률 제2455호, 1973. 1.30.)은 병역기피에 대한 처벌을 대폭 강화하고, 직장·사회·일상생활 전반에서 기피자에 대한 단속과 색출작업을 펼쳤다. 이는 기피자와 탈영병의 장소가 점차 줄어든다는 것을 의미했다. '병역필'은 '미필'과의 구분 속에서 만들어지는 것이었으며, 이 과정에서 병역기피자가 존재할 수 있는 사이공간이 줄어들었다. '병역필'이라는 시민권이 생겨나면서 병역기피와 미필의 구분은 사라지고, 병역의 의무를 '특권'으로, 병역 의무 미이행을 '처벌'로 구분하여 차별화했기 때문이다.

12　〈과거는 묻지 않는다. 무더기 사면 혜택〉, 『조선일보』, 1963.12.24.

13　병무청, 『병무행정사(상)』, 병무청, 1985, 750쪽; 병무청, 『병무행정사(하)』, 병무청, 1986, 699쪽; 임재성, 「징병제 형성과정을 통해서 본 양심적 병역거부의 역사」, 『사회와 역사』 88, 한국사회사학회, 2010, 403쪽 재인용.

탈영병과 병역기피자 등은 수치로 제시되고 사건으로 보도되었지만, 병역기피와 탈영, 병역거부 속 군인되지 않기의 함의는 제대로 분석되지 않았다. 병역기피와 탈영, 병역거부는 군인으로서 병역을 수행하지 않는다는 공통점이 있으나, 병역거부는 종교적 신념이나 정치적 이유로 병역을 거부하는 것이고, 병역기피는 무섭거나 두려워서 회피하는 것이라는 낙인이 찍혀 있다. 병역기피와 병역거부는 다르다는 것이다.[14] 게다가 '양심적 병역거부'라는 말이 생기기 전까지 종교적 이유로 병역을 수행하지 않는 것을 제외하고는 병역거부라는 명칭을 붙이지 않았다. 병역을 수행하지 않기 위해 탈영한 경우에는 병역거부라고 불러야 함에도 불구하고, 병역거부의 의미는 협소하게 해석됐다.

1950~1960년대 탈영병에 대해서도 병역기피나 병역거부라고 호명하지 않고 도망병이라는 용어를 주로 사용했다. 또한 탈영이나 병역기피, 병역거부의 이유를 묻는 조사 자체가 극히 드물고, 설령 있다하더라도 군사재판의 특성을 감안할 때 솔직하게 진술한다고 보기는 어렵다. 모리타는 탈영 이유의 다수가 '가정 사정'으로 조사된다는 점을 설명하면서, 군사재판의 특성상 군대 내 체벌과 훈련 등을 이유로 들 수 없다는 점을 거론한다. 양형을 줄이기 위해서라도 탈영병과 군당국이 모두 납득할 만한 이유가 필요했고, 이를 '가정 사정'으로 제시했다는 것이다.[15] 그러니 이들이 탈영한 이유를 정확하게 파악하는 것

---

14 강인화, 「병역, 기피·비리·거부의 정치학」, 『여성과 평화』 5, 한국여성평화연구원, 2010, 92~117쪽.
15 모리타 가즈키, 「1950년대 한국군 탈영의 동태와 그 양상」, 『역사문제연구』 49, 역사문제연구소, 2022, 353~355쪽.

은 쉽지 않다. 가혹한 훈련이나 구타, 가난과 질병 등 다양한 이유에 대한 구체적인 분석은 이루어지지 않았다.

병역기피나 탈영은 일어난 현상을 명명한 것이지만, 행위자를 중심으로 볼 때 이는 '군인 되지 않기'로 볼 수 있다. 군인이 되라는 통치성의 호명에 불응하는 이들은 군인이 되지 않음으로써 사회와 불화를 일으킨다. 랑시에르에 따르면, 정치적 활동은 어떤 신체를 배정된 장소로부터 이동시키거나 그 장소의 용도를 변경하는 활동이다. 보일 만한 장소를 갖지 못했던 것을 가시화하고, 소음이라 여겨졌던 것을 담론으로 만든다. 치안 질서의 배치를 해체하는 불화야말로 정치인 것이다.[16] 그런 점에서 군사주의적 통치성을 기반으로 한 한국사회에서 군인이 되지 않는 것은 통치성과 불화하는 정치적 활동으로 볼 수 있다.

3. 나쁜 군인들과 '말하지 않음'의 사이공간

1970년대 한국문학에서 한국전쟁이나 베트남전쟁과 관련해서 군대의 부조리와 전쟁의 폭력성에 대해 고발하는 텍스트는 있었지만, 군인되지 않기와 탈영 등을 논의한 경우는 드물다. 대항담론을 생산하는 매체였던 『창작과 비평』에서조차 소설을 통해 암시적으로 재현했을 뿐 직접적으로 베트남전쟁이나 군대에 대해 비판하는 경우는 거의 없었다.[17] 이는 군인되지 않기에 대해 말하는 것이 당대 한국문학

---

16 자크 랑시에르, 진태원 옮김, 『불화』, 길, 2015, 51~89쪽.

장에서도 드문 일이었다는 점을 보여 준다. 이런 상황에서 송영의 소설은 이질적인 지점을 드러낸다. 송영은 1967년『창작과 비평』봄호에 「투계」를 발표해 등단했으며, 1977년『땅콩 껍질 속의 연가』로 베스트셀러 작가가 되었다. 창비와 문지 모두에서 1970년대 문학을 대표할 만한 작가로 꼽히기도 했다.[18] 중단편뿐 아니라 잡지와 신문연재 등을 통해 인기 작가로 명성을 얻은 그는 1974년 백낙청, 이호철, 황석영 등과 함께 "민주질서 회복에 권리 포기 않는다"는 성명서를 발표하고 연행되기도 했다.[19] 이러한 작가의 이력만큼이나 송영 소설에 대한 연구는 이데올로기나 폭력에 대한 대항담론으로서의 실존적 탐구를 중심으로 진행되었다. 송영 소설이 기차, 관사, 감방이나 밀실 등 닫힌 세계에 대항하는 글쓰기로서 의의를 갖는다[20]거나 다양한 폭력적 상황을 변주하고 있지만, 이에 굴복하지 않는 주체를 통해 당대의 '비인간적' 상황을 탐색하고 있다[21]고 보는 연구들은 권력에 저항하는

---

17 김우영, 「남자(시민)되기와 군대」, 『현대문학의 연구』 56, 한국문학연구학회, 2015, 107쪽.

18 박수현은 김현이나 오생근, 김치수 등 문지 동인들이 송영을 1970년대를 대표하는 작가로 호명하는 것이나 『선생과 황태자』가 창작과비평사의 '창비신서'의 일종으로 발간된 것을 통해 송영이 1970년대 평론가군에서 주목받는 작가였다고 설명한다. 박수현, 「저항과 투항─송영의 1970년대 소설에 나타난 가짜·사기·도둑의 의미와 그 한계」, 『한국문학이론과 비평』 59, 한국문학이론과비평학회, 2013, 111쪽.

19 〈"민주질서 회복에 권리 포기 않는다" 문인 61명〉, 『경향신문』, 1974.1.7. 이날 안수길, 백낙청, 이호철, 박연희, 황석영, 천승세, 김지하, 한남철, 송영 등 9명의 문인이 연행됐다 당일 오후 훈방되었다. 이 사건은 '문인 61인 개헌 지지 성명'으로 이어져 이호철, 임헌영 등이 문인간첩단 사건으로 구속되기도 했다. 이후 이들을 중심으로 '자유실천문인협의회'가 결성되었고, 1974년 11월 18일 '문학인 101인 선언'이 발표된다. 송영은 이 사건들에 함께 이름을 올리고 있다.

20 이선영, 「가두는 세계와 열어내는 문학」, 『우리문학연구』 31, 우리문학회, 2010, 497~529쪽.

모습에 초점을 맞춘다. 『선생과 황태자』를 비롯한 송영의 초기 소설이 공권력의 속성과 전략을 다각도로 성찰한다며, 위계화와 서열화, 감시 등의 전략을 드러내면서 권력 관계를 만들어 내는 구조에 질문을 던진다고 지적했다.[22] 특히 그를 군대, 교도소 등을 중심으로 행사되는 폭력과 실존 문제에 천착해온 작가로 평가한다.[23]

송영의 초기 소설에서 가장 눈에 띄는 것은 군 교도소라는 장소다. 1949년 창설된 군 교도소는 박정희 체제하에 '견고한 군인정신의 함양'을 법제화하여 군사주의적 교육형주의를 바탕으로 운영되었다. 군법정에서 재판을 진행하고 군인들이 교도관으로 복무하는 군 교도소는 교정기관으로서의 전문성보다는 '군인정신'을 강조했다. 군대와 민간, 군대와 교도소 사이에 위치한 군 교도소에는 군법에 어긋나는 행동을 한 사람이나 탈영병 등이 문서위조에서부터 항명, 살인죄 등 다양한 죄목으로 수감된다. 군대라는 특수성 때문에 수감자와 간수 모두 군인이다. 해병대 장교로 자원입대 후 무단이탈하여 병역을 기피하던 중 등단한 송영은 자신의 경험을 바탕으로 군 교도소를 중심으로 한 소설을 발표했다. 송영의 첫 번째 소설집 『선생과 황태자』에 수록된 「님께서 오시는 날」(『월간중앙』, 1972), 「계절」(『세대』, 1973), 「당신에게

---

21 윤애경, 「송영 소설에 나타난 폭력과 주체의 문제」, 『현대문학이론연구』 63, 현대문학이론학회, 2015, 275~298쪽.

22 박수현, 「폭력의 기원과 공권력의 구조-1970년대 송영 소설 연구」, 『현대문학이론연구』 53, 현대문학이론학회, 2013, 99~126쪽.

23 송영과 이청준, 서정인의 소설을 묶어 '군대소설'로 호명한 서보고는 송영의 소설이 규율에 항명하는 인물이 좌절하고 이를 공감하는 화자를 특징으로 한다고 지적한다. 서보고, 「군대소설과 규율의 수사학적 양상 연구: 1960~70년대 단편소설을 중심으로」, 서강대학교 석사학위논문, 2015.

축복을」(『문학사상』, 1974)은 군 교도소를 배경으로 한 소설이다.

「계절」은 학교 선생으로 숨어 있던 탈영병이 체포되어 군 교도소로 이송되는 과정을 다룬다. 탈영 중임에도 불구하고 학교에서 교사로 일하고 있다는 것은 비군인의 장소가 유효했다는 것을 보여 준다. 송영 역시 탈영 후 학원 강사, 가정교사, 여권 심부름꾼 등 임시직에서 일한 경험이 있다.[24] 그는 중학교 교사를 하다 1969년 체포되어 군 교도소에 수감되었다. 이와 비슷하게 「계절」의 중학교 영어 선생인 김기요는 갑자기 찾아온 군인들에게 체포된다. 장교였던 그는 탈영하여 5년간 숨어 있는 상태였다. 소설은 그의 탈영에 대해 구체적인 이유나 방법을 설명하지는 않는다. 김기요를 체포하러 온 김 상사마저 자신 역시 선임자들의 괴롭힘 때문에 입대했던 첫해에 두 번이나 부대에서 이탈했다가 붙잡혀왔다고 이야기할 뿐, 김기요가 탈영한 이유를 캐어 묻지 않는다. 게다가 김기요는 자신은 도주한 것이 아니라 "당신들이 찾아내지 못했을 뿐"이라고 주장한다.

> 절대 도주하지 않을 거요. 나는 전부터 이미 각오하고 있었다구요. 오년동안 도주하고 다녔다고 말하지만, 나는 한 번도 스스로 피해본 일은 없어요. 당신들이 나를 찾아내지 못했을 뿐이지.[25]
> 그때 상황으로는 어쩔 수가 없었죠. 군인이 싫다거나 좋다는 그런 이유 때문이었다면 정당하게 빠져나올 기회도 있었겠지요. 그러나 그때 내가 튀어나오게 된 것은, 아니, 이야기가 길어지니까 관두겠소.[26]

---

24 송영, 「탈영병 … 수인 … 그리고 만혼가」, 『나의 길, 나의 삶』, 동아일보사, 1991, 181쪽.

25 송영, 『선생과 황태자』, 창작과비평, 1974, 161쪽.

　도주도 하지 않고, 피하지도 않았다는 김기요는 자신의 탈영에 대해서 말하지 않겠다고 한다. 이로써 그는 수동적 행위로 여겨지던 탈영을 전도한다. 자신은 피하지 않았다는 역설적인 말은 군대가 그를 찾아내지 못했기에 도망병이 된 것이라는 주장으로 이어진다. 소설은 자신이 체포된 상황에 대해 묵묵히 받아들이는 기요를 관찰한다. 정작 더 많은 말을 하는 것은 그를 체포하러 온 김 상사와 상병이다. 밥값을 어떻게 할 것인가를 두고 사소하게 논쟁을 한다거나 아내나 여자친구에게 말을 전해주겠다는 등 이들의 대화는 일상적이고 평화롭다. 기요가 알고 싶은 것은 자신이 어떤 형벌을 받게 될지가 아니라 김상사가 왜 마지막에 자신을 놓아줄 것처럼 말하는지다. 소설은 김 상사가 모든 탈영병들에게 그런 식의 이야기를 한다는 것을 밝히면서 마무리된다. 김 상사에게는 평범한 하루인 것이다. 「계절」은 탈영병의 체포 과정이 너무나 일상적이고 판에 박힌 듯이 흘러간다는 점을 강조한다. 체포를 둘러싼 드라마는 없다. 김상사에게는 이것이 자신의 직업이고, 기요 역시 언젠가 닥칠 일이었다는 듯 담담하다.

　「님께서 오시는 날」은 '각하'가 시찰하러 오시는 날, 군 교도소 장교 감방의 풍경을 그린다. 장교방인 7호방은 조 소위가 감방장을 맡고 있지만, 박만길 하사는 군인으로서 경력은 자신이 훨씬 고참이라는 생각에 조 소위가 탐탁지 않다. 일반적으로 수감 기간과 범죄 형량에 따라 위계를 정하는 것과 달리, 군 교도소에서는 수감 기간뿐 아니라 수감자의 직위도 중요하다. 범죄자보다 군인으로서의 정체성이 더 강한 것이다. 순서대로 이를 닦던 아침, 교도관들은 구강 위생과 환경

26　송영, 『선생과 황태자』, 창작과비평, 1974, 163쪽.

관리, 독서 습관 등 다양한 사항을 주문한다. '인간답게' 살아야 한다며 관리 감독에 나선 소장 부르독은 수감자들에게 새 옷과 새 이불, 칫솔 등을 주고, 온 교도소를 청소하게 한다. 자기소개를 연습시키면서 죄명인 '추행'을 '군수물자 횡령'으로 그럴듯하게 고치라는 말까지 한다. 군대 내 추행은 남성 간 추행일 것이기 때문이다. 하지만 이들의 준비에도 불구하고 귀빈은 교도소를 방문하지 않았고, 재소자들은 새로 지급된 침구와 속옷 등을 다시 빼앗긴다. 소설은 간략한 희극을 통해 군 교도소의 풍경을 묘사한다. 죄수들은 어떤 죄로 수감됐는지 말하지 않는다. 이들 나쁜 군인들은 군대와 감옥이라는 생체권력을 휘두르는 공간에서 생존을 모색하며 살아갈 뿐이다.

　군 교도소의 질서는 군인의 직위에 달려 있다. 장교와 일반 사병의 방이 분리되어 있으며, 장교방은 일반방보다 적은 인원이 수감되기 때문에 보다 쾌적한 환경이다. 장교의 지위가 높을수록 처벌은 가벼워지고, 일반 사병에게는 오히려 가혹해지기도 한다. 「당신에게 축복을」은 장교방 수감자인 '나'가 두 명의 군인을 관찰하는 이야기다. 장교방에 폐결핵에 걸린 42세의 하사관이 들어온다. "죄수의 자격도 없고 죄수다운 뚝심이나 좌절의 어두움도 지니기에는 너무나 연약한 몰골"인 그에게 호의를 보이던 감방 사람들도 그가 내뿜는 입냄새가 폐결핵 때문이라는 것을 알고는 '사신의 흔적'을 견디지 못해 경원시한다. 질병에 대해 밝혀지는 과정에서 체포된 경위도 드러난다. 병원에서 치료해주겠다는 말에 아내가 남편을 속인 것이다. 이는 가족들이 탈영병을 숨겨주고 보호해주었음을 보여 준다. 이 소설에서도 박 하사가 왜 탈영했는지에 대해서는 설명하지 않는다. 그가 저지른 죄에 대해서는 관심이 없다. 죽어가는 늙은 하사에게 냉담했던 '나'는 젊은 미결수 사병에게는 관심을 보인다. "밤낮으로 개처럼 두들겨 맞고 노끈에 매달린 목각의 오뚜기처럼 시달림을 받는 일개 사병 죄수"인 그는 6개월 정도 수용돼 있지만, 늘 말석 차지다. 수감 기간이 길어질수록 지위가 상승해야 하는 것이 교도소의 규칙이지만, 그는 그 혜택을 받지 못하고 있다. 창백하지만 눈빛이 번쩍번쩍 빛나는 그는 항상 무릎을 꿇고 부동자세로 앉아있다. "평온하고 차분하게 가라앉은 표정"은 조각상을 연상시킬 정도다.

> 언제부턴가 나는 이 병사의 얼굴이 매우 아름답다고 생각하기 시작했다. 그의 피부는 흡사 여자처럼 섬세했는데 그가 어떤 경우에나 의젓하고 평온한 표정을 흩트리지 않았기 때문에 그의 용모는 더욱 돋보였다. 내가 남자의 얼굴을 두고 아름답다고 느낀 것은 이때가 처음이었다.[27]
> 병사는 같은 대답을 나직히 되풀이 하다 다시 대위의 주먹 세례에 시멘트 바닥으로 나동그라졌다. 병사는 이번에도 흡사 오뚜기처럼 재빨리 일어섰다. 그는 카키빛 죄수복에 묻은 먼지를 훌훌 털고는 역시 아무일도 없었다는 듯이 조용한 눈길로 주위를 둘러보았다.[28]

늙고 입냄새가 나는 하사와 달리 젊은 사병은 여자처럼 아름답다. 아름다운 외모를 한 젊은 남성은 괴롭힘당하면서도 소리를 치거나 울부짖지 않은 채 꼿꼿한 자세를 유지해 '나'의 관심을 끈다. 송영은 수감된 사람들 중 유일하게 그의 죄에 대해 알려준다. 미결수인 그와 '나'는 함께 법무감실로 향하는데, 그는 다른 죄수들과 달리 엄중하게

---

27 송영, 『선생과 황태자』, 창작과비평, 1974, 246쪽.
28 송영, 『선생과 황태자』, 창작과비평, 1974, 250쪽.

수감되고 족쇄를 찬 채 단독호송 처분을 받는다. 이를 통해 그가 중범죄를 저질렀을 것이라 짐작할 수 있다. 검찰관은 장교인 내게 호의를 보인 것과 달리, 사병인 그에게는 정해진 증언을 강요하며 폭력을 행사한다. 재판과정에서도 군인으로서의 신분이 영향을 미친다. 장교의 범죄를 대신해서 자백하라는 강요를 받으면서도 그는 흐트러지지 않은 채 자신은 죽이지 않았다고 항변한다. 소설은 억울한 투옥과 재판과정을 관조할 뿐, 사병이 왜 그런 상황에 놓이게 되었는지에 대해서 적극적인 관심을 보이지 않는다. 군 교도소에 수감된 사람 중 유일하게 죄의 종류가 드러난 사람이 억울한 감옥생활 중이라는 점은 후경화된다. 그저 군 교도소의 풍경을 관찰할 뿐이다. 이는 군 교도소가 가진 특수성을 다시 생각하게 한다.

'나'의 관심을 받는 청년 사병은 폭력에 굴복하지 않음으로써 때리는 자와 맞는 자 사이의 위계에 균열을 낸다. 폭력은 반복되지만, 그는 폭력의 효과를 전유한다. 맞는 자와 때리는 자 중 권력을 가진 자는 때리는 자이지만, 맞는 자인 사병이 굴복을 거부함으로써 그는 대항하는 힘을 갖게 된다. 이러한 그의 고집스러운 태도는 마조히즘적 주체라고 볼 수 있다. 자기파괴적인 마조히즘적 주체는 권력과 권력 없음, 능동성과 수동성, 자아와 타자, 고통과 쾌락, 주체와 대상의 관계를 불안정하게 한다.[29] 아름다운 사병은 재판에서 정해져 있는 질서를 부정하고 군사재판의 허위를 고발한다. 증언을 거부하는 청년의 고집스러운 태도는 통치성이나 규범과 화해하지 않는 자의 특성을 드러낸다. 이렇듯 송영은 소설에서 탈영병이나 군사재판 대기 중인 군인들

---

29 닉 맨스필드, 이강훈 옮김, 『매저키즘』, 동문선, 2008, 53쪽.

을 다룬다. 이들은 군인이기에 교도소에 수감된 자들이다. 군인되기
가 결국 나쁜 군인을 만든 것이다.

4. 거세된 탈영병과 군인되기의 미(未)수행

　송영 소설의 초점화자들은 자신이 수감된 이유에 대해 구체적으로
밝히지 않는다. 그들은 관찰자로서 거리를 유지하며 감옥의 상황을
진술한다. 송영의 대표작 「선생과 황태자」(『창작과 비평』, 1970)는 군
교도소 2호방을 중심으로 여러 군인/죄수들을 살펴본다. 초점화자는
지식인인 박순열로, 방장 이 중사는 새로 수감된 그를 두 번째 상좌에
앉히고 끽연을 허용하며 '선생'이라고 부르는 등 특별대우한다. 그런
데 순열은 보통의 수감자들과 좀 다르다. 일반적으로 수감자들은 나
갈 날만 손꼽아 기다린다. 때문에 형량이 결정되는 재판 전에 예상
형량을 추정하고 군사재판 날짜를 알아내는 것이 가장 중요하다. 하
지만 만 7년의 이탈죄와 항명죄로 수감된 순열은 형량에 관심을 보이
지 않는다. 이 중사는 그가 탈영한 이유에 대해서는 묻지 않지만, 항명
상황에 대해서는 궁금해한다. 그런데 소설은 순열이 무엇 때문에 명
령을 따르지 않았는지에 대해서도 밝히지 않는다. 대신 소설의 상당
부분은 순열이 감방 동료들에게 들려주는 여자 이야기에 할애된다.

　　나는 어느덧 나도 모르는 사이에 내가 어쩌면 환자가 아닐까 하는 자각
　　증상에 사로잡히고 만 것입니다. 혹시 어디 아픈데라도 없을까, 그때까지
　　몸에 이상이 있다거나 이렇다 할 만큼 치료를 받아 본 일이 없는데도

공연한 남들의 인사말,

요즘 어디 아프냐?

혹은 자넨 밤낮 무슨 걱정거리가 그다지도 많은가?

이따위 인사말 때문에 자기는 정말 환자가 아닐까 하고 자꾸 자문해

보다가 나중에는 자기 몸 어느 한 부분이, 아니면 거의 전체가 병들어

있을지도 모른다는 근거도 없는 의구심에 사로잡혀 버렸지요.[30]

순열의 이야기는 자신을 이유 없이 '병든 사나이'로 정의하면서 시작한다. 외부 세계와 불화하는 순열은 남들의 공연한 인사말에 의구심을 품다 자신을 원인 없는 질병을 앓는 자로 정체화한다. 그의 병은 너무 많은 생각에서 온다. 자기가 정말 환자가 아닐까 자문하다 생긴 병이다. 이처럼 알 수 없는 질병에 시달리며 주위와 불화하는 인물은 같은 시기 이청준 소설에서도 자주 등장한다. 「병신과 머저리」(『창작과 비평』, 1966)의 '나'는 원인 없는 질병에 시달린다는 연인의 진단을 받았으며, 「퇴원」의 '나'는 '자아망실증'이라 할 만큼 원인을 알 수 없는 통증으로 입원한 상태다. 이청준 소설의 원인 없는 질병은 성관계의 불가능성으로 이어진다. '나'는 사랑했던 여자가 다른 남자와 결혼하는 것을 말리지 못하고 지켜보고(「병신과 머저리」), 아내와의 섹스 역시 약을 먹어야만 가능한 상황이다(「무서운 토요일」).[31] 이 거세된 '불임의' 남성들은 전쟁과 산업화, 군사주의화라는 국가의 통치성과 대결하는 과정에서 생겨난다. 자신에 대한 의심과 확신 없음, 선택하지 못

---

30 송영, 『선생과 황태자』, 창작과비평, 1974, 7쪽.

31 허윤, 「「병신과 머저리」와 〈시발점〉을 통해 본 미래 없음을 상상하는 남성 동성애 사회에 관한 소고: 박정희 체제 대항담론의 남성성 연구(1)」, 『국제어문』 93, 2022, 223~253쪽.

하고 유예하는 모습 등 「선생과 황태자」의 순열은 「병신과 머저리」의
'나'를 연상시킨다. 이는 사랑과 관련된 문제에서도 드러난다. 순열은
길에서 본 여자에게 반했지만 말을 걸지 못하고 쫓아가 반년간 매일
여자의 집을 지켜본 과정을 철학적으로 설명한다.

> 나는 존재란 획득하는 과정이라는 걸 일찍부터 알고는 있었죠. 다시
> 말하면 살아간다는 것은 자기가 갖고 싶은 것을 탐내고 그 새로운 것을
> 얻기 위해 계획하고 노력하는 그런 과정이라는 것을 알고는 있었다 이거
> 죠. 하지만 나는 탐을 낸 일은 있지만 아무것도 노력하지 않았던 겁니다.[32]

순열은 자신의 욕망을 실현하기 위해 계획하고 노력하지 않는 자로
스스로를 정의한다. 이유 없이 병든 사나이라는 자기 인식 역시 이와
연결된다. '자네 어디 아픈가?'라는 질문은 활기 없는 남성 청년에 대
한 비판이고, 이는 거세된 자로서 순열의 내면을 보여 준다. 소설은
순열의 입을 빌려 추상적이고 현학적인 존재론을 역설하지만, 그의
이야기를 듣는 수감자들은 "그 여자를 어떻게 조졌느냐"(13쪽)만을 묻
는다. 왜 탈영병이 되었는가에 대한 답변일 수도 있는 이 자기서사에
는 관심을 보이지 않는 것이다.

순열은 관객들의 요청에 따라 여자 이야기를 이어간다. 반년의 기
다림 끝에 "우유빛 소리", "맑고 수줍어하는 것 같은 한 마디 한 마디
가"(39쪽) 들리고 마당에서 "처녀"의 모습이 보이자 대문을 두드리고
여자에게 말을 걸었단 것이다. 하지만 그가 만난 것은 '순결한 처녀'가

---

32 송영, 『선생과 황태자』, 창작과비평, 1974, 39쪽.

아니라 바 걸이다. 순열은 관객들의 욕망에 맞춰 바에 가서 여자를 돈으로 샀다는 말로 "병들지 않았다", "특별히 걱정이 많은 사나이도 아니다"라는 평범성을 획득한다. 교도소 감방 안의 남성들에게 평범한 남자다움은 성욕으로 설명되기 때문이다. 하지만 이 욕망이 타인(수감자들)의 욕망을 허구적으로 구성한 것이라는 점을, 소설은 명시하고 있다. 군인이 되지 않으려는 자는 헤게모니적 남성성의 주변부이자 거세된 자이다. 결국 순열이 유일하게 욕망한 것은 항명으로 귀결된다. 선택을 해보려다 실패한 것이 아니라 선택의 결과가 곧 항명이라는 말은 왜 항명을 했냐는 데 대한 대답이다. 이는 그가 군인 되지 않기를 선택했다는 점을 보여 준다.

> 그러니까 나는 다른 사람들이 그것은 가질 수가 없다. 그것은 여기에 없다고 믿고 있는 고정관념을 깨뜨리고 그것을 가지려고 욕심을 낸 거죠. 말하자면 나는 선택을 해보려다 실패했다, 아니 그게 아니라 선택의 결과가 이거였다 이겁니다.[33]

소설의 또 다른 주인공 황태자는 수감 기간이 얼마 남지 않은 이 중사가 나가면 새로이 방장이 될 하사 정철훈이다. 감방의 질서를 폭력으로 유지하는 것은 서열상 두 번째인 그의 몫이다. 이 중사의 명령에 따라 담배를 관리하는 일도 맡고 있는 그는 베트남전쟁 민간인 학살 혐의로 1심에서 무기징역을 받고, 2심에서 14년으로 감형된 상태다. 가난해서 먹고살기 위해 베트남전쟁에 지원했고, 포로로 잡은 베

---

33 송영, 『선생과 황태자』, 창작과비평, 1974, 56쪽.

트남인을 사살한 경험을 자랑스레 이야기하는 인물이다. 유일한 욕망이 탈영이자 항명이었던 순열과는 사뭇 다르다. 정 하사는 이 중사가 편애하는 데다 전쟁에 나가 싸워본 적도 없는 순열을 경원시한다.

> 하지만 생각할수록 뭔가 이상하게 된 것 같다 이거요. 난 정말 억울하단 생각이 들어요. 난 14년 아니라 14일도 억울하단 생각이죠. 난 훈장을 다섯 개나 탔어요. 그 속에는 월남정부 것도 있죠. 내가 훈장을 많이 탔대서가 아니라 이새끼들이 훈장을 줄 때는 언제고 여기 처넣을 때는 언제냐 이거요. 난 똑같은 적을 죽였을 뿐인데.[34]

사사건건 순열과 긴장 관계를 형성하던 정 하사는 순열이 불침번을 서는 밤, 숨겨둔 담배를 권하면서 상고이유서를 부탁한다. 포로 30명을 수류탄으로 사살한 적도 있는 훈장 받은 군인이 3명의 민간인을 죽였단 이유로 무기징역을 받은 것은 억울하다는 호소는 정당한 살인과 전쟁 범죄 사이의 경계를 질문한다. 순열은 자신이 항명을 선택한 것과 달리 정철훈은 쫓겨다니다 함정에 빠졌을 뿐이라고 설명한다. 가난해서 전쟁에 나갔고, 거기서 좋은 군인으로 칭찬받으며 '적'을 죽였다. 이 과정은 정철훈의 선택이 아니라 그저 주어진 역할을 좇은 결과라는 것이다. 그러나 그의 이러한 설명은 정 하사에게는 가닿지 않는다.

「선생과 황태자」의 이 중사와 정 하사는 모두 베트남전쟁에서 저지른 잘못으로 수감된 상태다. 이 중사는 다낭의 클럽에서 여자를 놓고

---

34 송영, 『선생과 황태자』, 창작과비평, 1974, 59쪽.

소위와 싸움이 붙어 공포총을 쐈다는 이유로 수감됐다. 민간인 학살이나 클럽에서의 다툼 모두 전쟁의 숭고한 목적을 훼손하고 전쟁의 의미를 질문하는 사건들이다. 때문에 이 소설은 베트남전쟁에 관한 문제제기로도 읽을 수 있다.[35] 1960년대 중반 시작된 베트남 파병은 한국사회 전 영역을 동원하는 방식으로 이루어졌다. 남성 청년들에게는 입대 영장이 발부되었고, 여학생들은 전쟁터로 출발하는 군인들을 환송하며 태극기를 흔들었다. 전쟁의 정당성과 이들이 가져올 경제적, 안보적 효과에 대한 기대 역시 컸다. 그러나 전쟁에 나갔던 훌륭한 군인이 군사재판을 받고 있다는 것은 세상에 알려지지 않았다. 송영은 전쟁에 나간 군인들이 군사범죄로 재판을 받고 수감되는 과정을 군인이 되지 않기를 선택한 인물의 시선에서 다루면서 전쟁과 살인 사이의 경계를 질문한다. 탈영병과 전쟁범죄로 처벌받는 훈장 받은 군인, 이들은 모두 좋은 군인이 아니기 때문에 군 교도소에서 만났다. 적을 사살하라는 명령에 따라 군인되기를 철저하게 수행한 끝에 군인일 수 없게 되었다는 아이러니다.

소설의 마지막 장면에서 순열은 울기 시작한다. 울음소리에 감방 동료들이 하나씩 깨어나고 감시병이 와서 쳐다보는 데도 그는 울음을 그치지 못한다. 직전 장면에서 순열은 정철훈으로부터 상고이유서를

---

35 고명철은 「선생과 황태자」가 베트남전 참전군인들의 이야기를 다루었다고 지적하면서 정철훈과 박순열을 언급한다. 이들은 베트남전쟁의 불가해성으로 인해 억압받고 있다는 것이다. 그는 "정면에서 다루는 것이 금지된 월남전의 한 측면이 드러나게 된 것 역시 작가의 큰 공적에 속한다"고 한 김현의 평가를 인용하면서 이 소설을 베트남 전쟁 관련 소설로 묶어낸다. 고명철, 「베트남전쟁 소설의 형상화에 대한 문제」, 『현대소설연구』 19, 한국현대소설학회, 2003, 296쪽.

부탁받는다. 순열은 항고이유서를 통해 자신의 이야기를 하게 되면, 정 하사에게 좋지 않은 결과를 미치게 될 것이라고 우려한다. 갑작스레 터진 눈물은 바로 다음 장면에 등장한다. 이는 감방 안의 사람들, 자신이 놓인 현실로부터 거리두기를 취하고 있던 순열의 자세가 달라졌다는 것을 보여 준다.[36] 소설 내내 순열은 "생명의 자취라곤 찾아볼 수 없는" 감방 동료들의 모습, 소름 끼치고 뭔가 참을 수 없이 역한 냄새가 나는 상황에 거리감을 느낀다. 그는 감방에 속하지 못하는 이질적인 '선생'이다. 하지만 마지막의 그 눈물은 정 하사와 감방동료들도 모두 비군인이라는 점을 깨달은 것으로 볼 수 있다. 나쁜 군인과 좋은 군인을 구별할 수 없듯, 군인 되기와 군인 되지 않기 역시 연결되어 있다. 군인 되기가 있어야만, 대항품행으로서 되지 않기도 존재할 수 있다. 군인 되기는 군인 되(지 않)기를 포함하고 있는 것이다. 군질서와의 불화를 선택한 순열의 입장에서 군대의 규범, 싸워서 이기고 정복하고 차지하라는 명령을 따른 자들을 온전히 수용할 수는 없지만, 적어도 그들을 이해하고 동정하는 눈물은 흘릴 수 있는 것이다.

---

36 이선영은 이 눈물이 한계 상황에 처한 실존의 고통을 적극적으로 표출한 것으로, 감방 안의 연대를 보여 준다고 설명한다. 박순열이 군인인 이중사나 정하사 등을 이해할 수 있게 되었으며 자신이 처한 상황에 대해 직접적으로 감정을 표현할 수 있게 되었다는 것이다. 이선영, 「가두는 세계와 열어내는 문학」, 『우리문학연구』 31, 우리문학회, 2010, 519~521쪽.

5. 나가며

1950~1960년대 내내 병역기피는 특별히 도덕적으로 문제가 있는 사람들만이 저지르는 일이 아니었다. 피할 수만 있다면 군대에 가지 않는 편이 좋다는 인식이 팽배했으며, 이를 위한 위조와 사기 등 범죄가 횡행했다. 탈영 역시 빈번하게 일어났다. 1970년 육군은 군기 사고를 막기 위해 2회 탈영병에게는 최고형을 선고하고 복역하게 한 다음 불명예 제대를 시키겠다고 발표한다. 본래 탈영병은 복역 후 나머지 복무기간을 채워서 제대를 시켰는데, 이중 상당수가 재복무 시 탈영을 거듭한다는 것이다.[37] 이처럼 2회 이상 탈영하는 경우도 상당했다. 탈영병이 무기를 소지하고 강도나 살인을 저지르는 등 강력범죄를 일으킨 사건이 연일 보도되었고 도망치다 자살하는 경우도 있었다. 신문에는 병역 문제와 관련된 상담이 끊이지 않았다.[38] 이는 탈영이 일상화된 풍경을 보여 준다.

1964년 '월남군사지원단'으로 시작한 베트남 파병은 8년 6개월간 지속된다. 박정희 체제는 적극적으로 베트남 파병에 나섰고, 미국과의 외교에서 유리한 위치를 선점할 수 있었다. 베트남전 참전으로 미군 주도의 한국군 감축 논의는 사라지고 파병을 위해 더 많은 군인을 필요로 했다. 징병제 강화는 베트남전쟁과 함께 이루어졌다. 일본이

---

37 〈군기사고 막기 위해 2회 탈영병엔 최고형 뒤 제적〉, 『동아일보』, 1970.12.10.
38 1963년 경향신문 독자코너에는 탈영병의 질문이 게재된다. 5.16 이전과 이후의 탈영병에 대한 조치에 차이가 있냐는 질문에 대해서는 탈영병에게 자수를 권고하는 법무관의 자세한 법률 상담이 제공된다. 〈탈영병 공소시효〉, 『경향신문』, 1963. 8.31.

베트남 파병 반대 운동으로 시끄러웠던 반면, 같은 시기 한국은 한일 협정을 둘러싼 이슈가 사회를 장악하고 있었고, 베트남전 반대 운동 은 본격적으로 추진되지 않았다. 그러나 초기 파병 당시에는 매일 도 망자가 나온다고 할 만큼, 전쟁을 피하려는 사람들이 많았다.[39] 전쟁 거부라는 이름으로 명명되지 않았지만, 전쟁에 나가는 것을 두려워하 는 사람들이 그만큼 많았다는 의미다. 이들이 선택한 방법은 탈영이 었다. 도망병이 되어 전쟁 동원을 피하고자 하는 것도 병역거부의 일 종으로 볼 수 있지 않을까?

박정희 체제는 이러한 병역기피자 수를 줄이고 한국의 군사화를 촉진하려 시도했다. 주민등록법 개정(1968)과 주민등록증 제시 요구 (1970) 등이 가능해지자 현역병 징집 및 예비군 소집이 효율적으로 가 능해졌고, 병역기피자 수는 줄어들 수밖에 없었다. 게다가 1975년부 터는 직장에 병역의무자 명부, 병적증명서를 비치하고, 이를 위반하 면 임용권자나 경영주가 처벌을 받게끔 했으며, 새마을운동과 병행하 여 '기피자 없는 마을 만들기' 운동이 전개되었다. 직장과 마을 단위로 감시와 통제가 강화된 것이다. 이제 병역기피는 공공도덕의 파괴행위 이자 범죄행위의 영역에 포함되었다.[40]

이 시기 문학사는 노동, 도시화, 산업화, 신식민주의 등의 키워드로 정리된다. 군사주의적 통치성은 도시화와 산업화를 가속화시키는 토 대이자 베트남전쟁을 정당화하는 기제로 작동하였다. 전쟁을 통해 미

39 윤충로, 「베트남 전쟁의 안과 밖」, 『한국현대생활문화사 1960년대』, 창비, 2016, 170쪽.
40 신병식, 「박정희 시대의 일상생활과 군사주의: 징병제와 '신성한 국방의 의무' 담 론을 중심으로」, 『경제와 사회』 72, 비판사회학회, 2006, 155~164쪽.

국이라는 제국에 식민화된 한국의 상황을 반성하거나 전쟁으로 인한 인간성 상실을 고찰하는 소설들이 등장하는 것은 이러한 자장 안에서 설명되었다. 1960~1970년대 한국사회의 통치성을 대표하는 이 군사주의적 동원에 대해 한국문학은 전쟁의 황폐함과 피폐함, 제국의 전쟁에 동원된 신식민의 상황 등을 기술하는 방식으로 응했다. 병역기피와 탈영에 주목한 경우는 많지 않았다. 이는 병역기피와 탈영이 일상적인 현상으로 여겨졌기 때문일 수도 있으나, 병역을 기피하는 것이 비겁하고 남자답지 못하다는 방식의 낙인이 작동한 결과일 수도 있다. 이 군사주의적 통치성에 전면으로 배치되는 행위인 군인 되(지 않)기를 이야기하는 경우는 드물었다.

소설가 송영은 1960년대를 탈영병의 신분으로 보냈다. 그는 탈영 후 소설로 등단도 하고, 학교에서 선생님 생활을 하기도 했다. 이런 그의 삶은 군인되기와 병역거부 사이에 사이공간이 있음을 보여 준다. 그의 소설 역시 군인되기와 거부하기만이 있는 것이 아니라 성실한 군인이었지만 군사범죄를 저지른 사람, 군인이 되기를 거부하지만 그 이유를 밝히지 않은 사람 등 거부와 기피의 논리로 설명되지 않는 비군인들이 존재하는 공간으로 군 교도소를 바라본다. 여기서 탈영병이나 수감자로 등장하는 사람들은 적극적으로 무엇을 '한' 사람이라기보다 '하지 않은' 사람들이다. 이들은 병역을 거부한 사람들이라고 말할 수는 없지만, 병역을 수행하지는 않은 사람들이다. 이 군인 되기 않기는 박정희 체제의 통치성과 불화하는 대항품행으로서 의미를 갖는다. 군인되지 않기를 통해 박정희 체제의 군사주의적 통치성에 동원되지 않는 사이공간을 확인할 수 있는 것이다.

제1부 유이민, 디아스포라, 서발턴

▌조선시대 시가의 유민 형상과 호모 아토포스적 면모 | 이형대

1. 자료

權攄, 〈關北民〉, 『震溟集』 卷1.

李學逵, 〈己庚紀事: 北風〉, 『洛下生集』, 冊八.

李學逵, 〈乞士行〉, 『洛下生集』, 冊八.

申光河, 〈毛女篇〉, 『震澤集』 卷6 白頭錄.

王轂, 〈苦熱行〉, 『古文眞寶 전집』 卷11.

尹鉉, 〈嶺南歎〉, 『菊磵集』 卷中.

임형택, 『이조시대 서사시 1』, 창비, 2013.

_____, 『이조시대 서사시 2』, 창비, 2013.

작자미상, 〈거창가〉, 조규익, 『봉건시대 민중의 저항과 고발문학』, 월인, 2000.

_____, 〈민탄가〉, 진경환, 『주해 조선후기 현실비판가사-백성의 말 하려 하니 목이 메고 눈물 난다』, 문예원, 2023.

_____, 〈임계탄〉, 임형택, 『옛노래 옛사람들의 내면풍경』, 소명출판, 2007.

정민교, 〈軍丁歎〉, 『한천유고』, 卷1.

정약용, 『목민심서』 진황(賑荒) 6조, 제4조 설시(設施), 한국고전번역원 옮김, 한국고전종합DB.

洪良浩, 〈流民怨〉, 『耳溪集』 卷3.

홍직필, 〈續流民操〉, 『梅山先生文集』 卷2, 한국고전번역원 옮김, 한국고전종합DB.

2. 논저

국립국어연구원 편, 『표준국어대사전』 중, 두산동아, 1999.

김덕진, 「한글가사 〈임계탄〉을 통해 본 '신임계 대기근'」, 『역사학연구』 84, 호남
　　사학회, 2021.

김미성, 「조선 현종~숙종 연간 기후 재난의 여파와 유민 대책의 변화」, 『역사와
　　현실』 118, 한국역사연구회, 2020.

김종만·김은기, 「한국인의 가치관과 문화적 정체성」, 김형찬 외, 『한국문화의
　　정체성』, 고려대학교 출판문화원, 2021.

김형찬, 「한국 문화의 정체성을 다시 논함」, 김형찬 외, 『한국문화의 정체성』,
　　고려대학교 출판문화원, 2021.

나병철, 「유민화된 민중과 디세미네이션의 미학-1920년대 문학을 중심으로」,
　　『현대문학이론연구』 60, 현대문학이론학회, 2015.

롤랑 바르트, 김희영 옮김, 『사랑의 단상』, 동문선, 2023.

마르크 오제, 이상길·이윤영 옮김, 『비장소-초근대성의 인류학 입문』, 아카넷,
　　2017.

미셸 드 세르토, 신지은 옮김, 『일상의 발명-실행의 기예』, 문학동네, 2023.

미셸 푸코, 이상길 옮김, 『헤테로토피아』, 문학과지성사, 2023.

변주승, 「18세기 유민의 실태와 그 성격」, 『전주사학』 3, 전주대 역사문화연구소,
　　1995.

＿＿＿, 「조선후기 유민 생존방식의 일면-승려·居士·明火賊 집단을 중심으로」,
　　『전주사학』 9, 전주대 역사문화연구소, 2004.

＿＿＿, 「조선후기 유민의 생활상」, 『전주사학』 8, 전주대 역사문화연구소, 2001.

＿＿＿, 「조선후기 유민정책 연구」, 『민족문화연구』 34, 고려대학교 민족문화연구
　　원, 2001.

앙리 르페브르, 양영란 옮김, 『공간의 생산』, 에코르브르, 2011.

에드워드 렐프, 김덕현·김현주·심승희 옮김, 『장소와 장소상실』, 논형, 2005.

유발 하라리, 조현욱 옮김, 『사피엔스』, 김영사, 2015.

이진경, 『역사의 공간-소수성, 타자성, 외부성의 사건적 사유』, 휴머니스트, 2010.

이-푸 투안, 윤영호·김미선 옮김, 『공간과 장소』, 사이, 2020.

이형대, 「조선후기 현실비판가사와 '벌거벗은 생명'의 형상들」, 『한국언어문화』
　　61, 한국언어문화학회, 2016.

장휘주, 「사당패의 집단성격과 공연내용에 대한 史的 考察」, 『한국음악연구』 35,
　　한국국악학회, 2004.

정헌목, 『마르크 오제, 비장소』, 커뮤니케이션북스, 2016.

조르조 아감벤, 박진우 옮김, 『호모 사케르-주권 권력과 벌거벗은 생명』, 새물결, 2008.

조효주, 「신경림의 『가난한 사랑노래』에 나타나는 장소와 장소상실 연구」, 『현대 문학이론연구』 76, 현대문학이론학회, 2019.

진재교, 「이조후기 유민에 관한 시적 형상」, 『한국한문학연구』 16, 한국한문학회, 1993.

질 들뢰즈·펠릭스 가타리, 김재인 옮김, 『천개의 고원』, 새물결, 2001.

최미정, 「1800년대의 民亂과 국문시가」, 『성곡논총』 24, 성곡언론문화재단, 1993.

▎구술 서사와 소수자의 정의(正義) | 조현설

1. 국내외 논저

김규래, 「아기장수형 부대각 설화 연구」, 서울대학교 석사학위논문, 2014.

김신정, 「〈아기장수〉설화 속 부모의 피해자서사 연구」, 『한국문학이론과 비평』 76, 한국문학이론과 비평학회, 2017.

김헌선·현용준·강정식, 『제주도 조상신본풀이 연구』, 보고사, 2006.

김형수, 「쿠자누스의 '지혜론'에 나타난 지혜 개념」, 『중세철학』 23, 한국중세철학회, 2017.

마이클 샌델, 김명철 옮김, 『정의란 무엇인가』, 와이즈베리, 2014.

박구용, 「도덕적 원천으로서 '좋음'과 '옳음'」, 『철학』 74, 한국철학회, 2003.

박병기, 「정의의 동양사상적 맥락과 21세기 한국사회」, 『한국학논집』 55, 계명대학교 한국학연구원, 2014.

서대석, 『한국 신화의 연구』, 집문당, 2001.

孫晉泰, 『朝鮮神歌遺篇』, 東京:鄕土研究社, 1930.

신호림, 「〈孝不孝橋〉설화에 내재된 희생제의의 전통과 孝의 의미」, 『실천민속학 연구』 29, 실천민속학회, 2017.

沈宜麟, 『朝鮮童話大集』, 漢城圖書株式會社, 1926.

심재관 외, 『석가와 미륵의 경쟁담』, 씨아이알, 2013.

오세정, 「〈대홍수와 목도령〉에 나타나는 창조신의 성격」, 『한국고전연구』 2, 한국고전연구학회, 2005.

윤주필, 「동아시아 〈孔子·童子 問答〉 전승의 연원 고찰」, 『대동문화연구』 89, 성균관대학교 대동문화연구원, 2015.

이승모, 「공자의 정의관에 대한 일고찰-'의'와 '정명'을 중심으로」, 『동양철학연구』 84, 동양철학연구회, 2015.

이영희, 『정의론』, 법문사, 2005.

조현설, 「말하는 영웅-제주 조상본풀이에 나타난 영웅의 죽음과 말을 중심으로」, 『유라시아와 알타이 인문학』, 역락, 2017.

최원오, 「창세신화에 나타난 신화적 사유의 재현과 변주-창세, 홍수, 문화의 신화적 연관성을 통해-」, 『국어교육』 111, 2003.

카렌 레바크, 이유선 옮김, 『정의에 관한 6가지 이론』, 크레파스, 2000.

현용준, 『개정판 제주도무속자료사전』, 도서출판 각, 2007.

▎디아스포라 문학 연구의 궤적 | 고지혜

1. 기본 자료

학술연구정보서비스(https://www.riss.kr)

한국학술지인용색인(https://www.kci.go.kr)

2. 국내외 논저

강진구·김성철, 「텍스트마이닝을 활용한 코리안디아스포라 문학 연구 경향 분석」, 『우리문학연구』 69, 우리문학회, 2021.

구모룡, 「윤동주의 시와 디아스포라로서의 주체성」, 『현대문학이론연구』 43, 현대문학이론연구학회, 2010.

구재진, 「이산문학으로서의 강경애 소설과 서발턴 여성」, 『민족문학사연구』 34, 민족문학사연구소, 2007.

권성우, 「망명, 디아스포라, 그리고 서경식」, 『실천문학』 91, 실천문학사, 2008.08.

권혁태, 「'재일조선인'과 한국사회-한국사회는 재일조선인을 어떻게 '표상'해왔는가」, 『역사비평』 78, 역사비평사, 2007.

김동식, 「한국문학 개념 규정의 역사적 변천에 관하여」, 『한국현대문학연구』 30,

한국현대문학회, 2010.

김성연, 「시인 윤동주의 이동하는 신체와 언어적 실천, 그리고 '디아스포라'라는 방법론」, 『현대문학의 연구』 76, 한국문학연구회, 2022.

김성윤, 「하위문화, 소수자, 서발턴: 정치적 주체에 대한 탐문」, 『문화과학』 100, 문화과학사, 2019.11.

김예림, 「'경계'를 넘는 문학적 시선들」, 『문학·판』 18, 2006.03.

김 원, 「냉전 시기 월경하는 마이너리티와 역사를 둘러싼 연구동향과 쟁점」, 정용욱 외, 『한국 현대서 연구의 쟁점』, 한국학중앙연구원 출판부, 2022.

김응교, 「이방인, 자이니치 디아스포라 문학」, 『한국근대문학연구』 21, 한국근대문학회, 2010.

_____, 「재일 디아스포라 시인 계보, 1945~1979-허남기, 강순, 김시종 시인」, 『인문연구』 55, 영남대학교 인문과학연구소, 2008.

김종회, 「재외 한인 디아스포라 문학과 민족의식-미주지역 문학작품을 중심으로」, 『비교한국학』 17(3), 국제비교한국학회, 2009.

김택현, 「디아스포라와 문화 혼종」, 『문학·판』 18, 2006.03.

김환기, 「코리언 디아스포라 문학의 '혼종성'과 초국가주의-남미의 코리언 이민 문학을 중심으로」, 『비교문학』 58, 한국비교문학회, 2012.

김흥규, 『한국문학의 이해』, 민음사, 1986.

데이비드 바트럼·마리차 포로스·피에르 몽포르테, 이영민·이현욱 외 옮김, 『개념으로 읽는 국제 이주와 다문화사회』, 푸른길, 2017.

로빈 코헨, 유영민 옮김, 『글로벌 디아스포라』, 민속원, 2017.

박선주, 「트랜스내셔널 문학-(국민)문학의 보편문법에 대한 문제제기」, 『안과밖』 28, 영미문학연구회, 2010.

박진숙, 「중국 조선족 문학의 디아스포라적 상상력을 통해 본 디아스포라의 의미」, 『민족문학사연구』 39, 민족문학사학회, 2009.

백낙청, 『통일시대 한국문학의 보람』, 창작과비평사, 2006.

소영현, 「마이너리티, 디아스포라-국경을 넘는 여성들」, 『여성문학연구』 22, 한국여성문학학회, 2009.

_____, 「비장소의 쓰기-기록-해외입양인의 자전적 에세이를 중심으로」, 『민족문화연구』 100, 고려대학교 민족문화연구원, 2023.

송명희, 「캐나다한인 수필에 나타난 디아스포라와 아이덴티티」, 『한국언어문학』

70, 한국언어문학회, 2009.

심원섭, 「재일 조선어문학 연구 현황과 금후의 연구 방향」, 『현대문학의 연구』 29, 한국문학연구회, 2006.

오윤호, 「디아스포라의 플롯-2000년대 소설에 형상화된 다문화 사회의 외국인 이주자」, 『시학과 언어학』 17, 시학과언어학회, 2009.

오창은, 「분단 디아스포라와 민족문학」, 『실천문학』 100, 실천문학사, 2010.11.

_____, 「이주문학에 나타난 정체성 변화에 대한 고찰-디아스포라, 차이, 그리고 경계에서 글쓰기」, 『국제한인문학연구』 1, 국제한인문학회, 2004.

유승환, 「한국현대문학연구의 하위주체론」, 『한국현대문학연구』 66, 한국현대문학회, 2022.

유종호 외, 『한국 현대 문학 50년』, 민음사, 1995.

윤송아, 「재일조선인 문학을 호명하는 한국문학의 지형도」, 『우리어문연구』 45, 우리어문학회, 2013.

윤인진, 『코리안 디아스포라』, 고려대학교 출판부, 2004.

이연숙, 「디아스포라와 국문학」, 『민족문학사연구』 19, 민족문학사학회·민족문학사연구소, 2001.

이재봉, 「지역문학사 서술의 가능성과 방향」, 『국어국문학』 144, 국어국문학회, 2006.

임경규 외, 『디아스포라 지형학』, 앨피, 2016.

임유경, 「디아스포라 정치학-최근 중국-조선족 문학비평을 중심으로」, 『현대문학의 연구』 36, 한국문학연구학회, 2008.

장미영, 「제의적 정체성과 디아스포라 문학」, 『한국언어문학』 68, 한국언어문학회, 2009.

장사선·김현주, 「CIS 고려인 디아스포라 소설 연구」, 『현대소설연구』 21, 한국현대소설학회, 2004.

정은경, 「민족문학, 세계문학, 디아스포라 문학-90년대 이후 한국문학 담론지형의 변화에 대한 시론적 고찰」, 『우리어문연구』 38, 우리어문학회, 2010.

_____, 「추방된 자, 어떻게 자신의 운명의 주인이 되는가-코리언 디아스포라 문학의 '현재'」, 『실천문학』 83, 실천문학사, 2006.08.

정혜경, 「여성수난사 이야기와 탈국경의 상상력」, 『무학수첩』 18, 2007.05.

조남현, 「한국현대문학연구의 발전과 과제」, 『국어국문학』 184, 국어국문학회,

2018.

최기숙 외, 『한국학과 감성 교육』, 앨피, 2018.

케빈 케니, 최영석 옮김, 『디아스포라 이즈(is)』, 앨피, 2016.

태혜숙, 「여성과 이산의 미학-탈식민주의 페미니즘의 지형도」, 『영미문학페미니
    즘』 8(1), 한국영미문학페미니즘학회, 2000.

하상일, 「해방 이후 재일 디아스포라 시문학의 역사와 의미」, 『한국문학논총』
    51, 한국문학회, 2009.

하재연, 「식민지 문학 연구의 역사주의적 전환과 전망」, 『상허학보』 35, 상허학회,
    2012.

홍기삼, 「재외한국인문학개관」, 『동악어문논집』 30, 동악어문학회, 1995.

_____, 「한국문학과 재외한국인문학」, 『작가연구』 3, 새미, 1997.4.

후지이 다케시, 「낯선 귀환: 〈역사〉를 교란하는 유희」, 『인문연구』 52, 영남대
    인문과학연구소, 2007.

3. 기타 자료

법무부 출입국·외국인정책본부
(https://www.moj.go.kr/immigration/index.do)

▌한국현대문학연구의 하위주체론 | 유승환

1. 기본 자료

신채호, 「근일 국문쇼셜을 져슐ㅎㄴ쟈의 주의ㅎ일」, 『대한매일신보』, 1908.7.8.

2. 국내외 논저

가야트리 스피박, 태혜숙 옮김, 『다른 세상에서』, 도서출판 여이연, 2003.

_____, 태혜숙·박미선 옮김, 『포스트식민이성비판』, 갈무리, 2005.

고인환·장성규, 「식민지 시대 재만 조선인 디아스포라의 발화 전략」, 『한민족문
    화연구』 46, 한민족문화학회, 2014.

구자연, 「1930년대 소설에 나타난 유모의 재현 양상」, 『구보학보』 29, 구보학회,
    2021.

구재진, 「이산문학으로서의 강경애 소설과 서발턴 여성」, 『민족문학사연구』 34, 민족문학사연구소, 2007.

_____, 「이호철의 『서울은 만원이다』 연구」, 『외국문학연구』 52, 한국외국어대학교 외국문학연구소, 2013.

김 원, 「'민중사'는 어느 방향으로 탈구축될 것인가 - '서발턴' 논의를 비추어 본 질문」, 『역사문제연구』 30, 역사문제연구소, 2013.

_____, 『박정희 시대의 유령들』, 현실문화연구, 2011.

김대성, 「해방의 글쓰기-1980년대 노동자 '생활글' 재론」, 『대동문화연구』 86, 성균관대학교 동아시아학술원, 2014.

김민정, 「강경애 문학에 나타난 지배담론의 영향과 여성적 정체성의 형성에 관한 연구」, 『어문학』 85, 한국어문학회, 2004.

김성윤, 「하위문화, 소수자, 서발턴」, 『문화과학』 100, 문화과학사, 2019.

김성환, 『1970년대 대중문학의 욕망과 대중서사의 변주』, 소명출판, 2019.

김양선, 「70년대 노동현실을 여성의 목소리로 기억/기록하기」, 『여성문학연구』 37, 한국여성문학회, 2016.

김영삼, 「'객관적 폭력'의 비가시성과 폐제되는 식모들의 목소리」, 『열린정신 인문학연구』 17(1), 원광대학교 인문학연구소, 2016.

김영선, 「서발턴 연구의 지식생산과 확대」, 『시대와 철학』 55, 한국철학사상연구회, 2011.

김예림, 「갱신의 그늘-창비라는 문제」, 『사이間sai』 23, 국제한국문학문화학회, 2017.

김우영, 「(은유된) 국토와 민중」, 『현대문학의 연구』 75, 한국문학연구학회, 2021.

김원규, 「1970년대 서사담론에 나타난 여성하위주체」, 『한국문예비평연구』 24, 한국현대문예비평학회, 2007.

_____, 「천승세의 「황구의 비명」에 나타난 담론의 정치학」, 『현대문학의 연구』 37, 한국문학연구학회, 2009.

김종욱, 「이무영의 〈농민〉 연작에 나타난 소문의 의미」, 『현대소설연구』 26, 한국현대소설학회, 2005.

김택현, 「'서발턴의 역사(Subaltern History)'와 제3세계의 역사주체로서의 서발턴」, 『역사교육』 72, 역사교육연구회, 1999.

_____, 「그람시의 서발턴 개념과 서발턴 연구」, 『역사교육』 83, 역사교육연구회,

2002.

김택현, 「서발턴 역사서술의 대표적 실례 – 식민지시대 인도의 농민봉기」, 『역사
　　비평』 53, 역사비평사, 2000.

_____, 「서발턴 연구에 대하여」, 『인문과학연구논총』 18, 명지대학교 인문과학
　　연구소, 1998.

_____, 「식민지 근대사의 새로운 인식 – 서발턴 연구의 시각」, 『당대비평』 13,
　　당대비평사, 2000.

_____, 「인도의 식민지 근대사를 보는 시각과 서발턴 연구」, 『역사비평』 45,
　　역사비평사, 1998.

_____, 「헤게모니와 서발턴 민중」, 『영국연구』 25, 영국사학회, 2011.

_____, 『서발턴과 역사학 비판』, 박종철출판사, 2003.

김홍진, 「이주외국인 하위주체와 타자성에 대한 성찰」, 『한국문예비평연구』 26,
　　한국현대문예비평학회, 2008.

김효재, 「이해조 신소설에 나타난 하위주체의 발화양상」, 『구보학보』 19, 구보학
　　회, 2018.

노지승, 「1970년대 성노동자 수기의 장르적 성격과 글쓰기의 행위자성」, 『서강인
　　문논총』 52, 서강대학교 인문과학연구소, 2018.

디페시 차크라바르티, 김택현·안준범 옮김, 『유럽을 지방화하기』, 그린비, 2014.

라나지트 구하, 김택현 옮김, 『서발턴과 봉기』, 김택현 역, 박종철출판사, 2008.

루스 배러클러프, 김원·노지승 옮김, 『여공문학』, 후마니타스, 2017.

박수빈, 「1980년대 노동문학(연구)의 정치성」, 『상허학보』 37, 상허학회, 2013.

박죽심, 「고정희 시의 탈식민성 연구」, 『어문론집』 31, 중앙어문학회, 2003.

배하은, 「노동자의 문학 독자 되기」, 『상허학보』 59, 상허학회, 2020.

_____, 「서발턴 여성의 시와 봉기」, 『한국현대문학연구』 59, 한국현대문학회,
　　2019.

_____, 「후기 식민주의 민족–남서 주체 수립의 기획 속 '위안부' 재현 연구(1)」,
　　『민족문학사연구』 75, 민족문학사연구소, 2021.

서영인, 「서발턴의 서사와 식민주의의 구조」, 『현대문학이론연구』 57, 현대문학
　　이론학회, 2014.

소영현, 「1920~1930년대 '하녀'의 '노동'과 '감정'」, 『민족문학사연구』 50, 민족
　　문학사연구소, 2012.

송은영, 「1970년대의 하위주체와 합법적 폭력의 문제」, 『인문학연구』 41, 조선대
　　　학교 인문학연구원, 2011.
안토니오 그람시, 이상훈 옮김, 『그람시의 옥중수고 2』, 거름, 2007.
엄미옥, 「현대소설에 나타난 이주여성의 재현 양상」, 『여성문학연구』 29, 한국여
　　　성문학학회, 2013.
연남경, 「한국현대소설에 나타난 접경지대와 구성되는 정체성」, 『현대소설연구』
　　　52, 한국현대소설학회, 2013.
오윤호, 「디아스포라의 플롯」, 『시학과 언어학』 17, 시학과언어학회, 2009.
오자은, 「'문학 여공'의 글쓰기와 자기 정체화」, 『한국근대문학연구』 37, 한국근
　　　대문학회, 2018.
오창은, 「1960년대 도시 하위주체의 저항적 성격에 관한 연구」, 『상허학보』 12,
　　　상허학회, 2004.
＿＿＿, 「도시의 불안과 여성하위주체」, 『현대소설연구』 52, 한국현대소설학회,
　　　2013.
용석원, 「유신시대 창녀호스티스 서사의 의의」, 『스토리앤이미지텔링』 12, 건국
　　　대학교 스토리앤이미지텔링 연구소, 2016.
유승환, 「적색농민의 글쓰기」, 『한국근대문학연구』 37, 한국근대문학회, 2018.
＿＿＿, 「하위주체적 앎과 사회주의 매체 전략」, 『민족문학사연구』 53, 민족문학
　　　사연구소, 2013.
＿＿＿, 「황석영 문학의 언어와 양식」, 서울대학교 박사학위논문, 2016.
유종호, 염무웅 엮음, 『한국문학의 쟁점』, 전예원, 1983.
윤대석, 「한국에서의 포스트콜로니얼 연구」, 『문학동네』 39, 문학동네사, 2004.
윤영실, 「1910년 전후 여성서사의 '비혼녀'와 '미친 여자들'」, 『사이間Sai』 29,
　　　국제한국문학문화학회, 2020.
윤영옥, 「『혼불』에 나타난 여성 하위주체의 재현방식」, 『현대소설연구』 56, 한국
　　　현대소설학회, 2014.
이남정, 「김재영의 「코끼리」를 통해 본 서발턴의 서사」, 『현대소설연구』 77, 한국
　　　현대소설학회, 2020.
이남희, 유리·이경희 옮김, 『민중 만들기』, 후마니타스, 2015.
이평전, 「'하위주체' 형성의 논리와 '재현'의 정치학」, 『한국문학이론과비평』 70,
　　　한국문학이론과비평학회, 2016.

이혜령, 『한국소설과 골상학적 타자들』, 소명출판, 2007.

장성규, 「1980년대 노동자 문집과 서발턴의 자기 재현 전략」, 『민족문학사연구』 50, 민족문학사연구소, 2012.

_____, 「식민지 시대 소설과 비문해자들의 문학사」, 『현대소설연구』 56, 한국현대소설학회, 2014.

_____, 「한국 문학 외부 텍스트의 장르사회학」, 『현대문학이론연구』 64, 현대문학이론학회, 2016.

정고은, 「전태일의 이름으로 문학을 한다는 것」, 『상허학보』 57, 상허학회, 2019.

정종현, 「노동자의 책읽기」, 『대동문화연구』 86, 성균관대학교 동아시아학술원, 2014.

존 베벌리, 박정원 옮김, 『하위주체성과 재현』, 그린비, 2013.

천정환, 「그 많던 '외치는 돌멩이'들은 어디로 갔을까」, 『역사비평』 106, 역사비평사, 2014.

_____, 「서발턴은 쓸 수 있는가 - 1970~80년대 민중의 '자기재현'과 '민중문학'의 재평가를 위한 일고」, 『민족문학사연구』 47, 민족문학사연구소, 2011.

_____, 「소문(所聞)·방문(訪問)·신문(新聞)·격문(檄文)」, 『한국문학연구』 36, 동국대학교 한국문학연구소, 2009.

태혜숙, 「Gayatri Spivak의 페미니즘 비평 연구」, 『여성문제연구』 24, 대구효성가톨릭대학교 여성문제연구소, 1999.

_____, 「성적 주체와 제3세계 여성 문제」, 『여/성이론』 1, 도서출판 여이연, 1999.

_____, 「여성과 이산의 미학 - 탈식민주의 페미니즘의 지형도」, 『영미문학페미니즘』 8(1), 한국영미문학페미니즘학회, 2000.

_____, 「탈식민주의 페미니즘」, 『한국여성학』 13(1), 한국여성학회, 1997.

_____, 「탈식민주의적 페미니스트 윤리를 위하여」, 『영어영문학』 43(1), 한국영어영문학회, 1997.

_____, 『탈식민주의 페미니즘』, 도서출판 여이연, 2001.

홍성희, 「여성 담론의 '언어'와 '말하기'의 아이러니」, 『한국학연구』 44, 인하대학교 한국학연구소, 2017.

제2부 국경, 네이션, 위치성 ——————————

▌비장소의 쓰기-기록 ▎소영현

1. 기본 자료

리사 울림 세블룸, 이유진 옮김, 『나는 누구입니까』, 산하, 2018.
제인 정 트렌카, 송재평 옮김, 『피의 언어』, 도마뱀출판사, 2012.
_____, 정일수 옮김, 『덧없는 환영들』, 창비, 2013.
케이티 로빈슨, 최세희 옮김, 『커밍 홈』, 중심, 2002.

2. 국내외 논저

구은숙, 「한국 입양서사에 나타난 귀향과 기원 신화에 대한 재정의: 제인 정 트렌
       카의 『덧없는 환영』」, 『비교한국학Comparative Korean Studies』 18(3),
       국제비교한국학회, 2010.
김영미, 「동향: 입양과 입양문학 연구의 몇가지 경향」, 『안과밖』 26, 영미문학연구
       회, 2009.
_____, 「초국가적 입양소설에 나타난 동화와 민족 정체성 문제: 마리 명옥 리의
       『누군가의 딸』과 제인 정 트렌카의 『피의 언어』를 중심으로」, 『미국소설』
       15(2), 미국소설학회, 2008.
_____, 「한국계 입양문학에 나타난 뿌리와 기원의 탐색 연구: 케이티 로빈슨의
       『사진 한 장: 한국 입양아의 뿌리 탐색』을 중심으로」, 『한국문화연구』
       17, 이화여자대학교 한국문화연구원, 2009.
김현숙, 「초국가적 입양과 탈경계적 정체성 - 제인 정 트렌카의 『피의 언어』」,
       『영어영문학』 57(1), 한국영어영문학회, 2011.
김희경, 『이상한 정상가족』, 동아시아, 2017(개정증보판: 2022).
낸시 뉴턴 베리어, 뿌리의집 옮김, 『원초적 상처: 입양가족의 성장을 위한 카운슬
       링』, 뿌리의집, 2013.
마르크 오제, 이상길·이윤영 옮김, 『비장소-초근대성의 인류학 입문』, 아카넷,
       2017.
마야 리 랑그바드, 손화수 옮김, 『그 여자는 화가 난다』, 난다, 2022.

박순호, 「한국입양아의 유럽 내 공간적 분포 특성」, 『한국지역지리학회지』 13(6), 한국지역지리학회, 2007.

아리사 H. 오, 이은진 옮김, 『왜 그 아이들은 한국을 떠나지 않을 수 없었나: 해외입양의 숨겨진 역사』, 뿌리의집, 2019.

M. 리오나 고댕, 오숙은 옮김, 『거기 눈을 심어라』, 반비, 2022.

위여경, 「해외입양인의 귀향과 친부모 만남에 관한 사례연구」, 성균관대학교 석사학위논문, 2012.

유진월, 「이산의 체험과 디아스포라의 언어」, 『한국학(구 정신문화연구)』 32(3), 한국학중앙연구원, 2009.

유진월·이화영, 「침묵하는 타자에서 저항하는 주체로의 귀환: 해외 여성 입양인 문학의 한 지평」, 『우리문학연구』 29, 우리문학회, 2010.

이일수, 「입양 체험기 『덧없는 환영들』에서 읽는 "고유한 장소"」, 『현대영미소설』 26(3), 한국현대영미소설학회, 2019.

임진희, 「제인 정 트렌카의 입양의 몸: 언어, 피의 소리, 그리고 음악」, 『현대영미소설』 20(2), 한국현대영미소설학회, 2013.

장미영, 「다문화 공간과 타자성 사유 방식 – 한국계 해외입양인 소설을 중심으로」, 『문화와융합』 40(3), 한국문화융합학회, 2018.

전홍기혜 외, 『아이들을 파는 나라: 한국의 국제입양 실태에 관한 보고서』, 오월의봄, 2019.

정소라, 「'가부장' 없는 가부장제: 한국 미혼모의 입양과 양육 실천」, 연세대학교 석사학위논문, 2016.

제인 정 트렌카, 「Internationally Adopted Koreans and the Movement to Revise the Korean Adoption Law」, 『이화젠더법학』 2(2), 이화여자대학교 젠더법학연구소, 2011.

_____, 「백만 명의 살아 있는 유령들」, 『여이연』 22, 도서출판여이연, 2010.

줄리아 차니에르 오패러 외, 뿌리의집 옮김, 『인종간 입양의 사회학』, 뿌리의집, 2012.

차민영, 「제인 정 트렌카의 『피의 언어』 : 초국가 입양인의 의식에 대한 정신분석학적 탐색」, 『순천향 인문과학논총』 38(4), 순천향대학교 인문학연구소, 2019.

_____, 「제인 정 트렌카의 『피의 언어』에 나타난 초국가 입양 디아스포라」, 『현대

영어영문학』 63(4), 한국현대영어영문학회, 2019.

캐서린 김 외, 강미경 옮김, 『인종주의의 덫을 넘어서: 혼혈 한국인, 혼혈 입양인
   이야기』, 뿌리의집, 2020.

캐슬린 자숙 버퀴스트, 유진월 옮김, 『한국 해외 입양: 초국가적 아동 양육 실험과
   분투하는 입양 서사 50년』, 뿌리의집, 2015.

캐시 박 홍, 노시내 옮김, 『마이너 필링스』, 마티, 2021.

토비아스 휘비네트, 뿌리의집 옮김, 『해외 입양과 한국 민족주의: 한국 대중문화에
   나타난 해외입양과 입양 한국인의 모습』, 소나무, 2008.

_____ 외, 뿌리의집 옮김, 『인종간 입양의 사화학』, 뿌리의집, 2012.

허혜정, 「『커밍 홈』과 『피의 언어』에 나타난 혼종적 정체성 연구」, 한국외국어대
   학교 석사학위논문, 2023.

황은덕, 「귀환 입양인 디아스포라 서사의 변화: 『누군가의 딸』과 『파도가 바다의
   일이라면』 비교」, 『새한영어영문학』 65(1), 새한영어영문학회, 2023.

_____, 「입양인 디아스포라와 친생모의 서사: 『누군가의 딸』을 중심으로」, 『새한
   영어영문학』 54(3), 새한영어영문학회, 2012.

Saidiya Hartman, "Venus in Two Acts", *Small Axe*, Vol.12, NO.2, 2008.

❙ 양모(養母)와 생모(生母) ❙ 장영은

1. 기본 자료

전홍기혜·이경은·제인 정 트렌카, 『아이들 파는 나라—한국의 국제입양 실태에
   관한 보고서』, 오월의봄, 2019.

제인 정 트렌카, 「한국에 돌아온 해외 입양인의 소소한 고백 세 가지」, 『나는
   왜 그 간단한 고백 하나 제대로 못하고』, 도마뱀출판사, 2021.

_____, 송재평 옮김, 『피의 언어』, 와이겔리, 2005.

_____, 이일수 옮김, 『덧없는 환영들』, 창비, 2013.

제인 정 트렌카·줄리아 치니에르 오페러·선영 신 엮음, 『인종 간 입양의 사회학—
   이식된 삶에 대한 당사자들의 목소리』, 뿌리의집, 2012.

토비아스 휘비네트, 뿌리의집 옮김, 『해외 입양과 한국 민족주의—한국 대중문화
   에 나타난 해외 입양과 입양 한국인의 모습』, 소나무, 2008.

2. 국내외 논저

게일 루빈, 신혜수·임옥희·조혜영·허윤 옮김, 『일탈』, 현실문화, 2015.

김현숙, 「초국가적 입양과 탈경계적 정체성-제인 정 트렌카의 『피의 언어』」, 『영어영문학』 57(1), 한국영어영문학회, 2011.

롤랑 바르트, 김진영 옮김, 『애도 일기』, 걷는나무, 2018.

리사 울림 셰블룸, 이유진 옮김, 『나는 누구입니까』, 산하, 2018.

마르트 로베르, 김치수·이윤옥 옮김, 『기원의 소설, 소설의 기원』, 문학과지성사, 1999.

문지영, 「1970-1980년대 프랑스에 입양된 한인여성의 입양 경험과 초국적 정체성-〈한국뿌리(Racines Coréennes)〉의 입양 증언을 중심으로」, 『사총』 104, 고려대학교 역사연구소, 2019.

아리사 H. 오, 이은진 옮김, 『왜 그 아이들은 한국을 떠나지 않을 수 없었나-해외 입양의 숨겨진 역사』, 뿌리의집, 2019.

자크 데리다, 배지선 옮김, 『용서하다』, 이숲, 2019.

장 아메리, 안미현 옮김, 『죄와 속죄의 저편-정복당한 사람이 극복을 위한 시도』, 길, 2012.

지그문트 프로이트, 박종대 옮김, 「신경증 환자의 가족 소설」, 『성욕에 관한 세 편의 에세이』, 열린책들, 2020.

_____, 윤희기·박찬부 옮김, 「슬픔과 우울증」, 『정신분석학의 근본 개념』, 열린책들, 2012.

차민영, 「제인 정 트렌카의 『피의 언어』에 나타난 초국가 입양 디아스포라」, 『현대영어영문학』 63(4), 한국현대영어영문학회, 2019.

패트리샤 힐 콜린스, 박미선·주해연 옮김, 『흑인 페미니즘 사상-지식, 의식 그리고 힘기르기의 정치』, 여성문화이론연구소, 2009.

한유나, 「위로와 연대-이미지로 보는 16세기 독일 루터파 공동체의 이상」, 『학림』 49, 연세사학연구회, 2022.

Anne Anlin Cheng, *The melancholy of race: psychoanalysis, assimilation and hidden grief*, England: Oxford University Press, 2000.

David L. Eng, "Transnational Adoption and Queer Diasporas," *Social Text* 76, 2003.

Eleana Kim, *Adopted Territory: Transnational Korean Adoptees and the Politics of Belonging*, Durham: London: Duke University Press, 2010.

Eun Kyung Min, "The Daughter's Exchange in Jane Jeong Trenka's *The Language of Blood*", *Social Text* 94, 2008.

Marianne Hirsch, *The Mother/Daughter Plot: Narrative, Psychoanalysis, Feminism*, Bloomington: Indiana University Press, 1989.

Nancy E. Riley, "American adoptions of Chinese girls: The socio-political matrices of individual decision," *Women's Studies International Forum* 20, 1997.

┃ 여신(女神)이 된 '환향녀(還鄕女)' ┃ 최빛나라

1. 기본 자료

『燃藜室記述』 卷30, 「孝宗朝故事本末」.

『孝宗實錄』 卷16.

『顯宗實錄』 卷5.

『大越史記全書』, 「本紀全書」 卷6, 〈陳紀〉2, 〈英宗陳烇〉.

2. 국내외 논저

김무림, 「한자음의 변화와 '화냥'의 어원」, 『새국어생활』 22(3), 국립국어원, 2012.

당 응이엠 반 외, 조승연 옮김, 『베트남의 소수민족』, 민속원, 2013.

唐嘉唯, 「『唐會要』 권6, 和蕃公主 및 雜錄 譯註」, 『동국사학』 67, 동국역사문화연구소, 2019.

서주영·권응상, 「王昭君 형상의 문학적 轉形」, 『인문연구』 95, 영남대 인문과학연구소, 2021.

유인선, 『새로 쓴 베트남사』, 산인, 2002.

의정부문화원·의정부정주당놀이보존회, 『정주당놀이의 역사성 연구』, 의정부정주당놀이보존회, 2008.

이라영, 「폭력이 살아남는 방식」, 『환대받을 권리, 환대할 용기』, 동녘, 2016.

이명현, 「환향녀 서사의 존재 양상과 의미」, 『동아시아고대학』 60, 동아시아고대학회, 2020.

정해은, 「병자호란의 상흔과 '의순공주의'의 탄생」, 『한국고전여성문학연구』 41, 한국고전여성문학회, 2020.

한국문화원연합회경기도지회, 「지역문화 콘텐츠 발굴 프로젝트 "뮤지컬 의순공주"」, 『경기도 시·군 문화유산원형 토론회 결과보고서』, 2003.

Dương Phước Thu, "Vọng niệm về Huyền Trân Công Chúa", *Tạp chí Cửa Việt*, Hội Văn học Nghệ thuật tỉnh Quảng Trị, 2020.

Hoàng Cao Khải, "Công chúa Huyền Trân", *Quốc văn trích diễm*, Nxb. Văn học, 2004.

Hoàng Trọng Miên, *Việt Nam văn học toàn thư: Cổ tích*, Nxb. Tiếng Phương Đông, 1985.

Nguyễn Đổng Chi·Trần Văn Giáp·Thúc Kháng Huỳnh, *Việt-Nam cổ văn học sử*, Nxb. Phủ quốc vụ khanh đặc trách văn hóa, 1970.

Nguyễn Đổng Chi, "Sự tích Thành lời", *Kho tàng truyện cổ tích Việt Nam*, Nxb. Giáo dục, 2000.

Nguyễn Minh San, *Những Thần Nữ Danh Tiếng trong Văn Hóa-Tín ngưỡng Việt Nam*, Nxb. Phụ Nữ, 1996.

Nguyễn Quang Khải, "Phật giáo thời Trần và Huyền Trân công chúa", *Tạp chí Nghiên cứu Phật học* 1, cơ quan ngôn luận của Trung ương Giáo hội Phật giáo Việt Nam, 2023.

Po Dharma, "Góp phần tìm hiểu lịch sử Champa", *Champaka* 1, 2023.

Viện nghiên cứu văn hóa dân gian, *Kho tàng ca dao người Việt: hai tập*, Nxb. Văn hóa-thông tin, 2001.

3. 기타 자료

My sister's place 두레방 홈페이지(http://durebang.org/)

네이버 국어사전(ko.dict.naver.com/)

박민수, 「의순공주 恨 달래고… 한민족 魂 지켜요」, 『경기일보』, 2015.10.26. (www.kyeonggi.com/article/201510260742396, 검색일: 2023.7.11.)

주진우, 「6.25의 사생아 '양공주' 통곡 50년」, 『시사저널』, 2003.7.29. (https://www.sisajournal.com/news/articleView.html?idxno=79606,

검색일: 2023.7.11.)

제3부 신체, 연결망, 공동체성

┃『쇄미록』을 통해 본 조선시대 노-주의 연결망과
공동체성, '아카이브 신체' ┃ 최기숙

1. 기본 자료

오희문, 국립진주박물관 편, 전주대 한국고전학연구소 옮김, 『쇄미록』 1-8, 사회
평론아카데미, 2019.

飜譯篇, 韓�劤 외 옮김, 『譯註 經國大典』, 한국정신문화연구원, 1975.

2. 국내외 논저

강명관, 『노비와 쇠고기』, 푸른역사, 2023.

김용만, 『朝鮮時代 私奴婢研究』, 집문당, 1997.

마르크 오제, 이상길·이윤영 옮김, 『비장소』, 아카넷, 1992/2017.

이수건 편저, 『경북지방고문서집성』, 영남대출판국, 1981.

이혜정, 「16세기 奴婢의 삶과 의식세계: 『묵재일기』를 중심으로」, 경희대학교
박사학위논문, 2012.

전형택, 『조선 양반사회와 노비』, 문현, 2010.

정성미, 「『쇄미록』 연구」, 원광대학교 박사학위논문, 2003.

조우영, 『경국대전의 신분제도』, 한국학술정보, 2008.

지승종, 『朝鮮前期 奴婢身分研究』, 일조각, 1995.

최기숙, 「女工·婦德·梱政과 '영혼 노동': 조선시대 양반 여성의 결혼생활과 노동/
장 재성찰」, 『인문과학』 123, 연세대 인문과학연구원, 2021.

_____, 「매 맞는 노비와 윤리/교양의 역설: 『묵재일기』의 문학해석학적 연구」,
『동방학지』 203, 연세대 국학연구원, 2023.

_____, 「여종의 젖과 눈물, 로봇-종의 팔다리: '사회적 신체'로서의 노비 정체성
과 신분제의 역설」, 『한국고전여성문학연구』 44, 한국고전여성문학회,

2022.

최기숙, 「『묵재일기』. 16세기 양반의 감정 기록에 대한 문학/문화적 성찰」, 『국어
　　　국문학』 193, 국어국문학회, 2020.

＿＿＿, 『이름 없는 여자들, 책갈피를 걸어나오다』, 머메이드, 2022.

▌'가족-조상'으로의 소통과 연결 | 이은우

1. 기본 자료

국립문화재연구소, 『서울새남굿』, 국립문화재연구소, 1998.

국립민속박물관, 『한국민속신앙사전』, 2010.

김태곤, 『한국무가집』 1, 원광대학교 민속학연구소, 집문당, 1971.

서대석 해제, 『무당내력』, 민속원, 2005.

아카마츠 지조·아키바 다카시, 심우성 옮김, 『조선무속의 연구』 상·하, 동문선,
　　　1991.

이능화, 서영대 옮김, 『조선무속고 – 역사로 본 한국 무속』, 창비, 2008.

이상순, 『서울새남굿 신가집 – 삶의 노래, 죽음의 노래』, 민속원, 2011.

한국학중앙연구원, 『한국민족문화대백과사전』.

2. 국내외 논저

권선경, 「조상숭배의 사적 영역과 여성 – 서울굿 조상거리를 중심으로」, 『한민족
　　　문화연구』 65, 한민족문화학회, 2019.

권선경·김지은, 「서울굿 조상거리의 개별성 실현 양상에 대한 시론 – 황학동 땡집
　　　진적굿의 음성학적 실현 양상을 중심으로」, 『동서인문학』 64, 계명대학
　　　교 인문과학연구소, 2023.

김태곤, 『한국무속연구』, 집문당, 1981.

김헌선, 『서울굿, 거리 거리 열두거리 연구』, 민속원, 2011.

심상교, 「한국무속의 신격 연구1 – 서울과 고성의 재수굿을 중심으로」, 『공연문화
　　　연구』 36, 한국공연문화학회, 2018.

염원희, 「무속의례에 있어 '신과의 소통'이 갖는 의미 – 서울굿 〈조상거리〉를 중심
　　　으로」, 『어문논총』 39, 중앙어문학회, 2012.

이용범, 「한국무속에 나타난 신의 유형과 성격 – 서울지역 무속을 중심으로」, 『민속학연구』 13, 국립민속박물관, 2003.

_____, 『한국 무속의 신관에 대한 연구 – 서울 지역 재수굿을 중심으로』, 서울대학교 박사학위논문, 2001.

이은우, 「서울 진적굿과 바리공주의 상관성 – 〈대신말명거리〉를 중심으로」, 『여성문학연구』 32, 한국여성문학학회, 2014.

_____, 「서울 진적굿의 제차 구성과 의미」, 성신여자대학교 박사학위논문, 2018.

_____, 「서울굿에서 드러나는 성지의 구성과 순례의 의미 – 상산돌기를 중심으로」, 『인문과학연구』 39, 성신여자대학교 인문과학연구소, 2019.

최길성, 『한국인의 조상숭배와 효』, 민속원, 2010.

홍태한, 「서울굿 가망청배거리에서 '가망'의 의미 연구」, 『한국민속학』 41, 한국민속학회, 2005.

_____, 『서울굿의 다양성과 변화』, 민속원, 2018.

_____, 『서울굿의 양상과 의미』, 민속원, 2007.

Spencer, H., *The principles of sociology*, D. Appleton & Company, 1897.

▎실학자의 장애의식 | 정창권

1. 기본 자료

『국역 다산시문집』 II, 민족문화추진회, 1994.

『실학박물관』, 실학박물관, 2010.

『조선왕조실록』.

김정희, 『완당전집』 III, 민족문화추진회, 1995.

민족문화추진회, 『홍대용 담헌서』, 한국학술정보, 2008.

박제가, 정민 외 옮김, 『정유각집』 상, 돌베개, 2010.

박지원, 김혈조 옮김, 『열하일기』 1, 돌베개, 2017.

서유본, 한민섭·박경진 옮김, 『좌소산인문집』, 자연경실, 2020.

안대회, 『고전산문산책』, 휴머니스트, 2008.

_____, 『한양의 도시인』, 문학동네, 2022.

유홍준, 『추사 김정희』, 창비, 2018.

이상원, 『노비문학산고』, 국학자료원, 2012.

이용휴·이가환, 안대회 옮김, 『나를 돌려다오』, 태학사, 2003.

이익, 『성호사설』 IV, 민족문화추진회, 1978.

＿＿, 양기정 옮김, 『성호전집』 3, 한국고전번역원, 2016.

임형택 편역, 『이조시대 서사시』 하, 창비, 1992.

장지연, 김석회 외 옮김, 『조선의 숨은 고수들』, 청동거울, 2019.

정약용, 다산연구회 역주, 『목민심서』 2, 창비, 2009.

한국철학사연구회, 『한국실학사상사』, 다운샘, 2000.

홍길주, 박무영·이은영 외 옮김, 『현수갑고』 상, 태학사, 2006.

＿＿＿, 박무영·이주해 옮김, 『표롱을첨』, 태학사, 2006.

2. 국내외 논저

강신항 외, 『(이재난고로 보는)조선 지식인의 생활사』, 한국학중앙연구원, 2007.

강혜종, 「신체장애에 대한 조선후기 문인의 의식과 형상화」, 『한국문학논총』 80, 한국문학회, 2018.

김경미, 「관계로서의 동물, 동물의 문학적 재현」, 『이화어문논집』 51, 이화어문학회, 2020.

박상영, 「사설시조에 나타난 장애의 일면」, 『국어국문학』 183, 국어국문학회, 2018.

박희병, 「'병신'에의 시선-전근대 텍스트에서의-」, 『고전문학연구』 24, 한국고전문학회, 2003.

변해원, 「호생관 최북의 생애와 회화세계 연구」, 고려대학교 석사학위논문, 2007.

안대회, 「초정 박제가의 인간 면모와 일상」, 『한국한문학연구』 36, 한국한문학회, 2005.

이규필, 「무명자 윤기의 생애와 교유」, 『대동문화연구』 31, 성균관대학교 대동문화연구원, 2015.

이승수, 「서당 이덕수의 사우관계」, 『한국고전연구』 8, 한국고전연구학회, 2002.

이황진, 「서당 이덕수의 교유관계 고찰」, 『동양고전연구』 86, 동양고전학회, 2022.

정만조 외, 『농암 유수원 연구』, 사람의 무늬, 2014.

최래옥, 「구비문학에 나타난 장애자 문제」, 『한양국어교육논집』 4·5합집, 한양대 사범대국어교육학회, 1991.

최지선, 「고전소설에 나타난 장애 형상화와 치유의 의미」, 성신여자대학교 박사
　　　학위논문, 2023.
한영규, 「19세기 여항문단과 의관 홍현보」, 『동방학문학』 38, 동방한문학회, 2009.

▌'아픈 몸'과 계급 | 최은혜

1. 기본 자료

『개벽』, 『동아일보』, 『매일신보』, 『문학건설』, 『별건곤』, 『조선문단』, 『조선일보』,
　　　『조선지광』, 『중외일보』
안승원 엮음, 『한국 노동소설 전집 3』, 보고사, 1995.

2. 국내외 논저

고미숙, 「『독립신문』에 나타난 '위생' 담론의 배치」, 『근대계몽기 지식개념의 수
　　　용과 변용』, 소명출판, 2005.
구자연, 「강경애 소설 속 질병·장애의 재현과 방언 발화의 의미」, 『춘원연구학보』
　　　24, 춘원연구학회, 2022.
권채린, 「1920~1930년대 '건강'과 '질병'을 둘러싼 대중담화의 양상」, 『어문론총』
　　　64, 한국문학언어학회, 2015.
김승섭, 『우리 몸이 세계라면』, 동아시아, 2018.
김은정, 강진경·강진영 옮김, 『치유라는 이름의 폭력』, 후마니타스, 2022.
김주리, 「식민지 지식 청년의 표상과 결핵」, 『서강인문논총』 41, 서강대학교 인문
　　　과학연구소, 2014.
김창엽·문옥륜, 「일제하 근로자의 건강상태에 관한 문헌 고찰」, 『Journal of
　　　Preventive Medicine and Public Health』 24(1), 대한예방의학회, 1991.
로디 슬로라크, 이예송 옮김, 「마르크스주의와 장애」, 『마르크스21』 40, 책갈피,
　　　2021.
마타 러셀, 조영학 옮김, 『자본주의와 장애』, 동아시아, 2022.
백승숙, 「염상섭의 〈만세전〉과 1918년 스페인독감」, 『문화와 융합』 44(4), 한국문
　　　화융합학회, 2022.
수전 손택, 이재원 옮김, 『은유로서의 질병』, 이후, 2002.

엄학준·문한별, 「근대 초기 위생 담론에 투영된 왜곡된 국민 개념과 감성적 민족
　　　　주체: 국권상실 이전 시기 학술지와 협회지를 중심으로」, 『한국문학과
　　　　예술』 42, 사단법인 한국문학과예술연구소, 2022.
윤희상, 「전시체제기 피식민 '신체'의 구성과 문학적 증언 연구: 중독, 장애, 오염
　　　　의 상황을 중심으로」, 고려대학교 석사학위논문, 2022.
이승원, 「20세기 초 위생 담론과 근대적 신체의 탄생」, 『문학과 경계』 1(1), 문학과
　　　　경계사, 2001.
이요한, 「1920~30년대 일제의 장애인정책과 특징」, 동국대학교 석사학위논문,
　　　　2009.
정근식, 「식민지지배, 신체 규율, '건강'」, 미즈노 나오키 외, 『생활 속의 식민지주
　　　　의』, 산처럼, 2007.
최성민, 「질병의 낭만과 공포: 은유로서의 질병」, 『문학치료연구』 54, 한국문학치
　　　　료학회, 2020.
최은혜, 「식민지 조선 프롤레타리아 소설의 역사 인식과 주체」, 고려대학교 박사
　　　　학위논문, 2022.
한만수, 「식민지 시기 검열과 1930년대 장애우 인물 소설」, 『한국문학연구』 29,
　　　　동국대학교 한국문학연구소, 2005.
Kyeong-Hee Choi, *Impaired Body as Colonial Trope: Kang Kyongae's "Underground
　　　　Village"*, Public Culture v.13, 2001.
Pat Stack, "Why are disabled people oppressed?", Socialist Worker, 2007.7.28.
　　　　(https://socialistworker.co.uk/features/why-are-disabled-people-o
　　　　ppressed/)

┃ 거부와 기피 사이, 비(非)군인의 장소 | 허윤

1. 기본 자료

송　영, 『선생과 황태자』, 창작과비평, 1974.
＿＿＿, 『나는 왜 니나 그리고르브나의 무덤을 찾아갔나』, 문학세계사, 2018.
송　영 외, 『나의 길, 나의 삶』, 동아일보사, 1991.
장준하, 『돌베개』, 돌베개, 2015.

2. 국내외 논저

강유인화, 「병역, 기피·비리·거부의 정치학」, 『여성과 평화』 5, 한국여성평화연
　　구원, 2010.
강인화, 「한국 징병제와 병역의무의 보편화: 1960-1999」, 서울대학교 박사학위
　　논문, 2019.
고명철, 「베트남전쟁 소설의 형상화에 대한 문제」, 『현대소설연구』 19, 한국현대
　　소설학회, 2003.
김우영, 「남자(시민)되기와 군대」, 『현대문학의 연구』 56, 한국문학연구학회, 2015.
나태종, 「한국의 병역제도 발전과정 연구」, 『군사』 84, 국방부군사편찬연구소, 2012.
닉 맨스필드, 이강훈 옮김, 『매저키즘』, 동문선, 2008.
모리타 가즈키, 「1950년대 한국군 탈영의 동태와 그 양상」, 『역사문제연구』 49,
　　역사문제연구소, 2022.
박수현, 「저항과 투항―송영의 1970년대 소설에 나타난 가짜·사기·도둑의 의미
　　와 그 한계」, 『한국문학이론과 비평』 59, 한국문학이론과비평학회, 2013.
＿＿＿, 「폭력의 기원과 공권력의 구조―1970년대 송영 소설 연구」, 『현대문학이
　　론연구』 53, 현대문학이론학회, 2013.
서보고, 「군대소설과 규율의 수사학적 양상 연구: 1960~70년대 단편소설을 중심
　　으로」, 서강대학교 석사학위논문, 2015.
신병식, 「박정희 시대의 일상생활과 군사주의: 징병제와 '신성한 국방의 의무'
　　담론을 중심으로」, 『경제와 사회』 72, 비판사회학회, 2006.
우치다 준, 한승동 옮김, 『제국의 브로커들』, 길, 2020.
윤애경, 「송영 소설에 나타난 폭력과 주체의 문제」, 『현대문학이론연구』 63, 현대
　　문학이론학회, 2015.
윤충로, 「베트남 전쟁의 안과 밖」, 『한국현대생활문화사 1960년대』, 창비, 2016.
이선영, 「가두는 세계와 열어내는 문학」, 『우리문학연구』 31, 우리문학회, 2010.
임재성, 「징병제 형성과정을 통해서 본 양심적 병역거부의 역사」, 『사회와 역사』
　　88, 한국사회사학회, 2010.
자크 랑시에르, 진태원 옮김, 『불화』, 길, 2015.
최지현, 「학병의 기억과 국가」, 『한국문학연구』 32, 동국대학교 한국문학연구소,
　　2007.
허 윤, 「「병신과 머저리」와 〈시발점〉을 통해 본 미래 없음을 상상하는 남성

동성애 사회에 관한 소고: 박정희 체제 대항담론의 남성성 연구(1)」, 『국제어문』 93, 2022.

허 윤, 「버마 전선 학병의 자기서사와 기억의 정치-박순동, 이가형을 통해 본 학병 서사와 '위안부' 서사의 교차」, 『여성문학연구』 57, 한국여성문학학회, 2022.

찾아보기

수록 논문 출처

이형대
「조선시대 시가의 유민 형상과 호모 아토포스적 면모」, 『민족문화연구』 102, 고려대학교 민족문화연구원, 2024.02, 265~298쪽.

조현설
「구술 서사와 소수자의 정의」, 『고전문학연구』 54, 한국고전문학회, 2018.12, 89~112쪽.

고지혜
「디아스포라 문학 연구의 궤적과 쟁점 — 2000년 이후 한국현대문학연구를 중심으로」, 『현대문학의 연구』 81, 한국문학연구학회, 2023.10, 377~403쪽.

유승환
「한국현대문학연구의 하위주체론」, 『한국현대문학연구』 66, 한국현대문학회, 2022.04, 7~57쪽.

소영현
「비장소의 쓰기-기록 — 해외입양인의 자전적 에세이를 중심으로—」, 『민족문화연구』 100, 고려대학교 민족문화연구원, 2023.08, 183~210쪽.

장영은
「양모(養母)와 생모(生母) — 제인 정 트렌카의 자기서사와 모녀 관계의 재구성 —」, 『민족문화연구』 100, 고려대학교 민족문화연구원, 2023.08, 161~182쪽.

최빛나라
「여신(女神)이 된 '환향녀(還鄕女)' : 의순(義順)과 후이엔 쩐(Huyền Trân, 玄珍)의 비교를 중심으로」, 『비교문화연구』 70, 경희대학교 글로벌인문학술원, 2023.10, 397~423쪽.

최기숙

「조선시대 노-주의 연결망과 공동체성, '아카이브 신체' ─『쇄미록』의 노비 기록에 대한 문학해석학적 연구 ─」,『민족문화연구』 100, 고려대학교 민족문화연구원, 2023.08, 129~160쪽.

이은우

「서울굿 말명 신격의 연구 : '가족-조상'으로의 소통과 연결을 중심으로」,『돈암어문학』 43, 돈암어문학회, 2023.06, 7~55쪽.

최은혜

「'아픈 몸'과 계급 ─ 식민지기 프롤레타리아 소설의 질병과 장애 재현」,『현대소설연구』 89, 한국현대소설학회, 2023.03, 287~315쪽.

허윤

「거부와 기피 사이, 비(非)군인의 장소 ─ 1970년대 송영 소설을 중심으로 ─」,『현대문학의 연구』 80, 한국문학연구학회, 2023.06, 361~390쪽.

저자 소개

고지혜　　고려대학교 민족문화연구원 연구교수

소영현　　한국문학번역원 번역아카데미 교수

유승환　　서울시립대학교 국어국문학과 부교수

이은우　　고려대학교 민족문화연구원 연구교수

이형대　　고려대학교 국어국문학과 교수

장영은　　성균관대학교 동아시아학술원 초빙교수

정창권　　고려대학교 문화창의학부 부교수

조현설　　서울대학교 국어국문학과 교수

최기숙　　연세대학교 한국학협동과정 교수

최빛나라　고려대학교 민족문화연구원 연구교수

최은혜　　고려대학교 민족문화연구원 연구교수

허　윤　　국립부경대학교 국어국문학과 부교수

호모 아토포스 라이브러리 01

호모 아토포스의 탐색

2024년 6월 17일 초판 1쇄 펴냄

지은이 고지혜·소영현·유승환·이은우·이형대·장영은
정창권·조현설·최기숙·최빛나라·최은혜·허윤
펴낸이 김흥국
펴낸곳 보고사
등록 1990년 12월 13일 제6-0429호
주소 경기도 파주시 회동길 337-15 보고사
전화 031-955-9797
팩스 02-922-6990
메일 bogosabooks@naver.com
http://www.bogosabooks.co.kr

ISBN 979-11-6587-697-5 94800
     979-11-6587-696-8 94080 (세트)
ⓒ 고지혜·소영현·유승환·이은우·이형대·장영은
정창권·조현설·최기숙·최빛나라·최은혜·허윤, 2024

정가 30,000원